Frank Yerby

BOCKSGESANG

Roman

BASTEI LÜBBE

Aus dem Amerikanischen übertragen
von Hans Erik Hausner
Die amerikanische Originalausgabe erschien unter
dem Titel GOAT SONG bei The Dial Press, Inc. New York

Leicht gekürzte Lizenzausgabe: Bastei-Verlag Gustav H. Lübbe,
Bergisch Gladbach
Printed in Western Germany 1973
Umschlaggestaltung: Margarete Sabata
Gesamtherstellung: Ebner, Ulm
ISBN 3-404-05001-0

Der Preis dieses Bandes versteht sich einschließlich der
gesetzlichen Mehrwertsteuer

I

Er lief schon eine lange Zeit, und darum verspürte er jetzt Übelkeit. Die Übelkeit kam in Wellen aus seinem Bauch und schmeckte abscheulich. Er dachte daran, den Finger in den Mund zu stecken, um sich durch Erbrechen zu erleichtern; aber dazu hätte er das Böcklein, das er gestohlen hatte, fallen lassen müssen; überdies hatte er ohnehin nichts im Bauch, das er hätte erbrechen können.

Hier im Vorgebirge des Parnon war die Luft dünn und scharf und machte ihm das Atmen zur Qual. Hinter ihm ragten die Berge zu öder Höhe auf, die alle Hoffnung nahm. Zu seiner Linken erhob sich, in blauen Nebel gehüllt, die Kette des Taygetos, dessen Gipfel, höher noch und noch öder, weißer glitzerten als die Strahlen der Morgensonne, obgleich der Frühling schon längst nach Lakonien gekommen war. Tief unten sah er, silbern funkelnd wie ein Schild, den Fluß, den seine Landsleute, die Lakedämonier, den Eurotas nannten. Konnte er ihn erreichen, ihn überqueren, er würde sich in Sicherheit befinden. Doch er wußte, wie gering seine Chancen waren. Minimal. Oder überhaupt nicht vorhanden.

Er blickte zurück, um festzustellen, ob die Dörfler die Jagd aufgegeben hatten. Aber sie waren immer noch hinter ihm her. Bärtig, dreckig, in Ziegenfellen, glichen sie einer Horde von kleinen Dämonen, dem Tartarus entronnen, teuflische Geister, vom Höllenfürsten angehalten, die Schatten der Bösen unter den Toten zu peinigen. Und plötzlich stockte ihm der Atem in dem Bewußtsein, daß sie nicht daran dachten, aufzugeben. Jetzt nicht und niemals.

Sie waren arm, und darum bedeutete ihnen der Verlust eines Böckleins nicht wenig. Aber das war nicht die Hauptsache. Vor allem hätte Ariston auf seiner verzweifelten Suche nach Nahrung nicht allein und waffenlos so hoch in die Berge steigen dürfen. Hier oben konnten sie ihn töten, ohne daß die Homoioi, die Bürger Spartas, es jemals erfahren würden. Was sollte sie davon abhalten? Wer unter der gnadenlosen Herrschaft dieses Stadtstaates lebte, wer, ob Sklave oder frei geboren, würde den Göttern der Unterwelt nicht für eine solche Gelegenheit, einen Spartaner zu töten, noch dazu straflos zu töten, freudig Rauchopfer darbringen?

Ariston lief weiter. Wie er so mit langen Schritten dahineilte, bot er ein anmutiges Bild. Hätte ihn nicht die Last des Böckleins behindert, längst wäre er den Dorfbewohnern entkommen. Er war ein Melliran, Sohn eines Spartiaten; seit seinem siebenten Lebensjahr war sein Körper schwierigen Prüfungen ausgesetzt gewesen, die den Menschen entweder töteten oder zu einer stählernen Maschine machten. Trotzdem drohten seine Lungen jetzt zu versagen. Er lief nun schon fast zwei Stunden mit dem fetten Böcklein im Arm. Er dachte daran, es niederzustellen; vielleicht würden sich die Verfolger mit der Wiedererlangung ihres Besitzes zufriedengeben. Aber er wußte, daß sie das nicht tun würden. Er wußte es, weil er es an ihrer Stelle auch nicht getan hätte. Es waren Periöken, ›Umwohner‹, frei geboren zwar, doch unterschied sich die Behandlung, die ihnen seitens seiner Herrenrasse zuteil wurde, nicht wesentlich von jener, die die Heloten als Sklaven zu erdulden hatten. Und diese Behandlung war es, die Periöken und Heloten häufig dazu trieb, den Tod auf der Folterbank zu riskieren, indem sie fast alljährlich den hoffnungslosen Versuch unternahmen, das Joch Spartas abzuschütteln. Darum hatte er Verständnis für ihre Lage und hätte sich an ihrer Stelle nicht anders verhalten. Und dazu kam noch etwas anderes: der verderbliche Einfluß — so konnte man es wohl bezeichnen —, den Onkel Hippolytus auf seinen Geist ausübte.

Nun aber, während ein erstickender Schmerz seine Brust umkrampfte, bemächtigte sich ein neues Gefühl seiner Sinne. Es drang durch den Gestank von ranzigem Öl und Schweiß, der sein üblicher Körpergeruch war, denn, wie alle Spartaner, badete er fast nie. Das Bad, fürchtete er, würde den Körper schwächen, und so erzielte er eine Art Reinlichkeit, indem er sich am ganzen Leib mit Öl einrieb und es dann von einem Gefährten mit einem sichelförmigen Schaber abkratzen ließ. Und dieses neue Gefühl, das stärker war als der Gestank seines erschöpften Körpers, stärker als der Geruch des Böckleins, hieß Angst.

Es war ein lähmendes Gefühl, das wild an seiner Kraft zehrte und ihn schwanken und taumeln machte. Er war ein spartanischer Jüngling, und der Begriff Furcht sollte ihm fremd sein. Aber jetzt *hatte* er Angst, und das Wissen, das Bewußtsein, daß er so empfand, war ärger als die Angst selbst, denn er, Ariston, war ein Angehöriger jener Rasse, jenes Landes, das die Männer der Thermopylen hervorgebracht hatte, jenes Landes, in dem die Mütter ihren Söhnen, die in die Schlacht zogen, zuriefen: »Kehre wieder mit deinem Schild, oder darauf!«, und wo ein Junge, den gestohlenen Fuchs an seinem Körper verbergend, es zuließ, daß das Tier sich in seinen Eingeweiden verbiß, und starb, ohne einen Schmerzensschrei auszustoßen.

Aber Ariston war siebzehn Jahre alt und wollte nicht sterben. Nicht ohne Ruhm und Ehre erworben zu haben. Und besonders nicht auf diese dumme, schmähliche Weise: von ein paar Wilden in den Bergen ins Jenseits befördert zu werden, weil er das Verbrechen gegangen hatte, einen Ziegenbock gestohlen zu haben! Doch hinter diesen jugendlichen Sophistereien zeigte die häßliche Wahrheit ihre Fratze: er wollte nicht sterben, weil er den Tod fürchtete; weil er den Gedanken an völlige Vernichtung, an das Ende seines Daseins nicht ertragen konnte, den Gedanken, daß sein geschmeidiger, schöner Körper den Würmern zum Fraß dienen, und daß seine kühnen, stolzen Träume unerfüllt bleiben sollten. »Warum glaubst du wohl, haben sich die Menschen Götter erfunden?« hatte Onkel Hippolytus gemeint.

Er stellte das Böcklein nieder und begann, noch schneller zu laufen. Vielleicht gelang es ihm, einen der abseits gelegenen Höfe zu erreichen. In dieser Jahreszeit mochte der Eigentümer anwesend sein, um die Arbeiten zu überwachen. Dann würde er sich in Sicherheit befinden. Die Periöken würden es nicht wagen, ihn in Gegenwart eines anderen Spartaners zu töten. Wenn er aber den Eigentümer nicht antraf, und nur die Heloten, die tierischer waren als die Tiere, die sie hüteten, und verzehrt von finsterem Haß auf ihre Herren?

Er wagte nicht, daran zu denken. Er wagte es jetzt überhaupt nicht mehr zu denken und konzentrierte sich mit allen Sinnen auf seine Flucht. Dann pfiff ein Stein an seinem Kopf vorbei. Und wieder einer. Übelkeit sprang erneut in ihm auf, und er taumelte, denn die Periöken hatten ihre Schleudern aus den Gürteln gezogen und wirbelten sie über ihren Köpfen, um ihn mit Steinen zu erlegen. Die Periöken gehörten zu den besten Schleuderern der Welt, denn zu den vielen Lasten, die die Spartiaten ihnen aufgebürdet hatten, zählte auch die Verpflichtung, der Polis, dem Stadtstaat, in Kriegszeiten als leichtbewaffnete Truppen zu dienen. Die schwere Rüstung, die die spartanischen Hopliten zu unvergleichlichen Kämpfern machte, war ihnen verwehrt, und so hatten ihre Herren sie im Gebrauch leichterer Waffen — Bogen, Wurfspieß und, vor allem, der Schleuder — trefflich unterwiesen.

Jetzt ging es bergab, und Ariston flog, von Angst getrieben, leichtfüßig dahin, als hätte Gott Hermes ihm seine Sandalen geliehen. Fast vergaß er die quälende Pein in seiner Brust. Er lief wie nie zuvor in seinem Leben. Aber es half ihm nichts. Ein zottelhaariger Periöke hielt oben am Hang im Laufen inne, wirbelte seine lederne Schleuder ein- und zwei- und dreimal über dem Kopf und ließ einen der beiden Riemen los. Der weiße Stein schnellte, im Licht verschwimmend, im Bogen davon; dann traf seine Wurfbahn mit dem fliehenden spartanischen Jüngling zusammen. Rotes Feuer explodierte in Aristons Kopf. Auf dem fernen Olymp erscholl Zeus' Donnerstimme, und der Tartarus öffnete sich unter seinen Füßen. Er stieß einen leisen Schrei aus und fiel abgrundtief ins Dunkel, ins Nichts, in ewige Nacht.

Das Schütteln brachte ihn ins Bewußtsein zurück. Sein Kopf schmerzte ihn teuflisch. Doch der Schmerz in seinen Knien, in Handgelenken und Fußknöcheln war noch ärger. Er öffnete die Augen. Die Strahlen der Vormittagssonne trafen sie wie weißglühende Speerspitzen. Er schloß sie wieder, doch die Sonne drang durch die Lider und überzog die Pupillen mit brennender Röte. Das Schütteln und Rütteln dauerte an. Er schien mit seinem ganzen Gewicht von irgend etwas herunterzuhängen. Der Schatten eines Felsens fiel über sein Gesicht und schenkte ihm erfrischende Kühle. Er öffnete abermals die Augen und erkannte sogleich, was die Schmerzen in Handgelenken, Fußknöcheln und Knien verursachte. Die Periöken hatten ihn wie einen erlegten Eber an den Stamm eines gefällten jungen Baums gebunden, dessen Enden auf den Schultern zweier ihrer stämmigsten Kerle ruhten. So trugen sie ihn den schmalen Ziegenpfad hinauf. Und plötzlich ertrug er das alles nicht mehr — die entsetzlichen Schmerzen in seinem Kopf, die Lederriemen, die ihm ins Fleisch schnitten, das Rütteln und Schaukeln, die Leere in seinem Magen, die tödliche Verdichtung in seinen überanstrengten Lungen und, mehr noch als alles andere, den Gestank seiner Büttel — er drehte den Kopf zur Seite und erbrach sich auf den steinigen Boden.

»Ha!« höhnte einer der Periöken. »Selbst die Götter speien Galle! Bewahre dir deinen Schleim, Spartaner. Du wirst ihn brauchen.«

Ariston antwortete ihm nicht. In Wahrheit konnte er die Bergmenschen kaum verstehen, denn die Periöken sprachen eine Art achäischen Dialekt, der älter war als die Sprache Homers. Verglichen mit ihnen, waren die Männer seiner eigenen, dorischen Rasse Emporkömmlinge, Fremde und Eindringlinge in die Leere Lakoniens — ein weiterer Grund für den Haß, den die unterworfenen

Lakedämonier für Sparta empfanden. Überdies waren seine Gedanken jetzt damit beschäftigt, einen Weg zu ersinnen, wie er seinen Häschern entkommen könnte. Die Angst hatte ihn noch nicht verlassen, aber sie beherrschte ihn nicht mehr. Das war einer der Vorteile spartanischer Erziehung. Ariston glaubte Onkel Hippolytus' spöttische Stimme zu hören: »Man erzieht uns zu Heuchlern, Schwindlern und Verrätern. Hör mir gut zu, mein Junge: ich wollte lieber ein Sklave in Athen als einer der zwei Könige Spartas sein!«

Ariston bemühte sich, nicht weiter an Onkel Hippolytus zu denken. Dies war nicht der geeignete Zeitpunkt, sich der Spottreden dieses dicken Possenreißers zu erinnern, obwohl er ihn innig liebte. Es schwante ihm, daß sein Onkel in vielen Dingen recht hatte, so zum Beispiel, wenn er behauptete, daß man für das Privileg, Spartaner zu sein, mit der freiwilligen Aufgabe seiner Kultur bezahlen mußte. Er hatte mit eigener Hand die Gedichte abgeschrieben, die Onkel Hippolytus aus Attika und von der Insel Lesbos mitgebracht hatte. Doch dann fand sie der Buagor, der Hauptmann, versteckt unter der geringen Habe Aristons und meldete ihn dem Paidonomos, dem Gruppenführer, der einige davon mühsam entzifferte — Lesen war nicht gerade eine Kunst, in der die Spartaner besondere Fertigkeiten besaßen — und dabei feststellte, daß es sich nicht um kriegerische Oden, sondern vielmehr um Liebesgesänge handelte, worauf er Ariston geißeln und, was den Jüngling noch schmerzlicher traf, die Gedichte verbrennen ließ.

Jetzt aber, zusammengeschnürt wie ein Schlachtschwein, mit dem Kopf nach unten aufgehängt wie ein wilder Eber, waren es nicht die sich immer wiederholenden Spitzfindigkeiten seines Onkels Hippolytus, deren er bedurfte, auch wenn sie in seinem Herzen stets Widerhall gefunden hatten, sondern der eiserne Mannesmut, der durch die von Hippolytus so verachtete Erziehung tief in seine Seele gebettet worden war. Einer List bedurfte er, einer geschickten Täuschung, einer so richtig spartanischen Tücke, um seine Häscher dazuzubringen, ihn loszuschneiden und an die Ufer des Eurotas zurückkehren zu lassen — wo er zusammen mit seinen Kameraden Sommer und Winter nackt im Freien schlief, um seinen Körper zu stählen. Aber es fiel ihm nichts ein. Zu sehr schmerzte ihn die Stelle an seinem Kopf, wo der Stein die Kopfhaut aufgerissen hatte, und wenngleich das Blut jetzt schon eine Kruste im dunkelblonden Haar bildete, machten es ihm die Fliegen, die wie wahnsinnig um die

Wunde herumsummten, noch schwerer, seine Gedanken anzuspannen. Er schloß die Augen und sandte ein Stoßgebet an Zeus, den Feind der Fliegen. Und das Schütteln und Schaukeln — er fühlte sich todelend.

Seit fast drei Tagen hatte er nichts gegessen. Er konnte sich nicht vorstellen, wie ein anderer Hellene, der nicht aus Sparta gebürtig war, damit fertig werden konnte. Daß man einen Knaben von edler Herkunft, Sohn eines reichen Mannes, im Alter von sieben Jahren der Geborgenheit seines Heims entzog, ihn zwang, täglich an erschöpfenden Leibes- und Waffenübungen teilzunehmen, sich Sommer und Winter mit einem einzigen Kleidungsstück zu begnügen, zu jeder Jahreszeit, wie unfreundlich das Wetter auch sein mochte, nackt in den Binsen am Flußufer zu schlafen, mit seinen Kameraden Zweikämpfe bis fast auf den Tod auszufechten, um seinen Mut zu beweisen, daß man ihn geißelte, wenn er sich auch nur des geringsten Vergehens schuldig machte — und manchmal auch, wenn gar kein Anlaß vorlag, nur um ihn zu lehren, Schmerz zu erdulden, ohne einen Laut von sich zu geben —, und daß man ihn, und das war das Ärgste, ständig in halbverhungertem Zustand beließ und ihm gelegentlich, wie eben jetzt auch, jegliche Nahrung vorenthielt, so daß er stehlen mußte, um am Leben zu bleiben — all das wäre den Bürgern jeder anderen Polis in Hellas, einem Athener, einem Thebaner, Korinther oder Syrakuser, unglaublich erschienen.

Doch so war der junge Ariston aus Sparta, Sohn eines Mitglieds der Gerusia, des Ältestenrates, gemeinsam mit seinen Kameraden erzogen worden. Und es war infolge einer solchen Übung im Überleben — »Bah! Ausgemachte Dieberei!« hörte er Onkel Hippolytus verächtlich schnauben —, daß er nun bald würde sterben müssen. Wenngleich, so sagte ihm sein scharfer Verstand, der Diebstahl des Böckleins nichts weiter als ein Vorwand war. In Wirklichkeit würde er dafür sterben müssen, daß er Spartaner war, ein Angehöriger jener Herrenrasse, die, Frauen und Kinder eingeschlossen, kaum dreißigtausend Seelen zählte und nichtsdestoweniger mit gnadenloser Strenge über einhundertdreißigtausend Periöken und doppelt soviel und noch mehr widerspenstige und bösartige Heloten herrschte.

Unmittelbar war der Tod, der ihn bedrohte, die Folge einer schweren Fehlentscheidung. Wäre er bereit gewesen, das Risiko einer Tracht Prügel in Kauf zu nehmen, er hätte den schon etwas zivilisierten Periöken in der Ebene, nahe der Stadt, eine Ziege stehlen können. Natürlich hätten auch sie ihn verfolgt, doch wäre vom Ausgang dieses Wettlaufs nicht sein Leben abgehangen. Denn die Umwohner der Ebene wären nicht in der Lage gewesen, ihn zu töten, und hätten es auch nie gewagt. Wäre es ihm nicht gelungen, seine Verfolger abzuschütteln, die Periöken hätten schlimmstenfalls das Gymnasion betreten, wozu sie als freie Männer das Recht hatten, und ihn beim Gruppenführer verklagt. Woraufhin der Paidonomos ihn den Männern ausgeliefert hätte und er gegeißelt worden wäre, bis ihm das Blut über den Rücken lief. Das war so festgelegt. Wäre es Ariston jedoch gelungen, in das weite Tal Lakoniens zu entkommen, würde ihn der gleiche Paidonomos auf das Podium gerufen und seine Schlauheit und Tapferkeit über den grünen Klee gelobt haben, denn, wie Onkel Hippolytus es ganz richtig formulierte, strafbar war nicht der Diebstahl, sondern, daß er sich hatte erwischen lassen.

»Narr!« schalt er sich im stillen, »empfindsamer Narr! Aus Liebe zu ihm, der dich verachtet, hast du Kopf und Kragen riskiert! Nicht eine einzige Träne wird Lysander weinen, wenn er erfährt, daß dich diese Wölfe in Stücke gerissen haben. Und bilde dir nicht ein, er würde einen schlaffen Finger rühren, um dich zu rächen!«

Er wollte jetzt nicht an Lysander denken, denn auch diese Erinnerungen waren dazu angetan, seine Entschlußkraft zu lähmen. Aber er konnte ihn nicht aus seinen Gedanken verbannen. Mit zwölf Jahren schon, als er begann, die Stürme des Blutes und die Qualen des Verlangens zu empfinden, hatte er Lysander geliebt. Doch nicht nur er allein. Lysander war ein fast unglaublich schöner Jüngling, und mehr als drei Viertel seiner Kameraden im Gymnasion waren in ihn verliebt. Und sein Ruhm drang über die Tore des Gymnasions hinaus: sooft er den Diskus warf, Speer, Ring- oder Faustkämpfe bestritt oder an Wettläufen teilnahm, der unvergleichliche Körper völlig nackt, wie es der Brauch war, erschien eine Menge älterer Männer, um zuzusehen, ja selbst einige Frauen.

Er erinnerte sich noch, wie er sterben wollte, als er erfuhr, daß Lysander schließlich einen Liebhaber unter den älteren Männern gefunden hatte. Doch schon am nächsten Tag schöpfte er neue Hoffnung und begann von neuem, dem schönen Jüngling wie ein kleines Hündchen, wie ein unterwürfiger Speichellecker nachzulaufen. Und im Grund war es diese grenzenlose, leidvolle Leidenschaft für den goldgelockten Lysander, die Ariston in die fatale Lage gebracht hatte, in der er sich jetzt befand. Denn wäre es ihm gelungen, das fette Böcklein in der Messe abzuliefern, die Kameraden hätten ihn als Helden gefeiert. Dann hätte sich Lysander vielleicht herabgelassen, ihn anzusehen oder ihm gar die Gunst eines Lächelns zuteil werden lassen. Mehr noch: es war der Wunsch gewesen, nicht wieder das Risiko einzugehen, vor Lysander gegeißelt zu werden – vor Lysander mit seinem schlaffen, schmollend schönen, gleichgültigen, ja zuweilen sogar spöttischen Antlitz –, wie er es schon des öfteren hatte erdulden müssen. Das war es, was Ariston dazu gebracht hatte, so weit in die Ferne zu schweifen, um ein Geschenk zu finden, das das Herz des Angebeteten erweichen würde Dieser törichte Einfall eines romantischen Knaben schien nun damit enden zu wollen, daß er an der Pforte der Unterwelt stand, um in einen Schatten verwandelt und für ewige Zeiten in ihr düsteres Dunkel verbannt zu werden.

Der Aufstieg zum Dorf der Periöken, das hoch in den Parnonbergen lag, nahm den ganzen Tag in Anspruch. Die Distanz, die er in seiner wilden Jagd bergab in zwei Stunden zurückgelegt hatte, mußte nun Meter für Meter des steilen Pfades erkämpft werden. Überdies waren die Männer mit seinem nicht unbeträchtlichen Gewicht belastet. Er war wohl schlank, sein Fleisch jedoch hart und fest. Es war also schon die Dämmerung hereingebrochen, bevor Ariston am Geruch der Feuerstellen erkannte, daß sie sich dem Dorf näherten. Dann hörte er das Geschnatter von Frauenstimmen. Einen Augenblick später waren er und die, die ihn gefangen hatten, von den Weibern umringt.

Er verzog keine Miene und versuchte, keine Angst zu zeigen, während die Frauen um ihn herumstanden und ihn anstarrten. Er wünschte sich jetzt ausnahmsweise, Athener zu sein, denn dort, hatte der Onkel erzählt, war es den Frauen nicht gestattet, nach Lust und Laune umherzugehen; sie waren in ihre Häuser gesperrt, wie sich das gehörte. Eine Lakedämonierin jedoch, welche gesellschaftliche Stellung sie auch innehaben mochte, war die freieste unter den Frauen der Welt. Die spartanischen Damen der Herrenklasse schockierten Besucher aus anderen Teilen Hellas mit ihrer Dreistigkeit, bis dann die Besucher erfuhren, daß ihre Keckheit nichts zu bedeuten hatte und daß sie in Wahrheit die sittsamsten Jungfrauen und treuesten Gattinnen waren, die die Welt kannte.

Ariston starrte nun seinerseits die zottigen, struppigen, dreckigen Weiber an. Er empfand für Frauen zwiespältige Gefühle. Er liebte seine Muttter Alkmene von ganzem Herzen, doch abgesehen von ihr und den Sklavenmädchen hatte er keinen Kontakt mit dem andern Geschlecht. Und selbst mit ihnen nicht, war er doch im Alter von sieben Jahren dem verweichlichenden Einfluß des Elternhauses entzogen worden. Er wußte, daß einige der älteren Jungen mit Frauen geschlafen hatten und sogar damit prahlten und behaupteten, es wäre ein großes Vergnügen. Aber daß man eine Frau *lieben* konnte, war für ihn unvorstellbar. Es war selbst jenen Kameraden unvorstellbar, die schon mit ihnen geschlafen hatten. Frauen waren Zuchttiere, die man, weil der Ältestenrat es so bestimmte, heiratete, wenn man dreißig war, um noch mehr Soldaten für den Stadtstaat zu zeugen.

Er zweifelte nicht daran, daß der Verkehr mit einer Frau ergötzlich sein konnte – vermutlich war die körperliche Liebe eine Wonne, ganz gleich, mit wem oder womit man sie betrieb – aber wie konnte man ein hirnloses Geschöpf *lieben?* Außerdem waren sie häßlich, diese Weiber mit ihren schmalen Schultern, breiten Hüften und den Fleischkugeln von Brüsten. Er hatte bisher noch mit niemandem geschlafen; aber er hoffte von ganzem Herzen, er würde, wenn es einmal soweit kommen sollte, diese Wonne mit Lysander teilen können.

Gerade diese Ausschließlichkeit, diese Konzentration seiner Liebe war es, die ihm bis zum heutigen Tag seine Keuschheit bewahrt hatte. Um die Wahrheit zu sagen, er war fast ebenso schön wie Lysander und hatte mehr Beachtung bei Jungen und Männern und sogar Mädchen gefunden, als ihm eigentlich zustand. Und dann gab es noch ein Detail, das, obwohl er es in diesem Augenblick noch nicht wußte, in kurzer Zeit sein Schicksal bestimmen würde: unter allen Knaben des Gymnasions waren er und Lysander die einzigen Blondköpfe.

Sein Volk, die Dorier, waren Nordländer und möglicherweise baltisch-teutonischen Ursprungs. Zwar hatten sie sich stets viel auf die Reinheit ihrer Rasse zugute getan, waren aber in all den Jahrhunderten in einem Meer dunkelhäutiger Völker untergegangen – in Sparta allerdings weniger als in anderen Landstrichen. Blaue und braune Augen waren nicht ungewöhnlich unter den Knaben, und viele hatten bemerkenswert braunes Haar, ganz besonders, wenn man es mit den pechschwarzen Locken der eingeborenen Hellenen verglich, doch hin und wieder gefiel es einer launischen Natur, ein dorisches Kind des ursprünglichen nordischen Typs das Licht der

Welt erblicken zu lassen. Zu diesen wenigen Auserwählten zählten Lysander und Ariston.

Der Kopf dröhnte ihm von dem Geschnatter der Weiber. Er schloß die Augen. Immer noch zusammengeschnürt, lag er auf der Erde, so wie ihn die Männer mitsamt dem Baumstamm hingeworfen hatten. Der Gestank der Periöken bereitete ihm noch mehr Übelkeit als zuvor, besonders jetzt, da er sich mit dem widerlichen Geruch ungewaschener Weiblichkeit vermengte. Plötzlich aber wurde er sich eines warmen, knoblauchgewürzten Atems bewußt, der sanft an seine Wange schlug. Er schlug die Augen auf und blickte in das Gesicht eines Mädchens.

Sie war ebenso schmutzig wie alle anderen und roch nicht um ein Jota besser, aber irgendwie erregte ihn ihr Duft. Verglichen mit der Masse ihres wirr verfilzten Haares wäre der Styx schneeweiß erschienen, und ihre Augen waren schwärzer als der tiefste Abgrund der Hölle. Sie leckte sich die Lippen, und ihr Mund wurde zu einer rosigen Insel in der dicken Schicht von Schmutz und Ruß, die ihr Gesicht bedeckte. Und Ariston sah, daß ihre Lippen voll und sinnesfreudig und von der Farbe dunklen Weines waren. Die schmutzigen Fetzen, die sie am Leib trug, verieten mehr als sie bedeckten, und plötzlich schoß ihm der Gedanke durch den Kopf, daß sie, wollte man sie eine Woche lang schrubben, durchaus geeignet sein könnte, die Theorien einiger Kameraden in bezug auf die Köstlichkeiten der Mädchen in die Praxis umzusetzen.

Neben ihm kniend, hob sie ihr Köpfchen, und Ariston fand den Bogen der Kehle bezaubernd – obwohl sie von schwarzen Linien durchzogen war. Sie bewegte sich mit der gleichen Anmut, wie sie Lysander zu eigen war. Der Gedanke beunruhigte ihn.

»Vater«, fragte sie – und ihre Stimme klang dunkel und süß –, »was ist er? Mensch – oder Gott?«

Er hörte den Baßton schallenden Gelächters. Doch von den Weibern lachte nicht eine. Sie starrten ihn bloß an – so wie das Mädchen auch. Eine von ihnen erregte seine besondere Aufmerksamkeit. Sie war schlank, großgewachsen für eine Frau und irgendwie anders als die anderen. Im nächsten Augenblick erkannte oder glaubte er zu erkennen, worin der Unterschied bestand: sie war viel, viel sauberer als die übrigen Weiber. Dann bemerkte er, daß es mehr war als das. Mehr noch als der Umstand, daß sie hübsch, ja sogar schön war. Es lag eine Spannung in ihrem Wesen, eine zerrende Straffheit, so daß er fast das Gellen ihrer Nerven unter der glatten

Haut zu hören vermeinte. Wie sie ihn jetzt anstarrte, trat eine dicke Ader am Ansatz ihrer Kehle hervor. Er versuchte, den Blick abzuwenden, aber es gelang ihm nicht. Er lag da und schaute auf die dicke Ader, die pulsierte und schlug und schlug, bis ihm schien, als könnte er sie hören. Und der Klang des Pulsschlages war wie der Klang seiner eigenen Verdammnis.

»Vater«, flüsterte das junge Mädchen mit scheuer, dunkler Stimme, »warum habt ihr den Gott so gebunden? Um ihn eurem Willen untertan zu machen? Es gibt keine Menschen, die Augen haben, blau wie der Himmel, und Haare wie –«

»Er ist nur ein Mensch, du dummes Ding!« antwortete ihr ein zotteliger Bock von einem Periöken. »Ein Mensch und ein Dieb. Und jetzt steh endlich auf!«

»Bist du sicher, Vater?« wisperte das Mädchen.

»Ihr unsterblichen Götter! Erlöset mich von den Weibsbildern!« brummte der Alte. »Ich sagte dir, Phryne, er ist nur ein Mensch. Zwinge mich nicht, es dir vor der Zeit zu beweisen!«

»Nein, Deimus«, äußerte sich ein anderer Perioke, »es ist kein Mensch. Etwas Geringeres, will mir scheinen. Ein Junge. Ein sehr hübscher Junge, von der Art, wie sie unsere erhabenen Herren den Frauen vorziehen. Ha! Vielleicht sollten wir ihn auf diese Weise erledigen! Wir könnten uns seiner so lange bedienen, bis er in unserem Samen ersoffen ist! Wäre das nicht ein Spaß, Freunde?«

»Na, na, Epidaurus«, rief ein stämmiger Kerl, »erzähle mir doch nicht, du verspürtest so delikate Gelüste! Ha! Wenn ich so daran denke, daß du jetzt gute sieben Jahre mit Lykotheia verheiratet bist, und ihr Bauch ist immer noch flach wie eh und je! Kein kleiner Eber, kein Frischling hat sich noch eingestellt, um deine Bemühungen zu lohnen! Komm, Lykotheia, sag uns die Wahrheit: vernachlässigt dich dieser Zottelpelz? Ich wette meinen Preisbock und zwei Lämmer gegen eine stinkende Ziege, daß er sein Ding immer nur in zarte, niedliche Knaben hineinsteckt, wie dieser Flachskopf hier einer ist. Sag's uns doch, Mädchen – frönt unser Epidaurus den Lastern der stolzen Spartaner?«

Die Frau zuckte die Achseln und antwortete nicht.

Lykotheia, dachte Ariston, die Wölfin. Ein passender Name!

»Geh heim, Weib!« brüllte Epidaurus, und Ariston hörte das wütende Beben in seiner Stimme. »Und du, Pankratis! Nur weil deine Mutter deinem alten Narren von Vater mit einem Stier oder einem Bär oder sonst einem Riesenvieh Hörner aufgesetzt hat, glaubst du, du könntest dir alles erlauben! Mit dir werd' ich auch noch fertig, du ausgelaugter Muskelprotz! Bei Zeus, ich —«

»Hast du vielleicht Angst, sie könnte uns was erzählen?« lachte der große Mann. »Damit verrätst du dich ja selber! Komm, Lyko, mein Täubchen, sag uns die Wahrheit, und ich werde dich beschützen. Ist unser Epidaurus ein Mann?«

Ganz, ganz langsam wandte Lykotheia den Blick vom Gesicht des riesenhaften Pankratis ab und ließ ihn kühl und überlegend, seltsam zögernd, eine lange Zeit auf ihrem Gatten ruhen. Ariston konnte sehen, wie der Zottelpelz — denn das bedeutete sein Name Epidaurus — unter seinem verfilzten Haar, unter seinem Bart erbleichte. Als die Frau schließlich den Mund öffnete, spritzte reines Gift aus ihrer Stimme.

»Ein Mann?« erwiderte sie ruhig und wohlüberlegt. »Nein, ich glaube nicht. Jedenfalls kein besonders aufregendes Exemplar.«

Epidaurus sprang vor und schlug sie zu Boden. Als er begann, sie mit dem Fuß zu stoßen und zu treten, hallte der ganze Platz wider vom bellenden Gelächter der Männer, in das sich bald auch die mißtönenden, spitzen, kreischenden Schreie der Frauen mischten.

So muß wohl das Gelächter der Erinnyen klingen, dachte Ariston. Und schon stockte ihm der Atem, als er sich der Ungeheuerlichkeit seines Vergehens bewußt wurde. Verzeiht mir, hehre Schwestern! betete er im stillen. Ich wollte natürlich Eumeniden sagen.

Nun glaubte er wieder die spottende Stimme Onkel Hippolytus' zu vernehmen: »Glaubst du denn, Neffe, die Erinnyen wären solche Dümmlinge, daß sie menschliche Listen nicht durchschauten? Du magst sie ruhig Eumeniden nennen — auch Schmeichelnamen werden ihren Charakter nicht ändern. Sie werden dich zur Strecke bringen, wie sie alle Menschen zur Strecke bringen. Nichts Lebendes entgeht ihnen, mein Junge. Tanze also den Bocksgesang, solange du kannst; lausche den Panflöten auf den Höhen. Winde dir Weinblätter ins Haar und trinke nach Herzenslust; drücke feurige Jünglinge und Mädchen an deine Brust! Denke stets daran: kein menschliches Wesen entgeht ihnen!«

Immer noch züchtigte Epidaurus seine Lykotheia. Ariston hörte den dumpfen Klang, mit dem seine Schnürstiefel durch ihr Gewand ins Fleisch stießen. Warum helfen sie ihr nicht? fragte er sich. Sehen sie denn nicht, daß er sie umbringt?

»Lyko ist eine Fremde — sie kommt aus Attika«, flüsterte ihm das Mädchen zu, das neben ihm kniete – als ob sie seine Gedanken gelesen hätte. »Mein Vater hat es mir erzählt. Darum hassen sie alle so. Ich . . . ich habe versucht, Freundschaft mit ihr zu schließen, aber sie wollte nicht. Sie . . . sie verachtet mich. Ich weiß nicht, warum –«

»Weil du so hübsch bist, Melanippe«, fiel Ariston ihr ins Wort.

Sie sah ihn erstaunt an.

»So heiße ich doch gar nicht.«

»Jetzt schon«, sagte Ariston, »denn ich habe dir diesen Namen gegeben. Melanippe – kleine schwarze Stute, das reizendste Geschöpf, das die Götter geschaffen haben.«

Schwein! höhnte er sich im stillen, Schwein und Hund und gemeiner Kerl! Ein so schmutziges, unwürdiges Spiel zu treiben! Aber – wiegt ihre Unschuld nicht mein Leben auf? Ist mein Leben nicht wertvoller, ihr unsterblichen Götter?

»Ich heiße Phryne«, sagte sie ein wenig geziert, »und ich mag den Namen nicht, den du mir gegeben hast. Stuten werden von Männern geritten. Und ich bin Artemis versprochen – und kein Mann wird mich jemals –« So heftig schlug sie plötzlich beide Hände vors Gesicht, daß das Geräusch sogar das tierische Gebrüll übertönte, mit dem die Perioken der mörderischen Züchtigung Beifall spendeten, die Epidaurus seinem Weib verabreichte.

»Verzeih mir, Herr!« flüsterte sie. »Ich weiß gar nicht, was mir eingefallen ist! Ich habe noch nie an so etwas Schlimmes auch nur gedacht! Und jetzt –«

Ein langsames, wohlüberlegtes Lächeln glitt über Aristons Gesicht. Er lächelte, bis ihm der Mund weh tat. Zum ersten Mal in seinem Leben machte er von seiner großen Schönheit Gebrauch. Er war sich ihrer bis jetzt kaum bewußt gewesen. Es war noch keine Woche her, als Onkel Hippolytus seine, des Onkels, Reizlosigkeit beklagt hatte – ein gewisser Ioxus schien seine Anträge abgewiesen zu haben. Ob Knaben oder Mädchen, alle verschmähten sie Hippolytus mit seinem Hängebauch – er hatte wirklich kein Glück in der Liebe. Ariston hatte laut gelacht, als der Onkel die Götter anflehte, sie möchten ihm die Schönheit seines Neffen schenken, und wäre es auch nur für eine Nacht. Aber das Lachen verging ihm, als der Onkel das Wort an ihn richtete:

»Lache nicht, du in einer verzauberten Schlucht gezeugter Welpe! Für dieses köstliche Vergnügen hast du alle Vorteile auf deiner Seite. Deine Schönheit übertrifft die des gemeinen Volkes um so vieles, daß man sie göttlich nennen könnte – was immer das auch bedeuten mag. Schließlich kann ja niemand beweisen, daß der göttliche Dionysos nicht tatsächlich dein Vater ist, wie meine schwachköpfige Schwester behauptet –«

»Gibt es denn überhaupt Götter?« fragte Ariston lächelnd.

»Nein. Aber erzähle das nicht jedem, der dir über den Weg läuft. Der Glaube ist eine wertvolle Waffe in der feinen Kunst, Gimpel zu beschwindeln.«

Gimpel wie diese zarte Kleine, dachte Ariston. Sie scheint ein liebes Mädchen zu sein. Süß. Eigentlich schade – aber er lächelte sie weiter an, obwohl er sich der Täuschung, der er an ihr zu begehen im Begriff war, zu schämen begann.

»Vater hat unrecht«, flüsterte sie. »Du bist ein Gott, nicht wahr? Vielleicht gar Apollo, der Bogenschütze? Dein Haar –«

Er schüttelte ein wenig ärgerlich den Kopf. Sie war wirklich entsetzlich dumm.

»Kann ein Gott bluten?« fragte er verächtlich. »Läßt er sich von Riemen halten, mit den gewöhnlichen Menschen ihn gebunden haben? Sei nicht dumm, Phryne! Ich bin ein Mensch wie du. So sehr Mensch, daß ich mich in dich verlieben könnte, wenn es mir gelänge, herauszufinden, wie du unter deiner Schmutzkruste aussiehst.«

»Oh!« machte sie. »Es sind noch keine vierzehn Tage her, daß ich gebadet habe.«

»Wo ich herkomme, baden die Frauen jeden Tag. Aber das ist ja auch nicht so wichtig. Weißt du, Phryne, daß deine Freunde nicht gerade sehr gefühlvolle Leute sind? Menschen, die einfach zusehen, wie ein Mann eine Frau zu Tode tritt, ohne auch nur einen Finger zu rühren –«

»Jetzt tritt er sie nicht«, unterbrach ihn Phryne.

Sie hatte recht, Epidaurus trat sie nicht. Er bohrte ihr jetzt den Absatz seines Stiefels ins Gesicht, eine Art von Züchtigung, die die herumstehenden Frauen für besonders reizvoll hielten. Wahrscheinlich, weil sie viel besser aussieht als die andern, dachte Ariston.

»Nun, ich glaube nicht, daß sie *mich* sehr liebevoll behandeln werden«, sagte er, »sobald sie mit dieser Olympiade zu Ende sind und die Reihe an mich kommt. Wenn eine Frau zu Tode getrampelt werden kann, nur weil sie ihren Mann verhöhnt hat, was werden sie dann wohl mit einem Dieb anfangen, der ihnen eine Ziege gestohlen hat?«

»Umbringen werden sie dich«, erwiderte Phryne, und dann: »O

nein! Ich werde es nicht zulassen! Irgendwie werde ich sie davon abhalten; ich —«

Ariston lächelte sie an, und jetzt lag nicht nur Spott in seinem Lächeln. Ein verwerflicher, ein ungeheuerlicher Gedanke schoß ihm durch den Kopf, aber war der Tod nicht doch noch weit ungeheuerlicher?

»Sie können mich töten«, sagte er ruhig, »aber sie können mich nicht zwingen, im Schattenreich zu verweilen. Zwar ist meine Mutter eine Sterbliche — darum blute ich und kann meine Fesseln nicht lösen —, mein Vater aber ist der Gott Dionysos, und ich besitze die Gabe, zu neuem Leben zu erwachen. Und wenn ich dann zurückkomme, werde ich diese Schweine vom Antlitz der Erde tilgen. Außer . . .«

»Außer was, Herr?« hauchte sie.

»Außer du rettest mich, Melanippe-Phryne«, sagte er. »Geh und hole ein Messer. Schneide mich los und —«

»Sie — sie würden mich töten«, jammerte sie.

»Ich werde dich beschützen. Ich — ich werde dich reichlich belohnen! Glaube mir, du wirst beseligt sein unter allen Frauen!«

Sie starrte ihn an.

»Wie meinst du das — beseligt?«

Er lächelte. Er spottete seiner selbst. Denn plötzlich sah er sich außerstande, seinen Plan auszuführen. Es war einfach zu gemein. Würde er ein Leben ertragen können, das auf so einer Schweinerei aufgebaut war? Darum warf er den Plan wild und idiotisch von sich, indem er ihn zu einem empörenden, unannehmbaren Vorschlag wandelte; zu einer Beleidigung ihrer Jungfräulichkeit, zu einer Beschimpfung. Doch als er sie aussprach, verdunkelte sich seine Stimme, und sie klang wie leise Musik, verspielt und zart:

»Ich werde dir ein Kind schenken, Melanippe, meine kleine schwarze Stute! Und es wird unsterblich sein und göttlichen Ursprungs!«

Wieder schlug sie die Hände vors Gesicht, als wollte sie die flammende Röte ersticken, die auf ihren Wangen brannte. Doch was ihre Antwort gewesen sein, wie sie auf seine List reagiert haben würde, erfuhr er jetzt nicht, denn Epidaurus' Wut oder Kraft oder beides hatten ihn verlassen. Weil er nun in seinen Bemühungen, die überraschend unverwüstliche Lykotheia zu Tode zu trampeln, innehielt, erregte das Geräusch, das Klatschen von Phrynes Händen auf ihre Wangen, die Aufmerksamkeit ihres Vaters. Deimus wandte sich von einer Schaustellung ab, die nun nicht mehr interessant schien, da Zottelpelz sich offenbar entschlossen hatte, sein Weib nicht zum Krüppel zu schlagen, geschweige denn, sie zu töten. Er heftete seinen Blick auf Phryne, versenkte seine schwielige Hand in der schwarzen Mähne ihres Haars und riß sie auf die Beine. Während er sie mit der einen Hand festhielt, versetzte er ihr mit der anderen einen heftigen Schlag ins Gesicht.

»Bei Kypris!« brüllte er. »Ist ein Dämon in euch Petzen gefahren?« Dann warf er einen schnellen Blick in die Runde.

Inzwischen war der gewaltige Pankratis vorgetreten und fiel Epidaurus in den Arm.

»Genug, du Zottelpelz«, sagte er in versöhnlichem Ton. »Du hast dein Weib jetzt schon genügend bestraft. Und ihr Vergehen ist nicht todeswürdig. Und überdies: wo willst du so schnell eine neue finden? Schaff sie nach Hause, aber komm gleich wieder. Wir müssen beraten, was mit dem flachshaarigen Welpen geschehen soll.«

Deimus gab Phryne einen kräftigen Stoß. Ariston bemerkte, daß er krank vor Angst war, die anderen hätten bemerkt, wie lange seine Tochter mit dem Gefangenen gesprochen hatte – und wie vertraulich. Seltsam, dachte der Jüngling: selbst unter Ochsen und Affen wie diesen spielen Stolz und Ansehen eine Rolle . . .

»Fort mit dir, du Luder!« zischte der Alte. »Bei Zeus, du wirst mir keine Schande machen!«

Den jungen Rücken steif und gerade, ging Phryne davon. So müssen die alten Königinnen geschritten sein, dachte Ariston. Helena und Hekuba und –

Doch im Eingang zu der armseligen Hütte aus Lehm und Steinen wandte sie sich um und blickte ihn an. Und was er in ihren Augen las, war so groß und so rein, daß es ihm den Atem benahm und sein Herz stillstehen ließ.

Und nun erkannte er endlich und mit aller Gewißheit: Frauen mochten, wie die Männer seiner Polis beteuerten, Zuchtstuten sein, auf denen die Männer freudlos ihre Söhne zeugten; zumindest diese eine jedoch war zur Liebe – nein: war geschaffen, die Liebe zu erdulden.

II

Er lag nun schon geraume Zeit in der Höhle. Bis zum Sonnenuntergang hatte er das dumpfe Dröhnen der Männerstimmen gehört, die über sein Schicksal berieten. Aber er konnte nicht verstehen, was sie sagten. Jetzt war es Nacht; seit einer Stunde war es dunkel. Sie hatten ihn von der Tragstange losgebunden, ihn jedoch unverzüglich an einen Baumstamm gefesselt, der in der Mitte der Höhle in einen Steinhaufen eingelassen war. Seine Lage hatte sich gebessert, wenn auch nicht um vieles. Um ihn zu bewachen, hatten sie vor dem Eingang Epidaurus und einen zweiten Mann namens Argus postiert – so geheißen vielleicht wegen seiner scharfen Augen, schienen doch in dieser Sippe alle Namen zu einer persönlichen Eigenschaft des Trägers in Bezug zu stehen.

Die zwei Männer hatten eine Weile geschwatzt; sicher schliefen sie jetzt. Wein genug hatten sie getrunken, um schläfrig zu werden. Merkwürdig war nur, daß Lykotheia den Wein gebracht hatte. Wohl als Versöhnungsgabe, nahm Ariston an, um den Zorn ihres Gatten zu beschwichtigen.

Er lehnte sich gegen den Stamm zurück und schloß die Augen. Er war nicht mehr hungrig. Kurz bevor es dunkel geworden war, hatten sie ihm Essen gebracht, die Hände gelöst, und waren mit gezogenen Messern über ihm gestanden, während er aß. Es hatte überraschend gut geschmeckt: eine Brühe aus Ziegenfleisch und Linsen, heiß und würzig. Die Brühe hatte ihm neue Kraft gegeben.

»Ich danke euch, Periöken«, hatte er sich höflich bedankt.

»Das wirst du wohl morgen nicht mehr tun«, hatte Epidaurus gebrummt und gegrinst. »Laß es dir schmecken. Die Hungrigen sterben zu schnell.«

Aber er hatte trotzdem mit gutem Appetit weiter gegessen. Denn, so sagte er sich im stillen, die gut Gefütterten haben auch die Kraft zu fliehen.

Während er so gegen den Baumstamm lehnte, versuchte er, sich seiner Fesseln zu entledigen. Würde ihm das gelingen, er könnte über die schnarchenden betrunkenen Lümmel vor dem Eingang steigen und wäre noch vor Tagesanbruch aller Gefahr entronnen. Seine Finger zerrten an den Lederriemen, aber sie waren von Meistern geschlungen worden; er konnte die Knoten nicht lösen. Es war zum Verrücktwerden. Der Weg zum Leben lag vor ihm, und ein paar Streifen Tierhaut verwehrten ihm seine Freiheit.

Er öffnete seine blauen Augen. Dann ließ er ganz langsam den Kopf sinken und weinte. Die Scham in ihm war groß und schrecklich. Der armen kleinen Phryne Lügen aufzutischen, um sein Leben zu retten — aus spartanischer Sicht war nichts Verwerfliches daran. Wenn nun aber diese Lügen einen Gott einbezogen? Würde ihm der göttliche Dionysos morgen für diese Lästerung sein Leben abfordern — und unter den grausamsten Qualen, die diese Bergwölfe von Periöken sich ausdenken konnten?

Wenn es — und sein blonder Kopf schoß in die Höhe und seine Augen flammten —, wenn es überhaupt eine Lästerung war! Wenn nun seine Mutter Alkmene die Wahrheit gesagt hätte? Sie könnte wahr gesprochen haben — sofern man Spöttern wie Onkel Hippolytus seine Ohren verschloß. Hatte nicht der große Zeus selbst in Gestalt eines Schwanes der lieblichen Leda ein Kind geschenkt? Und dann als Stier die anmutige Europa genommen?

»Ha!« vernahm er das schallende Gelächter Onkel Hippolytus', »als Stier, sagst du, Neffe? Und hat er sie dabei nicht in zwei Teile gespalten?«

Aber man sollte besser nicht auf so phantasielose Menschen hören. Besonders in diesem Fall durfte man sich mit der möglichen Alternative nicht einmal in Gedanken abfinden. Er hatte die Geschichte von einem geschwätzigen Sklavenmädchen, einer gewissen Iodama, gehört, die dann für ihre lose Zunge teuer bezahlen mußte. Denn als Ariston später den edlen Telamon darüber befragte, geriet dieser verdiente Soldat, Staatsmann und Senator in so entsetzliche Wut, daß die Prügel, die er der armen Iodama verabreichte, ihren Rücken so gräßlich zurichteten, daß sie für den Rest ihres Lebens (das sie die Prügel fast gekostet hätten) gezeichnet blieb.

Zwei Wochen später, als Iodama sich so weit erholt hatte, daß sie wie ein lahmer Hund im Haus herumkriechen konnte, ließ Telamon den Sklavenhändler kommen und verkaufte sie. Jetzt arbeitete sie im Hause eines Schulkameraden von Ariston, eines gewissen Somoeis, eines brutalen, täppischen Kerls, der ihm immerzu eindeutige Anträge machte und den er demzufolge nicht ausstehen konnte.

Da sie jedoch nicht nur der gleichen Bua, dem gleichen Rudel, sondern auch der gleichen kleinsten Einheit, der Ila, angehörten, mußte Ariston sich dieser Anträge täglich erwehren. Daß ihm die gleichen Aufmerksamkeiten, hätte Lysander sie ihm erwiesen, höchst willkommen gewesen waren, besagte nichts. Instinktive Abneigung ist nur eine der Imponderabilien, die aller Moral zugrunde liegen. Keuschheit wiederum ist nur allzuoft ein Produkt des Zufalls und hängt zum großen Teil davon ab, daß man nicht einem jener Partner begegnet, die sie mit einem Blick, mit einem Lächeln, dahinschmelzen lassen.

Ariston jedenfalls mußte, was seine Herkunft betraf, die Darstellung seiner Mutter gelten lassen – vor allem darum, weil sie offensichtlich in tiefster Seele selber daran glaubte. Seine Mutter war keusch! Ohne jeden Zweifel! Sie hatte nichts von einer Porna, einer Auletride oder einer Hetäre an sich! Weder Hure noch Tanzmädchen noch Kurtisane. Sie, seine geliebte, schöne Mutter Alkmene war ein fleischgewordener Engel, eine Frau von nahezu ehrfurchtgebietender Reinheit. Und doch –

Und doch war er, Ariston, zwei Wochen nach Telamons Rückkehr aus Megara und von der Insel Euböa geboren worden. Telamon war in diplomatischer Mission unterwegs gewesen, die dann später zumindest teilweise Anlaß zu jenem ermüdenden Krieg zwischen Sparta und Athen gegeben hatte, der ausbrach, als Ariston zwölf Jahre zählte. Und zum grenzenlosen Entzücken aller Klatschbasen in der mauerlosen Stadt entzog sich die datumsmäßige Festlegung von Alkmenes Empfängnis, Schwangerschaft und Entbindung allen rechnerischen Bemühungen ihrer verdorrten Finger – zumindest solange, bis Telamon Mittel und Wege fand, ihnen die Mäuler zu stopfen. Denn seine große und bedeutende Mission hatte den edlen Krieger zwei volle Jahre lang von den Feuerstellen seines Hauses ferngehalten. Nein, die Rechnung ging nicht auf, selbst wenn die alten Weiber auch noch ihre schmutzigen Zehen zu Hilfe nahmen. Die Sache war ganz klar: Soldat, Staatsmann, Senator, von ganz Sparta geehrt, durfte der erhabene, angesehene Telamon seiner Sammlung von Auszeichnungen eine weitere einverleiben – ein schönes Paar Hörner, dem Helden des Vaterlandes verliehen von seiner liebenden Gemahlin.

Der bittere Rest war Ariston bekannt: wie Telamon geduldig auf die Stunde seiner, Aristons, Geburt gewartet hatte. Dann hatte der Mann, den er sein Leben lang achtete und fürchtete, wenn nicht gar liebte, Befehl gegeben, ihn von einem Felsen des Taygetos in die Tiefe zu werfen – wie es Brauch war, wenn ein Vater sich eines schwächlichen oder verformten Knaben oder eines Mädchens entledigen wollte. Onkel Hippolytus hatte ihn vor diesem Schicksal bewahrt. Noch bevor Telamons Befehl ausgeführt werden konnte, erschien der dickleibige Hanswurst, diesmal mit ernstem Gesicht, mit Inspektoren des Eugenischen Rates im Schlepptau. Sie sahen, was Ariston für ein prächtiges Kind war, und hoben Telamons aus eifersüchtiger Wut heraus erlassenen Befehl auf. So feines Menschenmaterial müsse zum Ruhme Spartas erhalten bleiben, erklärten sie. Sie erteilten Telamon einen schweren Tadel und zitierten ihm den großen Lykurg über die Unsinnigkeit monopolistischen Sexualverhaltens. ›Ist es denn nicht absurd‹, hatte der berühmte Gesetzgeber geschrieben, ›daß die Männer so um ihre Hunde und Pferde besorgt sind, daß sie sogar Geld für edle Zuchttiere bezahlen, ihre Frauen aber einsperren, damit sie nur von *ihnen* — mögen sie noch so alt, gebrechlich oder krank sein — zu Müttern gemacht werden können?‹

Nachdem sie ihn so gedemütigt hatten, beleidigten sie ihn auch noch, indem sie Telamon auf sein fortgeschrittenes Alter hinwiesen und darauf, daß er Alkmenen, die ihm an ihrem dreizehnten Geburtstag vermählt worden war, bis heute, da sie dreiundzwanzig Lenze zählte, noch kein Kind gegeben hätte. Es wäre besser, die göttliche Gabe in Demut anzunehmen; die Seele eines Mannes, für den kein Sohn die Totengebete sprach, würde für alle Ewigkeit heimatlos den Stürmen der Unterwelt trotzen müssen.

Telamon fügte sich. Aber er hängte die arme Alkmene an den Handgelenken auf und peitschte sie, bis der Boden mit Blut bedeckt war; sie sollte ihm den Namen ihres Liebhabers nennen, damit er ihn töten könne. Aber winselnd, weinend, schluchzend und schreiend blieb sie dabei, bis sie in Ohnmacht fiel, und selbst nachher, als sie wieder das Bewußtsein erlangte und er von neuem begann, sie zu züchtigen:

»Es war der große Gott Dionysos!«

Man erzählte sich, daß Telamon sie noch ein halbes Jahr lang in gewissen Zeitabständen züchtigte, ohne daß es ihm gelungen wäre, ihre Verantwortung zu erschüttern. Als er endlich einsah, daß er so nicht weiterkam, ließ er eine Priesterin der Artemis, der Göttin der Keuschheit, ins Haus kommen, weil er wußte, daß Alkmene es nicht wagen würde, eine solche Persönlichkeit anzulügen. Und hörte, heimlich an ihrer Tür lauschend, die mit Stolz erfüllte, helle, klare Stimme seiner Gemahlin:

»Ich schwöre es bei der Weißarmigen, der du dienst, o heilige Jüngerin! Ein Taumel kam über mich und in den geheimnisvollen, grünen Hainen erhob sich meine Seele, um dem Gott zu begegnen.

Und ich fühlte und wußte, daß der Gott in mir war! Berauschende Klänge drangen an mein Ohr: Flöten und Leiern und Kitharen. Das Licht, das mich umgab, war strahlender als das des Sonnengottes Helios! Und dann – dann vergingen mir die Sinne. Doch als ich erwachte, wußte ich, daß ein Gott mich besessen hatte, daß ich voll Entzücken in seinen gewaltigen Armen lag! Mein Gatte mag mich zu Tode peitschen, was er wohl auch tun wird, aber er kann mir diesen Ruhm, diese Glorie nicht nehmen: mein Sohn, mein süßer Ariston, ist göttlichen Ursprungs!«

»Danach hatte sich Telamon zähneknirschend mit seinem ›Geschenk‹ abgefunden und Ariston in seinem Hause geduldet, bis der Knabe mit sieben Jahren ins Gymnasion gebracht wurde, wo er mit seinen Altersgenossen in einer Schulklasse zusammengefaßt wurde, die später sein Regiment auf Lebenszeit sein sollte.

Nun bist du mich also los, edler Telamon! dachte Ariston. Du wirst sie zweifellos mit aller Strenge bestrafen, aber die Kunde, daß diese Bergwölfe mich abgeschlachtet haben, wird deine Seele gewiß entzücken!

Es war ein bitterer Gedanke. Er hatte ein Gutteil seiner wenigen Jahre dazu verwendet, zu versuchen, die Liebe des Mannes zu erringen, den er für seinen Vater hielt. Und selbst nachdem Iodama ihm erklärt hatte, warum das unmöglich war, ließ er in seinen Bemühungen nicht nach. Aber damit ist es jetzt Schluß! rief sein rebellisches junges Herz ihm zu. Jetzt muß ich um mein Leben kämpfen!

Er richtete seinen Blick zur Decke der Höhle empor.

»Vater Dionysos«, betete er, »wenn du wirklich mein Vater bist, rette mich! Aber auch wenn du es nicht bist, bitte ich dich darum, denn meine Mutter glaubt fest daran. Wenn ein Mann oder ein Satyr sie verzaubert und getäuscht hat, liegt die Schuld weder bei ihr noch bei mir; warum also sollte ich sterben? Und wenn ich aus reiner Gedankenlosigkeit die Wohlgesinnten beleidigt haben sollte, bitte ich dich, vor der großen Athene Fürsprache für mich einzulegen; sie war es doch, die meinen Vorfahren Orest vor ihnen gerettet und so der Macht des Gesetzes Geltung verschafft hat. Ich wage es nicht, zu ihr zu beten, denn meine Polis befindet sich im Kriegszustand mit ihrer auserwählten Stadt. Aber ich bin noch zu jung, um zu sterben! Ich bitte dich, göttlicher Dionysos, rette mich!«

Er verstummte und lauschte. Die Stille lag wie ein Gewicht auf seinen Ohren. Gab es Götter? Erhörten sie Gebete? Oder hatte

Onkel Hippolytus recht, wenn er behauptete, sie seien nur Erfindungen von Feiglingen, die den Tod fürchten?

Ich darf nicht auf so schreckliche Gedanken verfallen, schoß es ihm durch den Kopf. Wer die Götter lästert –

In eben diesem Augenblick hörte er ein dumpf klatschendes Aufschlagen. Und wieder. Vom Höhleneingang her kam ein hohles Ächzen. Ein würgendes, ersticktes Gurgeln, der Ansatz zu dem, was, dessen war er sicher, ein Schrei werden mußte. Doch plötzlich erstarb es. Abermals ertönte das dumpfe Geräusch. Ein zweites, ein zehntes, ein zwanzigstes Mal. Und dann völlige Stille, lauter als ein Donnerschlag.

Er sah das flackernde kleine Licht auf sich zukommen. Es war eine mit Öl gefüllte Tonschale mit einem brennenden Docht. Das geschwollene und geschundene Gesicht der Frau war entsetzlich anzusehen. Ihre leuchtenden, funkelnden, wilden Augen waren starr auf ihn gerichtet.

»Lykotheia!« stammelte Ariston.

»Ja, ich bin es«, sagte sie. »Wen hast du denn erwartet, du Bastard eines Gottes – Phryne? Dieses einfältige kleine Fohlen ist nicht Frau genug oder nicht Weibsstück genug – nenne es, wie du willst! –, um für dich zu tun, was ich getan habe. Für dich – und für mich; warum sollte ich lügen? Ja, ja – um deinetwillen habe ich getötet, Ariston! Ich habe ein Schwein geschlachtet. Nein. Zwei. Eine doppelte Sauhatz vor dem Hochaltar deiner Schönheit. Diesen haarigen Unhold, den zu heiraten ich gezwungen wurde; der mein warmes, gastfreundliches Bett verließ und sich auf dem Pfad hinter einem Felsen versteckte und darauf wartete, daß irgendein hilfloser kleiner Junge an ihm vorbeikommen würde. Und mit ihm diesen aufgeblasenen Narren, der immer mit seinen scharfen Augen prahlte. Jetzt sieht er damit schon die nackten Schatten in der Hölle. Zuerst habe ich sie betäubt. Ich mischte Mohnsamen in ihren Wein – und dazu noch den Saft der Blüte, um sicherzugehen. Um die Operation schmerzlos zu machen. Oder fast. Nett von mir, nicht wahr? Darum mußt du mich jetzt belohnen, Sohn des Dionysos, sonst –«

»Sohn des Dionysos? Hat Phryne –?«

»Ob sie es mir erzählt hat? Nein, du göttlich schöner Jüngling! Ich hörte, wie sie es diesem gräßlichen alten Narren von Vater ins Gesicht schrie, als sie erfuhr, welches Schicksal dir diese Söhne von

Affen und Ziegen für morgen bestimmt haben – als ob es möglich wäre, einen auferstehenden Gott zu töten!«

Verrückt, dachte Ariston. Man muß ihr in allem den Willen lassen . . .

»Und welches Schicksal haben sie mir bestimmt?« fragte er.

»Eines, wie es sich nur so feige Hunde wie diese Periöken ausdenken konnten«, antwortete Lykotheia verächtlich. Ariston erkannte, daß sie sich nicht zu ihnen gehörig fühlte. Warum sollte sie auch? Phryne bezeichnete sie als Fremde, und sie stand ja tatsächlich in vieler Hinsicht über ihnen.

»Und das wäre?«

»Du sollst gesteinigt werden. Da keiner dem andern vertraut, haben sie sich darauf geeinigt. Sie wissen nur zu gut, daß sie sonst irgendein verräterisches Schwein für ein paar rostige Eisenmünzen an deine Leute verraten würde. Aber so wird es keiner wagen, denn dein Blut wird auf den Händen aller sein. Doch jetzt genug von dem Unsinn! Willst du mich belohnen, Sohn eines Gottes?«

»Wie denn?«

»Nimm mich mit. Als dein Weib oder deine Konkubine – das ist mir gleich, wenn wir nur weit genug fortgehen von diesen nach Kot stinkenden Söhnen und Töchtern des Drecks. Bring mich nach Sparta, damit ich wieder leben kann – so wie ich in Attika lebte. Als Frau und nicht als Tier. Erweise mir die höchste Ehre – von einem Gott geliebt zu werden!«

»Aber ich bin kein –«, begann Ariston.

»Ha! Mit deiner Schönheit, die alle Weiber im Dorf verrückt gemacht hat? Ich sage dir, Sohn des Dionysos, heute abend ist keine von den Eselinnen im Dorf ohne blaue Flecken auf ihrer ungewaschenen Haut davongekommen – und alles deinetwegen! Weil du so süße Träume in ihren lüsternen Lenden erweckt hast – schließlich haben sie ja dort die wenige Grütze sitzen, die ihnen gegeben ist –, daß sie alle ihren Böcken von Männern in den Ohren lagen und tausend Gründe nannten, warum sie dich freilassen sollten. Natürlich machten sie sie damit nur noch wilder und unnachgiebiger. Die arme, dumme Phryne – es heißt, der alte Deimus habe sie so geschlagen, daß sie sterben wird.«

»Nein!« rief Ariston. »Das will ich nicht glauben! Ihr unsterblichen Götter, ich –«

»Du verspielst deine Chancen bei mir, wenn du mich eifersüchtig machst«, spöttelte Lykotheia. »Ich konnte dieses kleine schwarzhaarige Fohlen sowieso nie ausstehen. Sie war mir zu menschenähnlich. Ich vermute, ihre Mutter bekam sie von einem Spartaner, der sie hinter dem Rücken des alten Zitterschwanzes besprungen hat. Vergiß Phryne; du wirst sie nie besitzen. Und denk daran, daß du immer noch verschnürt daliegst wie ein Schlachtschwein und daß nur ich dich befreien kann. Also — gibst du mir dein Versprechen?«

Ariston antwortete nicht. Die Versuchung war groß, aber —

Sie hob ihre Hände und berührte sein Gesicht. Sie waren über und über mit klebrigem Blut bedeckt. Er roch es und sah es und schauderte entsetzt zurück.

»Fort mit dir, du Wölfin!« schrie er. »Faß mich nicht an mit deinen blutigen Händen!«

Sie starrte ihre Hände an, als sähe sie sie zum ersten Mal. Dann wandte sie sich still um und verließ die Höhle, wobei sie wie eine Schlafwandlerin über die Leiber der Ermordeten hinwegstieg. Als sie fünf Minuten später wiederkehrte, waren ihre Hände sauber. Sie beugte sich vor und suchte seinen Mund. Er warf den Kopf von einer Seite zur anderen, um ihren Lippen zu entgehen, aber sie hielt sein Gesicht mit den Händen fest, die eiskalt waren von dem Wasser des Bergquells, in dem sie sie gewaschen hatte, und preßte ihren Mund auf den seinen. Ihr Atem war faul und stank nach verrotteten Zähnen, Knoblauch — und Blut. Ihre Küsse reizten ihm zum Erbrechen, statt ihn zu erregen.

Sie gab seinen Mund frei, schob ihre kalten Hände unter sein Gewand, ließ sie über seinen Körper gleiten, und beging schließlich jene Respektlosigkeit, für die man in alten Zeiten die Frauen zum Tode verurteilt hatte: sie liebkoste die geheiligten Organe seiner Männlichkeit, um ihn zu erregen. Aber er wollte und konnte darauf nicht reagieren. Sie tat einen Schritt zurück und starrte ihn an; ihr Gesicht war wutverzerrt.

»Wenn du's nicht anders haben willst, dann stirb eben, du Hund!« sagte sie. »Zeus sei Dank, daß er mich davor bewahrt hat, dich gleich loszubinden!«

Dann ging sie, wie sie gekommen war, und ließ ihn allein zurück. Sie stieg behutsam über die Leiber der Männer, die sie erstochen hatte.

Gottes Sohn oder nicht, Ariston aus Sparta senkte sein Haupt und weinte.

Er weinte lange Zeit, bis ihn die Müdigkeit übermannte. Er sackte gegen seine Fesseln und schlief ein. Nur um, wie ihm deuchte, nach wenigen Augenblicken durch ein Gefühl lockerer Freiheit geweckt zu werden: der grausame Halt der Riemen an Händen und Armen war gebrochen.

»Still, Herr«, vernahm er eine wohlbekannte weiche, süße Stimme. »Gib keinen Laut von dir, bis ich dir nicht die Füße losgebunden habe, damit du laufen kannst.«

»Phryne!« rief er erstaunt. »Sie hat – man hat mir doch gesagt, du wärst dem Tode nahe!«

»Still!« zischte sie. »Deine Wachen werden uns hören!«

»Die hören jetzt nichts mehr«, beruhigte er sie. »Sag mir, meine Melanippe, ist es wahr, daß dein Vater dich geschlagen hat, weil –«

»Das ist nicht wichtig«, antwortete sie. »Ich tat nur so, als ob ich in Ohnmacht fiele. Er sollte glauben, er habe mir so weh getan, daß ich mich nicht rühren könne, und sich nicht weiter um mich kümmern. Vater ist sehr alt, und seinen Armen fehlt schon die Kraft. Aber die Wachen –«

Aristons spartanische Erziehung zur Täuschung riet ihm jetzt zur Lüge.

»Sie sind sternhagelvoll«, sagte er. »Nach dem vielen Honigwein, den sie in sich hineingesoffen haben, könnte sie nicht einmal der hochdonnernde Zeus erwecken. Komm, Kleine, laß uns gehen –«

Er nahm sie am Arm und wandte sich dem Ausgang zu.

Sie hielt ihn zurück. »Nicht hier.«

»Gibt es noch einen anderen Ausgang?« fragte Ariston.

»Ja. Ich entdeckte ihn voriges Jahr, als sich ein Böcklein aus Vaters Herde verlief. Zuerst glaubte ich, die Wölfe hätten es erwischt, aber dann hörte ich es meckern. Es war in ein Loch gefallen. Ich kletterte hinunter, um es herauszuholen, und verlief mich dabei selber. Die Höhle ist viel größer, als die Leute ahnen, und ich bin die einzige, die es weiß. Ich kam auf der anderen Seite des Berges heraus – wo diese gefährlichen Steige ins Tal führen. Du weißt, Herr, daß dort Geister umgehen –«

»Nenne mich nicht Herr. Nenne mich Ariston. Was für Geister?«

»Dämonen. Und die Schatten von all den Menschen, die von der Lawine verschüttet wurden. Drei Dörfer wurden zerstört. Jetzt traut sich dort niemand mehr hin. Nicht einmal Pankratis, so groß und stark er auch ist. Du kannst natürlich, weil du halb göttlich bist. Also komm –«

Nachdem sie sich ein gutes Stück von dem Ort entfernt hatten, wo er von den Periöken gebunden worden war, nahm sie ein kleines Kästchen aus ihrem Gewand. Es enthielt alles Nötige zum Feuermachen: ein Stück Eisen, einen Feuerstein und ein paar trokkene, halb verkohlte Fetzen. Geschickt schlug sie das Eisen gegen den Feuerstein, fing die Funken und blies sie zur Flamme. Dann holte sie eine Lampe aus einer Felsspalte, die sie gewiß dort versteckt hatte, bevor sie gekommen war, um ihn zu befreien.

Sie zündete sie an, und bei ihrem warmen, flackernden Schein bot sich ihm ein wunderbares Bild. Sie befanden sich in einer herrlichen Grotte, in der Stalaktiten und Stalagmiten einen Tempel formten, der der olympischen Götter würdig war. Und Phryne war makellos sauber. Sie trug ein schlichtes Gewand aus weißer Lammwolle, das bis zu den Knöcheln reichte, und über die Schultern geworfen einen ebenso schneeweißen Peplos. Jede Spur von Rauch, Ruß oder Schmutz war verschwunden.

Er starrte sie an. Ihr Gesicht war reizend. Sie war ebenso schön wie Lysander, wenn auch in anderer Weise. Und nun hob sie ihm, ganz natürlich, den Mund entgegen. Sie küßten sich lange und innig. Als sie sich endlich voneinander lösten, durchströmten bacchantische Flötenklänge und süße Nymphenstimmen wild und rauschend sein Blut.

Doch sie schob ihn sanft von sich fort.

»Komm, Ariston, Herr«, sagte sie, »die Zeit drängt.«

Er taumelte neben ihr her wie ein Betrunkener. Weder Lysander noch irgendein anderer Jüngling, wie schön er auch gewesen sein mochte, hatte je solche Gefühle in ihm geweckt. Plötzlich verstand er, was den Mann, der von der Gerusia wegen der Vergewaltigung einer spartanischen Bürgerin zum Tode verurteilt worden war, zu seiner Wahnsinnstat getrieben hatte. Frauen besaßen einen magischen Zauber, der das Blut in den Adern kochen machte und die gemarterte Seele in Wahnsinn verfallen ließ.

Aber es sollte noch schlimmer kommen. Denn plötzlich drang aus der Richtung, in der sie sich bewegten, das Geräusch fließenden Wassers an sein Ohr. Phyrne blieb stehen und schlug in der für sie charakteristischen Geste die Hände vors Gesicht.

»Oh, Ariston!« jammerte sie.

»Was ist denn?«

»Der Fluß! Der Fluß! Den habe ich ganz vergessen!«

Er starrte sie an. Er sah plötzlich ein, daß Onkel Hippolytus recht hatte, wenn er sagte, es sei unmöglich, eine Frau zu verstehen.

»Bist du denn nicht auf diesem Weg gekommen?«

»Nein. Ich kam durch das Loch, in das mein Zicklein gefallen war, aber dort können wir nicht hinaus. Es liegt am anderen Ende des Dorfes, und wir müßten den Hauptplatz überqueren, um einen Pfad zu erreichen. Darum habe ich jetzt an diesen Ausgang gedacht. Hier kommen wir auf diesen von Dämonen bevölkerten Weg, von dem ich schon gesprochen habe, wo die Schatten von all den Menschen, die keine Verwandten hinterließen, die für sie die Totengebete sprechen und Opfer bringen hätten können, sich hinter jedem Felsen verbergen und winseln und dummes Zeug schwatzen. Nur –«

»Nur was, Phryne?«

»Du – du hast mich so verwirrt, daß ich den Fluß vergessen habe. Ich habe den ganzen Abend damit verbracht, mich zu waschen – ich wollte nicht, daß du mich wieder schmutzig siehst – und an dich zu denken. Wie – wie schön du bist! Mit deiner weißen Haut und deinem goldenen Haar und deinen Augen, die so blau sind wie der Himmel im Oktober, bevor der Regen kommt. Und so habe ich nicht an den Fluß gedacht! Oh, Ariston, wie dumm ich doch bin!«

»Ich bringe dich hinüber«, tröstete er sie. »Wir sind darauf gedrillt, den Eurotas in voller Rüstung zu durchschwimmen. Im Vergleich dazu wiegst du ja gar nichts.«

»Ich kann auch schwimmen«, sagte sie. »Wenn es sein müßte, könnte ich dich mitsamt deiner Rüstung über den Fluß bringen. Darum geht es nicht . . .«

»Im Namen aller Götter der Unterwelt, um was geht es denn dann?«

»Wir müssen den Fluß nicht nur durchschwimmen, Ariston, mein Gebieter. Wir müssen hinunterschwimmen – ein langes, langes Stück.«

»Und?«

Sie stampfte mit dem Fuß auf.

»Wie stur ihr Männer doch seid! Siehst du nicht, daß es mich in die Tiefe ziehen und ich ertrinken würde, wenn ich in diesem langen Gewand schwimmen sollte? Und ohne meine Hilfe würdest du nie den Ausgang finden. Der Fluß hat viele Arme . . .«

»Dann zieh doch dein Gewand aus. Laß es hier zurück«, meinte Ariston.

Sie starrte ihn an, und ihre Augen weiteten sich vor Entsetzen.

»Oh, Ariston, das – das könnte ich nicht!«

»Und warum nicht, beim dunkelwolkigen Zeus?«

»Weil – weil ich dann nackt wäre!« jammerte sie.

»Na und?« fragte er und staunte über diesen für einen Spartaner völlig unverständlichen Skrupel. »Was macht das aus? Ich habe schon nackte Mädchen genug in meinem Leben gesehen. Beim großen Dionysosfest tanzen alle Mädchen nackt beim Umzug, und wir auch – die Jungen, meine ich. Niemand findet etwas dabei. Der Gesetzgeber Lykurg hat das sogar in seinen Gesetzen verankert, um alle Spartaner, Männer und Frauen, zu ermutigen, auf die Schönheit ihrer Körper bedacht zu sein. Darum sind unsere Mädchen auch die schönsten in ganz Hellas. Sie halten Diät und betreiben täglich Leibesübungen, damit sie sich nicht eines häßlichen Körpers schämen müssen, wenn sie an den feierlichen Zeremonien teilnehmen. Du hast doch, denke ich, einen schönen Körper. Du siehst mir nicht verformt oder verkrüppelt aus. Hast du Narben oder Flecken? Laß mich mal sehen. Mein Onkel kennt einen Arzt, der jeden Makel von der Haut zu entfernen versteht, ohne eine Spur zu hinterlassen. Also –«

»Ariston!« schrie sie. »Rühr mich nicht an! Untersteh dich nicht!«

Er stand da und blickte sie an, und plötzlich verdunkelte ein Schmerz seine Augen. Sie sah das und kam sogleich zu ihm und legte ihre Arme um seinen Hals. Sie betrachtete ihn, doch ihr Blick war von einer Art Angst getrübt, die er sich nicht erklären konnte.

»Ich – liebe dich, Ariston«, sagte sie. »Nur – bei uns ist Nacktheit etwas, dessen man sich schämt. Ich – ich habe gehört, daß die Jungen in Sparta völlig nackt sind, wenn sie ihre Leibesübungen machen – und daß die Mädchen sich entblößen, wenn sie an den Umzügen teilnehmen. Ich habe es einfach nicht geglaubt. Ich verstand nicht – und verstehe es auch heute nicht, wie ein Mädchen ohne Gewand vor den Augen der Männer tanzen und hin- und herspringen kann. Ich – würde sterben. Sag mir – liebst du mich?«

»Von ganzem Herzen!« antwortete er. Und es war fast die Wahrheit.

»Also gut«, seufzte sie. »Ich bin deine Frau – oder werde es sein, wenn du mich holst. Und ich muß dir ja den Weg zeigen. Wo wir herauskommen, wird es schon hell sein. Die Sonne wird schon am Himmel stehen. Du wirst mich also sehen können – bevor wir uns noch ein Treueversprechen gegeben oder auf dem Hochaltar Rauchopfer dargebracht haben ... das ist eine schreckliche Sache! Willst du mir versprechen, mich nicht anzusehen?«

Es war ihm klar, daß es schwierig sein würde, dieses Versprechen zu halten, und so bot er ihr eine, wie ihm schien, durchaus vernünftige Alternative an.

»Könntest du in meinem Chiton schwimmen?« fragte er.

»Nun – nun ja. Er ist sehr kurz und leicht. Aber – du?«

»Hier – nimm ihn«, sagte er und warf ihn ab.

Die Hände fest vors Gesicht geschlagen, trat sie einen Schritt zurück.

»Ariston!« hauchte sie entsetzt und wandte ihm den Rücken zu.

»Unsterbliche Götter!« rief er. »Erlöst mich von den Frauen! Was habe ich denn jetzt wieder angestellt? Ich tue alles, um die euch Periöken so heilige Schamhaftigkeit nicht zu verletzen, und du –«

»Aber, Ariston – Liebster, ich darf dich doch auch nicht ansehen!«

Er lachte hellauf. Streckte die Hände aus und nahm sie bei den Schultern. Drehte sie um ihre eigene Achse.

»Na, jetzt siehst du mich«, sagte er. »Bin ich abstoßend? Verformt? Habe ich Flecken auf der Haut? Bin ich häßlich?«

»Nein.« Sie weinte. »Du – du bist wunderschön. Ich habe noch nie einen nackten Mann gesehen, aber ich glaube, nur ein Gott kann einen solchen Körper haben. Ariston, mein Gebieter, es ist eine schwere Sünde, wenn eine Frau einen nackten Mann ansieht, der nicht ihr Gemahl ist! Jetzt wird mir etwas Furchtbares zustoßen! Ich weiß es! Ich fühle es in meinen Knochen!«

»Unsinn«, beruhigte er sie. »Jetzt gib mir deinen Peplos.«

Sie drehte sich zur Seite, nahm ihn von den Schultern und reichte ihn ihm blind hin. Er nahm ihn ihr aus der Hand, bückte sich, fand seine Gürtelschnur, hob sie auf. Im Nu hatte er sich einen Lendenschurz daraus geschlungen.

»Ist es jetzt besser?« fragte er.

»Ja«, flüsterte sie. »Jetzt dreh dich um – Ariston, bitte«

In seinem Chiton bot sie ein bezauberndes Bild. Sorgfältig rollte sie ihr langes Gewand zusammen und legte es in eine Felsspalte. Dann blies sie die Lampe aus und stellte sie daneben.

Er sah es weiß aufblitzen, und er sah das Wasser aufspritzen, als sie hineintauchte. Er folgte ihr sogleich. Das Wasser war eiskalt und schwärzer als der Styx. Sie schien genau zu wissen, welche Richtung sie einschlagen mußte. Er war ein ausgezeichneter Schwimmer, ebenso gut oder noch besser, als er es zu sein behauptete, aber sie zog mühelos vor ihm davon. Sie schwamm lange Zeit, so lange Zeit, daß seine Arme ihn ein wenig zu schmerzen begannen. Dann sah er Licht vor sich. Er sah ihre weißen Arme kraftvoll ausholen, er sah das flatternde Schlagen ihrer Füße. Sie erreichten das felsige Ufer. Sie kletterte hinauf und hielt ihm die Hand entgegen. Aber er blieb wie gelähmt im Wasser hängen. Denn sein klitschnasser Chiton haftete an ihr wie eine zweite Haut. Und noch nie zuvor hatte er einen so liebreizenden Körper gesehen: bei keinem Dionysosfest, bei keinem Wettspiel.

»Große Kypris!« stöhnte er und kletterte neben ihr hinauf. Doch das Verlangen war in ihm wie ein Feuer, und er zog sie in seine Arme. Sogleich fanden seine Finger die Striemen und Schmarren auf ihren Schultern. Er wirbelte sie herum und zerrte ihr den Chiton bis zu den Hüften herab. Stand da und starrte auf das grausame Bild, das ihr junger Rücken bot. Und so sehr er sich auch wehrte, er konnte seine Tränen nicht zurückhalten.

»Für mich hast du das erduldet!« flüsterte er.

Sie hob den Chiton wieder über ihre Schultern, bevor sie sich ihm zuwandte. Dann hob sie die Hände und legte sie an sein Kinn, das bereits den goldenen Flaum seines ersten Bartes sehen ließ.

»Für dich, Sohn des Dionysos, würde ich sterben«, sagte sie.

»Phryne«, ächzte er.

»Nein, Ariston«, sagte sie. »Es bleibt keine Zeit. Ich werde dir nicht — meinen Körper schenken, wenn du ihn mit deinem Leben bezahlen mußt. Vielleicht kannst du von den Toten auferstehen, und aus dem dunklen Tartarus wiederkehren — aber ich möchte mich lieber nicht darauf verlassen. Ich möchte dich als Lebender und in dieser Welt bei mir haben. Und — und ich weiß, daß ich weder deinem Stand, noch deiner Rasse angehöre, aber ich — ich möchte mehr für dich sein als nur eine Konkubine. Ich möchte, daß wir die Gelübde ablegen und die Opfer darbringen. Ich möchte hören, wie die Priester den Hymen anstimmen, und wissen, daß die Götter einwilligen —« Plötzlich lachte sie schalkhaft auf. »Außerdem — so wie Vater mir den Rücken zugerichtet hat, ginge es sowieso nicht! Also küsse mich und geh — ich hoffe —«

»Was, kleine Phryne?«

»Daß du – mich nicht vergißt. Mich hier dahinwelken läßt, bis nichts mehr von mir da ist als eine Stimme – wie es der armen Echo erging. Oh, Ariston, du Sohn eines Gottes, wirst du wirklich –?«

»Zurückkehren? Nein. Ich werde meinen Vater schicken, damit er bei deinem in aller Form um deine Hand für mich anhält. So ist es bei uns der Brauch. Da du arm bist, wird er keine Mitgift fordern. Du bist mir Aussteuer genug, Liebste.«

Kaum hatte er diese Worte ausgesprochen, als ihm bewußt wurde, daß er sie ernst meinte – mit ganzer Seele an sie glaubte.

»Oh, Ariston!« hauchte sie und hielt ihn fest. Was beide in diesem Augenblick rettete, war der Umstand, daß ihrer beider Körper triefend naß und blau vor Kälte waren. »Wie wird er den Weg zu uns finden?« fragte sie. »Wird uns seine strahlende Erscheinung nicht blenden? Werden wir ihn überhaupt sehen können? Ich habe gehört, daß die Götter uns Sterblichen –«

»Ich meine meinen Pflegevater. Er ist Senator und ein Strategos, ein Feldherr, also durchaus sterblich. Und jetzt, kleine Melanippe –«

Dann beugte er den Kopf und küßte sie. Eine lange Zeit. Eine sehr lange Zeit. Bis ihnen nicht mehr kalt war.

Sie machte sich von ihm los, lief ans Ufer und tauchte geschmeidig in das schwarze, eiskalte Wasser Er sah ihr nach, wie sie mit sicheren, schnellen Zügen stromaufwärts schwamm. Im letzten Augenblick trat sie Wasser und warf ihm eine Kußhand zu. Dann verschwand sie in den dunklen Fluten. Er wußte, daß sie hinter der Biegung wieder auftauchen würde, aber die Angst schnürte ihm die Kehle zu. Denn er konnte jetzt nicht mehr ohne sie leben. Bei dem bloßen Gedanken, sie verlieren zu können, krampfte sich sein Herz zusammen. Mit einem tiefen Seufzter wandte er sich um und trat aus der Höhle ins Licht.

Er war eine halbe Stunde bergab gegangen, als es ihm einfiel. Wenn er mit leeren Händen, ohne Beute, um seine lange Abwesenheit zu rechtfertigen, ins Gymnasion zurückkehrte, würde ihn der Paidonomos abermals geißeln lassen. Und plötzlich fand er den bloßen Gedanken empörend. Er betrachtete seinen Körper nicht mehr als eine Maschine, die zum Töten diente, sondern als einen Tempel, in dem hell und rein die heilige Flamme der Liebe brannte. Nie wieder sollte das langweilige Schmollgesicht Lysanders zusehen, wie er sich in stummer Pein krümmte, nie wieder der Flegel Simoeis, den er noch nie im Ringkampf hatte besiegen können, sich daran vergnügen, wenn der Peitschenriemen pfeifend durch die Luft sauste. In einer einzigen Nacht hatte er sich grundlegend verändert. Und das Wesentliche an dieser Veränderung war: nicht der mit der Züchtigung verbundene quälende Schmerz verdroß ihn, sondern die unerträgliche Würdelosigkeit der Prozedur.

Er blieb stehen und überlegte: als Entschädigung für die erlittene Unbill schuldeten ihm diese Periöken wohl eine Ziege. Und da er nun ihnen gegenüber im Vorteil war, wollte er ihn auch nützen. Denn über diese dunklen und verbotenen Pfade konnte er sich an die Hütten der Bergbewohner von hinten und oben heranpirschen. Er würde *sie* sehen können, lange bevor sie *ihn* zu Gesicht bekamen. Und zweifellos — er frohlockte bei dem Gedanken — hatten sie jetzt schon alle das Dorf verlassen, um ihn auf den bekannten Wegen zu suchen.

Diesen Überlegungen folgend, machte er kehrt und stieg abermals hügelan. Dabei legte er sich in Gedanken die Argumente zurecht, mit denen er seinem Pflegevater entgegentreten wollte. Wie sollte er diesen strengen, abweisenden Mann je dazu bewegen, ihm zu erlauben, die Tochter eines niedrigen Periöken zu heiraten? Je mehr er darüber nachdachte, desto geringer schienen ihm seine Chancen. Der Senator und General Telamon konnte es doch einfach nicht akzeptieren, daß der Jüngling, den alle Welt — ausgenommen die schöne Alkmene, ihr Bruder Hippolytus und die Inspektoren des Eugenischen Rates, die natürlich den Mund gehalten hatten — für seinen Sohn ansah, sein Haus solchermaßen in Unehre brachte. Aber dann verbannte Ariston diese trüben Gedanken aus seinem Herzen. Was lag schon daran, ob er Phryne heiraten durfte oder nicht, wenn er sie nur besitzen konnte! Und daran würde ihn keine Macht der Erde hindern. Er brauchte nur nachts voll bewaffnet in das Dorf eindringen und sie entführen. In Sparta konnte er sie dann in einem kleinen Häuschen unterbringen. Telamon, der der in diesen Zeiten so modernen Richtung, die homosexuelle Liebe zu tolerieren, mehr als ablehnend gegenüberstand, würde die Männlichkeit seines Sohnes nicht nur billigen, sondern sogar mit beifälligem Lächeln begrüßen und ihm eine Zuwendung für ihren Unterhalt aussetzen ... Mit dreißig würde er, Ariston, natürlich ein passendes spartanisches Mädchen heiraten müssen, aber sie würde ihn nicht zwingen können, seine Geliebte aufzugeben. Und dann — bis dahin würde noch viel Wasser den Eurotas hinunterfließen. Kommt Zeit, kommt Rat!

Jetzt sah er das Dorf unten in der Sonne liegen. Es schien völlig verlassen, keine Menschenseele ließ sich blicken. Sonderbarer noch, kein einziges Rauchfähnchen kam unter dem Sturz einer Tür hervor, denn die Bergbewohner, die dem Schnee und den Stürmen des Winters trotzen mußten, wagten es nicht, Löcher in ihre Dächer zu schneiden. Das war auch der Grund, warum stets eine dicke Schicht Ruß ihre Haut und Kleider bedeckte. Daß jetzt kein Rauch zu sehen war, deutete darauf hin, daß auch die Frauen die Hütten verlassen hatten. Sehr seltsam!

Haben sie sich mit den Männern zusammengetan, um mich zu jagen? fragte er sich. Aber er dachte nicht lange darüber nach, denn knapp jenseits des Dorfes graste, unbewacht, eine Herde Ziegen.

Er hatte das Böcklein in seine Arme genommen – dasselbe, denn es sollten alle wissen, daß er der Dieb gewesen war –, als er die Schreie hörte. Er blieb regungslos stehen und lauschte. Dann fiel ihm auf, daß nicht eine einzige männliche Stimme darunter war.

»Fort mit uns, kleiner Stinker!« sagte er zu dem Böcklein und machte sich auf den Weg. Aber er war noch keine zwanzig Ruten oberhalb des Dorfes, als er sie erblickte. Eine Frau – nein, ein Mädchen, mit einem kurzen Unterhemd bekleidet, das mehr dem Chiton eines Mannes ähnelte als dem längeren Frauengewand, taumelte wie betrunken zwischen zwei Hütten hervor auf den Platz. Sie war buchstäblich mit Blut bedeckt. Das Unterhemd war blutgetränkt. Aus dem langen, schwarzen Haar liefen scharlachrote Rinnsale über ihre Wangen. Ariston stand regungslos. Der Atem stockte ihm, das Herz setzte aus. Sie schwankte. Ihr Gesicht dem Himmel zuwendend, traf ihn ihr Blick. Mit dem einen Auge, das ihr geblieben war, starrte sie stumm und flehend zu ihm empor.

Sie öffnete den Mund, um seinen Namen zu rufen, doch es war nur Blut, das über ihre Lippen quoll. Dann kamen die anderen Frauen zwischen den Hütten hervor. Sie hatten Steine in den Händen. Sicheln. Küchenmesser. Alle – außer Lykotheia. Sie hielt etwas anderes in den Händen. Ariston sah, was es war: Phrynes Gewand. Das gleiche Gewand, das sie angelegt hatte, als sie gekommen war, um ihn zu retten. Gewiß ihr bestes, das sie nur für religiöse Zeremonien, Feste und Spiele anlegte. Aber wie, im Namen der finsteren und schrecklichen Götter der Unterwelt, hatte diese Wölfin –

Dann wurde es ihm klar. Lykotheia war ihnen gefolgt. War, vom Vorhandensein des unterirdischen Stromes überrascht, zurückgeblieben – sie konnte vermutlich nicht schwimmen – hatte das sorgfältig zusammengefaltete Gewand entdeckt, es an sich gerissen und –

Langsam, feierlich, breitete es die Wölfin jetzt vor sich aus; die Flecken darauf waren schon trocken und hatten sich schwarz verfärbt.

»Das Blut meines armen Gemahls!« psalmodierte Lykotheia wie eine Priesterin. »Vergossen von dieser Hündin, die nur darauf bedacht war, ihrer schmutzigen Lust frönen zu können! Rächt ihn, Schwestern! Rächt auch den armen Argus, der weder Weib noch Söhne hat, um ihm die letzten Ehren zu erweisen, auf daß ihre Schatten nicht die Qualen der Ungerächten erdulden müssen!« Und schrie mit erhobener, kreischender schriller Stimme:

»Tötet sie!«

Ariston sah nicht, wer den ersten Stein warf. Aber dann war die Luft voll davon. Er konnte sich nicht rühren, konnte nicht atmen. Die blauen Augen weit aufgerissen, haftete sein Blick auf dem gräßlichen Geschehen.

Unter dem Auftreffen der Steine brach Phryne zusammen. Schritt für Schritt näherte sich Lykotheia. Sie trug keinen Stein in ihren Händen. Keine Sichel. Kein Messer. Sie hatte nichts, gar nichts in den Händen. Mit einem Aufheulen, das wie eine eisige Hand Aristons Herz umklammerte, warf sie sich auf das bewußtlose Mädchen. Wie Klauen bohrten sich ihre Finger in Phrynes wirres, blutverklebtes Haar und rissen ihren Kopf zurück und noch weiter zurück. Wie eine Wölfin stieß sie dann mit ihrem eigenen Kopf zu und versenkte vor allen Augen ihre häßlichen, fanggleichen Zähne in die zarte Kehle ihres Opfers.

Dann waren auch schon die anderen Weiber über Phryne hergefallen, eine Lawine feister, schwarzröckiger Weiber, und ein grelles Aufblitzen von Klingen.

Bevor noch dunkle Nacht ihn umfing und das Gallbittere seines Erbrechens ihn erstickte, sah er noch, hoch im Triumph erhoben, eines der langen, edlen Beine, das sich in der Höhle, für einen allzu kurzen Augenblick an ihn gedrückt hatte –

Die Frauen vom Berge Parnon hatten es an der Hüfte abgehackt.

Als er, sein Leib vom eigenen stinkenden Schleim bedeckt, wieder zu sich kam, erinnerte er sich anfangs nicht daran. Dann aber ergoß sich ein wilder Strom von Eis und Feuer und Galle in seine Eingeweide. Er schrie laut auf, mit hoher, greller, weibischer winselnder Stimme. Er erhob sich ganz langsam, stolperte, ohne seine Hände zu gebrauchen, auf die Beine. Er wehrte sich dagegen, aber er mußte noch einmal ins Tal hinabsehen.

Die Frauen waren fort. Das einzig Lebende auf dem Platz waren jetzt die Hunde. Und die Hunde –

Gott Gott Gott Gott.

Von der Sonne geblendet, blind, wirbelte er herum und raste den verbotenen Pfad hinab. Er wußte nicht, daß er fortan und für immer diese Pfade einschlagen würde.

Als er dann ermattet die ersten Straßen der mauerlosen Stadt erreichte, empfand er einen dumpfen, unerklärlichen Schmerz im Arm, als ob er eine Last trüge. Er senkte den Blick und sah, daß er eine trug.

Immer noch umklammerte sein Arm zärtlich das Böcklein.

III

Von seinem Platz nahe dem Kopfende der Tafel – der Reichtum seiner Beute hatte ihm diese Auszeichnung eingebracht – ließ Ariston den Blick über die Gesichter seiner Gefährten wandern. Sie brüllten vor Lachen. Denn in einer Anwandlung von nachsichtiger Güte, wie sie ihn bisweilen, selten und je nach Laune, überkam, hatte der Paidonomos ihnen gestattet, mit der Beute ihrer Diebszüge ein Fest zu feiern. Doch wie immer, hatte er auch diesmal dem Nektar einen Schuß Bitter beigefügt: vier Heloten taumelten und torkelten vor den Jünglingen hin und her, stürzten zu Boden, krochen auf allen vieren, suhlten sich wie Schweine im Schlamm, lallten wirres Zeug und beschmutzten sogar ihre an sich schon dreckigen Fetzen mit Kot und Urin.

Dieser Anschauungsunterricht sollte den jugendlichen Zuschauern die üblen Folgen der Trunkenheit vor Augen führen. Spartaner mußten immer klare Augen haben und einen kühlen Kopf behalten. Verblödete Säufer gewinnen keine Kriege.

Ariston sah sich das widerwärtige Spiel an und fragte sich, was widerwärtiger war: der groteske Reigen der betrunkenen Heloten oder das Hirn, das nichts dabei fand, Menschen zu Tieren zu erniedrigen, um als abschreckende Beispiele zu dienen.

»Denn auch die Heloten«, hatte Onkel Hippolytus ihm einmal erklärt, »waren einmal Menschen, bevor wir ihnen ihre Würde nahmen, sie zu Lasteseln machten und zwangen, diese lächerliche Kleidung der Knechtschaft anzulegen: den Überwurf aus Schaffell und die Kappe aus Hundefell. Sie und die Periöken gehören ein und derselben Rasse an, nur daß die Periöken in die Berge flohen und sich so, bis zu einem gewissen Grad, unserer Kontrolle entzogen. Zwar fließt durch Verheiratungen in manchen Periöken auch unser Blut, zwar sind viele von ihnen liebenswürdige, ja sogar kultivierte Menschen –«

Liebenswürdig. Kultiviert. Aber ihre Frauen haben Phryne verstümmelt. Und ihre Leiche, die nichts Menschliches mehr an sich hatte, den Hunden zum Fraß hingeworfen. Und er, Ariston –

Saß hier an der Tafel, aß langsam und anscheinend genüßlich und unterdrückte seinen Ekel. Keiner im Saal konnte an seiner ungerührten, leidenschaftslosen Miene ablesen, daß ein Todesurteil über ihn gefällt worden war, von ihm selbst gefällt worden war und noch vor Sonnenaufgang von eigener Hand vollstreckt werden sollte.

Denn er war Spartaner und hatte sich wie ein Feigling benommen. Auf Feigheit stand in Sparta die Todesstrafe. Was machte es schon aus, daß niemand wußte, was jetzt in ihm vorging, wie sein Blut schrie und gurgelte und seine Lungen ätzte, wie Feuer und Eis abwechselnd in seinem Herzen brannten? Er sah den betrunkenen Heloten zu, aber in seinen Ohren hörte er das sanfte, strenge Geflüster seines persönlichen Daimonion: ›Du hast sie im Stich gelassen. Du standest oben und sahst zu. Du sahst, wie sie ihr den Bauch aufschnitten und ihre Eingeweide umherstreuten –‹

›Ich war allein. Ich hatte keine Waffen! Sie würden auch mich getötet haben – wie Mänaden jeden töten, der sie bei ihrem Tun und Treiben überrascht. Ich hätte sie auf keinen Fall retten können. Sie hätten mich zerstückelt –‹

›Und?‹ fragte sein Daimonion.

Damit war alles gesagt. Denn unter diesen Umständen wäre es seine verdammte Pflicht und Schuldigkeit gewesen, zu sterben. Nur wenn er diesem Rudel Wölfinnen mit bloßen Händen entgegengetreten wäre, sein nacktes Fleisch ihren Steinen, Sicheln und Messern ausgesetzt und jene verteidigt hätte, die ihn mit ihrer Liebe und ihrem Vertrauen geehrt hatte, würde er seine Arete, seine Männlichkeit, und, in sich selbst, die Tugenden bewahrt haben, ohne die ein Mann nicht leben kann: seine Ehre und seinen Stolz.

Was tun? Er beobachtete die betrunkenen Heloten, überhörte das scherzende Hänseln der Kameraden. Er bemerkte nicht, daß der schöne Lysander ihn nun doch endlich mit einiger Aufmerksamkeit betrachtete. Er mußte sterben. Er würde sich in den Tempel der Artemis, der Göttin der Keuschheit, begeben und sich vor ihrem Altar in sein Schwert stürzen – weil er die Keuschheit einer Jungfrau und einer zukünftigen Dienerin der Göttin nicht verteidigt hatte. Denn die Art, wie die Frauen von Parnon Phryne getötet hatten, war nicht nur Mord, sondern auch eine Art Notzucht gewesen.

Nein. Er konnte sein Blut jetzt nicht vor Artemis ausgießen. Die Göttin würde sein Opfer mit Verachtung zurückweisen. War er es doch gewesen, der die arme Phryne dazu gebracht hatte, ihr Gelübde zu brechen, er, der sie sogar ihrer Jungfräulichkeit beraubt haben würde, hätte ihm seine erbärmliche Angst um seine eigene Haut Zeit dazu gelassen! *Er* hatte mit seinen lügnerischen, lästerlichen ränkevollen Versprechungen den Zorn der Götter auf ihr schwarzmähniges Haupt heraufbeschworen. War es nicht wahrscheinlich, daß Dionysos sie gestraft hatte, weil sie sich der sündhaften Hybris, der frechen Selbstüberhebung schuldig gemacht hatte, zu glauben, sie könne Mutter eines Gottes werden?

Und wenn sie es nun geglaubt hätte! Was war so schrecklich an diesem Glauben? Konnte nicht jeder Hellene Dutzende von Frauen anführen, die mit diesem oder jenem lüsternen Gott geschlafen hatten und in der Folge einen strahlenden, gottgleichen Sohn zur Welt gebracht hatten? Hatten nicht viele dieser göttlichen Bastarde Unsterblichkeit erlangt? Mehr noch: hatten nicht Dutzende von ihnen nach Beendigung ihres Erdenwallens von den Toten auferstehen und zum wolkenumkränzten Olymp aufsteigen dürfen, um dort selbst zu Göttern zu werden?

Daß sie ihm geglaubt hatte, bewies nur ihre Gläubigkeit. Was waren ihre Sünden gewesen – wenn man sie überhaupt als solche bezeichnen konnte? Leichtgläubigkeit, der naive Stolz eines einfachen Bauernmädchens, das die Lügen eines Spartaners für bare Münze genommen hatte. Nicht mehr als das!

Seine blauen Augen verdunkelten sich. ›Großer Dionysos‹, wütete er im stillen, ›magst du mein Vater sein oder nicht, wenn du –

wenn ihr Götter alle – so geringe Schuld auf so grausame Weise bestraft, verfluche ich euch alle! Einem allein unter euch will ich noch bis zum Morgengrauen mein Wohlwollen bewahren – ihm, dem ich dann mein Leben opfern werde. Sag mir, Vater Dionysos: wer soll es sein?‹

›Kein Gott soll es sein‹, erwiderte ruhig sein eigener Dämon, ›und du sollst auch nicht Hand an dich legen –‹

›Wie aber soll ich dann –?‹

›Du sollst zurückkehren und Phryne die Ehren erweisen, die ihr gebühren. Denkst du, Deimus wird es wagen, die zerstreuten Gebeine seiner Tochter aufzulesen und sie in würdiger Weise der Erde zu übergeben? Kannst du es dir leisten, dich zusätzlich zu deiner hündischen Feigheit auch noch die Pietätlosigkeit und Mißachtung schuldig zu machen? Willst du den Schatten jener, die du als Braut anzusehen moralisch verpflichtet bist, dazu verurteilen, bleich und verzagt durch den Staub und die Hitze des Sommers zu wandern und klagend durch die Winterstürme zu ziehen, weil kein Verwandter, Geliebter oder Freund da ist, um die rachedurstigen Götter durch die gebührenden Trauerriten zu besänftigen? Willst du nicht etwas tun, Ariston, selbst wenn der Tod dein Lohn sein sollte, ein Tod, der deiner Mannhaftigkeit zu neuer Ehre gereichen würde? Oder glaubst du, das durch einen schnellen, leichten Tod, durch die feige Klinge eines Selbstmörders vollbringen zu können?‹

Ariston schob seinen Stuhl zurück, um aufzustehen – anders als die verweichlichten Athener lagen die Spartaner beim Essen nicht auf Kissen –, als etwas seine Aufmerksamkeit erregte: einer der Heloten, ein rotbärtiger Riese blickte ihm aus ruhigen, ungetrübten, wachsamen blauen Augen ins Gesicht. Zwei Dinge waren ihm sofort klar: dieser Mann mußte dorisches, thrazisches oder gar mazedonisches Blut in seinen Adern haben, denn kein Lakedämonier, der nicht zu den siegreichen Doriern zählte oder einem der südlichen hellenischen Völker entstammte, konnte eine so rosige, gesunde Gesichtsfarbe aufweisen; und er war nicht – überhaupt nicht – betrunken. Daß er sich mit den anderen am Boden rollte, war nur eine List.

Wie konnte dieser Mann, dessen Gesicht Intelligenz und dessen Bewegungen sogar eine gewisse Anmut verrieten, unter Heloten geboren worden sein? Vielleicht war er früher Perioke gewesen und kam aus einer jener verstreuten Städte, in der sich dorische Kolonisten niedergelassen und ihr Blut mit dunkelhäutigeren Eingeborenen vermischt hatten, bevor noch ihre Stammesgenossen einige Generationen später auf breiter Front in den Peloponnes eingedrungen waren, um sich das Land zu unterwerfen. So ein Mensch mochte wohl durch Schulden, ein Vergehen oder sonstiges Mißgeschick zum Heloten abgesunken sein. Das wäre eine Erklärung gewesen.

Was sich jedoch einer Erklärung entzog, war die Frage, warum er Ariston mit einem solchen Ausdruck von quälender Sehnsucht und, ja, gewiß, auch Stolz, ins Gesicht starrte. Es war dieses ungeheuchelte Gefühl, das er beim Anblick des Jünglings empfand, das ihn seine Rolle vergessen ließ und offenbarte, daß er es verstanden hatte, der Trunkenheit zu entgehen – möglicherweise, indem er den Wein im Mund beließ, um ihn dann unbeobachtet auszuspukken, dachte Ariston.

Nicht unbeobachtet geblieben aber war Aristons plötzliches Erstarren und der lange, prüfende Blick, mit dem er den Heloten musterte. Simoeis, der sich einbildete, ein Komponist und Sänger zu sein, hielt in einem derben und vulgären Trinklied seiner eigenen Schöpfung inne und folgte Aristons Blick.

»Das Schwein ist ja gar nicht besoffen!« schrie er. »Habe ich nicht recht, Ariston?«

Ariston zuckte mit den Achseln. Es gab nichts, worüber er mit Simoeis einer Meinung zu sein wünschte.

»Wie soll ich das wissen?« antwortete er. »Da ich nicht in seinem Bauch stecke, kann ich nicht abmessen, wieviel Wein er drin hat.«

Simoeis grinste. Die Gelegenheit, die sich ihm hier bot, war unbezahlbar. Und er dachte nicht daran, sie vorbeigehen zu lassen. Denn es war kaum eine Woche her, daß er auf Iodamas liebenswerten, prallen Brüsten gelegen hatte – sein muskulöser Hinterteil begann sich eben aus der Umklammerung durch ihre dicken Schenkel zu lösen –, als er ihr das Mittel entlockt hatte, um Ariston ein für alle Male zu vernichten, diesen goldgelockten, schönen Jüngling zu vernichten, der seit Jahren alle seine Annäherungsversuche mit Verachtung strafte, die Liebe, die in seinem großen, ungeschlachten Körper brannte, verschmähte, ihm nicht einmal einen gelegentlichen Kuß oder eine heimliche körperliche Liebkosung gewährte, wie dies der noch schönere, aber irgendwie weniger aufregende Lysander bisweilen zuließ.

»Ja, Ariston, du hast recht!« grölte er. »Du steckst nicht in seinem Bauch – jetzt nicht. Aber höchstwahrscheinlich bist du da herausgekommen. Oder zumindest der Same, der dich gezeugt hat!«

Das Geschwätz verstummte. Die Sänger brachen ihr Lied ab. Selbst die Unbeherrschtesten mußten sich eingestehen, daß Simoeis zu weit gegangen war. Eine solche Beleidigung gab Ariston jedes Recht, ihn zu töten.

Aber Simoeis war noch nicht fertig. Er mußte Schmach auf Schmach laden, um die Bedeutung seiner Worte klar erkennen zu lassen.

»He, Helot!« schrie er. »Du bist doch Gott Dionysos in Menschengestalt, nicht wahr? Bist gekommen, um den Sohn zu besuchen, den du der liebreizendsten deiner Dienerinnen geschenkt hast? Ja, Freunde, es ist ziemlich und lobenswert, daß wir uns alle vor unserem gesegneten Ariston verneigen! Zwar wird er es in seiner Bescheidenheit leugnen, aber wir wissen es ja doch alle, daß er eines Gottes Sohn ist!«

»Simoeis —«, flüsterte Ariston.

»Wie anders ließe es sich erklären, Ariston? Denn deine Schönheit ist über die der Sterblichen erhaben. Bist du nicht im siebenunddreißigsten Jahr nach den Thermopylen geboren? Und wo befand sich der ruhmreiche Telamon in jenem Jahr, meine Freunde? Und im sechsunddreißigsten? Von wo kehrte er denn zurück, knappe zwei Wochen, bevor der schöne Ariston das Licht der Welt erblickte?«

»Simoeis —«, Aristons Stimme war kaum ein Hauch.

»Zwei Jahre war der erhabene Telamon vom heimischen Herd abwesend! Unklug, nicht wahr, meine Lieben, meine Freunde? Oder vielleicht doch klug. Wie hätte denn sonst ein Mann, der schon damals in die Jahre gekommen war, dem das Alter den pechschwarzen Bart und das Haar schneeweiß gefärbt hatte, diese wunderbare, strahlende Schönheit zeugen sollen? Die liebreizende Alkmene — Dionysos ist mein Zeuge, daß sie immer noch so schön ist, daß ich, wäre ich ihr Sohn, mich versucht fühlen könnte, die Sünde des Ödipus zu begehen — wurde nervös, nicht wahr, o Sohn des wiederauferstandenen Gottes? So wanderte sie also, deine schöne und vernachlässigte Mutter, hinauf in die Berge, um sich den Mänaden zuzugesellen; und dann —«

Aristons Chiton fiel von seinem Körper, als er ihn von der fibua riß, der Nadel, die ihn an seiner linken Schulter zusammenhielt. Die Gürtelschnur, die nur lose gebunden war, löste sich und glitt an ihm herab. Wie eine weiße Wolke schwebte der Chiton, von seiner Hand geschleudert, zu Boden. Völlig nackt, wie es der Brauch in Sparta bei einem Kampf Mann gegen Mann forderte, wandte er sich Simoeis zu.

Simoeis grinste, warf nun seinerseits sein kurzes Gewand ab und fiel in die Hockestellung des Ringers. Seine großen Hände ballten sich zu Bärentatzen, bereit zu zerreißen und zu zerfleischen.

»Komm nur, mein Goldjunge, Liebe meines Herzens«, rief er mit komisch schmachtender Stimme, »damit ich dir dienen kann, wie ein Gott oder ein Hirte oder sogar dieser stinkende Sklave – seht nur, wie rot sein Haar, wie blau seine Augen – deine Mutter bedient hat! Komm nur her, damit ich entscheiden kann, welche deiner zarten Körperöffnungen ich dir ausbohren soll: die zahnlose oder die gezähnte! Komm und laß mich dich beglücken, strahlender Ariston, Sohn eines Gottes oder Gott weiß welchen Vaters!«

Die Wut, die in Ariston loderte, war tödlich; das Tödlichste daran war, daß er kaltes Blut bewahrte. Wer solche Dinge gesehen, gehört, ja sogar gerochen hat – wer solches durchlebt hat, ist für alle Zeit gegen jeden geringeren Greuel gefeit; sein Verstand, seine Sinne, sein Herz und sogar seine Seele sind auch gegen ein Übermaß von Leid oder Wut oder Qual unempfindlich oder gewappnet oder beides.

Gerate ich in die Umarmung dieses Riesentiers, macht es mich zum Krüppel, überlegte Ariston. Seine Gedanken waren so klar wie die eisigen Wasser eines Bergstroms. Aber ich bin viel flinker als er, und wenn –

»Ares, steh mir bei!« betete er laut. »Dir, o mächtiger Kriegsgott, weihe ich dieses blutige Opfer! Bis zum Tode, Simoeis! Hörst du mich? Bis zum Tode!«

So groß er auch war, der Klang von Aristons Stimme ließ Simoeis ein wenig erblassen. Aber er faßte sich schnell und gab dröhnend, sein Baßton merklich schwankend, seine Antwort

»So sei es, Bastard Gottes oder des Menschen! Bis zum Tode!«

Dann warf er sich, eine Lawine dampfenden, schwitzenden Fleisches, wie ein angreifender Stier, brüllend auf –

Nichts. Denn Ariston war nicht da. Die Bewegung, mit der er zur Seite tänzelte, war unglaublich anmutig. Während Simoeis an ihm vorbeidonnerte, hob er sich auf die Zehenspitzen und hämmerte, die Hände zu einer doppelten Faust geballt, mit aller Kraft auf den Stiernacken ein. Simoeis stürzte krachend über einen der

Tische und verwandelte ihn augenblicklich zu Feuerholz, zu Reisig und Spänen. Lag wie betäubt da. Als er sich wieder aufgerappelt hatte, war sein dicker Bauch mit Speiseresten beschmiert, und Blut strömte ihm aus Mund und Nase.

Bei diesem Anblick erhoben die Jungen ein donnerndes Gebrüll. Keiner, dem Simoeis nicht schon einmal irgend etwas angetan hatte. Sie hatten es sich bis jetzt gefallen lassen müssen, weil er ihnen dank seiner Körpergröße und Riesenkraft unbesiegbar erschienen war. Da sie ihn nun schwankend, mit zitternden Knien, blutbedeckt vor sich sahen, jaulten sie wie ein Rudel Wölfe, das sich anschickt, sein Opfer zu töten.

Ariston lächelte; sein Mund verzog sich zu einem Ausdruck mörderischer Grausamkeit. Er entfernte sich von Simoeis, indem er so rasch nach rückwärts sprang, wie die meisten seiner Kameraden nach vorn gelaufen wären. Sobald sein breiter junger Rücken die Wand berührte, schien er zurückzuprallen und vorzuschnellen wie ein eben der Schleuder entflohener Stein. Noch während sein sonnengebräunter Körper gleich einem Lichtfleck im Nebel vorwärtsstürmte, bemerkte er, daß zwar drei der Heloten wie Tiere auf dem Boden lagen, der Rothaarige jedoch aufgestanden war und den Kampf mit Interesse und Sorge verfolgte. Dann hob sich Ariston, wie von Schwingen getragen, vom Erdboden ab und flog in waagrechtem Bogen, die Füße voran, durch die Luft. Seine harten jungen Fersen landeten mit entsetzlichem Krachen in Simoeis' Gesicht. Man hörte das Übelkeit erregende Geräusch der eingedrückten, brechenden Schädelknochen; das nasse Aufklatschen von Simoeis' schwerem Körper an der gegenüberliegenden Wand. Sekundenlang hing er dort wie gekreuzigt, bis er langsam hinunterrutschte und mit gespreizten Beinen und wie betäubt sitzen blieb.

»Bei Herakles!« lachte Lysander. »Dein Gegner muß doch wohl einen anderen Vater gehabt haben, als du gedacht hast, Simoeis! Gewiß einen Titan, wenn nicht gar den Träger des Löwenfells selbst! Was ficht dich an, Tölpel? Steh auf und kämpfe!«

Simoeis stützte die Hände auf und schob sich hoch. Ariston stand in der Mitte der Halle und beobachtete ihn. Als der ungeschlachte Kerl endlich, endlich wieder schwankend dastand, kaum fähig, sich auf den Beinen zu halten, schnellte Aristons unvergleichlicher junger Leib abermals durch die Luft – diesmal mit dem Kopf voran. Wie ein wütender Widder rammte sein harter Schädel Simoeis' fetten Wanst. Als er zurückprallte und zur Seite sprang, sah er seinen Herausforderer zusammengekrümmt und damit beschäftigt, den unerforschlichen Göttern alles zum Opfer zu bringen, was er an diesem Tag gegessen und getrunken hatte.

Aber es war ein Fehler gewesen, mit dem Kopf zuzustoßen wie ein Ziegenbock. Ariston hatte die Wunde in seiner Kopfhaut vergessen, wo er von einem Stein der Periöken getroffen worden war. Der Aufschlag hatte sie von neuem geöffnet; ein scharlachroter Schwall quoll zwischen seinem honigblonden Haar hervor. Er taumelte benommen; er fühlte starke Schmerzen. Dann schüttelte er den Kopf, um ihn wieder klar zu bekommen, und stürzte sich von neuem in den Kampf. Denn er mußte Simoeis erledigen, bevor der Kerl sich erholte und bevor seine eigene Kraft aufgezehrt war. Er ging seinen Gegner mit Händen und Füßen an und schlug ihn mit einer Unzahl von Hieben zu Boden, deren zerstörendes, nasses Aufklatschen vom frenetischen Gebrüll seiner Gefährten übertönt wurde.

Dann sprang er hoch in die Luft und landete mit seinem ganzen Gewicht auf Simoeis' faßrunder Brust. Das Geräusch der brechenden Rippen war trotz des Geschreis laut und klar zu hören. Wieder sprang Ariston – Mitleid, Gnade, Menschlichkeit, Verständnis waren vergessene Gefühle. Abermals ein dumpf krachendes Geräusch wie berstendes Holz, das jetzt die Stimmen seiner Kameraden verstummen ließ. Er trat zurück, maß die Entfernung und traf Simoeis mit einem entsetzlichen Schlag an der Kinnspitze. Der große Kopf schnellte nach hinten, aber nicht weit genug; Simoeis' feistes Genick hielt noch stand. Wieder holte Ariston mit dem Fuß aus; aber starke Arme umschlangen seine Hüften, und, so sehr er sich auch wehrte, er hing hilflos in dieser heraklidischen Umarmung. Er wand sich in stummer Wut und starrte in das Gesicht des rotbärtigen Heloten.

Der Mann blickte ihn mit gerunzelter Stirn an. Streng. Als ob Ariston ihm Respekt schulde.

»Jetzt ist's genug, bei Ares!« sagte er, und seine Stimme tönte wie einer von Zeus' Donnerkeilen in Aristons Ohren. »Das häßliche Geschäft des Mordens steht einem Mann übel an. Und wird durch nichts gerechtfertigt, nicht einmal durch die Beleidigung deiner Mutter. Also mach Schluß! Hör auf, wie ein wilder Esel mit Füßen zu treten, und gebrauche lieber deinen Kopf, wenn du etwas drin hast, was ich bezweifle. Schluß jetzt! Du hast mich gehört, Ariston. Schluß jetzt!«

»Laß mich los!« wütete Ariston. »Nimm deine schmutzigen Hände von mir fort, Helot!«

»Wessen und welcher Art dieser Hände sind, weißt du noch nicht, Melliran«, sagte abweisend der Helot, »aber sei gewiß, daß sie dich so lange nicht freigeben, bis du versprichst, dieses Riesenbaby nicht zu töten. Versprichst du es?«

Ariston starrte ihn an. Der Mann strahlte etwas aus. Etwas wie – wie Autorität. Wie Rechtschaffenheit. Eine Kraft, tief verborgen, beherrscht – aber stark genug, eine Stadt in Angst und Schrecken zu versetzen, sollte es ihm je einfallen, diese Kraft zu gebrauchen.

»Gut«, sagte Ariston verdrießlich. »Ich verspreche es.«

Der Helot gab ihn frei und trat zurück.

»Geh mit Gott, mein Sohn«, sagte er dann mit seiner mächtigen, leidenschaftlich-zärtlichen Stimme. »Ich fürchte, der heutige Abend könnte böse Folgen für dich haben –«

Wie auf ein Stichwort kam der Paidonomos in die Halle gestürtzt.

»Was geht hier vor?« rief er. »Unsterbliche Götter! Wer hat das getan? Wer hat Simoeis –?«

»Los, Junge!« befahl der rothaarige Helot.

Das Haus seines Pflegevaters lag keine vier Hippicon vom Gymnasion entfernt, aber Ariston hütete sich, es jetzt aufzusuchen. Als er die Palästra, den Sportplatz erreichte, hätte ein zufälliger Beobachter kaum gemerkt, daß er seinen Schritt anhielt; so schnell traf er seine Entscheidung, zu der er allerdings, das läßt sich mit einiger Gewißheit sagen, durch sein Zusammensein mit Phryne in der Höhle und der anschließenden Flucht vor den Periöken angeregt wurde. Sei dem wie immer, sein Entschluß stürzte sich auf jenes intelligente und sorgfältige Abwägen von Für und Wider, das man mit Fug und Recht als erleuchtet bezeichnen kann. Denn er war sich sofort darüber klar, daß seine fliehende Gestalt auf der flachen Ebene von Lakonien viel zu lange sichtbar bleiben würde. Noch ehe er die Berge erreicht hatte, würde ihn die berittene Wache eingeholt und zusammengeschlagen haben. Er mußte sich also entweder in Luft auflösen oder aber der Boden sich unter seinen Füßen öffnen und ihn verschlingen. Da offenbar beides unmöglich war, ergriff er die einzig vorhandene Alternative: er änderte ein wenig die Richtung und hielt sich schräg links, bis er das Ufer des Eurotas erreichte

— an dieser Stelle keine zehn Ruten von der Palästra entfernt — und stürzte sich mit einem sauber ausgeführten Sprung in die still dahinfließenden Fluten. Das Wasser war zwar immer noch eiskalt, aber das störte ihn überhaupt nicht. Wichtig war, daß ein Schwimmer keine Spuren hinterläßt, nicht einmal eine Fährte für Hunde, und so, innerhalb gewisser streng einzuhaltender Grenzen, buchstäblich verschwinden kann.

Natürlich ging er dabei ein wohlüberlegtes Risiko ein, denn schließlich kann selbst ein mittelmäßiger Läufer auch den schnellsten Schwimmer einholen. Aber er baute nicht zu Unrecht darauf, daß die Verfolgung nicht sofort einsetzen und daß der Paidonomos die Kameraden ziemlich ausführlich befragen würde; daß der Schock sie eine Zeitlang lähmen würde — schließlich waren sie es nicht gewohnt, einem Mord beizuwohnen; und daß — ohne jeden Zweifel! — der rotbärtige Helot sich an der Tür postieren würde, um einen allfälligen Verfolger nach Möglichkeit zu hindern. Dessen war Ariston sich völlig sicher, wenngleich er nicht hätte sagen können, was ihm diese Sicherheit gab. Nun galt es also schnell weiter zu kommen, noch bevor die Jungen aus dem Gymnasion auf die Palästra strömten und sich nach allen Richtungen umsahen, um seine laufende Gestalt in der Ferne zu erspähen.

Er füllte seine Lungen mit Luft und tauchte unter. Öffnete die Augen in der trüben Tiefe des Flusses. Schwamm mit kraftvollen Zügen unter Wasser dahin, eine irisierende Blasenspur hinter sich lassend, schwamm, bis er glaubte, seine Lungen würden platzen, und noch weiter, so lange er es aushalten konnte. Dann tauchte er nahe dem diesseitigen Ufer an einer Stelle auf, wo das hohe Schilf seinen Kopf verbarg.

Noch hatte die Verfolgung nicht begonnen. Er rastete, bis er wieder bei Atem war, tauchte unter, schwamm, kam an die Oberfläche und wiederholte diese List immer wieder, bis er um die breite Biegung des Flusses herum und aus dem Gesichtsfeld der Schule heraus war.

Trotzdem konnte er sie hören, wie sie sich nun auf die Palästra ergossen und seinen Namen riefen. Da er wußte, daß sie ihn nicht sehen konnten, tauchte er nicht mehr. Statt dessen begann er jetzt konzentriert mit glatten, kraftvollen geräuschlosen Zügen zu schwimmen. Es war ein Kompliment für das ausgezeichnete Training, dem sein Körper in Sparta unterzogen worden war, daß er, als er eine volle Meile von der Schule entfernt wieder aus dem Fluß stieg, kaum tiefer atmete als sonst.

Aber er wußte, daß seine Schwierigkeiten noch lange nicht überwunden waren. Er nahm an, daß er Simoeis getötet hatte, was ihm jedoch nur sehr geringe Gewissensbisse bereitete. So hatte er nun sein eigenes Leben verwirkt. Simoeis' Vater und seine Brüder waren moralisch verpflichtet, seinen Tod zu rächen, wenngleich viele Leute solche Dinge in jenen Tagen zumeist den Polis überließen. Aber was machte das schon für einen Unterschied aus! Um seine eigene und die Unparteilichkeit der Justiz zu demonstrieren, würde sein eigener Pflegevater sich gezwungen sehen, für ein Todesurteil zu stimmen, obwohl es den Jüngling betraf, der allgemein als sein Sohn galt. Das war so sicher, daß es auch den geringsten Zweifel ausschloß.

Ariston lächelte bei dem Gedanken.

»Jetzt habe ich dir eine zweite Chance gegeben, nicht wahr, Vater?« murmelte er. »Und diesmal kann Onkel Fettwanst sagen, was er will, es wird ihm nichts nützen. Die Gelegenheit ist zu günstig, nicht wahr? Ein für alle Male wirst du dieses verhaßte Gesicht los sein, dessen Anblick dir immer nur Schmerzen auf der Stirn verursacht hat. Allerdings ... du magst es leugnen, wie das alle Betroffenen tun, aber diese spezielle Art von Auszeichnung hat man sich immer redlich verdient – sagt Onkel Hippolytus. Nun ja. Ich bin ein toter Mann. Laß mich nicht vergessen, daß ich lernen muß, wie eine arme Seele zu ächzen und zu stöhnen. Morgen. Oder sonst wann. Wie geht's also jetzt weiter – mal überlegen –«

Bauernhof. Mit Scheunen und Heuschobern, wo man sich verstecken kann. Zumindest bis abends. Und dann –

Er bog vom Fluß ab und wandte sich unerschrocken landeinwärts. Zehn Minuten später erblickte er das niedere aus Stein und an der Sonne getrockneten Ziegeln errichtete Gehöft.

Als er es wieder verließ, war es bereits dunkel. Überzeugt, daß seine Verfolger, selbst wenn sie zufällig auf ihn stoßen sollten, ihn jetzt niemals erkennen würden, schritt er munter fürbaß. Denn sein langes Training in Diebereien war ihm trefflich zustatten gekommen. Er war nicht mehr nackt. Nicht nur war sein Körper mit einem prächtig bestickten Chiton aus Lammwolle bedeckt, er trug auch eine Chlamys um die Schultern geworfen, um sich gegen den Nachtfrost zu schützen. Die Bleigewichte, die, um ihn gegen den

Wind zu sichern, in die vier Ecken des kurzen Reitumhangs eingenäht waren, klopften angenehm gegen Brust und Rücken. Von allen gestohlenen Dingen aber war es vor allem eines, das seine Kameraden oder die Stadtwache veranlassen würde, an ihm vorbeizugehen, ohne zweimal hinzusehen: der Petasos, ein von Bauern und Reisenden gern getragener Hut mit flachen Kopf und breiter Krempe, eine perfekte Tarnkappe für einen, dessen dunkelblondes Haar von der Stunde seiner Geburt an stets der Sonne, dem Wind und dem Regen ausgesetzt gewesen war.

Er hatte auch seinen Bauch nicht vergessen. In einem über die Schulter geschlungenen Sack trug er einen riesigen Brotlaib, ein großes Stück Käse und zwei oder drei Handvoll Oliven. Mit solchen Vorräten konnte er die halbe Welt durchwandern. Allerdings lag sein nächstes Ziel, um die Wahrheit zu sagen, nicht gar so weit: er steuerte auf das Haus seines Pflegevaters zu, um dort seinen Diebszug fortzusetzen – oder besser, sich etwas ohne Erlaubnis zu leihen. Waren denn die Waffen und die Rüstung, die er aus der Vorratskammer zu nehmen gedachte, als zukünftiger Erbe nicht von Rechts wegen sein?

Solchen Gedanken nachhängend, erreichte Ariston sein Elternhaus. Er wußte, daß er Telamons Waffen unverzüglich stehlen mußte, denn der große Krieger und Staatsmann würde bald heimkommen, um der Ruhe zu pflegen. In seiner Eigenschaft als Strategos hatte Telamon den ganzen Tag lang mit den anderen Generälen beraten und die alljährliche Sommeroffensive gegen die attischen Grenzgebiete und Städte geplant. Das taten sie jetzt schon seit fast sechs Jahren jeden Sommer, und soweit Ariston das zu beurteilen in der Lage war, konnten sie noch hundert Jahre so weitermachen, ohne den Ausgang des Krieges im mindesten zu beeinflussen. Diese Narren! Begriffen sie nicht, daß die einzige Methode, Athen zu besiegen, darin bestand, seine Flotte zu vernichten? Solange die mächtigen Mauern die Verbindung der Stadt mit ihrem Hafen Piräus sicherten, blieb sie dank ihrer Seefahrer gut, ja sogar reichlich versorgt. Was machte es schon aus, wenn man Bauernhöfe niederbrannte, Oliven- und Feigenbäume abholzte, ein paar Gersten-, Hirse- und Weizenfelder zertrampelte oder Vieh mitgehen ließ? Kinderspiele! Aber wie Onkel Hippolytus immer wieder sagte: die einzige wirklich unmögliche Leistung auf dieser Erde, eine Arbeit, der selbst Herakles nicht gewachsen war, bestand darin, dem Gedanken eines Spartaners einmal eine neue Richtung zu geben.

Die Zeit drängte; aber er mußte das Gesicht seiner Mutter noch einmal, zum letzten Mal sehen. Natürlich durfte er ihr nicht vor Augen treten; er würde sonst nie hier wegkommen. Er wußte nur zu gut, welchen Schmerz er ihr mit der Nachricht seines Todes zufügen würde; aber das ließ sich nicht ändern. Er war Spartaner und sah seine Pflicht klar vor sich: die Gebeine jener, die ihm, hätten Furien und Parzen es gestattet, ein Leben lang Gefährtin gewesen wäre, auf anständige Weise beizusetzen, um so ihrer Seele Frieden zu schenken, und anschließend, sie zu rächen. Seine Mutter würde lange Zeit bittere Tränen um ihn vergießen, aber es war nun schon einmal das Los der Frauen, zu weinen, so wie es das Los der Männer war, zu kämpfen und zu sterben.

Er ging um das Haus herum, das, wie alle spartanischen Wohnstätten, klein war und schmucklos, eher schäbig, bis er ans Fenster des Gynäzeums, des Frauengemachs, kam. Sogleich hörte er die Stimme seines Onkels. Als Alkmenens Bruder hatte er das Recht, sie dort zu besuchen; jeder andere Mann, der nicht ihres Blutes war, hätte seine Kühnheit mit dem Leben bezahlen müssen.

»Wenn er also heimkommt«, sagte Hippolytus verdrießlich, »rate ihm, sich freiwillig zu stellen. Das Schlimmste, was ihm passieren kann, ist eine Tracht Prügel und ein paar Monate Arrest. Dieser ausgewachsene Ochs wird nicht sterben, was man Ariston allerdings nicht ankreiden darf. Beim Zeus, liebe Schwester, dein Liebling hat sich wirklich bemüht, ihm den Garaus zu machen! Und zu *deiner* Verteidigung möchte ich sagen – nun, Athene möge dir deinen Mangel an Intelligenz verzeihen!«

»Zu meiner Verteidigung?« hörte Ariston die helle Stimme seiner Mutter murmeln. Wie immer, klang sie seltsam klar und ruhig.

»Jawohl!« schnaubte Hippolytus. »Wie es heißt, begann die Geschichte so, daß dieser junge Tölpel vor der ganzen Schule einen Vortrag über die Grundbegriffe der Arithmetik hielt, Addition sowie Subtraktion, nämlich: daß zwei Jahre vierundzwanzig Monate haben; daß die Zeitspanne zwischen Empfängnis und Geburt nur neun Monate beträgt; und daß einem Mann, selbst einem ruhmreichen Strategos, der, nachdem ihn gewichtige Staatsgeschäfte zwei Jahre lang der ehelichen Lagerstatt ferngehalten haben, bei seiner Rückkehr feststellen muß, daß seine Gemahlin sich anschickt, eines gesunden Knäbleins entbunden zu werden, daß diesem Mann, na, wollen wir sagen, bei seinen ehelichen Pflichten Beistand geleistet wurde – mit anderen Worten, daß man ihm eine erlesene Zierde auf seine erhabene Stirn gesetzt hat.«

»Ach«, erwiderte Alkmene traurig, »warum hat ihnen denn Ariston nicht einfach gesagt, wer sein Vater war?«

»Oh, ihr bocksgestaltigen Waldgeister!« brüllte Hippolytus. »Hör mir mal gut zu, du Eselin aller Eselinnen! Du gingst in die Berge – ungeachtet der Tatsache, daß jede einzelne Polis in Hellas diese orgiastischen Riten verboten hat, daß es im ganzen Land keinen Stadtstaat gibt, der nicht seit hundert oder mehr Jahren die Dionysien feiert, bei der jedermann Gelegenheit hat, den Gott bei eindrucksvollen Prozessionen, bei Tänzen und Gesängen und Theateraufführungen gebührend zu feiern – also vernünftig und mit der eines zivilisierten Menschen würdigen Mäßigung. Du aber, meine keusche, schöne Schwester, Gattin eines langweiligen Ölgötzen – der nichtsdestoweniger ein ehrenwerter Mann ist –, stahlst dich heimlich aus dem Haus, gingst in die Berge zu den Mänaden und berauschtest dich an bacchanalischen Riten, in deren Verlauf Handlungen vorgenommen werden, an denen teilzunehmen sich selbst die gemeinsten Pornai in den Hafenkneipen von Piräus, diese armen, bedauernswerten Huren, deren Gunst man eine ganze Nacht lang für nur *einen* Obolus genießen kann, empört weigern würden. Von dieser harmlos-heiteren Festlichkeit kehrtest du mit einem glückstrahlenden Lächeln auf deinem dummen Gesicht zurück, fest entschlossen, dem armen Telamon aufzubinden, er habe seinen Kopfschmuck der Aufopferung und der Gnade des Gottes zu danken! Und daß der Bastard in deinem Bauch –«

»Hippolytus!«

»– keineswegs der Abkömmling irgendeines Ziegenhirten sei, der dich sternhagelvoll auf deinem zarten Hintern liegen sah und sich die Gelegenheit nicht entgehen ließ, dir deinen Chiton über den Nabel hinauf zu schieben, deine Schenkel auseinander zu zerren und sich an die Arbeit zu machen. Ich kann's ihm nicht verübeln. Wer hätte an seiner Stelle gezögert? Der entscheidende Punkt ist doch, meine liebe Alkmene, daß noch nie jemand auch nur die Spur eines Beweises erbracht hat, daß es überhaupt Götter gibt, und noch weniger, daß sie nichts Besseres zu tun haben, als jeden freien Augenblick dazu zu benützen, sich an albernen Frauenzimmern die Bäuche zu reiben! Willst du endlich also aufhören, mich für dumm zu verkaufen, Schwester? Wir haben über ernstere Dinge zu reden. Ariston befindet sich in Schwierigkeiten. In großen Schwierigkeiten.

Der Zustand dieses fetten Hornochsen könnte sich zum Schlechten wenden und –«

»Das wird er nicht«, sagte Alkmene gelassen, »denn meinem Goldjungen kann nichts Böses zustoßen. Er ist für alle Zeiten in Sicherheit. Dieses Versprechen gab mir sein Vater, der göttliche Dionysos –«

»Eros und Aphrodite!« Hippolytpus verdrehte die Augen. »Jetzt wird sie mir noch erzählen, daß sie den Gott *gesehen* hat! Daß du ihn gefühlt hast, wie er lustig drauflosbumste – zugegeben. Aber gesehen? Ich bitte dich!«

»Du hast eine schmutzige Phantasie«, fuhr Alkmene ihren Bruder scharf an. »Hast du dir meinen Ariston je richtig angeschaut?«

»Jawohl, und, bei Apollo, er ist ein feiner Junge. Ich habe mich schon des öfteren ermahnen müssen, nicht zu vergessen, daß er mein Neffe ist.«

»Päderast!« Es klang verächtlich.

»Was hast du daran auszusetzen, wenn ich Knaben liebe?« meinte Hippolytus ganz nüchtern. »Wenigstens kommen sie nicht mit aufgeschwollenen Bäuchen nach Hause, als ob sie ein halbes Schwein verschluckt hätten. Auch bleibt einem bei ihnen das zweifelhafte Vergnügen erspart, mit seinen schwer verdienten Drachmen das Lustprodukt eines anderen großzuziehen. Aber genug von dem Unsinn! Wenn deine Intelligenz nicht einmal dazu ausreicht, dir über Ariston Sorgen zu machen, werde ich –«

»Armer Hippolytus!« sagte Alkmene sanft. »Du verstehst nichts. Meine Intelligenz ist nicht gering, aber mein Vertrauen ist groß. Glaube mir und zweifle nicht: meinem Ariston wird kein Leid geschehen. Sein Vater, der Gott –«

Ariston zog sich vom Fenster zurück.

Wird mir kein Leid geschehen, Mutter? In seinem Herzen weinte er. Wenn die Sonne ein zweites Mal aufgegangen sein wird, wollen wir sehen, wie dein großes Vertrauen sich bewährt hat. Wo war denn mein Vater, der Gott, als die Wölfin Lykotheia meiner Phryne die Gurgel durchbiß? Wo war er denn, als sie mit ihren stumpfen Messern an ihr sägten und sägten – oh, Mutter, du bist ein Kind! *Ich* sage dir das, ich, der ich zusah, wie mein eigenes Fleisch – denn das war sie – abgeschlachtet wurde wie eine Ziege und den Hunden zum Fraß vorgeworfen! Und jetzt –

Er wandte sich um und lenkte seine Schritte zum Vorratsraum, wo sein Pflegevater die scharfen Waffen aufbewahrte.

IV

Ariston stand in der Waffenkammer seines Pflegevaters und sah sich um. Er konnte sich nicht entscheiden, welche Rüstung er nehmen sollte: die gewöhnliche, dunkel glänzende, die Telamon anlegte, wenn er gegen die Athener in die Schlacht zog; oder die schöne für Paraden und sonstige festliche Anlässe. Die letztere lockte ihn, weil sie prächtig verziert war. Helm, Schild, Brustplatte – der ganze Küraß, vorne und hinten – wie auch die Beinschienen, alles war mit kostbaren Goldeinlegearbeiten versehen, die Götterbildnisse ünd Kampfszenen zeigten. Weshalb sie auch der Strategos nie im Feld anlegte. Nicht nur, daß sie die Aufmerksamkeit feindlicher Bogenschützen und Schleuderer auf sich zogen, hatten diese Ornamente den gefährlichen Nachteil, daß Speer- und Pfeilspitzen an ihnen hängenblieben, die sonst, ohne Schaden anzurichten, an der glatten, gerundeten Oberfläche einfacher Platten abgeglitten wären.

Dennoch meinte Ariston, daß ihr protziger Glanz ihm in der besonderen Lage, in der er sich befand, von Nutzen sein könnte. Er stellte sich vor, wie er darin aussehen würde: funkelnd in Gold und poliertem Silber; der Helmschmuck von gefärbtem Roßhaar; Schild am Arm, Speer in der Hand; das kurze, dickklingige, zweischneidige spartanische Schwert um den Leib gegürtet, den Dolch im Gürtel. Er würde als Held auftreten, der aus den Schriften des blinden Barden zum Leben erwacht; nein, mehr noch: in Telamons prächtiger Rüstung mochte er den simplen Bergbewohnern wohl als strahlender junger Gott erscheinen. Und eben darum ging es: Da er, was zu tun war, allein tun mußte, warum sollte er sich nicht der Hilfe unsichtbarer Phantome versichern, nämlich des Aberglaubens und der Angst der Periöken?

So bückte er sich also, um die Galarüstung aufzuheben – und ließ es erschrocken wieder sein. Sie war entsetzlich schwer. Er schätzte ihr Gewicht auf mindestens zwei Talente. Er malte sich aus, in welchem Zustand er in dem Ort am Parnon ankommen würde, wenn er all das unnütze Eisenzeug mit sich den Berg hinaufschleppen müßte.

Also dann die Kampfrüstung? Aber inzwischen war er aus den höheren Regionen zurückgekehrt. Er besaß genügend Erfahrung. Er erinnerte sich, wie ihm nach einem eintägigen Gewaltmarsch in voller Rüstung alle Knochen weh getan hatten. Und langsam begann die barmherzige Zeit die unaussprechlichen Einzelheiten von Phrynes Tod aus seinem Gedächtnis zu löschen – so hilft sie uns stets, den Verstand zu bewahren – und allmählich, still, fast unmerklich begann neue Hoffnung in ihm zu keimen. Er wollte ihre Gebeine in angemessener Form bestatten; er wollte sie rächen; und er wollte, wenn möglich beides tun – und leben. Mit all dem Eisen würde es ihm gehen wie einer Schildkröte: die Periöken würden ihn umringen und ihn mit ihren Steinen samt der Rüstung zermalmen.

So vergaß er schnell seine göttlichen Ambitionen und stellte sich darauf ein, wie ein Mann zu kämpfen und zu entkommen. Er nahm sich ein Schwert, einen Dolch, ein Bündel Wurfspieße, einen langen Umhang – nichts weiter. Dermaßen bewaffnet zog er aus, um einem Schwarm von Feinden entgegenzutreten, wobei er hoffte, sie zu überlisten, ihnen nach vollbrachter Tat entfliehen zu können und, wenn nötig, sein Leben bis zum letzten zu verteidigen. Denn Phryne hatte einen wilden, süßen Sturm von Gefühlen in ihm entfacht; oder besser, dem schon bisher sanft durch seine Adern rinnenden freie Bahn gebrochen: Er erkannte, daß die Frauen, sosehr seine Leute auch über sie herzogen, bezaubernde Geschöpfe sein konnten. Und ein Toter konnte sich mit diesem schmerzlich-köstlichen Forschungsgegenstand Mädchen nicht gebührend befassen. Er würde ihr alle Ehren erweisen, wie es sich ziemte, sie ein Leben lang in den heimlichsten Falten seines Herzens bedauern, aber er empfand auch, daß das Ende seiner Tage noch lange nicht gekommen war. Zwar trauerte er, aber er war jung und lebendig und glaubte ein Anrecht auf eine frohe Zukunft zu haben.

Hirn und Herz von solcherlei Gedanken bewegt, eilte er aus seines Pflegevaters Haus. Er war schon so spät dran, daß er in eine Nebengasse ausweichen mußte, um einer Gruppe von Gemeindeältesten auszuweichen, die dem großen Telamon auf dem Heimweg voranleuchteten. Er drückte sich gegen eine Hauswand und wartete zitternd, bis die Luft rein war. Dann machte er sich mit langen, federnden, eiligen Schritten, die rasch die Entfernung zwischen ihm und seinem Ziel verkürzten, auf den Weg.

Er durchquerte die lakonische Ebene im Dunkel, erreichte die Ausläufer des Parnon und begann den Aufstieg. Doch der Kampf, das Schwimmen im Fluß, der lange Weg machten sich bemerkbar: Müdigkeit drohte ihn zu übermannen. Er bedachte, daß es töricht wäre, erschöpft im Dorf anzukommen. Daß es noch törichter war, am hellichten Tag dort einzutreffen – was der Fall sein würde, wenn er sich jetzt Schlaf gönnte –, bedachte er nicht; blieb also stehen, wickelte sich in den gestohlenen langen Umhang, um sich gegen die kalte Bergluft zu schützen, und legte sich in einer kleinen Felsnische zur Ruhe. Vorher spendete er den Göttern noch mit ein paar Tropfen Wein ein Opfer, aß ein wenig Ziegenkäse und Brot und beendete sein spärliches Mahl mit einer Handvoll Oliven. Dann schloß er die Augen und versuchte zu schlafen.

Schon eine Stunde später erwachte er wieder, die Glut der Morgenröte in den Augen. Dies schien ihm ein gutes Omen: alle Welt wußte von Eos' unverbesserlicher Leidenschaft für junge Männer. Vielleicht stand sie ihm jetzt zur Seite.

Von jenem hochgelegenen Steig aus, über den er gekommen war, jenem von toten Seelen und Dämonen heimgesuchten Pfad, den seit zwanzig Jahren und länger kein lebendes Wesen betreten hatte, blickte er einige Stunden später wieder auf das Dorf hinab. Unter den Oberbalken der Türen hervor stiegen Rauchfähnchen zum Himmel, doch mit Ausnahme eines Knaben, der am Rand des grasbewachsenen Platzes Ziegen hütete, war keine Menschenseele zu erblicken.

Ariston sah Phrynes weiße Gebeine, die verstreut und halb verborgen im Gras lagen, nicht aber den Schädel. Von der zarten kleinen Kugel, die Träume und Hoffnungen und Liebe in sich geborgen hatte, konnte er keine Spur entdecken. Er sah nur die langen Schenkelknochen, die gebrochenen Rippen, den gekrümmten Schambogen, der, hätten die Dorfharpyen sie nicht gemordet, erste Wohnstätte eines – Gottes gewesen wäre. Ja, das Leben eines Gottes würde diesen zarten Lenden entsprossen sein. Es war nicht Lästerung, so zu träumen, so zu denken, denn wie hätte ein geringeres Wesen Unterpfand einer so großen Liebe sein können, wie Phryne sie ihm entgegengebracht hatte?

Bevor er den Blick abwandte, prägte er sich noch genau ein, wo jeder Knochen lag, denn inzwischen war ihm bewußt geworden, welch selbstmörderisches Unterfangen es sein würde, die Mission, die er sich auferlegt hatte, bei Tageslicht auszuführen, und daß er bis zum Einbruch der Dunkelheit warten mußte, um sie aufzulesen. Aber das Fehlen des Schädels, beunruhigte ihn. Gewiß, nach dem Tod schmolz das Fleisch in jedem Fall dahin; würden aber die Riten, die er mit den Gebeinen vorzunehmen gedachte, nicht durch das Fehlen eines so wesentlichen Teils beeinträchtigt werden?

Und noch etwas beschäftigte ihn: Lykotheia mußte ihr Verbrechen mit dem Tode bezahlen. Zutiefst bedauerte er, daß er ihre Horde schändlicher Harpyen straffrei ausgehen lassen mußte; aber dies ließ sich nicht ändern. Genau besehen waren sie ja nur Werkzeuge in der Hand der Mörderin gewesen, die sie belogen und getäuscht hatte. Und dann: nach ihren Bräuchen rechtfertigte der Doppelmord, dessen Lykotheia Phryne bezichtigt hatte, einen solchen, wenn nicht einen schlimmeren Tod. Die von kaltem Zynismus erfüllte Wölfin jedoch hatte genau gewußt, was sie tat. Für sie gab es weder Entschuldigung noch Milde. Und, bei den unsterblichen Göttern, sie hatte ihre Tat teuflisch gut geplant! Zweifellos war sie Phryne und ihm durch die labyrinthischen Gänge der Höhle gefolgt und ihnen beharrlich auf den Fersen geblieben. Nur der Fluß hatte sie aufgehalten; gewiß fürchtete die Wölfin das Wasser, konnte nicht schwimmen. Und dort – hatte sie Phrynes Gewand gefunden und es an sich genommen. War zum Höhleneingang zurückgekehrt. Hatte das fein gesponnene weiße Gewand, das Unschuld und Keuschheit verkörperte, in das sich verdickende Blut ihrer Opfer getaucht. Und es als Beweisstück verwendet, um diese Stieftöchter der Furien, die Weiber vom Parnon, von der Schuld Phrynes zu überzeugen . . .

»Halte dein Boot bereit, Charon!« murmelte er grimmig. »Denn beim Hades, deinem Herrn, noch heute nacht wirst du einen Fahrgast haben!«

Aber auch das hatte seine Schwierigkeiten, kam ihm zu Bewußtsein, als er sich am anderen Ende der Höhle vor sein Feuer setzte. Er hatte keine Ahnung, in welcher Hütte die Wölfin hauste. Nicht nur also mußte er nach Phrynes Schädel suchen, sondern sich auch noch von Fenster zu Fenster schleichen und herausfinden, wo Lykotheia schlief. Das schien ihm eine unlösbare Aufgabe.

Er saß vor dem Feuer und grübelte. Es dünkte ihn, als wären die Arbeiten, die die Götter ihm aufgebürdet hatten, schwerer als die des Herakles. Wenn es nur einen Weg gäbe, irgendeinen Weg . . .

Plötzlich sprang er auf, denn ihm war eingefallen, daß es einen solchen Weg gab, und noch dazu einen recht einfachen. Es mußte jetzt schon bald Mittag sein, und die Männer würden in Kürze von ihren steinigen Feldern und Ziegenweiden zum Essen heimkehren. Er brauchte nur aufzupassen, welche Häuser sie betraten, um die Zahl der Fenster, die er in dieser Nacht besuchen wollte, auf zwei zu reduzieren. Denn er wußte, daß außer Argus alle Männer des

Dorfes verheiratet waren. Demnach mußte eines der Häuser, das kein Mann betrat, das des Scharfsichtigen sein; und das andere, da es keinen Mann im heiratsfähigen Alter gab, der den verstorbenen, unbeweinten Epidaurus hätte ersetzen können, und überdies ihre Trauerzeit eben erst begonnen hatte, das andere mußte das Haus Lykotheias sein.

Ariston verließ die Höhle und hastete den Weg hinauf. Von oben sah er auf das Dorf hinunter. Und Eos oder Artemis oder Athene waren ihm wohl gesinnt: Lykotheia selbst kam königlich und mit hoch erhobenem Haupt über den Platz geschritten. Und brachte ihn plötzlich zu der schmählichen, schändlichen Erkenntnis, daß sie eine unwiderstehlich reizvolle Frau war. Die Schwellungen in ihrem stolzen Gesicht waren zurückgegangen, die blauen Flecken verblaßt. Und gegen seinen Willen gestand er sich ein, daß es ein köstlicher Genuß sein mußte, mit ihr zu liegen — noch dazu, wo sie, wie immer, sauber gewaschen war.

Aber nun bohrte sich die Scham wie mit Geierkrallen in seine Eingeweide. Mit solchen Gedanken zu spielen! Sie, die Phryne gemetzelt hatte! Die ihre Zähne in . . .

Aber offensichtlich spielte auch noch ein anderer mit diesen Gedanken. Denn als Lykotheia vorbeiging, kam der Koloß Pankratis aus seiner Hütte geschlendert und schloß sich ihr an. Von seinem Beobachtungsplatz viele Ruten oberhalb des Dorfes konnte Ariston natürlich nicht hören, was sie miteinander sprachen, doch Lykotheias Gesichtsausdruck und ihre Gesten ließen erraten, daß sie den Riesen wegen seiner Frechheit zurechtwies. Aber Pankratis lachte nur und fing sie ein, indem er mit seinen haarigen Pranken ihr Gesäß umfaßte und sie an sich drückte. Ariston sah das Messer blitzen. Der große Mann torkelte zurück und schlug eine Hand vors Gesicht, ließ sie wieder sinken und starrte auf das Blut. Lykotheia hatte ihm die Wange vom Ohr bis zur Kinnspitze aufgeschlitzt. Dicke Tropfen fielen aus seinem dichten Bart.

Ariston sah sie lächeln, sah, wie ihre sinnlichen Wolfslefzen Worte formten. Er konnte sie nicht hören, aber er las an ihrem Gesicht ab, was sie sagte.

»Das nächste Mal ist es deine Gurgel, du alter Bock!«

Damit ließ sie den taumelnden Riesen stehen und schritt geradewegs über den Platz und in ein Haus hinein. Ariston paßte gut auf.

Der Tag zog sich endlos hin. Die ersten zwei oder drei Stunden im Dunkel waren noch schlimmer. Aber der Jüngling zähmte seine

Ungeduld. Er wußte, daß die Periöken, wie alle Landleute, früh schlafen gingen, aber er wollte sicher sein, daß sie in tiefem Schlaf lagen, bevor er sich auf den Platz wagte, um die Gebeine der armen Phryne aufzulesen.

Und dann war die Zeit gekommen. Er wußte nicht, ob er den Göttern dafür danken sollte, daß ein Vollmond den Himmel versilberte. Gewiß erleichterte er ihm die furchtbare Aufgabe, den Platz von Gebeinen zu säubern. Entdeckte man ihn aber dabei und stellte ihn zum Kampf, seine Lage wäre aussichtslos.

Zu spät, sich darüber Sorgen zu machen, dachte er. Leih mir deinen Beistand, große Artemis, denn sie war keusch und rein. Und auch du, Aphrodite, denn, bei meiner Seele, ich habe sie geliebt. Dich, Vater Dionysos, den Wiederbelebenden, bitte ich nur, mich meine Tage nicht in Unehre beenden zu lassen. Und du, unsterblicher Ares, gib mir Mut, zu kämpfen und, wenn es sein muß, zu sterben.

Unter diesen Gebeten brachte er den Göttern ein Trankopfer, indem er allen Wein ausgoß, der ihm noch geblieben war. Dann nahm er seine Waffen auf und machte sich auf den Weg.

Es fing gut an. Zu gut – und das hätte ihn warnen sollen. Das Mondlicht ließ Phrynes verstreute Gebeine klar hervortreten und übergoß sie mit einem weichen, perlenfarbigen Schimmer. Während er sie auflas, mußte er gegen Übelkeit ankämpfen, denn weder der Heißhunger der schlecht genährten Dorfhunde noch die Raben noch die Insekten hatten sie zur Gänze gesäubert. Hier und dort haftete noch verhärtetes, schwarzrotes Fleisch daran. Dazu kam, daß sie einen süßlichen, widerwärtigen Geruch von Fäulnis ausströmten, wie kein Mensch ihn lange ertragen kann. Aber Ariston stand die Qual aus. Liebevoll wickelte er sie in seinen Umhang, bis er sie alle, oder fast alle, beisammen hatte.

Mit Ausnahme des Schädels. Aufmerksam streifte er über den Platz und dehnte seine Suche immer weiter aus. Doch von der zarten kleinen Kugel war nichts zu sehen. Dabei hätte sie doch am leichtesten zu finden sein müssen. Und trotzdem . . .

Dann schien es ihm, als ob der scheinheilige Gott jetzt an seinen scheinheiligen Seilen herabgelassen würde. Denn als er den Blick hob, sah er Licht in einem der Häuser. Der Atem stockte ihm. Aber er hatte sich die Lage dieser Hütte aus Stein und mit Lehm beworfenem Flechtwerk zu gut eingeprägt, als daß ein Irrtum möglich gewesen wäre. Es war Lykotheias Haus, aus dem das Licht kam.

Vorsichtig einen Fuß vor den andern setzend, ging er darauf zu. Neben der Tür legte er seine makabre Bürde ab, wählte sich einen der Wurfspieße, den leichtesten, den am besten ausgewogenen, und verbarg die andern unter Phrynes Gebeinen. Lockerte Dolch und Schwert in ihren Scheiden. Dann schlich er sich ans Fenster. Bevor er es noch erreichte, wehte ihm Lykotheias Stimme entgegen.

»Das also ist deine Rache, Pankratis?« fragte sie. Es klang lokkend, verspielt, spöttisch. »Wegen des kleinen Kratzers, mit dem ich dein Gesicht verziert habe, soll ich mit dir schlafen? Verrate mir doch, was würde deine geliebte Sterope dazu sagen?«

Pankratis' viehische Baßstimme beantwortete die Frage mit einer nicht wiederzugebenden Äußerung, die darauf hinauslief, daß sein Weib Sterope eine gewisse Unzüchtigkeit erdulden oder, noch besser, an sich selbst verrichten sollte.

Lykotheia lachte hell.

»Aber mein lieber Pankratis«, schnurrte sie, »das ist doch eben das, was du, als du deine hochzeitlichen Gelübde ablegtest, den Göttern allnächtlich zu besorgen versprochen hast. Also tu's auch! Erzähle mir nicht, es wäre so mühselig, dein Starrköpfchen zu pflügen und zu eggen! Bälger hast du ihr ja, beim Zeus, genug gemacht! Also wozu brauchst du mich?«

»Wozu? Ich sage dir, Mädchen, ich brenne! Und nicht, weil du mir eine kleine Kerbe ins Kinn geschnitten hast, sondern weil du das saftigste Weibsstück bist, nach dem ich je gegiert habe. Also sei vernünftig, Lyko! Wer soll es denn erfahren? Ich will nicht grob mit dir sein, aber . . .«

»Und wenn du mir mit Priapus' Emblem den Bauch vollpumpst?«

»Hör, Lyko, sieben volle Jahre warst du mit dem alten Zottelpelz verheiratet und . . .«

»Aber du, großer Pankratis, bist doch wohl kaum ein Epidaurus, nicht wahr? Im geheimen liebte er die Knaben, während du . . .«

Ariston konnte sie jetzt sehen. Lykotheia stand mit dem Rücken zum Fenster. Sie war völlig nackt, wahrscheinlich weil sie so schlief. Sie hielt sich ein Tuch vor die Brust, das bis zum Boden fiel und so ihren Körper vor Pankratis verbarg. Aber Aristons Sicht war ungehindert. Er stellte fest, daß sie gut gewachsen war.

Jetzt lachte sie plötzlich schallend auf. Es war ein schneidender, mißtönender Klang.

»Also schön«, sagte sie. »Was soll ich schon groß verteidigen? Die Erinnerung an das, was ich mit zwölf Jahren einem Sklaven im Laden meines Vaters geschenkt habe? Ha! Ich erinnere mich überhaupt nur darum daran, weil der Tölpel mich so hergerichtet hat, daß ich wochenlang blutete. Und du, du häßliches Ungeheuer, du magst ja Kraft genug haben, um mich zufriedenzustellen. Aber ich bezweifle es. Das kann kein Mann. Da muß schon ein ganzer Trupp Soldaten her. Etwas Wein? Ein Becher von meinem Gebräu – beim Bacchus, es ist stark –, um deinen Degen zu stählen? Lächle nicht! Du wirst schon noch draufkommen, daß du deine ganze Kraft brauchen wirst, um eine Wölfin wie mich zu besteigen und zu reiten!«

»Laß dir nur nicht zu lange Zeit!« polterte Pankratis fröhlich und setzte sich. Flink warf Lykotheia das Tuch um ihren Leib und durchquerte den Raum zu einer Anrichte.

Ariston hörte das leise Gurgeln des Weines, konnte aber nicht sehen, was sie tat. Dann wirbelte sie herum, ließ das Tuch an sich herabgleiten und stand da, nackt und schrecklich, eine stygische Nymphe, die Schale in den Händen.

»Trink, Pankratis!« zischte sie wie eine Schlange. »Trink, du lüsterner Riese! Tu einen kräftigen Schluck – wenn du dich traust!«

Ariston hörte Pankratis' rauhen, heiseren Atem und gleich darauf ein einziges, langgezogenes Aufheulen. Wie von Dämonen verfolgt, war der Koloß von seinem Stuhl gesprungen und aus der Tür; er jagte davon, und seine großen Füße ließen die Erde erzittern. Lykotheias Lachen, metallisch und schneidend wie das klirrende Aufschlagen eines Schwertes auf einen ehernen Schild, gellte ihm in den Ohren.

Ariston starrte sie an. Er hatte zu Phryne die Wahrheit gesprochen: der Anblick nackter Mädchen war ihm nicht fremd. In Sparta war das nichts Ungewohntes. Bei den religiösen Festen tanzten die Mädchen nackt, während sie ihre jungfräulichen Lieder sangen. Nach ihnen kamen die Jünglinge; auch sie waren völlig nackt, wenn sie sich zu den Klängen von Flöten und Leiern im Tanze drehten. Doch wie er jetzt die Frau in der Hütte anstarrte, wußte er, daß er nie zuvor einen so unzüchtigen Körper gesehen hatte wie den Lykotheias. Denn bevor sich die Mädchen in Sparta bei den Festen nackt der Öffentlichkeit zeigten, rasierten sie sich sorgfältig oder gebrauchten Enthaarungsmittel aus Arsen und Kalk. Wenn sie dann tanzten und sich ihre weißen Gestalten in gesetzten Rhythmen wiegten, glichen sie lebenden Statuen, deren Ausstrahlung die Zuschauer nicht sonderlich erregte.

Lykotheia aber — Aphrodite und Eros! Eigentlich war der Unterschied gar nicht so groß: nur eben drei wirr gekräuselte Kleckse, drei pechschwarze Pelzchen, die die Weiße ihres Körpers nachdrücklich unterstrichen und ihre Blöße in Nacktheit verwandelten. Nur eben so weit an die uralte Bocksgottheit erinnernd, daß seine Sinne sich plötzlich der Tatsache bewußt wurden, daß auch das Weib nur ein Tier war. Ein Weib voll heißem Blut und glühendem Verlangen. Keine lebende Statue, mit weißem Perlenpuder bestäubt, der ihm verwehrt hätten, die zwei dunklen, spitzen, leicht gerunzelten Kirschenknospen zu sehen, als sie jetzt diese Schale hob, um zu trinken . . .

Was zu trinken? Wein oder Nektar — oder Blut! Was konnte sie wohl trinken, was trank sie aus dieser Schale? Aus dieser Schale!

Ein Schrei löste sich aus Aristons Eingeweiden, hoch und schrill wie der einer berauschten Mänade. Grauenhafte Krallen bohrten sich quälend in sein Gedärm, sein Herz und seine Lungen. Eine schwarze Wolke senkte sich über seine Augen.

Dann zerteilte sie sich, und er spannte sich und schleuderte den Wurfspieß mit aller Kraft. Aber etwas, die Hast, mit der er geworfen hatte, eine leichte Bewegung Lykotheias, die Hand eines boshaften, lüsternen Gottes, ließ ihn sein Ziel verfehlen. Statt ihr die Kehle zu zerreißen, wie es seine Absicht gewesen war, durchbohrte der Wurfspieß ihre linke Schulter und nagelte sie an die Wand.

Sie schrie nicht auf, sie stöhnte kaum. Sie hing einfach da und starrte ihn an, als er, das kurze spartanische Schwert schon gezogen, durch die Tür kam.

Er setzte ihr die Spitze an den Hals. Und konnte plötzlich nicht zustoßen. Eine Schwäche war in ihm, eine lähmende Krankheit. Er hatte noch nie einen Menschen getötet. Er hatte nie auch nur davon geträumt, eine Frau zu töten. Und jetzt . . .

Der Geruch ihres Leibes wehte ihm betäubend um die Nase. Qualvolle Erregung, gnadenloser Kampf zwischen Scham und Verlangen, peitschten seine Sinne auf. Sie blieb stumm, flehte mit keinem Wort, keiner Geste um ihr Leben. Sie musterte ihn nur mit Blicken voll Spott und Hohn. Denn sie wußte, daß er sie schonen wollte, und um welchen Preis, und verachtete ihn dafür. Ihre

Augen, schwärzer als uralte Sünde, funkelten kalt und selbstsicher, spiegelten angeekeltes Wissen von der Kraftlosigkeit der Menschen, und bohrten sich mit der eisigen Verachtung, die sie für jeden auch nur mit der geringsten Schwäche behafteten Mann und somit für alle Männer auf Erden empfand, in die einzige marklose, faule Stelle seiner Seele. Dann verzogen sich die Lippen ganz langsam zu einem Lächeln.

Das war zuviel. Der schmeichelnde, geringschätzige, träge Zynismus ihres sinnlichen Mundes tat seine Wirkung. Von blinder Wut erfüllt, stieß er zu. Er zog das Schwert heraus. Ein Schwall von Blut strömte aus der Wunde und färbte ihre Brüste schwarz und scharlachrot. Ihre Augen bohrten sich in die seinen, und er ahnte, daß er sie bis zu seiner Sterbestunde nicht vergessen würde. Ohne zu wissen, warum, zog er auch den Wurfspieß heraus. Sie fiel zu Boden, wand und krümmte sich. Dann lag sie still. Sie drehte ihm das Gesicht zu, ihre Lippen bewegten sich und formten Worte, aber kein Laut war zu hören. Rasselnd fuhr ihr Atem durch die gespaltene Kehle; er erreichte den Mund nicht, um das Gesprochene hörbar zu machen. Aber Ariston konnte die Worte auf ihren haßerfüllten, verendenden Zügen lesen.

»Ich verfluche dich! Von dieser Stunde an sollst du nie wieder . . .«

Dann war sie tot.

Ariston führte den Satz im Geiste zu Ende. Sie hatte ihn nicht auszusprechen brauchen, denn er hatte den nämlichen Schuldspruch schon selbst gefällt, schon selbst erkannt, daß der Tod sein Leben lang sein Begleiter sein würde.

Aber das half alles nichts. Er bückte sich und hob den Schädel der armen Phryne auf. Hielt ihn in Händen und sah erschüttert, wie sorgfältig Lykotheia ihn ausgekratzt, gesäubert und poliert hatte, bis er zu einer grauenhaften Trinkschale geworden war. Dann trat er in die Nacht hinaus, aus der selbst der Mond geflohen und die in völliger Finsternis zurückgeblieben war.

Er vergrub Phrynes Gebeine hoch oben auf dem verbotenen Pfad und errichtete darüber einen Steinhügel, um sie vor den Wölfen zu schützen. Weil er nichts anderes hatte, versprengte er ein paar Tropfen seines eigenen Blutes aus einem kleinen Schnitt, den er sich am Handgelenk beibrachte, als Opfergabe. Dann kniete er nieder und betete zu den olympischen Göttern, Phrynes zarte Seele huldvoll zu empfangen und zu segnen.

Als er aufstand, glitzerten Tränen in seinen blauen Augen. Er wandte sich ein wenig zur Seite – ein wenig nur, aber vielleicht genug, um sein Leben zu retten.

Denn jetzt hörte er auf zu denken. Hörte auf zu atmen. Taumelte unter Pankratis' furchtbarem Schlag, unter dem höllischen Schmerz seiner Klinge. Die kleine Bewegung hatte bewirkt, daß das Messer seine lebenswichtigen Organe verfehlt und nicht in voller Länge eingedrungen war. Tief genug allerdings, um, sobald es Pankratis herauszog, sein Lebensblut ausströmen zu lassen. Er wirbelte herum, um seinen Gegner zu fassen, und die plötzliche Drehung seines harten, jungen Körpers ließ das schlecht gehärtete, spröde Messer am Griff abbrechen; die Klinge blieb im Rücken stecken. Und mit der gleichen, fließenden Bewegung zog Ariston sein Schwert und stieß zu. Pankratis brüllte wie ein Stier, als die Waffe in seinen großen Bauch eindrang, um neben seiner Wirbelsäule wieder zum Vorschein zu kommen. Ariston riß es heraus, und auf schäumendem rotem Schwall folgte Pankratis' Leben dem todbringenden Schwert.

Ariston blickte auf den großen Mann hinunter. Aber er konnte ihn nicht richtig sehen. Es war zu dunkel, und ein roter Nebel hing vor seinen Augen. Er wandte sich ab und schritt aufrecht, stolz, unbeugsam, seltsam gottähnlich davon.

Er erreichte die Wegkrümmung und tat noch ein paar Schritte darüber hinaus, bevor er stürzte. Er mußte seine ganze Willenskraft einsetzen, um sich wieder zu erheben. Ein paar Meter weiter fiel er abermals zu Boden. Stand wieder auf. Einmal, zweimal, dreimal, ein Dutzend Male. Als er sich nicht mehr aufrichten konnte, kroch er auf allen vieren. Kroch und kroch durch den roten Nebel, durch das entsetzliche Dunkel, weißglühendes Feuer im Rücken, das seinen Atem, sein Leben versengte. Er kroch immer noch, als starke Arme ihn packten und aufhoben, und da stürmte schon Eos über den östlichen Himmel und vertrieb die Nacht mit den blassen, breiten Schwingen ihrer Pferde.

Durch den Dunst der Dämmerung hindurch starrte er in das von schwelendem Leid erfüllte, von einem Wald roter Haare umrahmte Gesicht, in diese tiefen blauen Augen, die jetzt unruhig waren und feucht und zu sehr glänzten und leuchteten.

»Weine nicht, großer Dionysos«, stammelte er, indem er die

Worte über die blutigen Lippen zwang. »Weine nicht um mich, Vater. Götter weinen nicht, und ich . . .«

Dann plötzlich verschwand alles Licht vom Himmel. Es wurde sehr dunkel, und ihm war eisig kalt.

»Halte aus, mein Sohn! Beiß die Zähne zusammen, laß den Atem wie ein kleines Vögelchen hin- und herflattern. So ist's gut! So ist's richtig! Und jetzt bringe ich dich heim«, sagte der rothaarige Helot.

V

Talos, der Helot, hatte schon vor langer Zeit gelernt — denn er war jetzt siebenundvierzig Jahre alt geworden —, daß das Leben einem Menschen keine größere Last aufbürden konnte, als die eiserne Notwendigkeit, Entscheidungen zu treffen. Und weil er auf ein hartes Dasein zurückblicken konnte und weil es ihm eingehämmert worden war, wußte er auch, daß der Mensch niemals zwischen zwei so einfachen Alternativen wie gut und schlecht zu wählen hatte, sondern für gewöhnlich nur zwischen schlecht und schlechter, und daß ihm bei seiner Wahl von den Göttern nicht die kleinste Hilfe gespendet wurde. Die saßen allemal auf ihren unsterblichen Hintern am hohen Olymp und verweigerten den Erdensöhnen auch den kleinsten Wink, der ihnen die Entscheidungen erleichtert hätte, was schlecht und was schlechter war. Sofern sie nicht zwischen schlechter und dem Allerschlechtesten zu wählen hatten.

Wie eben jetzt.

Sollte er diesen glatten, steilen Pfad wie ein von den Furien gehetzter Gotteslästerer hinunterrennen? Auf diese Frage gab es zumindest drei Antworten, und alle drei lauteten: nein. Nein, weil das Rütteln und Schütteln die abgebrochene Klinge tiefer in den Rücken des Jungen treiben und sein Leben bedrohen könnte. Nein, weil er im Laufen ausrutschen und stürzen konnte. Und selbst wenn er das Glück haben sollte, dabei nicht in den Abgrund zu kollern, es würde genügen, den Jungen fallen zu lassen, und es wäre um ihn geschehen. Nein, denn wenn er versuchte, den ganzen Weg bis Sparta mit Ariston in seinen Armen zu laufen, würde er, lange bevor er die Stadt erreichte, erschöpft zusammenbrechen.

Eine eindrucksvolle Reihe von abschlägigen Antworten. Aber gab es denn eine andere Wahl? Sollte er langsam und vorsichtig absteigen? Nein, denn wenn er sich zuviel Zeit ließ, würde dieser strahlende, herrliche Jüngling gewiß sterben. Sollte er versuchen, die Klinge herauszuziehen? Nein, weil er keine Möglichkeit besaß, das ausströmende Blut zurückzuhalten. Sollte er den Jungen hier zurücklassen, so bequem wie möglich lagern, bis er mit einem Iatros, einem Wundarzt, und Krankenträgern wiederkommen konnte? Nein. Bis er die Stadtwachen davon überzeugt hatte, daß er die Wahrheit sagte — wenn es ihm überhaupt gelang — und zurückkehrte, würde der Verletzte schon tot sein.

Er legte den Kopf mit der feurigen Mähne zurück und lachte laut auf. Es war ein Päon wilden, bitteren Gelächters, das wie Zeus' Donner in den Felsenschluchten widerhallte. Der Klang brachte eine Anzahl kleiner Felsstücke ins Rutschen und Gleiten. Talos schloß den Mund. In den Bergen aufgewachsen, wußte er nur zu gut, wie leicht die Schwingungen eines einzigen Aufschreis eine Steinlawine auslösen konnten.

»Als ob ich nicht schon genug Sorgen hätte, ohne uns von einem Felssturz begraben zu lassen, an dem mein Eselsgeschrei schuld ist«, murmelte er und setzte sich in Bewegung. Er verfiel sogleich in einen rhythmischen Hundetrab, nicht zu schnell und nicht zu langsam, wobei er bewußt versuchte, das Geschüttel auszugleichen, indem er den Jüngling im Gegengewicht zu jedem rüttelnden Schritt ein wenig hob. So schritt er stundenlang dahin. Wenn er keinen Atem mehr in den Lungen hatte und die Schwere seiner Muskeln, die Schmerzen in den Armen es ihm unmöglich machten, seinen Weg fortzusetzen, blieb er stehen und rastete; aber nur so lange, als er unbedingt brauchte, um wieder halbwegs zu Kräften zu kommen.

Glücklicherweise ging es die ganze Zeit bergab. Dennoch zeugte es für seinen Körper und seinen Willen, daß er, als er die Stadt erreichte, noch genügend Kraft besaß, um die Aufgabe, die er sich gestellt hatte, zu Ende zu führen. Denn jetzt, da Sparta am Horizont auftauchte, mußte er seine letzte Entscheidung treffen; sollte er es wagen, die Stadt in weitem Bogen zu umgehen, um über einen geheimen Weg, den er kannte, hinein zu gelangen — wobei die Aussicht, den Jüngling noch rechtzeitig zu einem Arzt zu bringen, sich ständig verminderte? Oder sollte er geradeaus gehen und sich der Gnade der Stadtwachen ausliefern? Sie konnten seiner Erklärung lauschen, wie es kam, daß er, ein dreckiger Helot, einen verwundeten spartanischen Jüngling in den Armen trug; und sie konnten ihn auch auf der Stelle erschlagen und Nachforschungen erst nachher anstellen.

Ariston ächzte – und die Entscheidung fiel. Talos setzte sich abermals in Trab – geradewegs auf die mauerlose Stadt zu.

Zwanzig Minuten später, den bewußtlosen Ariston im Arm, beide über und über mit Staub bedeckt, betrat er endlich die Stadt. Die Wachen, die in gewissen Abständen rund um Sparta aufgestellt waren, um den Stadtsenat vor einem Angriff der Athener zu schützen – eine Möglichkeit, die niemand ernstlich in Erwägung zog, da in diesem ermüdenden Krieg Athen die Meere und Sparta das Land beherrschte und daher ein unmittelbarer Angriff der einen Polis gegen die andere in diesem sechsten Jahr nur in großen Abständen aufflackernder Feindseligkeiten nur noch ein Traum war, dem die Feldherren beider Seiten nachhingen –, die Wachen sprangen sogleich mit gezogenen Schwertern auf ihn zu:

»Hund!« brüllte ihr Hauptmann. »Helotenschwein! Du wagst es, in die Stadt zu kommen mit einem ...«

Dann unterbrach er sich, denn so schwer von Begriff die Spartaner an sich auch waren, erkannte der Ilarch doch, daß er sich schon selber die Antwort gegeben hatte. Kein Helot, ob bei Sinnen oder nicht, würde so etwas wagen. Ein Sklave, der einen Angehörigen der Herrenklasse verwundet oder getötet hatte, würde eiligst in die Berge fliehen, so schnell ihn seine Beine trugen. Daraus folgte, daß dieses rotbärtige Stück Vieh eine anerkennenswerte Tat vollbrachte, oder – der Hauptmann kniff die Augen zusammen, denn Mißtrauen war den Spartanern zur zweiten Natur geworden –, oder sich, in der Hoffnung auf eine fette Belohnung, in die Gunst der Verwandten des verwundeten Jünglings setzen wollte. Woraus wiederum folgte, daß dieser Helot kühner und klüger war, als ihm zukam. Der Ilarch prägte sich seine Züge ein. Er würde diesen rotmähnigen Hund im Auge behalten und die Krypteia, die Geheimpolizei, beauftragen, ihm von nun an auf den Fersen zu bleiben.

»Die Schwerter in die Scheide!« befahl er. »Und jetzt rede, Helot!«

»Verzeih mir, Ilarch«, sagte Talos, »ich will gern reden, aber nicht bevor ich den jungen Herrn zum nächsten Arzt gebracht habe. Im Augenblick fehlt mir der Atem dazu. Und wenn ich ihn nicht bald in ein Spital schaffe, wird mir auch die Zunge dazu fehlen. Und auch dir, guter Ilarch – ich bitte dich nochmal demütigst um Verzeihung –, wenn der Sohn des edlen Telamon auf Grund der

Verzögerung, die du verursachst, sterben sollte. Das würde der große Strategos gewiß nicht vergessen!«

Die haarige Hand des Ilarchen flog abermals an den Knauf seines Schwertes, um dem Heloten seine unverschämte Frechheit zusammen mit den Zähnen in den Rachen zu stoßen. Aber dann ließ er die Hand sinken, beugte sich schnell vor und spähte in Aristons bleiches Antlitz.

»Bei Apollo!« rief er. »Der Hund spricht die Wahrheit! Es ist der schöne Ariston! He, Iphiclus! Ixion! Oibalus! Phegeus! Holt die Lanzenschäfte und den Schild!«

Es ging schnell, denn es gehörte zur spartanischen Ausbildung: Ein Schild wurde an den Schäften zweier Lanzen festgebunden. Der Hauptmann breitete seinen Himation darüber, der wie alle spartanischen Militärmäntel blutrot war, um Wunden, die den Gegner ermutigen konnten, nach Möglichkeit zu tarnen. Schließlich wurde Ariston sehr behutsam, das Gesicht nach unten, hineingelegt.

»Seht zu, daß ihr ihn nicht zu sehr erschüttert«, mahnte der Helot. »Die Klinge könnte sonst tiefer hineingetrieben werden und an sein Leben greifen . . .«

Der Klang seiner Stimme veranlaßte den Ilarchen, ihn noch schärfer ins Auge zu fassen. In diesem Augenblick aber öffnete Ariston den Mund und erbrach ein Blutgerinnsel.

»Dionysos, mein Vater«, stieß er ächzend hervor, »ich brenne! Der Schmerz . . .«

Rasch beugte sich Talos neben ihm nieder.

»Nimm dich zusammen, mein Sohn«, murmelte er. »Bald wirst du Hilfe erhalten, bald . . .«

Wieder starrte der Ilarch auf den rotbärtigen Heloten, ließ aber jetzt seinen Blick vom Gesicht Talos' zu dem des Jünglings gleiten und dann, sehr langsam, wieder zurück.

»Bei Menelaus, dem Vater aller Hahnreie«, brummte er vor sich hin, »ich könnte schwören – aber nein; es wäre unverschämt, so etwas auch nur zu denken . . .«

Und mit erhobener Stimme gab er das Kommando:

»Vorwärts, marsch!«

Doch der Hoplit am Kopfende der Schildbahre sah ihn fragend an. Es gab mehrere Spitäler in Sparta.

»Marsch wohin, Hauptmann?« erkundigte er sich.

»Esel!« brüllte der Ilarch. »Hammel und Sohn eines Hammels! Zum Iatreion des großen Polorus natürlich! Denkst du, ich würde den Sohn unseres Oberbefehlshabers irgendeinem Knochenbrecher anvertrauen, der kein Jünger des Asklepios ist? Und jetzt hebe deine Hufe und bewege dich!«

Sie trugen den Jungen durch die engen, winkeligen, mit Kopfsteinen gepflasterten Gassen Spartas, bis sie das Viertel der *Phoenodamas* erreicht hatten. Dort hatte der Arzt Polorus sein Spital. Talos sah den Tempel des Asklepios, des Gottes der Medizin, und überall gab es Anzeichen, daß dieses Viertel der Heilkunst geweiht war. Auf allen Seiten standen Statuen, vor dem Eingang zum Tempel erhob sich eine eindrucksvolle Statue des Zentauren Chiron, der, wie die Sage zu berichten wußte, dem Gott Asklepios die Geheimnisse der Heilkunde enthüllt hatte. Sein muskelbepackter Männerkörper ging fast unmerklich in die Vorderhand eines gewaltigen Hengstes über.

»Von dem alten Pferdearsch leiten die meisten Ärzte ihre Herkunft ab«, höhnte einer der Hopliten, »und besonders vom hinteren Ende, wenn man denkt, wie viele Patienten sie unter die Erde bringen!«

»Schweig, Dummkopf!« schalt ihn der Ilarch. Aber er war nicht wirklich böse. Er war zu sehr damit beschäftigt, Talos' Augen zu beobachten, wie sie über die Schilder an den Türen glitten, denen zu entnehmen war, daß hier dieser oder jener Heilkundige oder Wanderarzt oder Wurzelkrämer sein Quartier hatte, oder daß da einer Weihgaben herstellte, die den Göttern in der Hoffnung auf Genesung dargebracht wurden — oder auch als Danksagung für die erfolgte Heilung. Andere Schilder wiesen auf die Heilstätten der bekannteren Ärzte hin, und es wollte dem Ilarchen scheinen, als ob Talos diese besonders aufmerksam studierte.

Nein, dachte der Ilarch, das kann nicht sein. Ein Helot, der lesen kann? Das ist doch geradezu unnatürlich. Dennoch . . .

Mittlerweile waren sie vor dem Spital des Polorus angelangt, und, ohne daß jemand das Wort an ihn gerichtet oder ihm auch nur ein Zeichen gegeben hätte, blieb Talos vor der Tür stehen. Kummervoll schüttelte der behelmte Hauptmann den Kopf. Er empfand eine gewisse Zuneigung zu diesem stattlichen und entschlossenen Heloten. Man konnte erkennen, daß Talos in seiner Jugend auch schön gewesen war — vielleicht ebenso schön wie dieses leblose Bündel auf der Bahre. Bedauerlich. Denn der Helot war schon ein toter Mann. Er, Orchomenus, Ilarch der Zehnten Ila der Stadtwache, mußte ihn jetzt bei der Geheimpolizei anzeigen. Mit einem solchen Mann als Führer – was konnten da die Heloten nicht alles erreichen? Schon allein wie er den Sohn des erhabenen Telamon gerettet hatte, verriet einen Mut, eine Geschicklichkeit . . .

Orchomenus beugte sich vor und sah Talos prüfend ins Gesicht. War es möglich, daß dieses rotbärtige Tier den Jungen selbst verwundet hatte, um sich die Gelegenheit zu verschaffen, seine Freiheit zu erlangen?

Doch dann sah der Ilarch in Talos' Augen die brütende, schmerzliche Zärtlichkeit, mit der der Helot auf den verletzten Jüngling blickte. Nein. Er richtete sich wieder auf und geriet in Verwirrung, weil er ablehnen mußte, was ihm seine Augen, sein Instinkt und seine Intelligenz sagten. Es war einfach zu ungeheuerlich! Ein Helot und die Tochter einer der vornehmsten Familien der Stadt? Ein Helot und die Gemahlin eines spartanischen Generals? Nein! Bei allen finsteren und schrecklichen Göttern der Unterwelt, das konnte nicht sein!

Sie trugen Ariston jetzt in das Spital und legten ihn nieder. Ein Sklavenmädchen ging verdrießlich und langsam – bis ihr eine Speerspitze im Gesäß frischen Respekt vor dem Militär einflößte –, um ihren schlafenden Herrn zu holen.

Bebend vor Wut kam der Arzt gelaufen, und Talos fiel das Herz in die Schnürstiefel, als er seiner ansichtig wurde. Denn der Iatros war ein Greis. Seine Hände zitterten und seine Stimme überschlug sich vor Erregung.

»Wie könnt ihr es wagen!« quäkte er. »Mich wecken zu lassen, weil man einen von euren Tolpatschen bei einer Wirtshausrauferei tranchiert hat! Wegen irgendeiner schmutzigen Porna vermutlich! Fort mit euch – mit euch allen! Unten an der Straße wohnt ein Iatros, der für solche Fälle gerade gut genug ist. Ich nehme keine . . .«

»Schweig, Scharlatan!« brüllte Orchomenus. »Zähme deine kraftlose Zunge, wenn du sie noch länger in deinem alten Schädel behalten willst. Der Jüngling ist von hoher Geburt – als ob das von Belang wäre. Schon eher von Belang ist die Strafe, die jenen zugemessen wird, die das Gelübde brechen, das sie vor Asklepios abgelegt haben oder ihren hippokratischen Eid vergessen! Der Junge nähert sich den Ufern des Styx. Es ist deine Pflicht, ihn zu retten.«

Der Greis stand unschlüssig da.

»Gut«, sagte er in gereiztem Ton. »Aber meine Dienste kommen teuer zu stehen, Ilarch. Darauf muß ich dich hinweisen! Und wer trägt die Kosten der Opferungen? Ich halte sie für äußerst wichtig. Ohne die Gunst der Götter kann kein Iatros heilen. Und wir müssen viele Opfer darbringen. Für Apollo Alexikakos und Päon und Hygeia und Panakeia und den Zentauren Chiron und Pallas Athene und natürlich Asklepios selbst! Und dabei habe ich bestimmt noch einen vergessen. Du lieber Himmel! Ich weiß genau, daß ich einen vergessen habe. Was mache ich nur? Die Götter werden schrecklich zornig, wenn man sie vergißt. Laßt mich nachdenken, wer ...«

»Telesphorus«, sagte Talos, der Helot.

Wieder starrte Orchomenus den Rotbart an. Telesphorus, der Elfenknabe, der Asklepios auf allen seinen Wegen begleitete, war der unbekannteste aller Heilkraft besitzenden Götter – wenn überhaupt ein Gott, wie viele Zweifler meinten. Nur sehr gebildete Leute wußten überhaupt von ihm. Nichts stimmte an diesem verflixten Heloten! Seine Stimme, sein Tonfall, sein ...

»Richtig, Telesphorus!« quäkte der Arzt. »Ich wußte ja, daß ich einen vergessen hatte! Nun, Hauptmann, wer wird das alles bezahlen!«

»Zerbrich dir nicht den Kopf darüber«, erwiderte Orchomenus. »Sorge dich lieber, wer für deine eigenen Begräbniskosten aufkommen wird, wenn dieser Junge stirbt, während du dich mit mir herumstreitest. Denn sein Vater Telamon, Vorsteher des Ältestenrates und oberster Strategos der spartanischen Heere und Flotten, wird es sich in diesem Fall bestimmt angelegen sein lassen, dich einen sehr langsamen und höchst unerquicklichen Tod sterben zu lassen. Du hast mich gehört. An die Arbeit, Knochenbrecher!«

Polorus wurde totenblaß. Seine Hände zitterten jetzt noch stärker. Talos warf Orchomenus einen flehenden Blick zu.

»Ja, ja, du hast recht, Helot«, murmelte der Ilarch. »Ich fürchte, ich bin zu weit gegangen – habe dem Alten so einen Schrecken eingejagt, daß er uns zu nichts mehr taugt.« Er wandte sich dem greisen Arzt zu und sagte in wesentlich liebenswürdigerem Ton:

»Ich bin aber auch sicher, daß man dir, wenn du den Jungen rettest, als Belohnung dein Gewicht – oder seines, je nachdem, wer mehr wiegt – in Gold auszahlen wird. Mindestens zwei Talente, Polorus! Was sagst du dazu?«

Die Wirkung war außerordentlich. Verständlich, denn in jenem vierundfünfzigsten Jahr nach der Schlacht bei den Thermopylen waren zwar in den Stadtstaaten offiziell immer noch die riesigen radförmigen, eisernen Scheidemünzen im Umlauf, die der schlaue Lykurg eingeführt hatte, um seinem Volk die Habgier auszutreiben (die Münzen waren zu schwer, um herumgetragen, und viel zu groß, und von zu geringem Wert, um gehortet zu werden), doch der schleichende Hang zum Wohlleben, der ganz Hellas vernichten sollte, indem er die Söhne des Landes verweichlichte und schwächte und ihren Widerstand gegen die feindlichen Barbaren erlahmen ließ, hatte bereits auch das strenge, unbeugsame Sparta zu vergiften begonnen. Auf ein Talent kamen fast tausend Unzen; neunhundertundzwölf, um genau zu sein. Mit zwei Talenten würde der Iatros reicher als Krösus sein — zumindest in seiner Vorstellung.

Die Hände hörten auf zu zittern. Farbe belebte das welke Gesicht. Die dunklen Augen leuchteten.

»Hier!« sagte der Arzt. »Legt ihn da hin, wo ich ihn untersuchen kann. Ja, so ist's richtig. Hmm . . .«

»Aber die Opferungen?« erinnerte ihn Talos.

»Laß mich doch mit dem abergläubischen Unsinn zufrieden, Helot! Siehst du nicht, daß wir keine Zeit dafür haben?« erwiderte der große Polorus.

Es zeigte sich bald, daß das Alter die Kunstfertigkeit des Arztes nicht beeinträchtigt hatte. Zu allererst zwang er Ariston, ein Gebräu aus Mandragora und Jusquiam zu schlucken. Aber nachdem er eine halbe Stunde gewartet hatte, stöhnte der Verwundete immer noch, sobald Polorus die Wunde berührte. Dann gab er ihm einen Becher Belladonna; aber es zeigte sich, daß der Patient immer noch schmerzempfindlich war. Nun griff Polorus zu einem drastischen Mittel: er verabreichte ihm eine viertel Drachme Opium. Das wirkte. Der Arzt griff mit der Zange nach der abgebrochenen Klinge, und Ariston rührte sich nicht. Doch es war entsetzlich anzusehen, wie das Blut aus der Wunde strömte, als der Arzt die Klinge herauszog. Und es ließ sich nicht aufhalten; es wirkte keines der Adstringentia, die zu jener Zeit der ersten Blüte der hellenischen Medizin, als der unsterbliche Hippokrates noch unter den Menschen wandelte, um seine Mitstreiter anzuspornen und zu führen, gebräulich waren: weder Eichenrinde noch Drachenblut noch Grenadine. Schließlich tat der alte Polorus, was getan werden mußte: er brannte die Wunde mit einem rotglühenden Eisen aus. Und trotz all der betäubenden Tränke und Brühen, die er in sich hatte, schrie sich Ariston die Lunge aus dem Hals.

Talos fiel neben dem Bett in die Knie. Und der Ilarch sah die Tränen in seinen Augen.

Armer Kerl, dachte er. Er ist viel zu weichherzig, um gefährlich zu sein.

Dann wusch der Iatros die Wunde mit abgekochtem Wein, schob reine Dornen durch die Ränder, um sie zusammenzuhalten, und legte einen Verband an.

»Wird er — am Leben bleiben?« flüsterte Talos.

»Weiß ich nicht«, antwortete Polorus barsch. »Soll ich etwa ein Huhn aufschneiden und in seinen Eingeweiden lesen?«

Ariston lag still auf seinem Lager. Ein Sklave war nach Telamons Haus, ein anderer nach dem Gerusion gesandt worden, um seinen Eltern die Nachricht zu überbringen. Orchomenus, der Ilarch, nützte den Augenblick, führte Talos, den Heloten, auf die Straße vor das Iatreion und begann ihn zu verhören.

»Weißt du, wer ihm das Messer in den Rücken gestoßen hat?« fragte er. »Sofern du es nicht selbst getan hast, um dir eine Belohnung zu verdienen, indem du das Leben rettetest, das du ihm beinahe nahmst . . .«

Talos lächelte müde.

»Ich halte dich nicht für einen so schlechten Menschenkenner, Ilarch«, antwortete er. »Du weißt, daß ich ihm nie etwas zuleide tun würde.«

»Ja, ja, ich weiß es. Das Geheimnis liegt tiefer. Bist du sein Geliebter?«

»Ein Helotenschwein wie ich, Hauptmann?«

»Es gibt also keine Verbindung zwischen euch?«

»Keine.«

»Und du hast ihn ganz zufällig gefunden?«

»Nein. Ich war ihm gefolgt. Ich befand mich im Gymnasion, als er . . .«

»Du warst im Gymnasion?« brüllte Orchomenus. »Was bei allen Furien . . .«

»Die alljährliche Warnung vor Trunkenheit, guter Ilarch. Sie sind bei mir an den Falschen gekommen. Für Wein habe ich einen ungewöhnlich guten Kopf — und Magen.«

»Schön. Du warst also im Gymnasion, wälztest dich wie ein Schlachtschwein am Boden, besoffen wie ein Athener, oder tatest so, als ob, und . . .«

»Er kämpfte mit einem Kameraden, der seine Mutter schwer beleidigt hatte. Und obwohl er seinen Gegner schon fast erledigt hatte – der Kerl hätte den Tod mehr als verdient, guter Hauptmann –, war er immer noch so erregt, daß ich fürchten mußte, er könnte sich zu einer Unbesonnenheit hinreißen lassen. Darum folgte ich ihm. Ich wollte so etwas verhindern.«

»Warum?«

»Weil ich seine Mutter, die eine große Dame ist, achte und bewundere. Sie hat sich einmal gütig gegen mich gezeigt. Sehr gütig.«

Die Hand des Ilarchen flog an den Knauf seines Dolches. Schweiß stand ihm glitzernd auf der Stirn. Eine dicke Ader an seiner Schläfe hob und senkte sich im Pulsschlag des Blutes.

»Wenn ich denken müßte . . .«, knurrte er.

Talos sah ihm in die Augen.

»Aber das tust du doch nicht, Herr! Mit solchen Gedanken würdest du die göttliche Artemis lästern und noch dazu die edle Alkmene schwer beleidigen. Wir wollen uns also nicht weiter mit diesem Thema beschäftigen, nicht wahr? Ich bin sicher, du hast mir weisere, edlere Fragen zu stellen.«

»Ja«, murmelte Orchomenus. »Zum Beispiel: wer hat ihm das Messer in den Rücken gestoßen?«

»Ich weiß es nicht. In der Nacht verlor ich ihn. Du verstehst, Hauptmann: auf diesen Felsgesimsen in den Parnonbergen hinterläßt man keine Spuren. Als ich ihn fand, war es schon geschehen. Er kam den Pfad heruntergekrochen, das abgebrochene Messer im Rücken . . .«

Der Ilarch warf Talos einen finsteren Blick zu.

»Du bist wirklich eine große Hilfe«, sagte er. »Dennoch werde ich deine Aussage besser aufschreiben. Ich brauche dir wohl nicht einzuschärfen, daß du nicht lügen sollst. Du bist klug genug, um dir die Folter zu ersparen.«

»Da hast du völlig recht, Herr«, sagte Talos.

Orchomenus nahm einen Griffel und ein mit Bienenwachs überzogenes Holztäfelchen aus dem Gürtel. Mühselig, die Zunge zwischen die Zähne geklemmt, begann er zu schreiben. Das Datum, den Ort, wo er den Heloten mit Ariston in den Armen erblickt hatte, andere Einzelheiten. Talos hielt ein Lächeln zurück. Er saß neben dem Ilarchen und konnte das Täfelchen sehen. Orchomenus' Rechtschreibung und Grammatik waren, wie die der meisten Spartaner, selbst solcher, die Bildung zu besitzen vorgaben, kläglich.

»Dein Name, Helot!« blaffte der Ilarch.

»Ich heiße Talos.«

Orchomenus sah auf.

»Das bezweifle ich«, sagte er trocken. »Du hast deinen Namen geändert, nicht wahr?«

Talos senkte den Blick. Und hob wieder den Kopf.

»Ja.«

»Und hießest vorher – Phlegyas, nicht wahr? Auf Grund deiner Haarfarbe?«

»Ich heiße Phlogias, Herr – die Bedeutung ist fast die gleiche. Dann nannte ich mich Talos. Es entspricht besser meinem Stand, meinst du nicht auch, guter Hauptmann?«

»Die Meinung eines Heloten zu teilen, ist für einen Soldaten eine Art von Verrat«, antwortete Orchomenus. »Du kennst das Gesetz, Hund!«

»Gewiß. Aber ich kenne auch die Menschen.«

»Was soll das heißen?«

»Das soll heißen, daß du, guter Ilarch, weniger – hart bist, als du dir den Anschein gibst. Dieses Gesetz, zum Beispiel – welchen Sinn hat es? Wir sind Sklaven und haben keine Möglichkeit, diesen Zustand zu ändern. Dennoch erklären uns die Ephoren jedes Jahr formell den Krieg, als ob wir eine feindliche Polis wären.«

»Ihr seid feindlich genug!« entgegnete der Ilarch.

»Ihr habt uns zu Feinden gemacht«, sagte Talos, »weil ihr nicht einsehen wollt, daß man Menschen nicht auf die Dauer mit der Peitsche regieren kann.«

»Wie denn sonst?«

»Ich glaube – mit Liebe. Aber das glaube ich nur. Ich weiß es nicht. Denn bis jetzt war kein Staat so klug, es einmal zu versuchen.«

»Talos, der Philosoph!« spöttelte Orchomenus. Aber der Spott war nur gespielt. Talos sah, daß der Ilarch neugierig war.

»Warum hörst du mir nicht zu, Hauptmann? Die Gelegenheit ist einmalig, das weißt du. Frank und frei der Wahrheit ins Auge zu sehen . . . Es tut weh, denn nichts schmerzt mehr, als wenn man gezwungen wird, zu denken. Ich habe gelernt, diesen Schmerz zu ertragen. Und darum ändert auch mein schmutziger Mantel und meine Mütze aus Hundefell nichts daran, daß ich ein Mann bin und bleibe.«

»Und ich ein Esel in Waffen?« warf Orchomenus ein. Die Worte waren zu schnell gekommen, und Talos erkannte, daß er sie schon oft, allein und mit bitteren Gefühlen gedacht hatte.

»Wenn ich das glaubte«, sagte Talos bedächtig, »ich würde nicht so mit dir sprechen, Ilarch. In deinem Gesicht sehe ich Klugheit, in deinen Augen Menschlichkeit, und darum – verzeih mir, Herr, wenn ich das sage, bemitleide ich dich.«

»Du bemitleidest mich?« Es war nicht mehr als ein Flüstern. »Du, ein Helot, bemitleidest mich?«

»Ja«, antwortete Talos, »denn obwohl du diese beiden Eigenschaften besitzt, mußt du doch Spartaner bleiben.«

Orchomenus ließ das Täfelchen fallen. Er zog seinen Dolch, und die Waffe blitzte im Licht. Talos rührte sich nicht. Er saß da und lächelte den Spartaner an. Er warf nicht einmal einen Blick auf die funkelnd erhobene Klinge. Er schien gewußt zu haben, daß sie auf dem höchsten Punkt ihres Schwungs nach oben hängen bleiben würde. Der Ilarch stierte ihn an.

»Du weißt, daß ich dich töten kann, Hund?«

»Ich weiß, daß es dir erlaubt ist.«

»Was meinst du?«

»Euer berühmtes Gesetz. Alljährlich erklären uns die Ephoren den Krieg, damit uns die Männer der Geheimpolizei abschlachten können, ohne sich damit eines Verbrechens schuldig zu machen; es sind eben kriegerische Handlungen. Womit ihr, wie ich schon sagte, ein Schuldbekenntnis ablegt. Denn wüßtet ihr nicht, daß ihr im Unrecht seid, ihr würdet uns töten, ohne vorher auf diese sorgfältig überlegte Rechtfertigung bedacht zu sein. Aber zwischen ›dürfen‹ und ›können‹ klafft ein gewaltiger Unterschied, junger Herr. Du darfst mich mit dem Dolch, den du in deiner Hand hältst, töten. Nur kannst du es nicht.«

»Warum kann ich es nicht?« knurrte Orchomenus.

Wieder lächelte Talos.

»Weil du bist, wie du bist. Also stecke deine dumme, grausame Waffe wieder ein, mein Sohn, und setze dich. Versuche nicht länger zu sein, was du nicht bist – ein Esel in Waffen –, ich danke dir für diesen treffenden Ausdruck –, und übe dich darin, zu sein, was du im Grunde deines Herzens bist: ein gütiger Mann.«

Orchomenus stand vor ihm und starrte ihn an. Der Kampf, den er jetzt in seinem Kopf, seinem Geist, seiner Seele ausfocht, war der grausamste, den er je bestehen mußte. Er fühlte sich versucht, diesen merkwürdigen, unangenehmen Rotbart zu töten und sich von den widerstreitenden Empfindungen zu befreien, die ihn einmal in diese, einmal in jene Richtung drängten. Tat er es nicht, würde dieser Helot sein ganzes Leben zerstören. Aber diese einfache, *zu* einfache Lösung hatte einen Fehler: Talos hatte recht. Er konnte es nicht tun.

Langsam steckte er den Dolch in die Scheide.

»Ihr fürchtet uns«, sagte Talos ernst. »Und in eurer eigenen Erkenntnis der Ungerechtigkeit der Lasten, die ihr uns aufbürdet, ist eure Angst begründet. Das ist der Grund, warum ich meinen Namen geändert habe. Weil ich am Leben bleiben wollte, hielt ich es für klüger, ›der Leidende‹ zu sein statt ›der Feurige‹.«

»Aber du bist dennoch Phlogius geblieben. Und der Name bezieht sich nicht nur auf deine Haarfarbe. Talos, der Leidende – ha! Es sind die andern, die du leiden machst, Rotbart!«

Talos zuckte mit den Schultern.

»Die Stellung eines Menschen kann sich ändern, junger Herr«, sagte er. »Meine hat sich einige Male geändert. Ich war einmal so ein ›Esel in Waffen‹ – der Garde des Königs von Mazedonien zugeteilt. Was dort – so wie hier – voraussetzte, daß ein Mann einer angesehenen Familie entstammt. Aber ich war Phlogius, ›der Feurige‹. In einem versoffenen Streit wegen eines Frauenzimmers tötete ich einen Kameraden und mußte nach Thrazien fliehen. Doch da die Thrazier uns Mazedonier nicht sehr liebten, faßten sie mich und verkauften mich als Sklaven. An einen Athener, den Göttern sei Dank!«

Orchomenus' Augen funkelten.

»Dir sind also die Athener lieber als wir?« fragte er.

»Ja, mein Sohn«, antwortete Talos schlicht. »Oh, ich weiß, sie sind verweichlicht, hoffnungslos verderbt, ein Haufen fauler Schwätzer, aber ...«

»Aber?«

»Es sind freie Männer. Die freiesten Männer, die die Welt kennt.«

»Während wir?« flüsterte Orchomenus.

»Sklaven sind. Selbst uns versklavt, die wir eure Sklaven sind. Ihr seid Sklaven eurer Verpflichtung, uns niederzuhalten, die Periöken zu unterwerfen. Sklaven eurer strengen Erziehung, die nicht einmal gute Soldaten aus euch macht. Sie macht euch nur tapfer. Und die Athener, die Feiglinge sind, schlagen euch immer wieder, weil sie sich als freie Menschen den Gegebenheiten anpassen können.

Sie sind so frei, daß sie sogar ihre Schilde wegwerfen, Angst haben und davonlaufen können — womit sie sich die Gelegenheit geben, an einem andern, besseren Tag wiederzukommen und euch zu schlagen. Ihr aber, Sklaven eurer eisernen Disziplin, müßt standhalten wie eiserne Esel und sterben ...«

»Sprich weiter.«

»Ihr habt keine Mauern; ihr müßt mit den Leibern eurer Söhne vorliebnehmen. Die Athener aber, eingeschlossen von den hohen Mauern, die ihr sie zu errichten gezwungen habt, erschüttern die Welt mit der unsterblichen Kraft ihrer Gedanken. Wo ist euer Sophokles, euer Euripides, euer Äschylus?«

»Dichter! Bah!«

»Dichter, jawohl. Die die menschliche Seele zu Höherem aufsteigen lassen. Das ist edler, als einem Menschen das Schwert in den Bauch zu stoßen. Und wenn ihr Athen zerstört, wie ihr es einmal tun werdet, weil ihr hartnäckiger, stärker und härter und — das ist das Schlimmste von allem — dumm genug seid, es zu tun, werden euch die Menschen aller kommenden Generationen nur in Erinnerung behalten, weil ihr das getan habt — in schändlicher Erinnerung als Zerstörer dessen, was euch fehlt: Kultur.«

»Wenn du die Athener so liebst, warum bist du dann nicht bei ihnen geblieben?« fragte Orchomenus. Er merkte es nicht, aber in seiner Stimme schwang ein schmerzlicher Ton.

»Ich blieb ja. Nur daß mein Herr Kaufmann von Beruf war. Dem Temperament nach war er Dichter und Philosoph. Er hat mich alles gelehrt, was ich vom Leben, von den Künsten, von den Wissenschaften und von den Menschen weiß. Wir segelten damals, das Jahr ging schon zu Ende, über den Pontos nach Syrakus auf der Insel Sicelu nahe der Zehe jener stiefelförmigen Halbinsel, wo die Italiker wohnen. Ein Sturm kam auf. Unser Schiff war nicht groß. Es war eigentlich nur eine Pentere, denn mein Herr, mehr Philosoph als Kaufmann, hatte es nie geschafft, das Geld für eine Galeere zusammenzukratzen. Die erste Welle, die uns breitseitig erwischte, brachte uns zum Kentern. Ich schwamm an Land und zog meinen Herrn am Bart nach, doch als wir die Küste erreichten, hatte sein Schatten den Körper schon verlassen. Und diese Küste war der Peloponnes, und ...«

Statt Sklave eines Atheners wurdest du Sklave eines Spartaners«, beendete der Ilarch den Satz.

»Ich wurde Sklave eines aufstrebenden Mannes, der bald Strategos werden sollte. Er hieß Telamon«, setzte Talos lächelnd seine Erzählung fort. »Er ließ mich auf den Bergen seines Besitzes die Ziegen hüten. Aber dann — es sind jetzt etwa siebzehn Jahre her — faßte er mit einem Male eine unerklärliche Abneigung gegen die Farbe meines Haares und meines Bartes und verkaufte mich an einen anderen. Seit damals wurde ich mehrere Male verkauft. Meine gegenwärtige Besitzerin ist eine Witwe. Die arme Frau ist ganz auf mich angewiesen. Darum läßt sie mir ein gewisses Maß an Freiheit. Aber nun genug von meiner langweiligen, traurigen Geschichte, junger Herr! Könnten wir nicht einmal hineingehen, damit ich einen Blick auf den Jungen werfen kann?«

»Er wird noch viele Stunden schlafen, Talos«, meinte Orchomenus. »Und dann gibt es da noch einen Punkt, über den ich Klarheit haben möchte: welche Beziehung besteht zwischen dir und dem Sohn unseres Generals? Warst du sein Paidagogos?«

Talos stand auf und warf einen schnellen Blick die Straße hinauf. Zu Orchomenus' Überraschung schwankte seine Stimme merklich, als er antwortete: »Es besteht keinerlei echte Verbindung zwischen dem schönen Ariston und mir«, sagte er, »es wäre denn die Achtung und die Dankbarkeit, die ich seiner Mutter schulde. Bitte, guter Ilarch, kann ich jetzt hineingehen?«

Doch der Ilarch, kein Dummkopf, war dem Blick des Heloten gefolgt. Auch er erhob sich nun und sah der majestätischen, hochgewachsenen, schlanken Frau entgegen, die auf sie zukam. Sie war verschleiert, und ihr Arm ruhte auf der Schulter eines kleinen Sklavenmädchens, wie es der Gepflogenheit entsprach. Sie schritt etwas schneller aus, als es dem Brauch und ihrer Würde angemessen war.

»Die Dame, die du schon den ganzen Nachmittag in deinem lügnerischen Mund geführt hast, eh, Talos?« sagte er. »Seine Mutter, die Gattin des großen Telamon. Ich habe sie noch nie gesehen; und du, will mir scheinen, *willst* sie nicht sehen. Warum nicht?«

»Es ist anders, als du denkst, Ilarch. Ich will nicht, daß *sie mich* sieht.«

»Und warum nicht?«

»Weil ich nicht gern etwas zerstöre — nicht einmal einen Traum. Und sie lebt seit achtzehn Jahren mit einem süßen, schönen Traum. Erlaube mir, den Anstand zu wahren, zu dem mich mein früheres Leben verpflichtet. Erspare ihr eine qualvolle Enttäuschung, die sie nicht verdient. Ich bitte dich, Herr!«

»Du sprichst in Rätseln«, sagte Orchomenus. »Also schön. Geh du hinein. Ich werde die Dame empfangen.«

Talos eilte in den Raum, in dem Ariston lag. Schnell kniete er neben dem Bett nieder. Ariston murmelte etwas. Schlug die Augen auf. Sah mit sorgender Zärtlichkeit in Talos' Gesicht.

»Dionysos, mein Vater«, flüsterte er. Dann schloß er die Augen und schlief.

»Darf ich im Sklavenhof warten, großer Nachkomme des heilenden Gottes?« wandte Talos sich an den Arzt. »Ich bin todmüde und . . .«

»Und hungrig und durstig«, sagte Polorus nicht unfreundlich. »Selbstverständlich. Das verdienst du wohl, nachdem du den Knaben gerettet hast. Diesen Gang hinunter. Sag Arisbe, sie soll dir zu essen und zu trinken geben, aber sonst nichts. Der Schlampe fällt es schwer, ihren Chiton unten zu behalten; und du bist ein stattlicher Mann. Aber du würdest trotzdem ausgepeitscht werden, wenn du es dir einfallen ließest, dich ihrer zu bedienen. Ich warne dich, Rotbart!«

»In dieser Hinsicht brauchst du nichts zu befürchten, großer Iatros«, versicherte ihm Talos.

Kaum war er verschwunden, als die edle Alkmene am Arm des Ilarchen den Raum betrat.

»Seid gegrüßt, ihr Herren«, sagte sie gelassen.

Orchomenus konnte den Blick nicht von ihr wenden. Er hatte in seinem ganzen Leben noch keine so schöne Frau gesehen. Er schätzte ihr Alter auf etwa vierzig Jahre, es ließ sich nur an den silbrigen Strähnen in ihrem dunklen Haar erkennen. Ihr Gesicht war das einer Frau von fünfundzwanzig, wenn nicht weniger.

Aber es war nicht ihre Schönheit, die dem Hauptmann mehr als alles andere auffiel. Er hatte schon so manche reizvolle Frau gesehen und auch mit der einen oder anderen als Bettgespielin die Nacht verbracht. Überdies litt er, wie die meisten jungen Männer seiner Zeit, an einer gewissen Verwirrung der Gefühle. Auch Talos' männliche Erscheinung hatte sein Blut in Wallung gebracht.

Alkmene kniete einen Augenblick lang an Aristons Bett nieder, küßte seine kalte Wange und stand wieder auf.

»Du wirst für deine Dienste belohnt werden, guter Iatros«, sagte sie mit ihrer wunderbar gelassenen Stimme. »Einem, der so Großes für unseren Sohn geleistet hat, werden mein Herr und ich in großzügiger Weise unseren Dank abstatten. Sage mir doch, wie lange wird die Heilbehandlung dauern?«

»Die Heilbehandlung?« stieß Polorus hervor. Dann richtete er sich auf. Schließlich war er Asklepiade, ein Angehöriger jenes edlen Hauses, das seine Herkunft unmittelbar vom Gott Asklepios ableitete und dessen älteste Söhne ihr Leben der Medizin weihten – und Spartaner. Außerdem war es klüger, die Wahrheit zu sagen. Wenn hochgeborene Leute von Ärzten irregeführt wurden, waren sie in ihrer Enttäuschung und Wut imstande, großes Unheil anzurichten.

»Edle Dame«, antwortete er gradheraus, »von Heilbehandlung wollen wir reden, sobald er überhaupt noch einmal zu sich kommt. Ich habe die Erfahrung gemacht, daß man an dieser Art von Verwundung meistens stirbt.«

Alkmene trat einen Schritt zurück. Den Bruchteil eines Augenblicks lang überzog Blässe ihr Gesicht. Aber gleich gewann sie ihre Haltung zurück.

»Nein, guter Iatros«, sagte sie, »er wird nicht sterben. Ich weiß, daß er nicht sterben wird, wenngleich ich dir nicht sagen kann, wieso ich es weiß. Jedenfalls habe ich dem Silberschmied bereits ein halbes Talent geschickt. Er soll Weihetafeln anfertigen, die ich dann im Namen meines Sohnes im Tempel des Asklepios aufstellen lassen werde. Dir trage ich auf, eine Zeichnung, oder noch besser, ein Tonmodell der Wunde zu machen. Damit wird der Goldschmied ein Weihegeschenk aus feinstem Gold herstellen, das ich als Belohnung dafür, daß er meinem Sohn das Leben schenkt, in den Brunnen zu Füßen des Gottes werfen lassen werde. Obgleich ihm ja eigentlich nichts anderes übrig bleibt – er muß einem anderen Gott gehorchen, der weit mächtiger ist als er.«

Eine Irre, dachte Orchomenus; sie ist verrückt.

»Und jetzt, guter Iatros, mit deiner gütigen Erlaubnis« – eine reine Redensart, wie der Ilarch sofort erkannte; wenn diese Wahnsinnige sich zu etwas entschlossen hatte, tat sie es mit oder ohne Erlaubnis –, »werde ich ihn von meinen Sklaven in das Allerheiligste des Tempels bringen lassen, damit er dort die Nacht über zu den Füßen des Gottes . . .«

»Nein!« schrie Polorus auf. »So etwas Irrsinniges wirst du nicht tun! Ihn jetzt von der Stelle zu bewegen, hieße ihn töten, und die Kälte in dieser steinigen Eisgrube hätte einen Blutandrang zur Folge, der . . .«

Alkmene starrte den Arzt an.

»Hast du keinen Glauben, guter Iatros?« flüsterte sie. »Setzt du kein Vertrauen in die Götter?«

Der Arzt Polorus blieb stumm, bis er sich entschloß, auf Klugheit und gutes Benehmen zu verzichten und die Pein, die ihm ein Gespräch mit Narren bereitete, deutlich auszudrücken.

»Nein, edle Dame«, erwiderte er. »Meine Antwort auf beide Fragen lautet nein.«

Alkmenes schwarze Augen weiteten sich.

»Wie grauenvoll!« hauchte sie.

»Nicht so grauenvoll wie Mord durch Aberglaube und Scheinheiligkeit, meine Dame – Mord, den du dich zu begehen anschickst!« sagte Polorus zornig. »Ich verbiete dir, diesen jungen Mann von hier fortschaffen zu lassen und ihn mit deinem Unsinn unter die Erde zu bringen! Wie sollen geschnitzte Tafeln aus Elfenbein oder Silber oder Gold mit ein paar nichtssagenden Worten darauf diese tödliche Wunde heilen? Ja, ich rede von deinen Stelen! Wozu soll es gut sein, ein Tonmodell von dieser häßlichen Stichwunde zu machen und über ein Talent Gold auszugeben – genug, um zwei Dörfer mit hungernden Periöken ein Jahr und länger zu füttern –, um diese ebenso unnützen Weihegeschenke anfertigen und in den Brunnen des Asklepios werfen zu lassen? Deine vollgefressenen Priester werden sie unverzüglich wieder herausfischen und das Geld verprassen, versaufen und verhuren. Ich sage dir ...«

Aristons Aufschrei ließ seine zornige Stimme verstummen.

»Vater!« schrie er. »Dionysos, mein Vater! Verlaß mich nicht!«

Mit bleichem Gesicht, die Brauen hochgezogen, wirbelte Alkmene herum.

»Er meinte den Heloten, der ihn gerettet hat«, sagte Orchomenus erklärend. »Aus irgendeinem Grund scheint er dieses rotbärtige Vieh mit dem Gott zu verwechseln.«

»Vater!« schrie Ariston abermals. »Bei meiner Liebe für dich! Bitte!«

Polorus wandte sich an einen der Sklaven.

»Hol den Heloten!« befahl er ihm. »In solchen Fällen ist es besser, den Launen der Kranken nachzugeben. Er fiebert natürlich, aber wenn die Anwesenheit des Heloten ihm guttut –«

Der Sklave ging. Und kehrte allein zurück.

»Er sagt, er fürchtet ...«

Orchomenus gab seinen zwei Hopliten einen Wink.

»Bringt ihn her«, wies er sie an. »Mit Gewalt, wenn nötig!«

Die Soldaten kamen wieder; sie trieben Talos mit derben Stößen vor sich her. Als er Alkmenens ansichtig wurde, versuchte er, den Kopf zur Seite zu drehen, aber es war sinnlos. Die Parzen hatten das Schicksalsrad um eine volle Wendung gedreht.

Alkmenens starrer Blick haftete auf dem Heloten. Alle Farbe wich aus ihrem Gesicht – so langsam, daß Orchomenus sie erblassen sah. Jetzt waren selbst ihre Lippen weißer als der Schnee auf dem Taygetos.

»Du!« stieß sie hervor.

Talos nahm seine Hundefellmütze ab. Verneigte sich vor ihr.

»Ja, edle Frau«, sagte er. »Ich, der ich einst Hirte war im Dienste deines erhabenen Herrn, hoch auf den Bergen. Und einmal, eine einzige Stunde nur, träumte ich, ich wäre – ein Gott. Aber der Traum ging zu Ende, und ich kehrte zurück zu Schweiß und Leid.«

Doch Alkmenens große, dunkle Augen rissen sich von ihm los. Sie tat einen schwankenden Schritt auf Aristons Bett zu und noch einen, stand dort und blickte auf den sich windenden, schweißnassen, halb bewußtlosen, von Schmerzen gepeinigten Jüngling hinunter.

»Ich habe dich getötet, nicht wahr, mein Sohn?« flüsterte sie. »Meine Sünde ist die Ursache deiner Leiden, nicht wahr? Weil deine Mutter eine – eine Porna ist. Eine so schändliche Kreatur, daß . . .«

»Edle Frau«, ächzte Talos und streckte ihr seine Hand entgegen. So groß und kräftig sie war, die Hand zitterte.

Alkmene schauderte vor ihr zurück. »Schwein!« zischte sie. »Helotenschwein!«

Talos standen die Tränen in den Augen.

Sie taumelte, und langsam, ganz langsam versagten ihr die Beine den Dienst. Es war, als schmölzen ihr die Knochen. Sie kniete lange neben ihrem verwundeten Sohn, bevor sie den Kopf in einer langgezogenen, zitternden Bewegung noch tiefer senkte, bis ihre Stirn den Boden berührte.

Dann schrie sie auf. Gellend, entsetzlich.

VI

Ihm war kalt. In seinem ganzen Leben war Ariston noch nie so kalt gewesen. Die Zähne klapperten ihm. Er versuchte, sie zusammenzubeißen, aber es gelang ihm nicht. Seine Kraft reichte nicht einmal dazu aus.

Und nun hob er den Blick und sah Hades, den Herrscher der Unterwelt, an seiner Seite stehen. Hades war in düstere Farben gekleidet. Sein Gewandt war feucht. Dunkles Wasser tropfte von ihm herab. Aber das nebelgraue, nachtschattenschwarze Kleid war sehr einfach geschnitten und ärmlich.

»Warum nennen dich die Menschen dann Pluto, edler Hades?« fragte Ariston. »Du siehst mir nicht gerade reich aus.«

Hades lächelte.

»Ich zähle meinen Reichtum nach menschlichen Seelen. In dieser Münze ist mein Reichtum gewaltig. Und ich bin gekommen, ihn um deine zu vermehren, Sohn des Dionysos.«

Ariston dachte darüber nach. Ihm war sehr kalt, aber er hatte keine Angst mehr. Ihm war nur kalt. Zu kalt.

»Gut denn«, sagte er zum Herrn des Totenreichs, »wenn's nicht anders geht.«

»Du siehst traurig drein, Sohn des Dionysos«, versuchte Pluto-Hades ihn zu trösten. »Ich könnte wetten, man hat dir Lügen über meine Wohnstätte erzählt. Außerdem, ein großer Sünder warst du ja nicht, und so kommst du ins Tal der Liliengewächse, und nicht in den Tartarus selbst. Dort ist's gar nicht so übel. Ein wenig düster vielleicht, aber nicht so übel. Die meisten Schatten sind dort recht zufrieden. Und ich weiß von einer Seele, die sich ganz besonders freuen wird. Sie wird gleich aufhören zu weinen, wenn ich dich zu ihr führe. Darum bin ich gekommen, um dich zu holen. Ich möchte, daß sie glücklich ist. Sie ist so ein gutes Seelchen. Ich wünsche ihr wirklich das Beste.«

»Wer ist das?« fragte Ariston.

»Phryne natürlich. Wußtest du das nicht?«

»Oh«, sagte Ariston.

»Willst du nicht zu ihr gehen?«

Ariston dachte darüber nach.

»Doch«, sagte er.

Hades lächelte ihm zu.

»Das ist die richtige Antwort. Du bist ein guter Junge.«

Dann kniete der Gott an Aristons Seite nieder. Er streckte einen langen Finger aus und berührte den Jüngling am Rücken. Der Finger blieb nicht still. Er bohrte sich durch das Fleisch, tiefer und tiefer, bis der Schmerz sehr arg war, entsetzlich, unerträglich. Ariston öffnete den Mund und schrie. Der Klang seines Schreis war der Klang der Finsternis. Krachend stürzte die Nacht auf ihn nieder.

Er war sich seiner Umgebung nicht mehr sicher. Es war sehr dunkel, und ihm war bitter kalt. Er saß in einem Boot, und ein sehr alter und häßlicher Fährmann ruderte ihn über ein nachtschwarzes Gewässer. Am anderen Ufer jaulte ein Hund. Nie hatte Ariston ein schrecklicheres Heulen gehört. Er jaulte lauter als ein ganzes Rudel Straßenköter. Dann sah er auch, warum. Der Hund hatte drei Köpfe.

Und jetzt bemerkte er und war gar nicht überrascht, ja er fand es ganz natürlich, daß der Hund verschwunden war und der Fährmann auch. Ganz allein ging er einen steilen, felsigen Pfad hinab. Der Pfad führte in eine Höhle. Es war sehr dunkel in der Höhle, und ihm war bitter kalt.

Dann sah er Phryne. Sie war wieder heil und ganz. Nichts an ihr fehlte. Sie kam mit ausgebreiteten Armen auf ihn zugelaufen. Ihr langes schwarzes Haar wehte ihr nach wie eine Wolke. Sie lachte und weinte und rief ihn beim Namen.

Das wußte er, obwohl er sie nicht hören konnte. Er sah, wie ihre Lippen sich bewegten, aber er konnte sie nicht hören.

Da stand plötzlich der Gott Dionysos zwischen ihnen. Der Gott war sehr groß und stark und schön. Er hatte rotes Haar und einen roten Bart. Ariston liebte ihn sehr. Der Gott lächelte ihm zu und streckte ihm seine Hand entgegen.

»Mir, der ich den Lenden des großen Zeus entsprungen bin«, sagte er, »kann der Tod nichts anhaben, und darum bist auch du gegen den Tod gefeit. Deshalb mußt du mit mir ins Leben zurückkehren. Komm mit mir, mein Sohn!«

Ariston sah, daß der Gott einen schmutzigen Schafpelz und eine lächerliche Mütze aus Hundefell trug. Er konnte nicht verstehen, daß ein Gott sich wie ein Helot kleidete. Trotzdem ergriff er die ihm dargebotene Hand, und zusammen gingen sie den steilen Felspfad hinauf.

»Sieh dich nicht um!« warnte der Gott.

Aber Ariston blickte zurück. Er sah Phryne, die an einem Felsvorsprung kniete. Sie weinte und klagte und rief ihn beim Namen.

»Sie wird eben warten müssen«, sagte der Gott. »Komm!«

Es war sehr dunkel und ihn fröstelte.

Und jetzt kamen auch noch die Schmerzen hinzu. Es waren sehr starke Schmerzen. Im Rücken, zwischen den Schulterblättern. Aber die Schmerzen waren irgendwie anders. Er lag da und versuchte festzustellen, worin der Unterschied bestand. Er fand die Lösung. Die Schmerzen hatten sich nicht geändert Er empfand sie nur anders. Er empfand sie, wie ein lebender Mensch Schmerzen empfindet. Mit allen seinen Sinnen. Er lebte und fing jetzt an, sich zu erinnern und vor seinem geistigen Auge, Szene auf Szene, die unsinnige Verkettung von Ursachen und Wirkungen vorbeiziehen zu lassen, die die Menschen Schicksal nennen. Er lebte und wollte eigentlich gar nicht leben. Aber er lebte und hatte sogar das Gefühl, bei Bewußtsein zu sein. Und wollte eigentlich auch das nicht.

Er öffnete die Augen und blickte in das Gesicht des Gottes.

»Dionysos, mein Vater«, sagte er mit klarer Stimme.

»Siehst du!« rief Talos, der Helot. »Wir sind gerade zur rechten Zeit gekommen. Laß ihn von deinen Sklaven auf die Bahre heben, edler Hippolytus.«

»Ist es nicht gefährlich, ihn von der Stelle zu bewegen?«

»Gefährlich schon«, erwiderte der Arzt, »aber immer noch weniger gefährlich, als ihn hier erfrieren zu lassen. Ich habe deine Schwester darauf hingewiesen, wie unklug es war, einen so schwer verwundeten Jungen in das Abaton des Tempels zu betten. Aber sie wollte nicht auf mich hören. Zuerst war sie ganz sicher, daß er überleben würde und dann plötzlich ebenso überzeugt, daß er sterben müsse. Deine Schwester ist sehr sonderbar, edler Hippolytus ...«

»Alkmene ist ein wenig wirr im Kopf«, schnaubte Hippolytus. »Ich will nur hoffen, daß sie genug Verstand hat, ihn zu pflegen.«

Polorus sah den dicken kleinen Mann an. »Wenn ich du wäre, Herr, ich würde ihn nicht in ihr Haus bringen lassen.«

»Warum nicht?«

»Weil deine Schwester nicht nur ein wenig wirr im Kopf ist. Sie ist verrückt.«

»Aber ich bin nicht verheiratet«, entgegnete Hippolytus. »Ich habe keine Frau im Haus.«

»Ich werde dir meine Sklavin Arisbe schicken; sie soll sich um ihn kümmern. Sie ist eine sehr gute Pflegerin. Wenn er zu Kräften kommt – *wenn!* –, mußt du sie mir allerdings zurückschicken. Der Junge sieht zu gut aus; und Arisbe ist eine geile Ziege. Und jetzt laß ihn von deinen Sklaven auf die Bahre heben.«

Ariston fühlte ihre Hände. Sie hoben ihn auf und rissen ihn dabei entzwei. Eine feurige Hand bohrte sich durch seinen Rücken und griff nach seinem Herzen. Er öffnete den Mund, um aufzuschreien, und starrte in das Gesicht des Gottes.

Es war nicht Dionysos, sondern ein anderer Gott, Asklepios, dem Aussehen nach. Dann sah er, daß es nur eine Statue war, aus Gold und Elfenbein gefertigt. Er hätte gern gewußt, ob die Götter je mehr waren als das, mehr als die Ängste der Menschen und ihr Größenwahn, durch die Hand des Bildhauers zu lebensnaher Nachbildung erstarrt.

Dann trugen ihn die Sklaven aus dem kalten, dunklen Abaton des Tempels in die laue Frühlingsnacht; am Himmel blinkten die Sterne.

»Onkel«, fragte Ariston, »was ist das Leben?«

Hippolytus sah seinen Neffen an. Sehr blaß und dünn lag Ariston da, den Kopf auf die Kissen gestützt.

»Ein Geheimnis, Neffe«, erwiderte der dicke, kleine Schwelger, »und es ist sinnlos, es erforschen zu wollen. Oder, noch schlimmer, eine Büchse der Pandora, aus der, wenn man sie öffnet, alle Übel der Welt herausfliegen. Warum fragst du?«

Ariston blieb ihm die Antwort schuldig. Statt dessen blickte er durch das Fenster in die glühende Augusthitze hinaus. Das abgelegene Dorf, in dem Hippolytus' Haus stand – denn Sparta war keine Stadt wie Athen, sondern eine Ansammlung von Dörfern und Städtchen, in einer Art zusammengewachsen, daß sich die Grenzen der einzelnen Gemeinden verwischt hatten –, war ein ärmlicher, unansehnlicher Ort. Seinem Lebensstil entsprechend, konnte sich Hippolytus nichts Besseres leisten.

»Onkel«, fragte Ariston jetzt mit schwacher Stimme, »warum gibt es Böses in der Welt? Ich meine, warum lassen es die Götter zu?«

»Bei Athene, der aus dem Haupt des gewaltigen Vaters entsprungenen! Wofür hältst du mich, Junge? Für einen Philosophen?«

Ariston lächelte ihm zu. Aber dieses Lächeln war schmerzlich anzusehen. Es glich eher einer Grimasse, wie sie ein Mensch auf der Folterbank zieht, um nicht aufschreien zu müssen.

»Ich halte dich für einen klugen Mann, Onkel Dickwanst«, flüsterte er, »klüger als jeder andere – ausgenommen mein Vaer.«

»Hm!« Hippolytus rümpfte die Nase. »Das betrachte ich nicht gerade als Schmeichelei, Junge. Es mag irgendwo auf der Welt noch einen langweiligeren Patron als den erhabenen Telamon geben, aber ...«

»Den meine ich nicht«, fiel ihm Ariston ins Wort. »Ich meine den Heloten.«

Hippolytus starrte seinen Neffen mit offenem Mund an. Diesmal fand der zungenfertige kleine Mann keine Worte.

»Er wagt nicht, mich zu besuchen, sonst würde ich *ihn* fragen«, fuhr Ariston fort. »Also muß ich dich fragen. Was ist das Leben, Onkel? Warum gibt es Böses in der Welt? Wie kommt es, daß ich lebe, ich, der ich die Verkörperung von etwas Bösem bin?«

»Ariston!«

»Ich liebte ein Mädchen. Sie wurde von einem Rudel Wölfinnen in Stücke gerissen. Hast du schon einmal so etwas gesehen? Sie zerrten ihr die Beine auseinander. So weit sie nur konnten. Als ob sie sie – besitzen wollten. Dann schlug ein altes, weißhaariges Weib mit einem von diesen Hackmessern, wie sie die Fleischer verwenden, auf sie ein. Es klang, als ob man in nasse Fetzen gewickeltes Holz spaltete. Und sie lebte noch, Onkel. Aber sie schrie nicht. Sie gab keinen Laut von sich. Sie lag nur da und sah mich an – mit einem Auge; das andere hatten sie ihr mit ihren Steinen herausgeschlagen. Sie hackten auf sie ein, bis sie ihr die Beine abgetrennt hatten. Ich denke, sie muß dann sehr schnell gestorben sein. Dann warfen sie ihre Beine den Hunden zum Fraß vor.«

»Neffe!« stöhnte Hippolytus.

»Aber das war ihnen noch zu wenig. Sie schnitten ihr den Kopf ab. Zerstückelten sie. Man konnte nicht erkennen, daß das ein junges Mädchen gewesen war. Ein sehr hübsches Mädchen. Das schönste Mädchen, das ich je gesehen hatte. Ich liebte sie.«

»Höre, Junge. Ich ...«

»Und dann tötete ich ihre Anführerin. Ich schnitt ihr die Kehle durch. Hast du schon einmal eine Frau mit durchgeschnittener Kehle sterben sehen? Sie schlägt um sich wie ...«

»Genug!« sagte Hippolytus.

»Wie hat man die Männer auf dem Parnon getötet, Onkel? Wie hat mein Pflegevater dieses Gemetzel um eines Bastards willen, den er haßt, in Szene gesetzt? Ja, ich weiß: das Gesetz. Sie hatten die

Hand gegen einen Spartaner erhoben. Also wurden Frauen und Kinder zu Sklaven gemacht und die Männer – abgeschlachtet. Und alles nur, weil ...«

»Wer hat dir das erzählt?«

»Simoeis. Er kam, um meine Verzeihung dafür zu erbitten, daß er meine Mutter beleidigt hatte; und mir seine dafür zu gewähren, daß ich ihn beinahe getötet habe. Jetzt sind wir Freunde. Ich ließ es zu, daß er mich küßte. Er wußte nicht, daß er einen Mothonen küßte.«

»Ariston, beim Zeus!«

»Bin ich etwa keiner? Oder hast du einen anderen Namen dafür, Onkel? Wenn man einen von einem Spartaner mit einer Helotin gezeugten Bastard Mothone nennt, wie heißt dann der Bastard eines Heloten und ...«

»Ariston, ich verbiete dir ...«

»Ja, ja. Du verbietest mir. Aber meiner lieben, keuschen Mutter hat niemand etwas verboten, nicht wahr? Wie das Weib eines Schweinehirten dazuliegen, die Schenkel zu spreizen ...«

Mit einem einzigen Sprung durchquerte Hippolytus den Raum. Es klatschte, als er seinem Neffen mit seiner fetten, kleinen Hand heftig auf den Mund schlug.

Ariston lag da, ohne sich zu rühren. »Ich danke dir, Onkel«, flüsterte er. »Ich habe diesen Schlag verdient.«

»Neffe, Neffe!« stöhnte Hippolytus.

»Denk nicht mehr daran. Warum ist heute niemand gekommen? Weder Lysander noch Orchomenus noch meine Mutter? Ich mag Orchomenus jetzt besser leiden als Lysander. Ich liebe ihn natürlich nicht, denn er ist häßlich. Aber seltsam ...«

»Was ist seltsam, Neffe?« fragte Hippolytus. Er fühlte sich erleichtert. Die Wendung, die Aristons Gedanken genommen hatten, schien ihm weniger gefährlich.

»Ich liebe Lysander auch nicht mehr. Er – er ist sehr schön, aber, bei Athene, er ist dumm. Orchomenus hingegen ...«

»Besitzt die Ansätze geistiger Beweglichkeit. Eine Tatsache, die er nie entdeckt haben würde, wenn ...«

»Wenn Talos, mein Vater, ihn nicht denken gelehrt hätte«, sagte Ariston ruhig, »so wie du mich denken gelehrt hast, Onkel. Ich habe schon viele verliebte Menschen gesehen, aber noch keinen, der so verliebt war wie Orchomenus in meinen Vater. Trotzdem schwört er, daß sie nichts miteinander haben – körperlich, meine ich. Anscheinend gehört mein Vater zu jenen, die körperliche Liebe zwischen zwei Männern abstoßend finden. Eigenartig, nicht wahr, Onkel?«

»Sehr eigenartig«, meinte Hippolytus. »Ich ziehe in gewisser Hinsicht Knaben Frauen vor, obwohl ich zugeben muß, daß die Weiber im Bett recht angenehm sein können.«

»Kann schon sein«, sagte Ariston in gleichgültigem Ton. »Orchomenus hält meinen Vater für den klügsten Mann der Welt. Für einen wahren Philosophen. Er besucht ihn zweimal die Woche auf seinem kleinen Hof. Hat sich mein Pflegevater nicht großherzig gezeigt? Ich meine, daß er Talos freigekauft und ihm dieses kleine Stück Land gekauft hat.«

»Nein«, widersprach Hippolytus, »das war nicht großherzig.«

Ariston starrte seinen Onkel an.

»Du hast recht«, stimmte er ihm zu. »Eigentlich war es nicht großherzig. Denn hätte er es nicht getan, die Leute würden ihm Knauserigkeit vorgeworfen haben. Und irgend jemand würde bald gemerkt haben, wie ähnlich ich Talos sehe. Orchomenus hat es gemerkt. Und er würde damit vor der ganzen Stadt zugegeben haben, daß er weiß oder zumindest ahnt, daß . . .«

Hippolytus schüttelte den Kopf.

»Nein. Er würde es vor sich selbst zugegeben haben.«

»Ja«, flüsterte Ariston.

»Und nun denk nicht weiter daran, mein Junge. Für einen Tag haben wir heute auch schon genug Unerfreuliches geredet. Außerdem muß ich jetzt unbedingt gehen.«

»Wohin?«

»Ich muß Sarpedon, Lamias Vater, besuchen. Du weißt doch, daß ich vor einigen Monaten dreißig geworden bin. Und jetzt verbietet mir das Gesetz, weiterhin an Prozessionen teilzunehmen. Ein Bürger, der seine Großjährigkeit erreicht hat und sich weigert, seiner heiligen Pflicht gegenüber der Polis nachzukommen, das heißt, sich allnächtlich mit einem unappetitlichen Weibsstück zu suhlen, um für Spartas Ruhm und Ehre zukünftige Soldaten zu zeugen, geht aller seiner Rechte verlustig. So darf ich also meine schmachtenden Augen nicht länger an den anmutigen nackten Formen Ixions oder deines Lysanders erquicken, wenn sie an den hohen Festtagen ihre Tänze vorführen. Übernächste Woche ist das Fest der Artemis Orthia . . .«

». . . und bevor du das versäumst, heiratest du lieber ein Mädchen, das du kaum kennst – von Liebe gar nicht zu reden.«

»Die Liebe ist so ziemlich das letzte, was einen zur Heirat veranlassen sollte. Außerdem kenne ich Lamia. Sie ist rundlich, rosig und drall und unersättlich – in jeder Beziehung. Sarpedon ist leider ein geiziger alter Gauner. Seit zwei Monaten feilscht er mit mir über ihre Mitgift. Aber hab' keine Angst, ich werde ihn schon noch übers Ohr hauen. Übrigens – wenn deine Mutter kommt, sei doch ein wenig freundlich zu ihr. Sie ist eine schöne Frau und sie *ist* deine Mutter! Also zähme deine unvernünftige, männliche Eifersucht. Was hat Ödipus schon erreicht, als er Laius tötete? Und er tötete ihn, als er noch gar nicht wußte, warum. Verzeih Talos, daß er da oben in den Bergen einmal seinen Spaß gehabt hat. Nimm das Leben nicht so tragisch! Sei respektlos, unkeusch und ein Spötter – so wie ich; in anderen Worten: sei zivilisiert! Dann wird es dir nie wieder in den Sinn kommen, einen Menschen zu töten. Chaire, Neffe. Ich gehe.«

Kaum zwei Minuten nachdem er gegangen war, betrat Arisbe, das Sklavenmädchen, das Polorus dem Hippolytus zur Verfügung gestellt hatte, um seinen Neffen während seiner Genesung zu pflegen, den Raum – womit sie deutlich machte, daß sie ungeduldig auf das Fortgehen des Onkels gewartet hatte. Sie beugte sich über Ariston und küßte ihn lange und genüßlich auf den Mund. Er wehrte sich nicht. Er hatte es gern, wenn sie ihn küßte. Sie war sehr erfahren. Dann beging sie die Respektlosigkeit, tastend nach der Wirkung ihrer Küsse zu forschen. Und meinte mit schelmischem Lächeln: »Noch zwei Wochen und wir können's versuchen!«

Arisbes zwei Wochen waren um. Ariston lustwandelte mit Orchomenus im Garten, ohne auch nur an Arisbe zu denken. Der Ilarch erzählte ihm gerade die überaus ergötzliche Geschichte, wie er am Vortag Aristons Onkel Hippolytus den Händen einer Meute von Spartanerinnen entrissen hatte, die damit beschäftigt waren, ihn zu verprügeln, und die vielleicht noch Schlimmeres im Sinne führten.

»Sie hielten ihn am Boden fest und schlugen wacker auf ihn ein«, berichtete der Ilarch. »Eine dicke, würdige Dame saß auf seinem Kopf. Und weißt du, wie sich unser Freund dagegen wehrte? Er biß die alte Vettel herzhaft in ihr Sitzfleisch.«

Ariston lachte. Das Komischste daran war, daß Orchomenus die reine Wahrheit sprach. Die Damen faßten das hartnäckige Festhalten eines Bürgers am Junggesellenstand als persönliche Beleidigung ihrer Würde auf – nicht zuletzt darum, wie Ariston sich klarmachte, weil es so wenig annehmbare Männer von Stand für ihre heiratsfähigen Töchter gab. Nach altem Brauch war es ihnen gestattet, jedem Mann, der das dreißigste Lebensjahr erreicht hatte, ohne sich ein Weib genommen zu haben, unbehindert die Hölle heiß und das Leben zur Qual zu machen. Weshalb es in Sparta auch keine einunddreißigjährigen Junggesellen gab – von älteren Jahrgängen ganz zu schweigen. Aber auch Witwern war keine allzulange Trauerzeit vergönnt. Die Regel hatte keine Ausnahmen; es gab keinen Ausweg. Erklärte sich, zum Beispiel, Hippolytus nicht vor dem großen Dionysosfest im nächsten Jahr mit der erbärmlichen Mitgift einverstanden, die der Vater der rundlichen, lüsternen Lamia, der Geizhals Sarpedon, zu geben bereit war, die hohen spartanischen Damen würden ihn in einen verdunkelten Raum sperren und ihn den dort bereits versammelten schielenden, flachbrüstigen, spindeldürren und anderweitig von der Natur benachteiligten Töchtern überlassen, für die sich bis jetzt, trotz ihrer zwanzig Jahre und mehr keine Bewerber eingestellt hatten. Und aus diesem Raum würde dann eine blutbefleckte, nackte, triumphierende Amazone hervortreten und am Bart oder an seinen Haaren den armen, halb toten Hippolytus hinter sich herzerren – als Preis sozusagen, davongetragen in einer wüsten Feldschlacht, in der Zähne, Ellbogen, Nägel, Knie, Füße und Fäuste so wirkungsvoll eingesetzt wurden, daß die meisten Wettstreiterinnen am nächsten Morgen in den verschiedenen Iatreia zu finden waren. Hin und wieder mußte eine Teilnehmerin an diesem edlen Wettkampf ihr heißes Bemühen mit dem Tode bezahlen.

»Jetzt schwört er, daß er Lamia auch ganz ohne Aussteuer nehmen wird«, erzählte Orchomenus und schmunzelte. »Wenigstens sieht sie gut aus und hat das Zeug für eine muntere Bettgespielin – was, wenn du mich fragst, deinem Onkel Dickwanst bereits bekannt ist.«

»Ich zweifle nicht daran«, meinte Ariston. »Aber sage mir, Freund Orchomenus, du bist doch sicher nicht nur gekommen, um mir *das* zu erzählen. Ich bin nicht umsonst der Sohn eines Heloten, weißt du. Ich durchschaue Verstellung ebenso schnell wie er.«

»Verstellung? Ich weiß wirklich nicht . . .«

»Unsinn. Verstellung ist das richtige Wort. Du bist von Natur aus ein bedächtiger Mann, mein Freund. Aber heute nachmittag bist du mir – ein klein wenig zu heiter. Und diese Heiterkeit ist gespielt. Du denkst, mein Leben ist in Gefahr, nicht wahr? Du glaubst, die Periöken werden alles tun, um sich an einem Mann zu rächen, der unmittelbarer Anlaß dazu war, daß dreißig der Ihren getötet und zweimal so viele als Sklaven verkauft wurden. Verurteile sie nicht, mein Freund. Ich würde ihre Dolche willkommen heißen.«

Orchomenus wandte den Blick ab, heftete ihn dann wieder auf Ariston. »Das ist es nicht«, erwiderte er. »Bis jetzt, Zeus sei gepriesen, verhalten sich die Periöken ruhig.«

»Was ist es dann?« fragte Ariston.

»Es – es betrifft deine Mutter. Offenbar bereitet ihr dein Benehmen großen Kummer. Zumindest *war* es so. Ich glaube nicht, daß ihr *jetzt* noch etwas Sorge macht ...«

Ariston sah ihn scharf an.

»Weiter, mein Freund!«

»Wie immer um diese Jahreszeit befindet sich der große Telamon in Attika und jagt dort die Athener. Sie hatte also niemanden, dem sie sich anvertrauen konnte. Das verstehst du doch, nicht wahr? Ein Spötter wie dein Onkel Hippolytus hätte ihr gewiß nicht helfen können.«

»Sprich weiter!«

»So drang sie in mich, Talos zu bitten, sie zu besuchen. Ich – Athene, Göttin der Weisheit, vergib mir meine Torheit! – hielt ihr vor, daß es für Talos gewissermaßen Selbstmord bedeuten würde, beträte er in Abwesenheit des Strategos sein Haus. Eine höchst unerquickliche Art von Selbstmord. Daraufhin wandte sie sich mit der Bitte an mich, ihn zu fragen, ob er sie in seinem Haus empfangen würde ...«

»Sprich weiter.« Die Worte waren kaum zu hören.

»Beim Hades, Ariston, versteh mich doch! Die beiden sind keine zahnlosen, alten Krüppel, sondern Menschen in der Blüte ihrer Jahre! Sie begab sich auf seinen kleinen Hof, um ihn zu bitten, dich zu besuchen, und mit dir zu reden. Sie kann deine anklagenden Blicke nicht mehr ertragen ...«

»Die Hure!«

»Du gehst zu weit, Ariston! Sie ist immer noch deine Mutter, und keine liebreizendere und unschuldigere Frau ist je auf Erden gewandelt. Wäre sie nicht so außerordentlich unschuldig gewesen, sie hätte vorausgesehen, was geschehen mußte. Ariston, Ariston – sie haben sich den Traum ihrer Liebe in all diesen achtzehn Jahren makellos im Busen bewahrt! Und Talos – du solltest ihn jetzt sehen: in weißen, weichen Gewändern, sein roter Bart gestutzt und gelockt, sein rotes Haar gewaschen, gekämmt, duftig, in feurigen Locken über seine Schultern fallend ...«

»Du verehrst ihn.«

»Ja, und ich schäme mich dessen nicht. Aber ich achte seine Meinung, daß Männer nicht mit Männern schlafen sollten, und daß der männliche und der weibliche Körper dazu geschaffen sind, einander zu ergänzen. Wir sind das Schwert, sie die Scheide, wir ...«

»Genug davon. Sie sind also wieder ein Paar?«

»Ja.«

»Ich werde ihn töten«, versetzte Ariston ganz ruhig. »Bei Hestia und bei Artemis, ich schwöre es!«

Orchomenus starrte ihn an.

»Es tut mir leid, daß ich es dir gesagt habe. Ich dachte, du würdest ihnen helfen – ihnen Geld geben, damit sie aus Lakonien fliehen und ...«

»Helfen? Einer Porna und ihrem Liebhaber helfen? Einer Ziege und ihrem Satyr helfen, mein Haus noch mehr zu entehren? Unsterbliche Götter!«

Er brach unvermittelt ab, denn Lysander war durch das Tor in den Garten getreten. Ein Ausdruck des Erstaunens lag auf seinem schönen jungen Gesicht, während er verwirrt von einem zum andern sah.

»Chaire, Ilarch«, flüsterte er. »Chaire, Ariston. Ich – ich störe euch doch nicht? Ich lasse euch lieber allein. Ich ...«

»Bleib ruhig«, erwiderte Ariston leichthin. »Ich sagte nur eben zu Orchomenus, ich müßte gelegentlich zwei Gurgeln durchschneiden. An meinen Händen klebt ohnehin schon Menschenblut; da fallen zwei aufgeschlitzte Kehlen auch nicht mehr ins Gewicht. Komm herein, komm herein. Und mach nicht so ein dummes düsteres Gesicht! Hier, laß dich küssen! So – ist's jetzt besser?«

»Viel besser!« Lysander lächelte traurig. »Aber ich fürchte, ich kann trotzdem nicht bleiben. Ich bin nur gekommen, um dir zu sagen ...«

»Was?«

»Ich habe die schwarze Erbse gezogen. Mir und Simoeis – er hat die andere gezogen – wird also morgen die große Ehre zuteil, vor Artemis gegeißelt zu werden, bis wir alle Steine zu ihren Füßen mit unserem Blut benetzen. Darum küß mich noch einmal, Ariston, denn beim leibhaftigen Eros, ich liebe dich! Und ich fühle, daß ...«

»Daß was, guter Lysander?« fragte Orchomenus.

»Daß es der letzte Kuß sein wird, den ich jemals geben – oder empfangen werde.«

»Unsinn!« schalt ihn Ariston und küßte ihn. »Du bist kräftig wie ein Pferd, Lysander. Weißt du was? Ich gebe dir ein Briefchen an meinen Arzt Polorus und bitte ihn, dir einen betäubenden Trank zu mischen, damit du die Schmerzen weniger fühlst.«

Lysander schüttelte sein blondes Haupt.

»Nein. Das wäre nicht ehrenhaft, Ariston. Ich gehe jetzt in den Tempel des Herakles. Ihn will ich bitten, mir Kraft zu geben, um die Prüfungen zu ertragen. Chaire, Freunde!«

Scheu wie eine Jungfrau, die er im Grunde seines Herzens noch war, küßte er die beiden und lief blindlings auf das Gartentor zu.

»Armer Kerl!« sagte Orchomenus.

»Ja, wirklich«, flüsterte Ariston. »Armer, armer Kerl! Aber wer ist es nicht? Gibt es einen glücklichen Menschen auf dieser Welt? Gib mir eine Antwort, Orchomenus! Gibt es auch nur einen einzigen?«

»Ich bin es jedenfalls nicht, nicht in diesem Augenblick«, erwiderte der junge Ilarch. »Ariston – jetzt hör mir einmal vernünftig zu. Man hat sie mit dreizehn Jahren einem Mann vermählt, der ihr Großvater hätte sein können! Die Liebe, die dich gezeugt hat, ist rein und heilig! Jene andere Verbindung war eine Ungeheuerlichkeit! Ich sage dir . . .«

»Orchomenus!«

»Ja, Ariston?«

»Schätzt du meine Freundschaft?«

»Ja. Ja natürlich.«

»Dann geh, bevor du sie verlierst«, sagte Ariston, der Spartaner.

VII

In jener Nacht gab es keinen Mond. Das war merkwürdig. Zu Beginn der Feiern der Artemis Orthia, die in der zweiten Woche des Hekatombian, des Hochsommermonats, mit dem die Hellenen ihr Jahr anfingen, abgehalten wurden, war gewöhnlich Vollmond. Es waren auch keine Sterne zu sehen. Die Nacht war düster, heiß, fast atemlos. Der Raum, in dem Ariston ruhte, war völlig dunkel.

»Schwarz wie die Herzen der Menschen«, murmelte er, »wie deine Sünden, Mutter.« Dann ließ er den Kopf sinken und weinte.

Er weinte lange, aber sehr leise. Sein Onkel war, wie üblich, nicht zu Hause. Und aus den Räumen, die das Frauengemach werden sollten, sobald Hippolytus endlich seine Lamia als Gemahlin heimführte, konnte Arisbe ihn unmöglich hören. Aber plötzlich nahm er fremde Atemzüge wahr, ein holpriges, abgehacktes Keuchen und Pfeifen, das zu einem erstickten, leisen Schluchzen wurde, und als er den Blick hob, wurde ihm, der ja in der Dunkelheit nichts sehen konnte, bewußt, daß das Sklavenmädchen sich über ihn beugte.

Er lag da, den leeren Blick auf den Ursprung jenes häßlichen Geräusches gerichtet: des zerrissenen, ungleichmäßigen, stumm flehenden Atems einer dummen Kreatur. Und jetzt konnte er sie auch riechen: den sauren, stechenden Geruch, den die Angst dem menschlichen Schweiß beimischt; das stinkende Aroma der Duftöle, die sie dem Onkel gestohlen und mit wilder, wahlloser Hand gemischt hatte; und ihre eigene heiße, dumpfe Ausdünstung einer läufigen Hündin, die ihm in einer seltsamen Verbindung von Ekel und Erregung den Atem stocken ließ.

»Oh, Ariston, mein Held!« Sie weinte. »Ich . . .«

Immer noch starrte er auf diesen Fleck völligen Dunkels, auf den Ursprung dieser sich tief in die Eingeweide bohrenden Geräusche und Gerüche. »Warum nicht?« sagte er dann. »Ich habe schon so viel Schmutziges getan!« Und zog sie neben sich auf das Lager.

Es war lange nach Mitternacht, als sie jemanden am Gartentor hörten.

»Das ist dein Onkel«, kicherte Arisbe. »Wie immer, voll wie ein Sack. Gib mich frei, mein süßer Held. Ich will mir mein Gewand überziehen und ihn hereinlassen. Oh, ich komme gleich wieder, ich verspreche es dir! Sobald er im Bett ist und sich seinen Rausch ausschläft. Du kannst dir doch denken, daß ich mich nicht mit einer halben Nacht zufriedengebe, nachdem ich so viele Wochen darauf gewartet habe!«

Ariston drehte sich zu ihr. Er konnte sie nicht sehen, es war zu dunkel, aber er blickte dorthin, wo er ihr Gesicht vermutete.

»Unermüdlich bist du, mein Gebieter! Unerschöpflich! Nun bleib hier liegen, bis ich wiederkomme, mein kleiner Priapus. Bete ein wenig zu Aphrodite. Und zu Eros. Bitte sie, sie mögen Eos an ihr Bett fesseln, damit sie nicht aufstehen und ihren Bruder Helios wecken kann. Ich möchte, daß diese Nacht zehntausend Jahre dauert!«

»Ach, hör schon auf zu schnattern, Metze, und laß meinen Onkel ein«, rief Ariston ihr zu.

Es war dunkler als je zuvor, die Hitze drückend. Stumpf und langweilig rollten Geräusche herein: Arisbes Hopsen und Hasten, das Getrippel ihrer bloßen Füße auf dem mit Fliesen ausgelegten Boden, das Knirschen der Türangeln.

Dann schien es Ariston, als ob er schliefe. Und träumte. Er wußte, daß er träumte, denn jetzt war es seine Mutter, die nackt und schweißnaß neben ihm lag.

»Ariston, mein Goldjunge«, schmachtete sie, »mein unermüdlicher Geliebter . . .«

Was ein so furchtbares Sakrileg war, daß es die Fesseln des Schlafes sprengte. Er blickte auf und sah Arisbes Gestalt, einen dunklen Fleck, der sich vor dem Hintergrund noch tieferer Dunkelheit bewegte, neben seinem Bett stehen.

»Ariston«, sagte sie. Ihre Stimme klang irgendwie seltsam. Es war eine andere als ihre gewohnte Stimme. Dumpf, belegt, als ob sie weinte.

Aber er war schlaftrunken, und sein grauenhafter Traum hatte ihn in reizbare Stimmung versetzt. Er hatte Angst, und er war zornig.

»Komm, Hure!« sagte er. »Verschwende keine Zeit!«

Und packte sie grob an den Armen und riß sie nach vorn, so daß sie schwer auf ihn zu liegen kam. Sie hatte ihr Kleid an. Dazu trug sie jetzt auch noch einen Peplos und einen Himation.

»Was in Teufels Namen soll das?« rief er. »Hast du Reisekleidung angelegt? Bei Persephone, ich will dir die Fetzen schnell vom Leibe schaffen!«

Er griff nach ihr und zerrte an ihrer Kleidung.

»Ariston!« keuchte sie. »Bist du wahnsinnig?«

»Ja!« erwiderte er. »Wahnsinnig! Keiler zu sein in einer Welt von Schweinen, ist das Wahnsinn? In einem Universum brünstiger Böcke will auch ich . . .«

Er verstummte und der Atem stockte ihm, denn jetzt erst hatte das Echo ihrer Worte seine Sinne berührt, war mit nie vergessenen, vertrauten, geliebten Akzenten in sein Bewußtsein eingedrungen. Lange bevor er das Licht der Welt erblickte, waren diese Wahrnehmungen durch die Nabelschnur in seinen Blutstrom eingeflossen, bevor noch die obszöne Grausamkeit der Geburt ihn aus ihren Eingeweiden riß und ihn – gegen sein verzweifeltes Aufbegehren — zwang, getrennt von ihr sein Dasein zu beginnen, getrennt zu atmen, zu leben, Schmerz zu empfinden.

»Mutter!« ächzte er. »Ich . . .«

Gemäß dem Gesetz Anankes, der Göttin der unentrinnbaren Notwendigkeit, dem sich selbst der große Zeus beugen muß, wonach der Zufall immer dann spielt, wenn er nicht spielen sollte, kam Arisbe in diesem Augenblick mit einer brennenden Öllampe durch die Tür.

Sie starrte sie an, und der Schock verlieh ihrem kleinen, runden Gesicht einen noch gesichtloseren Ausdruck als sonst.

»Eine — Mutter — und ihr Sohn!« stammelte sie. »Unsterbliche Götter, schützet mich! Schütze mich, göttliche Artemis! Schütze mich, Hestia, große Hera! Ich bin nicht schuld! Ich wollte nicht Zeuge dieser Sünde sein!«

Alkmene krallte die Hände in den zerfetzten Peplos, um ihre entblößten, auch in ihrem vierzigsten Jahr noch schönen Brüste zu bedecken.

»Höre, mein Kind«, sagte sie mit zarter, dunkel flötender Stimme. »Es war ein schreckliches Mißverständnis, eine Verwechslung. Es war dunkel, und mein Sohn . . . Du darfst nicht denken . . .«

Aber Arisbe war eine Bauerntochter aus Böotien, dem Land, das mit Fug und Recht als Heimat der dümmsten Rasse in aller Welt galt.

»Denken!« kreischte sie. »Was gibt es da viel zu denken, meine feine, geile Dame? Ich habe Augen im Kopf! Treibt's mit ihrem eigenen Bankert! Unverzüglich verlasse ich dieses Haus — was Haus? — diese Lasterhöhle! Denn gewiß werden die Eumeniden es zerstören und alle, die darin leben. Und du, mein gieriger junger Herr! Habe ich dir nicht genügt? Sag mir nur nicht, dir wäre diese runzelige Alte lieber als mein junges Fleisch! Ich . . .«

Sie verstummte, denn Ariston war aus dem Bett gesprungen und kam auf sie zu. Er hielt sich nur einen Augenblick auf — gerade nur lange genug, um den alten minoischen Dolch, den sein Onkel an der Wand hängen hatte, aus der Scheide zu ziehen. Er hielt ihn Arisbe an die Kehle. Sie gab keinen Laut von sich. Sie wagte es nicht. Aber ganz langsam knickten die Knie unter ihr ein, so daß sie inmitten der dumpfen, bedrückenden, immer noch atemlosen Stille Zoll für Zoll am Türrahmen entlang zu Boden sank. Den Arm beugend, so daß die Klinge ihrem Abwärtsgleiten folgte, hielt Ariston die Dolchspitze gegen ihre Kehle gepreßt.

Aber er stieß nicht zu. Er brachte es nicht über sich. Zuviel Entsetzen war noch in ihm aufgespeichert. Trotzdem wußte er, daß er Arisbe töten mußte, daß nur der Tod ihre Lästerzunge zum Schweigen bringen würde. Er mußte dieses Entsetzen durchbrechen, das allein seiner Hand Halt gebot. Denn er hatte absolut nichts zu fürchten. Als Spartaner hatte er Macht über Leben und Tod jedes Sklaven.

Im Licht der Öllampe, die sie, vor Schreck erstarrt, immer noch in Händen hielt, sah Arisbe, wie seine blauen Augen sich verdunkelten. Ganz behutsam stellte sie die Lampe nieder, um ihre Hände frei zu haben und sie flehend zu ihm erheben zu können. Dann erkannte sie, daß auch das nichts nützen würde.

»Nein!« schrie sie. »Tu's nicht, gütiger Herr!«

In diesem Augenblick stürzte sich Alkmene auf ihren Sohn, und sie kam fast zu spät. Ihre krallenden Hände lenkten den Stoß ab, so daß die aus kretischer Zeit stammende Klinge, die aus Bronze war und daher nicht die Schärfe besaß, wie sie nur Stahl hat, Arisbes Hals und linke Brust bis zur Warze nur eben aufriß.

»Lauf, Kind«, rief Alkmene ihr zu. »Unsterbliche Götter! Siehst du nicht, daß er wahnsinnig ist?«

Arisbe fuhr auf wie eine Rehgeiß, wenn sie die Meute Laut geben hört. Mit einem Sprung, der ihr bei den Olympischen oder Isthmischen Spielen einen Preis eingebracht hätte, war sie bei der Tür und verschwunden, bevor sich Ariston dem Griff seiner Mutter entziehen konnte.

»O Ariston, Ariston«, stöhnte Almene. »Was ist nur über dich gekommen, mein Sohn?«

Ariston sah seine Mutter an.

»Das Blut, das Blut eines Helotenschweins, ist mir plötzlich zu Kopf gestiegen«, erwiderte er lässig, im Plauderton. »Oder vielleicht war es der Hurengestank, der mich erregt hat. Willst du mir verzeihen, Mutter? Ich wußte nicht, daß du es bist. In der Dunkelheit ist es ja schließlich nicht leicht, eine Porna von der anderen zu unterscheiden. Vielleicht solltet ihr ein Zeichen um den Hals tragen. Damit man euch erkennen kann, meine ich. Aber es stünde ja doch nur Hurengekritzel darauf; und wer könnte es im Dunkel schon lesen?«

Er beugte sich nieder, hob die Lampe auf und stellte sie auf den Tisch.

»Ariston, Ariston!« Alkmene weinte. »Mein Sohn! Mein Sohn!«

»Ja, Mutter. Dein Sohn. Es ist auch dein Blut, das in mir fließt. Ich war eben dabei, es zu beweisen, bevor du kamst. Will heißen, wir machten das Tier mit den zwei Rücken, ich und diese böotische Kuh. Zeus, Abwender der Fliegen, wie sie doch stinkt! Darum war ich so verwirrt. Und du, Mutter? Woher kommst du in dieser verzauberten Stunde?«

»Ariston, ich . . .«, ihre Stimme zitterte.

»Bemühe dich nicht. Aus einem Schweinestall. Vom Stroh eines Helotenschweins. Macht trotzdem Spaß, was, Mutter? Brunst ist Brunst, ob im Bett, auf dem Fußboden oder in verschwiegenen Hainen auf den Bergen, wo sich rotbärtige Götter mit Hundefellmützen tummeln. Hast du mir einen Bruder gemacht? Schönen Dank, aber jetzt ist's zu spät dafür. Ich müßte mich schon an das Alleinsein gewöhnt haben, findest du nicht? Warum schaust du mich so an? Hast du noch nie einen Mothonen gesehen? Aber da es sich gerade umgekehrt verhält, bin ich – ein Bastard. Bastarde gibt's auf der ganzen Welt, nicht wahr, Mutter? Und ein Bastard bleibt ein Bastard, wie gottselig es bei seiner Zeugung auch hergehen mag!«

»Ariston!« Sie schluchzte.

»Gute Nacht, Mutter. Geh zurück zu deinem Heloten, deinem Beschäler, der sicher im Stall darauf wartet, dich – oh, Verzeihung! Geh zurück zu Gott Dionysos, meinem Vater, und bestelle ihm, ich sei nun ein Anbeter meines Halbbruders Priapus geworden. Mein Bruder fordert von mir ein Opfer – von unsrer beider Vater. Ein Blutopfer, mit ein wenig Fleisch dazu. Sagen wir jene Teile, die mich gezeugt haben. Worauf wartest du noch? Zwinge mich nicht, deiner Klytämnestra den Orest zu spielen! Doch nein. Bin ich nicht eher ein Ödipus, wie ich heute nacht beinahe bewiesen hätte? So geh doch, edle Iokaste! Sag deinem rothaarigen schönen Laius, daß sein Sohn mit den vatermörderischen Dolchen bereitsteht. Laß uns die alten Sagen nachleben, jede einzelne Szene nachspielen: Gotteslästerung, Blutschande, Wahnsinn, Tod!«

»Ariston, du verstehst nicht! Du hast kein Recht, mich so zu schmähen – du, der du noch nie geliebt hast!«

»Ich – der ich – noch nie – geliebt habe. Du tust mir unrecht, Mutter! Ich liebte – und man ließ mich ein wahres Liebesfest erleben. Das heißt, ich hätte an dem Fest teilnehmen können, wäre ich bereit gewesen, auf allen vieren zu laufen und mit den Hunden um die Eingeweide meiner Liebsten zu kämpfen. Sie hatte so reizende Därme, Mutter! Ein königliches Fest!«

»Ariston!«

»Ja, Mutter! Kennst du kein Erbarmen? Warum spielst du nicht Medea und tötest mich, wie sie ihre Kinder ermordet hat? Bei allen Göttern, ich würde dir dankbar sein! Hier. Nimm diesen Dolch, denn ich schwöre dir beim großen Zeus, ich will nicht länger leben!«

Er kniete vor ihr und hielt ihr das Heft des minoischen Dolches entgegen; dann kniete auch sie und drückte ihn an ihre entblößten Brüste, und beide weinten, nicht wie Menschen, sondern wie Götter es tun, mit einem so entsetzlichen Erguß von Leid und Schmerz und Qual, daß der in eben diesem Augenblick zurückkehrende Hippolytus zunächst wie vor den Kopf gestoßen dastand.

Er hatte eine kleine Probe jener Wonnen genommen, die ihm an sich nicht zustanden, bevor nicht die Opferungen dargebracht und das Trauungszeremoniell abgehalten worden waren. In seiner angenehm ermatteten, weinseligen Laune war er zu dem Schluß gekommen — der seinen bisherigen Ansichten grundsätzlich widersprach —, daß Knaben wohl etwas für sich hatten, aber bei Pan, dem Gott der Wollust, keinen Vergleich mit einem Wirbelsturm wie Lamia aushalten konnten!

Diese Laune war ihm nun gründlich verdorben, als er wie betäubt auf Schwester und Neffen stierte. Eine plötzliche Übelkeit stieg ihm in der Kehle hoch. Der arme Hippolytus wurde das Opfer seiner Belesenheit. So kam er zum gleichen voreiligen Schluß wie Arisbe: daß hier das strengste, heiligste aller Gebote verletzt wurde; und von seinem nächsten, teuersten Fleisch und Blut. Denn was war die Ursache ihres wilden, hemmungslosen Schluchzens, wenn nicht die bitterste Reue? Was sollte der Dolch in ihrer Mitte, wenn nicht den geplanten Selbstmord in die Tat umsetzen?

Und alles, was über seine schlaffen, zuckenden Lippen, die Lippen eines Schwächlings, kam, war: »Nicht hier, bei Zeus! Nicht hier!«

Alkmene sah ihren Bruder an.

»Nein, Hippolytus«, sagte sie dann mit furchtbarer Würde, mit gelassener, klarer Stimme, die aus einem finsteren Ozean von Tränen hervorzuquellen schien. »Mögen die Götter dein Haus für dich und deine Braut beschützen. Und mögen sie meinem Sohn und mir unsere viele Sünden, die jedoch ein jeder für sich begangen hat, vergeben. Freue dich, Bruder! Chaire, mein Sohn! Ich gehe!«

Aristons Antlitz glich der Maske, die ein Schauspieler bei der Tragoidia, beim Bocksgesang anlegte; es war eine grauenhafte Verzerrung seiner Schönheit durch Schmerz und Qual.

»Dann geh!« brüllte er. »Möge die Hölle dich verschlingen, Mutter! Geh!«

Am nächsten Tag machte sich Ariston bei Einbruch der Dämmerung auf den Weg. Trotz der in Sparta herrschenden Vorurteile gegen solche Gewohnheiten hatte er sich – weil ihm die verschiedenen männlichen und weiblichen Düfte, die ihm infolge seiner und Arisbens Mühen am Körper hafteten, widerlich waren und Übelkeit verursachten – gebadet und gesalbt. Er trug den roten Himation der Krieger über seinem Chiton; nicht weil er den Umhang benötigte – die Hitze hatte seit der vergangenen Nacht kaum nachgelassen –, sondern um die beiden Dolche zu verbergen, die in seinem Gürtel steckten.

Er schritt still dahin. Sein Gesicht trug nicht mehr den verzerrten, gequälten Ausdruck der Maske der Tragödie; es ähnelte vielmehr jener, die der Hypokritos anlegte, wenn er einen Gott darzustellen hatte: ruhig, nichtssagend, schön, edel und furchtbar.

Da das Haus des Hippolytus im Süden gelegen war, mußte Ariston die ganze Stadt durchqueren, um den kleinen Hof zu erreichen, den Telamon Talos geschenkt und damit – Ironie des Schicksals – bewußt oder unbewußt den Liebhaber seiner Frau für die Rettung des Bastards belohnt hatte, der von eben diesen Ehebrechern gezeugt worden war. Telamon hatte mit dieser Geste seinen Hörnern neuen Glanz verliehen.

Ariston hatte weniger als eine halbe Parasange zurückgelegt, als der langsame Schlag gedämpfter Trommeln an sein Ohr drang. Er blieb stehen, wo er sich eben befand, unfähig sich zu rühren, Tränen und Blut in der Kehle, denn der sogleich erkannte Rhythmus einer militärischen Totenklage ließ die qualvolle Frage in ihm aufsteigen: Welcher von den beiden? Lysander oder Simoeis?

Er wußte, daß er es nicht ertragen konnte, wer immer es war: Lysander, in Erinnerung an die Liebe, die er so lange Jahre für ihn empfunden hatte; oder Simoeis, weil nur seine, Aristons, brutale Züchtigung des jungen Riesen dessen bärenstarken Körper so geschwächt haben konnte, daß eine einfache Geißelung seinen Tod verursacht hatte.

Er stand da, und alles, was er vor seinem geistigen Auge sehen konnte, war das Bild des häßlichen Idols, das sein eigener Vorfahr Orest mit Hilfe Iphigeniens, Orests Schwester, und Pylades', des späteren Gatten Elektras, Orests anderer Schwester, aus dem Tempel der Taurer gestohlen hatte. Es war aus Holz und schwarz von jahrhundertealtem Menschenblut, das die Taurer ihm geopfert hatten.

Nachdem Artemis den Spartanern den Beweis ihrer gesetzlichen Macht erbracht hatte, opferten sie dem Bild in der Folge alljährlich am Tag seiner Auffindung einen Jüngling. Der große Lykurg war es, der diesem Brauch ein Ende machte. Er verfügte, daß das Blut, das das gierige Idol forderte, in Hinkunft durch die Geißelung spartanischer Jünglinge erbracht werden sollte. Seitdem lagen die jungen Edlen Spartas alljährlich im Wettstreit um die große Ehre, ihre Mannhaftigkeit beweisen zu dürfen, indem sie eine unglaubliche Anzahl von Schlägen ertrugen; wer die meisten aushielt, ohne aufzuschreien, wurde als Held gefeiert.

Wäre Ariston an jenem Tag fähig gewesen, klar zu denken, er würde sich gefragt haben, wie es je dazu hatte kommen können, daß solch widerliche, grausame Barbarei der Artemis zugeschrieben wurde. Sie war die Göttin der Jagd und der weiblichen Keuschheit, grimmig aber nur als Verteidigerin der Reinheit, und unerbittlich allein gegen die Schänder dieser Reinheit. Aber nun hatte Ariston schon alle Grenzen vernunftmäßiger Überlegung überschritten; er konnte nur dastehen und zusehen, wie sich die Zehnte Ila der Stadt, mit seinem neuen Freund, dem Ilarchen Orchomenus an der Spitze, unter den schicksalsschweren Klängen des Totenmarsches auf ihn zubewegte. In langsamem Tritt, die Speerspitzen zu Boden gerichtet, kamen sie daher; still, allzu still lagen die beiden Gestalten auf den Schildbahren.

Die Augen, die Ariston auf Orchomenus heftete, waren zwei blaue Wunden, gleich Spalten in totem Fleisch, sobald das Bluten aufgehört hat. Orchomenus brachte seine Kolonne mit einem kaum hörbaren Kommando zum Halten und folgte Aristons Blicken, die dieser nun auf die beiden zugedeckten Bündel auf den Schildbahren richtete. Es schien ihm, als ob diese Blicke, die Funktion der Stimme übernehmend, laut aufschrien.

Orchomenus konnte es fast hören. Und weil ihm selbst diese Vorstellung im Dunkel seiner Sinne unerträglich war, öffnete er seinen Mund und drängte Atem und Ton durch den Kehlkopf, den das Entsetzen einschnürte; das Entsetzen, das auch ihn nahezu erstickte und das ihm noch vor knapp einem Monat, bevor Talos in sein Leben getreten war, völlig fremd gewesen, an seinen disziplinierten Verstand nie herangekommen wäre. Weil ich nun kein in Stahl eingeschlossener Esel mehr und ein Mann geworden bin, dachte er. In Talos', nicht Spartas Sinn. Aber wie es doch schmerzt, ihr unsterblichen Götter!

»Ja«, sagte er leise, »es sind beide. Lysander – nun, das kann ich noch verstehen. Kräftig war er, doch in seiner Brust schlug das Herz eines Weibes. Aber Simoeis? Bei Hades und Persephone, das ist wider alle Vernunft!«

»*Ich* habe ihn getötet«, unterbrach ihn Ariston mit monotoner, beherrschter Stimme. »Beide. Lysander, weil ich ihn nicht mehr liebte. Das muß er gefühlt haben. Und Simoeis, weil ich wegen eines so geringfügigen Vergehens – er bezeichnete meine Mutter als die Hure, die sie wirklich ist – seinen Körper zerbrach und ihn so sehr schwächte, daß er die Geißelung nicht überstand. Und darum ...«

»Beim Zeus, Ariston, das kannst du nicht tun! Du hast kein Recht, dich als Opferlamm für die Schuld der ganzen Welt anzubieten. Sage lieber, daß Sparta sie gemordet hat, weil es die Zivilisation ablehnt, weil es an diesen alten, barbarischen Riten von Blut und Grauen festhält.«

Ariston lächelte kalt.

»Jetzt zitierst du Talos. Oder Onkel Hippolytus – oder beide. Und deine Worte sind ein Treubruch an der Polis.«

»Der Hades möge die Polis verschlingen! Ein Staat, der junge Menschen zu Tode peitschen läßt – zu Ehren eines schmutzigen, widerwärtigen ...«

»Hör auf, Orchomenus. Kann ich – sie sehen?«

Der Ilarch starrte ihn an.

»Willst du sie wirklich sehen? Es ist kein schöner Anblick. Als dein Freund rate ich dir, es nicht zu tun. Du warst schwerverwundet, krank, und dieser ...«

»Dieser Anblick könnte mich um den Verstand bringen? Woher willst du wissen, daß mir noch einer geblieben ist?« erwiderte Ariston und lüftete die Mäntel von den Leibern seiner Kameraden.

Orchomenus hatte recht. Die Körper waren nicht schön anzusehen. Sie lagen bäuchlings auf den Schilden. Ihre Rücken waren zerfetztes Fleisch, durch das stellenweise die Rippen sichtbar wurden. Die nach der Seite gedrehten Gesichter waren blau, Augen und

Mund weit geöffnet. Und beide schrien immer noch, selbst im Tod, in grauenhafter Stille.

Ariston kniete neben den zwei Schildbahren in den Staub. Er beugte sich vor, um Lysanders Mund zu küssen. Der Blutgeruch aus dem Mund machte ihn schwindlig. Er öffnete weit die Augen: der Tote hatte keine Zunge. Er hatte sie sich abgebissen, um unter den entsetzlichen, unerträglichen Höllenqualen nicht aufzuschreien.

Doch Ariston küßte ihn trotzdem. Küßte ihn und Simoeis auf den Mund, lange und verlangend, wie es Liebende tun. Bis der Himmel über ihm raste. Bis Zerberus in seinem Gedärm aufheulte. Er öffnete den Mund, und gelbe Galle spritzte hervor, gefolgt von einer Welle heißen, salzigen Blutes. Er beugte sich vor, bis seine Stirn die Erde berührte, blieb zitternd so knien, und benetzte den Boden unter seinem Gesicht mit blutigen Tränen.

»Ariston«, flüsterte Orchomenus, »Ariston, mein Freund, mein Geliebter . . .«

Doch Ariston schüttelte seine Hand ab, taumelte schwankend auf die Beine und torkelte in leidtrunkenem, seelenwundem Zickzack, von seinen Tränen geblendet, davon.

Ich werde ihm nacheilen, dachte Orchomenus, sobald ich diese zwei armen Klumpen Aas in ihre Häuser gebracht habe. Aber ich muß mich beeilen. Der Zustand, in dem er sich jetzt befindet . . .

Dann wandte er sich den Hopliten zu.

»Bahren auf! Marsch!« befahl er. Und von neuem erhob sich der Schlag der gedämpften Trommeln, dumpf, erdnah, tieftraurig. Wild klagend stieß eine Trompete in die Dämmerung. Die Kolonne setzte sich in Bewegung, um Simoeis und Lysander zu ihren Müttern zu bringen, die trockenen Auges ihre Söhne erwarteten. Zu weinen war unter der Würde einer Spartanerin.

Wie er so, sein Mantel von Blut und galligem Speichel befleckt, durch die Stadt wankte, erregte er die Aufmerksamkeit mehr als eines Bürgers, der ihn gut kannte. Doch was in seinen Augen aufblitzte, wenn sie auf ihn zugingen, um ihn zu fragen, ließ sie verstummen und empfinden, daß jeder, der seine Nase in eine so bedeutende, schwerwiegende und schreckliche Sache zu stecken versuchte, sich zumindest der Aufdringlichkeit schuldig machte. Doch einer unter ihnen besaß schließlich den Scharfsinn, die Klugheit, den Verstand, oder das genaue Gegenteil – nur die ewig schweigsamen Götter können sagen, was es war – die Angelegenheit der Krypteia zu melden.

Aber Perimedes, der Befehlshaber der spartanischen Geheimpolizei, hatte sich längst schon aus eigenem entschlossen, ein Auge auf den Sohn des erlauchten Telamon zu haben. Angesichts der Tatsache, daß Mißtrauen auch dem gewöhnlichen Spartaner zur zweiten Natur geworden war, kann man sich leicht vorstellen, wie üppig sich diese Charaktereigenschaft beim obersten Gebieter der Geheimpolizei entwickelt hatte. Außerdem konnte Perimedes nicht vergessen, was er bei der Untersuchung des Angriffs auf ebendiesen hochgeborenen, strahlend schönen Jüngling oben auf dem Parnon vorgefunden hatte. Auf dem im Bericht des Orchomenus erwähnten Pfad hinter dem Dorf lag die Leiche eines Riesen von nahezu legendären Ausmaßen. Seine Todesursache war schwer festzustellen, denn Wölfe, Raben und Geier hatten sich schon viel zu lange an ihm gütlich getan; doch neben ihm lag ein Schwert, die Klinge schwarz und mit einer Blutkruste überzogen. Und der Knauf dieser Waffe trug das Zeichen des Strategos Telamon. Dann diese Hütte im Dorf, der sich kein Periöke zu nähern wagte. Wenn man sie betrat, schlug einem ein Gestank entgegen, der einen Ochsen umgeworfen hätte. Das nackte Weib am Boden war natürlich weder von Schnäbeln noch von Fangzähnen zerrissen worden, aber die Gase der Fäulnis hatten ihren Leib prall anschwellen lassen.

So kam also Perimedes zu dem Schluß, daß es durchaus angebracht wäre, ein Auge zu haben auf diesen schönen – Mörder. Gewiß war die Tötung von Periöken kein so schweres Verbrechen, daß man sich darüber hätte den Kopf zerbrechen müssen; was aber den guten Kriminalisten, und das war Perimedes, bei der Sache störte, war das scheinbare Fehlen eines Motivs. Wenn dieser Jüngling nun geistesgestört wäre? Wenn er, nachdem er Heloten- und Periökenschweine erschlagen hatte, dazu übergehen sollte, spartanische Männer zu töten?

Darum war Ariston nicht allein, als er zu früher nächtlicher Stunde in das erleuchtete Fenster von Talos' Haus spähte. Stumm wie Seelen im Schattenreich lagen die Angehörigen der Krypteia rund um das Haus auf ihren Bäuchen, im Gras, im Korn, im Weizen und hinter den Olivenbäumen versteckt und beobachteten.

Was heißen soll, daß der Tod selbst stumm wartend im Dunkel lag.

Ariston blickte durch das Fenster und sah seinen Vater und seine Mutter. Talos hielt Alkmene in seinen Armen. Sie klammerte sich an ihn und tränkte seinen Chiton mit ihren Tränen.

Und plötzlich wußte Ariston, daß er sie nicht töten konnte. Sie waren so schöne Menschen. Beide. Sorgfältig betrachtete er Talos' neues Gewand und seine veränderte Erscheinung. Was für ein edler, stattlicher Mann sein Vater doch war! Und seine Mutter, die jetzt mehr Tränen vergoß als Niobe – was für eine königliche Frau!

Dennoch: jemand mußte sterben. Das heiligste aller Gelübde war gebrochen worden. Es galt, Hera, Hestia, Artemis und Hymenea, die keuschen Verteidigerinnen des häuslichen Herdes, der Gattenehre und des Ehebettes, zu besänftigen. Sollte man ihnen etwa das übel beleumundete olympische Pack, auch wenn es sich als Götter und Göttinnen betrachtete, vorziehen? Aphrodite vielleicht, diese unzüchtige Dirne und gewohnheitsmäßige Ehebrecherin, oder ihren Sohn Eros, ein Bastard, hoffnungslos verkommen, höchstwahrscheinlich Frucht der Blutschande, begangen mit Zeus, ihrem Vater? Oder Pan, Herr der Lust in Bocksgestalt, oder Aphrodites anderen Sohn, den abscheulichen Priapus, der Dionysos zum Vater hatte? Priapus, von widerlichem Aussehen trotz der Schönheit seiner Eltern, stolzer Besitzer von so unförmigen Geschlechtsteilen, daß er sie in einem Karren mit sich führen mußte, sollten sie nicht durch das Schleifen auf der Erde verletzt werden? Zöge man diese jenen vor, das Gewebe der menschlichen Gesellschaft würde zu Fetzen zerrissen, und ungezügelte, bocksgeile Wollust Männer und Frauen zu brünstigen Tieren herabwürdigen.

Es war eine schwere Sünde. Und sie war nun zweimal wiederholt worden. Doch er, die Frucht dieser Sünde, war kaum wie die Nemesis berufen, das Verbrechen zu sühnen. Die Eifersucht, die er auf seinen Vater empfand, schwand und wich der Liebe. Das leidenschaftliche, wilde, fast unnatürliche Gefühl gegenüber seiner Mutter verlor an Schärfe, veränderte und wandelte sich zu einer edleren Empfindung, als er sich einer so augenfälligen, so wunderbaren, so selbstverständlichen Tatsache bewußt wurde: daß diese schönen Menschen füreinander geschaffen waren; daß man dem Vergehen, mit dem sie, ohne es zu wollen, die Götter erzürnt hatten, die Willkür und Grausamkeit entgegensetzen mußte, mit der sie noch vor ihrem Zusammentreffen, ja noch vor ihrem Sündenfall, von eben diesen Göttern gestraft worden waren. Ein hochgeborener, schöner Jüngling, zum Heloten verdammt; ein feines, zartes, edles Mädchen, lieblos an einen alten Bock verschachert, der ihr Vater hätte sein können!

Aber Ariston wußte nur zu gut, daß die Götter anders dachten und urteilten als die Menschen. Sie waren auf Blut aus und forderten ihr Opfer . . .

Diesen Gedanken folgend, zog er einen der Dolche aus seinem Gürtel und setzte die Spitze an seine Kehle. Dann hielt er ein. Er war in diesem Augenblick offensichtlich nicht bei Sinnen. Er würde sterben – und sie würden um ihn weinen. Aber, beim Zeus, er wollte diese Tränen sehen! Er wollte sich an den Leiden weiden, die sein Abstieg in den Tartarus ihnen verursachen würde; wollte das Stöhnen seines Vaters, die Verzweiflungsschreie seiner Mutter hören.

Darum – noch nicht gleich. Er würde es vor ihren Augen tun, nachdem er sie erst mit bitteren Worten gepeinigt hatte. Dann würde er die Klinge – doch halt! Talos war stark und flink. Gewiß würde er ihn hindern wollen. Er würde vielleicht nur eine schlimme, schmerzhafte Wunde davontragen – er, der in diesen letzten sechs Wochen schon Höllenqualen erlitten hatte.

Also – die Verschlagenheit des Wahnsinns kreiste durch sein Hirn –, also mußte er bereits tödlich verwundet sein, wenn er das Haus betrat, mit einer Verletzung, die den Tod nur langsam brachte und sich verbergen ließ.

Ohne Gewissenspein und ohne zu zaudern, setzte er die Klinge an und schlitzte sich beide Handgelenke, fast bis zum Knochen, auf. Dann zog er den anderen Dolch aus dem Gürtel, ließ ihn und die Tatwaffe zu Boden fallen, preßte beide Handgelenke in die Achselhöhlen, und klopfte mit den Ellenbogen an die Tür.

Talos öffnete und sah, wer er war.

»Tritt ein, mein Sohn«, sagte er lächelnd. »Ich freue mich, daß du gekommen bist.«

Alkmene erblaßte und trat einen Schritt zurück.

»Chaire, Vater«, flüsterte Ariston. »Warum siehst du mich so an? Willst du mich nicht küssen?«

»Talos«, warnte Alkmene, »sieh ihm ins Gesicht! Er ist von Sinnen, sage ich dir!«

Mit einer geschickten Bewegung schlang Ariston die Falten seines blutroten Himations über seine überströmenden Handgelenke und schlug ihn auseinander.

»Sieh doch, edle Mutter«, sagte er leichthin, fast fröhlich. »Kein

Dolch im Gewand! Ich komme in Liebe – in kindlicher Ergebenheit, um deinen Segen zu erbitten. Und den deinen, Vater. Es ist nicht deine Schuld, daß ich deiner Liebe und deiner Unterweisungen entraten mußte, wie es auch nicht die Schuld meiner Mutter ist, daß ihr im trunkenen Schlaf Gewalt angetan wurde.«

Alkmene stampfte mit dem Fuß auf.

»Ich war nicht trunken und ich schlief nicht!« brauste sie auf. »Höre mir zu, Ariston! Ich erwachte und sah ihn vor mir stehen – schön wie ein Gott, und ich glaubte, Dionysos in ihm zu erblicken! Ich streckte ihm meine Arme entgegen und zog ihn an meine Brust. Das, mein Sohn, ist die Wahrheit! Verachte mich, wenn du magst, aber ich schäme mich nicht! Zum erstenmal in meinem Leben – nach zehnjähriger Ehe mit diesem alten Mann – erfuhr ich, was Liebe ist. Und als mein Talos von mir gegangen war, hatte ich nur noch dich – dich, meinen Sohn, sein Abbild, das Spiegelbild seiner Schönheit. Wenn das Sünde war, bin ich bereit, dafür zu sterben, wenn auch nicht durch deine ruchlose Hand. Denn ...«

»Denn was, Mutter?« Er fühlte jetzt, wie das Leben langsam aus ihm abfloß, spürte die sanfte, tödliche Kälte in sich aufsteigen.

»Denn ich will, daß du lebst. Lebst und glücklich bist! Ich will, daß du Sparta verläßt und dich in ein schöneres, weniger grausames Land begibst. Lesbos oder Theben oder Böotien oder sogar Athen. Heirate, zeuge Söhne, vergiß!«

Ariston konnte sie kaum sehen. Ein Nebel hing vor seinen Augen.

»Darf ich mich setzen?« fragte er. »Ich bin sehr müde ...«

»Natürlich«, sagte Talos und schob ihm einen Stuhl hin. »Ein wenig Wein, mein Sohn?«

»Nein, Vater. Vater, willst du mich küssen? Du hast mich noch nie geküßt, weißt du? Damit würdest du mir deinen Segen geben. Merkwürdig – ich bin eigentlich nicht gekommen, um dir das zu sagen. Aber meine Seele will es so. Ich liebe dich. Ich liebe auch dich, Mutter. Was du getan hast, war richtig und gut. Ich danke dir dafür. Ich danke euch beiden, daß ihr mich unter einem blauen Himmel in gemeinsamer Glückseligkeit gezeugt habt. Küß mich jetzt. Hörst du, küß mich! Denn ich ..«

»Ariston!« fuhr Talos ihn an. »In Zeus' Namen, was hast du?«

Ariston lächelte.

»Nichts, Vater. Es ist nur, daß – daß ich sterbe. Für deine Sünde. Und meiner Mutter Sünde. Ich bin euer Pharmakos – euer Opferlamm. Und das ist nun, nehme ich an, der Bocksgesang – die Tragoidia. Hab' ich recht, Vater? Nur mit dem Unterschied, daß ich schweigend sterben werde, ohne ein einziges Mal zu blöken. Wie meine Phryne starb. Wie Lysander. Wie Simoeis. Die Welt ist so voll von Tod. Stimmt das nicht, Vater? Sie stinkt danach. Ich kann den Geruch nicht loswerden. Wußtest du das, Vater? Lysanders Mund war voller Blut. Aber ich küßte ihn trotzdem. Und jetzt ...«

»Er ist von Sinnen!« flüsterte Alkmene. »Ich habe es dir gesagt, Talos! Er ist wahnsinnig!«

»Wahnsinnig, Mutter?« fraget Ariston, schüttelte mit einem Ruck die durchnäßten Falten seines roten Mantels von den Handgelenken und streckte sie ihr entgegen.

»Ariston!« schrie Alkmene auf. »Oh, Talos, sieh!«

»Sei kein Narr, mein Sohn«, sagte Talos. »Komm, laß mich deine Wunden verbinden. Du brauchst doch nicht ...«

Aber Ariston stand auf, schwankte wie berauscht, trat den Stuhl unter seinen Füßen weg, torkelte rücklings zur Tür, und stürzte in die Nacht hinaus. Aufbrüllend wie ein Löwe, folgte ihm Talos, fiel aber sogleich auf den Bauch, als er über das Bein stürzte, das Ariston, der sehr genau wußte, daß er in seinem geschwächten Zustand seinem Vater nicht entkommen würde, ihm listig gestellt hatte.

Als Talos sich, noch etwas benommen, wieder aufgerappelt hatte, war der Junge nur noch ein flackernder weißer Schimmer, der zwischen den Olivenbäumen verschwand. Einen Augenblick lang stand Talos schwankend da. Dann kam Alkmene aus dem Haus und nahm ihn beim Arm.

»Du gehst in diese Richtung«, wies er sie an, bevor sie noch den Mund aufmachen konnte, »und ich in diese. Vielleicht gelingt es uns noch, ihn einzuholen, bevor ...«

Er sprach den Gedanken nicht aus. Wozu auch? Schon waren beide im Mondlicht unterwegs. Zehn Minuten später erblickte Alkmene, trotz ihrer Jahre dahinjagend wie Artemis, ihren Sohn. Im Zickzack stolperte und torkelte er zwischen den Olivenbäumen. »Talos!« rief sie, »Talos! Ich habe ihn gefunden! Hier ist er!«

Und fast im gleichen Augenblick kam Talos von den Weizenfeldern heran und bahnte sich krachend einen Weg zu dem halb besinnungslos dahintaumelnden Jüngling. Doch als er schon fast neben Alkmene war, kaum mehr als eine Rute zu ihrer Linken, blieb Talos plötzlich stehen. Alkmene wandte den Kopf nach ihm und sah den Mann mit dem erhobenen Speer. Sie zögerte nicht einmal jenen unmeßbaren Bruchteil eines Augenblicks, den sie für einen einzigen Gedanken gebraucht hätte — sie tat, was sie tun mußte. Vielleicht wußte sie, daß es viel leichter ist, für die Liebe zu sterben als mit ihr zu leben; und daß der bereits geschleuderte Speer ihr armes, zartes, wundes Herz weniger verletzen würde als menschliche Nähe, die Wirklichkeit des Alltags und die Jahre, die mit der Zeit alle Hoffnung und Freude unweigerlich zum Ersticken bringen. So bot sie nun freudig alles dar, was sie besaß: ihr Leben. Wie ein zuckender Blitz flog der Speer durch die mondhelle Nacht. Was über Alkmenes Lippen kam, war nicht so sehr ein Schrei als vielmehr ein langgezogener, ekstatischer Seufzer. Sie ergab sich dem Tod wie einem Geliebten. Talos fing sie in seinen Armen auf und ließ sie sanft zu Boden gleiten. Er versuchte den Speer zu entfernen, aber er hatte keine Kraft mehr dazu. Er beugte sich nieder, um ihren Mund zu küssen, und benetzte ihr Gesicht mit seinen Tränen. Kniend hielt er sie umfangen, der Lanzenschaft noch im Rücken der Geliebten steckend, als die Männer der Geheimpolizei, die blanken Waffen in der Hand, ihn umringten. Er legte Alkmenes Leiche nieder, stand auf und blickte von einem harten, unbarmherzigen Antlitz zum andern, blickte in diese jungen Gesichter von Automaten, aus denen auch die letzte Spur von Menschlichkeit herauserzogen worden war.

Der Buagor Perimedes kam zwischen den Bäumen hervor, blieb stehen und sah dem Rotbart mit einem leisen, ironischen Lächeln ins Gesicht.

»Buagor«, sagte Talos, »ich bin Mazedonier und ein freier Mann. Wenn du auch heute noch nicht weißt, was das bedeutet — du wirst es eines Tages erfahren. Ich fordere jetzt etwas von dir, worauf ich als freier Mann ein Recht habe: daß du mir deinen Dolch leihst. Da dein mordlustiger, hirnloser Hund mir bereits mein Leben genommen hat, soll mir keine andere Hand als die meine den Tod geben. Ich fordere dies von dir, der du ein Edler und ein Spartaner bist!«

Der Buagor blieb bei seinem Lächeln. Der Vorschlag des Rotbarts hatte etwas bestechend Zweckmäßiges an sich. Etwas Sauberes, Wirtschaftliches. Er faßte sich an den Gürtel, zog seinen Dolch. Nahm ihn an der Klinge und hielt ihn Talos hin.

»Mögen dich die Götter empfangen! Wie du, ist mir noch keiner begegnet«, sagte er.

Orchomenus war es, der – zu spät gekommen, um die Katastrophe, die er in den Augen seines Freundes gelesen hatte, zu verhindern – den nun Verwaisten mit dem Gesicht nach unten, im zerstampften Getreide liegend fand. In seiner Wut, in seinem Schmerz – denn er hatte Talos mittlerweilen über alle Maßen liebgewonnen – zog er seinen Dolch und holte aus. Doch im Schwung hielt er ein. »Nein«, murmelte er, »es ist, wie Talos zu sagen pflegte: Die Srafe heißt Leben, nicht Tod. So komm denn, Vatermörder! Ich verurteile dich zum Leben – und überantworte dich den Furien! Eines Tages wirst du mich auf den Knien anflehen, den Schlag zu führen, den ich dir jetzt verweigere. Die Erinnyen werden dafür sorgen. Und wenn sie nicht, dann ich. Komm also ...«

Dann steckte der Ilarch den Dolch wieder in die Scheide, hob Ariston auf und ging mit ihm durch die warme, sternklare Nacht, den anderen entgegen.

VIII

Perimedes, der Befehlshaber der Geheimpolizei, blickte aus dem Fenster seines Dienstzimmers. Was er betrachtete, war allerdings nicht die lächelnde Sommerlandschaft, sondern die kalte Gewißheit seines eigenen Todes, der sich ihm mit jedem Hufschlag des Pferdes näherte, auf dem der Bote ins Lager des Telamon unterwegs war.

Er saß regungslos am Fenster. Ihn schwindelte, wenn er an die Ungeheuerlichkeit der Geschehnisse dachte, die sich innerhalb einer einzigen Stunde abgespielt hatten; einer seiner Leute hatte unbeabsichtigt die edle Alkmene, die Gemahlin des großen Strategos, getötet; er selbst, Perimedes, für seinen unendlichen Scharfsinn, seine außerordentliche Klugheit, seine aalglatte Schläue und seine eiserne Härte in der ganzen Stadt bekannt, hatte zum erstenmal in seinem ganzen Leben einer sentimentalen Regung nachgegeben und sich durch die Haltung, Männlichkeit und Würde eines Neodamoden, eines ehemaligen Heloten, dazu bewegen lassen, diesem stattlichen, feurigen, bärtigen Tier zu gestatten, sich selbst das Leben zu nehmen, statt ihn auf die Folter zu spannen, und ihm mit Gewalt die Geheimnisse zu entreißen, die ...

Welche Geheimnisse? Welche Geheimnisse hätten sie Talos entreißen können, die ihnen nicht schon längst bekannt, die nach Lage der Dinge nicht augenfällig waren? Daß er Alkmenes Liebhaber war?

Vater des strahlenden Ariston? Durch das erleuchtete Fenster hatten sie gesehen, wie die Gattin des Feldherrn Talos umschlungen hielt, wie Efeu sich um einen Eichenstamm rankt. Und die Ähnlichkeit zwischen dem toten Freigelassenen und dem halbtoten Jüngling, als sie beide Seite an Seite auf die Schilde gelegt hatten, um sie nach Sparta zu bringen, war mehr als offensichtlich gewesen und oben im Olymp der Göttin Hera, der Beschützerin des häuslichen Herdes, gewiß höchst unangenehm aufgefallen.

Das alles wußte man. Aber was half es? Auf Ehebruch seitens der Frau stand zwar die Todesstrafe; so es sich bei der Schuldigen um eine Spartiatin handelte, wurde sie allerdings üblicherweise vom betrogenen Gatten selbst vollzogen. Und in den seltenen Fällen, wo der Betroffene es unterließ, sie zu töten oder ihr zu verzeihen, konnte sie nur der Scharfrichter nach einem formalen Beschluß der Ephoren vom Leben zum Tode befördern. Ein gewöhnlicher Lanzenträger der Krypteia hatte zweifellos nicht das Recht, sie niederzumachen wie eine Periökin oder eine Helotin, was immer man ihr vorwerfen konnte.

Nicht einmal mit der Wahrheit war etwas anzufangen. Wer würde glauben, daß dieser Schafskopf Xanthus sie ohne Absicht getötet hatte, als er versuchte, den Jüngling vor dem, wie ihm – diesem Tölpel! – schien, verbrecherischen Angriff eines von geiler Lust berauschten Päderasten zu retten? Niemand. Nach fünf Minuten Verhör würden die Ephoren festgestellt haben, daß Talos nur von dem Wunsch beseelt gewesen war, den Jungen zu retten, der sich gewiß selbst die Pulsadern aufgeschnitten hatte. Verständlich, in seiner Empörung über seiner Mutter ungeheuerliche, unfaßbare Erniedrigung, die gewissenlose Verletzung ihrer ehelichen Gelübde, ihre . . .

Sehr verständlich aber auch ihre Hingabe an dieses prächtige Mann-Tier, das er, Perimedes, selbst sich mit größtem Vergnügen nach Hause ins Bett genommen hätte.

Aber alles Begreifen, alles Verstehen war jetzt völlig nutzlos. Der Buagor mußte sich zwischen einer unwiderleglichen Rechtfertigung seines Verhaltens und einer schnellen, schmerzlosen Todesart entscheiden. Denn Telamon war für seine eheliche Treue bekannt; Verhältnisse mit anderen Frauen oder Knaben hatte man ihm nie auch nur nachsagen können. Als Bestrafung würde er sich mit weniger als Perimedes' und Xanthus' Tod sicher nicht zufriedengeben.

Perimedes zog seinen Dolch aus der Scheide und starrte auf die grausame Klinge, die erst wenige Stunden zuvor lautlos in Talos' herrliches Fleisch gedrungen war und sogleich seinen Lebensnerv gefunden hatte.

Aber er konnte es nicht tun! Er konnte nicht! Zu sehr liebte er sich, zu groß war die seelenvolle Liebe, die er für sich empfand und die die des Narcissus bei weitem übertraf. Er hatte nie einen anderen Menschen geliebt, auch nie die verschiedenen Formen männlichen oder weiblichen Fleisches, mit denen er, einer Laune oder einer plötzlichen Erregung folgend, ins Bett gegangen war. Und jetzt seinem Leben ein Ende setzen zu müssen, weil so ein wunderbares, rotbärtiges Tier ihn plötzlich, ganz unerwartet, erweicht hatte – das war zu viel! Er beschloß, noch eine Weile zu warten, nachzudenken, seine Schläue zu üben. Sicherlich würde sich eine Lösung finden. Sicherlich . . .

Und weil die Götter das unverfälscht Böse lieben, fand sich eine.

Der Ilarch jener Abteilung der Geheimpolizei, mit der Perimedes den Hof des Talos umstellt hatte, trat ein und grüßte schneidig mit dem Schwert.

»Sprich, Peleus«, sagte Perimedes.

»Kommandant«, stieß Peleus hervor, denn die Aufregung ließ ihn seine Selbstbeherrschung vergessen und brachte Triller und Läufe in seiner Stimme zum Schwingen, »an der Sache war mehr dran als wir dachten! Viel mehr! Mir scheint, daß . . .«

»Ich will nicht hören, was dir scheint, Tölpel! Tatsachen will ich hören! Was damit anzufangen ist, werde ich selbst entscheiden!«

»Sehr wohl! Wir brachten den Jungen zum Arzt Polorus, wie du befohlen hast. Es ist ein schwieriger Fall, sagt er, aber er glaubt nicht, daß der Sohn des Strategos sterben muß. Er verband seine Wunden und rief nach einer jungen Sklavin, die ihm dabei helfen sollte. Doch als sie sah, wer auf der Bahre lag, stieß sie einen Schrei aus wie eine athenische Eule und raste hinaus, als ob ihr die Erinnyen auf den Fersen wären.«

»Und du, mein guter Ilarch, schicktest ihr natürlich sogleich ein paar Leute nach und ließest sie zurückbringen?«

»So ist es, Hauptmann. Doch als die Hopliten sie wieder herbeischafften, blutete sie. Ich erteilte ihnen einen strengen Tadel, weil sie übermäßig grob vorgegangen waren. Wäre sie verblutet, sie hätte uns nichts Brauchbares erzählen können.«

»Gut gemacht. Und was hatten deine heißblütigen jungen Idioten dazu zu sagen?«

»Sie schworen Stein und Bein, sie hätten überhaupt keine Waffen gebraucht und das Mädchen nicht angerührt. Dann setzte sich der Arzt für sie ein. Das Mädchen, sagte er, sei bereits vorvorige Nacht — auf geheimnisvolle Weise — verwundet worden.«

»Und? Du fängst an, mich zu interessieren, Peleus. Weiter!«

»Ich wies den Knochenbrecher an, das Blut zu stillen, was er sogleich und sehr geschickt besorgte. Dann fragte ich sie geradeheraus. ›Hör, du Schlampe‹, sagte ich, ›wer hat dir denn deine kleine Titte so hübsch tranchiert?‹«

»Eine lobenswert feinfühlige Art der Fragestellung«, bemerkte Perimedes. »Und dann?«

»Sie zögerte keinen Augenblick, Kommandant. Sie zeigte auf den Jungen und platzte gehässig heraus: ›Er war's, dieser widernatürliche Saukerl!‹«

»Hm. Aber das will nichts anderes heißen, als daß er ihr einen Korb gegeben hat. Hast du schon einmal ein Weibsstück gesehen, das den Mann nicht sogleich für verkehrt hält, wenn er sich weigert, sie zu besteigen — und sich dabei die Verantwortung für ein süßes kleines Geheimnis aufbürden zu lassen, das ihr irgendein schnellfüßiger Spaßvogel hinterlassen hat?«

»Diesmal liegt der Fall anders, Kommandant. Der schöne Ariston hatte das Flittchen nach Strich und Faden — und zu ihrer vollständigen Zufriedenheit — durchgezogen. Das gab sie mit einigem Stolz selbst zu. Was sie in Wut brachte, war, daß sie ersetzt wurde — durch eine Rivalin. Eine um vieles ältere Frau als sie selbst. Wie sie, das Flittchen, ihre Leidensgeschichte erzählt, wäre sie in der Nacht, ohne anzuklopfen, ins Zimmer gekommen, und hätte dort im Bett mit . . .«

Der Ilarch Peleus beugte sich vor und flüsterte dem Buagor ins Ohr. Perimedes' Augen leuchteten auf. Er warf den Kopf zurück und brach in schallendes Gelächter aus.

Aus Respekt vor seinem Vorgesetzten lachte auch Peleus, wenngleich er, um die Wahrheit zu sagen, nicht verstand, was der Buagor an solch grauenhaftem Geschehen so erheiternd fand.

»Hast du das Mädchen mitgebracht?« fragte Perimedes und fuhr sich mit dem Handrücken über die Augen.

»Selbstverständlich, Kommandant! Ich kenne doch meine Pflichten! Soll ich sie auf die Folter spannen lassen?«

»Nein! Natürlich nicht, du Tölpel! Behandle sie sehr aufmerksam. Der Feldscher soll sich um ihre Wunden kümmern. Füttere sie anständig. Und – vor allem, laß sie von deinen Kerlen nicht vergewaltigen, auch wenn das Wort in ihrem Fall vermutlich ein allzu beschönigender Ausdruck ist.«

»Ich möchte nicht neugierig sein«, sagte Peleus und starrte den Hauptmann an, »aber darf ich fragen, warum?«

»Du *bist* neugierig, aber ich will dir trotzdem antworten. Ich möchte sie so weit bekommen, daß sie vor dem erhabenen Telamon, wenn er wiederkehrt, eine wirkungsvolle Aussage macht.«

»Höre, Schwager«, sagte Hippolytus, »bei aller Achtung vor deinem Rang und deinen weißen Haaren, an deiner Stelle würde ich die Sache vertuschen.«

Der Strategos sah den Bruder seiner toten Frau an. Daß sie von so einem Menschen die Schwester war, das allein hätte ihm genügend Warnung sein sollen! Aber er verlor seine eiserne Selbstbeherrschung nicht einen Augenblick.

»Warum?« fragte er.

»Ich würde nicht einmal *diese* Frage stellen.«

Immer noch hielt Telamon den Blick auf seinen fetten, kleinen Schwager gerichtet.

»Wenn ich nun aber darauf bestünde, sie zu stellen, würdest du sie beantworten, Hippolytus?«

»Nein.«

Telamon erhob sich. Er war sehr groß für einen Hellenen. Eine imposante Erscheinung. Er stellte befriedigt fest, daß Angst in Hippolytus' Augen aufflackerte.

»Fürchte nichts, Schwager«, sagte er ruhig. »Du hast mir schon mit deiner Weigerung geantwortet.«

Hippolytus' runder, kindlicher Mund begann zu zucken. Echte Verzweiflung kam über ihn. Narr! dachte er; du wirst alles zerstören! Ja, du bist wieder gehörnt worden! Ja, sie hat einen anderen in ihre ewig offene, fruchttragende Wunde eindringen lassen, die Wunde, die sich nur mit Männerfleisch, mit hartem Männerfleisch schließen läßt!

»Höre, Telamon«, begann er von neuem, »würdest du mir glauben, wenn ich dir sagte, daß du dich irrst?«

»Nein, Schwager«, antwortete Telamon.

»Gut. Dann werde ich es nicht sagen. Du hast recht. Du hast all die Jahre recht gehabt. Du hast nur eines falsch gemacht: du hast ihn nicht getötet.«

Telamon warf Hippolytus einen langen, forschenden Blick zu.

»Wußtest du . . .?« fragte er.

»Damals, nein. Sonst hätte *ich* ihn getötet. Ich kam erst drauf, als ich ihn und den Jungen im Tempel sah. Die Ähnlichkeit war – bestechend. Aber da war die Zeit zum Töten schon lange vorbei. Mir lag daran, Leben zu erhalten, nicht, es zu nehmen. Und meine arme Schwester hatte damals ihre Frühlingstorheit noch nicht herbstlich wiederholt. Als ich *das* erfuhr, waren beide schon tot.«

»Du bedauerst sie, nicht wahr?« fragte Telamon.

»Ich bedauere die ganze Menschheit«, antwortete Hippolytus. »Weil wir alle zu Wollust und Gier, zu Wahnsinn, Leid und Schmerz geboren werden. Alkmene allerdings weniger als du denkst. Sie besaß zumindest den Mut und den Verstand, zu leben. Und jetzt ist sie ihre Sorgen los. Wen ich bedaure, sind die, die sie zurückgelassen hat: meinen Neffen, den schönen Sohn eines Hirten und Sklaven; mich selbst, einen kleinen, dicken Knabenschänder, der in Kürze unter den Pantoffel kommen wird; am meisten aber, erhabener Ratsherr und General, großer Telamon, hochgeschätzter Schwager, bedaure ich – dich.«

Telamon starrte ihn an.

»Du bedauerst *mich*?«

»Ja. Denn was ist dir außer deinem Namen geblieben? Du Ehrenmann! Du Geschöpf unantastbarer Rechtschaffenheit! Du – Spartaner! Du hast niemals gelebt, Telamon! Du hast nie erfahren, wie süß die Sünde ist. Du hast nie empfunden, wie deine Eingeweide zu schmelzen scheinen, wenn eine geliebte Hand dich zärtlich berührt. Berührt? Unsinn. Wenn er – oder sie – dir einen Blick zuwirft, dich ansieht, die Stirne runzelt, lächelt. Wenn meine Braut mich hörnt – was sie zweifellos bei der ersten besten Gelegenheit tun wird – wird sie nur einen Hörner hörnen. Eros sei Dank, ich habe den erlauchtesten Stirnen Spartas Hörner aufgesetzt! Und ebenso habe ich mir, Aphrodite sei Dank, nächtelang, von Schmerz zerrissen, die Augen blutig geweint, wenn meine Liebe nicht erwidert wurde. Ich war ein unersättlicher Schwelger, habe schmutzigen Lastern gefrönt, habe geliebt – kurz, ich war ein Mensch. Du hingegen . . .«

»Ich hingegen«, fiel Telamon ihm ins Wort, »bin, wie du richtig bemerktest, Spartaner gewesen.«

»Jawohl. Zeus erbarme sich deiner. Höre auf mich, Schwager: laß die Sache fallen. Alkmene war dir untreu; laß ihren Tod ungerächt bleiben. Denke doch auch einmal an dich. Laß das die Strafe für ihre Untreue sein! Zeige dir selbst das Erbarmen, dessen wir alle bedürfen und selbst zeigen müssen, denn von den Göttern — falls es sie gibt — kannst du es nicht erwarten. Ich bitte dich nicht um Mitleid für mich oder den Jungen; aber für dich, Telamon! Du, der du nie gelebt hast, bedarfst des Erbarmens! Ich will dir nur einen kleinen Beweis geben: Sag mir doch, wie du in deinen Reihen die Disziplin aufrecht erhalten willst, wenn deine Offiziere und deine Soldaten hinter deinem Rücken kichern und dir mit den Fingern die Hörner zeigen?«

Telamon lächelte kalt.

»Ich bin bereits zurückgetreten«, erwiderte er ruhig. »Und während wir hier sprechen, ist ein Sklave mit meinem Brief an die Gerusia unterwegs, in dem ich den Mitgliedern des erhabenen Rates mitteile, daß ich nicht mehr unter ihnen dienen kann. Irgendwie bin ich dankbar, daß sich mir diese Gelegenheit geboten hat. Ich bin siebenundsechzig Jahre alt, Schwager. Ich bin der Staatskunst und des Krieges müde. Ich glaube, ich bin sogar des Lebens müde. Was ich davon gesehen habe, war nicht sonderlich erfreulich. Ich beabsichtige, ins Exil zu gehen. Tatsache ist, ich habe mich bereits in Böotien angekauft — ein großes Gebiet Weideland mit vielen Kühen. Sobald ich die Genugtuung habe, Perimedes und seine Schlächter vor ihren Richtern zu sehen — jemand sollte den stetig wachsenden Einfluß der Krypteia brechen, weißt du ...«

»Ich bin ganz deiner Meinung«, unterbrach ihn Hippolytus, »jemand sollte. Aber nicht du.«

»Warum nicht ich? Man gibt mir die Gelegenheit ...«

»Man gibt dir überhaupt keine Gelegenheit! Außer die, den Anlaß zu Aristons Tod zu geben, den du ja, glaube ich, nicht mehr wünscht — wenn du ihn je gewünscht hast.«

»Nein. Der Junge soll sein Leben leben. Er ist ein hübscher Kerl, der sich gewiß nicht selbst gezeugt hat und nicht für die Ehebrüche seiner Mutter verantwortlich ist. Und vielleicht wird einmal etwas aus ihm, obwohl ich es bezweifle. Du wolltest etwas sagen?«

»Daß die Krypteia dir keine Gelegenheit gibt, außer der, den Jungen, auf Umwegen, zu ermorden; dich in den Wahnsinn zu treiben, wenn noch eine Spur von Menschlichkeit in dir ist; und höchstwahrscheinlich, dir einen echten Beweggrund dafür zu liefern, daß du Talos' Beispiel folgst. Hör auf mich, Telamon! Du darfst nicht! Du kannst nicht!«

Lang und stumm musterte Telamon seinen dicken, kleinen Schwager.

»Dann wirst du also die Sache aufgeben?«

»Nein«, antwortete der Ratsherr, General und ewige Spartaner.

So gab es denn keine Hoffnung mehr. Tag und Nacht von der Zehnten Ila der Stadtwache beobachtet, um jeden Versuch zu vereiteln, die Sünde des Selbstmords ein zweites Mal zu begehen, lag Ariston auf seinem Bett im Haus seines Pflegevaters. Zu Anfang hatte man ihm die Nahrung mit Gewalt zuführen müssen; später willigte er verdrießlich ein, täglich ein oder zwei Bissen Brot und einen Schluck Wasser zu sich zu nehmen. Kein Wunder, daß er einen bemitleidenswerten Anblick bot: ein menschliches Skelett mit Augen aus blauem Feuer, wie die heiligen Flammen, die in Delphi loderten.

Niemand vermochte ihn zum Sprechen zu bringen. Er reagierte weder auf Begrüßung noch auf leeres Geplapper. Und als der Ilarch Orchomenus es wagte, ihn über den Tod seiner Eltern zu befragen, drehte er stumm das Gesicht zur Wand.

So mußte er also auf einer Bahre vor die Ephoren gebracht werden, wenn auch keiner zu sagen wußte, wozu seine stumme Anwesenheit gut sein sollte. Zum Sprechen konnte man ihn nicht zwingen; er war immer noch ein Edler, Sohn eines Homoios, eines spartanischen Vollbürgers. Man konnte ihn auch nicht foltern, ohne ihn vorher zum Sklaven zu degradieren. Und das wieder hätte nur dadurch geschehen können, daß die Ephoren in aller Öffentlichkeit Alkmenes Schuld bekanntgegeben und damit vor aller Welt das Undenkbare eingestanden haben würden: daß spartanische Frauen und Mütter letzten Endes auch so waren wie alle anderen Frauen der Erde.

Womit sie die Seele Spartas tödlich getroffen haben würden.

Sicher und unangreifbar wie Zeus selbst lag Ariston daher auf seiner Bahre vor der Gerusia. Zunächst einmal war sich alle Welt darüber einig, daß der Jüngling nicht einmal unter Anklage stand; angeklagt war der Lanzenträger Xanthus von der Krypteia. Zweitens, und auch darüber herrschte volle Einstimmigkeit, war alles, was jetzt geschehen würde, eine ausgemachte Sache: Telamon würde seine Hörner mit Anstand tragen und für die Ehelichkeit des jungen Mannes einstehen, obwohl er sehr wohl wußte – laßt Pan und seine Satyre Zeugen sein! – daß er nicht sein Vater war; Perimedes würde es irgendwie gelingen, die Folgen seiner Irrtümer *nicht* zu tragen; und der arme Teufel von einem Geheimpolizisten — Xanthus — würde sterben — anständig, schnell und ohne viel Aufhebens. Das wußten alle. Und befanden sich in schrecklichem Irrtum.

Denn Perimedes erhob sich und richtete ruhig und gelassen das Wort an den Gerichtshof.

»Erhabene Ephoren!« begann er. »Edle! Strategoi! Bürger! Da es im Interesse des Staates liegt, diesen Fall schnellstens zu Ende zu bringen, bevor übler Klatsch sich in der Stadt verbreitet, alles beschmutzt, was in unserem Leben schicklich, schön und spartanisch ist, unseren Geist schwächt und uns zu sittlicher Ohnmacht vor unseren Feinden verdammt, will ich ohne Umschweife zugeben, daß der Lanzenträger Xanthus, ein edler Jüngling von hoher Abkunft, wie dies ja — das brauche ich dem Gericht nicht in Erinnerung zu rufen — alle Mitglieder der Krypteia sein müssen, dieses Weib namens Alkmene tatsächlich getötet ...«

»Dieses Weib?« rief Telamon aus.

»Jawohl, General! Dieses Weib! Möchtest du, daß ich sie ›Frau‹ nenne? ›Dame‹? Wie du wünscht, großer Strategos! Ich werde sie so nennen — aus Achtung vor deinen Jahren, deinen Ehren, deinem Ruhm! Denn sie war ja deine Gattin, nicht wahr? Daß sie Ehebruch begangen hat und Schlimmeres ...«

Telamon war aufgesprungen. Aristons Augen glimmten wie blaue Kohlen über seinen eingefallenen Wangen.

Der Vorsitzende hob seinen Amtsstab.

»Ihr Herren«, sagte er barsch, »ich ersuche euch, die Würde des Gerichts zu achten und den Anstand zu wahren, der Männern und Spartanern gebührt!«

Perimedes verneigte sich.

»Ich bitte um Vergebung, große Ephoren, erhabener Strategos«, fuhr er schwungvoll fort. »Ich ließ mich von meiner Empörung hinreißen. Auch Xanthus empfand nicht anders, als er den wahren Grund hören mußte, warum Talos seinen eigenen Sohn töten wollte ...«

»Meine Herren Richter!« unterbrach Telamon.

»Ich ziehe diese Bemerkung zurück«, sagte Perimedes sogleich. »Zwar weiß ich und wissen alle hier Anwesenden, daß es wahr ist, doch läßt es sich jetzt nicht beweisen. Bessere das aus, Schreiber; die Stelle soll lauten: ›Warum Talos den Sohn des Weibes — der edlen!

— Alkmene töten wollte.‹ Denn das kann ich beweisen. Ich plädiere daher für mildernde Umstände, insofern als Xanthus' Entsetzen und Empörung angesichts des ungeheuerlichen Betragens dieses Weibes — dieser Dame! — durchaus verständlich erscheint und seiner Erziehung als Spartaner Ehre antut.. Übrigens erfolgte ihr Tod sowieso mehr oder minder zufällig; Xanthus wollte den Jüngling davor bewahren, in Talos' Klauen zu geraten.«

Einer der Ephoren hob seinen Amtsstab.

»Du hast uns berichtet«, sagte er, »daß der Freigelassene Talos Ariston töten wollte, von dem du behauptest, er sei Talos' unehelicher Sohn. Als früherer Angehöriger des Eugenischen Rates habe ich von diesem Fall einige Kenntnis; aber aus Achtung vor dem erhabenen Telamon und um seiner unbestrittenen Verdienste um den Staat willen, schlage ich vor, daß wir die gegenwärtig unerhebliche Frage der Vaterschaft beiseite lassen. Einverstanden, ihr Herren?«

»Einverstanden!« erwiderten sie im Chor und hoben feierlich ihre Amtsstäbe. Aber Perimedes hatte erreicht, was er wollte.

»Nun habe ich folgende Frage«, fuhr der Ephor fort. »Aus welchem Grund wollte Talos den Jungen töten? Willst du, Buagor der Krypteia, zum Ausdruck bringen, daß der Freigelassene deine Ansicht über die wahre Abkunft des Jünglings nicht teilte? Warte, edler Strategos! Es ist nicht die Frage der Abkunft, die ich hier aufwerfe, sondern die, ob Talos daran glaubte oder nicht. Das ist etwas anderes und hat sehr wohl Beziehung auf den Fall.«

»Zugegeben, erhabener Ephor«, sagte Telamon.

»Er glaubte es«, erwiderte Perimedes mit halb unterdrücktem Lachen. »Er hatte ausgezeichnete Gründe, es zu glauben.«

»Und trotzdem behauptest du, er wollte einen Jüngling töten, von dem er überzeugt war, daß es sich um seinen eigenen Sohn handelte? Seltsam. Sehr seltsam. Darf das Gericht erfahren, was ihn dazu veranlaßte?«

»Der Beweggrund war — Eifersucht«, sagte Perimedes.

»Eifersucht?«

»Ganz recht, Eifersucht. Die ganz gewöhnliche, niedrige Eifersucht, die ein — entlassener — Liebhaber gegenüber seinem erfolgreichen Rivalen empfindet. In diesem Fall noch durch die heiklen Beziehung zwischen den drei Personen verschärft. Und Empörung, meine Herren. Die gleiche Empörung, die meinen armen Xanthus so verwirrte, daß er, ohne nachzudenken, seinen Speer schleuderte.«

Die Ephoren waren aufgesprungen.

»Buagor!« donnerte der Vorsitzende. »Weißt du, was du da sagst?«

»Ja, hohe Herren«, antwortete Perimedes. »Ich sage, daß sich hier die Geschichte von Ödipus, Laius und Iokaste wiederholt hat. Natürlich mit einigen Abänderungen. Dieser Ödipus hat nicht seinen Vater erschlagen. Zumindest nicht bewußt. Und diese Iokaste hat nicht zu einer seidenen Schlinge gegriffen — mein Xanthus ersparte ihr das — vielleicht —; denn ich habe keine Beweise dafür, daß sie überhaupt Reue empfand. Und dieser Ödipus blendete sich nicht, aber wir wollen seine aufgeschnittenen Pulsadern als angemessenen Ersatz für zerstochene Augäpfel gelten lassen, nicht wahr, edle Herren? Schließlich trug die Dame keine goldene Spange, mit der er sich die Augen hätte ausstechen können.«

Mit einer Flinkheit, die seine Jahre Lügen strafte, durchquerte Telamon den Saal. Seine Hand flog an seine Hüfte und fiel leer wieder herab. Vor dem Gericht der Ephoren waren Waffen verboten, ausgenommen jene der Wachen vor der Tür und die der Folterknechte, wenn es sich als nötig erwies, einen verstockten Sklaven zu einem Geständnis zu bewegen. In diesem Fall waren es allerdings eher Arbeitsgeräte, Werkzeuge eines besonderen Gewerbes, und nicht Waffen.

»Strategos!« rief warnend der oberste Ephor. Telamon blieb stehen. Die Jahre der Disziplin waren stärker als seine Wut. Aber jetzt galt die allgemeine Aufmerksamkeit nicht mehr ihm. Alles blickte zu Ariston hinüber. Der Junge hatte sich auf die Seite gedreht und erbrach Blut.

Was Telamons Lage ganz und gar nicht zuträglich war.

»Hohe Herren«, sagte der General, »ich ersuche, einen Arzt kommen zu lassen, um diesen . . . meinen Sohn zu behandeln. Und daß das Gericht den Kranken entläßt. In seinem geschwächten Zustand könnte er, fürchte ich, sterben, wenn er noch mehr Dinge dieser Art hören muß.«

Flüsternd berieten sich die Ephoren untereinander. Dann wandte sich der Vorsitzende an Perimedes.

»Buagor der Krypteia«, sagte er, »beschuldigst du Ariston, den angeblichen Sohn des Strategos Telamon, des Verbrechens der Blutschande? Überlege gut, bevor du sprichst! Dies ist eine ernste Sache, ein Fall, wie er mir in all meinen Jahren als Ephor nicht vorgekommen ist. Es geht um mehr als das Leben dieses Jungen. Denn wenn all das ausgesprengt wird – und das wird es, trotz aller Bemühungen! – wird es für unseren geliebten Staat eine Niederlage darstellen, wie wir sie kaum je in einer Schlacht hinnehmen mußten. Die Welt, Hellenen so wie Barbaren, fürchtet Sparta. Aber auch andere Staaten waren gefürchtet. Persien war es, bis zu den Thermopylen! Der Unterschied aber ist, daß die Welt uns auch bewundert und achtet. Unsere Rechtschaffenheit, unsere Charakterfestigkeit, unsere Ehre, die Züchtigkeit unserer Frauen – das alles ist nie in Frage gestellt worden. Aber jetzt wird man es bezweifeln! Hältst du, edler Buagor, diese Beschuldigung dennoch aufrecht?«

Perimedes zögerte nicht.

»Ich halte sie aufrecht«, sagte er.

Telamon erhob sich.

»Mit Verlaub, darf ich den Buagor fragen, ob er sich der Tatsache bewußt ist, daß auf Verleumdung hohe Strafen stehen? Wie sie auch für *den* vorgesehen sind, der den guten Ruf und die Ehre der Toten beschmutzt?«

»Ich bin mir dessen bewußt«, sagte Perimedes.

»Und du bleibst dabei?« flüsterte Telamon.

»Ich bleibe dabei.«

Die Stille war ungeheuer. Sie war dicht und tief und lastete wie ein dunkler Felsen auf allen, die sich hier versammelt hatten.

»Wenn das so ist«, seufzte der oberste Ephor, »kann das Gericht den Jungen nicht entlassen.«

»Aber – aber zumindest – der Arzt?« stammelte Telamon mit kaum hörbarer Stimme.

»Das schon, natürlich. Laßt Polorus kommen«, ordnete der Vorsitzende an.

Telamon war sich jetzt der Schwere seines Fehlers bewußt. Es war ein verhängnisvoller Fehler. Denn als die Ephoren ihn gefragt hatten, ob das Sklavenmädchen Arisbe auf die Folter gespannt werden sollte, war die Wut über ihre Unverschämtheit, über die Frechheit, mit der sie ihre ungeheuerliche Beschuldigung vorbrachte und wiederholte, über seine Vernunft Sieger geblieben. Jetzt sah er ein, daß es viel besser gewesen wäre, sie ins Kreuzverhör zu nehmen, sie in Widersprüche zu verwickeln, sie zu Aussagen zu verlocken, die Zweifel an ihrer Aufrichtigkeit aufkommen ließen. Denn wie er wohl wußte, gab es auf der ganzen Welt kein so halsstarriges Vieh wie die Kinder Böotiens. Wie Arisbe die Folter hinnahm, war bewundernswert. Natürlich schrie sie. Sie konnte nicht anders. Wie die Folterknechte sie schon jetzt zugerichtet hatten, das hätte einen Ziegenbock zum Erbrechen gebracht. Aber immer wieder fragte Telamon sie:

»Behauptest du immer noch, daß mein Sohn . . .«

»Ja!« zischte sie. »Er hat es getan! Ich habe ihn gesehen!«

Telamon gab den häßlichen, schwitzenden Rohlingen ein Zeichen. Arisbes Schreie zerrissen die Nacht. Telamon blickte zu Ariston hinüber. Sein Herz hämmerte, der Atem stockte ihm.

Ariston stemmte sich mit den Händen gegen die Bahre. Rappelte sich auf. Es war überhaupt keine Kraft in ihm gewesen, als man ihn in diesen Gerichtssaal gebracht hatte. Aber jetzt stand er auf den Füßen, schwankte, taumelte und tat torkelnd einen Schritt auf die Folterknechte zu. Arisbes Schreie gellten ihm in den Ohren — die See im Winter, ein aufkommender Sturm, das Heulen der Erinnyen . . . Er tat noch einen Schritt, blieb stehen, schwankte wie eine von der Axt getroffene Eiche. Dann stürzte er der Länge nach zu Boden.

Polorus eilte herbei und kniete neben ihm nieder. Aber das eisblaue Lodern in Aristons Augen lähmte, bezwang schon die erste zaghafte Bewegung der ärztlichen Hand.

»Rühr mich nicht an«, sagte Ariston.

Er stützte die Hände auf den Boden. Stemmte sich auf. Schweiß perlte ihm auf der Stirn. In zarten Ranken floß das Blut aus den Nasenlöchern, malte scharlachrote Striche von den Mundwinkeln über das Kinn hinunter. Doch inmitten dieser immer noch atemlosen Stille gelangte er taumelnd auf die Beine, stand schwankend da und wartete der Versammlung mit dem Schauspiel eines echten Wunders auf, denn der Anblick des menschlichen Geistes, der sich hoch über die Fetzen gemarterten Fleisches hinaushob, strahlender Sieger über Schmerz und Qual und Entsetzen, selbst über den Tod, der schon in ihm wohnte, war fürwahr ein Wunder.

Er torkelte vorwärts und stieß dabei mit einem der schwitzenden Rohlinge zusammen. Seine Hand flog abwärts und schloß sich um das Heft des Dolches, das der Folterknecht im Gürtel stecken hatte. Man sah es blitzen. Dann stand er mit der Klinge in der Hand vor dem versengten, blutigen, gemarterten, immer noch lebenden Ding, das ein menschliches Wesen, ein Mädchen gewesen war.

»Arisbe«, flüsterte er, »sie werden dir — nicht mehr — weh tun.

Ich werde es — nicht zulassen. Sag jetzt — die Wahrheit. Du weißt — daß ich es — mit meiner Mutter — nicht getan habe. Ich habe — ihr Kleid zerrissen. Alles. Das war — alles. Ich dachte — du wärst es. So finster. Also — sag ihnen . . .«

Bodenloser Haß loderte in Arisbes Augen und verzerrte ihr Gesicht.

»Du hast es getan!« schrie sie. »Ich habe dich gesehen! Du warst nackt! Sie lag auf dir, das Kleid hochgeschoben! Und du . . .«

In diesem Augenblick geschah es, daß Ariston blindwütig mit dem Dolch zustach. Doch die Kraft, die Entsetzen und Verzweiflung ihm für eine kurze Spanne Zeit verliehen hatten, war dahin. Kaum einen halben Zoll tief drang die Klinge in Arisbes mit Blasen bedecktes, von Striemen durchzogenes, versengtes, von der Folter verunstaltetes Fleisch ein. Er zog sie heraus und stierte auf die blutige Spitze. Dann richtete er die Waffe gegen sich selbst, aber mit noch geringerem Erfolg. Seine Kraft reichte nicht mehr dafür aus.

Und schon hatte sich ein stämmiger Folterknecht auf ihn gestürzt und ihm mit einer kräftigen Drehung die Waffe entwunden. Dann richteten die beiden Gewalttäter ihre Blicke auf Telamon und deuteten mit ihren glatt rasierten Rundköpfen auf das sterbende Mädchen.

Langsam nickte der Strategos. Die Partie war verloren, unwiederbringlich verloren. Aristons dramatische Gesten, die eine wie die andere, hatten genügt, um das Gericht von seiner Schuld zu überzeugen, hatten ihn vor den Augen aller seiner unaussprechlichen Tat überführt und waren nicht mehr wegzuleugnen. Es war also angezeigt, dem Sklavenmädchen die Gnade eines schnellen Endes ihrer Qualen zu erweisen.

Einer der Folterknechte tötete Arisbe mit einem einzigen, mit bestechender Geschicklichkeit geführten Stoß. Sie starb so schnell, daß ihr letzter Schrei in ein Gurgeln überging und sogleich verstummte. Ephoren und Zeugen senkten die Köpfe. Sie zu verurteilen, war Telamons Recht gewesen: sie war eine Sklavin, er Spartaner.

Sehr ruhig erhob sich Telamon.

»Erhabene Ephoren«, sagte er fast liebenswürdig, »edler Buagor der Krypteia, meine Herren! Ich möchte einen Vorschlag machen. Ihr werdet zugeben, daß ich der Polis einige geringe Dienste geleistet habe. Nun bitte ich euch, mir noch eine und letzte Gelegenheit

Sinnen. Eine Woche später waren Leibschmerzen und Erbrechen vergangen.

Aber was nachher kam, war arg. Zunächst kehrte er in die Schule zurück, sobald er wieder einigermaßen bei Kräften war. Der Paidonomos wies ihn ab. Seine Gesellschaft war, schien es, der Jugend Spartas nicht zuzumuten.

Da ihm der Zutritt zum Gymnasion verwehrt war, begab er sich zur Palästra, dem öffentlichen Übungsplatz, um die Unbeholfenheit, die Saumseligkeit, die Trägheit loszuwerden, die ihm von seinen Verletzungen her in den Knochen steckten. Doch dort war er binnen weniger Minuten der alleinige Benützer; jeder einzelne Bürger, der auf dem Platz übte, nahm, sobald er Aristons ansichtig wurde, seinen Speer, seinen Diskus oder seinen Schild, kleidete sich an und ging.

Es wäre in gewisser Weise besser für ihn gewesen, hätte er sich Drohungen, Schmähungen oder Gewalttätigkeiten ausgesetzt gesehen. Zorn würde in ihm aufgeflammt sein, Empörung ihm den Nacken gesteift haben. Doch das geschah nicht. Es war auch nicht so, daß man ihn einfach nicht beachtete. Er wurde mit geflissentlicher, raffinierter Grausamkeit – abgewiesen. Wo er hinkam, trat Stille ein. Es war, als ob der Tod in eigener Person die Schenke, den Saal oder die Straße betreten hätte. Wenn er Wein verlangte, wurde ihm wortlos ein Becher gereicht. Doch wenn er zu bezahlen versuchte und seinen eisernen Obolus hinwarf, schüttelte der Wirt den Kopf und ließ die schwere Münze auf der rot verfärbten Theke liegen. Und sobald Ariston den mit Honig gesüßten Trank hinuntergegossen hatte, zerschlug der gemeine Kerl den Becher vor seinen Augen.

Nur ein einziges Mal mußte er eine tätliche Beleidigung hinnehmen. Auf seinen rastlosen, einsamen Wanderungen stieß er auf eine Gruppe von Mädchen, die ihre Tänze für das Kelterfest der Lenäen zu Ehren des Dionysos, das in wenigen Tagen gefeiert werden sollte, einübten. Er blieb stehen, um zuzusehen, denn Phryne hatte sein Herz und seinen Geist für weibliche Schönheit empfänglich gemacht, und diese Jungfrauen waren zum Großteil recht hübsch. Mit ein wenig Nachsicht hätte man die eine oder andere sogar lieblich nennen können. Ariston, der sich in seiner Einsamkeit mehr allein fühlte, als einem menschlichen Wesen gemeinhin zugemutet werden kann, schienen sie Nymphen und Göttinnen, wenn nicht gar Höheres.

Dann sah ihn eines der Mädchen dort stehen und machte ihre Gefährtinnen auf ihn aufmerksam. In jeder anderen Stadt in Hellas wäre eine Gruppe von nackten Mädchen, die bei ihren Leibesübungen von einem jungen Mann überrascht wurde, unter schrillen Schreien auseinandergestoben. Aber diese waren spartanische Jungfrauen. Sie umringten ihn, drängten sich an ihn heran, bis ihre schönen, jungen, heißen Körper kaum eine Handspanne von seinem entfernt waren. Dann spuckten sie ihm, eine nach der anderen, ins Gesicht.

Er litt es, wie er schon so viel gelitten hatte. Jetzt aber würde, wenn Zeus es so bestimmte, irgendein athenischer Speerwerfer, Bogenschütze oder Schleuderer seinen Leiden bald ein Ende setzen. Seine persönlichen Erinnyen würden ihn nicht weiter verfolgen. Er würde den Tod wie eine Gnade, eine Wohltat, willkommen heißen.

Er schüttelte sein helmbewehrtes Haupt, um solche Gedanken daraus zu verbannen. Dann sah er Orchomenus ein wenig abseits stehen. Wie Perlen hafteten die Regentropfen auf seiner Hoplitenrüstung. Er ging auf ihn zu. Orchomenus war jetzt das einzige menschliche Wesen, das nicht vor ihm floh.

Orchomenus begrüßte ihn nicht. Er nickte nur und starrte weiterhin auf die Mauern Athens hinüber, die so nahe waren, daß man die Helmbüsche der athenischen Hopliten sehen konnte, die im silbernen Regen hin und her schwankten.

»Feige Hunde!« stieß Ariston hervor.

»Wer hat dir nur eingeredet, daß Mut immer eine Tugend ist?« fragte Orchomenus. Ariston sah den Hopliten an – denn Orchomenus war nur noch das, nachdem er freiwillig sowohl seinen Rang als Ilarch als auch die Sicherheit seiner Stellung in der Stadtwache aufgegeben hatte, um an der Seite seines jungen Freundes am Feldzug teilzunehmen. Seines Freundes? dachte Ariston. In der Nacht, da der Tod mich sucht, wird er mich nicht durch den Spalt finden, den *sein* Dolch, von hinten zustoßend, in mir aufgerissen hat?

»Und ist es nicht so?« fragte er.

»Nicht immer. Das war eines der Dinge, die dein Vater – dein richtiger Vater, nicht dieser graubärtige Esel in Waffen, der uns anführt – mir einzuhämmern versucht hat. Nichts ist beständig. Die Umstände bestimmen alles. Es gibt Zeiten, da Feigheit zur Tugend werden kann.«

»Gib mir ein Beispiel«, sagte Ariston.

Orchomenus dachte nach. Dann lächelte er. In der kurzen Zeit, da er Talos' Schüler gewesen war, hatte der Helot ihn meisterhaft gelehrt. Dafür zeugte zum Beispiel, daß er nicht einmal protestiert hatte, als er nicht den Rang erhielt, der ihm im regulären Heer zugestanden hätte. Er hatte es mit einem Achselzucken und einem Lächeln hingenommen, daß er zu einem gewöhnlichen Soldaten degradiert worden war.

»Wäre ich der Dichter Euripides«, sagte er, »und hätte ich ein Meisterwerk für die nächsten Dionysien im Kopf, ich würde es als mein gutes Recht ansehen, dieses Werk zum Nutzen der Menschheit zu retten, obwohl ich damit gleichzeitig auch meine elende, jämmerliche Haut retten, oder, wenn es für deine spartanischen Ohren besser klingen sollte, meine Ehre verlieren würde.

Wäre ich ein solches Genie, ich würde mit Freuden meinen Schild wegwerfen und davonlaufen.«

Ariston hielt immer noch den Blick auf Orchomenus gerichtet.

»Aber du bist hier«, sagte er, »und hast dich bis jetzt als tapfer erwiesen.«

Orchomenus zuckte mit den Schultern.

»Die Athener sind nicht sehr furchterregend.«

Wie blaues Feuer zuckten Aristons Augen in seinem dunklen, jungen Gesicht. Orchomenus, dachte er, ich werde dich herausfordern müssen, denn das Warten wird mir zu lang. Mit solchen Gegnern wie den Athenern werde ich noch alt genug, um in die Gerusia zu kommen. Und das Leben – mein Leben – ist mir eine Last, der ich mich zu entledigen wünsche.

»Orchomenus . . .«, begann er.

»Ja, Ariston?«

»Gib mir ein Beispiel für – gerechtfertigte – Blutschande.«

Orchomenus preßte die Lippen zusammen. Eine Ader an seiner Schläfe klopfte im Takt mit seinem Pulsschlag. Aber er antwortete mit ruhiger, beherrschter Stimme:

»Wenn das schuldige Paar sich seines Verwandtschaftsverhältnisses nicht bewußt ist, wie zum Beispiel im Fall von Iokaste und Ödipus.«

»Ich sagte nicht ›entschuldbar‹, entgegnete Ariston. »Ich sagte ›gerechtfertigt‹.«

Orchomenus dachte nach, lange und tief.

»Nehmen wir an, es hätte eine Katastrophe gegeben. Eine Flut. Eine Seuche. Und du und deine Schwester –«

»Ich und meine Mutter«, besserte Ariston aus.

»Na schön. Du und deine Mutter, ihr seid als einzige aus eurer Stadt am Leben geblieben. Die – Erhaltung der Rasse – würde eure – Verbindung rechtfertigen. Es hat viele solche Fälle in der Geschichte gegeben.«

»Orchomenus . . .«

»Ja, Ariston?«

»Du haßt mich doch. Warum hast du mich noch nicht getötet?«

Orchomenus maß den Jüngling mit starren Blicken. Doch als er antwortete, klang seine Stimme ruhig und beherrscht wie zuvor.

»Weil es das ist, was du haben möchtest«, sagte er. »Weil der Tod für dich eine Erlösung wäre. Darum habe ich mich freiwillig gemeldet. Um an deiner Seite zu sein. Um dich tausendmal zu retten, wenn es sein muß. Damit du weiterlebst. Weiter – leidest. Kannst du dir etwas Schlimmeres vorstellen?«

Ariston hob den Kopf. Blickte zu den langen Mauern Athens hinüber. Ein attischer Schütze stand oben und spannte seinen Bogen. Weil es aber die Hellenen in ihrer grenzenlosen Verachtung für alles, was barbarischen Ursprungs war, und obwohl sie die Skythen, der Welt beste Bogenschützen, zweihundert Jahre lang und mehr bekriegten, immer unter ihrer Würde gefunden hatten, zu beobachten, wie ein Skythe schoß – indem er nämlich die Sehne ans Ohr zog und nicht an die Brust, wie es die Hellenen machten –, fiel der Pfeil weitab von der Stelle, wo die zwei Spartaner strahlend und schön wie zwei junge Götter in ihren vom Regen verwaschenen Rüstungen standen.

»Kannst du dir etwas Schlimmeres vorstellen?« wiederholte Orchomenus seine verletzende Frage.

»Nein«, antwortete Ariston.

Es war in jener Nacht, daß der Bote aus Sparta eintraf. Botschaften wurden immer nur mündlich übermittelt; man vertraute darauf, daß die Boten, auch auf die Folter gespannt, eher sterben als etwas ausplaudern würden. Was dieser Bote nun dem Feldherrn Telamon mitzuteilen hatte, erfuhr die Truppe erst drei Tage später. Vermutlich setzte Telamon nur seine Obersten, die jeder über fünfhundert Mann kommandierten, davon in Kenntnis. Diese erließen einen einfachen Befehl an die Hauptleute, denen je einhundertfünfundzwanzig Hopliten unterstanden, und die ihn nun an ihre Leutnants weitergaben. Diese endlich erteilten den einfachen Soldaten brüllend ihre Befehle:

»Zelte abbrechen! Geräte wegpacken! Waffen aufnehmen! In Marschordnung antreten!«

Ene halbe Stunde später war alles getan. Sie standen angetreten da, stumm und unsicher, und vernahmen mit schmerzlichem Erstaunen das Trompetensignal, das kein Spartaner seit Menschengedenken gehört hatte – außer auf dem Exerzierplatz: der Trompeter blies zum Rückzug! Aber sie waren Spartaner. Wortlos kehrten sie den Mauern Athens den Rücken und marschierten ab.

Der Rückzug war eine einzige Schinderei. Telamon zwang seinen Männern Gewaltmärsche auf, bis sie fast nicht mehr weiter konnten: am ersten Tag von Athen nach Eleusis, am zweiten von Eleusis nach Korinth. Die nächste Station wäre Argos gewesen, etwa zwölf Parasangen weiter auf der Straße nach Sparta. Nur daß sie dort nicht haltmachen konnten, weil Argos wohl eine peleponnesische Stadt, aber auch mit Athen verbündet war. Also mußten sie sie umgehen. Doch am späten Nachmittag jenes Tages, als Telamon sah, wie erschöpft sie waren, gab er ihnen einen Beweis seiner Klugheit und seines Mitgefühls: er versammelte die Truppen um sich und berichtete ihnen frank und frei, was geschehen war:

Unter dem Kommando von Eurymedon und Sophokles war die athenische Flotte in den Peleponnes eingedrungen, hatte die Halbinsel Pylos auf der Westküste besetzt und dort eine Garnison zurückgelassen, die der athenische Strategos Demosthenes befehligte.

Und schon waren die Hopliten wie ein Mann auf den Beinen.

»Laßt die Trommeln rühren!« schrien sie. »Wir marschieren!«

Sie umgingen Argos in der Nacht und zogen in waffenklirrendem Laufschritt bis zum Morgengrauen weiter. Eine Stunde Rast, und sie setzten ihren Marsch fort. Obwohl die Entfernung zwischen Argos und Sparta weit mehr als sechzehn Wegstunden betrug, legten sie die Strecke in vierzehn zurück. Die Lichter von Argos waren um zehn Uhr abends am Horizont verschwunden, und es war heller Mittag, als sie die Straßen der mauerlosen Stadt entlang gewankt kamen.

Sie wurden nicht sogleich nach Pylos entsandt, denn Sparta hatte mittlerweile seine Flotte aus Korfu abberufen. Telamon aber erinnerte die Ephoren an seinen Eid und bekam daher für sich und seinen Sohn Plätze auf einer Trireme zugewiesen. Aber trotz des

Befehls der Ephoren hätten sie beinahe nicht den Anker gelichtet. Erstens übertraf Telamon den Kommandanten des Schiffes, einen gewissen Brasidas – damals nur Triarch, später allerdings Spartas bedeutendster General – um vieles an Rang. Denn bei den Hellenen gab es keine Trennung zwischen den einzelnen Waffengattungen; zum Beispiel war das Wort Nauarch gar nicht gebräuchlich: der Befehlshaber der Flotte war ebenso ein General wie der Mann, der die Landstreitkräfte anführte. Brasidas hätte daher normalerweise das Kommando an Telamon abgeben müssen, doch weigerte er sich höflich aber entschieden, das zu tun. Bei allem Respekt, den er als Spartaner dem Alter entgegenbrachte, bedachte Brasidas doch, daß die lakedämonische Flotte eine Neuschöpfung war, erst in den letzten Jahren ins Leben gerufen, um der Bedrohung durch die athenische Seemacht zu begegnen. Ein Mann in Telamons Jahren verstand daher weniger als nichts von der Schiffahrt und schätzte sie, als Edelmann, sicher auch gering, so wie eben die Edelleute, konservativ bis ins Mark, alles geringschätzten, was nicht schon ihre Urahnen gesehen oder gehört oder getan hatten. Der junge Triarch hatte die schmerzliche Gewißheit, daß dieser Graubart nicht einmal die nötigen nautischen Begriffe kannte, um Befehle erteilen zu können. Mit bitterer Entschlossenheit stellte sich der Triarch daher gegen Telamon, wohl wisssend, daß er durch moralische Grundsätze, Überlieferung und Gesetz zum Nachgeben gezwungen werden konnte. Was er nicht wußte, war, daß er es bei Telamon mit einem lebenden Toten zu tun hatte. Begriffe wie Rang und Ehren hatten keine Bedeutung mehr für ihn. Mit einem traurigen Lächeln trat der Strategos dem stattlichen jungen Triarchen entgegen. Mit eindrucksvoller Würde entfernte er dann die Rangabzeichen von seiner Rüstung und warf sie ins Meer.

»Laß mich in der Kombüse arbeiten«, sagte er ruhig. »Ich kann kochen.«

Und dann, Ariston! Als die Matrosen erfuhren, daß er mitfahren sollte, erhoben sie ein großes Geschrei. Seeleute waren schon immer abergläubische Menschen. Es gab für sie keinen Zweifel, daß die Anwesenheit dieses, eines so abscheulichen Verbrechens überführten Jünglings den alten Poseidon veranlassen würde, aus der Tiefe des Meeres aufzusteigen, alle Stürme des Himmels zu entfesseln, mit seinem Dreizack haushohe Wellen aufzuwühlen, ihr gebrechliches Schiff zum Kentern zu bringen, und sie alle zu ersäufen.

Telamon schaffte dieses Problem aus der Welt, indem er einen Auguren kommen ließ, der den Willen der Götter erforschen sollte. Zumindest glaubte Telamon, das Problem aus der Welt geschafft zu haben. In Wirklichkeit war es Ariston, der es löste. Als er von dem Plan seines Pflegevaters erfuhr, lieh er sich eine ganze Mine von ihm. Er gab vor, eine Stele im Tempel der mannenaufhetzenden Athene errichten zu wollen, um sie zu bewegen, den Athenern zumindest keine Hilfe zu leisten. Tatsächlich aber benützte er das Geld, um den Wahrsager zu bestechen und den weisen Alten zu veranlassen, bei der Auslegung der Zeichen und Omen Nachsicht zu üben.

Dies alles kostete sie einen Tag Verzug; dann wurden endlich doch die Anker gelichtet. Doch als sie vom Land abstießen und sich die Ruderer auf den drei Bänken in die Riemen legten, bot sich ihnen ein seltsamer Anblick: ein Hoplit in voller Rüstung kam den Kai heruntergelaufen und stürzte sich ins Meer. Sie sahen, wie er wieder auftauchte und trotz der schweren Last, die er am Körper trug, ihnen mit kräftigen Stößen nachzuschwimmen begann. Sogleich ließ Brasidas die Trireme halten.

»Einen Mann von solchem Mut will ich in meinen Reihen haben!« rief er. »Werft ihm ein Seil zu, ihr Dummköpfe!«

So zogen sie Orchomenus an Bord. Ariston ging auf ihn zu und küßte ihn. Orchomenus grinste ihn an.

»Wo du hingehst, kleiner Esel in Waffen, will auch ich hingehen!« sagte der frühere Ilarch.

»Hältst du die Athener immer noch für feige Hunde?« fragte Orchomenus.

Ariston sah ihn an; dann blickte er aufs Meer hinaus. Die Frage bedurfte keiner Antwort. Denn ihr Unternehmen war von Anfang an unter einem Unglücksstern gestanden. Und jetzt blieb ihnen keine Hoffnung mehr.

Als sie mit der majestätischen Flotte von dreiundvierzig Triremen unter dem Kommando des Nauarchen Thrasymelidas in die Bucht von Buphras eingefahren waren, schien das Ganze noch ein Riesenspaß zu werden. Ein Elefant, der ausgesandt worden war, um einen Floh zu zerquetschen. Doch die Athener unter Demosthenes, den Angreifern gegenüber zehn-, zwanzig-, ja sogar fünfzigfach in der Minderheit, hielten das Ufer der einzigen schmalen Einfahrt bei Pylos besetzt, wo die Boote der Triremen landen konnten, und wo die zahlenmäßige Überlegenheit der Spartaner durch die einfache Tatsache ins Gegenteil verkehrt wurde, daß es den Angreifern unmöglich war, zu einem gegebenen Zeitpunkt genügend Hopliten an Land zu setzen, um es mit den am felsigen Strand festgekrallten Athenern aufnehmen zu können. Und die Athener kämpften wie in die Enge getriebene Löwen.

Aus einem Dutzend Wunden blutend, mußte Brasidas schon in der ersten Stunde zurückweichen. Er stürzte, ein Feind entriß ihm seinen Schild, und sogleich bemächtigte sich Mutlosigkeit der Lakedämonier. Zum erstenmal in der Geschichte hatten die Athener einem lebenden Spartaner seinen Schild genommen.

Ariston sah weder diesen ersten Angriff noch die zwei folgenden, die ebenso wirkungslos im Sande verliefen. Denn er und Orchomenus befanden sich unter den vierhundertzwanzig Mann, die durch das Los auserwählt worden waren, unter dem Kommando des Obersten Epitades und des Hauptmanns Hippagretes die Insel Sphakteria zu besetzen. Damit sollte verhindert werden, daß die spartanischen Schiffe in der Bucht von der athenischen Flotte, die man jetzt stündlich erwartete, eingeschlossen wurden, da es Demosthenes gelungen war, mit zwei seiner fünf Triremen an der spartanischen Flottille vorbei das offene Meer zu erreichen.

Telamon war nicht unter den vom Los bestimmten gewesen und bat daher um die Vergünstigung, sich an der Seite seines Sohnes diesem verlorenen Haufen anschließen zu dürfen, der diese völlig unhaltbare Insel zu besetzen hatte. In seinem Privatleben war Telamon vielleicht nicht besonders klug, aber sein Geschäft verstand er besser, als manche Leute behaupteten. Er litt einzig und allein an einem gewissen Mangel an Phantasie. In Fragen der Topographie war er jedoch Fachmann. Er erkannte sofort, daß die athenischen Triremen weder durch vierhundertzwanzig noch durch vierhundertzwanzigtausend Mann auf Sphakteria behindert werden konnten — wenn es überhaupt möglich gewesen wäre, ein solches Heer auf einem Felsensplitter unterzubringen, der nicht mehr als zwanzig Stadien in der Länge und kaum fünf an seiner breitesten Stelle maß. Die einzige Möglichkeit, die Athener aufzuhalten, hätte darin bestanden, beide Einfahrten in die Bucht von Buphras — die schmale zwischen Sphakteria und Pylos im Norden und die breite zwischen der Südspitze der Insel und dem Festland im Süden — mit einer Mauer von Schiffen zu blockieren und es so den Athenern unmöglich zu machen, einen Vorteil aus ihrer besonderen Kunst, der

Schnelligkeit ihrer Flottenbewegungen, zu ziehen. Wenn das nicht geschah, setzte er Ariston unter vier Augen auseinander — seitdem er sich seines Ranges entkleidet hatte, unterließ er es geflissentlich, Befehle zu erteilen oder Ratschläge zu geben —, gab es für die spartanische Flotte keine Chance mehr.

Es lag nicht daran, meinte Telamon, daß die Spartaner auch nur ein Jota ihres mit Recht gerühmten Mutes verloren hätten oder daß ihnen der Feind zahlenmäßig weit überlegen war — schließlich zählte die athenische Linie insgesamt nicht mehr als fünfzig Schiffe. Aber die Spartaner waren eben Soldaten, und die Athener Seeleute, und auch das größte Ausmaß an Mut konnte den Mangel an Erfahrung nicht wettmachen, wenn man gegen einen entschlossenen Gegner in seinem natürlichen Element kämpfen mußte.

Er hat recht, dachte Ariston. Eurymedon brauchte nur einen Tag, um uns vom Ozean zu fegen, und jetzt sind die Athener frei und wir belagert.

»Glaubst du, es wird etwas aus dem Waffenstillstand?« fragte er Orchomenus.

»Nein.«

»Warum nicht?«

»Weil in Athen die Macht in den Händen des Volkes liegt. Einer ihrer Führer ist ein Gerber. Er heißt Kleon. Und was tun wir, wenn wir eine Stadt erobern? Wir jagen die demokratische Regierung davon und setzen eine Oligarchie ein. Wir sind Reaktionäre, mein Junge. Und darum werden uns die Knoblauchfresser in Athen nicht gerade mit offenen Armen aufnehmen. Hast du schon einen von denen gesehen?«

Er meinte die Heloten, die auf ihren gebrechlichen, kleinen Booten Käse und Brot und Wein vom Festland auf die Insel schmuggelten — für einen Preis. Der Preis war ihre Freiheit Sie forderten ein Freilassungsschreiben, bevor sie den kärglichen Proviant aus der Hand gaben, der allein die Garnison auf Sphakteria vor dem Hungertod bewahrte. In letzter Zeit aber brachten die Athener in zunehmendem Maß die Boote der Heloten mit ihren eigenen, mit dreißig beziehungsweise fünfzig Ruderern besetzten Triakontern und Pentakontern zur Strecke, leichten, schnellen Schiffen, die nur so über die Wellen flogen. Woraufhin die Heloten begonnen hatten, ihre Schmuggeldienste schwimmend und unter Wasser zu verrichten, indem sie Schläuche hinter sich herzogen, die mit Mohnsamen, vermischt mit Honig und Leinschrot, vollgestopft waren.

Jetzt natürlich, nach der schweren Niederlage, die die Athener der spartanischen Flotte beigebracht hatten, bedurfte man des geschmuggelten Proviants nicht mehr so sehr. Denn gemäß einer der Bestimmungen des Waffenstillstandes durften die Spartaner die eingeschlossene Garnison auf der Insel mit täglich zwei Maß Gerstenmehl, einem halben Liter Wein und einem Stück Fleisch pro Kopf versorgen – die halbe Menge für die Heloten.

»Und für so schäbige Rationen haben wir sechzig Schiffe übergeben!« sagte Ariston.

»Nicht ›übergeben‹, sondern als Beweis unseres guten Willens verpfändet«, spöttelte Orchomenus, »bis unsere Unterhändler mit der Nachricht aus Athen zurückkehren, daß der Krieg zu Ende ist, oder . . .«

»Daß er es nicht ist. Glaubst du, werden sie sie uns wiedergeben?«

»Nein. Und das ist auch der Grund, warum ich Hippagretes geraten habe, die Heloten auch weiterhin ein wenig Verpflegung hereinschmuggeln zu lassen. Wie ich die Athener kenne, werden wir sie noch gut brauchen können.«

Er behielt recht. Wie auch Telamon recht behalten hatte. Der Demagoge Kleon tobte und wütete und forderte von den lakedämonischen Emissären die Rückgabe von Landgebieten, die seit mehr als hundert Jahren nicht mehr in athenischem Besitz gewesen waren. Die Emissäre kehrten mit leeren Händen zurück. Der Krieg ging weiter. Die Belagerung wurde noch energischer und grausamer vorangetrieben. Von zehn Heloten kam nur noch einer durch.

Und die Athener weigerten sich, die Schiffe zurückzugeben.

»Und was werden wir jetzt tun, Orchomenus?« fragte Ariston.

»Verhungern«, antwortete der ehemalige Ilarch.

Und beinahe verhungerten sie wirklich. Die Belagerung ging weiter. Mehr als zwei Monate waren vergangen. Die Hitze lastete auf ihnen wie schmelzflüssige Bronze. Das Unterholz und die kleinen Bäume, die die Insel bedeckten, waren trocken wie Zunder.

Dann, am Morgen des siebzigsten Tages auf der Insel, erhob sich eine schwarze Rauchwand, von Feuerzungen durchschossen, am südlichen Himmel.

»So sicher wie Hades im Tartarus herrscht, so sicher weiß ich, wer das Feuer gelegt hat«, sagte Orchomenus.

»Die Athener?« fragte Ariston. »Warum sollten sie? Sie wissen doch, daß das Strauchwerk nicht bis hierher reicht. Sie können also nicht erwarten, uns auszuräuchern.«

»Das nicht. Aber kannst du dir eine bessere Art vorstellen, das Gelände für einen Angriff zu säubern? Und ich will keine Augen im Kopf haben, wenn das nicht Segel am Horizont sind! Wir wollen machen, daß wir von hier fortkommen und uns auf das Hochland im Norden der Insel zurückziehen, und – beim Phallus des Priapus! – was für ein Pech! Was für ein scheußliches, höllisches Pech!«

»Was meinst du?«

»Sowohl Epitades wie Hippagretes sind mit Spähtrupps unterwegs. Weißt du, wem damit das Kommando überlassen bleibt?«

»Meinem Pflegevater Telamon«, antwortete Ariston.

»Und die Aussicht, diesen Marmorschädel für einen neuen Gedanken zu gewinnen, ist gleich Null! Beim lahmen Hephaistos, dem Gott aller Hahnreie, er wird laut schnaufen und...«

»Du mußt es trotzdem versuchen«, meinte Ariston. »Es ist deine Pflicht, ihm die Gefahr vor Augen zu führen.«

»Glaubst du denn, er wird auf mich hören? Auf einen gemeinen Hopliten? Außerdem kennt er meinen Vater und weiß vermutlich auch, daß der mir einen Posten bei der Stadtwache verschaffte, damit ich meine kostbare Haut nicht zu Markte tragen mußte – auch ich bin ein einziger Sohn, mußt du wissen. Ich war zehn Jahre dabei, Ariston. Von meinem siebzehnten bis zu meinem siebenundzwanzigsten Lebensjahr, und in den Augen des erhabenen Telamon ist das – Feigheit!«

»Und in deinen?«

»Klugheit. Vielleicht sind die zwei Begriffe sinnverwandt; das kann ich nicht beurteilen. Du solltest ihn jedenfalls warnen, Ariston.«

»Ich? Es heißt doch, ich hätte ihn gehörnt! Hast du das vergessen? Mit seiner Frau. Mit meiner eigenen Mutter. Orchomenus! Er...«

»... wird dich anhören, weil er dich liebt. Ich glaube nicht, daß er sich jemals eingestanden hat, daß du nicht sein Sohn bist. Und was dieses abscheuliche Lügengewebe angeht, so wird es kein Mensch glauben, der auch nur einen Augenblick in Gesellschaft deiner Mutter zugebracht hat. Und er hat siebenundzwanzig Jahre seines Lebens mit ihr verbracht. Was mich meiner Sache so sicher sein läßt? Daß ich in den letzten Wochen vor ihrem Tod viele Stunden mit ihr und Talos verbracht habe. Arisbe hin, Arisbe her, ich *weiß*, daß sie einer solchen Handlung nicht fähig war. Ich weiß sogar, daß das gleiche auch für dich gilt. Was aber zwischen uns nichts ändert. Ich bin Hellene und Spartaner. Nach unserer Sitte ist ein Mann kein Mann, der seine unmißverständliche Pflicht versäumt, den Gefallenen zu rächen.«

»Er war mein Vater, vergiß das nicht«, erinnerte ihn Ariston.

»Und mein Mentor, was noch mehr ist. Du hast ihn getötet — oder, wenn wir Haare spalten wollen — seinen Tod herbeigeführt. Jedenfalls war dein Verlust gering, weil du ihn nicht kanntest. Meiner aber war groß. Du hast mir die Tür zugeschlagen, die Tür zu Schönheit, Klugheit, Wissen, Weltweisheit, Liebe — zu wahrer Geistesliebe, nicht dem Gestank geiler Fleischlichkeit. Ich war dabei, die ungeheure Last des Denkens auf mich zu nehmen! Aber ich bin auch so ein anderer Mensch geworden. Selbst in der Stunde meiner tiefsten Verzweiflung bewahrte ich mir noch die geistige Klarheit, die er mich gelehrt hatte, und tötete dich nicht. Ich gedachte seiner Worte: Leben ist die Strafe, nicht der Tod. So lebe denn, Vatermörder! Lebe und vergiß nicht! Jetzt aber, kleiner Esel, hebe dich mit deinem eisernen Geschirr hinüber zu diesem Graubart, dessen Mangel an Urteilsvermögen du mit ihm teilst, und weise ihn darauf hin, daß, wenn wir uns nicht sogleich auf die Höhen am Nordende der Insel zurückziehen, die Athener, bevor noch der Morgen graut, die Raben mit unseren Kadavern füttern werden. Also, stell dich auf deine Hinterbeine, kleiner Esel in Waffen, und setze dich in Trab!«

Ariston lächelte.

»Du hast offen gesprochen«, sagte er. »Aber komm mit mir. Ich werde mit ihm sprechen, aber ich bedarf deines — sagen wir: deines geistigen Beistandes. Tu es um deiner selbst willen. Steh mir ein wenig zur Seite. Er schüchtert mich so ein, daß ich mir wirklich wie ein Esel vorkomme.«

»Ich begleite dich«, sagte Orchomenus.

Telamon hörte sie beide ruhig und aufmerksam an — beide, weil Aristons zögernder, hinkender Vortrag und die Schwäche seiner Argumente Orchomenus zwangen, sich einzumischen. Orchomenus sprach eindringlich, ja leidenschaftlich. Telamon betrachtete die große Wand aus Rauch und Feuer, die langsam, ganz langsam, auf sie zukam. Die Gedanken, die ihm durch den Kopf gingen, waren ebenso bitter wie verschlungen. Erstens hatte er bereits jedes Interesse am Ausgang dieses oder irgendeines anderen Krieges verloren, und es scherte ihn wenig, was nun mit der Welt — einschließlich seines geliebten Sparta — geschah. Zweitens widerstrebte ihm der Gedanke, eine Entscheidung treffen zu müssen, von der das Leben so vieler Menschen abhing. Er besaß doch keinen Rang mehr und führte das Kommando nur, weil die jüngeren Offiziere aus Respekt vor seinen grauen Haaren höflicherweise geruht hatten, es ihm zu überlassen. Und drittens; träfe er eine falsche Entscheidung, würde diese — auch wenn er dann schon tot war — seinen Ruhm für alle Zeiten beflecken. Und sein Ruf als ein im allgemeinen erfolgreicher Oberbefehlshaber war das einzige, was er noch besaß. Das alles ging ihm durch den Kopf. Dann kam er zu einem Entschluß: er wollte einer Entscheidung aus dem Wege gehen. Er wollte es den Göttern überlassen, mit der Sache fertig zu werden. Er hob den Kopf.

»Ruft den Leberbeschauer!« befahl er.

Ariston sah Orchomenus an. Der ehemalige Ilarch schüttelte sich am ganzen Körper. Tränen standen in seinen Augen. Aber Ariston erkannte sofort, daß es Tränen unterdrückter Heiterkeit waren — oder hatte sie doch die Wut hervorgebracht?

Ariston nahm ihn beim Arm.

»Dürfen wir uns zurückziehen, Vat . . . General?« fragte er.

»Ja, gewiß«, antwortete Telamon. »Aber höre! Was hat dein Freund? Sprich, Hoplit! Was ist dir?«

»Eine — ein Leberanfall, großer Strategos«, antwortete Orchomenus, ohne eine Miene zu verziehen. »Es geht gleich vorüber.«

»Ganz bestimmt, wenn du die kommende Woche auf deine Weinration verzichtest«, sagte Telamon. »Das ist ein Befehl, Soldat! Ich kann jetzt keine kranken Leute brauchen. Ihr könnt jetzt beide gehen.«

»Orchomenus!« Ariston schüttelte den Kopf. »Wußtest du keine andere Ausrede: ein Leberanfall! Und gerade als er . . .«

». . . den Leberbeschauer rufen ließ, den Wahrsager. Jetzt hängt also das Leben von einigen hundert Menschen davon ab, was ein alter Narr aus den Eingeweiden irgendeines Huhnes liest! O Ariston, Ariston! Aristophanes hat die Wahrheit erkannt, nicht Euripides und nicht Sophokles! Das Leben ist eine schmutzige Komödie und niemals eine Tragödie! Hier sitzen wir jetzt und warten, während ein graubärtiger Esel in Waffen und ein wichtigtuerischer Narr die schleimigen Eingeweide eines schneeweißen Hahnes betatschen und begrapschen! Und in Erwartung dieser Beweismittel göttlichen Ratschlusses – ich höre alle Eulen Athens in ein Spottgelächter ausbrechen! – sitzen wir auf unseren Hintern und warten auf den Tod!«

»Vielleicht auch nicht«, meinte Ariston. »Vielleicht findet er die Vorzeichen ungünstig.«

»Nein, Ariston. Schöner Ariston. Schöner, schöner Vatermörder. Die Götter dürsten nach Blut. Weißt du das noch immer nicht?«

Orchomenus behielt recht. Telamon gab den Befehl, daß alle bleiben sollten, wo sie waren. Er rechtfertigte ihn mit der Notwendigkeit, den Ziehbrunnen zu verteidigen, den einzigen auf der Insel, der Trinkwasser lieferte. Der Leberbeschauer hatte dazu geraten. Was immer jetzt geschehen mochte, der erhabene Telamon konnte den Göttern die Schuld zuschieben.

Es hätte sich freilich auch nicht viel geändert, wenn sie unverzüglich abgezogen wären. Man könnte sogar sagen, daß die durch Telamons abergläubischen Brauch verursachte Verzögerung die Schlacht um Sphakteria nicht beeinflußte. Ganz natürlich, daß Demosthenes, der athenische Befehlshaber, eiligst seine Truppen zusammenzog, um den ihm von den Göttern geschenkten Vorteil der freien Sicht zu nützen – das Buschfeuer nämlich war reiner Zufall gewesen: der Funke eines Lagerfeuers eines athenischen Spähtrupps, an dem die Soldaten ihre dünne Brühe kochten, hatte ihn ausgelöst. Demosthenes fürchtete Wälder und Buschwerk, denn im ätolischen Nordwesten waren seine Streitkäfte schon einmal auf waldigem Gelände von den Spartanern nahezu vernichtet worden. Darum schickte er sich sogleich an, zu handeln – der Weg war frei.

Im letzten Augenblick aber wurde er durch die Ankunft des Gerbers Kleon aus Athen aufgehalten, an den der Strategos Nikias sein Kommando abgegeben hatte, um das angeberische Großmaul in Verlegenheit zu bringen. Wie es schien, hatte Kleon damit geprahlt, er könnte, würde ihm das Kommando übertragen werden, innerhalb von zwanzig Tagen sowohl Pylos als auch Sphakteria nehmen und siegreich nach Athen zurückkehren.

Worauf der frostige, aristokratische Nikias sein Rangabzeichen abgenommen und es dem Gerber gereicht hatte.

»Dann tu es!« hatte er dazu gesagt.

Kleon verschwendete eine ganze Sitzung der Ekklesia daran, den Kopf aus seiner eigenen Schlinge zu ziehen. Als er jedoch erkannte, daß es vor dem offensichtlichen Ergötzen des Pöbels an seiner selbstverschuldeten peinlichen Lage kein Entkommen gab, übernahm er die Führung der Hilfstruppen mit überraschender Bereitwilligkeit. Jetzt war er also hier und jagte dem kriegserfahrenen Demosthenes ungezählte Schrecken ein — zumindest so lange, bis er dem Strategos ohne Umschweife erklärte, er habe nicht die Absicht, sich in Dinge zu mischen, von denen er nichts verstünde. Ansprachen, Verträge und dergleichen, das würde er gerne erledigen; das häßliche Kriegsgeschäft aber, bei dem man ja auch den Kopf verlieren konnte, das bliebe voll und ganz Demosthenes überlassen!

So erfolgte denn der Angriff, vor dem Ariston und Orchomenus Telamon gewarnt hatten, nicht an jenem Tag. Und auch nicht am folgenden. Denn die zwei athenischen Strategoi verschwendeten ihre Zeit damit, zu den Spartanern auf dem Festland Boten mit der Aufforderung zu schicken, sie sollten der Garnison auf Sphakteria den Befehl erteilen, sich zu ergeben. Und dann warteten sie noch einen weiteren Tag.

Mittlerweile studierte Orchomenus mißtrauisch die Lage und schüttelte sich vor wildem, bitterem Lachen, wenn er sah, wie Epitades und Hippagretes respektvoll Telamons feierlichen Ermahnungen lauschten, nur ja nichts zu unternehmen. Die Athener würden niemals angreifen, brabbelte der alte Narr. Sie brauchten nur auszuhalten, bis die Winterstürme losbrachen. Die Athener würden es nicht wagen, in einer so exponierten Lage ihre Flotte gegen die Elemente aufs Spiel zu setzen. Dazu kamen noch Versorgungsschwierigkeiten. So wiesen Boten vom Festland darauf hin, daß die Athener fast ebenso hungrig waren wie sie selbst. Gewiß, der Feind konnte verhindern, daß die lakedämonische Garnison eine genügende Menge von Nahrungsmitteln erhielt; aber das Zeitelement, die großen Entfernungen, der Mangel an Schiffsraum, die Sommerhitze, die die Lebensmittel verfaulen ließ, das alles gab den Belagerten die Gewißheit, daß auch die Athener mit sehr kleinen Rationen auskommen mußten. In ihrer Flotte waren schon Krankheitsfälle gemeldet worden! Und die neuen Truppen verschärften die Nachschubprobleme nur noch mehr. Darum aufgepaßt, ihr jungen Offiziere! Hört auf einen Mann von Erfahrung! Aushalten! Durchhalten!

Am Morgen nach dieser denkwürdigen Rede Telamons setzten die Athener achthundert Bogenschützen, ebensoviel Schleuderer, zwei Kompanien messenischer Verstärkungen, alle diensttuende

Truppen auf Pylos mit Ausnahme der Festungsgarnison, und die Besatzungen von über siebzig Schiffen einschließlich der Männer aus den oberen und mittleren Ruderreihen, an Land. Zurück blieben nur die Ruderer der unteren Reihen, um die nun abgeleichterten Triremen zu manövrieren. Kaum gelandet, überwältigten die Angreifer die spartanischen Vorposten am Südende der Insel; sie machten die dreißig Mann nieder, die noch halb verschlafen von ihren Lagern taumelten und kaum mehr Zeit hatten, nach ihren Waffen zu greifen.

Dennoch rückte das Gros der spartanischen Hopliten, das in der Mitte der Insel, rund um den Brunnen, stationiert war, in guter Marschordnung aus. Sie waren davon überzeugt, die Athener auch diesmal ins Meer treiben zu können. Ihr Vertrauen war nicht so töricht, wie es den Anschein haben mochte. Sphakteria war einer jener Plätze, wo Zahlen nichts bedeuten. Die Insel hatte die Form eines langen, knochigen Fingers. Zahlenmäßige Überlegenheit eröffnet einem Feldherrn grundsätzlich zwei Möglichkeiten: dem Feind in die Flanken zu fallen und ihn so zu umfassen und zu zermalmen, oder mit dem Gewicht der Übermacht allein seine Mitte zu vernichten —; oder, wenn die Überlegenheit groß genug ist, beides zugleich zu tun. Auf Sphakteria jedoch hätte man den Spartanern nur schwimmend in die Flanken fallen können, da sie auf beiden Seiten vom Meer geschützt wurden, und ein spartanisches Zentrum zu vernichten, war seit Menschengedenken keinem Feldherrn gelungen. Die Schmalheit der Insel brachte es zudem mit sich, daß die Zahl der Hopliten, die die Athener gleichzeitig gegen die Spartaner anstürmen lassen konnten, nie so groß war, daß die lakedämonischen Speerwerfer sie nicht mit Leichtigkeit hätten erledigen können.

Sie rechneten damit, daß sie den attischen Streitkräften so entsetzliche Verluste zufügen würden, daß die Athener — nichts weniger als Helden, bei allen Göttern! — den Versuch aufgeben würden. Mit einem aber rechneten sie nicht: daß ihr Gegner Demosthenes hieß und ein Mann war, der nicht nur Grütze im Kopf, sondern auch lange Erfahrung im Kampf mit den Spartanern hatte.

Der große Strategos wußte, daß es auf der ganzen Welt keine Truppe gab, die spartanischen Hopliten standhalten konnte. Wozu also den Kampf Mann gegen Mann suchen? Warum nicht auf diesem so überaus günstigen Gelände Wurf- und Schleudertruppen einsetzen und den Feind aus der Entfernung niedermachen? Es würde länger dauern, aber er hatte keine Eile. Überdies war die Geringschätzung, mit der traditionsverhaftete Feldherren auf leicht bewaffnete Einheiten herabsahen, unvernünftig und entbehrte jeder Logik. Nach Demosthenes' Ansicht gehörte dieser Art von Truppen die Zukunft. Wozu den Wahnsinn begehen, gute Leute zu opfern und in blutige Stücke hacken zu lassen, wenn man den Feind ungestraft aus fünfzig Meter Entfernung vernichten konnte?

Darum wütete Ariston später am Nachmittag:

»Hunde! Feige Hunde! Was für eine schmutzige Art zu kämpfen!«

»Meinst du?« erwiderte Orchomenus leidenschaftslos und wischte sich das Blut und den Schweiß von der Stirn. »Ich finde es schön. Klugheit ist immer etwas Schönes. Ihr Ziel ist es doch, uns zu schlagen, nicht wahr? Und das tun sie.«

»Aber auf so unehrliche Weise!« jammerte der Jüngling. »Sie greifen nie an! Da stehen ihre Hopliten in ihrer schweren Rüstung, lassen ihre Waffen baumeln und lachen uns aus, während ihre Bogenschützen, Speerwerfer und Schleuderer uns einzeln abschießen! Und sobald wir zum Sturm auf diese ungewappneten Insekten losgehen ...«

»... hüpfen und tanzen sie uns leichtfüßig und heiter aus dem Weg und warten einfach, bis die Last nutzlosen Eisens, das wir mit uns herumschleppen, unseren Ansturm zum Stehen bringt. Dann fangen sie von neuem an, uns zu durchlöchern. Herrlich! Statt sich wie bewaffnete Esel abzuquälen, kämpfen sie wie Menschenwesen! Sie gebrauchen den Verstand, den die Götter – so es sie gibt – ihnen geschenkt haben. Wir haben nur unsere Füße und unsere Rüstung ... da! Unserem Kommandanten scheint endlich ein Licht aufgegangen zu sein! Er läßt zum Rückzug blasen!«

»Das ist nicht unser Kommandant«, berichtigte Ariston. »Epitades ist gefallen, und Hippagretes ist so schwer verwundet, daß wir ihn liegen lassen müssen, wenn wir uns zurückziehen. Mein Pflegevater hat es mir gesagt, als ich ihn vor einer Weile sah.«

»So hat also jetzt Telamon das Kommando!« flüsterte Orchomenus. »Mögen sich die Götter unser erbarmen!«

»Nein, nicht er«, sagte Ariston. »Er hat es abgelehnt. Er sei zu alt, sagte er, und er habe mit seinen dummen Ratschlägen schon genug Unglück angerichtet. Ein Mann namens Styphon hat den Oberbefehl übernommen. Er ist auch der dienstälteste Offizier. Du brauchst dir also keine Sorgen mehr zu machen, mein Freund.«

Sie schlossen die Glieder und marschierten nach Norden, während die Nachhut ihr Bestes tat, um die feindlichen Angriffe abzuwehren. Aber das Beste war nicht genug. Nicht einen Augenblick lang riß der mörderische Hagel von Pfeilen, Steinen und Bleikugeln aus den Schlingen ab, während sie unter einer glühenden Sonne, von brennendem Durst und schwärenden Wunden gequält, von Staub und Schweiß und der Asche des niedergebrannten Buschwerks geblendet, dahintorkelten. Es war ein höllischer Marsch.

Jetzt konnten sie schon das hohe Vorgebirge sehen, auf dem die Festung stand. Aber sie glaubten nicht mehr, daß sie es lebend erreichen würden. Denn während sich ihre Kräfte verzehrten und ihre Bewegungen steifer und langsamer wurden, begann es ihren leichtfüßigen Gegnern zu dämmern, daß die Lakedämonier letzten Endes auch nur Menschen waren. Und so schoben sich die Schleuderer, die Speerwerfer und Bogenschützen zu einer Schußweite vor, aus der sie ihre Waffen erst richtig einsetzen konnten. Dazu kam, daß die spartanischen Kürasse in jener Zeit aus Filz waren statt aus derbem Leder, wie es später in Gebrauch kam; und die Geringschätzung, die sie für ihre Feinde empfanden, hatte sie bewogen, im Hinblick auf die sommerliche Hitze ihre Brustharnische daheim zu lassen. So drangen die Pfeile durch die Filzlappen, als ob sie gar nicht da wären, und die Speerspitzen brachen ab und blieben in den Wunden, die sie gerissen hatten, stecken.

Eine Kugel traf Aristons Schild. Sie war mit solcher Gewalt geschleudert worden, daß sie plattgedrückt wurde und den Schild einbeulte. Eine Rute weiter traf eine andere Kugel einen Hopliten in die Stirn, knapp unter dem Helm. Er stürzte wie eine gefällte Eiche und war schon tot, bevor er noch auf dem Boden aufschlug.

Trotzdem schafften Styphon und seine Spartaner den Weg auf das Hochland hinauf. Und jetzt, durch die dreißig frischen, unverbrauchten Kämpfer aus der Festung verstärkt, die Flanken durch eine alte zyklopische Steilwand geschützt, waren sie endlich der lästigen Angriffe der leichtbewaffneten Truppen ledig und konnten sich den athenischen Hopliten stellen.

So dachten sie. Aber sie hatten vergessen, daß die messenischen Verbündeten der Athener diesen Teil der peloponnesischen Küste viel besser kannten als sie selber. Wie sie nun mit grimmigen Gesichtern siegessicher dastanden und zusahen, wie sich die athenischen Hopliten den Berg heraufquälten, bekümmerten sie sich keinen

Augenblick um die finstere, unbezwingbare Steilwand in ihrem Rücken. Nicht einmal eine Fliege konnte sie erklimmen, daran, beim Zeus, war nicht zu zweifeln.

Darum konnten sie es einfach nicht fassen, als der erste Mann mit einem Speer in seinem ungeschützten Rücken vornüber stürzte. Aber da standen jetzt die Messener hinter ihnen, nachdem sie die Insel in Booten umfahren und die scheinbar unbezwingbare Wand mit Leichtigkeit erklettert hatten. Die Spartaner wollten sich ihnen entgegenstellen, aber in eben diesem Augenblick stürmten die Athener die Höhen.

Es war ein erbarmungsloses Gemetzel. Ariston sah seinen Pflegevater zurücktaumeln; ein mit Federn versehener Pfeilschaft steckte in seiner Kehle. Mit zwei Sprüngen war er an Telamons Seite, aber ihm blieb nicht einmal Zeit, den Pfeil herauszuziehen und den Strategos sanft zu Boden gleiten zu lassen, als die Athener schon über ihn herfielen.

Ariston stand über dem Leib seines Pflegevaters und kämpfte wie ein verwundeter Löwe. So kämpften auch alle seine Gefährten. Für einen Spartaner war der bloße Gedanke, sich zu ergeben, unvorstellbar.

Aber er blieb nicht lange unvorstellbar. Denn der schlaue Kleon wußte genau, daß lebende spartanische Gefangene viel, viel wertvoller waren als spartanische Leichen. Die Aussicht allein, sie in Ketten durch die Straßen Athens zu führen! Eine Demütigung für den hochnäsigen Nikias, die er nicht so schnell vergessen würde! Als Geiseln waren sie überdies ihr Gewicht in Gold wert — nicht nur vom rein Geldlichen her, sondern als Abschreckungsmittel gegen zukünftige Angriffe auf die Stadt Athen. Wenn man den Spartanern mitteilte, daß man ihre edlen Söhne mit aufgeschlitzten Bäuchen und den Köpfen nach unten von den Stadtmauern hängen würde — sie würden sich einen neuerlichen Versuch, sie zu stürmen, wohl überlegen.

So bliesen die athenischen Trompeten plötzlich zum Rückzug, und die siegreichen Hopliten zogen ab — zum maßlosen Erstaunen ihrer schwer angeschlagenen, erschöpften, halbtoten Gegner. Aber wenig später kam ein Unterhändler aus den athenischen Reihen und verkündete, daß man ihr Leben schonen und sie als Kriegsgefangene ehrenvoll behandeln würde, wenn sie die Klugheit besäßen, die Waffen niederzulegen.

Die Lakedämonier sahen einander an. Sie waren Spartaner, aber sie waren auch Menschen. Junge Menschen zum größten Teil, in denen die Kraft des Lebens ungebrochen war und die Gier danach heiß und süß durch die Adern strömte. Und darum ließen sie, einer nach dem andern, die Schilde sinken und winkten mit den Händen.

Alle bis auf einen. Bis auf Ariston, den Sohn des Talos, den jetzt Schmerz und Qual als einzigen von allen zum wahren Spartaner machten. Er hob Schild und Schwert und stürmte dem Feind entgegen.

Mit Bewunderung und Bedauern sahen ihn die Athener kommen. Im nächsten Augenblick würden sie ihn töten müssen, aber seine Geste war bewundernswert, das mußten sie zugeben. Dann sahen sie einen zweiten Spartaner hinter ihm heranrennen. Doch dieser hatte Helm, Schild, Speer und Schwert von sich geworfen. Nur mit seinem Filzharnisch und seinen Beinschienen belastet, holte er mit jedem stürmenden Schritt gegen den schwer bewaffneten Jüngling auf. In der Mitte zwischen den feindlichen Reihen erreichte er ihn. Die Athener sahen seine Hand vorschießen und den Helmbusch des Verfolgten packen, und mit einem mächtigen Ruck riß er ihm den Helm vom Kopf.

Ariston fühlte den Ruck; kühl wie eine Liebkosung flutete die Luft durch sein verschwitztes, dunkelblondes Haar. Er hielt an, wirbelte herum und sah Orchomenus, der mit dem Helm in der Hand dastand und ihn anlachte.

»Mein schöner Narr, geliebter Feind«, rief Orchomenus, »ich schenke dir — das Leben!«

Und er ließ den schweren Bronzehelm krachend auf Aristons ungeschützten Kopf niedersausen.

X

Ariston zerrte wütend an den Stricken, die seine Hände an das Schott fesselten, und versuchte auf diese Weise, ein kleines Unbehagen durch einen größeren Schmerz zu ersetzen. Von seinem Platz aus konnte er durch das Bullauge des Vorderdecks des athenischen Schiffes sehen. Damit war er zweifach begünstigt: erstens, weil Kleon, mit Rücksicht auf den Wert seiner Gefangenen, befohlen hatte, sie auf dem Vorderdeck einzuschließen, statt sie in den dumpfigen Kielraum werfen zu lassen, wo die Gefangenen für gewöhnlich untergebracht wurden und wo sie bestenfalls die Aussicht auf die Hinterteile der Ruderer hätten genießen können; und zweitens, weil seine bestechende Schönheit, wie auch die Bewunderung, die die Sieger für seine letzte, selbstmörderische Geste empfanden, ihm den besonderen Vorzug eingebracht hatten, an diesem besten aller Plätze gefesselt zu werden, wo er nicht nur freie Sicht genoß, sondern auch die frische, würzige Meeresluft atmen konnte.

So hing er jetzt in seinen Ketten, schwang mit dem gemächlichen Schlingern und Stampfen und knarrenden Zittern des Schiffes und blickte auf die Ruder hinab, die das Schiff über die große See trieben. Es war ein beeindruckender Anblick: wie die langen Riemenblätter in das blaue Wasser schnitten, sie hoben, sonnenhell aufblitzten, Silbertropfen versprühten, sich drehten, vorstießen, sich senkten und abermals die Wasseroberfläche durchtrennten; drei Reihen langer, breitblättriger Ruder, die in vollkommener Harmonie auf- und abschwangen, denn die athenischen Triremen waren mit freien Männern, nicht mit Sklaven, bemannt. Stolz erfüllte die athenischen Ruderer, und damit erklärte sich auch der ungeheure Unterschied zwischen ihrer Präzision, ihrer Eleganz und der schwerfälligen Art, wie spartanische Schiffe geführt wurden.

Über sich, ein wenig achtern, sah er das dreieckige Lateinsegel, von einer steifen Brise wie ein Weinschlauch geschwellt. Selbst darin, dachte er, begünstigten die Götter, an die er nicht mehr glaubte, die Athener. Der schnabelförmige Kiel der Trireme wühlte schneeige Schaumfurchen in die weinfarbene See. Bei dieser Geschwindigkeit würden sie noch vor dem Morgen Piräus sichten. Und dann?

Das war die Frage, die den auf dem Vorderdeck angeketteten Männern mit bohrender Beharrlichkeit im Kopf herumging, bis sie mit dem Klopfen des Holzhammers, der dem Steuermann dazu diente, für die Ruderer den Takt zu schlagen, eins wurde. Die Spartaner unter den Gefangenen begannen jetzt, einige jener Eigenschaften zu zeigen, die sie in ganz Hellas so verhaßt gemacht hatten. Daheim nämlich waren die Bescheidenheit, die Würde, ja der Adel ihrer Haltung jederzeit und allerorten sichtbar. Reisende, die Sparta besuchten, waren höchst beeindruckt und glaubten, Übermenschen vor sich zu haben. Verließ ein Spartaner jedoch, freiwillig oder unfreiwillig, seine Heimat, verschwanden diese Vorzüge wie durch Zauberhand, und er wurde augenblicklich zu einem groben, gefräßigen, abscheulichen Flegel.

Und obzwar sich unter den zweihundertzweiundneunzig Gefangenen nur hundertzwanzig Spartaner befanden – der Rest waren Heloten, die ihren Herren in der Schlacht als Waffenträger dienen mußten, und etwa dreißig leicht bewaffnete Periöken, die nicht schnell genug gelaufen waren –, erhoben sie ein derartiges Gebrüll, daß man hätte meinen können, es seien ihrer doppelt so viele. Denn jetzt, ausgeruht und mit vollem Bauch, die ihnen aufgezwungene Muße zum Denken nutzend, wurden sie sich ihrer Schmach erst so recht bewußt. Wie es Menschen immer tun, wenn sie wissen, daß ihr Verhalten einer genauen Untersuchung nicht standhalten würde, suchten sie nach Entschuldigungen und sprachen den Kampf in allen Einzelheiten durch, um Gründe für die Niederlage aufzuspüren – Gründe, mit denen sie in ihrer herrschaftlichen Überlegenheit natürlich nichts zu schaffen hatten.

»Wir hätten diese Hunde an Bord zurücklassen und mehr echte Männer an Land nehmen sollen!« klagte einer der Offiziere lautstark. »Wären wir ein paar Kämpfer mehr gewesen, wir hätten ehrenhaft . . .«

Doch es gibt zwei Orte auf Erden, wo menschliche Gleichheit absolut regiert: im Grab und im Gefängnis.

»Ehrenhaft?« unterbrach ihn höhnisch ein Helot, wohl wissend, daß sein Herr, gleich ihm an ein Schott gefesselt, nichts tun konnte, um ihn zum Schweigen zu bringen. »Was ist denn das für eine Ehre unter euch Spartanern? Orest, der erste eurer Könige, tötete seine eigene Mutter, weil sie seinen Vater gehörnt und ermordet hatte; und ihr habt diese Schlacht verloren, weil ihr einen Pharmakos unter euch hattet!«

»Hund!« brüllte der Offizier. »Ich werde . . .«

»Gar nichts wirst du, Spartaner, der du in Ketten geschlossen bist wie ich«, sagte der Helot verächtlich. »Aber wenn ihr nach einer Erklärung für euer Unglück sucht, ich will euch eine geben! Seht ihr den hübschen kleinen Lustknaben da drüben? Dieses süße Blondköpfchen von einem Pornos, dessen Liebster ihm fast den Schädel eingeschlagen hätte, um ihm das Leben zu retten? Ein ehrenhafter junger Mann, nicht wahr? Ein Kämpfer bis zum bitteren Ende! Spartanische Ehre! Spartanischer Heldenmut! Hier habt ihr ein Beispiel – kämpfte er nicht wie ein Löwe!«

Die Augen der Spartaner hafteten jetzt auf Ariston. »Was soll das Geschwätz, Hund?« fragte der Offizier.

»Ich war mit ihm auf der Trireme des großen Brasidas. Darum weiß ich, daß die Besatzung meuterte, als er an Bord kam. Wer seinen Bolzen in dasselbe Loch eintreibt, aus dem er gekommen ist, der ist ein ...«

»Schweig, Hund!« rief Orchomenus.

»Ha!« lachte der Helot. »Der Liebste! Der stolze Wüstling! Sag mir doch, edler Knabenschänder, wie machst *du's* denn eigentlich? Bei uns liegen die Männer mit Frauen. Ist ja auch nicht wichtig! Von vorn oder von hinten, es ist ja immer das gleiche, o edler Gebieter, der du höchst unedlen Lastern frönst! Aber sprecht mir nie wieder von Ehre, ihr Herren – ihr, die ihr Knaben liebt, ihr, deren einziger Held auf Sphakteria der Blutschande angeklagt war – ein hübsches, stolzes Wort, nicht wahr, aber es heißt nicht mehr und nicht weniger, als daß er erwischt wurde, als er seinen Bauch an dem seiner eigenen Mutter rieb! Und für diese höchst spartanische Schweinerei wurde er auch rechtmäßig vom Gericht der Ephoren verurteilt!«

»Er lügt!« brüllte Orchomenus, aber seine Stimme klang rauh und gebrochen, sie schwankte und drohte sich zu überschlagen.

»Blondkopf«, wandte sich einer der Spartaner, der in seiner Nähe stand, an Ariston, »hast du überhaupt schon einmal eine Frau – gekannt?«

»Ja«, erwiderte Ariston.

»Und hat man vor den Ephoren eine solche Anklage gegen dich erhoben? Sprich offen, Freund, du gefällst mir. Sag mir, daß dieser Straßenköter uns schmutzige Lügen auftischt, und ich verspreche dir, daß er nicht lebend in Athen ankommt. Wurdest du dieses Verbrechens angeklagt?«

»Ja«, erwiderte Ariston.

»Aber er war unschuldig!« rief Orchomenus dazwischen. »Ich schwöre ...«

»Fragt ihn doch, welches Urteil die Ephoren gesprochen haben«, sagte der Helot.

Jetzt hatten sie ihren Schuldigen. Die Götter hatten ihre Niederlage herbeiführt, weil dieser Pharmakos, dieses Opferlamm, unter ihnen gewesen war. Dieser Unglücksvogel. Und es gab nur einen einzigen Weg, den Zorn der Götter zu besänftigen: der Pharmakos mußte sterben.

Und das muß ich – mit Zeus' Hades' und Hekates Hilfe – verhindern, dachte Orchomenus, auf jede erdenkliche Weise verhindern. Warum eigentlich? Weil das, was dieses Dreckmaul von einem Sklaven in die Welt hinausposaunt hatte, den der Wahrheit eigenen

Gestank von Unrat verbreitete? Ja. Das ist mit ein Grund. Soweit hat der Kotfresser recht. Aber auch nicht ganz. Nichts ist jemals ganz dies oder ganz das. Nicht einmal die Liebe. Ich liebe ihn also. Und ich hasse ihn gleichzeitig; sind denn nicht Liebe und Haß die zwei Seiten ein und derselben Münze?

Solange sie sich an Bord der Trireme befanden, bestand keine Gefahr; doch waren sie einmal in einem athenischen Gefängnis untergebracht, würde man sie wahrscheinlich nicht in Fesseln legen. Orchomenus hegte keinen Zweifel daran, daß Ariston nicht einmal die erste Nacht in einer gemeinsamen Zelle mit seinen spartanischen Kameraden überleben würde. Wenn er die Geschwindigkeit der Trireme richtig einschätzte, mußten sie im Morgengrauen Piräus anlaufen; er mußte es daher bis zum Abend des gleichen Tages erreichen, daß Ariston von seinen Mitgefangenen getrennt und in einer eigenen Zelle untergebracht wurde. Aber wie? Im Namen aller unterirdischen Götter, wie?

Es war schon Mittag vorbei, und er hatte immer noch keine Antwort auf sein ›Wie?‹ gefunden. Er stand in der großen Halle des Gefängnisses und beobachtete Ariston, der, den verbundenen Kopf auf seine Arme gebettet, dasaß und weder der wütenden Blicke der Spartaner, noch des lispelnden, weichen, ionischen Geplappers der athenischen Bürger achtete, die schon den ganzen Vormittag in einem nicht enden wollenden Strom ins Gefängnis gekommen waren, um einen in ihrer Geschichte noch nie dagewesenen Anblick zu genießen: zweihundertfünfzig lakedämonische Gefangene; einhundertzwanzig Spartaner, die ihre Schilde niedergelegt und sich ergeben hatten!

Dann aber, eine Stunde später, sah Orchomenus endlich einen Ausweg, denn nun erschien, von Bewunderern umgeben und mit dem verärgerten Nikias, Kleon selbst.

»Sieh nur, Nikias«, brüstete sich der Gerber. »Sieh selbst! Eine prächtige Ladung Spartaner, innerhalb von zwanzig Tagen geliefert, so wie ich es versprochen habe. Was sagst du dazu, mein Freund?«

»Daß du Glück gehabt hast«, entgegnete Nikias höhnisch. »Ein jämmerlicher Haufen, bei Ares! Ihre besten Krieger werden es wohl nicht sein. Echte Spartaner ergeben sich nicht. Ich würde sagen, daß die wahren Lakedämonier auf dem Schlachtfeld geblieben sind; nur diese ehrlosen armen Teufel . . .«

»An dem Tag, an dem die Pfeile eurer Bogenschützen die ehrenhaften unter euren Feinden herausfinden können«, sagte Orchomenus, der neben der Gittertür stand, »werdet ihr eine wahrhaft wertvolle Waffe besitzen, großer Strategos!«

»Das hast du gut gesagt, Spartaner!« Kleon lachte. »Ich versichere dir, Nikias, sie kämpften wie die Löwen und gaben erst auf, als sie einsahen, daß ihre Lage hoffnungslos war. Aber wenn du unbedingt einen traditionsbewußten Spartaner sehen willst, ich zeige dir einen! Siehst du den hübschen Jungen, der ganz allein dort drüben sitzt?«

»Der mit dem Verband um den Kopf?«

»Den meine ich. *Er* ergab sich nicht. Ganz allein griff er unsere ganze Linie an, nachdem seine Kameraden ihre Schilde gesenkt hatten. Und der einzige Grund, warum wir ihn nicht niedermachten – he!« rief der Gerber. »Du kamst mir doch gleich bekannt vor! Warst du es nicht, der ihm eins über den Schädel gab?«

»Ja, großer Strategos«, antwortete Orchomenus. »Er ist mein Freund. Ich wollte ihn nicht sterben sehen.«

»Das hast du gut gemacht!« wieherte Kleon. »Ich danke dir, Spartaner! Denn er ist ganz gewiß das beste Stück von euch allen. So wie er aussieht, von hoher Geburt; vielleicht sogar der Sohn eurer zwei Könige – wenn du es auch nicht zugeben würdest, du schlauer Hund!«

»Er *ist* von hoher Geburt«, erwiderte Orchomenus bedächtig, »jetzt aber verwaist. Es gibt keinen mehr, der Lösegeld für ihn bezahlen würde. Sein Vater, einer unserer edelsten Polemarchen, fiel auf Sphakteria.«

»Lösegeld? Ha! Wozu brauchen wir eure rostigen Wagenräder? Solange es Leute in Lakonien gibt, dic seinen Kadaver nicht mit dem Kopf nach unten von unseren Mauern hängen sehen wollen und es daher vorziehen, ihre Hopliten von Attika fernzuhalten, sind wir es zufrieden, das sage ich dir!«

Schallendes Gelächter der spartanischen Gefangenen machte seine Worte unhörbar. Zeus segne euch, ihr Narren! dachte Orchomenus. Hirnlose Trunkenbolde, wie prächtig habt ihr mir in die Hände gespielt!

»Erhabener Kleon«, sagte er ruhig. »Ich fürchte, daß er – und ich – euch in diesem Sinne nicht nützlich sein können. Wenn du uns nämlich hier bei unseren liebenswerten Kameraden zurückläßt, werdet ihr morgen begraben müssen, was von uns noch übrigbleibt.«

Kleon sah ihn durchdringend an.

»Warum?« fragte er.

»Weil sie der Meinung sind, er wäre ein Pharmakos – sein Verbrechen habe die Niederlage herbeigeführt. Sie wollen ihn heute nacht töten. Und mich, weil ich ihn gerettet habe.«

»Unsinn!« brummte Kleon. »Sie würden es nicht wagen . . .«

»Meinst du?« lispelte Nikias. »Schau sie dir nur einmal an!«

»Welchen Verbrechens wurde er angeklagt?« wollte Kleon wissen.

»Verzeih mir, großer Strategos«, sagte Orchomenus und machte ein feierliches Gesicht, »aber ich möchte lieber nicht . . .«

»Ha!« schrie ein Helot. »Ich will es dir sagen! Und ›angeklagt‹ ist das falsche Wort! Vor dem Ephorengericht für schuldig erklärt und zum Tode verurteilt! Aber weil sein Alter Ratsherr und General war, gestatteten sie ihm, den kleinen Hurensohn mitzunehmen und ihn vom Feind erschlagen zu lassen. So riecht die ganze Sache besser, was? Der süße blonde Lustmolch! War ihm wohl schon langweilig, es immer nur verpaßt zu bekommen! Also hat er versucht . . .«

»Halt dein Maul!« unterbrach ihn Orchomenus.

»Laß ihn reden.« Nikias lachte. »Die Sache fängt an, mir Spaß zu machen. Wessen hat man diesen schönen Jüngling nun wirklich beschuldigt? Bei Eros, ich habe in meinem ganzen Leben noch keinen hübscheren Burschen gesehen. Was kann er denn angestellt haben?«

»Überführt wurde er . . .«, begann der Helot.

». . . das Verbrechen des Ödipus begangen zu haben«, beendete Orchomenus den Satz.

»Na ja, wenn's dieser Ödipus auch mit seiner Mutter getrieben hat, kann's schon stimmen. Denn dabei wurde er erwischt. Die arme Arisbe – das geilste Stück Weiberfleisch diesseits des Tartarus! Sie haben sie zu Tode gefoltert, aber sie hat nie ihre Aussage zurückgenommen, daß seine Mutter und er . . .«

Er kam nicht weiter. Denn Ariston stand vor ihm. Seine Bewegungen waren schön und anmutig, wie es Gewandtheit und Erfahrung immer sind, selbst wenn Zerstörung ihr Ziel ist. Während noch alle auf seine Hände sahen, stieß er sein Knie zwischen den Schenkeln des Heloten hoch. Der Mann stieß einen schrillen Weiberschrei aus. Er krümmte sich vor Schmerz, und Ariston hieb ihm mit den wie zum Gebet verschlungenen Händen hart auf den Nacken. Der Helot krachte bäuchlings zu Boden. Ariston sprang hoch und kam mit beiden Füßen und seinem ganzen Gewicht auf den gefallenen Sklaven herab. Dann begruben ihn, wie eine zu Tal donnernde Lawine, all die anderen Spartaner, Periöken und Heloten unter sich.

»Wachen!« brüllte Kleon. »In Zeus' Namen, holt die Wachen!«

»Na, mein kleiner Ödipus«, sagte der Gerber, »was soll ich jetzt mit dir machen?«

Ariston stand vor ihm, und seine blauen Augen sahen durch Kleon hindurch, als ob der große Mann nicht da wäre.

»Der Junge ist verrückt«, meinte Nikias. »Siehst du das nicht selbst? Es hat keinen Zweck, ihn zu verhören. Ich rate dir, ihn töten zu lassen. Seine eigenen Richter haben ihn verurteilt, und mir will scheinen, daß er ...«

»... trotzdem unschuldig ist!« warf Orchomenus ein. »Du bist Richter gewesen, großer Nikias. Willst du behaupten, daß du nie einem Irrtum unterlegen bist?«

»Ich habe Hunderte begangen, Spartaner«, erwiderte Nikias gelassen. »Wer hat das nicht? In diesem besonderen Fall jedoch kann ich beim besten Willen nicht entdecken, wo es einen Irrtum gegeben haben könnte. Eine so – haarsträubende – Sache müßte doch genauestens untersucht werden – zumindest ist das bei uns so. Und um ein Todesurteil zu fällen, müssen die Beweise doch erdrückend gewesen sein.«

»Das waren sie«, bestätigte Orchomenus. »Erdrückend – falsch. Aber die Aussage der Kronzeugin ließ sich nicht erschüttern. Das Dumme war: sie log nicht. Sie war in einem Irrtum befangen, aber sie glaubte an das, was sie sagte. Überdies war sie Böotierin. Habt ihr Herren schon einmal mit einer Böotierin zu tun gehabt?«

»Und ob!« dröhnte Kleon. »Zeus, der Unglücksverhüter, bewahre mich vor ihnen! In ganz Hellas gibt es keine stumpfsinnigeren Tölpel. Sooft ich dort zu tun habe, muß ich mich anstrengen, um die Böotier von ihren Kühen zu unterscheiden.«

»Und wie unterscheidest du sie, Kleon?« fragte Nikias. »Durch ihre Hörner?«

»Beim Hades, nein! Alle Böotier tragen Hörner, Nikias. Sie erhalten sie von ihren liebenden Gemahlinnen – mit Hilfe jedes

Fremden, der gerade vorbeikommt. Denke daran, wenn du jemals dorthin kommst: wenn du ein gescheit aussehendes Wesen siehst, ist es eine Kuh, kein Böotier! Wärest du ein hartgesottener Geschäftsmann wie ich, statt ein müßiger Aristokrat, Nikias, du würdest schon gelernt haben, die Menschen richtig einzuschätzen. Dieser Spartaner lügt nicht. Und dem Jungen ist jede Verderbtheit fremd; das sieht man gleich.«

»Woran denkst du jetzt?« fragte Nikias.

»Dinge wie Unschuld, Jungfräulichkeit, Schönheit haben ihren Marktwert, und ich weiß jetzt, was ich mit dem Burschen — mit beiden — machen werde.«

Was er tat, bewies seine im wesentlichen kaufmännische Denkweise: er brachte sie auf die Agora, den Marktplatz, und übergab sie einem Händler, der sie als Sklaven verkaufen sollte.

Ariston stand auf der Plattform, auf der die Sklaven feilgehalten wurden, und blickte um sich. Es überraschte ihn, festzustellen, daß er wieder ein Gefühl empfinden konnte, auch wenn es nur eine Art kindlich reinen Staunens war. Ganz gewiß gab es auf der ganzen Welt keine zweite Stadt wie Athen! Er hatte seine Jugend in jener eher verwahrlosten Glanzlosigkeit verbracht, die in Sparta als würdevolle Nüchternheit angesehen wurde, und war auf die überwältigende Vollkommenheit und Schönheit der attischen Hauptstadt nicht vorbereitet. Er war so beeindruckt, daß er kaum hörte, was Orchomenus mit einem schäbig gekleideten, überaus häßlichen Athener plauderte, der sicher keinen Obolus in der Tasche hatte, und dessen Gesicht an das eines betrunkenen Satyrs erinnerte, nur daß es vielleicht noch abstoßender war, als man sich das Gesicht eines Satyrs vorstellte.

»Und wenn du dir einen Herrn aussuchen könntest«, fragte der häßliche Athener, »wen würdest du wählen?«

»Mich selbst«, witzelte Orchomenus.

»Gut. Und wenn das nicht möglich wäre?« beharrte der kahle, stupsnasige, stämmige Mann mit den schwulstigen Lippen und den dunklen, funkelnden Augen.

»Den Dichter Euripides«, antwortete Orchomenus.

»Eine ausgezeichnete Wahl. Würdest du mir auch erklären, warum?«

Ariston hörte nicht weiter zu, zumindest nicht Orchomenus und dem häßlichen Athener. Statt dessen richtete er seine Aufmerksamkeit auf die Dinge, die ihm der alte, runzelige Sklave an seiner Seite erzählte, und wiederholte flüsternd die Namen der Sehenswürdigkeiten, bis er sie auf der Tafel seines Gedächtnisses eingegraben hatte. Sein Blick glitt über die Agora hinaus vom Kerameikos, dem Töpferviertel, hinüber zu den düsteren, rauchigen Werkstätten der Metallarbeiter, die sich am Fuß eines Hügels zusammendrängten, und empor zu dem großen, im dorischen Stil erbauten Tempel des Hephaistos, des Gottes der Schmiede, auf dem Gipfel. Zu seiner Linken befand sich die Stoa des Zeus, eine lange, gedeckte und mit Bildern ausgeschmückte Kolonnade, unter der sich, vor Sonne und Regen geschützt, plaudernd die Bürger ergingen. Daneben erhob sich der Tempel des Apollo Patroos, des Schutzherrn Apollo; ein wenig weiter südlich das Metroon, der Rhea geweiht, das unter ihrem wachsamen Auge als Staatsarchiv diente. Dahinter stand das Buleuterion, wo der Rat der Fünfhundert zusammentrat. Anschließend ein flachgedeckter Rundbau, die Tholos, in der die Prytanen, oder Ratsausschüsse, tagten. Jeder Ausschuß, erklärte der alte Sklave, war aus fünfzig Angehörigen desselben Geschlechterverbands zusammengesetzt; um aber zu vermeiden, daß ein solcher Verband seine Macht befestigte, führten sie in der Bule, dem Rat, nur siebenunddreißig Tage lang die Geschäfte, und um zu verhindern, daß ein eigennütziger Bürger ein Ausschußmitglied dazu brachte, seinen Einfluß für oder gegen eine Gesetzesvorlage geltend zu machen, die vor die Bule kommen sollte, gab es keine automatische Nachfolge einer Prytane auf die vorhergehende; sie wurde durch Losung bestimmt, so daß nicht einmal die Mitglieder eines Geschlechterverbandes wissen konnten, wann sie an die Macht kommen würden. Die Athener, dachte Ariston, hatten die menschliche Natur fürwahr eifrig studiert!

Hinter der hölzernen, provisorisch errichteten Plattform, auf der er, Orchomenus und die anderen Sklaven ausgestellt waren, lagen zwei große Stoas: eine, die Enneakrunos, mit einem Brunnenhaus mit neun Öffnungen, an der westlichen Einfassung des Platzes, und eine andere gegenüber dem Odeion, der Musikhalle. Nicht weit davon lag die Stoa Poikile, die bunte Halle, mit Wandgemälden von Polygnot, die die Schlacht von Marathon darstellten, und Bildnissen der Großen, die am Kampf teilgenommen hatten, wie der Polemarch Kallimachos, und des Miltiades und des Dichters Aischylos, und alle sahen aus, als ob sie noch lebten, und das Ganze hatte eine so herrliche Tiefenwirkung, daß . . .

Hier unterbrach der häßliche Athener den geschwätzigen Alten.

»Und du, schöner Jüngling«, wandte er sich an Ariston, »was erwartest *du* dir vom Leben?«

Ariston betrachtete diese Satyrmaske eines Gesichts. Bei Zeus, der Mann war häßlich! Er ließ die blaue Flamme seines Blickes fast mit Verachtung über die gräßliche Fratze gleiten.

»Loswerden möchte ich es«, erwiderte er.

Der häßliche Athener lächelte. Und ganz plötzlich und überraschend war seine Häßlichkeit dahin. Seine munteren, kleinen, dunklen Augen erleuchteten seine so abscheulich zusammengestellten Züge: Nase und Lippen fleischig und flach wie die eines Afrikaners, hohe Backenknochen wie die eines Skythen oder Tataren, kahler Kopf, zottiger Bart — und man merkte gar nichts mehr davon. Dieser Mann war schön, weil etwas in ihm — sein Geist — schön war.

»Du machst es dir zu leicht«, sagte er sanft. »Warum versuchst du nicht, es zu meistern, schöner Junge?«

Ariston glotzte ihn an.

»Es zu meistern — wie?«

»Vielleicht, indem du es hinnimmst. Indem du erkennst, daß Schmerz, Entsetzen, Leid und Kummer — wie merkwürdig, daß ich diese Dinge in den Augen eines so jungen Menschen sehe! — nur Täuschung sind, nichts weiter, so wie auch Ehre, Reichtum und Ruhm es sind. Daß das Glück aus Gleichmut und Ruhe besteht, das heißt aus Liebe zur Weisheit, nicht aus deren Besitz, mein Sohn! Denn die Weisheit ist wie eine Frau; drücke sie an deine Brust und sie wird zänkisch und böse wie meine Xanthippe — obgleich, Hera und Hestia sind meine Zeugen, ich ihr Anlaß genug zu ihrer schlechten Laune gegeben habe! Ich weiß nichts. Ich bin eine Hebamme, wie meine Mutter eine war, nur daß ich Gedanken aus dem düsteren Gefängnis hole, in das die Menschen sie einschließen, und nicht Kinder. Sag mir doch: warum willst du sterben?«

Immer noch starrte Ariston den häßlichen Athener an. Was sich ihm auf die Lippen drängen wollte, war: ›Bei allen Göttern der Unterwelt, was geht *dich* das an?‹ Aber die bittere Frage erstarb unausgesprochen. Die jedem Spartaner anerzogene Achtung vor dem Alter verwehrte es ihm, sich mit unzweideutiger Grobheit Luft zu machen. Aber es war nicht nur das allein. Denn irgendwie fühlte er, daß es diesen merkwürdig aufdringlichen Menschen etwas anging, daß es nichts innerhalb der Sphäre menschlicher Erfahrung gab, was ihn nicht interessiert oder bekümmert, nicht sein Mitleid oder sogar seine Hilfe herausgefordert hätte. Aber Ariston blieb stumm, obwohl er das fühlte, obwohl er das wußte. Er antwortete nicht, weil er nicht antworten konnte. Die Vergangenheit lag zu tief, als daß eine Stimme oder auch Tränen sie hätten hervorlocken können.

»Sag es ihm!« zischte Orchomenus. »Ich möchte es auch gern hören. *Deine* Fassung nämlich. Obwohl ich ihn vielleicht warnen sollte; es ist dein Schicksal, Weise zu töten – und er scheint mir weise.«

»Sprich«, drängte der Athener.

»Warum sollte ich?« entgegnete Ariston. »Was würde dabei schon herauskommen?«

»Hast du schon einmal zugesehen, wie ein Arzt mit einer Lanzette ein eitriges Geschwür öffnet?« fragte der Athener.

Ariston lachte. Es klang wie berstende Eisschollen. Die Hitze des Tages schwand.

»Du willst also im Eiter ertrinken, Fremder?« sagte er.

»Ich bin ein guter Schwimmer«, entgegnete der Athener. »Sprich, mein Sohn.«

»Also gut!« sagte Ariston mit heiserer Stimme. »Ich wurde als Bastard geboren. Ich schlief mit meiner eigenen Mutter. Ich ermordete meinen Vater. Ich . . .«

Er brach ab. Der häßliche Athener lächelte.

»Ich habe Zeit im Überfluß«, sagte er. »Und mehr Geduld als du dir je hast träumen lassen, daß es auf der Welt geben könnte. Dennoch möchte ich dich auf etwas hinweisen: nur die Wahrheit kann heilen. Hast du schon einmal daran gedacht?«

»Wahrheit?« flüsterte Ariston. »Was ist das, Fremder? Gibt es eine Wahrheit? Besteht das Leben aus mehr als Wahnsinn, Leid und Schmerzen?«

»Ich weiß es nicht«, erwiderte der Athener. »Aber ich weiß ja überhaupt nichts. Sag mir, kamst du an der Akropolis vorbei, als man dich herbrachte?«

»Ja.«

»Ist sie nicht herrlich?«

»Ja.«

»Ist das nicht auch ein Teil des Lebens? Schönheit, meine ich. Harmonische Linien. Ordnung. Ebenmaß. Hast du nie ein holdes Mädchen gesehen, das singend einen Dorfpfad herunterkam, im

Frühling, wenn die weißen Knospen der Mandelbäume aufspringen?«

»Ja«, stieß Ariston hervor. »Mein Gott, ja!«

»Dann fang da an. Erzähl mir von — ihr.«

Und plötzlich aus weiter Ferne, hörte Ariston eine flüsternde Stimme:

»Sie hieß Phryne. Und sie war schön wie eine sternenhelle Nacht. Ihr Gang war — Musik. Ihre Hände — Zärtlichkeit. Ihr Mund . . .«

Dann wurde ihm jäh und unerklärlich bewußt, daß die flüsternde Stimme seine eigene war.

»Sprich weiter, mein Sohn«, forderte ihn der häßliche Athener auf.

Und Ariston erzählte. Erzählte alles, was zu erzählen war. Zerreißend, zerfleischend, zersplitternd strömte es aus seiner Kehle. Es schmeckte nach bitterer Galle, nach salzigen Tränen und wildem Blut. Aber er konnte nicht mehr aufhören. Es mußte einfach heraus. Alles.

Der Athener unterbrach ihn nicht. Nur »Sprich weiter«, sagte er hin und wieder, wenn der junge Spartaner innehielt, um Atem zu schöpfen. Doch als Ariston zu Ende war, ließ der Mann seinen massigen, kahlen Kopf sinken.

»Ich bin ein Tor«, sagte er schlicht. »Darauf habe ich keine Antworten. Aber vielleicht . . .«

»Vielleicht was?« wollte Orchomenus wissen.

»Ist stelle immer nur Fragen. Ich beantworte sie nie. Denn wie ich schon sagte: Ich bin ein häßlicher alter Narr, der nichts weiß. Aber ich frage mich: könnte nicht soviel Leid in eine so kurze Lebensspanne hineingepfercht worden sein, um desto mehr Raum für eine glückhafte Zukunft zu schaffen? Wäre es nicht möglich, daß er Liebe, Ruhe, Frieden, Selbstbeherrschung finden kann? Ja sogar Weisheit — obwohl sie den meisten Menschen verwehrt bleibt? Ist er nicht mehr als nur ein hübscher Junge, dem Frauen und Knabenschänder nachlaufen? Bilde ich mir nur ein, daß ich Tiefe in ihm erblicke?«

Und ohne auf Orchomenus' Antwort zu warten, wandte sich der häßliche Athener zum Gehen.

»Warte!« rief Orchomenus ihm nach, und in seiner Stimme schwangen Hunger und Pein.

»Ja?« fragte der häßliche Athener.

»Kaufe ihn!« Orchomenus war dem Weinen nahe. »Kaufe mich! Dich als Herrn zu haben, wäre alles, was ich mir vom Leben erhoffe!«

Der häßliche Mann stand da, und nun zeichnete sich tiefe Trauer in seinem Gesicht.

»Mein Sohn«, sagte er, »ich besitze keinen Obolus.«

»Geh zu einem reichen Freund! Bitte ihn um ein Darlehen! Ich werde arbeiten — zurückzahlen.«

»Du ehrst mich, mein Sohn, aber welcher reiche Mann würde einem lästigen Quälgeist wie mir Geld leihen, um Sklaven zu kaufen? Wo er noch dazu keinen Augenblick zweifeln würde, daß ich euch freilasse, denn so dumm ich auch sein mag, weiß ich doch, daß Sklaverei ein Unglück und eine Schmach ist.«

»Bitte!« Jetzt schluchzte Orchomenus.

»Ich danke euch für euer Vertrauen, meine Söhne. Ich danke euch beiden. Ich gehe jetzt. Aber ich komme wieder. Mehr kann ich nicht versprechen. Denn falsche Hoffnungen zu erwecken, ist grausam und sündhaft.«

Und jetzt öffnete Ariston endlich wieder den Mund.

»Wie heißt du, Herr?« fragte er leise.

»Man gibt mir viele Namen, und oft auch häßliche. Ich bin Sokrates, der Steinmetz«, antwortete der häßliche Athener.

Aber daraus wurde nichts. Man darf annehmen, daß Sokrates versuchte, das Geld aufzubringen, um ihnen die Freiheit zu erkaufen, aber er war damals noch nicht so bekannt und hatte jedenfalls auch nicht genügend Zeit. Denn schon eine Stunde später wurde Orchomenus an den Verwalter des Strategos Nikias verkauft, der seine schwellenden Muskeln und seinen fast heraklidischen Körperbau sehr bewunderte. Nikias nämlich verdiente sich ein beachtliches Vermögen, indem er tausend Sklaven an die Bergwerksbesitzer in Laurion zu je einem Obolus pro Kopf und Tag vermietete. Es war seinem Verwalter daher klar, daß der General einen Mann von Orchomenus' Größe und Kraft zu schätzen wissen würde. Es war ein gutes Geschäft. Tausend Obolus waren eindreiviertel Minen im Tag — eine Mine und siebzig Drachmen, um genauer zu sein —, was über zehn Talente im Jahr ausmachte. Was nicht übel war.

Aber mit einem wissenden Kopfschütteln lehnte der Verwalter Orchomenus' Bitte ab, auch Ariston zu kaufen.

»Dein hübscher kleiner Freund würde es nicht einmal eine Woche im Bergwerk durchhalten. Bei den Preisen, die man heutzutage für euch Burschen zahlen muß, ist es kein Geschäft, Sklaven zu oft austauschen zu müssen. Aber ich werde dir – und ihm – einen Gefallen tun: ich werde Polyxenus, dem Inhaber eines Badehauses, von ihm erzählen. Das ist kein schlechtes Leben, und ein hübscher Junge wie er kann schnell so viel verdienen, um sich seine Freiheit erkaufen zu können.«

»Wie verdienen?« fragte Orchomenus.

»Ach – als Badewärter«, antwortete der Verwalter des Generals.

XI

Doch als Spartaner, die selbst in ihren Sünden und Lastern freimütige Leute waren, wußten sie leider nicht, welche Aufgaben ein Badewärter zu erfüllen hatte. Der um zehn Jahre ältere und erfahrenere Orchomenus hätte es wahrscheinlich erraten, wäre er anwesend gewesen, als Polyxenus, der Inhaber des Badehauses, erschien. Aber da war der frühere Ilarch der spartanischen Stadtwache schon auf dem Weg in einen sicheren qualvollen Tod – denn nichts anderes bedeutete Sklaverei im Silberbergwerk.

So kam also der Metöke Polyxenus auf den Markt, und beim ersten Anblick seiner offensichtlichen, eunuchenhaften, glatten, öligen Verderbtheit wurde Ariston beinahe übel. Natürlich führte er einen angenommenen Namen; er war ihm von seinen Kunden zuerkannt worden, die erstens seinen ursprünglichen syrischen Namen nicht aussprechen konnten und zweitens ihren Witz zur Schau stellen wollten: Polyxenus bedeutete nichts anders als ›viele Gäste‹. Polyxenus war kein Dummkopf. Er erkannte sofort, daß er hier einen für seine Zwecke unbezahlbaren Schatz vor sich hatte. Er kaufte Ariston zum höchsten Preis, den der Sklavenhändler in seinem ganzen Leben erzielt hatte. Er feilschte nicht einmal und verdarb dem Händler damit die Freude an diesem unglaublichen Geschäft – fünfzig Minen für einen bartlosen, hübschen Jungen! Die zu spät gewonnene Überzeugung, daß er auch zweimal so viel verlangen und vom Syrer ohne ein Wort des Protests bekommen hätte können, schmälerte seinen Triumph ganz erheblich.

Polyxenus nahm Ariston beim Arm.

»Komm mit mir, mein Hübscher«, säuselte er.

Ariston fand noch am gleichen Abend heraus, was ein Badewärter war. Und als er es erfuhr, versuchte er zum zweiten Mal, sich das Leben zu nehmen.

Der dicke, parfümierte Kunde, der Polyxenus zwei ganze Minen gezahlt hatte, um eine Stunde mit dem schönen neuen Badewärter zu verbringen, kam schreiend aus dem kleinen Schlafzimmer gelaufe. Polyxenus kam gerade noch zurecht, um Ariston vom Deckenleuchter abzuschneiden; er hatte seine Gürtelschnur als Schlinge benützt. Glücklicher- oder unglücklicherweise, je nach dem Standpunkt des Betrachters, lebte er noch, wenn auch sein schönes, junges Antlitz einen höchst unappetitlichen, bläulichen Farbton angenommen hatte.

Worauf ihn Polyxenus in dem kleinen Raum völlig nackt gefangen hielt und den Stundenpreis auf drei Minen erhöhte. Jene reichen Athener, die ganz oder auch nur zum Teil auf diese delikate Liebhaberei eingeschworen waren, fanden den Betrag übertrieben, zahlten ihn aber trotzdem.

»Liebste Freunde!« gurrten sie. »Er ist wirklich ganz reizend! Und so — spröde! So keusch. Man könnte ihn fast bemitleiden.«

Dann versuchte es Ariston mit dem Verhungern. Aber das ging über seine Kräfte. Mit der ganzen Schläue seiner Rasse legte ihm der Syrier Gerichte vor, für die der König von Persien seinen Koch mit einer Statthalterschaft belohnt hätte. Ariston aber war an die Küche seiner Heimat gewöhnt, und diese war so schlecht, daß die anderen Hellenen witzelnd bemerkten, daß sich daraus die Tapferkeit der Spartaner erklärte, denn einer lakonischen Blutwurst, oder was den Männern sonst aufgetischt wurde, war sogar der Tod vorzuziehen. Wollte man streng bei der Wahrheit bleiben, man mußte sagen, daß mit der ganzen hellenischen Küche nicht viel Staat zu machen war — man hätte bestenfalls als einfach und nüchtern bezeichnen können. Die orientalischen Leckerbissen jedoch, die Polyxenus seinem Preissklaven vorsetzte, hätten schon allein durch ihren Duft einen Asketen zur Völlerei verführen können.

So aß Ariston und lebte und hörte allein dadurch auf, Spartaner zu sein. Er versuchte nicht mehr, sich das Leben zu nehmen. Er fand seiner Seele eine neue Zuflucht. Er redete sich ein, sein menschenunwürdiges Dasein sei die Strafe, die die Erinnyen für die Sünde des Vatermordes über ihn verhängt hätten. Und darin lag ein schwacher Hoffnungschimmer. Denn wenn dies seine Strafe war, sagte ihm sein scharfer hellenischer Verstand, durfte er sie nicht als eine Art Buße auffassen? Würden ihm die Götter nicht eines Tages ...

Wenn es Götter gab. Wenn es im Leben etwas gab, was nicht scheußlich und ekelerregend war.

Natürlich erlitt er Schaden – an Seele und Leib. Denn er begegnete allnächtlich jenen Athenern, die es gar nicht geben durfte: jene, die den Dichter Thamyris, der Legende zufolge der erste Mann, der einen Angehörigen seines eigenen Geschlechts liebte, zu ihrem Schutzpatron kürten; die Apollo anbeteten, den ersten Gott, der dieser abwegigen Leidenschaft erlegen war.

Sie waren unerträglich – selbst in jenem so offenherzig zwiegeschlechtlichen Zeitalter. Denn nicht einmal in Athen durfte ein Mann ausschließlich Päderast sein. Wer das Gebot mißachtete, lief Gefahr, sein Bürgerrecht zu verlieren. Natürlich war – nach hellenischer Auffassung – nicht die Päderastie das Verbrechen, nur die Ausschließlichkeit. Die Götter hatten beide Geschlechter in berückender Schönheit geschaffen und wenn ein Mann das eine um des anderen willen vernachlässigte, so war das freche Selbstüberhebung, wenn nicht gar Ärgeres. In Athen konnte daher ein guter Bürger nach Belieben hübsche Knaben haben – und tat es auch –, solange er sich auch gebührend seiner Gattin, seiner Konkubinen und seiner Sklavenmädchen annahm. Natürlich verschob sich das Gleichgewicht ein wenig zugunsten jener eigensinnigen, rückständigen Bürger, die daran festhielten, daß der Mann nur das Feld der Weiblichkeit zu bearbeiten hatte. Aber schließlich waren es diese altmodischen Menschen, die Söhne zeugten – und Athen brauchte jetzt Seeleute und Soldaten. Aber man betrachtete sie als ein wenig lächerliche, bäurische Gestalten. Was um aller Welt gab es Schöneres als einen züchtigen, wohlerzogenen Jüngling? Ein hübsches Mädchen? Vielleicht. Aber wer konnte mit einer Frau *reden?* Hatte man den Liebesakt hinter sich, welche Gemeinschaft gab es dann noch mit einem geistlosen Geschöpf?

In dieser hellenischen Einstellung zur Liebe verbarg sich die Erklärung, wieso Ariston in den sechs Monaten, die seine unaussprechliche Knechtschaft dauerte, nicht vollständig wahnsinnig wurde. Ein Sohn seines Volkes, seiner Zeit, konnte er das, was ihm angetan, was er nun zu tun gezwungen wurde, nicht mit jenem Entsetzen betrachten, das der junge Mensch einer anderen Kultur, einer anderen Epoche empfunden hätte. So ertrug er es, erinnerte sich Phrynes, erinnerte sich sogar – irgendwo in der sich weiß färbenden Glutasche seiner empörten Seele – Arisbes, die ihn die Wirklichkeit natürlicher Liebe gelehrt hatte.

Wenn er, in der Hoffnung, sich freikaufen zu können, die großzügigen Trinkgelder seiner reichen Kunden zurücklegte, so war dies der aussichtsloseste aller aussichtslosen Träume. Die einzige Möglichkeit, seine Freiheit zu erringen – durch einen tätlichen Angriff auf einen der zahlenden Bewerber um seine Gunst – kam ihm nie in den Sinn. Er würde sich damit natürlich bestenfalls zu einem trostlosen Leben in den Bergwerken verurteilt haben.

Er dachte oft an Orchomenus und fragte sich, ob sein Feind und Freund wohl noch am Leben sei, denn nur wenige Sklaven überlebten viele Monate in den Gruben von Laurion. Allerdings, so wie er Orchomenus kannte, seine Schlauheit, seine Findigkeit und seinen Mut, hatte er guten Grund, zu hoffen, daß es ihm gelungen war, zu entkommen. Und was würde Orchomenus in diesem Fall tun? Nach Sparta zurückkehren? Oder in Attika bleiben, um ...

Um sich an mir für den Tod seines Mentors, meines Vaters, zu rächen. Wenn er kommt, darf er mich hier nicht finden. Ich muß fliehen, fliehen ...

Von wo und wohin? Und wenn ich den Dolch gebrauchte, den ich Hylas gestohlen habe, mich in diesen weibischen Seidenchiton kleidete, den Deion mir geschenkt hat, und flöhe? Welchem Entsetzen in dieser an Entsetzen so reichen Welt würde ich mich gegenüber sehen? Trotzdem muß ich es versuchen!

All dies ging ihm durch den Kopf, als er das Mädchen singen hörte. Ihre Stimme war von bestrickendem Liebreiz; tief und süß und kristallklar. Die flötengleichen Töne waren so rein und rieselten so silbern dahin, daß sie ihn an Quellwasser erinnerten, das über Felsen hinab in einen Waldsee stürzt. Und dennoch klang die Stimme unsagbar traurig.

Ein Zittern lief durch seinen Körper. Er schüttelte sich wie ein Mann im Fieber. Und der Name des Unbehagens, das ihn so plötzlich überkommen hatte, war Hoffnung. Dieses Mädchen, die Besitzerin einer so lieblichen, engelgleichen Stimme, sicher war sie schön! Gewiß würde ihm ihr Lächeln, ihre Berührung wiedergeben, was ihm allnächtlich, stündlich genommen wurde: seine Männlichkeit. Und seine Blöße vergessend, das Öl, nach dem sein Körper duftete, die Schminke auf seinem Gesicht, seine rotgefärbten Lippen, den Puder aus blauen Muscheln, der seine Augen verdunkelte und sie größer und leuchtender erscheinen ließ, den Umstand, daß sein honigfarbenes Haar gebleicht worden war, bis es einen erregenden Ton von silbrigem Aschblond angenommen hatte, sprang er an sein vergittertes Fenster und blickte hinaus.

Sie war schon vorüber, doch er konnte sehen, daß ihre Gestalt weidenschlank war. Sie trug ein Gewand aus gelber Seide, so durchsichtig, daß sie mehr als nackt war. Es war mit großen Sonnenblumen bestickt. Das bedeutete, daß sie eine Porna war, eine Hure.

Dennoch — die Stimme! Und — sich steil aufschwingende Hoffnung und tiefes Mitleid sagten es ihm — sehr wahrscheinlich war sie an ihrem Stand ebensowenig schuld wie er an dem seinen.

»Mädchen!« rief er ihr nach. »Einen Augenblick, bitte!«

Sie drehte sich um, und er sah ihr Gesicht. Aber er konnte nicht feststellen, ob sie schön war oder nicht. Oder ob sie es je gewesen war. Denn ihr junges Gesicht war geschändet. Zuviel war ihr angetan worden. Zu viele unaussprechliche Dinge.

Und jetzt, da sie ihn sah, veränderte sich die stumpfe, gleichgültige Maske — seit langem geschult, schon die geringste Spur eines Gedankens von sich zu weisen, weil Denken, erkannte er, während sein Erbarmen und sein Schmerz ihr entgegenschwangen, den Wahnsinn heraufbeschwören hieße. Sie starrte ihn lange an. Dann spuckte sie aus.

»Strichjunge!« sagte sie, drehte sich um und ging davon.

Er sah ihr nach, sah den durch die schwarze Feder ihres Haares in zwei Teile geschnittenen, schmalen, geraden Rücken, und verstand den Ausdruck, der am Schluß in ihren toten Augen aufgeflakkert war: Verachtung. Diese Hure hatte Verachtung empfunden für — sein Geist hielt inne in wütendem Flug, stürzte erdwärts wie ein vom Pfeil getroffener Vogel — für eine andere Hure, für eine, die nicht einmal die Entschuldigung, die Rechtfertigung vorbringen konnte, weiblichen Geschlechts zu sein. Die nächtlich an Geschöpfe verkauft wurde, die nicht einmal Männer waren.

Es war unerträglich. Er mußte sie finden, ihr erklären, sie überzeugen — er wußte selbst nicht mehr, wovon. Nachts, in den Pausen, da er nicht mit Kunden beschäftigt war, träumte er von ihr. Gegen allen Augenschein redete er sich ein, daß sie schön sei. Er wollte sie liebreizend sehen, ob sie es nun war oder nicht. Er dichtete ihr Feingefühl, Klugheit, Seelenverwandtschaft, Humor, Witz und Erbarmen an. Im Dunkel seiner Seele übertraf er Pygmalion.

Am nächsten Morgen schrubbte er die stinkenden Öle von seinem Körper, kratzte die dicke Farbschicht von seinem Gesicht, wischte die

Schminke von den Lippen, den blauen Muschelpuder von den Augenlidern, legte den seidenen Chiton an, den der widerwärtig weibische Deion ihm geschenkt hatte – nicht ohne vorher die schweren Gold- und Silberstickereien von Saum und Einfassung getrennt zu haben – und ging an die Arbeit. Mit der Spitze des juwelenbesetzten Dolches, den er Hylas gestohlen hatte, begann er die Gitterstäbe seines Fensters zu lockern.

Dabei hatte er Glück. Der Zement, der die Stäbe festhielt, war schon alt und bröcklig. Nach kaum mehr als einer halben Stunde Arbeit hingen die Stäbe lose. Er schlüpfte durch das Fenster. Von draußen schob er die Stäbe wieder an ihren Platz; ihr Fehlen sollte Polyxenus nicht auffallen. Dann machte er sich auf die Suche nach dem singenden Mädchen.

Als er aber das erste Bordell verließ, wartete Polyxenus vor dem Haus auf ihn.

»Schau, Junge«, sagte der Syrer in jenem Ton kummervoller Zuneigung, den er Ariston gegenüber anzuschlagen pflegte, »wie hätte ich wissen sollen, daß du eine Frau willst? Ich werde dir Dutzende bringen! Und nicht eine von diesen billigen Pornai, und auch keine von den gewöhnlichen Auletriden. Eine kluge, schöne Hetäre! Der Himmel ist mein Zeuge! Habe ich dich nicht immer anständig behandelt? War ich je grob zu dir? Und jetzt läufst du mir einfach davon!«

»Ich wollte dir nicht weglaufen, Herr«, erwiderte Ariston ernst. »Deine erste Annahme ist die richtige. Ich suchte ein Mädchen.«

»Aber doch nicht in solchen Häusern!« tadelte Polyxenus. »Du wirst dir eine Krankheit zuziehen, die dich zugrunde richtet. Laß Vater Polyxenus nur machen – ich bringe dir eine Hetäre, so sauber, daß du Wein aus ihrem Nabel schlürfen kannst!«

»Aber ich will keine Hetäre. Die sind zu alt. Ich suche ein Mädchen. Und auch nicht irgendeines. Ein bestimmtes Mädchen.«

»Wie heißt sie?«

»Ich weiß es nicht. Ich weiß nur, daß sie schön ist, und daß sie singt.«

»Pfff!« schnaubte Polyxenus verächtlich. »Alle Pornai singen, besonders wenn sie Geld riechen. Komm jetzt heim mit mir, und morgen bringe ich dir ein Pfefferhäuschen, das es in sich hat!«

»Nein, Herr«, sagte Ariston, »laß mich selbst sie suchen! Außerdem brauche ich Luft. Gib mir tagsüber frei! Ich komme zurück, ich verspreche es dir. Oder – gib mir eine bewaffneten Sklaven mit!

Ich versuche nicht zu fliehen. Wo sollte ich auch hin? Du weißt ja selbst, daß in Sparta der Tod auf mich wartet. Und wer könnte aus einer Stadt entkommen, die von der höchsten Mauer der Welt umringt ist, ohne von den Wachen gefaßt zu werden?«

Polyxenus dachte nach. Der Bordellbesitzer war kein unvernünftiger Mann. Es würde niemandem schaden, den Jungen ein wenig herumspazieren zu lassen. Schon dieser eine Morgen im Freien hatte ihm eine bessere Farbe gegeben. Und nach der Denkweise des Syrers hatte auch die Geschichte mit dem Mädchen ihr Gutes. Es wäre falsch, den Jungen weibisch werden zu lassen. Für die Art von Kunden, die das ›Badehaus‹ besuchten, machte Aristons fein abgestimmte, von seiner unvergleichlichen Schönheit halb verhüllte Männlichkeit seinen besonderen Reiz aus.

»Also gut«, willigte der Syrer ein. »Komm jetzt nach Hause. Am Nachmittag kannst du wieder ausgehen. Ich werde dir Velchanos mitgeben, um ... um dich vor den Zudringlichkeiten hitziger Päderasten zu schützen. Aber du darfst nicht mit Huren schlafen. Versprichst du mir das?«

»Ausgenommen die eine, verspreche ich es«, antwortete Ariston.

So war er nun in der Lage, seine Suche unbehindert fortzusetzen. Nachdem er Velchanos zweimal in der Menge verloren hatte und aus freien Stücken in die ›Badeanstalt‹ zurückgekehrt war, ließ Polyxenus ihn allein gehen. Aber er brauchte fünfzehn Tage, um sie zu finden. Er fand sie im Pornoboskieon »Zu den Drei Fischen« im Hafen von Piräus, was der untersten Stufe entsprach, auf die eine Porna sinken konnte. Denn die »Drei Fische« war eines jener Häuser, die ein großes, holzgeschnitztes Emblem des Priapus über die Tür hängten, damit ihre Kunden sie nicht mit Tempeln der Artemis, der Göttin der Keuschheit verwechselten; eines der Häuser, deren Insassinnen man Gymnai, die Nackten, nannte – aus dem einfachen Grunde, weil sie in eben diesem Zustand gehalten wurden; jene Art von Fleischmarkt, dessen Kundenkreis sich aus betrunkenen Rohlingen, lärmenden Tölpeln und Bauernlümmeln zusammensetzte, die genügend Geistesgaben besaßen, um sich den ›Eintrittspreis‹, einen lumpigen Obolus, zu erbetteln, zu leihen oder zu stehlen.

Sie erkannte ihn sofort wieder, aber nur ihre Augen gestanden es ein. Und sie reichte an keinen seiner Träume heran. Sie war nicht einmal hübsch. Sie war vielmehr ein mageres, nerviges, gequältes

Tier mit hängenden Brüsten, einem derben Gesicht und toten, völlig lichtlosen Augen. Doch nachdem er sich solche Mühe gegeben hatte, sie zu finden, ging er trotzdem mit ihr nach oben. Es lief von Anfang an schief, denn bevor sie noch ihre elende Kammer erreicht hatten, in der es nach ihren und aller ihrer Vorgängerinnen Kunden stank, kam aus einem anderen Raum der schrille, furchtbare Schrei eines Mädchens. Wieder und wieder. Und durch ihr gequältes Winseln hindurch hörte Ariston das pfeifende Sausen einer Peitsche.

Fragend richtete er seine blauen Augen auf die Frau an seiner Seite.

»Zu uns kommen alle möglichen Leute, die man in ein anständiges Haus in Athen gar nicht mehr hineinläßt«, sagte sie. »Und wie hast *du's* gern, Freund?«

Zwanzig Minuten später lag er weinend wie ein geprügeltes Kind in ihren Armen.

»Weine nicht«, tröstete sie ihn mit von Mitleid rauher Stimme. »Ich werde es niemandem erzählen, Junge. Das ist nicht so schlimm. Was hast du erwartet? Das Leben im Badehaus führt eben dazu, daß die Burschen zu nichts mehr zu gebrauchen sind. Wenn man einen kastrieren will, braucht man nicht unbedingt ein Messer dazu. Diese Schweine! Du hättest daran denken müssen, bevor du . . .«

»Ich bin doch nicht freiwillig dort!« brauste Ariston auf. »Ich wurde gefangengenommen und verkauft! Ich bin kein Strichjunge, Diotima!«

»Still, Kleiner«, sagte sie, »oder ich fang' auch noch zu heulen an. Und wie man das macht, habe ich schon vor Jahren vergessen. Soll ich dich wieder auf den Damm bringen und dir . . .« Sie gebrauchte den damals geläufigen, beschönigenden Ausdruck für eine der raffinierteren Arten des Verkehrs.

Er sah sie entsetzt an.

»Nein!« rief er.

»Schon gut. Ich dachte nur, du brauchst vielleicht Abwechslung. Die brauchst du auch, aber nicht so.« Sie betrachtete ihn abschätzend. »Ich sag' dir was, mein hübscher Junge. Geh zu der Adresse, die ich dir geben werde. Dort wohnt eine Freundin von mir. Parthenope – die schönste Frau, die du je gesehen hast. Sie hat hier angefangen. Aber schon nach zwei Wochen hat sie ein Reicher losgekauft. Das war vor meiner Zeit. Ich habe sie kennengelernt, weil sie manchmal zur alten Oreithyia auf Besuch kommt, mit der sie damals zusammen war. Komisch — sie sind genau gleich alt, aber Parthenope sieht aus wie ihre Enkelin.«

»Wozu sollte ich sie besuchen?« fragte Ariston verdrießlich. »Was kann sie mir schon viel helfen?«

»Hör zu, ich bin nicht die richtige Frau für dich. Eine alte Vettel wie ich. Parthenope aber kann dich kurieren. Sie ist liebenswürdig und gebildet. Sie liest, macht Gedichte. Die Weisen, die Philosophen sind ganz verrückt nach ihr. Sie ist eine richtige Hetäre, keine Porna. Und sie ist jetzt gerade frei, weil ihr Beschützer seinen Sohn verloren hat — ein Taugenichts, der bei einem Wagenrennen umgekommen ist. Wie es heißt, verlor der Dummkopf eine Wette an diesen liederlichen Alkibiades und konnte nicht bezahlen. Dafür zwang ihn Alkibiades, bei den Spielen im vorigen Monat an stelle eines seiner Sklaven einen mit vier Pferden bespannten Wagen zu lenken. Ihn, der nicht einmal mit einem Gespann von zwei Pferden zurechtkam — der weibliche Stutzer!«

»Wieso weißt du so viel über ihn?« fragte Ariston.

»Ich habe ihn ja oft genug gesehen, den Oibalides. Er ist der Sohn des Timosthenes, des Beschützers der Parthenope, und du siehst ihm ähnlich. Immer, wenn er kein Geld hatte und sein Vater ihm nichts geben wollte, bettelte er Parthenope um ein, zwei Minen an. Sie hat eine Schwäche für hübsche Burschen, diese Närrin. Besonders wenn sie so jung sind, daß sie ihre Söhne sein könnten. Na ja, jeder Mensch hat seine Fehler.«

»Besuchst *du* auch Parthenope?« fragte Ariston. »Wozu, Diotima?«

Sie hob den Kopf und sah ihn herausfordernd an.

»Ich bin — ich bin in sie verliebt. Schau mich nicht so an! *Du* müßtest das doch verstehen können. Glaubst du vielleicht, eine Frau, die, so wie ich, seit fünf Jahren in *diesem* Geschäft tätig ist, könnte noch einen *Mann* lieben?«

»Erwidert sie — deine Gefühle?«

»Sehr fein ausgedrückt. Wenn du damit meinst, ob sie mich läßt — die Antwort lautet: ja, manchmal. Und wahrscheinlich auch nur aus Mitleid. Ich weiß das, weil ich bei ihr habe, was mir kein Mann mehr geben kann. Aber sie genießt nur sehr selten mit mir. Wenn überhaupt. Wenn sie nicht nur so tut, weil sie höflich sein will. Jedenfalls . . .«

»Jedenfalls will ich nichts mit ihr zu tun haben!« unterbrach sie

Ariston. »Ich habe schon zuviele abartige Männer gesehen, als daß mich eine solche Frau reizen könnte. Leb wohl, Diotima – und danke.«

»Lämmchen«, bat Diotima, »geh nicht. Noch nicht. Bleibe zumindest eine Stunde. Nein, zwei. Bitte.«

Ariston starrte sie an.

»Wozu? Du hast doch selbst gesagt, daß du Männer nicht magst.«

»Ich mag sie auch nicht; mir wird übel, wenn mir diese brutalen Tiere nur vor Augen kommen. Aber du – du bist hübscher als ein Mädchen. Das ist *ein* Grund. Und der zweite ist, daß du mir einen Namen machst. Damit werde ich die alte Hekate, der das Haus gehört, dazu bringen, meinen Anteil an den Einnahmen zu erhöhen!«

Ariston starrte sie immer noch an.

»Verstehst du nicht, mein Honiglämmchen? Du siehst aus wie ein junger Prinz – nein, wie ein Gott. Jede von den Weibern war wild darauf, mit dir nach oben zu gehen. Sie hätten's umsonst gemacht mit einem so schönen Kerl wie dir. Und ich habe sie alle ausgestochen, sogar die jüngeren, hübscheren! Und je länger du bleibst, desto besser sieht es aus. Du brauchst's nicht noch einmal zu versuchen. Natürlich, wenn du willst, tu ich dir gern den Gefallen. Dazu bin ich ja da, nicht wahr?«

»Nein«, sagte Ariston. »Ich will nicht. Jetzt nicht mehr.«

»Aber du bleibst doch noch, Schätzchen?«

»Ja, aber unter einer Bedingung.«

»Und zwar?«

»Daß du für mich singst.«

Er besuchte die Hetäre Parthenope nicht, wie Diotima ihm geraten hatte. Statt dessen nutzte er die ihm zugestandene Freiheit während des Tages auf eine merkwürdige Art: er wanderte durch die Straßen, bis er auf eine Menschenmenge stieß, die der Rede eines Sophisten lauschte. Dann blieb er stehen, um zuzuhören, weil er einen entsetzlichen Hunger nach Verstehen und Wissen verspürte. Es war seltsam: in seinem spartanischen Leib lebte ein athenischer Geist. Vielleicht erhoffte er sich von diesen weisen Männern einen Fingerzeig, der ihm helfen würde, das geheimnisvolle Rätsel seines mißratenen Lebens zu lösen. Warum hatten so entsetzliche Dinge ihm und keinem andern zustoßen müssen? Warum wurde alles, was er anfaßte, von Brand befallen? Warum mußte jeder, den er liebte, leiden und sterben? Kannten die Götter kein Erbarmen? Gab es Götter? Wie ließ sich die wachsende Macht des Bösen in dieser Welt erklären?

Sokrates hielt keine Reden; er stellte nur Fragen, die die Leere in den Köpfen seiner Gesprächspartner, die eitle Hohlheit ihrer Begriffe, die Lächerlichkeit ihrer vorgefaßten Meinungen, schonungslos offenlegten, und sie damit so in Wut brachte, daß die jüngeren und tatkräftigeren unter seinen Anhängern nicht selten eingreifen mußten, um ihn vor körperlichem Schaden zu bewahren. Wenn dieser häßliche Philosoph Sokrates am Rednerpult stand, verdrückte sich Ariston in eine Ecke, denn er schämte sich und fürchtete, der Philosoph könnte ihn wiedererkennen. Das war aus zwei Gründen bedauerlich: erstens, weil er einen großen Teil der Gespräche nicht hören und, den Faden verlierend, der ausgeklügelten Argumentation des großen Mannes nicht folgen konnte; und zweitens, weil Sokrates fast sicher für ihn getan haben würde, was er später für den schönen jungen Phaidon tat, nämlich einen reichen Mann wie Kriton dazu zu bewegen, ihm seine Freiheit zu erkaufen.

Betrübt, weil er wieder einmal die Hälfte nicht mitbekommen hatte, und sich über das Gehörte den Kopf zerbrechend, kehrte er eines Tages von einem dieser Gespräche zurück, als das Ereignis eintrat, das er später mit Recht als den Wendepunk seines Lebens betrachtete.

Ein kleines Sklavenmädchen, kaum zwölf Jahre alt, trat an ihn heran und berührte ihn am Arm. Er sah in ihr Gesicht hinunter und war entsetzt, denn das kleine Ding hatte mehr Schminke aufgetragen als irgendeine Porna. Dann kam ihm zu Bewußtsein, daß sie das wahrscheinlich auch war, und er schüttelte ihre Hand ab. In diesem Augenblick hörte er eine weibliche Stimme »Halt!« sagen, und das eine Wort traf ihn wie ein Schwert. Denn es war die Stimme seiner Mutter, die zu ihm sprach – ebenso heiter und klar. Nur daß der Tonfall natürlich ionisch, nicht dorisch war, und darum noch melodischer.

Sie ließ ihren Schleier sinken und starrte ihn an. Er erwiderte ihren Blick und entschied, daß sie eine Göttin sein müsse. Kein menschliches Wesen konnte so schön sein.

»Du bist Ariston, nicht wahr?« sagte sie, und ihre Stimme machte aus seinem Namen Musik, den Beginn eines Liebeslieds, eine zärtliche Liebkosung.

»Ja«, antwortete er hölzern. Er errötete vor ihren Blicken.

»Diotima hat nicht gelogen«, sagte sie. »Du bist wirklich der schönste Junge auf dieser Erde. Also komm. Nimm meinen Arm.«

»Aber . . .«

»Das Schauspiel eines Mannes, der sich gegen eine Frau wehrt, ist lächerlich und obendrein noch seiner Männlichkeit abträglich, könnte man sagen. Aber es wird dir nichts anderes übrig bleiben, als mitzukommen, denn einen so prächtigen Kerl wie dich lasse ich niemals mehr aus! Du hast mich gehört, Ariston! Komm mit!«

Verlegen nahm er ihren Arm. Sie bedeckte ihr Gesicht wieder mit dem Schleier. »Geh voran, Phyllis!« wandte sie sich an das bemalte kleine Sklavenmädchen. Eng, wie an einen Geliebten an ihn geschmiegt, schritt sie neben ihm durch die staubige Gasse.

»Siehst du!« Parthenope lachte. »Es ist alles in bester Ordnung mit dir! Zeus ist unser Zeuge! Beim Gürtel der Aphrodite, ich fühle mich wie . . .«

»Leda?« schlug Ariston vor.

»Nein! Wie Europa! Wie Pasiphae! Komm, mein schöner, goldener Zeus-Taurus, wir wollen ein Bad nehmen!«

»Zusammen?«

»Natürlich! Wenn dich *das* nicht abgestoßen hat, warum sollte dir ein Bad unangenehm sein?«

Ariston überlegte eine Weile.

»Du hast wahrscheinlich recht«, antwortete er. »Sag mir, wer war Pasiphae?«

»Komm, ich werde es dir im Bad erzählen.«

Durch ein Rohr wurde heißes, duftendes Wasser in ein Marmorbecken geleitet, das groß genug war, um Zeus in Stiergestalt darin zu waschen. Während sie im Bad lagen, betrachtete Ariston sie nachdenklich. Ihr Körper war vollkommen. Und doch . . .

Zunächst war sie nicht wirklich blond. Er war noch naiv genug, nicht zu wissen, daß fast alle Hetären ihr Haar färbten, weil sie nicht zu unrecht annahmen, daß das Ungewöhnliche besonders anziehend wirke. Da echte Blondinen in Hellas sehr selten waren, hatte diese Annahme die Probe kommerziellen Erfolgs bestehen müssen und sich in der Folge als richtig erwiesen. Wie die meisten ihrer Kolleginnen in den oberen Rängen ihres Berufes, bleichte daher auch Parthenope ihre langen, dunkelbraunen Zöpfe zu einer eher häßlichen und ungleichmäßigen Blondheit, die zwischen weiß und goldgelb schwankte. Daß er die Unechtheit ihrer Haarfarbe erkannte, war gewissermaßen seine eigene Schuld. Diotimas von glühender Begeisterung getragene Beschreibung seiner Person hatte Parthenope so erregt, daß sie viel zu früh aus dem Haus gelaufen war. So war dem Sklavenmädchen keine Zeit geblieben, ihre kunstvolle Toilette zu Ende zu führen, die im klassischen Hellas die vollständige Enthaarung der Arme, Beine und aller anderen Stellen in sich schloß, wo der menschliche Körper hartnäckig am Haarbesatz tierischer Ahnen festhält. Was nun über Nacht gewachsen war und ihre Haut hier und dort mit einem leichten Schatten belegte, war viel zu dunkel.

Aber das war es nicht allein. Er hatte das Gefühl, daß dieser gute, schöne, vollkommene, wunderbar erfahrene und zweckdienliche Körper nicht mehr jung war. Er hätte sie nach ihrem Alter fragen mögen; doch wie gering seine Erfahrung mit Frauen auch sein mochte, wußte er doch, daß sich das nicht schickte. Also verlegte er sich aufs Raten. Fünfundzwanzig, dachte er, und wählte damit eine Zahl, die seinem achtzehnjährigen Verstand nicht mehr weit vom Greisenalter entfernt schien. Die Wahrheit hätte ihm die Sprache genommen: er hatte sie um schmeichelhafte zehn Jahre zu niedrig geschätzt.

»Lämmchen«, girrte sie, »hast du vor mir noch nie eine nackte Frau gesehen?«

»Doch, Hunderte«, antwortete er wahrheitsgemäß, »aber noch nie eine so reizvolle wie dich. Aber jetzt sage mir: wer war diese Pasiphae?«

Worauf sie ihm in ihrem heiteren, kultivierten Ionisch die wirklich unglaubliche Geschichte erzählte, wie es die kretische Prinzessin Pasiphae einrichtete, die Mutter des riesenhaften Minotaurus zu werden.

Sie beauftragte den großen Künstler Dädalus — der später als erster Mensch mit künstlichen Schwingen wie ein Vogel flog —, ihr aus Holz eine hohle Kuh zu schnitzen, die mit echter Kuhhaut überzogen, an gewissen Stellen mit Öffnungen versehen wurde. Dann legte sie ihre Kleider ab und schlüpfte dergestalt in die Kuh hinein, daß ihre Arme in den Vorderfüßen und die Beine in den Hinterfüßen staken. Dann schob man sie auf die Wiese hinaus, wo dieser reine, weiße, dem Poseidon geweihte Stier wartete, und ...«

Ariston sah sie an.

»Es tut mir leid, Parthenope«, sagte er dann. »Verzeih mir.«

»Bei Eros und Aphrodite, was soll ich dir denn verzeihen?«

»Weil ich in dir das Gefühl erweckt habe, eine zweite Pasiphae zu sein. Oder wolltest du mich nur hänseln? Mein Onkel Hippolytus machte sich über diese Sagen immer lustig. Körperliche Liebe zwischen einer Frau und einem großen Tier, wie etwa ein Stier, sagte er, wäre unmöglich. Oder — verhängnisvoll.« Er wiederholte Hippolytus' witzige Bemerkung, wobei er die Worte und Gesten des dicken kleinen Sybariten parodierte.

Parthenope lachte, bis ihr die Tränen über die Wangen liefen und sich mit dem Badewasser vermischten.

»Unmöglich, nein«, meinte sie, »aber verhängnisvoll — beinahe. Allerdings — ein erfrischendes Verhängnis, mein Schöner, ähnlich dem der ersten Nacht. Darum komm jetzt!«

»Wohin?« fragte Ariston.

»Zurück ins Bett, mein kleiner Minotaurus!«

»Diotima sagt, du siehst jemandem ähnlich, den ich kannte«, sagte Parthenope, als sie wieder neben ihm lag und ihm kleine Kuchen in den Mund stopfte. »Sie nannte keinen Namen, aber sie schwor mir, ich würde es sofort bemerken. Nun, ich sehe nichts. Ich habe nie einen Mann gekannt, der auch nur halb so schön gewesen wäre wie du. Laß mich nachdenken, laß mich nachdenken . . . wem diesseits des Tartarus siehst du . . .«

»Nicht diesseits des Tartarus.«

»Tatsächlich!« flüsterte sie. »Beim Zeus, tatsächlich und wahrhaftig! Du bist natürlich viel, viel schöner, vor allem, weil es dir gelungen ist, dir deine Männlichkeit zu bewahren . . . Oh! Große Athene, ich danke dir! Und auch dir, Hera, Mutter der Götter!«

»Ich glaube nicht an die Götter«, versetzte Ariston steif. »Aber möchtest du mir sagen, wofür du ihnen dankst?

»Dafür, daß sie mir einen Weg gezeigt haben, dich von deiner Schande zu befreien«, flüsterte sie. »Dich aus dieser Scheußlichkeit zu erretten, die du erduldet hast, ohne deine Reinheit zu verlieren. Steh auf!«

»Ich soll aufstehen?«

»Ja, steh auf und geh zurück in deine Lasterhöhle! Ich habe viel zu tun. Ach, Lämmchen, schau mich nicht so entsetzt an! Was ich tue, tu' ich für dich. Schon morgen abend wird dir alles nur wie ein böser Traum erscheinen!«

Sie hielt Wort. Denn zur Mittagsstunde des nächsten Tages, als Ariston eiligen Schrittes dem Platz zustrebte, wo Sokrates, wie er in der vergangenen Nacht von einem Kunden erfahren hatte, über die Existenz der Götter sprechen wollte, sah er sie auf ihn zukommen.

Er stieß einen leisen Fluch aus und blieb stehen, weil er sicher war, daß sie ihn gesehen hatte. Aber sie ging weiter, ohne sich aufzuhalten; und dann sah er, daß ein großgewachsener, kahlköpfiger, etwa sechzigjähriger, magerer und sehniger Mann mit einer Hakennase und dem seine augenblickliche Mission Lügen strafenden Ausdruck asketischer Strenge auf seinen Zügen, auf einem prächtigen Pferd hinter ihr herritt.

Eifersucht schoß plötzlich eiskalt in ihm auf und nahm ihm den Atem. Es tat schrecklich weh. Er hatte sich eingeredet, daß Parthenope ihm nichts bedeutete, daß sie viel zu alt war, daß er sie nur gebrauchte, um sich von seinen perversen Kunden nicht in ihre Reihen treiben zu lassen, daß . . .

Zum Hades mit ihr! empörte er sich. Was kümmert's mich? Sie ist doch nur eine Hure! Wie es in ihrem Innersten alle Frauen sind! Sogar meine Mutter . . .

Er gebot seinen Gedanken Einhalt, um eine so furchtbare Lästerung auch nicht im Geiste auszusprechen, fuhr sich mit der Hand zornig über die Augen und setzte mit großen, leichten Schritten seinen Weg dorthin fort, wo Sokrates mit der Menge debattierte.

Eine Stunde später kehrte er durch dieselbe Straße wieder zurück. Er war verärgert, gekränkt und nicht wenig enttäuscht. Sokrates hatte nur gesagt: »Wir wissen nichts von den Göttern. Wozu also über Dinge reden, in deren Natur es liegt, daß sie über menschliche Erkenntnisse hinausgehen? Hat einer von euch die Führung irdischer Geschäfte so gemeistert, daß er sich zur Herrschaft über himmlische aufwerfen könnte? Das Beste, was ihr tun könnt, Freunde, ist, euch selbst euer Unwissen einzugestehen, dem delphischen Orakel zu gehorchen, in angemessener Form Opfer zu bringen, und nicht weiter an die Sache zu denken.« Und als ein offenbar Fremder ihn fragte, wie man die Götter dann verehren sollte, witzelte der häßliche alte Spötter: »Jeder nach dem Brauch seines Landes.«

Nicht sehr zufriedenstellend, dachte Ariston. Glatt wie ein Aal ist er, der verdammte Kerl!

Ariston blieb jäh stehen, weil ihm plötzlich bewußt wurde, daß ein Mann ihm den Weg versperrte. Absichtlich. Er öffnete den Mund, um ihn grob anzufahren, verschluckte aber sogleich seine Beleidigungen. Denn erstens erkannte er in dem Athener den Reiter wieder, der eine Stunde zuvor Parthenope gefolgt war. Zum zweiten aber starrte ihn dieser stolze Patrizier mit einem Ausdruck an, wie er ihn in seinem ganzen Leben nur auf *einem* Gesicht gesehen hatte: auf dem seines Vaters, des Heloten Talos.

Er trat näher und sein Staunen wuchs. Tränen standen in den Augen des Alten. Und dann erkannte er mit einem Gefühl, das nicht so sehr aus dem Denken, als vielmehr aus dem Instinkt geboren wurde, daß die fein geschnittenen Züge der Strenge, des aristokratischen Hochmuts, nur Schein und Täuschung waren — daß ein unendlich gütiger Mann vor ihm stand.

»Herr«, sagte er, »bist du krank? Oder — ist etwas an mir, das dich — kränkt? Ich versichere dir, es geschieht ohne Absicht.«

»Ariston«, antwortete der Mann, und seine Stimme klang tief und traurig wie das Meer. Dann zog er den Jüngling wortlos in seine Arme.

Ariston leistete keinen Widerstand. Er ließ es zu, daß der Mann ihn festhielt, ihn küßte, und seine jungen Wangen mit Tränen benetzte.

»Du bist«, sagte er, »der Hipparch Timosthenes, nicht wahr, Herr? Und ich — sehe dem Sohn ähnlich, den du verloren hast. Ist es das, Herr? Wenn ja, tut es mir leid. Ich bereite nicht gern Schmerz.«

»Was du bereitest, mein Sohn, ist Freude«, erwiderte Timosthenes. »Besser gesagt, du wirst sie mir bereiten, sobald . . .«

Er brach ab, schob Ariston von sich, bis er ihn in Armeslänge vor sich hielt, und blickte forschend in sein junges Gesicht.

»Ariston«, sagte er dann, »möchtest du — mein Sohn sein?«

Ariston überlegte. Er wußte eigentlich nicht, ob er jetzt irgendeines Mannes Sohn sein wollte. Frei wollte er sein. Doch wie oft hatte er Sokrates schon behaupten hören, daß Freiheit ein relativer Begriff sei? Und selbst noch als Sklave dieses Mannes würde er freier sein, als er es jetzt im ›Badehaus‹ war. Er würde zumindest keinem mehr erlaubt sein, sich in widerwärtiger Weise an seinem wehrlosen Körper zu vergehen.

»Ja, Herr«, antwortete er.

»Gut!« sagte Timosthenes. »Dann wollen wir uns jetzt zu dem

syrischen Schwein begeben. Ich werde ihm für deine Freiheit geben, was er fordert.«

Ariston legte die Stirn in Falten. Er wußte, daß die Taktik, die sein neugefundener Wohltäter zu verfolgen beabsichtigte, die denkbar schlechteste war, denn ein in allen Listen und Ränken erfahrener Halunke wie Polyxenus würde diesem rührseligen Edelmann eine ungeheure Summe abverlangen. Das mußte um jeden Preis verhindert werden. Aber wie? In Hermes', des Gottes der Gauner, Schwindler und Diebe Namen – wie?

Dann kam ihm der rettende Gedanke. Er sah die Straße hinauf und hinunter. Das belagerte Athen war so mit Menschen vollgestopft, daß man vor Lauschern stets auf der Hut sein mußte. Es gab nicht wenige, die den Inhalt von Gesprächen reicher und bedeutender Männer, wie Timosthenes einer war, an andere weitergaben, die davon profitierten – und in dieser Tätigkeit ein bequemes und reichliches Auskommen fanden. Zu den vielen Dingen, die er im Laufe seiner Begegnungen mit der Athener Unterwelt erfahren hatte, zählte auch, daß es in ganz Hellas keine Stadt gab, die so von der ruchlosen Sippschaft der Erpresser geplagt wurde wie die Hauptstadt Attikas. Nachdem er festgestellt hatte, daß sich im Umkreis von einer Rute von ihrem Platz keine Lauscher befanden, beugte Ariston sich schnell an das Ohr des stolzen Hipparchen und flüsterte ihm etwas zu, was nur Timosthenes hören konnte.

Während er lauschte, nahmen die fein geschnittenen Züge des Edelmannes einen so abweisenden, drohenden Ausdruck an, daß Ariston zu stottern begann und schließlich vestummte.

»Sprich weiter!« sagte Timosthenes.

»Verzeih mir, edler Timosthenes«, sagte Ariston, »aber es geht wirklich nicht anders. Was ich dir vorschlagen möchte, ist . . .«

Der große Mann hörte aufmerksam zu. Nach und nach schwand die stählerne Härte der Mißbilligung aus seinem Antlitz. Ersetzt aber wurde es durch die Glut tiefen Zorns.

»Der Sohn eines Mannes, dessen Ländereien groß und fruchtbar genug sind, um fünfhundert Scheffel im Jahr hervorzubringen?« knurrte er.

»Ja«, flüsterte Ariston, »und der Vater des anderen ist Hipparch wie du, Herr.«

»Beim wolkenballenden Zeus!« fluchte Timothenes. »Wohin soll das noch führen?«

»Zu nichts Gutem, fürchte ich, außer ...« Ganz bewußt ließ Ariston den Satz unbeendet im Lärm der Straße untergehen.

Ein leises Lächeln flackerte in Timosthenes' kleinen blauen Augen auf. Er ließ seine Hand schwer auf Aristons Schulter fallen.

»Ich tu's«, sagte er. »In einem solchen Falle darf man nicht wählerisch sein. Es ist schließlich auch nicht üblich, einen juwelenbesetzten Dolch zu gebrauchen, um ein Schwein abzustechen, nicht wahr?«

Ariston stieß einen langen Seufzer der Erleichterung aus. Dann lächelte auch er.

»Womit du es auch immer abstichst, Herr, sieh zu, daß der Stoß sitzt!« sagte er.

Als Polyxenus die Erscheinung und die Kleidung der drei Fremden, die im offenen Torweg des Badehauses standen, näher ins Auge faßte, verneigte er sich so schwungvoll und tief, daß er mit der Stirn fast den Boden berührte. Dann richtete er sich auf und rieb seine schwammigen kleinen Hände, als wollte er sich die Haut abziehen.

»Meine Herren!« murmelte er. »Edle Ritter! Mein ärmliches Haus ist wahrlich geehrt ...«

Er unterbrach sich, und seine dunkle Gesichtsfarbe wurde ein wenig grauer. Er hörte auf, sich die Hände zu reiben. Er ließ seine schwulstigen Lippen hängen. Weißlicher Speichel tropfte aus seinem Mundwinkel in den pechschwarzen Bart.

»Der edle Timosthenes!« stieß er hervor. »Aber ... aber ...«

Timosthenes lächelte ihn an. Das Lächeln war frostig vor Verachtung.

»Man hat dir gesagt, ich fände keinen Geschmack an Spielen, wie sie hier getrieben werden — ist es nicht so, Syrer?«

»In der Tat, Herr«, bestätigte Polyxenus. »Mehr noch: ich hörte, du seist ein erbitterter Gegner.«

»Ach, da hast du zuviel gehört«, entgegnete Timosthenes. »Es ist meine Absicht, daß die Freiheit des Menschen auch das Recht einschließt, sich zu erniedrigen, wenn es ihn danach verlangt. Diese edlen Herren aus Argos suchen ein wenig Kurzweil von der sonderbaren Art, wie du sie anzubieten pflegst. Sie wissen, daß ich derlei Verirrungen der menschlichen Natur mißbillige, aber die Gastfreundschaft gebietet mir, meine Meinung zurückzustellen, was mir um so leichter fällt, als ich selbst nicht die Absicht habe, mein

Fleisch auf diese abscheuliche Weise zu beflecken. Also sorge für ihre Zerstreuung, Syrer! Ich werde hier warten.«

Polyxenus musterte die zwei argivischen Edelleute mit einigem Unbehagen. Dann beruhigte er sich ein wenig. Seine langjährige Praxis im Umgang mit dieser Art von Kunden gab ihm Sicherheit. Die beiden waren vom kernigen, männlichen Typ, Familienväter, strenge Ehemänner, die in der Öffentlichkeit lautstark über weibische Weichlinge herzogen und von ihrer Männlichkeit viel Aufhebens machten – zu Hause. Aber fern ihrer Heimatstadt und aus dem Bereich neugieriger Blicke und klatschender Zungen zeigten sie an einem hübschen Knaben ebensoviel Geschmack wie jeder andere Hellene.

Oh, von dieser Sorte hatte er schon genug gesehen!

»Haben die Herren besondere Wünsche?« fragte er.

»Nun ja«, sagte einer der argivischen Hipparchen, »ein Besucher aus Athen hat uns erzählt, du hättest hier zwei besonders zartgeformte Jünglinge ... Sie heißen – Temos, wie heißen sie doch, die zwei kleinen Taugenichtse?«

»Diomedes und Iphiklos, glaube ich«, sagte der andere Hipparch.

»Euer Freund hat Geschmack!« rief der Syrer. »Die beiden sind wirklich meine besten Jungen, ausgenommen ...«

»Ausgenommen wer – oder, besser gesagt – was?« fragte spöttelnd Timosthenes.

»Ein junger Spartaner namens Ariston«, erwiderte Polyxenus dreist, »ein Jüngling von nahezu göttlicher Schönheit. So liebreizend ist er, Herr, daß, wüßte ich nicht, wie unerschütterlich deine Tugend ist, ich ...«

Kalt wie Eis und hart wie Stein war der Blick, den Timosthenes auf den Syrer richtete. Dann lächelte er, aber es war eher ein hämisches Grinsen.

»Laß ihn kommen«, sagte er, »und wir wollen die Probe machen!«

Die argivischen Hipparchen hatten sich mit den beiden parfümierten, lispelnden Lustknaben in die Schlafräume zurückgezogen, und Timosthenes saß mit Ariston und dem Inhaber des Badehauses in der Halle und plauderte. Vor dem überzeugenden Beweis, daß hier kein falsches Spiel getrieben wurde, daß die zwei großen, kräftigen Männer tatsächlich gekommen waren, um von seinen delikaten Waren zu naschen, hatten Polyxenus' Ängste sich gelegt. Er beeilte sich, den athenischen Hipparchen wissen zu lassen, daß er sich nach Belieben mit dem Jüngling unterhalten könne — sofern sich kein Kunde zeigte, dessen Nöte dringlicherer Natur waren.

»Ich werde dir für die Zeit, die wir im Gespräch verbringen, das Übliche zahlen, Syrer«, sagte Timosthenes. »Sieh zu, daß wir nicht gestört werden!«

»Selbstverständlich, Herr!« versicherte Polyxenus mit gewohnheitsmäßiger Unterwürfigkeit. »Aber fändest du es nicht gemütlicher, und könntest du euer — Gespräch — nicht ungestörter führen, wenn du dich, sagen wir, in seinen Schlafraum zurückzögest?«

»Wenn ich ›Gespräche‹ sage, meine ich ›Gespräche‹«, entgegnete Timosthenes. »Und dazu taugt dieser Raum ganz augezeichnet. Außerdem möchte ich, daß du uns Gesellschaft leistest. Ich meine, daß diese Unterhaltung für uns beide von Nutzen sein könnte.«

»Wie du es wünschest, edler Hipparch«, sagte Polyxenus.

Timosthenes wandte sich Ariston zu.

»Nun erzähle«, begann er, »gefällt dir dieses Leben?«

»Nein, Herr, ich hasse es!« erwiderte Ariston.

»Warum führst du es dann?«

»Weil ich — weil ich ein Sklave bin«, antwortete Ariston mit trauriger Miene. »Er, Polyxenus, hat mich dafür gekauft.«

»Und gewiß auch wegen deiner großen Schönheit«, meinte Timosthenes. »Sie fällt auch mir ins Auge, wenn auch nicht aus unmännlichen Beweggründen. Schon eher darum, weil du mich an den Sohn erinnerst, den ich verloren habe und dem du sehr ähnlich siehst. Und darum habe ich mir vorgenommen, dich von diesem schändlichen Leben loszukaufen. Sag, Syrer, was willst du für ihn haben?«

Polyxenus setzte sich auf. Dann zuckte ein leises Lächeln um seinen Mund.

»Dein ganzes Vermögen, Herr«, antwortete er spöttisch, »dazu das deiner beiden Freunde da drinnen, dazu den Schatz deiner Familie, dazu . . .«

Timosthenes schüttelte gelassen das Haupt.

»Nein, Syrer«, sagte er gelassen, »du wirst dich mit viel weniger begnügen müsen. Um genau zu sein — nein, warte. Wir wollen den Hauptbeteiligten fragen. Ariston, mein Sohn, wieviel soll ich ihm anbieten?«

»Eine Mine«, antwortete Ariston, »und keinen Obolus mehr. Er hat fünfzig Minen für mich bezahlt. Bedenkt man, was er seitdem an mir verdient hat, ist der Preis durchaus gerecht. Bist du nicht meiner Meinung, Herr?«

»Durchaus«, sagte Timosthenes und nahm die Silbermünze aus seiner Börse.

Polyxenus ließ seine Blicke von einem zum andern wandern. Er war kein Dummkopf. Er wußte jetzt, daß etwas im Gange war – aber was? Er konnte es sich einfach nicht vorstellen.

»Du scherzest, Herr«, fing er an. »Du denkst doch nicht im Ernst, daß ich mich damit begnügen könnte!«

»Ich scherze niemals«, entgegnete Timosthenes streng, »und ich brauche auch nicht darüber nachzudenken, womit du dich begnügen wirst, denn ich weiß es schon.« Dann drehte er den Kopf zur Seite und rief mit lauter Stimme:

»Temos! Miltrades! Kommt jetzt und bringt eure Schoßhündchen mit!«

Die Hipparchen erschienen mit den zwei Knaben. Timosthenes sah die halb-männlichen Wesen mit funkelnden Augen an.

»Diomedes«, zischte er, »Sohn des Thenelaides aus dem Geschlecht Lapodia, freigeborener Bürgersohn, was hast du zu deiner Verteidigung vorzubringen?«

»Herr!« stieß der Junge hervor. »Du wirst – du wirst es doch nicht meinem Vater verraten, nicht wahr? Er würde ... er würde mich ...«

Timosthenes' frostiger Blick ließ sie verstummen. Er suchte nach einem Zeichen der Milde im Antlitz des Hipparchen, doch vergeblich. Dann fing er plötzlich herzzerreißend zu weinen an.

Timosthenes beachtete ihn nicht weiter.

»Iphiklos«, sagte er in strengem Ton, »Sohn des edlen Hipparchen Thessalos aus dem Geschlecht der Skambonidae, freigeboren, Sohn nicht eines einfachen Bürgers, nein, eines Edelmannes – was hast *du* zu deiner Verteidigung zu sagen?«

Iphiklos öffnete den Mund, doch was über seine Lippen kam, war ein einziges schrilles Wehgeschrei. Unterwürfig fiel er vor Timosthenes auf die Knie.

»Mein Vater bringt mich um!« rief er, »und ich bin doch noch zu jung, zu sterben!«

Ariston wandte den Blick von ihnen ab. Der Anblick ihrer Schande war zu schmerzlich. Statt dessen betrachtete er den Inhaber des ›Badehauses‹. Auch der Syrer sank jetzt auf die Knie, das Gesicht rötlich-grau. Sein Mund stand offen, aber es kam kein

Laut hervor. Wild zuckten seine blauen Lippen, während sie versuchten, Worte zu formen.

»Polyxenus, du syrisches Schwein«, sagte Timosthenes mit ruhiger Stimme, »was wirst du tun, wenn diese Herren, meine Freunde, vor dem Geschworenengericht erscheinen und angeben, daß sie hier, in *deinem* Haus, mit diesen zwei Knaben, beides Bürgersöhne, geschlafen haben? Willst du dem Gericht vormachen, du habest nicht gewußt, daß es ein Verbrechen ist, einen freigeborenen Athener zu bewegen, seinen Körper zu prostituieren? Ein Verbrechen, das die Konfiskation aller deiner Güter, eine langjährige Gefängnisstrafe und, nach deren Verbüßung, die immerwährende Verbannung aus Attika nach sich zieht. Sprich, Hundesohn, was wirst du tun?«

»Gnade, Herr!« Polyxenus war den Tränen nahe.

»Gnade?« Timosthenes zog die Brauen hoch. »Ich sollte dir Gnade gewähren, der du dich weigertest, diesen edlen und keuschen Jüngling aus der Schmach zu entlassen, in die du ihn getrieben hast? Dir, der du mein Vermögen und das meiner Freunde fordertest, um ...«

»Vater«, unterbrach ihn Ariston.

»Ja, mein Sohn?« Es klang sehr zärtlich.

»Laß ihn Gnade finden. Sei großmütig. Er hat diese zwei weibischen Fexe nicht gezwungen, in sein Haus zu kommen. Und auf seine Art, nach dem beschränkten Maß seiner Einsicht, hat er mich anständig behandelt. Bringe ihn dazu, in Anwesenheit dieser Herren als Zeugen, eine Mine als Entgelt für mich anzunehmen und einen Kaufvertrag zu unterschreiben. Das und der Verlust meiner Dienste wird ihm Strafe genug sein.«

Timosthenes sah Ariston erstaunt an.

»Du bist ein edler Jüngling«, sagte er dann. »So die Götter wollen, wirst du mir ein besserer Sohn sein als der, den ich verlor. Nun, Syrer? Du hast die Wahl. Willst du mir diesen jungen Mann verkaufen oder ...?«

»Nimm ihn!« kreischte Polyxenus. »Nimm sie dir alle drei!«

»Nein«, sagte Timosthenes, »dieser eine genügt mir. Die beiden da magst du behalten. Nun, Ariston, glaubst du, ein Dasein als mein Sohn ertragen zu können?«

Wortlos kniete Ariston vor dem edlen alten Mann nieder, beugte sich vor und küßte seine Hände.

»Die Götter könnten mir kein schöneres Geschenk machen, Herr!« sagte er.

So kam es, daß Ariston, bei Sonnenuntergang noch ein Sklave in einem Badehaus, bei Sonnenaufgang frei und Adoptivsohn des reichsten Mannes in Athen war. Die Parzen hatten ihm endlich gelächelt.

Sofern die Parzen überhaupt lächeln können.

Oder die Furien jemals schlafen.

XII

Der Oberaufseher der Sklaven studierte den Kaufvertrag und reichte ihn Timosthenes zurück.

»Du verstehst, daß das schwer sein wird, edler Timosthenes«, sagte er. »Wir haben hier an die zwanzigtausend Mann in den Minen. Aber das Wort des Generals ist für mich natürlich Gesetz. Es wird alles geschehen. Doch es wird einige Zeit dauern. Wir werden zuerst mit den Aufsehern der Nachtschicht sprechen – diese Leute schlafen jetzt, und das macht es leichter, einen einzelnen Sklaven herauszufinden. Und wenn ein glücklicher Zufall es will, daß der Freund deines Sohnes sich unter ihnen befindet ...«

»Gut«, sagte Timosthenes.

Der Oberaufseher wandte sich an Ariston.

»Hättest du die Güte, mir deinen Freund zu beschreiben, junger Herr?«

»Wozu?« entgegnete Ariston. »Er ist seit sieben Monaten hier. Welchen Zweck hätte es, dir jetzt eine Beschreibung von ihm zu geben?«

»Das ist wahr ...« Der Oberaufseher seufzte. »Das Leben hier ist hart, und es verändert die Menschen.«

»Es ist Mord«, sagte Ariston. »An der Seele noch mehr als am Körper. Wie jede Art von Sklaverei.«

Der Oberaufseher warf einen erstaunten Blick auf diesen Jüngling, dessen Augen weder zu seiner Jugend noch zu seiner Schönheit paßten.

Er hatte solche Augen schon oftmals gesehen und wußte, was sich für gewöhnlich dahinter verbarg. Es war gut, es zu wissen. Manchmal, wenn man schnell genug war, konnte man einen Sklaven mit solchen Augen daran hindern, sich in den Schmelzofen zu stürzen oder sich einen Meißel in dic Brust zu stoßen oder sich mit einem Schmiedehammer den Schädel einzuschlagen. Manchmal. Aber so einer starb gewöhnlich ohnehin. Nur ein bißchen später. Ohne Hoffnung können Menschen nicht leben.

»Hör, Ariston!« mahnte Timosthenes. »Man darf nicht verallgemeinern. Meine Haussklaven zum Beispiel . . .«

». . . sind Dinge, die du besitzt. Wie deine Pferde, Maultiere, Esel und Ziegen. Du mißhandelst sie auch nicht, aber sie sind eben nur – Vieh. Ich frage dich: Hat der Mensch eine Seele?«

Timosthenes betrachtete diesen sonderbaren, stürmischen jungen Mann, der jetzt sein Sohn war.

»Ja«, antwortete er.

»Nun denn: wie wirkt es auf diese Seele, die wir angeblich besitzen, zu *wissen*, daß man eines anderen Menschen Eigentum ist? Daß man geschlagen, gequält, getötet werden kann?«

»Ariston . . .«

»Laß mich zu Ende sprechen, Vater. Nimm an, du bist nichts Schlimmeres als ein Paidagogos, hast nichts Beschwerlicheres zu tun, als Kinder zur Schule und wieder heimzubringen; oder ein Mann von großer Bildung, wie sich ihn die Reichen zuweilen kaufen, damit er ihre Kinder zu Hause erzieht . . . weißt du, mein lieber und geachteter Vater, daß du trotzdem die Augen zum Himmel erheben und *weinen* mußt, wenn ein Vogel auf freien Schwingen über dir seine Bahn zieht?«

»Ja«, sagte der Oberaufseher, »das ist wohl wahr.«

Ariston richtete einen fragenden Blick auf ihn.

»Woher willst *du* das wissen?«

»Weil ich ein Sklave bin, Herr«, sagte er.

Ariston stand da. Dann streckte er seine Hand aus und ließ sie auf der Schulter des Oberaufsehers ruhen.

»Verzeih«, sagte er. »Ich wußte es nicht.«

»Du brauchst dich nicht zu entschuldigen«, erwiderte der Oberaufseher. »Von den Wachen abgesehen, ist hier keiner frei. Meine Werkmeister, meine Vorarbeiter sind alle Sklaven. Freie Männer bleiben nicht in Laurion, ihr Herren. Sie können es nicht. Eine Mine und siebzig Drachmen pro Tag einnehmen, wie das der große, edle und fromme Nikias mit seinen tausend Sklaven macht, ist gewiß nicht schlecht; eine andere Sache ist es, zusehen zu müssen, wie Menschen um dieses Reichtums willen gedemütigt, zu Tieren gemacht und langsam zu Tode gemartert werden. Wir müssen hierbleiben. Wir können unsere Augen nicht abwenden. Manche von uns sind gezwungen, sich als Folterknechte zu betätigen. Und ich will kein

Hehl daraus machen: die lernen dann schnell, Genuß daran zu finden, ihre Kameraden zu quälen. Die Seele ist eine dunkle See voller Wirbel und Untiefen . . .«

»Ich finde diese Unterhaltung sinnlos«, unterbrach ihn Timosthenes in strengem Ton. »Wir wollen sie beenden. Nur eines möchte ich euch noch zu bedenken geben: welcher Mensch, der auf dieser Welt seinen Weg geht und die Luft des Himmels atmet, ist wirklich – frei?«

Ariston starrte seinen Adoptivvater an. Dann ging er zu ihm und küßte ihn auf die Wange.

»Vergib mir, Vater«, sagte er.

»Schon gut«, wehrte Timosthenes mit rauher Stimme ab. »Nun, Oberaufseher, wollen wir uns jetzt nach diesem Orchomenus auf die Suche machen, den freizukaufen mich mein Sohn so dringend bat?«

»Das geschieht bereits, Hipparch«, sagte der Oberaufseher. »Wollen die Herren mittlerweile das Bergwerk besichtigen?«

»Gern«, sagte Timosthenes.

Erst nachher wurde sich Ariston der feinen Bosheit bewußt, die hinter dem Vorschlag steckte, denn Pantarkes, der Oberaufseher, ersparte ihnen nichts. Er führte sie den langen, schräg abwärts gerichteten Schacht hinunter, bis sie in die Stollen sehen konnten. Diese Stollen waren so niedrig, daß die Männer teils auf den Knien arbeiten mußten, teils auf dem Bauch oder auf dem Rücken lagen und mit Schlägel und Eisen das Erz aus dem Verband lösten. Sie hielten die Augen geschlossen, um sie vor dem niederprasselnden Gestein zu schützen. Das Erz wurde von Mann zu Mann in Körben weitergereicht, weil ja einer am andern nicht vorbeikonnte. Der einzige Vorteil ihrer Lage war, daß die Enge der Stollen es den Aufsehern unmöglich machte, ihre mit Bleispitzen versehenen Rindslederpeitschen wirksam zu gebrauchen. Dennoch gelang es ihnen hin und wieder, Blut spritzen zu lassen, wenn ein Sklave sich einen Augenblick Ruhe gönnte.

Der Gestank war entsetzlich: Schweiß, Exkremente und Urin, Staub und Blut und da und dort sogar Verwesung, wo ein Sklave von Gesteinstrümmern eingeschlossen worden war, ohne daß es möglich gewesen oder sich gelohnt hätte, seinen wertlosen Kadaver auszugraben.

Sie kamen ins Mahlwerk. Endlos trotteten die Sklaven hier im Kreis und schoben gewaltige Balken vor sich her, die die schweren eisernen Keulen in dem riesenhaften Mörser in Gang hielten. Hier hatten die Aufseher genügend Raum, um ihre Peitschen zu schwingen. Die Rücken der Sklaven boten einen entsetzlichen Anblick. Wasser- und Menschenkraft vereint betrieben im Stampfgang die großen Mahltrommeln aus diamanthartem Trachyt, die das gebrochene Erz so lange rieben, bis es fein genug war, gesiebt zu werden. Sklaven schaufelten es gegen die Siebe; die Teilchen, die durchfielen, gingen zum Wäscher, wo sie auf schräge Steintafeln geschleudert und mit Wasserstrahlen aus den Zisternen durchgewaschen wurden; wieder und wieder kreiste der strömende Fluß in scharfen Winkeln, bis sich die schweren Metallteilchen setzten und der Gesteinsstaub davongeschwemmt wurde. Dann die Schmelzhütte mit Hunderten von kleinen Öfen, von Sklaven bedient, die allesamt dem Tod entgegengingen – die eingeatmeten Dämpfe hatten schwere Lungenkrankheiten zur Folge. Dahinter der Scheideraum, wo das Silber von seiner Bleibeimischung getrennt wurde, indem es auf Scheidekapellen aus porösem, der Luft ausgesetztem Stein neuerlich erhitzt wurde. Das Blei vermengte sich mit der Luft und wurde zu Bleiglätte; das nun zu 99 Prozent reine Silber schwamm auf der Oberfläche und wurde abgeschöpft, während die Sklaven, die das Abschöpfen besorgten, Blut spuckten und Lungenfetzen aushusteten.

Nie wieder, dachte Ariston im stillen, werde ich eine Drachme anfassen können, ohne einen wilden Schmerz zu verspüren.

Doch als sie in die Kanzlei zurückkehrten, war Orchomenus schon da und wartete auf sie. Orchomenus – oder was von ihm noch übrig war. Ein bärtiges, dreckiges Tier, dessen riesige Muskeln den Körper so niederzudrücken schienen, daß er nicht gerade stehen konnte, starrte ihnen aus den wilden Augen einer Bestie entgegen. Man hatte ihm die Nase gebrochen und ein Zeichen in die Stirn eingebrannt. Er war an Händen und Füßen gefesselt und verbreitete einen entsetzlichen Gestank.

Dann erkannte er Ariston und grinste.

»Du«, sagte er, »dem es immer wieder gelingt, allem zu entwischen!«

»Außer vielleicht dir«, entgegnete Ariston und küßte ihn trotz seines Gestanks. Dann wandte er sich an die Wachen: »Schlagt ihm die Fesseln ab!«

Nachdem er gebadet und ausreichend gespeist und getrunken, und als man ihm das Haar geschnitten und den Bart gestutzt und ihn mit Duftöl eingerieben hatte, sah Orchomenus am Abend jenes

Tages wieder fast menschlich aus. Ernst und bedächtig besprach er mit Timosthenes die Möglichkeit, sich von einem Chirurgen das häßliche Brandmal von der Stirn entfernen zu lassen, das ihm seine vielen Versuche, aus dem Bergwerk zu fliehen, eingetragen hatten.

»Du wirst natürlich eine Narbe behalten«, meinte Timosthenes, »aber man wird annehmen, sie rühre von einer Wunde her, die du durch Zufall oder im Krieg erlitten hast.«

»Gut«, sagte Orchomenus, »dann werde ich mich dieser Operation unterziehen. Zeus ist mein Zeuge, daß ich Schmerzen ertragen kann. Was mir mehr Sorgen macht, ist die Frage, wovon ich leben werde. Über das Töten von Menschen hinaus besitzen wir Spartaner nur wenig Fertigkeiten. Du kennst das System, Herr? Unkündbarer Pachtbesitz, Bestellung des Landes durch Heloten. Dadurch werden wir . . .«

». . . zu Sklaven der Pflicht, der Disziplin, und der Notwendigkeit, eine überwältigende Mehrheit von rebellischen Sklavenvölkern im Zaum zu halten«, führte Timosthenes nüchtern den Satz zu Ende. »Ich möchte kein Spartaner sein, Freund.«

»Ich auch nicht mehr«, sagte Orchomenus ruhig. »Ich habe nicht die Absicht, nach Sparta zurückzukehren. Überdies ist mein Leben an das Aristons gekettet – durch Bestimmung, Geschick . . .«

»Und nicht auch durch Liebe?«

»Wahrscheinlich auch das, obgleich ich mich nur allzuoft versucht fühle, ihm den Hals umzudrehen. Er ist ein lästiger Bengel – sollte dir das noch nicht aufgefallen sein, Herr?«

»Doch, doch.« Timosthenes lächelte. »Aber er hat ja auch ausreichend Gründe für sein Verhalten. Und was deine Zukunft betrifft – ich werde dir Arbeit geben. Nächste Woche, nachdem du dich erholt und einen kleinen Urlaub genossen hast, werde ich dir das Amt eines Oberaufsehers einer meiner Ergasteriae übertragen.«

»Deiner Werkstätten? Welcher Art sind diese Werkstätten, Herr?«

»Hauptsächlich Metallwaren. Schilde, Rüstungen, Waffen. Es ist ganz einfach. Du prüfst das Rohmetall, das an die einzelnen Abteilungen geliefert wird – Gewicht, Qualität – keine Lunker, keine Blasen im Guß, hörst du! – und den Ausstoß an Schilden, Brustharnischen, Beinschienen, Schwertern, Dolchen, Speerspitzen und dergleichen. Natürlich ist eine gewisse Verlustmenge bei der Produktion unvermeidlich, aber es wird zu deinen Pflichten gehören, darauf zu sehen, daß sie sich in Grenzen hält. Es sind vor allem Ungeschicklichkeiten und schlechte Ausführung, die zu Verlusten führen, aber auch die kleinen Diebereien. Und schließlich, wenn auch nicht so augenfällig, Faulheit und Saumseligkeit, die zur Folge haben, daß in derselben Zeitspanne nur ein statt zwei Schilde hergestellt werden. Aber du wirst bald selbst dahinterkommen. Du bist sehr klug, das sehe ich.«

»Vater«, meldete sich Ariston zum Wort, »warum überträgst du nicht auch mir die Leitung einer Werkstätte? Ich würde gern arbeiten. Ich hasse es, als Müßiggänger und Parasit zu leben.«

Timosthenes schüttelte den Kopf.

»Nein, mein Sohn«, sagte er gütig. »Du mußt deine Studien beenden« deine Ausbildung ist mehr als unzulänglich. Dann wollen wir weitersehen.«

In jener Nacht kam Orchomenus in Aristons Schlafraum und schlüpfte zu ihm unter die Decke. Er schlang seine Arme um Ariston und fing an, ihn leidenschaftlich zu küssen.

Ariston schauderte.

»Nein, Orchomenus«, sagte er.

Orchomenus grinste ihn spöttisch an.

»Warum nicht? Du warst in Lysander verliebt. Als er starb, küßtest du eine halbe Stunde lang seinen toten Mund. Was ist los mit dir? Bin ich dir zu häßlich?«

»Aber nein. Ich — ich kann einfach nicht. Deine Narben sind sichtbar. Meine nicht. Ich habe das Bergwerk gesehen. Aber glaube mir: wenn ich wählen müßte, ich würde es ohne zu zögern dem vorziehen, was *ich* ertragen mußte. Ich würde sogar den Tod vorziehen. Und das ist kein leeres Gerede, Orchomenus. Ich meine es ernst.«

»Wieso?«

Und Ariston erzählte. Erzählte alles, ohne auch nur die geringste Einzelheit zu verschweigen. Er sprach mit leiser, klangloser, ausdrucksloser Stimme. Womit sein Bericht noch eindrucksvoller wurde. Nichts vermag Entsetzen so zu steigern, als wenn darüber scheinbar gleichmütig gesprochen wird.

»Ich verstehe«, sagte Orchomenus. »Soll ich den Syrer für dich töten? Oder Nikias' Verwalter, das Schwein, das ihm von dir erzählt hat?«

»Du sollst niemanden töten. Solange ich lebe, will ich nie wieder jemandem auch nur den kleinen Finger ritzen. Oder Anlaß für die Erniedrigung eines Mannes — oder einer Frau — sein. Es gibt nichts Schlimmeres, mein Freund. Ich möchte ihnen mein Leben weihen: den Erniedrigten, den Gekränkten, allen jenen, denen menschliche Würde versagt geblieben ist.«

»Und Menschlichkeit selbst«, fügte Orchomenus hinzu.

»Du hast mich verstanden. Jetzt steh auf.«

»Ich soll aufstehen?«

»Ja. Ich werde dir eine Frau suchen. Die brauchst du — nach so langer Zeit. Vielleicht brauche ich auch eine, aber ich glaube eher nicht. Das habe ich schon hinter mir, hoffe ich.«

»*Was* hoffst du, hinter dir zu haben?«

»Daß ich mir selbst beweisen muß, daß ich ein Mann bin.«

»Also schön«, sagte Orchomenus. »Nach so langer Zeit habe ich wahrscheinlich schon jedes Verlangen nach Frauen verloren. Wenn du nichts als haariges, stinkendes Viehzeug um dich hast, kommst du sozusagen auf den Geschmack . . .«

»Ich nicht«, erwiderte Ariston. »Und jetzt geh.«

Er führte Orchomenus in keines der Bordelle, und er brachte ihn auch nicht zu Parthenope. Er fürchtete, sie könnte Orchomenus' Größe und Kraft zu anziehend finden. Und er hatte Angst, sie zu verlieren. Entsetzliche Angst.

Statt dessen begab er sich mit seinem Freund-Feind in ein Stadtviertel, wo die Auletriden, die Flötenmädchen, zu Hause waren, ja sogar auch Hetären, wenn auch nicht die der besseren Klasse. Er traf die nötigen Vorsichtsmaßnahmen, indem er Orchomenus und sich selbst mit Spazierstöcken ausrüstete, ohne die man in dieser Gegend Gefahr lief, wegen Trunkenheit verhaftet zu werden; die mit Flötenmädchen, Tänzerinnen und Damen ähnlicher Gewerbe befaßten Polizeirichter waren sehr streng. Sie waren beide elegant gekleidet, und Aristons Erscheinung, die von Bildung und guter Erziehung zeugte, würde sie vor unerfreulichen Zwischenfällen schützen, sofern sie nicht genötigt waren, den Mund aufzumachen. Wenn sie das taten, würde ihr dumpfer dorischer Tonfall ihnen übel bekommen, denn die Beamten kannten keine Nachsicht, wo es sich um Metöken — Fremdlinge — handelte.

Es ging zu leicht. Sie hatten das Viertel kaum erreicht, als schon ein elfenhaftes Geschöpf mit gefärbtem Blondhaar vor ihnen daher trippelte und ihnen über die Schulter neckische Blicke zuwarf. Als sie unter einer Straßenlaterne vorbeiging, sahen sie, daß sie Nägel in die Sohlen ihrer goldledernen Sandalen dergestalt eingeschlagen hatte, daß sie auf dem staubigen Pflaster die Worte ›FOLGE MIR!‹ zurückließen.

Ariston lief ihr nach und holte sie ein.

»Hast du eine Freundin?« fragte er.

»Für wen?« flüsterte sie.

»Für mich.«

»*Ich* bin für dich, Honiglämmchen«, sagte sie. »Sogar umsonst, wenn du kein Geld hast. Man hat nicht oft Gelegenheit, das Angenehme mit dem Nützlichen zu verbinden. Und ein Junge wie du ...«

»Dann also für meinen Freund?«

Über seine Schulter hinweg warf sie einen Blick auf Orchomenus und zuckte zusammen.

»Der häßliche Kerl?« flüsterte sie. »Buh! Wie kommst du nur zu solchem Gefährten?«

»Er ist mein Freund und hat mir im Krieg das Leben gerettet. Er sieht nur so aus, weil er gefangengenommen und zum Sklaven gemacht wurde.«

»Gut – ich will's versuchen. Aber er muß sich mit einer Porna zufriedengeben. Ein braves Mädchen. Sauber. Sie heißt Thargelia. Ich lasse sie ihre freien Abende bei mir verbringen, damit sie sich das Geld verdienen kann, um sich freizukaufen. Sie ist recht hübsch. Viel zu gut für dieses Leben.«

»Also schön«, sagte Ariston. »Ich hoffe nur, sie hält was aus. Mein Freund hat seit über sieben Monaten keine Frau angerührt.«

»Eros bewahre uns!« murmelte die kleine Hetäre.

Nachdem Orchomenus und das Mädchen Thargelia den Raum verlassen hatten, kam die kleine Hetäre, Theoris, die, um bei der Wahrheit zu bleiben, keinen Tag über fünfzehn war, zu Ariston und setzte sich auf seinen Schoß. Dann begann sie, ihn mit großer Hingabe zu küssen.

Er schob sie weg.

»Nein«, sagte er.

Sie schaute ihn an.

»Warum nicht?«

»Ich weiß nicht. Vielleicht bin ich nicht in der Stimmung. Aber sorg dich nicht. Du bekommst dein Geld.«

Sie betrachtete ihn aufmerksam.

»Sag einmal, bist du anders 'rum?«

Ariston lächelte ohne jede Befangenheit.

»Nein«, antwortete er.

»Beweise es mir.«

»Wäre ich es, ich würde nicht hier sein. Und gehörte ich zu jenen, die hin- und herschwanken, ich würde schon groß angegeben haben, um dich, um mich selbst zu überzeugen. Doch da weder das eine noch das andere auf mich zutrifft, brauche ich uns beiden nichts zu beweisen. Ich bin nur eines, Theoris: gelangweilt. Und ein wenig traurig. Was ich suche, kannst du mir nicht geben.«

Das kurze, ausdrucksvolle Wort, daß sie äußerte, war sehr attisch, sehr schmutzig.

Er grinste sie an.

»Tut mir leid. Ich wollte dich nicht verletzen. Bei Aphrodite, du bist wirklich schön, Theoris. Nur . . .«

»Nur was?«

»Ich glaube, es ist gar nicht Schönheit, was ich ersehne.«

»Was suchst du dann?«

Ariston lächelte.

»Man könnte es — Liebe nennen«, antwortete er. »Das einzige auf der Welt, das nicht käuflich ist. Das weder gefälscht noch nachgemacht werden kann. Und unschätzbaren Wert besitzt, wenn man es findet. Wenn man es jemals findet.«

Sie betrachtete ihn forschend.

»Willst du mir damit sagen, daß dich noch nie jemand geliebt hat?«

Er schüttelte den Kopf.

»Doch, einmal.«

»Und was wurde aus ihr?«

»Sie starb. Nein, das stimmt nicht. Sie wurde ermordet.«

»Wegen — dir?«

»Wegen mir.«

»Willst du mir von ihr erzählen?«

»Nein.«

»Oh«, flüsterte Theoris, »und seit damals bist du auf der Suche?«

»Nein. Ich bin nach niemandem und nach nichts auf der Suche. Ausgenommen vielleicht nach dem Fährmann, der über den schwarzen Fluß setzt. Ich ging einmal zu ihr – in den Tartarus hinab. Aber mein Vater kam mir nach und holte mich zurück. Ich erinnere mich noch, wie sie zwischen Hades und Persephone kniete und mir weinend die Arme entgegenstreckte. Aber ich hatte zuviel Leben in mir. Ich konnte nicht sterben. Ich wollte, aber ich konnte nicht.«

»Hat dir schon einmal jemand gesagt, daß du ein bißchen verrückt bist?«

Er lächelte freundlich.

»Nur ein bißchen, Theoris?«

»Mehr als nur ein bißchen. Du bist noch verrückter als ein Lotosesser. Aber es ist eine angenehme Verrücktheit. Sie gefällt mir. Ich – ich mag dich. Willst du mir einen Gefallen tun?«

»Was für einen Gefallen?«

»Komm ins Bett mit mir. Ich werde dich lieben, als ob ich eben erst entdeckt hätte, was lieben heißt. Als ob wir es erfunden hätten. Wie – wie eine Braut. Zaghaft und scheu und sanft und zärtlich . . .«

»Nein«, sagte Ariston. »Es tut mir leid.«

»So, es tut dir leid. Sag mal, wieviel gibst du mir dafür, daß ich's *nicht* tue?«

»So viel du willst. Fünfzig Drachmen. Eine Mine. Zwei.«

»Zwei Minen. Gut. Zeig sie mir.«

Ariston nahm die zwei schweren Silbermünzen aus seiner Börse. Sie waren jede hundert Drachmen wert. Er hielt sie ihr hin.

Aber plötzlich schüttelte sie wild den Kopf.

»Nein. Behalte sie. Nimm sie und steck' sie dir . . . nein! Nimm sie und kaufe eine Opfergabe – für sie. Auf dem Hochaltar vor dem Parthenon. Damit die Götter ihren Schatten in Gnaden aufnehmen. In meinem Namen. Willst du das tun?«

Dann brach sie in Tränen aus.

»Theoris!« mahnte er sie.

»Jetzt kannst du sagen, daß es – zwei waren. Die dich geliebt haben, meine ich. Denn ich liebe dich. Und es ist furchtbar. Ich glaube, ich werde daran sterben. In meinem Gewerbe kann ich es mir nicht leisten, mich zu verlieben. Und jetzt ist es geschehen. Ich leide Tantalusqualen. Wie das Felsstück des Sisyphos lastet es auf mir. Sag, war sie eine – eine Jungfrau?«

»Ja. Sie war der Artemis geweiht.«

»Geh!« rief sie. »Geh und laß mich allein!«

»Aber, Theoris!«

»Der große häßliche Ochse wird auch ohne dich nach Hause finden. Und ich ertrage das nicht länger. Dich anzusehen, dich haben zu wollen, meine ich. Was kann ich dir denn bieten? Ein verbrauchtes, schmutziges Ding wie ich? Bei Aphrodite, ich habe hundert Männer gehabt. Nein, mehr. Und jetzt – jetzt möchte ich . . .«

»Was, Theoris?«

»Wieder rein sein. Unschuldig. Und dir gehören. Dein erstes Mädchen sein. Und du, du solltest mein erster Mann sein. Und mein letzter. Für immer. Darum geh jetzt, geh! Und komme nicht wieder!«

»Theoris . . .«, begann er.

In diesem Augenblick hörten sie Thargelia schreien. Sie schauten sich an und drehten beide die Köpfe zur Tür. Thargelia stürzte ins Zimmer. Sie war nackt und blutete aus Schnittwunden an den Schultern, an ihren Brüsten, am Bauch und an den Schenkeln. Sie hatte Bißspuren an der Kehle und am Oberarm. Ein Auge war zugeschwollen und bläulich gefärbt.

»Rettet mich!« kreischte sie. »Er ist wahnsinnig geworden!«

Ariston packte sie am Arm und schob sie hinter sich. Mit einem Messer in der Hand kam Orchomenus durch die Tür. Er grinste, von teuflischem Wohlbehagen erfüllt. Seine Augen funkelten wild. Etwas wie stummes Gelächter schüttelte seinen gewaltigen Leib.

»Wo ist sie?« brüllte er. »Laß mich ran, Junge! Ich muß mir noch ein paar Scheibchen von ihr abschneiden und verspeisen! Sie ist das süßeste, schmackhafteste kleine Zicklein, das ich jemals . . .«

Ariston zögerte nicht. Er holte aus und schlug Orchomenus mitten ins Gesicht. Es hallte laut in dem kleinen Raum.

Orchomenus schüttelte den Kopf wie ein Stier vor dem Angriff. Dann zerriß der Nebel vor seinen Augen. Sein starrer Blick glitt von Ariston zu den zwei Mädchen und blieb an dem Messer in seiner Hand haften. Er öffnete seine schwielige Faust und ließ es fallen.

»Zuviel Wein«, lallte er. »Nein. Das war's nicht. Ich wollte aus dem Bergwerk fliehen. Sie schlugen mir mit einer Keule über den Schädel. Seitdem . . .«

»Das war es auch nicht«, sagte Ariston.

»Vielleicht nicht. Die Hitze. Der Dunst. Die Dunkelheit. Zu große Schmerzen. Oder – etwas in mir selbst. Etwas Faules. Ich – ich brachte dort einen um. Zuerst liebten wir uns. Dann tötete ich ihn. Ich weiß nicht, warum. Talos ist tot. Du hast ihn auf dem Gewissen, du hübscher, kleiner, vatermörderischer Bastard! Jetzt kann's mir keiner mehr erklären!«

»Was?« fragte Ariston.

Orchomenus sah ihn an. Bleckte die Zähne wie ein tollwütiger Hund, wie ein reißender Wolf.

»Das Böse!« sagte er.

»Komm, Orchomenus«, sagte Ariston. »Laß uns heimgehen. Du wirst dich niederlegen, dich ausruhen . . .«

»Nein« , widersprach Orchomenus mit heiserer Stimme, »ich möchte mich entschuldigen. Bei dieser kleinen Dryade, dieser Waldnymphe. Ich hab' ihr übel mitgespielt. Sehr übel. Und es tut mir leid. Ich werde ihr zeigen, wie leid es mir tut. Thargelia!«

»Ja, Orchomenus?« Ihre Stimme zitterte.

»Komm da hervor. Steh aufrecht wie eine Königin. So ist's recht!«

Dann kniete Orchomenus nieder und küßte ihre Füße. Beide Füße. Dann hob er ihren rechten Fuß und setzte ihn auf seinen kräftigen, muskelharten Nacken, drehte seinen dicken Schädel zur Seite und ließ einen schelmischen Blick an ihrem nackten Bein hinaufgleiten.

»Jetzt bin ich dein Sklave«, sagte er.

»Ach, komm jetzt, steh auf, du Narr!« rief Ariston ihm zu.

Thargelia aber starrte den Spartaner an. Mit ehrfürchtiger Scheu, mit Stolz. Mit etwas, das sich wie Zärtlichkeit ausnahm.

»Laß ihn bleiben, Herr!« flüsterte sie. »Er . . . er wird mir nicht mehr weh tun. Nicht wahr, das wirst du nicht, Liebster?«

»Ich schwöre es beim Grab meines Mentors Talos!« gelobte Orchomenus.

Theoris sah Ariston fragend an.

»Er wird ihr nicht mehr weh tun«, sagte Ariston. »Er würde eher sterben, als diesen Eid brechen.«

Zwei Monate später heiratete Orchomenus Thargelia. Das konnte er tun, weil auch sie Metökin war, ein Fremdling wie er.

Ariston saß neben seinem Adoptivvater beim Hochzeitssymposion, das nicht dem Hochzeitsmahl selbst entsprach, sondern der darauf folgenden Zecherei und lärmender Festlichkeit. Er kochte förmlich vor hilfloser Wut. Er war zu Anfang erstaunt gewesen daß Timosthenes die Einladung angenommen hatte. Als ihm später bewußt wurde, *warum* sein Adoptivvater sie angenommen hatte — vornehmlich um Aristons willen, denn nannte er Orchomenus nicht seinen besten Freund? – war er mehr als nur ein wenig verbittert. Denn das Symposion fand im Haus des Alkibiades statt, dessen schwere Schuld es gewesen war, daß Oibalides den Tod gefunden hatte. Sicherlich kannte Timosthenes die Einzelheiten dieses ungeheuerlichen Handels nicht. Er mußte geglaubt haben und immer noch glauben, daß sein Sohn sich freiwillig bereit erklärt hatte, bei diesem todbringenden Rennen einen von Alkibiades' Wagen zu lenken.

Ariston wußte, daß das nichts Ungewöhnliches war. Die sportliebenden jungen Athener Aristokraten lenkten bei diesen zeremoniösen Wettkämpfen sehr oft ihre eigenen Gespanne oder die eines Freundes. Der eine oder andere gewann sogar, wenngleich das nur selten vorkam.

Aber Aristons aufbrausende Wut entsprang einem näher liegenden Anlaß. Er blickte hinüber, wo Orchomenus neben seiner Braut saß. Orchomenus sah ziemlich verlegen drein, wollte es Ariston scheinen. »Und mit Recht!« murmelte er in sich hinein. »Sich dazu herzugeben! Ich frage mich nur, wie und wo er diesem heuchlerischen Schwein begegnet ist.«

Sein edles, würdevolles Antlitz von Sorge erfüllt, beugte sich Timosthenes zu ihm.

»Was hast du mein Sohn?« fragte er.

»Nichts, Vater.«

Doch Alkibiades sah ihre zwei Köpfe zusammen und sprang wie ein Tänzer auf die Beine. Er kam zu ihnen herüber und blieb, leicht schwankend, vor ihnen stehen. Auf seinem hübschen Gesicht, das von zügellosen Ausschweifungen zeugte, zeichnete sich ein strahlendes, spöttisches Lächeln.

»Ist sie nicht reizend, meine kleine Base?« lispelte er. Alkibiades lispelte immer.

»Überaus reizend«, bestätigte Ariston trocken.

»Du kennst doch die näheren Umstände, nicht wahr, edler Timosthenes?« fuhr Alkibiades fort. »Meine kleine Base Thargelia ist ein Waisenkind – sie kommt aus jener Linie unserer Familie, die auf der Insel Lesbos zu Hause ist. Als Verwandtem schien es mir daher schicklich, in öffentlicher Anerkennung ihrer Abstammung und Züchtigkeit zu diesem Symposion zu laden.«

»Zweifellos sehr großmütig von dir«, erwiderte Timosthenes steif. Er konnte Alkibiades nicht ausstehen. Zwar war ihm das Ausmaß der Verantwortung, die sein Gastgeber am Tod des Oibalides trug, unbekannt, und Timosthenes hatte ihn von jeder Schuld losgesprochen, aber es fiel ihm dennoch schwer, die Gegenwart eines Mannes zu ertragen, der immerhin in die Sache verwickelt gewesen war. Doch von dieser schmerzlichen Angelegenheit ganz abgesehen, hatte er schon zu viel von Alkibiades, von seinen Perversionen, Lastern und Sünden gehört, um ihn schätzen zu können. Zum einen war es der Neffe des unsterblichen Staatsmannes Perikles seinem Rang, seiner Stellung und der Ehre seiner Familie schuldig, sich besser zu benehmen. Zum andern sollte, nach Timosthenes' etwas altmodischer Ansicht, ein Mann, der so viele Bastarde gezeugt hatte, wie man das von Alkibiades erzählte, doch soviel Charakter haben, zumindest die Knaben zu verschonen.

»Nicht großmütiger, als du es bist, Herr«, entgegnete Alkibiades mit ernstem Gesicht. »Ich nehme nur den Platz des Vaters ein, den die arme Thargelia schon in frühester Jugend verloren hat. Du hingegen ...«

»Ich gestatte es Orchomenus, seine Braut in mein Haus zu bringen. Eine Geste, nichts weiter. Eine geschäftliche Überlegung, wenn du willst. Er arbeitet jetzt knapp einen Monat für mich und hat mir in dieser Zeitspanne größere Erträge erwirtschaftet als jeder andere Verwalter, den ich bis jetzt hatte. Überdies scheint mir seine Braut ein reizendes Geschöpf ...«

»Oh, das ist sie! Unbedingt! Ohne Furcht und Scheu wird sie heute abend ihr Nachtgewand aus deinem Fenster hängen können!«

»Alkibiades, bitte!« sagte Ariston.

»Vergib mir, schöner Ariston! Bei Eros, ich liebe dich! Ich wollte dich nicht verletzen. Die ganze Welt weiß ...«

»... daß es unser barbarischer Brauch ist, das Nachtgewand der Braut mit den Blutflecken ihrer verlorenen Jungfräulichkeit als Beweis ihrer Unberührtheit aus dem Fenster zu hängen. Gut. Aber mußt du unbedingt davon reden?«

»Wie feinfühlig du doch bist! Ach ja! Das ist es wahrscheinlich auch, was deinen Reiz ausmacht. Noch ein wenig Wein? Noch ein Stück vom Hochzeitskuchen?«

»Danke, nein.«

»Dann werde ich euch verlassen; meine Gesellschaft scheint euch ohnehin nicht allzusehr zu behagen.«

»Tu das.«

»Mein Sohn«, sagte Timosthenes, nachdem Alkibiades gemächlich davongeschlendert war, »ich weiß, er ist ein Scheusal, aber mußtest du so grob zu ihm sein?«

»Ja, Vater, das mußte ich«, antwortete Ariston. »Er ist immer hinter mir her, will, daß ich mit ihm schlafen soll. Er, ein verheirateter Mann und Vater eines Kindes! Er prahlt, daß er mit Sokrates schläft – eine schmutzige Lüge! Sokrates mag nichts mit Männern zu tun haben. Er hat seinem wunderschönen Hund den Schwanz abgeschnitten, nur weil die Leute seine Schönheit bewunderten; lieber sollen ihn die Menschen wegen seiner Grausamkeit verdammen, als daß sie ihn nicht beachten. Seine Frau verließ ihn ...«

»... und er nahm sie vor den Augen des Scheidungsrichters in die Arme, und sie bleibt immer noch bei ihm. Das weiß ich alles. Erzähle mir keine Klatschgeschichten, mein Sohn; überlaß das den Weibern. Was ich nicht verstehen kann, ist, warum du so zornig bist.«

»Wenn ich es dir sage, Vater – wirst du auch dem Hochzeitspaar die Freude nicht verderben?«

»Natürlich nicht.«

»Dann will ich offen sein! Es ist alles gelogen! Sie ist nicht Alkibiades' Base. Sie ist nichts als eine Hure. Alle die Weiber da drüben, die die Rollen von Verwandten und Freundinnen spielen, sind entweder Pornai oder Auletriden oder kleine Hetären. Die bekannteren, wie Parthenope, traute er sich nicht einzuladen, weil er fürchtete ...«

Er brach ab, als er bemerkte, daß Timosthenes leise vor sich hin kicherte.

»Ein guter Spaß! Köstlich!« sagte sein Adoptivvater. »Und auf meine Kosten, nicht wahr? Ein Hochzeitszug, von Flötenspielern und Fackelträgern angeführt, der die frühere Insassin eines Bordells in mein Haus geleitet! Der edle Ritter Timosthenes, der einer Hure feierliche Ehre erweist! Ha! Da gehört Köpfchen dazu, um sich so etwas auszudenken! Köstlich! Sag, weiß Orchomenus davon? Daß sie eine Porna ist?«

»Ja, Vater«, antwortete Ariston. »Er liebt sie aufrichtig. Er glaubt, daß seine Liebe sie läutern wird.«

»Dann ist's gut. Ich werde mitspielen. Schade, daß er nicht gewartet hat. Es gibt auch unter den Metöken hübsche und keusche Mädchen.«

»So eine wirst du für mich finden müssen, wenn die Zeit kommt, daß ich Hochzeit machen soll«, sagte Ariston. »Du weißt ja, daß auch ich keine athenische Bürgerin heiraten kann.«

»Dieses Gesetz!« schnaubte Timosthenes. »Das Dümmste, was Perikles sich hat einfallen lassen! Er hat es auch dann am eigenen Leibe gespürt, als er Aspasia kennenlernte. Er ließ sich von seiner Frau scheiden und zog zu dieser blondgefärbten Dirne, obwohl ...«

»Vater«, unterbrach ihn Ariston, »sagtest du nicht eben, man solle das Klatschen den Weibern überlassen?«

»Richtig. Aber die Sache macht mir Sorgen. Ich habe schon auf jede erdenkliche Weise versucht, das Bürgerrecht für dich zu erlangen.«

»Ich müßte in den Krieg ziehen«, sagte Ariston.

»Damit wäre ich einverstanden, wenn es etwas nützen würde. Aber seitdem so viele Metöken Reichtum und Einfluß gewonnen haben, hat der Neid das letzte Wort! Und wenn du Sparta allein nähmest, die Volksversammlung würde dir das Bürgerrecht dennoch verweigern. Außerdem wäre die Gefahr zu groß. Du bist Lakedämonier. Fielest du in Gefangenschaft, sie würden dich als Verräter ansehen und zu Tode foltern. Also vergiß deine kriegerischen Anwandlungen! Aber dieses Gesetz macht mir Sorgen. Ich möchte nicht, daß das Blut einer syrischen Schlampe durch die Adern meiner Enkel fließt!«

»Wärest du mit einer Ägypterin einverstanden, Vater?« frage Ariston todernst. »Ich mag ihre dunkle Haut. Oder mit einer Äthiopierin? So samtweich schwarz und schimmernd wie edle Stuten. Wie wär's mit einer Skythin? Ihre geschlitzten Augen ...«

»Hör auf, mich zu hänseln, Junge! Unter den Metöken finden sich Mädchen aus allen Städten Hellas'. Aber wer weiß etwas von ihrer Herkunft?«

»Was weißt du von meiner, Vater?«

»Genug. Sag – hast du etwa Liebschaften unter diesen Weibern da? Etwa mit diesem geschmeidigen Geschöpf, das dich mit den Augen förmlich verschlingt?«

»Ich kenne sie«, antwortete Ariston ruhig. »Sie heißt Theoris. Aber ich bin nicht ihr Liebhaber. Ich beging den Fehler, sie abzuweisen, und jetzt bildet sie sich ein, in mich verliebt zu sein. Zweimal die Woche nimmt sie Stunden bei Parthenope, um sich zu bilden. Sie glaubt nämlich, ich will nichts von ihr wissen, weil sie dumm ist.«

»Und ist das der Grund?«

»Aber nein. Sie interessiert mich eben nicht. Sie interessieren mich alle nicht – eigentlich nicht einmal Parthenope. Es ist seltsam. Ich bin immerfort auf der Suche nach einem Mädchen – einem Mädchen wie Phryne, die ich verloren habe. Wahrscheinlich ist es nur eine törichte Hoffnung.«

»Ganz gewiß. Ich adoptierte dich, weil du Oibalides gleich *siehst*. Und nun stellt sich heraus, daß du ihm überhaupt nicht gleich *bist*. Überhaupt nicht, Zeus sei Dank! Ariston – der junge Mann dort. Wer ist das?«

»Ich weiß es nicht. Ich habe ihn noch nie gesehen.«

»Wie er dich mit den Blicken verfolgt, könnte man glauben ...«

»Er könnte es ruhig sein lassen«, meinte Ariston. »Du weißt, wie ich darüber denke.«

»Wie sonderbar, daß dein geliebter Sokrates nicht gekommen ist«, sagte Timosthenes.

»Da ist nichts Sonderbares daran. Er ist fort – an der Front. Ich bete zu Zeus, sein Leben zu schonen.«

»Hm! Der alte Schwätzer wird einen schönen Soldaten abgeben!«

Ariston drehte sich mit einem Ruck um.

»Einen ausgezeichneten, Vater! Den besten! Wußtest du das nicht? Im achtundfünfzigsten Jahr nach Marathon rettete er bei Potidaea Alkibiades das Leben und holte den Schild zurück, den die Spartaner ihm entrissen hatten. Frage Alkibiades, wenn du mir nicht glaubst! Als einziger hielt er eine ganze Nacht lang seine Stellung gegen eine Übermacht von Feinden. Er erhielt eine Auszeichnung für seine Tapferkeit, überließ sie aber unserem Gastgeber, um ihn zu tugendhafterem Leben anzuspornen.«

»Hat nicht viel genützt. Zwar sagen die Leute, sie seien ein Liebespaar ...«

»Schmutzige Lügen! Gemeiner Klatsch! Sokrates schläft nicht mit Männern! Und vergangenen Monat, bei Delium, rettete er Xenophon das Leben, als er vom Pferd fiel – und du weißt, was Xenophon für ein Held ist. Frag ihn, wenn er zurückkommt. Sokrates war der letzte Athener, der aus der Schlacht kam. Und als man ihm Loblieder singen wollte, machte er sich über seine Tapferkeit lustig, indem er sagte, sein häßliches Gesicht habe die Herzen der Lakedämonier zu Stein werden lassen.«

»Schon gut, schon gut. Ich weiß, wie ergeben du deinem Mentor bist. Vielleicht ist es auch gar nicht wahr, was die Leute erzählen, daß er gottlose Lehren verkündet. Nichtsdestoweniger ...«

Er brach ab, denn Theoris stand vor ihnen. Sie war entzückend anzusehen. Um so mehr, da sie weder Schminke noch Lippenrot aufgetragen hatte.

»Ariston ...«, hauchte sie.

»Das ist mein Vater, Theoris«, sagte er. »Beschäme mich nicht vor ihm.«

Der Hochzeitszug bewegte sich durch die winkligen Gassen auf Timosthenes' Haus zu und erfüllte die nächtliche Stille mit lärmender Fröhlichkeit. Plötzlich spürte Ariston, wie ihn jemand am Arm berührte und drehte sich um.

»Ich sagte dir doch, The ...«

Aber es war nicht Theoris. Es war der hübsche Junge, der ihn während des Gelages im Haus des Alkibiades immerfort angestarrt hatte.

»Ich heiße Danaus, Sohn des Pandoros, und ich möchte gern dein Freund sein. Ich glaube sogar, daß ich mich in dich verliebt habe, Ariston.«

Schon wollte ihm Ariston eine scharfe, verletzende, grausame Antwort erteilen, als er sich plötzlich anders besann. Der Junge, Danaus, war zu offenherzig, zu unschuldig. Er hatte etwas Freimütiges an sich, und seine Erscheinung verriet wahre Tugend, edlen Anstand.

Ariston legte ihm die Hand auf die Schulter.

»Mein Freund kannst du sein«, sagte er langsam, »aber mein Geliebter niemals.«

»Warum nicht?«

»Besuche mich morgen mittag, und ich werde es dir erklären«, antwortete Ariston.

Ariston erhob sich am nächsten Morgen, um sich zur Palästra zu begeben, wo er sich in der schwersten Art von Ringkämpfen übte und sogar große Steine zu heben pflegte. Es war dies ein Versuch, die Schönheit seines Körpers zu zerstören, indem er ihn mit prallen Muskeln belastete, was ihn in den Augen vornehmer Athener sowohl abstoßend als auch bäurisch erscheinen lassen würde – ein feiner Mann durfte nicht die äußeren Merkmale eines gemeinen Sklaven aufweisen.

Als er das Haus verließ, sah er etwas von einem Fenster im oberen Stockwerk flattern. Er blieb stehen und richtete den Blick nach oben.

Es war Thargelias Nachtgewand, und mit genügend Blut befleckt, um die trojanischen Heerscharen darin zu ersäufen. Umsichtig hatte Alkibiades das junge Paar mit einem lebenden Huhn versorgt, das Orchomenus in die Lage versetzte, mit einem durchaus überzeugenden Beweis für Thargelias Unschuld aufzuwarten.

Ist alles im Leben nur Lüge? dachte Ariston und ging seiner Wege.

XIII

Ariston merkte, wie die harte junge Hand des Danaus, die ihn mit Öl einrieb, allmählich langsamer wurde und dann zwischen seinen Schulterblättern innehielt. Er runzelte die Stirn. Hatte er Danaus immer noch nicht von seinen Neigungen kuriert? War sein neuer Freund nicht imstande, ihm vor dem Ringkampf eine Abreibung zu geben, ohne daß . . .

Er drehte sich um und sah, daß Danaus' Interesse gar nicht seinem nackten Körper galt. Statt dessen blickte er über die Palästra hinüber, und als Ariston seinem Blick folgte, sah er drüben Theoris stehen, und las, selbst noch aus dieser Entfernung, verzehrende Sehnsucht in ihren Augen. Die Art, wie sie ihn anstarrte, war ihm unbehaglich. Sie brachte ihm seine Nacktheit zu Bewußtsein. Seinen Körper so in aller Öffentlichkeit zu betrachten, war ungehörig. Man durfte sein Verlangen nicht so offen zur Schau tragen.

Dann bemerkte er den Ausdruck auf Danaus' Zügen, der unverwandt zu Theoris hinüber sah. Aber er konnte diese Blicke nicht enträtseln, zumindest nicht gleich. Es war nicht nur sinnliche Begierde. Nein, es war eher eine Mischung aus Scham und Verwirrung. Dann begriff er. Ganz plötzlich begriff er.

»Willst du's mir erzählen, Danaus?« fragte er.

»Ariston, ich . . . Charon soll meine sündhafte Seele in den schwarzen Wassern ertränken! Ich habe . . .«

»Was hast du?«

»Ich habe dich betrogen. Mit – ihr!«

Ariston warf den Kopf zurück und lachte. Es war ein so reiner, beglückender Klang, daß Autolykos, ein athenischer Jüngling, der eben auf einem anderen Tisch eingerieben wurde, erstaunt aufsah. Er war es, der das nächste Pankration mit Ariston bestreiten sollte.

Ariston mochte seinen liebenswürdigen Gegner gut leiden und ganz besonders darum, weil Autolykos, der Sohn des Lykon, trotz seiner großen Schönheit, die der Aristons durchaus ebenbürtig war, keinerlei weibische Züge an sich hatte.

Autolykos dankte seinem Lehrer — dem berühmten Berufsringer, der ganz zufällig ebenfalls Ariston hieß, was zur Folge hatte, daß die Witzbolde, so oft er Ariston den einen oder andern Griff zeigte, mit einem brüllenden »Seht doch! Ariston bricht dem Ariston die Beine!« oder ähnlichem Unsinn fröhliche Verwirrung stifteten — und überquerte die Palästra.

»Hör, Ariston«, sagte er mit spitzbübischem Grinsen, »was hältst du davon: wollen wir dem Gewinner Theoris als Preis aussetzen?«

»Das geht nicht. Mir gehört sie nicht und hat nie mir gehört«, erwiderte Ariston. »In diesem Fall müßtest du gegen Danaus kämpfen.«

»Danaus taugt nicht viel.« Autolykos gähnte. »Da müßte er schon seinen Bruder Brimos mitbringen. Oder Chalkodon. Hast du eigentlich schon einmal gegen Chalkodon gekämpft, Ariston? Er hat es gern, wenn man ihm weh tut. So oft er einen Schlag bekommt, ruft er ›Ach, Liebster, tu's noch einmal!‹«

Ariston warf einen Blick auf Danaus.

»Du hast recht«, sagte Danaus traurig. »Es ist schlimm, daß mein Bruder und mein Vater so sind. Brimos nicht, Zeus sei Dank. Aber er ist trotzdem ein Schwein. Ariston, was Theoris betrifft . . .«

»Denk nicht mehr daran. Du weißt doch, daß mir nichts an ihr liegt. Und jetzt reib mir endlich das Öl ein, Danaus!«

Nachdem Danaus seine Arbeit beendet und der zweite Ariston Autolykos den gleichen Dienst erwiesen hatte, schlenderten die zwei jungen Sportler gemeinsam zur Sandgrube. Dort legten sie sich in den warmen Sand und wälzten sich herum. Dann bestäubten sie sich noch gegenseitig den Körper mit Sand, denn das Einölen geschah vornehmlich zu dem Zweck, die Muskeln geschmeidig, nicht aber die Haut glatt und schlüpfrig zu machen, wenn auch das Öl nebenbei diese Wirkung hatte. Es war jedenfalls Ehrensache, sich nach der Ölung einzusanden, um dem Gegner einen festen Griff zu gestatten.

Als sie zusammen zur Ringmatte zurückgingen, sah Ariston, daß zwei weitere Zuschauer gekommen waren.

»Zum Hades!« fluchte er.

Autolykos grinste.

»Du kennst Kritias also auch?« fragte er.

»Nein«, antwortete Ariston, »ich meinte Alkibiades. Der andere heißt also Kritias? Wer ist er?«

»Charmides' Onkel. Wir nennen ihn den ›Greifer‹. Wo er kann, versucht er einen zu betatschen. Ein ekelhafter Kerl! Weißt du, was Alkibiades mit ihm gemacht hat?«

»Wahrscheinlich hat er ihm den Gefallen getan«, sagte Ariston trocken.

»Nein, nein. Alkibiades ist nicht schwul. Er tut nur so – warum, weiß nur Athene allein in ihrer Weisheit. Es war der größte Spaß des Jahres. Er versprach Kritias eine Liebesnacht mit mir und richtete es so ein, daß Kritias meine Kammer betreten mußte, ohne eine Kerze anzuzünden. Aber vorher ließ er die Hetäre Laïs kommen und trug ihr auf, sich splitternackt ins Bett zu legen. Und als der Tastsinn dem alten ›Greifer‹ sagte, daß ein weibliches Wesen da lag, weißt du, was er machte?«

»Nein, was?«

»Er kotzte wie ein Reiher.«

»Steht es *so* schlimm mit ihm?«

»Noch schlimmer. Der Bruder ist wärmer als zehn heiße Quellen. Sind wir soweit?«

Autolykos gewann die erste Runde, Ariston die zweite. Autolykos war viel erfahrener als er, aber Ariston hatte das Gefühl, daß er langsam aufholte. Keiner von beiden wollte den anderen verletzen; besser gesagt, sie taten alles, um sich gegenseitig keinen Schaden zuzufügen. Wenn man nämlich das Pankration, den ›Allkampf‹, ernsthaft betrieb, war es mörderisch. Anders als beim einfachen Ringen, durfte man dabei die Fäuste, die Füße und die Handkanten gebrauchen; zumindest ein Dutzend Schläge und Griffe eines geübten Pankrationskämpfers waren, wenn sie richtig saßen, absolut tödlich. Die zwei jungen Leute hatten beide das tragische Geschehen miterlebt, als ein Sklave des Charmides plötzlich wahnsinnig geworden und mit einem Hackmesser durchs Haus gelaufen war. Damals war der Berufsringer Ariston, der seit vielen Jahren in diesem vornehmen Haus in Diensten stand, den armen Geistesgestörten von hinten angesprungen und hatte ihn mit den bloßen Händen getötet.

So war also Vorsicht am Platz, denn schon ein kleiner Irrtum konnte eine schwere Verletzung und sogar den Tod zur Folge haben. Darum verfolgte der Berufsringer Ariston den Kampf der beiden Jünglinge mit besorgter Aufmerksamkeit. Von allen Zuschauern wußte nur er, wie gefährlich das Pankration war.

Und dann geschah es: Ariston drehte seinen Kopf nicht rechtzeitig zur Seite, und ein Schlag von Autolykos' eiserner Faust streifte ihn und öffnete einen Riß oberhalb der Augen. Es war nichts Ernstes, aber die Wunde blutete heftig. Ariston sprang zur Seite und schüttelte den Kopf, um ihn klar zu bekommen; und dabei sah Theoris das Blut auf seinem Gesicht.

Sie schrie wild auf. Ariston machte eine halbe Wendung, und der zweite Schlag, den Autolykos mit fürchterlicher Kraft führte, weil er damit rechnete, daß Ariston wie gewöhnlich mit dem Unterarm abwehren oder sich ducken würde, landete voll auf seinem ungeschützten Kinn. Er sackte zusammen, streckte Arme und Beine von sich und blieb bewußtlos liegen.

Schon stürzte Theoris herbei; das Entsetzen verlieh ihren Füßen des Hermes Flügelschuhe. Sie warf sich neben ihm zu Boden, nahm seinen Kopf in die Arme und bedeckte sein schmutziges, ölverschmiertes, blutiges Gesicht mit leidenschaftlichen Küssen, so daß nur die Berührung zwischen ihren Lippen und seinem Fleisch ihre wahnsinnigen Schreie vorübergehend erstickten.

Kritias war nur einen Schritt hinter ihr; er blieb stehen und blickte mit funkelnden Augen auf das jammervolle Bild hinab. Er öffnete den Mund, und seine Worte zischten wie giftige Schlangen hervor.

»Laß ihn los, Hure!« stieß er aus. »Du wirst ihn noch erwürgen oder mit deinem dreckigen Maul vergiften!«

Danaus starrte Kritias an. Im Gegensatz zu Ariston kannte er ihn gut, denn Kritias gehörte zum Kreis seines Vaters Pandoros und seines Bruders Chalkodon. Er hatte Kritias früher bewundert, denn der hochgewachsene Mann war ein glänzender Dichter und Bühnenautor und ein eiskalter, draufgängerischer Politiker. Jetzt aber sah er nur die Häßlichkeit abwegiger Leidenschaft, sah den bitteren, abgrundtiefen Haß, den Kritias für alle Frauen dieser Erde empfand. Sogar für die arme, zarte Theoris, die er, Danaus, liebte.

Er sprang dazwischen und drängte Kritias mit der Schulter zur Seite. Er, Alkibiades und der Ringer Ariston trugen den Betäubten ins Gymnasion. Leichenblaß, am ganzen Körper zitternd, ging Autolykos neben ihnen her; dicke Tränen liefen über sein schmutziges Gesicht.

»Wenn ich ihn getötet habe«, schluchzte er, »schneide ich mir die Pulsadern auf! Das schwöre ich bei Hera!«

»Du hast gar nichts getan, schöner Junge«, tröstete ihn Kritias. »Diese dreckige kleine Hure war's!«

Danaus warf Kritias einen bösen Blick zu.

»Sag das noch einmal, und ich bringe dich um!« drohte er.

So kam es, daß fünf Köpfe sorgenvoll über ihn gebeugt waren, als Ariston wieder zu sich kam, denn Theoris hatte man natürlich den Eintritt ins Gymnasion verwehrt. Sein Namensvetter massierte ihm mit seinen großen, kräftigen Pranken das Genick. Ariston verspürte einen dumpfen Schmerz im Kopf, der aber unter den geschickten Händen des Ringmeisters bald verging. Ariston lächelte ihnen entgegen.

»Mir geht's schon wieder besser«, sagte er.

»Beim Zeus! Du hast mir einen schönen Schrecken eingejagt!« rief Autolykos. »Ich dachte schon, ich hätte dich getötet!«

»Mit *einem* Schlag auf den Kopf?« spöttelte Ariston. »Ein Wunder, daß du dir nicht die Hand gebrochen hast! Willst du mich nicht abschaben, Danaus?«

Die anderen gingen auf die Palästra hinaus, um dort zu warten, während Danaus und der Ringmeister Autolykos und Ariston mit sichelförmigen Schabern das schmutzige Öl und den Sand abkratzten und sie dann mit einem leichteren, duftigeren Öl erneut einrieben. Als sie fertig waren, fühlte sich Ariston wieder ganz wohl – von einem wehen und geschwollenen Kinn und einem dumpfen Kopfschmerz abgesehen. Dann kleideten er und Autolykos sich an, indem sie sich ihre Chitone überzogen und eine Schnur um ihre Hüften schlangen. Schließlich kehrten sie auf den Übungsplatz zurück. Sorgenvoll hielt Autolykos Ariston am Arm fest.

»Ich bin wirklich schon wieder in bester Verfassung, Autolykos«, sagte Ariston. »Du kannst mich ruhig loslassen. Ich bin mit Danaus zum Mittagessen verabredet, und nachher habe ich noch tausend Dinge zu erledigen. Warum kommst du nicht mit und ißt mit uns?«

»Geht leider nicht«, erwiderte der junge Ringkämpfer. »Kleinas erwartet mich zu Tisch – Alkibiades' Vetter, du weißt ja. Ein unangenehmer Patron, aber wenigstens behält er seine Hände bei sich. Dein Schädel ist wirklich aus bestem Marmor gemeißelt, Zeus sei Dank! Chaire, Ariston, Danaus! Und legt doch Theoris mal für mich auf den Rücken – wer von euch gerade dran ist! Und wenn ihr beide genug von ihr habt, gebt mir Bescheid.«

»Der gemeine Kerl!« Danaus hätte beinahe geweint. »Er weiß es nicht, er kann's nicht verstehen . . .«

Ariston sah ihn groß an.

»Danaus, du bist ja verliebt!«

»Stimmt«, gab Danaus niedergeschlagen zu. »Was mir das schon viel nützt!«

»Ich werde mit ihr reden und ihr sagen . . .«

Weiter kam Ariston nicht, denn Alkibiades und Kritias sperrten ihnen den Weg.

»Möchtest du mit mir zu Mittag essen, schöner Ariston?« sagte Kritias. »Ich will einen Humpen Diapras kommen lassen, um deinen schmerzenden Kopf zu kühlen.«

»Nein, danke«, sagte Ariston.

»Warum nicht?«

»Ich bin anderweitig verabredet.«

»Mit der Dirne da?«

»Vielleicht«, erwiderte Ariston kühl.

»Ich werde es nie begreifen!« sagte Kritias. »Weiber! Mit ihrem Gestank nach geronnenem Ziegenkäse und verdorbenen Sardinen! Wie könnt ihr jungen Burschen . . .«

»Nein, das kannst du wirklich nicht verstehen«, bestätigte Ariston. »Und du wirst es auch niemals verstehen. Mögen die Götter sich deiner erbarmen!«

»Mir wäre es lieber, *du* erbarmtest dich meiner, schöner Ariston«, gab Kritias zurück. »Indem du, zum Beispiel, eines Abends mit mir speist . . . allein.«

Dann streckte er seinen Arm aus und ließ ihn, wie ermattet, auf Aristons Schulter fallen.

Das war ein Fehler. Sechs Monate lang hatte Ariston von verkommenen Geschöpfen wie diesem Höllenqualen erlitten. Blinde, verzehrende Wut flammte jetzt in ihm auf. Er packte Kritias an den Handgelenken und warf sich herum. Seinen festen, muskulösen jungen Körper als Drehbolzen gebrauchend, ließ er den berühmten Dichter und Bühnenautor radschlagend durch die Luft segeln, bis er gute fünf Ruten weiter der Länge nach zu Boden stürzte.

Kritias erhob sich ohne ein Wort zu sagen und machte sich, merklich hinkend, davon. Dann nahm zum ersten Mal Alkibiades das Wort.

»Das hättest du nicht tun sollen, Ariston«, sagte er.

»Und warum nicht?« fuhr Ariston ihn an.

»Weil Kritias Beleidigungen oder Kränkungen niemals vergißt.«

»Und?«

»Du unterschätzt ihn«, warnte der Neffe des Perikles, »so wie du auch mich unterschätzt.« Seine Blicke wanderten in die Ferne; in seinen dunklen Augen lag ein düsterer Schimmer. »Eines Tages werde ich diese Stadt regieren.«

»Als Strategos Autokrator wie dein Onkel Perikles?«

»Wenn ihr Athener wißt, was euch frommt — ja. Wenn nicht, als Tyrannos!« erwiderte Alkibiades, machte auf dem Absatz kehrt und ließ sie stehen.

Ariston blickte ihm sinnend nach.

»Er scheint es ernst zu meinen«, murmelte er. »Seltsam — ich habe ihn noch nie so gesehen.«

»Alkibiades ist in vielen Rollen zu Hause«, sagte Danaus, »und wenn es ihm beliebt, sich der Welt als Spaßmacher, als weibischer Stutzer, als lispelnder Dummkopf zu zeigen, ist das — vielleicht — Taktik. Was er sich vorgenommen hat, wird er ausführen. Und du *hast* ihn unterschätzt. Du und ich und wir alle.«

»Ariston . . .«, flüsterte jetzt Theoris.

»Ja, Theoris?« erwiderte Ariston nicht unliebenswürdig.

»Wenn er dich getötet hätte, wäre es meine Schuld gewesen!« sagte sie, und immer noch schwang Entsetzen in ihrer Stimme. »Ich habe dich abgelenkt.«

»Denk nicht mehr daran, Theoris«, beruhigte sie Ariston.

»Darf ich ein wenig mit dir gehen?« fragte sie.

»Geh doch mit Danaus«, meinte Ariston. »Seid ihr jetzt nicht ein Liebespaar?«

»Nein!« fauchte sie. »Er hat mich für eine Stunde gekauft. Diesen hirnlosen Leib hat er gekauft, aber weder mein Herz noch meine Seele. Wie auch anders? Das ist mein Gewerbe. Gerade du solltest verstehen, wie wenig das bedeutet — du, der sich retten konnte!«

»Du bist keine Hure!« rief Danaus. »Du bist . . .«

». . . eine Hetäre. Eine vornehme Hure statt einer billigen, von aller Welt betatschten Porna. Dieselbe Sache, mein lieber Danaus! Aber ganz sicher niemals eine züchtige, angesehene Ehegattin. Oder würdest du mich vielleicht heiraten wollen?«

»Ja«, antwortete Danaus. »Sofort. Im Augenblick.«

»Sei kein Narr!« warnte Ariston.

»Hör auf deinen Freund«, flüsterte Theoris. »Liebster, schönster

Danaus: sei kein Narr! Folge meinen Beispiel nicht: liebe nie, wenn deine Liebe nicht erwidert wird! Heirate keine Hure! Nein, nein, tu das nicht!«

»Es ist schon lange her, daß man mir mein Herz ... zerfleischt hat«, sagte Ariston, »zerhackt, in Stücke gerissen ...«

»... von einem Rudel Wölfinnen in den Bergen. So ging es deiner Liebe. So ging es — Phryne. Sie rissen ihr die Eingeweide aus dem Leib und warfen sie den Hunden vor, trennten ihr die Beine vom Leib ...«

»Theoris!« rief Ariston. »Wer hat dir das erzählt?«

»Orchomenus. Besser gesagt, er hat es Thargelia erzählt — so zwischendurch, wenn der besoffene Kerl sie nicht gerade halbtot prügelte, mit glühenden Feuerhaken ansengte oder mit dem Messer auf sie losging. Er ist natürlich verrückt. Aber wer ist das nicht? Ich bin es auch — nach dir. Sag mir, Ariston — nein schwöre es mir bei Phryne, bei der Liebe, die du noch über das Grab hinaus für sie empfindest, daß nicht dieses Leben, das man mich zu führen gezwungen hat, daran schuld ist, daß du mich verschmähst! Sag mir, daß du, wenn du all das Entsetzliche vergessen könntest, mich ein wenig lieben würdest! Sag mir das, Ariston! Schwör es mir, auch wenn du dabei lügen mußt!«

»Ich brauche gar nicht zu lügen. Ich liebe dich, Theoris — soweit ich überhaupt lieben kann, und das ist recht wenig. Weder verachte ich dich wegen deines Lebenswandels, noch tadle ich dich. Wie käme ein ehemaliger Pornos dazu, verächtlich auf eine Hetäre herabzusehen? Glaube mir: was ich an Liebe in mir trage, gehört dir.«

»Du bist wirklich großmütig! Und ich glaube dir kein Wort! Warum schläfst du denn dann mit der alten Hexe Parthenope, die ihre Jugend vom Apotheker bezieht?«

»Weil ich sie nicht liebe«, erwiderte Ariston sanft, »und weil es auch ihr nichts bedeutet. Es ist so bequem, Theoris. Und das würde es mit dir für keinen von uns sein. Dich, liebes Mädchen könnte ich nicht — gebrauchen. Niemals. Dafür bist du mir viel zu gut.«

»Dann will ich dir zumindest dafür danken«, sagte Theoris. »Es ist also auch nicht wahr, daß du Danaus' kleine Schwester heiraten wirst, sobald sie alt genug ist?«

»Chryseis? Willst du mir glauben, daß ich sie noch nicht einmal gesehen habe — so oft ich auch schon in Danaus' Haus war?«

»Das ist so bei uns Brauch«, begründete Danaus ein wenig steif.

»Ich habe es dir doch schon dutzende Male erklärt, Ariston! Es hat nichts mit dir zu tun. Ein unverheiratetes Mädchen darf keine männlichen Besucher empfangen – nur ihren Verlobten, und unter Aufsicht, sobald ihr Vater einen Gatten für sie gefunden hat, der ihrer würdig ist.«

»Nach meiner Rechnung«, entgegnete Ariston, »ist Chryseis noch nicht einmal zwölf Jahre alt.«

»Somit hat sie noch ein Jahr. Athenische Mädchen heiraten immer mit dreizehn, Ariston – aus dem einfachen Grund, weil bisher noch niemand draufgekommen ist, wie man es anstellen sollte, daß sie nachher noch Jungfrauen bleiben.«

»Du hast eine boshafte Zunge«, sagte Danaus. »Du mußt nicht alle Mädchen nach dir beurteilen. Ich persönlich würde mich freuen, Ariston als Schwager zu haben. Die Frage ist nur, ob es auch ihn freuen würde, Chryseis zur Frau zu bekommen.«

»Warum nicht?« fragte Ariston.

»Sie ist eine wilde Hummel, mit der anzubinden sich alle Teufel im Tartarus überlegen würden«, gestand er bedauernd, »und daß sie schön ist, kann auch der Nachsichtigste nicht behaupten. Tatsache ist, sie sieht aus wie Hekates Urenkelin. In unserer Familie sind wir alle keine Apollos, aber Chryseis . . .«

»Du fängst an, mich zu interessieren«, unterbrach ihn Ariston. »Hast du schon einmal darüber nachgedacht, was meine vielgepriesene Schönheit mich schon gekostet hat? Sollte ich jemals heiraten, werde ich mir eine Braut aussuchen, von der ich hoffen darf, daß sie meinen Sohn nicht mit einem Aussehen von der Art, wie es mir beschert wurde, bestraft, einem Aussehen, dem ich es zu verdanken habe, daß, seitdem ich denken kann, die Männer hinter mir herjagen. Außerdem sehe ich gar nicht ein, warum ein Mann dem Aussehen einer Frau so viel Bedeutung zumessen sollte, solange sie ein gütiges Herz und einen regen Verstand besitzt.«

»Große Hera, hilf!« rief Theoris. »Ich wußte es ja! Ich wußte es ja! Alles, was du brauchst, ist eine Familie, ein guter Name, und daß dir ja nie ein geflügelter Fuß die Knie auseinanderdrückt! Und jetzt . . .«

»Und jetzt gar nichts«, sagte Ariston.

»Was meinst du – gar nichts?« jammerte Theoris. »Nächstes Jahr um diese Zeit . . .«

». . . werde ich Gast sein bei der Vermählung der kleinen Chryseis – mit einem anderen. Du vergißt nämlich eine wichtige Kleinigkeit, Theoris.«

»Und zwar?«

»Daß ich Metöke bin. Mag sein, ein reicher Metöke, aber immer noch ein Fremdling. Und du kennst das Gesetz.«

»Oh!« hauchte Theoris. »Du kannst ja *niemals* eine Bürgerin heiraten! Daran hatte ich nicht gedacht! Große Hera, ich danke dir!«

»Du bist auch Bürgerin«, ließ Danaus lächelnd fallen.

»Mich *muß* er ja nicht heiraten!« entgegnete Theoris. »Er braucht nur zu mir ins Bett zu kommen und dort zu bleiben – für den Rest seines Lebens. Unsere Bälger allerdings müßte er anerkennen. Aber davon abgesehen – Ariston! Wohin gehst du?«

»In dieses Haus. Ihr könnt beide mitkommen, wenn ihr wollt. Aristophanes hat bestimmt nichts dagegen.«

»Der Komödiendichter?« wollte Danaus wissen. »Ist er ein Freund von dir?«

»In gewisser Weise. Doch eigentlich mehr ein Freund meines Adoptivvaters. Sie haben die gleichen altmodischen Ansichten. Im Augenblick aber brauche ich Aristophanes' Hilfe. Ich will ihn um eine Rolle in seiner neuen Komödie bitten. Er zahlt anständig, und ich könnte das Geld gut gebrauchen.«

»Du!« rief Danaus lachend. »Du benötigst Geld? So dringend, daß du Schauspieler werden willst? Bei Pluto, Ariston! Das glaube ich dir nicht! Und wenn es auch ein ganzes Talent wäre, du brauchst doch Timosthenes nur zu bitten und er . . .«

». . . würde es mir verweigern – für diesen bestimmten Zweck. Ich möchte eine eigene Werkstatt eröffnen. Und er ist dagegen. Er sagt, das wäre keine Beschäftigung für einen Edelmann. Werkstätten zu *besitzen* wie er – nichts dagegen einzuwenden. Aber selbst eine führen? Nie und nimmer! Ich bin dieses Parasitenlebens müde. Untätigkeit ertrage ich nicht! Aber eben das ist es, was Timosthenes als das wesentlichste Merkmal eines Edelmannes ansieht. Nicht einmal Oibalides' Schicksal hat ihn gelehrt, wie falsch dies ist. Und es genügt mir nicht, all das, was Athen vorstellt, mit meinem Körper zu verteidigen. Zeus weiß, wie wenig ein Hoplit allein ausrichten kann! Was ich mir vorgenommen habe, ist von größerer Bedeutung: ich will mithelfen, die Waffen zu schmieden, um die Kultur gegen die Barbarei zu verteidigen!«

»Kultur?« gab Danaus spöttisch zurück. »Du nennst uns kultiviert?«

»Ja. Mit allen euren Fehlern, ja. Ich erkannte das an dem Tag, da ich Euripides begegnete. Das ist wahrer Geist! Sein Verstand ist ebenso scharf wie der des Sokrates – von seinen Versen gar nicht zu reden! Ich sage euch, sie haben mich trunkener gemacht, als jeder Wein es vermöchte!«

»Er ist ein Weiberfeind. Er haßt die Frauen«, mischte sich Theoris ein.

»Und du bist dumm, wenn du das wirklich glaubst«, sagte Ariston. »Und jetzt kommt mit, wenn ihr wollt.«

Aristophanes begrüßte sie liebenswürdig. Er war ein kleiner, dunkelhäutiger Mann, und seine Augen blickten düster und gequält, als ob er sich verfolgt fühlte. Es kostete ihn große Überwindung, zu lächeln. Ariston fragte sich, wie das kam. Dieser kleine Mann, der die spaßigsten Stücke schrieb, die die Welt je gesehen hatte, war immer traurig.

»Ariston«, sagte er, »ich habe eine große Überraschung für dich. Ich habe wieder ein paar Verse für meine neue Komödie, *Die Wolken*, geschrieben. Ich möchte, daß du sie meinen Gästen vorliest. Du liest so schön. Ich habe eine Rolle für dich hineingeschrieben. Den Studenten. Es ist nur eine Nebenrolle, aber sie hat ein paar gute Sätze. Übrigens, wer sind deine Freunde? Danaus, der Sohn des Pandoros? Ja, ich kenne deinen Vater. Ich habe einmal eine komische Szene über ihn geschrieben, aber nie gewagt, sie auf die Bühne zu bringen. Ich hatte Angst, er würde mich verklagen. Und die junge Dame?«

»Das ist Theoris«, antwortete Ariston ernst. »Sollte ich mich jemals entschließen, zu heiraten, wird sie meine Frau sein.«

»Für dich brauche ich keine guten Sätze zu schreiben«, lächelte Aristophanes. »Du denkst sie dir selber aus! Übrigens, Sophokles ist hier. Von Zeit zu Zeit lassen sich die hohen Herren Tragöden herab, uns schlichten Possenreißern einen Besuch abzustatten. Und du, mein Kind ...«, er verbeugte sich spöttisch vor Theoris, »wirst ihm gefallen. Er will nicht zugeben, daß er älter ist als Nacht und Chaos zusammen, die beide schon da waren, bevor noch Zeus erschien. Kommt nur, kommt herein! Sophokles – sieh dir dieses hübsche Kind an! Eine Augenweide für dich alten Lüstling, nicht wahr?«

Theoris starrte den großen Tragöden an. Sophokles seufzte ein wenig.

»Bedauerlich«, sagte er, »daß dieser Erzeuger zotiger Späße nicht lügt. Wenn ich dich sehe, Kind, könnte ich die Götter anflehen, mir zwanzig Jahre meines Alters abzunehmen.«

»Das brauchst du nicht, Herr«, flüsterte Theoris. »Du bist alt, aber das macht nichts aus. Ich habe in meinem ganzen Leben noch keinen so schönen Mann gesehen! Nicht einmal Ariston kommt dir gleich. Vielleicht wird er das einmal, wenn ihn die Jahre abgeschliffen haben.«

Und wie er nun Sophokles betrachtete, seine schneeweißen Haarlocken, die wallende Kaskade seines Bartes, die edle Stirn, sein feines, von lebhafter Farbe überzogenes, völlig faltenloses Gesicht, das Antlitz eines gütigen Zeus, erkannte Ariston, daß die kleine Hetäre wahr gesprochen hatte. Es gab in ganz Athen keinen Mann, gleich welchen Alters, der, was körperliche Schönheit betraf, an Sophokles heranreichte.

»Ich danke dir, Kind«, sagte der Dichter. »Komm, sitz hier zu meinen Füßen. Ich verehre die Jugend – weil ich sie verloren habe. Und du – du gleichst Antigone.«

»Antigone?« fragte Theoris verwundert. »Wer war sie, Herr?«

»Nun«, gab Sophokles zurück, »sie war die Liebe – die Verkörperung der Liebe. Wie du es auch bist, Kind. Denn

Des rechtschaffenen Mannes williges Herz
Bringst du aus seinem ruhigen Lauf
Und stürzt es unbesonnen ins Verderben;
Du läßt Zorn aufblitzen
Wie eine stählerne Klinge
Zwischen Vater und Sohn.
Weil am Ende keiner gewinnt,
Außer dir, Liebe.
Dein kindlich mädchenhafter Blick,
Dem Willen des Himmel untertan,
Spendet letztes Entzücken nur ihr,
Die uns ewiglich narrt,
Unempfänglich für Erbarmen ...«

»Und alle diese herrlichen, schrecklichen Dinge, das – das bin ich?« fragte Theoris.

»Ja, Kind, das bist du«, antwortete der Dichter.

Natürlich konnte Ariston die Folgen dieser Begegnung zwischen Theoris und Sophokles nicht voraussahnen, und doch schien sie ihm schon damals seltsam und beunruhigend. So beunruhigend, daß der Gedanke daran seinen Zorn über Aristophanes' Grausamkeit dämpfte – ist doch nur der Komödiendichter wahrhaft grausam, und nur der Tragöde gütig. Er empfand diese Grausamkeit deutlich, als er nun Aristophanes' unflätige Verse las, seinen gnadenlosen Angriff auf den armen, wehrlosen Sokrates, indem er dem Philosophen vorwarf, einen Denkladen zu betreiben, in dem seine Studenten ihre Nasen im Morast vergruben, um die Geheimnisse der Unterwelt zu erforschen, während sie eifrig ihre Hinterteile in die Höhe streckten, um die Mysterien der Astronomie zu enträtseln.

»Siehst du?« meinte Aristophanes. »Du machst den Studenten ganz ausgezeichnet. Du übernimmst doch die Rolle, nicht wahr? Als ich dich damals als Hektor in *Hekuba* sah – diese Schöpfung des alten Giftmischers Euripides –, erkannte ich sofort, daß du als Schauspieler ein Naturtalent bist. Natürlich, das Geld brauchst du nicht, aber das macht ja nichts. Du kannst es für so kleine Püppchen wie diese hier ausgeben –«

»Du irrst. Ich brauche das Geld.«

Sophokles streichelte Theoris' dunkles Haar. »Wozu, in Zeus' Namen?« fragte er.

Ariston erklärte es ihnen. Zu Anfang sprach er langsam, aber mit zunehmendem Schwung und wachsender Begeisterung. Er faßte seine Träume in Worte: daß er sich würdig erweisen wollte der großen Stadt, die er lieben gelernt hatte, dieses Athens, das von so großzügiger Denkungsart und Geisteshaltung war, daß es einem Aristophanes erlaubte, seine Bürger als Lumpen zu bezeichnen, ohne daß diese sich beleidigt gefühlt hätten; wo Euripides die Götter selbst herausfordern und leugnen konnte und trotzdem respektvoll angehört wurde; wo Sophokles die von düsterem Entsetzen erfüllten Tragödien des Ödipus schreiben und ein um das andere Mal den dionysischen Preis entgegennehmen konnte; wo das Genie geehrt, geachtet und geschätzt, und nicht, wie in Aristons Heimat Sparta, unterdrückt, zerschmettert und vernichtet wurde.

»Nur will es mir nicht gelingen«, beendete er seine Erklärungen, »meinem Vater verständlich zu machen, wie ich über diese Dinge denke. Ginge es nach ihm, ich sollte ein eleganter junger Herr sein; er weiß nicht, daß das soviel heißt wie ein untätiger, verweichlichter Stutzer sein. Also muß ich ihn überlisten. Ich muß ihm zeigen, was ich kann. Die Götter sind meine Zeugen, daß ich schon alles mögliche versucht habe. Ich habe Alkamenes, dem Bildhauer, nackt Modell gestanden. Habe für euch beide Bühnenbilder gemalt. Bin auf der Bühne in diesen hochsohligen Schuhen, die die Schauspieler größer erscheinen lassen, herumstolziert, trug dabei eine Maske, häßlicher als Hades, und eine bronzene Sprechmuschel im Mund, so daß mich sogar die Zuschauer in den hintersten Reihen hören konnten — obwohl ihr beide mir versichertet, ihr hättet mich nur wegen meiner Schönheit verpflichtet! Davon bekamen die Leute aber recht wenig zu sehen, denn die tragische Maske bedeckte mein Gesicht.«

»Du bist trotzdem ein guter Schauspieler«, beschwichtigte ihn Sophokles.

»Ich will's hoffen. Ich möchte irgend etwas *gut* machen. Ich habe mich sogar schon in der Mechanik versucht. Für Euripides habe ich dreieckige Gestelle mit verschiedenen Hintergründen auf jeder Seite entworfen, die sich so drehen lassen, daß die Handlung im Nu auf einen anderen Schauplatz verlegt werden kann. Ich habe ihm auch ein neues Ekkyklema gemacht, das man leichter und schneller ausfahren kann, um die vorangegangene Handlung oder all das zu veranschaulichen, was das Gesetz auf der Bühne zu zeigen verbietet . . .«

»Mord und Blutschande und Folter. Den Plunder des Lebens«, ergänzte Sophokles. »Sprich weiter.«

»Ich benötige mindestens ein Talent, um eine ganz kleine Werkstatt für Metallarbeiten einzurichten. Und wie ich's auch immer anstelle, soviel kann ich nicht verdienen.«

»Warum borgst du dir das Geld nicht von deinem Freund Orchomenus aus? Die Leute sagen, er sei jetzt reicher als Krösus.«

Ariston sah den Dichter aus großen Augen an.

»Ja — daran habe ich noch nicht gedacht!« sagte er. »Das tue ich! Schon morgen werde ich ihn darum bitten! Ich zahle ihm soviel Zinsen, wie er nur will!«

Theoris hörte ihn reden und erschauerte plötzlich. Hinter seiner Stimme verbarg sich ein Klang — gleich dem Schlag unheilverkündender Flügel, gleich dem Surren eines gewaltigen Spinnrads.

Die Flügel der Erinnyen.

Das Spinnrad der Moiren.

Aber damals wußten sie das alle noch nicht. Die Sterblichen wissen es nie.

XIV

Orchomenus kam ihm entgegen, bevor er noch die kleine Anhöhe zur Hälfte erstiegen hatte, die zum Viertel der Metallarbeiter führte, das sich am Fuß des Hügels des Kolonus Agoraies, unterhalb des erhabenen Tempels des Gottes der Schmiede, ausbreitete. Das war sonderbar. Es war vollkommen ausgeschlossen, daß sein früherer Waffenbruder ihn aus seinem Dienstraum auf der Hinterseite der Ergasteria oder auch nur von der Tür der Werkstatt aus die Anhöhe hatte heraufkommen sehen. Es war nicht das erste Haus in der Gasse, und die anderen Läden und Werkstätten versperrten die Aussicht auf die tiefer gelegenen Wohnbezirke.

Zufall? Ariston glaubte es nicht. Dazu kannte er Orchomenus schon zu gut.

»Woher wußtest du, daß ich dich heute besuchen würde?« fragte er.

Orchomenus grinste über das ganze Gesicht.

»Ich bin eben ein Prophet.«

»Also sag schon, woher wußtest du's?«

»Spione«, antwortete Orchomenus ganz ruhig. »Ich habe alle Zugangswege zu den Werkstätten mit ihnen besetzt, damit sie mich warnen, wenn der Steuereinnehmer sich zeigt, oder der alte Adlerschnabel höchstpersönlich . . .«

»Oder ich.«

»Stimmt. Damit ich meine Herren und Meister entsprechend feierlich und mit der gebotenen hündischen Unterwürfigkeit empfangen kann. Schließlich habt ihr einen reichen Mann aus mir gemacht — vor allem dadurch, daß ihr nicht allzu strenge Aufsicht geführt habt.«

»Was heißen soll, daß du uns das Weiße aus den Augen gestohlen hast?«

»Selbstverständlich! Bei den Gelegenheiten, die ihr mir bietet, ist mein lauterer Charakter der Versuchung nicht gewachsen. Bei Eros, du siehst gut aus! Hab' ich dir schon gesagt, daß du jeden Tag hübscher wirst?«

»Beim Zeus, Orchomenus! Komm, gehen wir in die Werkstatt hinauf!«

»Nein. Zu lärmend. Ich bin's schon gewohnt, aber dir würden die Ohren dröhnen. Was hat dich dazu bewogen, mir einen Besuch abzustatten? Sag nur nicht, ein plötzliches Verlangen nach dem Anblick meiner männlichen Schönheit hätte dich überwältigt!«

Ariston sah ihm starr ins Gesicht.

»Ich brauche Geld«, antwortete er dann in sachlichem Ton. »Viel Geld. Ein ganzes Talent. Nein, zwei.«

Zum ersten Mal zeigte Orchomenus' herrlich häßliches Gesicht echte Sorge.

»Hast du Schwierigkeiten? Hast du was ausgefressen, daß dich die Erpresser in die Finger bekommen haben? Hast dich, in eine Matratze eingenäht, einer verheirateten Frau ins Bett legen lassen? Alkibiades hat das einmal gemacht. Er wäre beinahe dabei erstickt, erzählt er.«

»Schade, daß er's nicht geschafft hat. Zu ersticken, meine ich. Außerdem weißt du sehr gut, daß ich nicht so ein Narr bin, mir wegen Ware zweiter Qualität die Kehle durchschneiden zu lassen.«

»Also ein Knabe kann's auch nicht sein. Selbst wenn du einen Rittersohn verführt hättest, es würde auch nicht so viel kosten, die verletzten Gefühle seines Vaters zu besänftigen. Außerdem magst du Knaben gar nicht – ausgenommen vielleicht Danaus. Und den kannst du umsonst haben.«

»Orchomenus, ich bitte dich!«

»Du meinst, ich hätte eine schmutzige Phantasie? Schon möglich, aber eben darum auch einen scharfen Verstand. Also sage mir, was du so Fürchterliches angestellt hast, daß es dich zwei ganze Talente kostet, mit heiler Haut davonzukommen.«

»Es geht nicht um etwas, das ich angestellt *habe*«, sagte Ariston, »sondern um etwas, das ich anstellen will.«

Orchomenus sah ihn an. »Erzähle«, sagte er.

»Hmmmm«, brummte Orchomenus. »Du willst also eine eigene Ergasteria aufmachen, weil du es über hast, wie ein persischer Prinz zu leben, nur mit den Fingern zu schnalzen, wenn dir der Sinn nach süßen Dingern wie Parthenope oder Theoris steht, dich von vorn und hinten bedienen zu lassen, die segenspendenden Wohltaten des Müßiggangs zu genießen, deine zarte Haut vor Pfeil, Lanze, Schwert und Speer sicher zu wissen – weil du, ich fasse zusammen, dieses elenden, bejammernswerten Daseins, das man dich zu ertragen zwingt, müde bist.«

»Ich fürchte, du hast meinem Vater Talos nie richtig zugehört, von Sokrates ganz zu schweigen«, entgegnete Ariston. »Und mein

Dasein *ist* elend – wie das jedes Parasiten. Du tust zumindest etwas Nützliches. Du stärkst Athens Muskeln für den Krieg. Der Mensch muß mit sich leben können. Und ich kann es nicht. Nicht so.«

»Sieh, Ariston, der Zeitpunkt für die Eröffnung einer Waffenwerkstatt ist gerade jetzt höchst ungeeignet. Die Friedensverhandlungen sind doch in vollem Gang! Ich wäre nicht überrascht, wenn schon heute oder morgen . . .«

»Selbst wenn der Friede kommt, er wird nicht von Dauer sein«, antwortete Ariston. »Er kann nicht von Dauer sein, weil die Voraussetzungen dazu fehlen.«

»Da hast du allerdings recht. Dieser furchtbare Krieg herrscht jetzt neun volle Jahre; und die einzige Möglichkeit, ihm ein Ende zu setzen, bestünde darin, entweder Athen oder Sparta dem Erdboden gleich zu machen. Nun, ich brauche dir nicht erst zu sagen, daß eine Ergasteria eine von Menschenhand geschaffene Nachbildung des Tartarus ist; das hast du selbst oft genug gesehen. Aber dein Plan, die neuen Methoden der Metallverarbeitung anzuwenden, die dein Freund Alkamenes erfunden hat, verdient Beachtung. Die kleine Werkstatt könnte zur Versuchsabteilung des ganzen Gewerbes werden. Hades soll mich holen, mir gefällt die Sache! Zwei Talente? Wie immer bin ich reicher an Schulden als an Bargeld. Aber ich werde sie irgendwie aufbringen. Willst du mir zwei Wochen Zeit lassen?«

»Gern. Ich komme also in zwei Wochen wieder.«

»Nicht hierher. Komm zu mir nach Hause«, sagte Orchomenus.

Die zwei Wochen waren um, und Ariston lenkte abends seine Schritte zu Orchomenus' neuem, hübschem Haus. Aber der Gesuchte war nicht da. Nur Thargelia. Selbst bei Lampenlicht konnte Ariston die fleckigen Beulen auf ihren Armen sehen, die Narben von Schnitten, Peitschenhieben und Verbrennungen. Sie war schwanger, und ihre Augen glitten stumpf und teilnahmslos über ihn hinweg. Sie schien gar nicht mehr zu wissen, wer Ariston war.

»Er ist nicht da«, sagte sie müde. »Er ist ja nie da. Versuch es bei Kritias oder bei Alkibiades. Bei einem von den beiden wirst du ihn wohl finden. Wenn er nicht gerade in einer Porneia oder in einem Badehaus ist. Er tut ja nichts anderes – gibt sein ganzes Geld für Huren und Strichjungen aus. Die Leute glauben, wir sind reich, aber das stimmt nicht. Und ich bin wieder schwanger. Die andern zwei hab' ich verloren. Er war betrunken und schlug mich, und so hab' ich sie verloren.«

»Das tut mir leid«, murmelte Ariston. Es waren hohle Worte, aber er fand keine besseren. Was hatte Orchomenus zu dem gemacht, was er jetzt war? Seine Leiden im Bergwerk? Auch andere Männer waren versklavt worden und hatten gelitten.

Als er Kritias' Haus erreichte, bot sich ihm ein seltsames Bild: von bewaffneten Wachen umgeben, stand der großgewachsene, eiskalte Zyniker auf der Straße. Diener brachten Gepäckstücke aus dem Haus. Er lächelte spitzbübisch, als er Ariston sah; geiergleich schimmerte sein Gesicht im Licht der Fackeln.

»Du kommst zu spät, schöner Ariston«, begrüßte er ihn. »Falls du dich endlich entschlossen haben solltest, nett zu mir zu sein. Ich gehe in die Verbannung – auf Befehl der Polis. Man hat meinen Namen auf die Ostraka gesetzt, auf die Scherben zerbrochener Gefäße – das Scherbengericht hat mich verbannt.«

»Warum?« fragte Ariston.

»Mein Stück. Die gottesfürchtigen Herren nahmen es mir übel, daß ich öffentlich die Ansicht vertrat, die Götter wären nur die Erfindung gerissener Politiker, als Butzemänner zu gebrauchen, um die Dummen durch Furcht und Schrecken zu rechschaffenen Leuten zu machen. Aber die Leute können nun einmal die Wahrheit nicht vertragen, ist es nicht so? Komm! Küß mich zum Abschied! Wenn du das tust, will ich vergessen, daß du mich in den Dreck geworfen hast, als wir uns das letzte Mal begegneten.«

Langsam schüttelte Ariston den Kopf.

»Das kann ich nicht«, sagte er ganz ruhig. »Glaube mir: es ist nicht persönlich gemeint, aber ich kann es einfach nicht.«

»Warum nicht?«

Ariston lächelte.

»Erinnerst du dich noch, was geschah, als Alkibiades dich mit List dazu bringen wollte, mit der Kurtisane Laïs das Lager zu teilen?« fragte er.

»Freilich! Ich erbrach mich. Konnte Weibergestank nie ausstehen. Selbst wenn sie sauber sind – wie Laïs es war –, dieser Fischgeruch, den sie an sich haben, ist stärker als alle Duftöle. Ich gebe zu, das ist eine meiner Eigenheiten. Ich bin schon mit einem zu feinen Geruchssinn geboren worden.«

»Ein Fehler, den ich mit dir teile«, ließ Ariston fallen.

»Also, dann?« sagte Kritias entzückt.

»Nur ist es der Kotgeruch des Päderasten, der *meine* Nasenlöcher beleidigt«, erwiderte Ariston. »Müßte ich dich küssen, mir würde es genauso ergehen wie dir mit Laïs. Mit anderen Worten, ich würde mich übergeben.«

Von seinen Wachen umgeben, stand Kritias im Licht der Fackeln.

»Du hast mich jetzt zum zweiten Mal beleidigt, Ariston«, sagte er ruhig. »Ich bitte dich, das im Gedächtnis zu behalten.«

»Wozu?« entgegnete Ariston. »Warum sollte ich mir die Mühe machen?«

»Weil eines Tages dein Leben von meiner Gunst abhängen könnte«, erwiderte Kritias.

Bevor er noch an die Tür von Alkibiades' Haus klopfte, drangen von innen die Geräusche lärmender Festlichkeit an sein Ohr. Er hielt inne, von tiefer Empörung erfüllt, war doch kaum ein Monat vergangen, seit Alkibiades' Gemahlin, die züchtige und würdige Hipparete, das Zeitliche gesegnet hatte.

Gewiß ist sie an gebrochenem Herzen gestorben, dachte Ariston, an der Hungerdiät kärglicher Krümel von Zuneigung, die er ihr zugestanden hatte.

Er hob den großen, bronzenen Türklopfer und ließ ihn schwer auf die Metallplatte fallen.

Ein Sklave öffnete ihm. Geisterhaft schimmerte das Gesicht des Mannes im Lampenlicht. Er zitterte, und Ariston sah, daß es Angst war, was ihn zittern ließ.

»Wie — wie ist dein Name, Herr?« stammelte er.

»Ariston, Sohn des Timosthenes.«

Der Sklave verneigte sich und trippelte eilig davon. Aber er kam nicht wieder. Alkibiades selbst erschien an der Tür.

»Ariston!« dröhnte er. »Du ehrst meine armselige Hütte! Du hast meine Schwelle nicht überschritten seit — seit Orchomenus diese bedauernswerte Hure geheiratet hat. Tritt ein! Bei Eros, du bist schön wie immer! Nicht einmal das dünne Bärtchen, das du dir zugelegt hast, ändert etwas daran!«

Ariston stand da wie vom Schlag getroffen. Denn Alkibiades war als Frau gekleidet. Er hatte sich das Gesicht bemalt und die Lippen geschminkt. Blauer Muschelschalenpuder ließ die Augen dunkler erscheinen. Und die eigenartige Kleidung . . .

Dann erkannte Ariston, was es war. Das Kleid des stattlichen Spötters war kein gewöhnliches Frauengewand. Es war das Kleid einer Hierophantin, das geheiligte Gewand einer Priesterin der furchtbaren Eleusinischen Mysterien, jener in Dunkel gehüllten Geheimkulte zu Ehren der Göttinnen Demeter und Kore. Ariston war kein gläubiger Mensch, doch der Anblick Alkibiades' entsetzte ihn.

Alkibiades nahm ihn beim Arm. Zu seiner Überraschung stellte Ariston fest, daß der Griff seines Gastgebers hart wie Eisen war. Sie gingen in den Speisesaal. Orchomenus, gleich Alkibiades in Frauenkleidern, saß auf einer Art Thron. Er hatte je einen weibisch anmutenden Knaben zu seiner Rechten und zu seiner Linken, deren Aufgabe es zu sein schien, ihm zu helfen, ein silbernes Becken auf seinen Knien im Gleichgewicht zu halten.

Die meisten Gäste trugen Frauenkleidung — ausgenommen die wirklichen Frauen, Auletriden, die man geladen hatte, um das Gelage mit ihrem Flötenspiel in Stimmung zu bringen; so man ihre langen Doppelflöten nicht als Bekleidung ansah, waren sie völlig nackt. Einige Gäste beschäftigten sich mit diesen geschmeidigen Musikerinnen unter den Tischen und auf eine Weise, die mit Flötenspiel wenig zu tun hatte. Andere befaßten sich mit geschminkten Knaben. Die meisten aber nahmen an einem Spiel teil, das Kottabos hieß und darin bestand, daß man einen großen Silberbecher mit Wein bis zur Neige leerte und dann den letzten Tropfen aus beträchtlicher Entfernung in das Silberbecken zu schleudern versuchte, das Orchomenus auf den Knien hielt. Das bedeutete, daß man Orchomenus zum Symposiarchen, zum Bankettmeister, gewählt hatte. Wenn einem der lärmenden Zechbrüder der Wurf gelang, nannte er brüllend einen Namen und richtete einen — zumeist zotigen — Wunsch an den Gegenstand seines liebenden Verlangens. Ariston stellte fest, daß die Namen etwa zu gleichen Teilen auf die beiden Geschlechter entfielen.

Alkibiades drückte ihm einen riesigen Becher in die Hand, aber Ariston kostete nicht einmal von dem Wein. Er spürte eine schleimige, grüne Welle von Übelkeit in sich aufsteigen. Hatte er Himmel und Erde in Bewegung gesetzt, um Gelegenheit zu erhalten, *diese* Zivilisation zu verteidigen? Gewiß, Athen hatte große Kunstwerke hervorgebracht, Musik, Drama und Poesie inspiriert, war ein Born der Schönheit und würde es wohl auch in Zukunft sein, aber ...

... aber wer war Athens populärster Bürger, wenn nicht Alkibiades? Alle jungen Nichtstuer ahmten seinen schleppenden Gang, sein weibisches Lispeln nach. Trug dieser hochgeborene Prinz der

Zecher Sandalen eines neuen Modells, verdiente der erste Schuhmacher, der sie kopierte, ein Vermögen. Das Haus, das er, als er Ariston begrüßte, eine ›armselige Hütte‹ genannt hatte, war in Wirklichkeit eine Prunkvilla und ihre Ausstattung so kostbar und protzig, daß sie jede Regel des an sich schlichten hellenischen Geschmacks verletzte. Er hielt sich einen Rennstall, und wenn einer seiner Wagen gewann — was recht oft der Fall war —, lud er die ganze Volksversammlung ein und bewirtete sie festlich; die Kosten zahlte er aus eigener Tasche. Auf seinem Schild trug er das Sinnbild des blitzeschleudernden Eros und rühmte sich damit spöttisch seiner Siege in der zweigeschlechtlichen Liebe — oder war es die dreigeschlechtliche? Er rüstete Triremen aus, trat wiederholt als Chorführer auf und trug die Kosten dramatischer Festspiele. Er stand so sehr im Brennpunkt des öffentlichen Interesses, daß es unmöglich war, sich im gegenüber gleichgültig zu verhalten. Ganz Athen liebte — oder haßte ihn.

Und doch, überlegte Ariston jetzt im stillen, während er ihn in seiner fremdartigen, barbarischen Kostümierung betrachtete, hatte seine Tapferkeit in den Schlachten bei Poteidaia und Delion geradezu an Tollkühnheit gegrenzt. Und Sokrates liebt ihn, spann Ariston seine Gedanken fort, also muß doch etwas Gutes an ihm sein. Aber was?

Alkibiades stand plötzlich auf und klatschte in die Hände.

»Freunde!« rief er. »Laßt uns zu Ehren unseres neuen und unerwarteten Gastes die Mysterien noch einmal erleben!«

Ariston erhob sich. Er wollte mit Gotteslästerung nichts zu tun haben. Mit Rücksicht auf seinen Adoptivvater, dessen religiöse Überzeugungen einfach und rein waren, konnte er an dieser Entweihung der Göttinnen und ihrer Mysterien nicht teilnehmen.

Alkibiades hielt ihn an der Hand fest, doch Ariston entwand sich seinem Griff mit der Geschicklichkeit des erfahrenen Ringers. Er erreichte die Tür und stürzte in die Nacht hinaus. Dann hörte er Orchomenus seinen Namen rufen.

Er blieb stehen und wartete, ein wenig zitternd, bis sein früherer Waffengefährte an ihn herantrat.

»Morgen bekommst du deine zwei Talente. Ich habe dir ja versprochen, sie aufzutreiben.«

In den drei langen Monaten, die er benötigte, um seine Muster-Ergasteria einzurichten, drängte sich Ariston die Überzeugung auf, daß sich hinter Orchomenus' kaufmännischer Tätigkeit mehr verbarg, als auf den ersten Blick zu sehen war. Fast täglich besuchte er während dieser Zeit die Werkstätten seines Adoptivvaters, um bei den Aufsehern und Vorarbeitern Ideen aufzuspüren und Ratschläge von ihnen zu erbitten. Viele von ihnen arbeiteten seit mehr als zwanzig Jahren für Timosthenes; trotzdem hatte Orchomenus in den knapp zwanzig Monaten, die er nun im Dienst des edlen Hipparchen stand, Timosthenes' Vertrauen in so großem Maße erworben, daß er, über die Köpfe aller anderen hinweg befördert, alle Werkstätten als oberster Aufseher verwaltete.

Nach den Erfolgen des Spartaners zu urteilen, verdiente er diese Stellung zweifellos. Nie zuvor, seitdem Timosthenes' Vater, Telephanes, vor mehr als siebzig Jahren drei Metallwerkstätten als interessante Spekulation gekauft hatte, waren von dem Unternehmen – einer Gruppe von nunmehr acht verstreut liegenden Werkstätten, die jede zwischen zwanzig und hundert Sklaven beschäftigte und die sich trefflich durch die Herstellung von Einzelteilen ergänzten, die im größten, Orchomenus unmittelbar unterstellten Betrieb, zusammengesetzt wurden – derartige Gewinne erzielt worden.

»Aber wie macht er das nur, Vater?« fragte Ariston. »Abgesehen von dem, was er hier gelernt hat, versteht er nichts von Metallarbeiten. Und trotzdem bringt jede der Werkstätten unter seiner Leitung mehr Geld ein als jede andere in Athen, und wäre sie auch doppelt so groß!«

Timosthenes zuckte die Achseln.

»Athene in ihrer göttlichen Weisheit allein weiß es«, antwortete er. »Es interessiert mich auch nicht. Die Gewinne, die er mir abliefert, sind gewaltig – selbst wenn ich abziehe, was er mir offensichtlich stiehlt. Das genügt mir. Mehr noch: ich bin hochbefriedigt.«

In dieser Antwort lag alles, was den Ansichten eines Ritters in seiner Zeit entprach, und Ariston hatte mittlerweile gelernt, sie nicht in Zweifel zu ziehen.

In diesen drei Monaten lernte Ariston vielerlei; vor allem aber, wie man es nicht machen durfte. Als Jüngling von beachtlichen geistigen Fähigkeiten stellte er eine Reihe lästiger Fragen: Warum müssen die Werkstätten so klein sein? Warum müssen die Arbeiter so gedrängt sitzen? Wären ein oder zwei große Schmelzöfen nicht besser als so viele kleine? Warum sind die Werkstätten so dunkel und so schlecht gelüftet? Konnten der Rauch und die Schwaden nicht irgendwie abgezogen werden, so daß es sich erübrigen würde, alle vier Jahre die ganze Belegschaft auszuwechseln, weil die Leute an Lungenkrankheiten starben?

Lautete die Antwort »So wurde es immer schon gemacht«, verwarf er sie unverzüglich. Seine eigene Ergasteria wuchs in die Höhe, groß, geräumig, luftig, hell. Öfen, Gußformen und Härtebäder wurden in der Mitte zu einer Gruppe zusammengestellt; rundherum, dicht bei den größten Fenstern, die Athen je gesehen hatte, standen die Arbeitstische. Von überall her kamen die Verwalter der anderen Werkstätten und auch einige Eigentümer — nicht wenige Metöken hatten ihre eigenen Betriebe —, um sich die Sache anzusehen. »Unsinn!« murmelten die meisten. »Der Junge ist verrückt!« Doch der eine oder andere Metöke war aufgeschlossen genug, die Vorteile einer solchen Anlage zu erkennen. Fest entschlossen, sie, sobald sie nur konnten, nachzuahmen, hielten sie den Mund und gaben keine Kommentare ab.

Dann begab sich Ariston auf die Suche nach Arbeitskräften. Er gab jenen Arbeitern den Vorzug, die in Bronzearbeiten erfahren waren, für Bildhauer Formen gegossen hatten und daher das Wachsausschmelzverfahren kannten. Nach ihnen bevorzugte er freie Bürger, die gelernte Arbeiter waren — gleich ob freigeboren oder freigelassen. Zum Schluß kaufte er ein paar besonders geschickte Sklaven, denen er das folgende Angebot machte:

»Ich zahle euch die gleichen Löhne wie den freien Bürgern, werde aber ein Zehntel davon zurückhalten und in eine gemeinsame Kasse legen. Sobald diese Gelder die halbe Höhe eures Kaufpreises erreicht haben, werde ich die andere Hälfte zusetzen und euch freilassen. Gleichzeitig aber werde ich jenen den Laufpaß geben, die schlechte Arbeit geleistet haben — seht also zu, daß ihr mir dient, wie ich es von euch erwarte!«

Diese Idee, das soll gleich gesagt werden, stammte nicht von Ariston, sondern von Sokrates. Ariston, dem die Erinnerung an seine und Orchomenus' Sklaverei immer noch schwer auf der Seele lastete und den die verdrossenen, stumpfen, angst- und haßerfüllten Gesichter in den Werkstätten seines Vaters nicht unbeeindruckt gelassen hatten, hätte seine Sklaven unverzüglich freigegeben. Doch der häßliche alte Philosoph, der die Menschen nur allzugut kannte, riet ihm von solchem Edelmut ab.

»Das Schlimmste an der Sklaverei ist, daß sie das Gefühl der persönlichen Verantwortlichkeit untergräbt«, sagte Sokrates. »Wenn du sie gleich freiläßt, erweist du ihnen einen schlechten Dienst. Zuerst mußt du ihnen ihre Würde wiedergeben, sie lehren, klug zu handeln, ihre Leidenschaften zu bezähmen und für sich selbst zu denken. Stelle ihnen ihre Freiheit als Ziel vor Augen, das sie erreichen müssen. Und spätestens, wenn sie dieses Ziel erreicht haben, werden sie – Männer sein.«

So wurde es gemacht, und es konnte kaum überraschen, daß Aristons Ergasteria von Anfang an erfolgreich war. Natürlich war es höchst unwahrscheinlich, daß ein Waffenerzeuger scheiterte, solange der Bruderkrieg zwischen den Stadtstaaten den Himmel über ganz Hellas mit dem Rauch der Not und des Elends überzog, aber Ariston hatte ungewöhnlichen Erfolg. Als früherer lakedämonischer Hoplit verstand er sehr viel von Waffen, so daß die unter seiner persönlichen Aufsicht hergestellten eine Qualität aufwiesen, die allgemeine Bewunderung hervorrief. Zum zweiten, und indem er das Wachsausschmelzverfahren der Bildhauer anwandte, um im Flachrelief Darstellungen auf Brustharnische und Schilde zu applizieren, schuf er nicht nur diese Stücke, sondern auch Helme, Kürasse und Beinschienen von so bestechender Schönheit, daß die ganze Reiterjugend, aber auch viele ältere Jahrgänge, persönlich in der Werkstatt erschienen und laut forderten, er müsse sie sogleich und vollständig neu ausrüsten.

Die erste Rüstung stellte er im Auftrag des Alkibiades her. Die zweite war für seinen Freund Danaus.

Auf den Tag drei Monate nach der Eröffnung der Werkstatt nahm Timosthenes die Einladung seines Adoptivsohnes an, sie zu besuchen. Angesichts der Tatsache, daß er seine eigenen seit Jahren nicht mehr betreten hatte, zeugte diese Geste von der liebevollen Zuneigung, die er für den Jüngling empfand. Ursprünglich wollte er nicht, denn es sollte nicht heißen, er wäre ein ›Krämer‹ geworden; aber mittlerweile wußte schon ganz Athen – oder glaubte zumindest –, daß er nicht einen Obolus seines eigenen Geldes in das Unternehmen investiert hatte. Alkibiades hatte sich nicht gescheut, verlauten zu lassen, daß er selbst Ariston die zwei Talente geliehen hatte, die dieser zur Einrichtung der prächtigen neuen Ergasteria benötigte. Und als der empörte Jüngling, eine Erklärung fordernd, zu Orchomenus kam, mußte er erfahren, daß der Neffe des Perikles nicht gelogen hatte.

»Wo hätte ich denn zwei ganze Talente in so kurzer Frist hernehmen sollen?« versuchte Orchomenus sich zu verteidigen.

»Du hättest sie selbst haben sollen!« wütete Ariston. »Du hast genug verdient und genug gestohlen, um schon mindestens zehn Talente gespart zu haben!«

»Ich habe Schulden.« Orchomenus grinste. »Um reich zu werden, muß der Mensch zwei Fähigkeiten besitzen: die, Geld zu verdienen *und* die, es zu behalten. Die erste besitze ich, das habe ich bewiesen. Aber die zweite! Ich stoße eben immer auf die gefräßigsten Weiber . . .«

». . . und Knaben!« entfuhr es Ariston.

»Und Knaben, mein sittenstrenger Freund. Was ist gegen Knaben einzuwenden? Wie dein Onkel Hippolytus zu sagen pflegte: die kommen nicht mit geschwollenen Bäuchen daher, um dich mit einer Frucht zu überraschen, die du nicht gesät hast. Es ist eine einfache Rechnung. Ich verdiene viel Geld, das ist wahr, aber wenn du bedenkst, daß ich zweimal soviel ausgebe wie ich einnehme . . .«

». . . solltest du bei Thargelia daheimbleiben!«

»Wie wahr! Aber siehst du, sie langweilt mich. Sie langweilt mich in höchstem Maße. Und wenn sie mich allzusehr langweilt, kann ich der Versuchung nicht widerstehen, sie zu quälen. Um sie nicht umzubringen, was ich wahrscheinlich tun würde, wenn ich ihr Gewinsel, ihren Armesünderblick und ihre Augen, die Augen eines geprügelten Hundes, zwei Nächte hintereinander ertragen müßte, halte ich mich ihr fern. Aber das Fernhalten ist teuer. Ich habe nun einmal sehr kostspielige Neigungen!«

Woraufhin Ariston das einzige tat, was er tun konnte. Er ging zu Timosthenes und erzählte ihm, wie er durch Täuschung dazu gebracht worden war, Alkibiades' Geld anzunehmen. Selbst auf die Gefahr hin, als Krämer verschrien zu werden, konnte der Hipparch nicht zulassen, daß sein Adoptivsohn bei jenem Mann in Schuld stand, der die Verantwortung für Oibalides' Tod trug. Noch am gleichen Abend sandte er einen verläßlichen Boten mit den zwei Talenten, zuzüglich der aufgelaufenen Zinsen, nach dem Haus des Gläubigers. Und Alkibiades, der sich so beeilt hatte, seinen Edelmut publik zu machen, bekannte sich nun nur um so langsamer zu der Tatsache, daß die Schuld getilgt worden war. Als man in Athen endlich wußte, daß Aristons Unternehmen unbelastet war, befand sich Alkibiades schon seit geraumer Zeit in der spartanischen Verbannung.

Während sie an jenem Tag, zu Aristons Ergasteria unterwegs, durch die geschäftigen Straßen Athens ritten, sprachen sie keineswegs über Werkstätten und Metallarbeiten. Sie unterhielten sich über Frauen.

Denn jetzt, da Ariston seinen Platz im Leben gefunden hatte, schien es Timosthenes an der Zeit, den nächsten Schritt zu überdenken: seinem Adoptivsohn eine Braut zu suchen. Nach athenischen Maßstäben war Ariston mit einundzwanzig natürlich noch viel zu jung, denn die Athener, denen fleischliche Genüsse bereitwilligst zu Gebote standen, verschoben das Heiraten so lange sie konnten und klagten dann ein Leben lang über die Bürden der Ehe. Timosthenes jedoch litt an der Erinnerung an Oibalides' Tod. Er wollte sobald wie möglich die Gewißheit erlangen, daß Enkelkinder die Tradition seines Namens weiterführen würden. Deshalb entschloß er sich, auf eine baldige Heirat Aristons hinzuarbeiten.

Aber es war ein schwieriges Problem. Nach einem vom großen Perikles selbst verkündeten Gesetz konnten Fremde keine athenischen Bürgerinnen heiraten. Die der Ironie nicht entbehrende Tatsache, daß Perikles in der Folge in der Volksversammlung eine Ausnahmeklausel durchpeitschen mußte, um der Frucht seiner Verbindung mit der fremdgeborenen Hetäre Aspasia, seinem eigenen Sohn Perikles II, die rechtliche Stellung eines ehelichen Kindes zu geben, half auch nicht weiter. Die Sondergenehmigung wurde dem großen Athener in Anbetracht seiner Verdienste um die Polis erteilt und stellte keinen Präzedenzfall dar.

Schlimmer noch, es gab keine Einbürgerung. Die Adoption eines Fremden war gestattet, hatte jedoch keinesfalls die Verleihung des Bürgerrechtes zur Folge. So konnte ein junger Mann wie Ariston zu den Spitzen der Gesellschaft emporgehoben, überall empfangen und von den blaublütigsten Aristokraten als Freund geschätzt, niemals aber ihren Schwestern vorgestellt werden, nicht einmal bei jenen sehr, sehr seltenen Gelegenheiten — Hochzeiten, Beerdigungen, gewissen religiösen Festlichkeiten —, da Athen das strenge Verbot gesellschaftlichen Umgangs zwischen den Geschlechtern milderte. Wie Danaus wären viele athenische Bürger entzückt gewesen, ihre Schwestern mit einem so reichen und gut aussehenden Mann zu verheiraten, wie Ariston es war, aber mit dieser starren Bestimmung in den Gesetzbüchern lief man nur Gefahr, daß man besagte Schwestern unglücklich machte, wenn sie sich in einen Mann verliebten, den sie nicht heiraten konnten.

Der einzige rechtliche Weg, auf dem Ariston das athenische Bürgerrecht hätte erlangen können, war dieser: Einem Fremden, der unter Einsatz seines Lebens eine besondere Heldentat zum Nutzen der Polis vollbrachte, konnte, nach dem Ermessen der Volksversammlung, als Belohnung das Bürgerrecht gewährt werden. Doch in der Praxis hatte der zunehmende Reichtum der arbeitsamen Metöken den Neid der Bürger in einem Maße erweckt, daß der Wertmesser dessen, was eine besondere Heldentat darstellen sollte, so lange höher und höher geschraubt worden war, bis diese Prüfung nur noch von einem Selbstmörder bestanden werden konnte. In den ganz wenigen Fällen, wo die Volksversammlung in den letzten Jahren ein solches Bürgerrecht verliehen hatte, war es, in ehrenvoller Erinnerung an den heroischen Tod des Vaters, an einen überlebenden Sohn gegangen.

Natürlich hatte Ariston in den Kieg ziehen müssen. Er konnte, wie jeder andere Athener, bis zu seinem sechzigsten Lebensjahr eingezogen werden. Aber nach zwei anstrengenden Feldzügen machte er es wie Timosthenes und entzog sich dem Militärdienst durch Bestechung. Er tat dies aus zwei Gründen: er haßte den Krieg im allgemeinen, und ganz besonders den eisernen Zwang, den er einem Menschen auferlegte, einen anderen Menschen töten zu müssen, für den er keinerlei Feindseligkeit empfand. Es gab außerdem keinen Zweifel, daß ihn seine früheren Landsleute, die Lakedämonier, so sie ihn gefangennahmen, nicht nur töten – was nichts Ungewöhnliches gewesen wäre, denn schließlich brachten beide Seiten für gewöhnlich ihre Gefangenen um –, sondern als Hochverräter an seiner Heimat Sparta langsam zu Tode martern würden.

Als logisch denkender Hellene sah Ariston keinen Anlaß, sich dieser entsetzlichen Gefahr auszusetzen. Er konnte der Polis, die ihn aufgenommen hatte, weit besser dienen, indem er daheimblieb und Waffen für sie schmiedete, als wenn er sich als einfacher Hoplit in Stücke hauen ließ; wozu noch der besonders unerfreuliche Umstand kam, daß er in aller Wahrscheinlichkeit nur mit der posthumen Verleihung des Bürgerrechts rechnen konnte. Und da er den argen Verdacht hegte, daß ihm das athenische Bürgerrecht im Tartarus nur von geringem Vorteil sein würde, entschied er in aller Ruhe, sich eines nutzlosen Heldentums zu enthalten.

So sich also die Lage der Dinge nicht änderte – was kaum zu

erwarten war –, konnte Ariston niemals die Tochter eines Edelmannes, noch die eines Fünfhundert-Scheffel-Mannes oder auch nur des niedrigsten, aber freigeborenen Arbeiters heiraten. Er konnte nicht einmal die Tochter eines Atheners zur Frau nehmen, der wegen Schuldenmacherei Sklavendienste verrichten mußte, und auch nicht die eines überführten Verbrechers, sofern das Verbrechen nicht den Verlust der Bürgerrechte nach sich zog.

All dies beunruhigte Ariston jedoch nicht im mindesten. Erstens hatte er es mit dem Heiraten überhaupt nicht eilig, und zweitens war ihm wohlbekannt, wie viele schöne, liebreizende und züchtige Mädchen es bei den höheren Ständen der Metöken gab. Die eigentliche Schwierigkeit lag darin, daß Timosthenes – der ebenfalls wußte, daß sich unter den ansässigen Fremden Mädchen befanden, die an Bildung, Tugend und Schönheit dem Besten, was Athens Bürgerfamilien zu bieten hatten, mehr als gleichkamen – durch das Fehlen jedes gesellschaftlichen Umgangs mit den Metöken in seinen Bemühungen ernstlich behindert war.

Anfangs hatten ihn die Metöken höflich abgewiesen – aus der Gewißheit heraus, daß ein Edelmann ihre Freundschaft nur suchte, wenn er sich Geld leihen wollte. Aber Timosthenes überwand diese Schwierigkeit, indem er die Sache offen mit Paris, seinem Bankier, besprach. Nun waren alle Bankleute und Geldverleiher Fremde, da man ihren Beruf als einen der Bürgerklasse nicht würdigen ansah. Als Paris erfuhr, daß der edle Hipparch eine Frau für seinen Adoptivsohn suchte, stellte er sich Timosthenes sofort zur Verfügung und begann natürlich damit, daß er den edlen Ritter auf seinen palastartigen Herrensitz einlud und ihm seine eigenen drei unverheirateten Töchter vorführte. Mit ihrer ruhigen Schönheit und ihrem züchtigen, unschuldsvollen Wesen erregte eine von ihnen, Thetis, die jüngste, Timosthenes' besonderes Wohlgefallen. Von ihr sprach er jetzt ein wenig vorwurfsvoll zu seinem Adoptivsohn, während sie auf die Ergasteria zuritten.

»Die kleine Thetis, du weißt, Paris' Tochter – ich finde, sie ist ein reizendes Kind, Ariston. Und trotzdem warst du seit unserem ersten Besuch nicht wieder dort.«

»Ich mag keine reizenden Kinder«, entgegnete Ariston bedächtig. »Ich ziehe eine Frau vor – einen Menschen mit Klugheit, Geist und Feuer. Eine Frau, die selbständig denkt und ihren eigenen Willen hat. Und Schönheit interessiert mich nicht. Ich möchte fast sagen, daß sie mich abstößt. Ich bezweifle überhaupt sehr, daß ich jemals heiraten werde, denn was ich bis jetzt erlebt habe, ermutigt mich nicht, Kinder in die Welt zu setzen. Aber *wenn*, dann sei versichert, daß meine Braut farblos und unansehnlich sein wird. Besser noch – häßlich.«

Timosthenes starrte seinen Adoptivsohn an.

»Große Artemis«, sagte er, »willst du – ja, kannst du mir einen Grund anführen?«

Ariston lächelte.

»Es ist ganz einfach, Vater. Schönheit ist ein Beruf für sich. Ich habe noch nie eine schöne Frau gesehen – und bei Parthenope sind mir schon viele über den Weg gelaufen –, die nicht allein an sich selbst gedacht hätte. Jede hübsche Frau, die ich kenne, läßt sich von Männern huldigen und tut dabei noch groß. Sie nimmt jedoch seelenruhig Blumen, Geschenke, Schmuck, Kleider und Bargeld an. Du magst mich selbstsüchtig nennen, aber wenn ich einen Haushalt gründe, will ich dort Herr und Meister sein. Ich will Gunst gewähren, nicht Gunst erbetteln müssen. Mein Wort soll Gesetz sein, eine flüchtige Laune von mir ein unwidersprochener Befehl. Gibt es dafür etwas Besseres als eine Frau, die jeder Blick in den Spiegel Demut und Bescheidenheit lehrt? Was kann eine Frau besser zu Unterwürfigkeit bewegen als das Bewußtsein, daß ihr Herr nur aus dem Haus zu gehen braucht, um an jeder Ecke eine reizendere Gestalt und ein hübscheres Gesicht zu finden? Und was könnte der ehelichen Treue förderlicher sein, als ein Gesicht und eine Gestalt, die einen Verführer nur gähnen machen?«

»Du hast dir wiklich alles fein ausgedacht«, antwortete Timosthenes.

»Ja, und ich habe sogar schon ein Mädchen vorgemerkt. Allerdings habe ich keine Hoffnung, sie je zu heiraten – aber das gibt der Sache nur noch mehr Würze.«

»Und wer ist sie?«

»Chryseis, Danaus' Schwester. Sei unbesorgt! Ich kenne den schlechten Ruf dieser Familie! Pandoros und sein jüngerer Sohn Chalkodon sind rettungslos verkommen, Brimos ist ein brüllendes Untier. Nur meine Achtung vor Danaus hindert mich daran, ihn auf etwas Augenfälliges hinzuweisen: daß seine Mutter diesem alten Vornehmtuer zumindest zweimal Hörner aufgesetzt hat: einmal mit dem Schlächtergesellen – von dem hat sie Brimos – und einmal mit einem Ritter. Dieser Verbindung muß Danaus entsprungen sein, das einzige anständige menschliche Wesen in diesem Haus – ausgenommen vielleicht Chryseis.«

»Warum sagst du ›ausgenommen vielleicht‹, wenn du in sie verliebt bist?« forschte Timosthenes.

Ariston lachte heiter und ungezwungen.

»Aber ich bin ja nicht in sie verliebt!« rief er. »Wie kann man ein Mädchen lieben, das man noch nie gesehen hat?«

»Du hast sie noch nie gesehen? Aber, Ariston! Schon zu meiner Zeit gab es Mittel und Wege – man bestach Sklavinnen, richtete es ein, daß man im Theater in ihrer Nähe saß, stellte sich an einer Straßenecke auf, wenn die Feste der Frauen gefeiert wurden – wie das der Artemis, der Athene.«

»Natürlich! Aber ich *will* sie gar nicht sehen! Da sie Bürgerin ist, kann ich sie ohnehin nicht heiraten; und was für einen Zweck hätte es, sie zu verführen? Dank Parthenope und ihren kleinen Nymphen habe ich keinen dringenden Bedarf an einem anderen weiblichen Wesen. Es ist ein Spiel, nichts weiter. Ich ersuche Danaus regelmäßig, sie meiner tiefen Ergebenheit zu versichern, was er gewiß nicht tut, weil er die Sache mißbilligt; aber gegenüber all den beflissenen Metökenmüttern und salbungsvollen Metökenvätern, die im Geist schon das Geld zählen, das ich einmal von dir erben werde, dient sie mir vortrefflich als Erklärung für meine Gleichgültigkeit.«

»Nur daß sie in Wirklichkeit keine Erklärung ist«, bemerkte Timosthenes.

»Nein. Die liegt bei zwei anderen Frauen.«

»Und die sind?«

»Körperlich Parthenope, die mir genügend Sättigung gewährt, um mich vor Dummheiten zu bewahren, und geistig – Phryne.«

»Du bist ein sonderbarer Junge«, sagte Timosthenes. »Ich muß gestehen, ich kann dich nicht . . .«

Er kam nicht weiter, denn in diesem Augenblick bäumte sich sein Pferd schrill wiehernd auf. Wie alle athenischen Hipparchen war Timosthenes ein ausgezeichneter Reiter. Er zwang das schnaubende Tier, das sich wie toll gebärdete, zur Erde zurück; aber gleich darauf ging es abermals auf die Hinterbeine, schlug mit den Vorderfüßen wild in die Luft, und erst jetzt sah Ariston den mit aller Kraft geschleuderten Stein, der den grauen Wallach in die Flanke getroffen hatte, über den Weg rollen. Er wandte den Kopf zur Seite, und sein Blick blieb starr auf einem breitschulterigen, gedrungenen bärtigen Mann haften, aus dessen Gesicht ihm wahrhaft tödlicher Haß entgegenschlug, und dessen sehnige Faust noch einen zweiten Stein umklammerte.

»Sieh dich vor, Vater!« rief Ariston warnend – zu spät, denn schon war der Stein ein weißliches Flirren in der goldenen Nachmittagsluft. Ariston sah, wie er Timosthenes voll auf die Stirn traf, sah den plötzlich herausschießenden Blutstrahl; aber da war er schon auf dem Sprung, um gleich einem Falken kühn auf den Angreifer herabzustoßen.

Der Mann war mindestens doppelt so stark wie er, aber nie für den Kampf ausgebildet worden. Ariston, der erfahrene Pankrationkämpfer, warf seinen stämmigen Gegner sofort zu Boden, fällte ihn, nachdem er aufgestanden war, gleich wieder mit einem Tritt gegen die Kinnlade, versetzte ihm mit der Handkante einen Hieb seitlich quer über den Hals – ein Hieb, der einen Schwächeren getötet haben würde – brach ihm die Knorpel des Nasenrückens, wodurch er entsetzlich zu bluten begann, und war drauf und dran, ihm den Rest zu geben, als die skythischen Söldner, Athens einzige Polizeitruppe, angelockt vom Geschrei der Menschen, die den Vorfall mit angesehen hatten, waffenklirrend um die Ecke kamen und den Mann in Haft nahmen.

Erst dann tat Ariston, was er zuerst hätte tun sollen: er eilte Timosthenes zu Hilfe.

Der Hipparch war schwer verletzt. Sein Gesicht war so blutüberströmt, daß man erst bei dem Arzt Ophion bemerkte, daß sein rechter Oberschenkelknochen an mindestens drei Stellen zerschmettert war und daß die scharfen Knochensplitter die Schenkelmuskeln wie Dolche durchbohrt hatten. Schlimmer noch: das Kugelgelenk der Hüfte war so zerschmettert, daß keine Hoffnung auf eine mögliche Heilung mehr bestand.

»Nun?« wandte sich Ariston an den Iatros, nachdem dieser die Untersuchung beendet hatte.

Ophion schüttelte den Kopf.

»Er wird sterben«, sagte er traurig. »Das Unglück ist, daß er nicht gleich sterben wird, weil er noch sehr kräftig ist. Diese Art von Verletzung der Hüftknochen heilt in seinem Alter nicht mehr zusammen. Das Bein kann ich einrichten, nicht aber eine gebrochene Hüfte; mir zumindest ist keine Methode bekannt. Früher oder später wird eine Nekrose einsetzen, und er wird sterben. Und wenn nicht daran, werden Schwäche, schlaflose Nächte und übermäßige, andauernde Schmerzen den Tod herbeiführen. Nach einiger Zeit wird nicht einmal mehr Opium ihm helfen. Die Stirnwunde ist unbedeutend. Eine leichte Gehirnerschütterung, nichts weiter.«

Ariston sah den Arzt an und fuhr sich mit der Zunge über die knochentrockenen Lippen. »Wie lange?« fragte er.

»Sechs Monate. Ein Jahr. Vielleicht zwei. Aber bete zu den Göttern, sie mögen ihm die kürzestmögliche Frist gewähren. Es wird eine schwere Zeit sein, Ariston. Bleibe bei ihm und erleichtere ihm das Leben, wo du nur kannst.«

»Ich werde nicht von seiner Seite weichen, Iatros!« versprach Ariston, wandte sich um und ging in den Raum zurück, in dem Timosthenes ruhte.

Aber er mußte Timosthenes' Krankenlager einen ganzen Tag und eine ganze Nacht fernbleiben, während sein Adoptivvater unter der Einwirkung eines Schlaftrunks ruhte, den der Arzt ihm verabreicht hatte. Sein erster Weg führte Ariston in das Gefängnis, wo der Sklave Paktolos darauf wartete, unter der Anklage des Mordversuchs vor die Helikae, das Volksgericht, gestellt zu werden. Er ging hin, weil ihm Paktolos' furchtbare Tat auf den ersten Blick unbegreiflich war. Jeder Sklave wußte, daß der Anschlag auf das Leben eines Angehörigen des Ritterstandes seinen eigenen Tod von der Hand vom Staat besoldeter Folterknechte zur Folge hatte. Ein von Verzweiflung oder Wut erfüllter Bürger mochte bereit sein, seinen eigenen Untergang in Kauf zu nehmen, weil ihm bekannt war, daß seine Hinrichtung erfolgen würde, indem man ihn zwang, einen Schierlingsbecher zu leeren — ein verhältnismäßig schmerzloses Verfahren. Um sich jedoch der teuflischen Erfindungsgabe der Folterknechte auszuliefern, mußte ein Sklave Gründe haben, die über jedes glaubwürdige Maß hinaus schwerwiegend waren. Und was konnte einen Diener bewogen haben, einen so gütigen Mann wie Timosthenes anzugreifen, der nie auch nur ein hartes Wort für seine Sklaven hatte oder gar die Hand gegen sie erhob?

Also mußte Paktolos ein gedungener Mörder sein. Aber von wem gedungen? Nach Aristons bestem Wissen hatte sein Adoptivvater keine ernstlichen Feinde. Und würde sich ein gedungener Mörder eine so tölpelhafte Methode, sein Ziel zu erreichen, aussuchen? Mit Steinwürfen!

Ariston konnte sich die Sache nicht zusammenreimen. Deshalb ging er zu dem blutdürstigen Sklaven ins Gefängnis.

Aus der Nähe gesehen und trotz des Umstandes, daß seine Nase von Aristons Schlag stark geschwollen war, hatte der sehnige Sklave ein ungewöhnlich menschliches Gesicht. Er hatte sogar etwas Edles an sich. Ariston ließ seinen Blick lange, lange auf ihm ruhen. Dann sprach er ein Wort, und er sprach es ganz ruhig:

»Warum?«

Als Antwort wandte ihm Paktolos stumm den Rücken zu.

Ariston stockte der Atem. Er hatte Menschen gesehen, die ausgepeitscht worden waren, nie zuvor aber einen derart zerfetzten menschlichen Rücken wie den des Paktolos. Eine Züchtigung wie diese würde einen weniger herkulischen Mann zweifellos getötet haben. Doch als er wieder die Sprache fand, klang seine Stimme so ruhig, war seine Frage so lakonisch, wie es einem Spartaner geziemte. Er sprach auch wieder nur ein einziges Wort: »Wer?«

»Orchomenus!« knurrte Paktolos wütend. »Aber auf Befehl deines vornehmen Vaters!«

Langsam schüttelte Ariston den Kopf. Dann antwortete er mit ruhiger, aber von unerschütterlicher Überzeugung durchdrungener Stimme: »Nein.«

»Nein?« brüllte Paktolos. »Willst du behaupten, dein Vater habe . . .«

». . . nichts gewußt. Ganz recht. Das behaupte ich. Mein Vater hat die Werkstätten seit Jahren nicht betreten. Was Orchomenus tut, tut er auf eigene Verantwortung. Und jetzt möchte ich wissen, warum er dich auspeitschen ließ.«

»Mein Söhnchen lag im Sterben. Mein kleiner Zenon. Und mir war außer ihm nichts mehr geblieben. Vor einem Monat starb mein Weib – an Hunger, edler Ariston! Ich weiß, ich weiß! Du hast Anweisung erteilt, daß wir Sklaven einen anständigen Lohn erhalten sollen, obwohl wir nur rechtlose Lasttiere sind, und du nicht dazu verpflichtet warst. Darum habe ich auch mit dem Stein nicht auf dein Haupt gezielt.«

»Weiter, Paktolos!« mahnte flüsternd Ariston.

»Aber dieses Geld steckt Orchomenus ein – diese jämmerlichen Oboloi, die mein Weib und meinen Sohn gerettet haben würden. In den anderen Werkstätten deines Vaters geht es den Sklaven besser; die Aufseher stehlen nur einen Teil ihrer Löhne . . .«

»Ich höre«, sagte Ariston.

»Ich nahm etwas Silber – ein Versuch, meinen Zenon zu retten. Ein vergeblicher Versuch, denn er starb in der Nacht bevor ich –

deinem Vater nach dem Leben trachtete. Ein paar Unzen nur, die für die Verzierung von General Nikias' Prunkrüstung verwendet werden sollten — nachdem ich Orchomenus um das Geld gebeten hatte, um die Arznei für meinen Sohn zu bezahlen. Er verweigerte es mir, schickte mich mit einem Tritt zur Arbeit zurück . . .«

Er unterbrach sich und betrachtete den elegant gekleideten jungen Mann vor sich. Dann fuhr er zornig fort: »Jetzt wirst du mir wahrscheinlich sagen, du wüßtest nicht, daß er in jeder einzelnen eurer Werkstätten Aufseher mit Peitschen hat. Ich könnte wetten, du hast sie bei all deinen Besuchen kein einziges Mal . . .«

». . . gesehen? Nein. Ich frage dich, Paktolos: habe ich die Werkstatt, in der du arbeitest, jemals unbegleitet betreten? Wurde ich nicht immer schon unten an der Straße begrüßt, in ein Gespräch verwickelt und hingehalten?«

Langsam ließ der Sklave den Kopf sinken. Und hob ihn wieder.

»Das ist wahr, junger Herr«, erwiderte er. »Und diese Mörder mit ihren langen Rindslederpeitschen schlichen sich eilig durch die Hintertür davon, bevor du durch den Vordereingang hereinkamst. Ich hatte es bemerkt. Und mir im stillen zugestanden, daß du nichts wußtest. Aber daß das alles ohne Kenntnis deines Vaters geschah, konnte ich nicht glauben. Die Leute sagen, du wärst ein guter Mensch. Deine Sklaven preisen dich wie — einen Gott. Sie beteuern, sie würden freigelassen werden!«

»Das werden sie auch. Und du wirst es jetzt.«

Paktolos sah ihn an; seine Augen loderten unter den dichten, zottigen Brauen.

»Nach all dem, was ich getan habe?« flüsterte er.

»Nach all dem, was du getan hast. Ich werde noch heute zum Archonten Basileos gehen und die Anklage gegen dich zurückziehen. Und ich biete dir in meinem Haus die Stellung eines Leibwächters meines Vaters an, oder meiner Person, sollte er nicht am Leben bleiben.«

So groß er war, so stark, so herkulisch, Paktolos ließ seinen struppigen Kopf sinken und weinte.

»Herr«, schluchzte er, »schiebe deinen Fuß durch das Gitter, damit ich ihn küssen kann.«

»Nein. Meine Hand. Die sollst du ergreifen — als Gleicher und als Mann«, sagte Ariston.

Noch an diesem Nachmittag begab sich Ariston ins Buleuterion und legte eine von Timosthenes persönlich unterzeichnete Erklärung vor. Der Ritter, der mittlerweile wieder zu Bewußtsein gekommen war, aber starke Schmerzen litt, ersuchte, die Anklage gegen Paktolos fallen zu lassen und führte auch die Gründe für sein Begehren an.

Angesichts dieses höchst ungewöhnlichen Ansinnens stotterte der Archont Basileos eine halbe Stunde lang herum, gab aber schließlich nach, weil er der feurigen Beredsamkeit, mit der der Sohn des Opfers für die Sache des schuldigen Sklaven eintrat, nicht zu widerstehen vermochte.

Unmittelbar nachdem er das erledigt hatte, bestieg Ariston den Hügel des Kolonos Agoraios von der anderen Seite, überquerte den Hof des Tempels des Hephaistos und betrat die Hauptwerkstätte von rückwärts.

Er kam gerade zurecht, um zu sehen, wie drei Aufseher einen Sklaven mit ihren Peitschen bearbeiteten. Ariston gab keinen Laut von sich. Er griff einfach nach einer im Rückschwung befindlichen Peitsche und riß den Mann, der sie schwang, mit einem so gewaltigen Ruck aus dem Gleichgewicht, daß dieser mit dem Kopf krachend gegen ein Tischbein stieß und bewußtlos zu Boden stürzte. Den zweiten Aufseher fällte er mit einem mörderischen Tritt in die Geschlechtsteile; den dritten packte er am Handgelenk und brach ihm über seinem eigenen angehobenen Knie den Unterarm.

»Hinaus mit euch!« sagte er dann mit beherrschter, eisiger, tödlicher Stimme. »Fort mit euch und euren Kumpanen! Und laßt euch nie wieder blicken!«

Dann kam Orchomenus auf ihn zugelaufen, den großen Mund aufgerissen, um zu brüllen. Doch was er in Aristons Gesicht sah, ließ selbst ihn verstummen.

Ariston stand still und sah seinen früheren Waffengefährten lange, entsetzlich lange an. »Du darfst deine Freunde begleiten, Orchomenus«, sagte er dann.

An jenem Abend kam Orchomenus betrunken nach Hause und fing an, seine Frau zu schlagen. Er prügelte sie so lange, bis sein Arm müde wurde. Zuletzt versetzte er ihr noch einen kräftigen Tritt in den Bauch und torkelte in die Nacht hinaus.

Aber die arme Thargelia war damals im achten Monat schwanger. Der Tritt hatte zur Folge, daß sie einen Blutsturz erlitt und das Kind verlor. Und sie war ganz allein. Niemand hörte ihre schwachen Rufe.

Als Orchomenus zwei Tage später, nachdem er sein letztes Geld vertrunken und wie gewohnt mit Huren und Strichjungen durchgebracht hatte, wieder nach Hause kam, blieb ihm nichts anderes mehr zu tun, als Thargelia und die kleine, blaue, blutige Leiche, die sein Sohn gewesen wäre, zu begraben.

Timosthenes hatte reichlich Gelegenheit, seinen Adel und seine Ritterlichkeit unter Beweis zu stellen. Zehn von den dreizehn Monaten, die er noch lebte, tat er dies in bewundernswürdiger Weise. Aber die Fähigkeit des Menschen, Unsägliches zu erdulden, hat ihre Grenzen. Gegen Jahresende war sein schöner alter Körper überall wundgelegen, die geschwollene Hüfte brach auf und eiterte, seine Gestalt hatte sich zu einem Bündel Knochen gewandelt, die das dünne Pergament seines Fleisches zu zerreißen drohten, und, von grausamen Schmerzen gepeinigt, schrie Timosthenes Nacht für Nacht, bis er das Bewußtsein verlor.

In dieser Zeit wich weder Ariston von seiner Seite noch der freigelassene Paktolos, der sich aus freien Stücken bereit erklärt hatte, seine Schuld zu sühnen, indem er dem Mann, den er tödlich verletzt hatte, als Krankenwärter, Knecht und ergebener Sklave diente. Paktolos tat alles für seinen Herrn: er badete ihn, fütterte ihn, bettete seinen zum Skelett abgemagerten Körper in dem vergeblichen Bemühen, eine bequemere Lage zu finden, immer wieder um, und verrichtete sogar jene widerwärtigen Pflichten, die bei einem ans Bett gefesselten, keiner Körperbewegung fähigen Kranken anfallen. Und am Ende tat er etwas ganz Großes, Barmherziges für Timosthenes.

Irgendwann in jener letzten Nacht wachte Timosthenes auf und sah Ariston ausgestreckt im Lehnsessel neben seinem Bett liegen und schlafen, wie nur einer schlafen kann, der seit einer Woche kein Auge geschlossen hat. Paktolos aber war wach; von tiefer Sorge um seinen Herrn erfüllt, den er lieben gelernt hatte, glimmten seine Augen wie glühende Kohlen.

»Paktolos –«, flüsterte Timosthenes, und seine Stimme, kaum hörbar, war wie welke Blätter, die eine leere Straße hinunter treiben.

»Ja, Herr?«

»Was wir ausgemacht haben. Wenn ich anfange zu schreien ... Ich kann nicht – kann nicht mehr ... Ich kann es – nicht mehr – ertragen – ich ...«

»Herr!« Paktolos weinte.

»Dein Versprechen, Paktolos! Du – schuldest mir – das. Ich – befehle es – dir. Und ...« Sein Mund stand offen. Sein Kopf bog sich zurück, zurück ...

Paktolos stand auf. Trat ans Bett. Zog das Kissen unter dem abgezehrten Haupt des Greises hervor. Dicke Tränen tropften in seinen schwarzen Bart. Und sehr ruhig und zärtlich erstickte er Timosthenes und schenkte ihm den Tod.

In seinem geschwächten Zustand litt der Hipparch nur wenige Augenblicke. Paktolos nahm das Kissen von seinem gütigen Antlitz und schob es unter des Toten Haupt. Er schloß die funkelnden Augen mit seinen stumpfen, schwieligen Fingern. Dann trat er zu Ariston und rüttelte ihn wach.

»Was ist?« murmelte Ariston.

»Es ist vorbei«, sagte Paktolos.

Während der Jüngling an der Bahre kniete und weinte, wie nur die wahrhaft Verzweifelten weinen können, ging Paktolos in den Garten hinaus und erhängte sich am dicken Ast eines alten Olivenbaumes.

XV

»Ich bin so froh, daß du gekommen bist!« begrüßte ihn Parthenope.

»Ich bin es nicht«, erwiderte Ariston verdrießlich. »Um die Wahrheit zu sagen: ich weiß gar nicht, wozu ich hier bin. Gewiß nicht, um mir eine Bettgefährtin zu suchen. Du brauchst also den letzten Jahrgang deiner Schülerinnen gar nicht erst aufmarschieren zu lassen.«

Parthenope lächelte. Vor vier Jahren, an ihrem vierzigsten Geburtstag – ein ironischer Zufall wollte es, daß am gleichen Tag auch die zweijährige strenge Trauer um seinen geliebten Adoptivvater, die Ariston sich selbst auferlegt hatte, zu Ende ging – war sie, was ihre persönliche Rolle bei der Ausübung ihres Berufes betraf, in den Ruhestand getreten. Anschließend hatte sie in ihrem Haus eine Schule für Hetären und Auletriden eröffnet. Dort lehrte sie eine beträchtliche Anzahl junger Frauen, denen eine Laufbahn diskret kommerzialisierten Lasters unendlich erstrebenswerter erschien als das Leben bedrückender Armut, aus dem die meisten von ihnen kamen, anmutig zu schreiten, sich zu schmücken, zu singen und zu tanzen, und vermittelte ihnen überdies eine zwar seichte, aber nach außen hin eindrucksvolle Bildung. Eine ihrer tauglichsten und bemerkenswertesten Schülerinnen, die sich weit über Parthenopes doch recht oberflächlichen Lehren hinaus zu einer gebildeten Persönlichkeit entwickelt hatte, war Theoris. Ariston hatte mit Erleichterung vernommen, daß sie Sophokles' Geliebte geworden war. Sie selbst war auf den Gedanken gekommen, Parthenopes erzieherische Dienste in Anspruch zu nehmen, weil sie keine Mühe scheuen wollte, sich der erhabenen Weisheit eines so großen Mannes würdig zu erweisen.

»Sei nicht so sicher, daß ich dir nicht mehr als eine zeigen könnte, die dich reizen würde«, sagte Parthenope. »Das Material ist bedeutend besser als voriges Jahr. Ich habe zwei Töchter von Rittern, eine süße kleine Ausreißerin aus dem Haus eines Pentakosiomedinos und *vier* Zeugitentöchter! Aber dafür keine einzige von diesen plattfüßigen Theten! Was sagst du *dazu*?«

Ariston sah sie groß an. Was sie da erzählte, war absurd. Denn die Pentakosiomedinen waren die wohlhabendsten der vier Klassen, in die Solon die athenische Bürgerschaft gegliedert hatte. Das Wort bedeutete ›Fünfhundertscheffler‹ und war in Solons Tagen ein Hinweis auf großen Reichtum, denn im trockenen, steinigen Attika konnte nur ein sehr großer Besitz eine solche Menge hervorbringen. Nach ihnen, an Reichtum, an Familienstolz und Ruhm jedoch häufig vor ihnen, kamen die Hippeis, die Ritter, deren Ländereien zwischen drei- und fünfhundert Scheffel Ertrag brachten — genug, um ihnen die kostspielige Haltung eines Reitpferdes und die Anschaffung einer ihrem Range entsprechenden Rüstung zu ermöglichen. Auch hier war mit der Zeit Geld an die Stelle der ursprünglichen Einkommensberechnung getreten, doch hielten viele Hippeis — ganz besonders die Eupatriden, die ›Söhne edler Väter‹, wie Timosthenes einer gewesen war — ihren konservativen Grundsätzen treu, hartnäckig am Land fest.

An nächster Stelle reihten sich die Bauern mit zwei- bis dreihundert Scheffel Ertrag, deren Bezeichnung, Zeugiten oder ›Jochleute‹, erkennen ließ, daß sie wohlhabend genug waren, sich einen hochrädrigen Karren mit einem Ochsengespann leisten zu können. Auf der niedrigsten Stufe standen die Theten, Kleinbauern mit geringerem Einkommen.

Was nun Ariston veranlaßte, Parthenope wortlos anzustarren, war sein Staunen über die Tatsache, daß für die jungen Mädchen aller vier Klassen keine wirtschaftliche Notwendigkeit bestand, sich dem Gewerbe zuzuwenden, das, mochte man es auch mit mildernden Ausdrücken bemänteln oder unterteilen — Hetären, Auletriden, Pornai — im wesentlichen doch das älteste der Welt war. Zu Solons Zeiten, ja selbst noch unter Perikles waren alle Hetären, wie auch die meisten Auletriden und Pornai, fremdgeboren gewesen; jetzt aber, nachdenklich gestimmt durch Parthenopes erstaunliches Angebot, wurde ihm klar, daß die meisten von ihnen tatsächlich gebürtige Athenerinnen waren.

»Warum?« sagte er. »Warum, in Hestias Namen, sollte ein Mädchen aus guter Familie, mit allen Glücksgütern gesegnet, wohlbehütet . . .«

»Ah!« machte Parthenope. »Da hast du schon den Finger auf die Wunde gelegt! ›Wohlbehütet!‹ Möchtest *du* dein Leben im Gefängnis verbringen? Denn genau das sind die athenischen Frauengemächer — so schön, so behaglich sie auch sein mögen! Stell dir vor, du wärst eine Athenerin und könntest an keiner Mahlzeit, an keinem Festmahl oder irgendeinem anderen geselligen Beisammensein teilnehmen, wenn es nicht gerade die Hochzeit oder die Beerdigung eines Mitgliedes deiner nächsten Familie ist. Stell dir vor, daß selbst deine Feste und religiösen Zeremonien unterschiedlich und getrennt vom anderen Geschlecht stattfinden; daß du sogar im Theater abgesondert sitzen mußt; daß es dir verboten ist, auch nur einkaufen zu gehen; daß du auch am hellichten Tag nicht unbegleitet die Straße betreten darfst; daß du genötigt bist, beim Eintritt eines Freundes deines Bruders, deines Vaters oder deines Gatten unverzüglich den Raum zu verlassen, selbst wenn du gerade beim Essen sitzt und deine Lieblingsspeise vor dir hast. Wie würde dir das gefallen?«

»Es würde mir nicht gefallen.«

»Siehst du! Und ihnen, deinen hochgeborenen athenischen Damen sagt es auch nicht zu! Eigentlich solltest du ja jetzt schon etwas von Frauen verstehen. Von wenigen Ausnahmen abgesehen, sind wir nicht so lüstern wie ihr Männer. Oh, ich will damit nicht sagen, daß nicht auch unser Blut mit einer Leidenschaft entflammen kann, die nur wenige von euch zu stillen imstande sind — wenn sie einmal angefacht ist. Aber angefacht muß sie werden! Und eine Frau sinnlich zu erregen, ist keine leichte Aufgabe, das kannst du mir glauben! Mit anderen Worten: ich habe noch nie eine Frau gesehen, die die Wollust zur Hure gemacht hätte. Niemals.«

»Und warum werden sie's dann?« fragte Ariston.

»Von all den Mädchen abgesehen – und das sind die meisten –, die als Sklavinnen an ein Bordell verkauft werden, sind sie vornehmlich Opfer des Hungers. Wenn du eine ganze Woche nichts gegessen hast, findest du's nicht mehr so widerwärtig, dir von einem Kerl die Knie auseinanderstemmen zu lassen. Schließlich wirst du von der Drachme, die er dir gibt, die nächsten vier oder fünf Tage leben können, und du hoffst zuversichtlich, daß sich in dieser Zeit irgend etwas ergeben könnte, das dich einerseits vor dem Hungertod, andererseits vor diesem elenden Leben bewahrt. Nur leider geht diese Hoffnung nie in Erfüllung, und so befindest du dich bald in einem ›Haus‹, über dessen Tür eine Pornographia den Vorübergehenden deine Reize anpreist. So ging es mir, als die Seuche meine beiden Eltern in einer einzigen Nacht dahinraffte. Den zweiten Anlaß gibt die Liebe. Falsch angebrachte Liebe. So manches Mädchen stellt eines Tages fest, daß irgendein längst entschwundener Freier ihr einen dicken Bauch gemacht hat. Der Vater jagt sie aus dem Haus. Dann versucht sie, meist vergeblich, sich den Balg abtreiben zu lassen, oder sie kriegt ihn und muß sehen, wie sie ihn ernährt: vor allem aber muß sie sich selbst ernähren. Und jetzt frage ich dich: was hat man sie gelehrt, was hat man ihr beigebracht, daß sie sich ihren Lebensunterhalt verdienen könnte? Reiche Leute stellen keine Dienerinnen an: sie kaufen Sklavinnen. Und ist eine Athenerin mehr als eine bessere Art Dienerin für ihren Gatten oder Vater? Von der Hauswirtschaft abgesehen, was kann sie, was weiß sie? Und nachdem sie herausgefunden hat, welche Bedeutung die Männer dieser eigenartigen Sache beimessen, oder weil es ihr vielleicht selbst Spaß gemacht hat, bleibt sie eben dabei – oder sie verhungert.«

»Gut und schön. Du hast mich überzeugt – soweit es die Tochter eines Theten oder Zeugiten angeht. Was aber die Kinder von FünfhundertscheffIern oder Rittern betrifft, besteht doch kaum die Möglichkeit einer unehelichen Schwangerschaft.«

»Richtig! Solange sich das gute Kind unter dem väterlichen Dach befindet – ›wohlbehütet‹, wie du dich so schön ausgedrückt hast.«

»Aber das ist das Mädchen doch immer«, meinte Ariston.

»Nein. Jetzt nicht mehr. Mädchen, die Grütze im Kopf und Blut in den Adern haben, neigen immer mehr dazu, aufzubegehren. Das gibt anfangs nur hie und da einen Streit mit dem Vater oder ärgstenfalls eine Tracht Prügel, von seiner erhabenen Hand verabreicht. Aber nicht viel später, oft nach einem solchen Streit und ganz besonders nach dieser Tracht Prügel, findet sie einen Weg, nachts aus dem Haus zu schlüpfen, während der Alte schnarcht, als ob er einen ganzen Wald absägen wollte. Gewöhnlich hilft ihr eine Sklavin dabei, die ihr Dasein als athenische Frau genauso satt hat wie sie selber. Jetzt ist es soweit. Und sie braucht gar nichts Schlimmes zu tun. Es genügt schon, wenn man sie nachts allein mit einem Jungen in irgendeiner Schenke sieht. Sie kann noch Jungfrau sein, aber in den Augen der Welt ist sie bereits eine Schlampe. Und der Vater schmeißt sie hinaus – wenn er ihr nicht gleich den Kragen umdreht. Er muß ja. Was bleibt ihm sonst übrig?«

»Er kann ihr verzeihen.«

»Gewiß. Mit dem Ergebnis, daß sie ein oder zwei Jahre später wieder ausreißt, weil sie die Einsamkeit nicht mehr ertragen kann. Denn inzwischen weiß sie genau, daß sie *niemals* heiraten kann, weil ein Athener mit einem Mädchen von zweifelhaftem Ruf keine Ehe eingehen wird.«

»So also kommst du zu deinen leckeren, hochgeborenen Schönheiten!« schmunzelte Ariston.

»Ja. Dazu kommen allerdings auch noch ein paar Ehefrauen, die seit kurzem geschieden sind oder ihre Männer verlassen haben oder von gehörnten Gesponsen verstoßen wurden, die zu gütig oder zu schwach waren, sie zu töten, oder nicht gütig und stark genug, ihnen zu verzeihen. Allerdings, die Geschiedenen mag ich nicht besonders. Sie sind zu verbittert. Mir sind Mädchen lieber, die sich zu Männern hingezogen fühlen Die bringen auch mehr ein. Vorgetäuschte Gefühle lassen sich auf die Dauer nicht verbergen.«

»Parthenope, die Philosophin!« Ariston lachte. Und während er sie immer noch ein wenig spöttisch anlachte, versuchte er in ihren Augen zu lesen. »Jetzt möchte ich etwas anderes wissen«, sagte er.

»Und zwar?« entgegnete sie. Es schien ihm, als klänge ihre Stimme etwas erstaunt.

»Was dich zu diesem – diesem Vortrag veranlaßt hat. Ich kenne die Frauen, liebe Parthenope. Und ganz besonders kenne ich dich. Du bist kein müßiges Plappermaul. Du hast dieses etwas ausgefallene Thema ganz bewußt gewählt. Du steuerst auf etwas hin. Damit kränkst du mich. Nach all den Jahren solltest du mich schon gut genug kennen, um zu wissen, daß du, wenn du mir etwas zu sagen hast, geradeheraus reden kannst. Heraus mit der Sprache! Ich gebe zu, du hast mich neugierig gemacht!«

»Ariston ... Du läßt dich nur noch selten sehen. Und meist willst du nicht einmal ein Mädchen haben. Und Danaus ist ein sehr hübscher Junge.«

»Soll ich dich schlagen?«

»Nein. Du sollst mich beruhigen. Du schläfst doch nicht etwa mit ihm, Ariston? Ich müßte dich hassen, wenn du es tätest.«

»Ich schlafe nicht mit ihm. Und auch mit keinem anderen Mann. Nach sechs Monaten, die ich als Polyxenus' Gast verbracht habe, reizen mich die Küsse oder Zärtlichkeiten eines Mannes nur zum Erbrechen. Bist du jetzt beruhigt?«

»Was diesen Punkt betrifft, ja. Ach Ariston, ich hab' so schreckliche Angst! So etwas ist mir noch nie vorgekommen!«

»So etwas?«

»Seine Schwester. Danaus' Schwester. Sie – sie kommt hierher!«

»Wie? Wie konnte sie? Es ist doch gar nicht ...« Er unterbrach sich und runzelte sie Stirn. »Doch – es geht sogar ganz leicht, nicht wahr? Pandoros und Chalkodon, die den ganzen Tag in Gourgos' oder Polyxenus' Badehäusern stecken, wo sie sich an wehrlosen Knaben gütlich tun, Brimos, der alle Bordellwirte der Stadt zu reichen Männern macht ... Der einzige, vor dem sie sich hüten müßte, ist Danaus ...«

»... der sich immer in deiner Gesellschaft befindet«, bemerkte Parthenope bissig.

»Nicht immer. In letzter Zeit sogar recht selten. Er steckt mitten in den Übungen für den kommenden Feldzug gegen Syrakus und schläft wahrscheinlich in der Kaserne. Es ist also keiner da, der verhindern könnte ...«

»Außer dir. Du könntest es Danaus sagen. Ihm eine Nachricht zukommen lassen.«

»Nein, Parthenope. Danaus würde sie schlagen, und dann – sag, Parthenope, wozu kommt sie eigentlich her? Trifft sie sich mit einem Liebhaber? Oder verkauft sie sich nur aus Spaß?«

»Weder noch! Ich wette meinen Kopf, das Mädchen ist rein wie frischgefallener Schnee. Selbst wenn sie wollte – was nicht der Fall ist –, sie hätte es ja auch herzlich schwer, sich der Last ihrer Jungfernschaft zu entledigen. Sie ist klapperdürr und häßlicher als Hekates Tochter. Ihre Brüste sind nicht größer als Limonellen, und ihre Hüften ...«

»Setze sie nicht so herunter«, sagte Ariston.

»Das tue ich nicht. Ich kann sie gut leiden. Sie hat ein Hirn in ihrem sonderbaren Köpfchen. In Schleier gewickelt wie eine ägyptische Mumie, kommt sie erst spät nach Mitternacht und betritt das Haus durch die Hintertür. Das habe ich ihr gleich nach ihrem ersten Besuch nahegelegt, nachdem ich mich von dem Schock erholt hatte, den ich erlitt, als sie mir sagte, wer sie war. Ein wahres Wunder, daß sie niemandem in der Halle begegnet war. Du kannst dir meine Erleichterung vorstellen. Ihre Gründe? Ich soll sie zu dem reizenden Wesen machen, das sie sein möchte. Nicht etwa, daß sie beabsichtigt, ein unzüchtiges Leben zu führen. Sie wünscht sich eine Ehe nach alter Sitte — mit jemandem wie dir. Dazu ist sie hergekommen. Es scheint ihrem Bruder herausgerutscht zu sein, daß du dich mit Vorliebe hier aufhältst. Sie spricht von dir mit kindlicher Neugier, aber auch mit einer gewissen Feindseligkeit. Sie glaubt, du spielst schmutzige Spiele mit ihrem Bruder, und daraus kann man ihr keinen Vorwurf machen, wenn man bedenkt, was Tag für Tag in Athen geschieht. Nur weiß ich nicht, was ich mit ihr anfangen soll. Sie ist ein ungewöhnlicher Fall. Die anderen hochgeborenen Mädchen, die hierherkommen, sind alle schon davongejagt worden und haben ihre Tugend und ihren guten Ruf längst verloren. Chryseis nicht. Sie bewegt sich furchtlos zwischen zwei Welten und scheint die Gefahr noch zu genießen. Aber wenn man sie erwischt, bin ich ruiniert. Dieser alte« — Parthenope gebrauchte ein sehr schmutziges athenisches Wort — »Pandoros würde mir vorwerfen, ich hätte seine Tochter verdorben, und würde mich auf meinen letzten Obolus verklagen. Und er würde den Prozeß gewinnen.«

»Hast du ihr das gesagt?«

»Natürlich. Sie lacht mich aus. Sie meint, es bestünde nicht die geringste Gefahr. Wenn man bedenkt, wie es in ihrem Haus zugeht, könnte man ihr beinahe recht geben: es besteht wirklich wenig Gefahr, daß der Alte etwas entdeckt.«

»Überlaß das mir. Wann will sie wiederkommen?«

»Ich weiß es nicht. Aber nicht so bald. Sie war gestern nacht hier, und das heißt, daß sie nicht vor zwei Wochen wieder erscheinen wird. Auf ihre Art *ist* sie ja vorsichtig.«

»Wenn sie wiederkommt, halte sie hin und schicke einen Sklaven zu mir.«

»Und du wirst . . .?«

»Ich komme hereingestürmt, sinnliche Lust glitzert in meinen Augen, der Schaum sündiger Begierde tritt mir auf die Lippen, und ich mache einen ebenso wilden wie ungeschickten Versuch, sie zu schänden. Dabei jage ich ihr einen solchen Schrecken ein, daß sie . . .«

»Ariston, mein Lieber . . .«, unterbrach ihn Parthenope. »Weißt du, daß du ein schöner Mann bist?«

»Was willst du damit sagen?«

»Nimm an, sie erschrickt gar nicht? Nimm an, sie flüstert nur: ›Warte‹, zieht sich den Peplos über den Kopf und bleibt entzückt und erwartungsvoll liegen?«

»Nein, das tut sie nicht. Aber wenn sie's tut, werde ich augenblicklich von Gewissensbissen überwältigt sein, mich plötzlich erinnern daß sie ja Danaus' Schwester ist, ihr drohen, mir, um meine Schuld zu sühnen, die Pulsadern aufzuschneiden und . . .«

». . . und damit nur erreichen, daß sie sich wahnsinnig in dich verliebt!«

Ariston stöhnte. »Weißt du was Besseres?«

»Ja. Ich werde dich holen lassen; aber wenn du kommst, sprichst du mit ihr ernst und gütig wie ein Bruder. Du sagtst ihr, daß sie durch einen dummen Zufall Ruf und Ehre verlieren könnte, und wie sehr sie Danaus damit weh tun würde. Sie betet ihn an. Ich glaube, sie würde auf dich hören. Deine männliche Schönheit, deine überzeugenden Worte . . . du würdest sie stärker beeindrucken, als irgendeine Frau das könnte. Ach, Ariston, willst du das für mich tun – bevor diese listige kleine Hexe mich ruiniert?«

»Selbstverständlich, Parthenope«, antwortete Ariston.

Doch bevor sie noch Gelegenheit hatten, den Plan auszuführen, kam es zu einer ganzen Reihe kleiner Katastrophen. Da war zunächst die Botschaft, in der Danaus Ariston mitteilte, daß die von den Strategoi Nikias und Alkibiades befehligte Flotte schon am nächsten Morgen auslaufen sollte, um Syrakus mit Krieg zu überziehen. Es stellte sich später heraus, daß Danaus sich geirrt hatte oder falsch unterrichtet worden war, aber das änderte nichts an den Dingen. Ariston machte sich natürlich sofort auf den Weg, um seinem besten Freund Lebewohl zu sagen. Doch als er eben aus der Hauptwerkstatt trat, wo er, wie alle Tage, mit den Vorarbeitern die Aufträge durchgesprochen hatte, sah er Sokrates die Straße heraufkommen.

Er blieb stehen. Der Besuch bei Danaus konnte ein oder zwei

Stunden warten. Für Ariston gab es kein größeres Vergnügen als ein Gespräch mit dem häßlichen, weisen alten Mann.

Wie hätte er auch wissen sollen, als er sah, wie die behäbige Gestalt sich den Hang zur Ergasteria herauf mühte, daß die Verzögerung, die Sokrates mit seinem Besuch hervorrief, schreckliche Folgen haben würde?

XVI

Sokrates hob den Schild auf und trug ihn durch die Werkstatt ins Tageslicht hinaus. Dort unterwarf er ihn einer sorgfältigen Prüfung.

Ariston lächelte. Natürlich war es düster und rauchig in der Werkstatt, aber daran lag es nicht. Der Philosoph hätte die Zeichnungen auf dem Schild sehr gut sehen können, wäre er an einen der Schmelzöfen herangetreten, um ihn im Schein der geschmolzenen Bronze zu betrachten. Und sooft ein Arbeiter eine Kelle hob, um das flüssige Metall in eine der Formen zu gießen, erleuchtete etwas wie ein Strom flüssigen Sonnenscheins die ganze Werkstatt. Sokrates hätte alles nach Herzenslust betrachten können. Was wirklich störte, war der Lärm.

Wenn man täglich herkam, wie Ariston dies seit nun fast acht Jahren tat, gewöhnte man sich an das ohrenbetäubente Getöse der unter künstlichem Zug stehenden Schmelzöfen; riesige Blasebälge, von den sehnigen Armen seiner kräftigsten Männer bearbeitet, trieben die Luft in gewaltigen Stößen hinein. Man gewöhnte sich an das unaufhörliche dröhnende Aufhauen der Hämmer, die das Blech über die aus Hartholz geschnitzten Gußformen schlugen, um die Insignien und die ornamentalen Figuren im Flachrelief zu gestalten; an das Zischen der Löschbäder, wenn man die Schwertklingen und Speerspitzen hineintauchte, an das klirrende Schmettern der Vorschlaghämmer, die das Metall auf den Ambossen zurichteten — alle diese schrecklichen Geräusche berührten ein Ohr nicht mehr, das sie gewohnt war, wurden nicht wahrgenommen von jemandem, der sich, wie Ariston, mit Fragen wie diesen beschäftigte: an welchem Punkt hörte die Verteidigung der Freiheit auf, und wo begann der ungezügelte Angriffskrieg? Und: wenn man es richtig überlegte, war die Herstellung von Waffen, wie edel die Motive auch sein mochten, die angeblich zwingend dazu nötigten, überhaupt jemals moralisch zu rechtfertigen? War nicht der Krieg an sich unbestreitbar — Mord?

Sokrates war den ohrenbetäubenden Lärm einer Waffenwerkstatt nicht gewohnt. Ihm dröhnte der Kopf. Und, wie immer, wollte er reden. Das Gespräch — das Zusammentreffen der Geister, die Untersuchung von Ursachen und Gedankengängen, das Ausloten der zumeist enttäuschenden Tiefen menschlicher Seelen — das war sein Leben.

»Schön ist er!« rief er bewundernd. »Es ist tatsächlich der schönste Schild, den ich je gesehen habe. Wie bist du auf diese Methode gekommen, Ariston?«

»Das Wachsausschmelzverfahren? Das ist nicht meine Erfindung«, antwortete Ariston. »Ich habe es von Alkamenes, dem Bildhauer, gelernt. Er zahlte mir dafür, daß ich ihm Modell stand.«

»Das war, als du in solcher Armut lebtest, daß du das Geld nicht aufbringen konntest, um diese Werkstatt aufzumachen«, schmunzelte Sokrates. »Obwohl dein Vater der reichste Mann Athens war!«

Ariston ließ den Kopf sinken. Immer noch schmerzte es ihn, wenn er an den grausamen langsamen Verfall seines Adoptivvaters dachte. Mochten die Leute sagen, was sie wollten, das Sterben war immer — entsetzlich. Eine Entweihung all dessen, was ein Mensch war. Seine letzte, endgültige Schändung.

»Du weißt, warum ich so handelte«, sagte Ariston.

»Freilich, das weiß ich. Und Timosthenes war im Unrecht. Du hattest trotz deiner Jugend recht. Es festigt nicht den Charakter, wenn man alles geschenkt bekommt. Man muß es sich selbst erarbeiten.«

Ariston lächelte ein wenig trüb.

»Eigentlich habe ich mir das hier nicht erarbeitet«, meinte er. »Ich bekam das Geld von Orchomenus. Der es sich seinerseits von deinem geliebten Alkibiades lieh!«

Sokrates ließ den Kopf hängen.

»Das war ein Irrtum, Ariston«, sagte er. »Manchmal täusche ich mich in meinen Hoffnungen. Dafür ist Alkibiades ein Beweis.«

Ariston schaute ihn erstaunt an.

»Das sagst du *jetzt?* Nachdem man ihn zum Strategos gemacht und ihm, zusammen mit Nikias, das Oberkommando des Feldzuges gegen Syrakus übertragen hat?«

»Ich sage es«, erwiderte Sokrates. »Was bedeutet schon Erfolg oder Mißerfolg? Luft. Nichts. Was meinst du zu Thukydides, dem Sohn des Olorus?«

»Ich finde, man hat ihm übel mitgespielt! Mit ganzen sieben Triremen sollte er die Küsten Thraziens und der Chalkidike verteidigen! Wie sollte er wissen, wo, entlang dieser Küste, zwischen Poteidaia und dem Chersones, Brasidas angreifen würde? So konnte er eben den Fall von Amphipolis nicht verhindern – und ihr Athener habt ihn verbannt!«

»Um ihm Gelegenheit zu geben, die größte Militärgeschichte zu schreiben, die die Welt je gesehen hat. Ich habe alle Abschriften gelesen, die er Xenophon bis jetzt geschickt hat. Er verlor eine Schlacht – weil er zu spät kam. Und ich prophezeie dir, daß seine Saumseligkeit ihn unsterblich machen wird. Aber um die Sache weiterzuverfolgen: wer war eigentlich der Sieger von Amphipolis?«

»Brasidas.«

»Und der Verlierer?«

»Kleon.«

»Und was stieß ihnen an jenem Tag zu, diesen beiden?«

»Brasidas starb an den Wunden, die er erlitt, als er an der Spitze seiner Hopliten angriff. Kleon wurde von einem Leichtbewaffneten niedergemacht, als er sich vom Schlachtfeld zurückzog.«

»Und jetzt sind beide tot, nicht wahr? Der Sieger und der Besiegte? Der Held und der Feigling?«

Ariston stand da und sah seinen Mentor aus großen Augen an. Dann begann er ganz langsam zu lächeln.

»Du hast gewonnen, Sokrates! Aber du gewinnst ja immer. Ich sollte schon gelernt haben, mich nicht in Diskussionen mit dir einzulassen. Schließlich bin ich schon seit fast zehn Jahren dein Schüler.«

»Ja. Lange zehn Jahre, mein Sohn Ariston! Als ich dich kennenlernte, warst du ein bartloser Junge, schöner als ein Gott. Du bist immer noch schön, doch deine Schönheit hat sich gewandelt.«

»Wenigstens habe ich jetzt einen Bart!« lachte Ariston.

»Und Schultern so breit wie Orchomenus. Du hast dich zu stark entwickelt, und ich möchte fast meinen, daß da Absicht dahintersteckt. Kein Mann sollte sich je wieder versucht fühlen ... Aber ich sehe, daß dich dieses Thema immer noch schmerzlich berührt. Hier, nimm deinen Schild. Ich gehe tanzen.«

»Tanzen?« staunte Ariston.

»Ja. Als Übung. Das tue ich immer. Wie sonst sollte ich diesen feisten Wanst in erträglichen Grenzen halten?«

»Darf ich dir etwas anderes vorschlagen?«

»Selbstverständlich. Aber wenn du mich zu einem Ringkampf auffordern willst, sei deiner Sache nicht gar so sicher, Junge!«

»Nein. Ich weiß, wie stark du bist, Sokrates. Ich dachte an nichts Aufregenderes als einen langen Spaziergang. Ich lade dich ein, mich zu Danaus' Haus zu begleiten. Ich muß mich von ihm verabschieden. Er nimmt am Feldzug teil.«

»Gern. Aber wird er meinen Besuch nicht unpassend finden? Bei einem solchen Anlaß könnte er es doch vorziehen, mit dir allein zu sein, meinst du nicht?«

»Nein«, antwortete Ariston, »das heißt, ich glaube nicht. Er weiß, daß ich jede fleischliche Liebe zwischen Mann und Mann ablehne, und achtet meine Haltung. Ich habe alles, was du mich gelehrt hast, an ihn weitergegeben und ihm auf diese Weise als eine Art Mentor aus zweiter Hand gedient. Er würde sich durch deinen Besuch geehrt fühlen. Komm ruhig mit.«

So gingen sie zusammen durch die Straßen Athens: der großgewachsene junge Mann, der nun schon achtundzwanzig Jahre zählte, breitschulterig, sehnig — zu muskulös eigentlich für den Geschmack der Hellenen, denen die *meden agan*, ›nichts im Übermaß‹, unverletzliches Gesetz war —, dessen dichter, lockiger, blonder Bart ein ernstes und gedankenschweres Gesicht umrahmte, das die bestechende Schönheit seiner ersten Jugend nicht so sehr verloren hatte als vielmehr jetzt eine andere Art von Schönheit besaß, eine Mannhaftigkeit, die ihm früher gefehlt hatte. Er überragte den kleinen, gedrungenen, fast ebenso sehnigen Philosophen, dessen Antlitz — das Gesicht Pans, eines Satyrs, eines dickbäuchigen Silens — den erhabenen Adel seines Geistes, seines Verstandes, Lügen strafte.

Während sie so dahinschritten, unterhielten sie sich, indem sie gewisse Aphorien der Sophisten erörterten: die des Parmenides, wonach Denken und Sein das gleiche sind, so daß die Dinge nur soweit existieren, als ein verstandesbegabter Beobachter sie wahrnimmt; die Paradoxien des Zenon: daß die Bewegung einer Person auf irgendeinen Punkt hin innerhalb einer begrenzten Zeitspanne unmöglich sei, weil sie in der Bewegung die jeweils verbleibende Entfernung in eine unendliche Zahl von Unterteilungen aufspaltet, wodurch sie sich jeder Möglichkeit begibt, irgendwohin zu gelangen; niemals kann Achilles die Schildkröte einholen, denn sooft er den Punkt erreicht, an dem die Schildkröte sich aufgehalten hat, ist sie im gleichen Augenblick schon wieder über diesen Punkt hinausgelangt; und ein fliegender Pfeil ruht in Wirklichkeit, befindet er sich doch in jedem Augenblick seines Fluges an nur einem Ort im Raum und bewegt sich daher nicht, womit die augenscheinliche Bewegung metaphysisch unwirklich wird.

»Würdest du dich gegen diese Mauer stellen wollen und mir gestatten, Zenons metaphysisch bewegungslosen Pfeil auf dich abzuschießen?« scherzte Ariston.

»Gern!« lachte Sokrates. »Denn meine eigene Bewegungslosigkeit würde ebenso metaphysisch sein; und mein fetter, höchst unmetaphysischer Wanst würde nicht da sein, wenn dein Pfeil ankäme, weil meine unsophistischen, mit der Metaphysik Zenons, des Eleaten, nicht vertrauten Nerven und Muskeln ihn mittlerweilen zur Seite geschubst haben würden!«

Mit solchen Späßen vertrieben sie sich auf diesem langen Gang die Zeit. Nur einmal setzte Sokrates eine ernste Miene auf. Als er die große Auswahl von Waren sah, die auf dem Marktplatz zum Verkauf standen, bemerkte er mit tiefer Zufriedenheit:

»Wieviel Dinge gibt es doch, die ich weder brauche noch haben will!«

Wie alle Häuser Athens, kehrte auch das des Pandoros der Straße nur eine glatte, fensterlose Wand zu. Alle Türen und Fenster, der Eingang natürlich ausgenommen, gingen auf einen wunderschönen Innenhof. Und sobald der alte Sklave sie in die Halle geleitet hatte, bemerkte Ariston sogleich, daß der Reichtum des Hauses, wie man in Athen schon seit geraumer Zeit munkelte, tatsächlich vom Vater und den zwei älteren Söhnen in ausschweifenden Vergnügungen durchgebracht worden und dahin sein mußte, denn die Halle hatte es schon arg nötig, hergerichtet und frisch gemalt zu werden. Danaus, dem jüngsten, lastete man keine Schuld an diesem Zustand an. Statt dessen witzelten die Spaßköpfe in Athen: »Das Klügste, was er tun konnte, war, sich diesen reichen Metöken Ariston zum Liebhaber zu nehmen!« So wie es gemeint war, stimmte es natürlich nicht; aber welcher Athener hätte sich von der Wahrheit überzeugen lassen?

Die durch den Besuch Sokrates' in der Ergasteria hervorgerufene Verzögerung hatte zur Folge, daß sie zur Stunde des Mittagessens eintrafen, und das bedeutete, daß Danaus nicht mehr allein war.

Sie warteten in der Halle, während der alte Sklave in den Speisesaal ging, wo, wie sie bereits wußten, Danaus mit seiner Schwester Chryseis speiste. Denn nicht einmal seine unmittelbar bevorstehende Abreise und seine Teilnahme an der von Alkibiades und Nikias angeführten, gefahrvollen Unternehmung gegen Syrakus hatten Brimos bewogen, seine zügellosen, Tage und Nächte andauernden Gelage und Orgien zu unterbrechen, noch Chalkodon und den Vater veranlaßt, in ihrer Jagd nach sinnlichen Vergnügungen anzuhalten. Hätte Danaus allein gegessen oder nur in Gesellschaft seines Vaters und seiner Brüder, der alte Sklave würde Ariston und Sokrates unverzüglich in den Speisesaal geleitet haben, denn im demokratischen Athen machte man keine Umstände. Doch jetzt mußten sie warten, bis Chryseis sich in die Frauengemächer zurückzog.

Ihre vor Zorn rauhe und schrille Stimme drang deutlich an ihr Ohr:

»Das werde ich nicht tun! Mein ganzes Leben warte ich schon auf eine Gelegenheit, Sokrates kennenzulernen! Das Frauengemach! Bah! Willst du mir vielleicht verraten, von welcher Seite meiner Tugend Gefahr droht? Streift Sokrates denn in der Gegend herum, um Mädchen zu vergewaltigen? In meinem Fall braucht er das gar nicht; wenn er so klug ist, wie die Leute behaupten, werde ich — ihm in jeder Weise entgegenkommen!«

Ariston ließ seine Hand auf Sokrates' Schulter fallen.

»Soll ich dich allein lassen?« flüsterte er. »So eine Gelegenheit bietet sich nicht oft!«

Sokrates schüttelte den Kopf.

»Sie hat mich noch nicht gesehen«, entgegnete er, ebenfalls im Flüsterton. »Die meisten Mädchen laufen kreischend davon, wenn ihr Blick auf mich fällt.«

Danaus, vermutete Ariston, war mannhaft bemüht, seine Beherrschung nicht zu verlieren, denn das Gemurmel seiner jungen Stimme war nicht laut genug, als daß sie hätten verstehen können, wie er auf die Worte seiner Schwester reagierte. Doch Chryseis' durchdringendes Organ ließ sie nicht lange im Zweifel.

»Ariston? Auf den bin ich noch mehr neugierig! Ich habe schon lange den Wunsch, ihm meine Meinung zu sagen, dem schmutzigen alten Päderasten!«

Jetzt war es an Sokrates, seine Hand mit heiterer Geste auf die Schulter seines jungen Freundes fallen zu lassen.

Diesmal schwoll Danaus' Stimme zum Brüllen eines Stieres an.

»Ariston ist nicht alt! Er ist nur zwei Jahre älter als ich! Und er ist kein ...«

»... Päderast? Ha! Was tust du denn dann in seiner Gesellschaft, Brüderchen? Was habt ihr denn so Wichtiges zu bereden, daß ihr seit acht oder neun Jahren zusammenklebt, ohne daß auch nur einer von euch Zeit gefunden hätte, zu heiraten? Gib mir doch darauf eine Antwort!«

»Wir führen Gespräche. Er lehrt mich viele Dinge. Die Verse des Euripides zum Beispiel ...«

»Hat er dich auch diese gelehrt, mein Bruder?« sagte Chryseis; und plötzlich verlor ihre Stimme alles Schrille. Sie wechselte eine ganze Oktave und wurde lebenssprühend, aufgewühlt, zärtlich – aber auch so traurig, daß ihr Klang Ariston den Atem benahm:

»Von allem, was auf Erden Geist und Leben hat,
Was denkt und überlegt – o zweifelt nicht, ihr Herren! –
Sind doch wir Frauen das Allerunglücklichste.
Mit Gaben sonder Ende müssen wir zuerst
Den Mann, den nie zu sehn man uns erlaubte,
Den Gatten uns erkaufen, ihn als unsern Herrn
Annehmen; dies ist schlimmer noch als jenes Leid.
Dann ist das größte Wagnis, ob er bieder ist,
Ob böse; denn unrühmlich ist's dem Weibe, sich
Vom Mann zu trennen, und sie darf ihn nicht verschmähn,
Das haar'ge Tier, das von des Tages Arbeit
Erschöpft an ihrer Seite schnarchend ruht.
Und freit in neue Sitten und Gesetze sie,
Muß eine, weiß sie's nicht, Prophetin sein,
Zu wissen, welchem Lose sie entgegengeht.
Doch sind wir unter Mühen dann ans Ziel gelangt,
Und trägt der uns Verbundene froh mit uns das Joch,
Ist unser Los zu neiden; sonst sei es der Tod!
Auch kann der Gatte, wenn daheim ihn Ärger quält,
Er ihres Wesens, ihres Anblickes überdrüssig ist,
Auswärts vergessen seines Herzens Kümmernis
Bei Flötenmädchen, Huren, einem Knaben,
Bei Freunden oder einem, der mit ihm aufwuchs.
Uns ist in *eine* Seele nur der Blick vergönnt,
An ihn allein sind kläglich wir gekettet.

Sie sagen wohl, wir lebten sicher vor Gefahr
Zu Hause, während sie bestehn der Speere Kampf.
Die Toren! Lieber wollt ich nackend dem Heer
Ganz Spartes mich entgegenwerfen, lieber dreimal
Und mehr als dreimal ins düstre Graun
Der Schlacht mich stürzen, als gebären einmal nur.«

»Die *Medea*!« flüsterte Ariston. »Sokrates, diese Worte klingen wahr!«

»Ja«, knurrte Sokrates, aber schon drang Danaus' Stimme wieder aus dem Speisesaal. Er weinte fast.

»Das kann ich nicht. Chryseis! Verstehst du denn nicht? Es ist gegen allen Brauch, gegen alles Gesetz!«

»Dann soll Hades Brauch und Gesetz holen!« entgegnete Chryseis.

So leise stieß Ariston die Tür auf und betrat den Raum, daß keines der Geschwister ihn hörte.

»Das Vergehen komme auf mein Haupt, Danaus«, sagte er, und seine tiefe, ernste Stimme machte Musik aus seinen Worten. »Für ein Mädchen wie diese deine Schwester trotze ich dem Zorn der Welt – und sogar deinem!«

Sie fuhren beide herum und starrten ihn an. Parthenope hatte wahr gesprochen. Chryseis war wirklich häßlich. Sie war geradezu peinlich mager. Es ließen sich weder Hüften noch Brüste erkennen. Ihr Mund war groß und aus für ein so dünnes Gesicht überraschend vollen Lippen geformt. Ihre Augen hatten einen seltsamen skythischen Schnitt, und ihr goldenes, fast gelbes Braun, in dem winzige grüne Stäubchen schwammen, glühte wie Feuer im ägyptischen Dunkel ihres Gesichts. Sie hatte herrliches Haar, das mußte Ariston zugeben. Es war von stygischer Schwärze und spendete dennoch so etwas wie Weichheit und Wärme. Ihre bloßen Arme und Beine, soweit er sie durch ihr Gewand aus Lammwolle sehen konnte, waren nahezu fleischlos, skelettartig. Und als sie sich jetzt ihrem Bruder zuwandte, stellte er fest, daß sie kaum Brüste hatte. Sein Herz krampfte sich zusammen. Nicht einmal Parthenopes freimütige Beschreibung hatte ihn auf die Reizlosigkeit dieses armen Geschöpfs genügend vorbereitet.

Dann öffnete sie den Mund, und Aristons Herz ... Nicht genug, daß es sich entkrampfte; es ging ihm auf, es pochte und hüpfte und schwang sich empor. Denn als sie seinen Namen aussprach, klang es wie himmlische Musik in seinen Ohren.

»Ist — *das* — dein Ariston?« fragte sie.

»Ja«, antwortete Danaus, »und bei ihm muß ich mich jetzt für diese schreckliche Verletzung aller Anstandsregeln entschuldigen. Vor allem, wenn er dich durch die Tür wie ein Fischweib kreischen gehört hat. Zieh dich jetzt zurück, Chryseis! Hast du mir noch nicht genug Schande gemacht?«

»Nein«, flüsterte sie. »Ich habe versprochen, ihm meine Meinung zu sagen, und das werde ich auch tun! Daß ich jetzt sehe, *warum* du ihn liebst, daß er so schön ist wie du sagtest — nein, schöner noch als du Geist hattest, ihn zu beschreiben —, macht es nicht weniger entsetzlich!«

»Macht *was* nicht weniger entsetzlich?« forschte Ariston.

Schritt für Schritt, wie eine Tigerin, näherte sie sich ihm. Wie eine knochige, fleischlose, halb verhungerte Tigerin. Der Vergleich war passender, als er ahnen konnte. Sie kam heran, bis sie so nah vor ihm stand, daß er Kopf und Knie nur um ein Geringes hätte beugen müssen, um sie zu küssen. Sie stand da und blickte aus großen Augen zu ihm auf. Er konnte sie riechen. Sie duftete nach Seife und Duftöl — nach Erregung und nach Angst.

»Was findest du so entsetzlich, kleine Chryseis?« wiederholte er seine Frage.

»Liebe unter Männern«, antwortete sie. »Männer wie dich!«

»Chryseis!« mahnte Danaus, aber Ariston hob abwehrend die Hand.

»Das tut mir leid«, sagte er. »Ich bedaure es, daß du mich nicht magst. Nicht einmal soviel, daß du versuchen würdest, mich von diesem schweren Leiden zu heilen.«

Sie schaute ihn verwundert an.

»Dann — dann leugnest du es also gar nicht?« flüsterte sie.

»Würdest du mir denn glauben, wenn ich es leugnete?«

»Chryseis«, mischte sich Danaus ein, »das ist unerhört! Er ...«

»... macht sich über mich lustig. Ich weiß. Ich bin es gewohnt. Die Männer sind so kurzsichtig. Sie sind nicht imstande, über die Häßlichkeit einer Frau hinwegzusehen, um ...«

»... ihre Seele wahrzunehmen?« sagte Ariston. »Ich kann es.« Dann hob er seine Stimme. »Sokrates!« rief er. »Willst du bitte hereinkommen?«

Sokrates folgte der Aufforderung. Danaus ließ seine Blicke von

Ariston zu dem Philosophen wandern. Er war schrecklich verwirrt. Es war unverzeihlich, was da vor sich ging, aber wer war eigentlich schuld daran?

»Ich darf dich mit der edlen Chryseis bekannt machen«, sagte Ariston mit seiner tiefen, volltönenden Stimme, »die einen weibischen Menschen in mir sieht. Überdies besteht sie darauf, daß wir unsere Aufmerksamkeit ihrer Seele zuwenden sollten und nicht ihrem — sprechen wir es offen aus! —, ihrem spärlichen und unansehnlichen Fleisch! Was hältst du von ihr, o Sokrates?«

»Daß sie ein Geist der obersten Luftschichten ist«, erwiderte Sokrates feierlich, aber mit einem schelmischen Zwinkern seiner schwarzen Augen, »auf einem Mondstrahl zur Erde geweht, auf Distelwolle um die Welt gesegelt, und endlich hier gelandet, um unsere Stadt zu schmücken. Ich heiße dich willkommen, meine Dame!«

»Und ich dich, großer Sokrates, weisester aller Männer«, flüsterte Chryseis. »Willst du nicht Platz nehmen? Und zu mir sprechen? Mich hungert so sehr danach! Kümmere dich nicht um meinen Einfaltspinsel von Bruder! Er hat nicht einmal so viel Grütze, als daß er verstehen könnte, daß die Sittenregeln, die hierzulande das Leben der Frauen bestimmen, auf ein Geschöpf, wie ich es bin, keine Anwendung finden.«

»Und warum nicht, meine Dame?« forschte Sokrates.

»Weil sie darauf abzielen, ihnen ihre Tugend und Jungfräulichkeit zu bewahren, beides, meiner Ansicht nach, Lasten . . .«

»Chryseis!« drohte Danaus.

»Ach, hör schon auf mit deinem Chryseis, Chryseis, Chryseis! Du redest wie ein Schwachkopf, Danaus! Es sind meiner Ansicht nach Lasten, und ich gebe was drum, sie endlich los zu sein, sie gegen die Freiheit auszutauschen, die euch Männern gegeben ist. In meinem Fall ist es völlig unnötig, sie zu bewahren, zu beschützen, denn wer fragt noch danach, sobald er mich einmal gesehen hat? Aber mißversteht mich nicht! Besonders du nicht, o Ariston, der du mit deiner Schönheit den Göttern näher stehst als den Menschen! Ich bin keine läufige Ziege, kein Ausbund von Wollust! Ich begreife es nicht einmal, das — Verlangen. Ich habe es nie empfunden.«

»Die Götter stehen dir bei!« sagte Ariston.

»Aber ich würde sofort zur Hetäre werden, wenn ich das Zeug dazu hätte.«

»Und was wäre das, meine Dame?« forschte Sokrates.

»Schönheit. Anmut. Und genügend Fleisch, um die Lust eines Mannes zu erwecken. Ich sagte euch schon, daß ich das Verlangen nicht verstehe. Ich verstehe es wirklich nicht. Es scheint etwas Häßliches zu sein, aber es ist gewiß besser als Ablehnung. Ich gehe verschleiert aus, wie sich das für eine Dame in Athen schickt, und lasse mich von meinem Sklavenmädchen begleiten. Ich sehe, wie die Männer sie mit den Blicken verfolgen — sie, nicht mich! Denn die Männer müssen erst feststellen, in welche Richtung sich meine Sandalen bewegen, um zu wissen, ob ich komme oder gehe.«

»Chryseis«, stöhnte Danaus, »hast du denn gar keinen Stolz?«

»Nein, Bruder. Was sollte ich damit? Was besitze ich, daß ich darauf stolz sein könnte?«

»Eine Stimme wie liebliche Musik«, antwortete Ariston an ihres Bruders Statt. »Es ist der süßeste Klang, den ich je vernommen habe. Weißt du, Chryseis, daß du mit Worten allein einen Mann für immer zu deinem Sklaven machen könntest? Und dann, deine Augen. Die Augen eines Waldtieres, das des Nachts durch das Gehölz deiner nur eingebildeten Ängste stürmt. Wie hell brennt doch die Flamme in ihren Tiefen! Welche Wärme, welche Zärtlichkeit . . .«

»Ariston«, mahnte Danaus, »ich weiß nicht, ob solche Worte hier am Platz sind.«

»Ich spreche sie vor dir, mein Freund, ehrsam und offen. Deine Schwester ist nicht schön — warum sollte ich sie vom Gegenteil zu überzeugen versuchen? Aber sie und auch du, ihr vergeßt, daß Schönheit im besten Fall unwichtig ist — im schlimmsten jedoch ein Fluch. Das habe ich an mir erfahren. Ich versuche nur, ihr Sicherheit zu geben, sie von ihrem unsinnigen Glauben zu befreien, sie hätte nichts Anziehendes. Das tue ich, der, wenn er könnte, wenn es ihm gestattet wäre, ihr jetzt, in diesem Augenblick, mein Herz und mein Vermögen zu Füßen legen würde.«

Chryseis' Hand flog an ihre zarte Kehle. Die Bewegung war ungewöhnlich anmutig. Sie erinnerte an das Ausbreiten und Flattern von Flügeln.

»Warum kannst du nicht?« flüsterte sie.

»Weil ich Metöke bin. Und vorher Sklave war. Und eine Sklaverei scheußlichster Art erdulden mußte.«

»In die du ohne jede Schuld gerietst«, betonte Sokrates. »Vordem gehörtest du einer der edelsten Familien Spartas an. Mindere deinen Wert nicht herab. Ein einziges Hindernis steht dir entgegen:

das Gesetz. Und ich denke, wir sollten einmal unsere Köpfe zusammenstecken und uns überlegen, wie dieses Hindernis zu umgehen wäre. Es muß sich doch ein Weg finden lassen, dir zu deinem Bürgerrecht zu verhelfen.«

»Wenn du eine Triere kaufen und ausrüsten, sie der Polis schenken, und als Trierarch mit uns kommen würdest . . .«, schlug Danaus vor.

Eine Triere, auch Trireme genannt, war ein Kriegsschiff mit drei übereinanderliegenden Ruderbänken.

»Ich könnte eine Triere kaufen und ausrüsten«, meinte Ariston, »aber ich könnte sie nicht befehligen. Ein Metöke kann einem Bürger keine Befehle erteilen. Ich hätte also gar keine Gelegenheit, meinen Heldenmut unter Beweis zu stellen. Da müssen wir uns schon etwas Besseres einfallen lassen.«

»Sehr richtig!« fauchte Chryseis. »Aber was immer du tust, was immer du dir einfallen läßt, nichts könnte mich jemals veranlassen, dich zu heiraten! Dich oder irgendeinen anderen Mann!«

Ariston sah sie groß an. Dann begann ein Lächeln um seinen Mund zu spielen.

»Warum nicht?« fragte er.

»Weil – eine Frau eine Sklavin ist. Eine elende, würdelose Sklavin, die auf Geheiß ihres Herrn Gemahls ihren Körper allnächtlich . . .« Sie brach ab, von Ekel geschüttelt.

»Chryseis!« rief Danaus. »Willst du nicht aufhören, mich zu beschämen?«

»Ich schweige schon. Ich werde mich ins Frauengemach zurückziehen und euch Gelegenheit geben, einen Plan auszusinnen, um mich zu versklaven. Mach dich dran, Danaus! Du magst es wohl zuwege bringen, meinen Körper an diesen deinen Freund auszuliefern – an deinen schönen Freund – ja, ja, das ist er, das ist er! Aber weder du noch sonst jemand kann dafür bürgen, daß Leben diesen Körper beseelen wird!«

Dann wirbelte sie herum und lief aus dem Raum – eine aus dem Lager hervorbrechende Rehgeiß. Fast vermeinte Ariston, das Kläffen der verfolgenden Meute zu hören.

»Ariston«, stöhnte Danaus, »ich muß dich um Entschuldigung bitten . . .«

»Und ich dich«, erwiderte Ariston schnell. »Ich hätte nicht so bei euch eindringen dürfen. Doch die Stimme deiner Schwester und – das muß ich zugeben – die Dinge, die sie sagte, fesselten mich so sehr, daß ich mir nicht helfen konnte. Wenn also der Anstand verletzt wurde, bin ich der Schuldige, nicht sie. Ich bin ohne Erlaubnis ihres Vaters oder ihrer Brüder vor eine hochgeborene athenische Jungfrau hingetreten. Dies ist, so will es eure Überlieferung, unverzeihlich. Aber gestattest du mir, dazu einen Gedanken zu äußern, selbst wenn er dir Unbehagen bereiten sollte?«

»Gewiß!« antwortete Danaus. Seine Stimmung hatte sich schon gebessert. Aristons bloße Anwesenheit hatte diese Wirkung auf ihn.

»Warum beleidigt ihr eure Frauen?« lautete Aristons Frage.

»Wir beleidigen sie?«

»Ja. In meiner Heimat Sparta genießen die Frauen jede Freiheit. Bei den feierlichen Umzügen tanzen die Jungfrauen völlig nackt vor den Augen der Männer. Eine Ehefrau kann jeden Gast empfangen, ob ihr Gatte anwesend ist oder nicht. Ein Mann, der unerwartet vorbeikommt, um einen Freund zu besuchen, wird mit größter Freundlichkeit von dessen Gemahlin begrüßt werden, sollte der Freund nicht daheim sein. Wir glauben eben nicht, daß unsere Frauen danach lechzen, mit dem ersten besten männlichen Wesen, das sie allein antrifft, ins Bett zu gehen. Wir haben eben volles Vertrauen in ihre Ehre, ihr Gelübde, ihre Züchtigkeit. Und welche Frau in ganz Hellas genießt den besten Ruf?«

»Schön und gut«, brummte Danaus, »aber ist dieser Ruf verdient?«

»Das ist er«, bestätigte Sokrates. »Jeder, der Sparta besucht hat, kann es bezeugen. Während unsere athenischen Damen den schlechtesten Ruf haben. In ganz Hellas den schlechtesten Ruf. Was glaubst du wohl, Ariston, warum das so ist?«

»Ich glaube, ihr fordert sie zu ihrem Betragen heraus«, antwortete Ariston bedächtig. »Gefängnis tut keinem gut. Und genau das sind eure Frauengemächer: Gefängnisse. Die Sklaverei trägt nicht dazu bei, die Moral zu heben. Ich weiß es. Ich war Sklave. Nachdem ihr eure Frauen auf diese Weise zu hirnlosen Puppen, zu besseren Haushaltssklavinnen gemacht habt, die sich von euren Konkubinen nur dadurch unterscheiden, daß sie eheliche Kinder gebären und euch beerben können, sucht ihr Geselligkeit, sucht ihr den Austausch von Meinungen und Gedanken, den ihr daheim vermißt, bei den Hetären. Wohlgemerkt, Danaus: den Austausch von Meinungen und Gedanken, nicht von schwitzenden Leibern! ›Ein Athener, der etwas auf sich hält, schämt sich, zu Dirnen zu gehen.‹ Ich habe fast zehn Jahre meines Lebens in der ständigen Gesellschaft einer der unvergleichlichsten Hetären Athens verbracht. Ihr Haus ist voll von Graubärten, die zu ihr kommen, um zu reden! Zu reden, Danaus! Ich kenne eingefleischte Päderasten — sie würden sich erbrechen, wenn eine Frau sie auch nur berührte! — die sie anbeten. Ich habe dort mit Sophokles über Versformen debattiert; ich habe gehört, wie sie Aristophanes wegen seiner Zoten streng zurechtwies. Als einzige in ganz Athen hat sie genug Verstand, zu erkennen, daß Euripides *kein* Weiberfeind ist, daß er die Frauen liebt und verteidigt und nicht schmäht. Womit wir wieder bei deiner Schwester angelangt wären.«

»Ich höre«, sagte Danaus etwas kühl.

»Ich werde jetzt versuchen, das athenische Bürgerrecht zu erwerben. Ernstlich versuchen. Und wenn es mir gelingt, werde ich dich um ihre Hand bitten — immer vorausgesetzt, daß es mir gelingt, ihr Einverständnis und ihre Liebe zu erringen. Ich verspreche dir, mich während deiner Abwesenheit von ihr fernzuhalten, solange ich nicht das Recht habe, der edlen Chryseis die achtbare Stellung einer Ehefrau anzubieten. *Meiner* Frau. Meiner einzigen Frau — ohne Konkubinen, mit denen sie mein Lager teilen müßte. Ohne Hetären und ihre Unterhaltung. Denn gerade das, was dich an ihr entsetzt, entzückt mich. Sie ist ein Mensch, keine Puppe. Sie hat Verstand, Geist, Feuer. Und großen Seelenadel. Empfindest du das nicht auch?«

»Ariston«, flüsterte Danaus, »sie ist — sie ist nicht schön . . .«

»Ich weiß. Was soll's? Ihr Geist ist schön. Und ich glaube, auch ihre Seele. Überdies wird sie noch recht hübsch werden, sobald es ihr einmal gelingt, ihre Ängste zu überwinden, und sie nicht mehr vor dem Leben davonläuft. Wenn sie erst einmal weiß, was es heißt, geliebt zu werden, wahrhaft geliebt zu werden, wird sie sich so weit beruhigen, daß sie essen kann. Was bedeutet denn schon bloße körperliche Schönheit, mein Freund? Ich kann die schönen Frauen, mit denen ich ins Bett gegangen bin, gar nicht mehr zählen. Aber man muß ja nachher auch wieder aufstehen. Reden. Gemeinsame Interessen haben. Hades und Persephone, die Mutter meiner Söhne soll doch kein hirnloses Tier sein!«

Langsam zeichnete sich ein Lächeln auf Danaus' Gesicht; er streckte Ariston seine Hand entgegen.

»Ich wüßte niemanden, der mir als Schwager lieber wäre als du«, sagte er.

Aber er bereute seine Torheit, nachdem er auf diese Weise seine Zukunft verpfändet hatte. Chryseis war so schrecklich mager und unansehnlich. Nicht nur unansehnlich — häßlich. Er versuchte sich einzureden, daß ihre Häßlichkeit etwas Interessantes, Exotisches, ja sogar Aufregendes an sich habe — und das hatte sie auch, war sie doch in Wahrheit um vieles anziehender als kalte, klassische Schönheit; aber er mußte sie wiedersehen, um sich dieser Tatsache zu vergewissern. Und das war unter den gegebenen Umständen völlig unmöglich — es wäre denn, sie würde sich entschließen, Parthenope einen weiteren heimlichen Besuch abzustatten; er hoffte sehr, daß sie das tun würde.

In seiner von Ungewißheit, von Zweifel, ja sogar Melancholie geprägten Stimmung machte er sich zu Sokrates auf den Weg, um diesen Weisesten aller Männer um Rat zu fragen. Das Auslaufen der Flotte war neuerlich verschoben worden, was ihm die Möglichkeit geboten hätte, am Feldzug teilzunehmen und den verzweifelten Versuch zu wagen, das Bürgerrecht durch eine besondere Waffentat zu erringen. Daß dieser Versuch mit an Sicherheit grenzender Wahrscheinlichkeit erfolglos bleiben und, wenn erfolgreich, mit dem Leben zu bezahlen sein würde, ließ es nicht ratsam erscheinen, diesen Weg einzuschlagen. Und seine Laune wurde auch nicht besser, als er daran dachte, daß er nun die ganze peinliche Verabschiedungszeremonie mit Danaus ein zweites Mal durchstehen mußte.

Doch als er Sokrates' Haus erreichte, hörte er drinnen Xanthippe wie ein Fischweib kreischen. Die Zielscheibe ihres Grimms war die liebliche junge Myrto, die Tochter Aristides', des Gerechten, die Sokrates vor einigen Jahren ebenfalls geheiratet hatte. Die Volksversammlung hatte die Vielweiberei vorübergehend rechtskräftig gemacht, um Attika wieder dichter zu bevölkern. Die große Seuche hatte das Land so vieler Bürger, unter ihnen des berühmten Perikles, beraubt, daß diese Maßnahme gerechtfertigt erschien. Dazu kam, daß der schändliche Bruderkrieg, der nun, von wenigen Monaten zeitweiliger Waffenruhe abgesehen, schon fast sechzehn Jahre währte, seinen Blutzoll an jungen Männern forderte. Daß Mytro dem Philosophen zwei Söhne, Sophronikos und Menexenos, geschenkt hatte, und Xanthippe nur einen, daß sie jung und hübsch war und den stets heiteren Alten von ganzem Herzen liebte, stimmte die an sich schon reizlose, zänkische, alles andere als gewinnende Xanthippe nicht gerade milde, noch dazu, wenn es sich um die

Frage handelte, wie Sokrates' geringes Einkommen unter so vielen aufzuteilen sei.

»Wie soll ich wissen, wo er steckt?« kreischte Xanthippe. »Such doch selbst nach ihm! Versuch's zuerst bei Parthenope – oder bei irgendeiner anderern Hure! Er erteilt ihnen ja so gern Ratschläge – in der Horizontalen! Oder geh zu Alkibiades' Palast! Oder zu einem von diesen jungen Tunichtguten und Müßiggängern, die sich von ihm unterweisen lassen, ohne ihm auch nur einen Obolus dafür zu bezahlen, während sich andere Sophisten mit dem Unterricht junger Aristokraten ein Vermögen verdienen!«

Ariston wandte sich traurig ab. Xanthippe hatte ihm die Mühe gespart, nach dem Meister zu fragen, doch wo Sokrates jetzt steckte, das wußte allein Athene in ihrer Weisheit. Es war völlig nutzlos, sich nach ihm auf die Suche zu begeben, denn Sokrates, jener inneren Stimme gehorchend, die ihn anwies, die Menschen anzustacheln, ihre Köpfe und Herzen zum eigenen Nutzen zu prüfen, mochte sich irgendwo zwischen dem Hafen von Piräus und dem Grenzstein der Kerameikos aufhalten, was etwa der größten Entfernung entsprach, die man innerhalb des athenischen Stadtbereiches zurücklegen konnte. Von dieser Seite also konnte er heute keine Hilfe erwarten.

Aber er mußte mit jemandem sprechen! Er mußte! Doch wer in aller Welt . . .?

Er ließ seine Blicke über die ganze ausgedehnte Fläche der athenischen Landschaft gleiten. Tief unter der Stelle, wo er stand, glitzerte die See blau-silbern zwischen den attischen Hügeln, die purpurn im Schatten lagen. Wie höckerige Schirme hoben sich die Pinien vom hellen Hintergrund ab, wie tiefschwarze Lanzen stachen die Zypressen in den Himmel, doch das Sonnenlicht, vom Festland verglimmend Abschied nehmend, ruhte wie eine süße Liebkosung auf der Insel Salamis und ließ dieses felsige, vom Weiß seiner Häuser gekrönte, vom dunklen Grün seiner Bäume umkränzte Stück Land wie eine gesprenkelte, unvollkommene, gelbliche Perle erglühen.

Salamis, wo Euripides lebte. *Der* Mann, dem die Götter alle Geheimnisse des weiblichen Herzens enthüllt hatten! Ihn wollte er aufsuchen, den einzigen Menschen, der ihm zuweilen noch weiser erschien als Sokrates. Es war jetzt schon zu spät, um sich auf den Weg zu machen; aber morgen wollte er gehen. Ja – morgen ganz gewiß.

Doch als er von der Agora aus seinem Haus zustrebte, hörte er seinen Namen rufen. Er wandte sich um und erblickte eine Gruppe schmucker Offiziere, von denen die meisten Rüstungen trugen, die aus seinen Werkstätten stammten. In ihrer Mitte schritt, die anderen überragend, Alkibiades, der Sohn des Kleinas, einer der zwei Befehlshaber der geplanten Expedition. Er befand sich in Begleitung mehrerer junger Ritter, die Ariston nicht kannte, und zweier Männer in Zivil. Einer von ihnen war, überraschenderweise, Autolykos — überraschenderweise, weil ein so hervorragender Kämpfer wie der Sohn des Lykon einer der ersten hätte sein sollen, die an diesem Feldzug teilnahmen; doch als er jetzt näher kam, sah er, warum sein guter Freund und Ringkampfgefährte Zivilkleidung angelegt hatte: Autolykos trug den linken Arm in der Schlinge. Ein gebrochener Arm war fraglos Rechtfertigung genug für das Zuhausebleiben des ein wenig trägen, stattlichen und stets gutgelaunten Athleten. Erst jetzt erkannte Ariston den zweiten Zivilisten: es war Perikles, der Sohn des unsterblichen Staatsmannes gleichen Namens. Gewiß ist es die Politik, die ihn in der Stadt festhält, dachte Ariston. Bedauerlich. Die Leute sagen, er sei einer der besten Flottenkommandeure, die wir haben.

»Ah, Ariston, Ariston!« spöttelte Alkibiades. »Du paßt so gar nicht in die von dir erwählte Rolle des Hephaistos! Der Schmied der Götter war häßlich und lahm und hatte die schöne Aphrodite zum Weib. Du hingegen ...«

»Ich bin häßlich genug, wenn auch nicht lahm«, entgegnete Ariston leichthin .»Aber du, Autolykos, alter Freund, du scheinst ja tatsächlich die Rolle des hinkenden Hephaistos spielen zu wollen!«

»Das hat dein Namensvetter, des Charmides liebster Pankration-Kämpfer, auf dem Gewissen«, klagte Autolykos. »Er hat mir den Arm gebrochen wie eine Weidengerte. Ich hätte wissen sollen, daß man sich mit dem *alten* Ariston nicht einlassen darf. Aber du, schöner *junger* Ariston — was machen deine Liebschaften?«

»Ich werde dir für ihn die Antwort geben«, setzte Alkibiades sein gutmütiges Gespött fort. »Er enttäuscht mich. Er sollte heiraten und mir eine Aphrodite bereithalten, bei der ich den Ares spielen kann. Aber nicht genug, daß er mir keine Gelegenheit gibt, seine Stirn zu schmücken, er begnügt sich auch noch mit einem einzigen langweiligen Jungen. Ihr kennt doch alle Danaus, den Sohn des Pandoros, nicht wahr?«

»Ich kenne ihn«, sagte Perikles, »aber daß er Pandoros' Sohn ist, bezweifle ich. Ich stelle es sogar sehr stark in Zweifel, da ich auch Pandoros kenne.«

»Doch, doch, er ist sein Sohn«, bekräftigte Alkibiades in feierlichem Ton. »Das kam so: eines Nachts begab sich die edle Tekmessa, von Verzweiflung erfüllt, in den Stall, schnitt einem Pferd den Schweif ab und klebte sich ihn mit ein wenig Brei aus Ziegenmilch und Mehl ans Kinn. Dann hüllte sie ihre liebliche Gestalt in einen Chiton, den sie einem Stallknecht gestohlen hatte – natürlich seit einem Jahr nicht mehr gewaschen. Pandoros kam betrunken nach Hause, und als er seinen Lieblingsduft roch – den Gestank eines ungewaschenen Dreckfinken, der anderen Menschen den Magen umdreht –, streckte er die Hand aus und berührte diesen dichten, frisch gesprossenen Bart. Wild vor wollüstigem Entzücken stürzte er sich auf sie und ...«

»Um Artemis' willen, Alkibiades!« sagte Ariston.

»Bei Eros, es ist wahr!« erklärte Alkibiades mit großem Ernst. »Die List gelang ihr so vortrefflich, daß sie sie noch dreimal wiederholte und ihrem erhabenen Päderasten – sehr zu seinem Mißvergnügen – auf diese Weise eine Familie schenkte. Aber wie auch immer gezeugt, hat Danaus für den handfesten Skandal des Jahres gesorgt. Ja, hört mich nur an, meine Freunde. Aus Liebe zu Danaus hat unser Ariston dem Dichter Sophokles die begehrenswerteste Hetäre in ganz Attika zugeeignet!«

»Ich habe davon gehört«, bemerkte Perikles, »aber ich habe es nicht geglaubt!«

»Das war weise von dir«, sagte Ariston, »denn es ist kein Wort daran wahr.«

»O doch, o doch!« johlte Autolykos. »Unsere kleine Theoris erwartet jetzt nämlich ein Kind, und der alte Wüstling Sophokles bildet sich ein, der Vater zu sein!«

»Dann zolle ich ihm von ganzem Herzen Bewunderung«, sagte Perikles gelassen. »Jeder Mann, der in Sophokles' Alter noch die Berechtigung zu haben glaubt, sich so etwas einzubilden, sollte bei den nächsten Dionysien mit Lorbeer bekränzt werden.«

»Es wird gewiß ein reizendes Kind werden«, witzelte Alkibiades. »Theoris ist eine entzückende Frau und Sophokles selbst im winterlichen Alter einer der schönsten Männer in ganz Attika. Und sollte er sich getäuscht haben, nun, sicher hat unser Ariston dabei die Hand im Spiel gehabt.«

»Die Hand, großer Strategos?« entfuhr es einem der jungen Ritter.

»Eine Redewendung, junger Freund«, wies Alkibiades ihn mit spitzen Lippen zurecht. »Wir wollen doch nicht unfein sein, ich bitte dich! Nun, Ariston – würdest du uns beim Abendessen Gesellschaft leisten? Ich versichere dir, es wird höchst sittsam und würdevoll zugehen.«

»So wie das letzte Mal, als ich dein Haus betrat?« fragte Ariston.

Plötzlich und ganz überraschend faßte Alkibiades ihn am Arm. Packte ihn so fest, daß Ariston fürchtete, er werde ihm den Knochen brechen. Als er dem frisch gewählten Strategos ins Gesicht blickte, sah er, wie Alkibiades warnend die Stirn runzelte.

»Ich danke dir für die Einladung«, sagte Ariston, »aber ich kann sie nicht annehmen. Ich habe die Absicht, mich morgen in die Höhle des Löwen zu wagen und Euripides zu besuchen. Dafür muß ich früh aufstehen.«

»Ja, besuche ihn«, riet Perikles. »Ich war vor zwei Tagen bei ihm, und er spricht äußerst wohlwollend von dir. Schon seit damals, als dein Vater für den Chor seiner *Hekabe* zahlte. Du spieltest den – den Hektor, glaube ich, stimmt's? Mit den Masken weiß man's nie genau.«

»Ja, den Hektor«, bestätigte Ariston.

»Er beklagte es, daß du kein Schauspieler geworden bist. Er meint, du hättest die Stimme, das Aussehen, die Haltung und das Feingefühl, um – um einen guten Schauspieler abzugeben. Dein Besuch wird ihm guttun. Mir scheint, er ist ziemlich krank. Die Arbeit an seinem neuen Stück hat ihn erschöpft. Er wollte mir ein paar Verse vorlesen, mußte aber gleich wieder abbrechen, weil ihm die Stimme versagte. Aber ich fand schon das Wenige, was ich hörte, wunderbar.«

»Wie heißt es?« wollte Ariston wissen.

»*Die Troerinnen.*«

»Ariston«, drängte Alkibiades, und Ariston war überrascht, in seiner Stimme einen Anklang von Besorgnis zu hören, »willst du wirklich nicht zum Essen kommen?«

»Ich kann nicht, Alkibiades. Es tut mir ehrlich leid, aber ...«

Wieder faßte Alkibiades ihn am Arm.

»Auf ein Wort dann, Ariston«, sagte er. »Ich muß unbedingt allein mit dir sprechen. Bitte entschuldigt uns einen Augenblick!«

Sie gingen ein paar Schritte zur Seite.

»Ariston«, flüsterte Alkibiades, »dieser peinliche Abend, den du erwähntest — ich hoffe, du wirst nicht darüber reden. Ich meine, wenn die Sprache darauf kommen sollte. Ich fürchte, sie wird. Und dann bin ich ruiniert. Aber er wird Zeugen brauchen, die mit der Sache selbst nichts zu tun hatten, und du . . .«

»Wer wird Zeugen brauchen?«

»Thessalos, der Sohn des Kimon. Seit Jahren bezahle ich diesen elenden Spitzel, damit er den Mund hält, aber jetzt, da ich diese Expedition befehlige, wird seine Mißgunst . . .«

Ein trockenes Lächeln spielte um Aristons Lippen.

»Da ich dich nicht ruinieren kann, ohne gleichzeitig Athen zu ruinieren, kannst du auf meine Verschwiegenheit rechnen, großer Strategos!«

»Du machst dich über mich lustig«, hielt er Ariston vor. »Aber höre mir gut zu! Jede weitere Beschuldigung, die gegen mich erhoben werden sollte, sobald wir ausgelaufen sind — und sie wird erhoben werden, so sicher wie Zeus auf dem Olymp thront — ist falsch! Glaubst du mir das?«

Ariston sah ihn lange, lange prüfend an. Dann antwortete er mit voller Überzeugung: »Ja, Alkibiades, ich glaube dir.«

XVII

Als Ariston in der kleinen Bucht vor der Höhle, in der Euripides wohnte, aus dem Boot stieg, kam Kephisophon, der äthiopische Schreiber des großen Poeten, auf ihn zu. Der Mann näherte sich mit finsterer Miene, und Ariston ahnte, daß er ihn wieder gehen heißen, ihm sagen wollte, daß der Dichter nicht in Stimmung oder zu krank war, um Besucher zu empfangen.

Aber dann änderte sich Kephisophons Gesichtsausdruck. Er kniff die Augen zusammen und betrachtete Ariston prüfend und abschätzend. Dann leuchteten seine Augen auf und er verneigte sich tief.

»Willkommen, edler Sohn des Timosthenes!« begrüßte er ihn.

Ariston stand am felsigen Ufer der Bucht und musterte Kephisophon. Sein Instinkt sagte ihm, daß hier etwas nicht in Ordnung war. Schon allein die Begrüßung war übertrieben gewesen.

Ariston lächelte dem dunkelhäutigen Schreiber ein wenig spöttisch zu. »Die Unterwürfigkeit, die du neuerdings an den Tag legst, paßt nicht zum Diener eines solchen Herrn«, sagte er. »Ich kenne dich von früher; es mangelt dir nicht an Stolz. Ich bin kein Edelmann, wie du genau weißt. Ich bin einfach Ariston, der Schildmacher, oder Ariston, der Metöke, oder, wenn du willst, angesichts der Liebe, die er mir schenkte, angesichts der Liebe und Verehrung, die ich seinem Andenken bewahre, Ariston, Sohn des Timosthenes. Und jetzt berichte mir: wie geht es deinem Herrn?«

»Schlecht«, antwortete Kephisophon mit trauriger Stimme. Zweifel in seinen Augen, stand er da und sah Ariston zögernd an.

»Sprich, Kephisophon!« ermunterte ihn Ariston.

»Junger Herr, ich ...«, begann der Äthiopier. »Nein, ich wage es nicht. Aber willst du vielleicht zuerst ein paar Worte mit Mnesilokos wechseln?«

»Natürlich«, sagte Ariston.

Mnesilokos war Euripides' Schwiegervater; vor allem aber sein Freund. Ein besserer Freund, als es seine Frau oder seine drei Söhne sind, dachte Ariston. Sie sind ihm alle nicht mehr in die Nähe gekommen, seitdem ihn Kleon, dieser großsprecherische alte Demagoge wegen Unglaubens unter Anklage stellen ließ. Zwar wurde Euripides freigesprochen, aber keiner seiner Söhne hatte den Mut ...

Er spann den Faden nicht weiter und vertiefte sich in das Problem. Um Athenes willen, warum haßten die Leute Euripides so? Diese Gerüchte, wonach Korile, seine Frau, ihn des öfteren gehörnt hätte — Gerüchte, die jeder Grundlage entbehrten, dennoch aber mit erbitterter Beharrlichkeit in Athen herumgetragen wurden —, welchen Zweck verfolgten sie? Warum schworen die Leute Stein und Bein, seine Mutter wäre Gemüsehändlerin gewesen und habe wilden Kerbel verkauft, den man nur aß, wenn eine Hungersnot herrschte? Und dieser lächerliche Vorwurf, er sei ein Weiberfeind — er, in dessen Stücken die Frauenrollen immer edler und feiner gezeichnet waren als die der Männer!

Alle diese Dinge waren ein einziges Geheimnis — ein Geheimnis, in das Ariston langsam einzudringen begann. Nachdem ich mit Mnesilokos gesprochen habe, überlegte Ariston, werde ich Euripides ein wenig auf den Zahn fühlen, werde — obgleich er nie von sich erzählt — mehr über ihn erfahren, bevor ich ihn mit meinen Problemen belästige. Natürlich nur, wenn er sich nicht zu schlecht fühlt. Wenn ich es wagen darf ...

Mnesilokos begrüßte Ariston mit sorgenvoller Miene, während er sich mit knorrigen Fingern durch den Bart fuhr, als wollte er ihn auskämmen. Er war etwas jünger als sein Schwiegersohn. Das war nicht selten in Hellas, wo die Männer erst mit dreißig oder fünfunddreißig heirateten und sich Bräute suchten, die eben erst der Pubertät entwachsen waren, nur weil sie, wie Theoris mit einem bitteren Zug um den Mund bemerkt hatte, sicher sein wollten, daß sie Jungfrauen bekamen.

»Sei gegrüßt, Mnesilokos«, erwiderte er und wartete.

Abermals war er Zeuge des bedrückenden Schauspiels eines Mannes, der mit sich selber kämpfte, nur daß Mnesilokos' Verwirrung noch deutlicher zutage trat, weil er sie nicht, wie Kephisophon, hinter einer dunklen Gesichtsfarbe verbergen konnte.

»Sprich, Mnesilokos!« forderte Ariston ihn auf. »Du hast Sorgen – die gleichen wie Kephisophon. Aber die Sorgen eures Hauses sind auch die meinen. Es würde mir eine Ehre sein, sie mit euch teilen zu dürfen.«

»Und sie uns abzunehmen?«

»Das würde mir eine noch größere Ehre sein«, erwiderte Ariston. »Es würde mir Freude machen.«

Unter dichten Augenbrauen hervor warf Mnesilokos einen Blick auf seinen Besucher. Letzten Endes war er Hellene und als solcher überzeugt, daß man mit List und Verschlagenheit weiter kam als mit Geradheit und Aufrichtigkeit.

»Auch wenn es viel ausmacht?« forschte er.

Ariston lächelte spitzbübisch.

»Du brauchst also nur Geld, Mnesilokos?« entgegnete er. »Mir fällt ein Stein vom Herzen. Ich dachte schon, du hättest echte Sorgen.«

»Mehr als ein Talent? Vielleicht sogar zwei?« flüsterte Mnesilokos.

»Für Euripides?«

»Ja. Ja, natürlich.«

»Werden fünf Talente genug sein?« fragte Ariston. »Oder lieber zehn? Du brauchst es nur zu sagen. Bringt mir etwas zum Schreiben, und ich stelle dir einen Wechsel auf meinen Bankier Paris aus.«

Mnesilokos starrte ihn an.

»Ohne zu wissen, wofür?«

»Wenn es für Euripides ist, weiß ich genug. Was ich für ihn tun kann, ist mein bescheidener Beitrag im Kampf gegen die Barbarei.«

Mnesilokos sprang auf ihn zu und schloß ihn in die Arme, küßte ihn auf beide Wangen, trat zurück und hielt ihn auf Armeslänge fest. Erst jetzt sah Ariston die Tränen in seinen Augen.

»Du hast sein Leben gerettet!« jubelte er.

»Aber, aber, Mnesilokos!« lachte Ariston. »Sei nicht theatralisch. Das würde Euripides gar nicht gefallen, denn er selbst ist es nie. Wieviel braucht er denn?«

»Ich weiß es nicht«, antwortete Mnesilokos. »Und so geht es auch gar nicht. Der Archon Basileos hat das neue Stück gelesen. Er hat es – mit einigem Widerstreben – zur Aufführung freigegeben. Er gibt zu, daß es ein geniales Werk ist, fürchtet jedoch, das Publikum könnte es rebellisch finden und sich darüber aufregen. Darum will er sich nicht die Finger verbrennen und lehnt es ab, einen Choregen zu ernennen. Wir müssen uns selbst einen suchen.«

»Du hast ihn schon gefunden«, beruhigte ihn Ariston. »Sobald ich wieder in Athen bin, gehe ich sofort zum Archon. Kann ich jetzt Euripides sprechen? Natürlich nur, wenn er nicht zu krank ist.«

»Er war es«, sagte Mnesilokos heiter, »aber eine so gute Nachricht wird ihn schnell kurieren!«

Ariston saß da und betrachtete den großen Dichter. Das Antlitz des Euripides – infolge seiner titanischen Leistungen schrecklich abgearbeitet und fahl – war immer noch sehr schön, wenn auch nicht so fleischig wie das des Sophokles. Rein körperlich gesehen konnte man ihn mit einiger Berechtigung häßlich nennen, wie es alle seine Feinde taten. Seine Stirn war zu hoch, die Wangen zu hohl und die Lippen über den Zahnlücken eingefallen. Überdies hatte er zwei oder drei auffallende Leberflecke im Gesicht. Aber das alles fiel nicht ins Gewicht, wollte es Ariston bedünken. Wie ein Licht strahlte der Geist in ihm durch das dünne Fleisch und verlieh dem Antlitz außerordentliche Schönheit.

»Nun, mein junger Freund«, sagte Euripides mit sanftem Spott, »du hast also den Ehrgeiz, dir in der Straße der Tripoden ein kleines Denkmal zu setzen?«

Ariston lächelte. Wenn ein Dichter bei den Großen Dionysien den Preis errang, wurden sein Name, der Name des Stückes und der des Hypokritos, der die Hauptrolle spielte – ›Hipokritos‹ bedeutete ursprünglich nicht Schauspieler, sondern ›Antwortgeber‹, denn in jenen frühen Tagen, als die Tragödie eben erst aus den rituellen Tänzen und Gesängen der Dionysien geboren wurde, bestand die Aufgabe des Hypokritos einfach darin, dem Chor zu antworten,

Gegenstrophe auf Strophe folgen zu lassen – wurden die Namen in Steintäfelchen eingegraben und diese in die Mauern des Gotteshauses eingesetzt, denn die Tragödie, die einen Preis gewann, erntete gleichzeitig Unsterblichkeit für ihren Verfasser und ihren Hauptdarsteller. Was aber den Choregen anging, einen wohlhabenden Mann, den der Archon Basileos auswählte, und der die Kosten der Aufführung zu tragen hatte, gab es der Ehren weit weniger. Man gestattete ihm, auf eigene Kosten in einem winzigen Tempel einen bronzenen Dreifuß mit seinem Namen aufzustellen, der an seinen Beitrag zum Siegespreis erinnern sollte. Diesem Zweck war eine ganze Straße gewidmet und entsprechend benannt worden. Sie schlängelte sich vom Ostende der Akropolis bis zum Theater des Dionysos und war mit den Denkmälern jämmerlicher Eitelkeit kleiner Männer vollgepropft.

»Nein, Meister«, erwiderte er, »ich will nur der Welt Gelegenheit geben, etwas Geniales zu genießen – nein, das ist falsch – etwas Geniales zu dulden.«

»Zu dulden?« rätselte Euripides. »Ja, du hast recht, mein Sohn Ariston! Sie dulden es – trägen Herzens. Unsterbliche Götter, wie sie mich doch hassen!«

»Sooft eines deiner Stücke aufgeführt wird, füllen sie das Theater, bis nicht einmal eine Ameise mehr Platz finden könnte. Sie brüllen dich an wie tolpatschige junge Stiere und erfinden immer neue Lügen über den Kerbel, der angeblich rund um deine Wiege wuchs. Sie behaupten allen Ernstes, die liebe arme Korile schlüge dich – ich nehme an, sie verwechseln sie mit Sokrates' Xanthippe, die ihm einmal tatsächlich mitten auf dem Marktplatz zum Vergnügen aller Umstehenden Prügel verabreicht hat. Das Gebrüll und das Gelächter waren noch in Ionien zu hören!«

»Man sagt mir noch Schlimmeres nach«, seufzte Euripides.

»Ich weiß. Aber sie glauben selber nicht daran. Und was auch immer geredet wird, sie kommen wieder. Sobald ein maskierter Hypokritos auf seinen Kothurnen die Bühne betritt und deine Verse spricht, die von Tränen und Blut und Feuer künden, sind sie alle wieder da. Seit etlichen zwanzig Jahren greift dich Aristophanes in jeder seiner Komödien an. Warum eigentlich? Darf ich mir selbst die Antwort auf diese Frage geben?«

»Ich höre dir mit Vergnügen zu«, sagte der Poet.

»Weil du ein Genie bist. Das größte, das Hellas je hervorgebracht hat. Größer als Aischylos, weil du alles gelernt hast, was er zu lehren wußte, und ihm dann vorangeeilt bist. Größer als Sophokles!«

»Nein«, widersprach Euripides, »das ist nicht richtig.«

»Doch! Du bist größer, weil du mehr Mut hast. Sophokles' Verse sind glatter als die deinen, melodischer, aber weit weniger kraftvoll. Er poliert die Wahrheit, macht sie rund und glatt, damit sie nicht zu weh tut. Nur einmal, glaube ich — in seiner *Antigone* — hat er energisch gegen den Unsinn Stellung bezogen, den die Menschen zwischen sich und dem nackten Entsetzen der Wahrheit aufrichten. Du aber —«

»Ich aber — ich geißle sie, ziehe ihnen die Haut ab, lasse ihnen das Blut in den Adern gerinnen!« flüsterte der Dichter.

»Eben. Und darum werden deine Werke ewig leben. Weil du weder Hanswurst bist noch Hure, wie es alle sein müssen, die der Masse Honig ums Maul schmieren. Das ist auch der Grund, warum ihre schäbigen Erzeugnisse rasch altern und bald in Vergessenheit geraten.«

»Aristophanes ist kein Hanswurst«, wandte Euripides gelassen ein. »Du gehst zu weit, mein Sohn. Erinnere dich an *Die Wolken*, an die Stelle, wo der Ungerechte sogar die Götter als Schurken schmäht und, nachdem er dem Gerechten das Eingeständnis abgerungen hat, die Advokaten, Tragödiendichter — das zielte auf mich! —, Politiker und so weiter seien samt und sonders Ärschlinge, auf das Publikum zeigt und fragt: ›Und schau doch hier: was sind die meisten?‹«

»›Weitaus die meisten, meiner Treu, sind eitel Ärschlingsvolk!‹« zitierte Ariston. »Und sie brüllen vor Lachen — auf ihre Kosten!«

»Und das ist grausam«, seufzte Euripides.

»Aber nötig. Züchtigt nicht auch der Vater den Sohn, um einen Mann aus ihm zu machen? Können wir jemals zu Würde gelangen, ohne der Wirklichkeit ins Gesicht zu sehen und ihre grauenhafte Pein zu ertragen? Ein Wesen, das steinerne Puppen aufstellt, an die es unsinniges Gefasel, das man Gebet nennt, richtet, und unschuldige kleine Tiere vor ihnen martert, weil es von der Vorstellung besessen ist, urzeitliche Roheit und Blutdurst sei ihnen wohlgefällig, ist ein zurückgebliebenes, primitives Kind; wer sich aber mutig der Nacht entgegenstellt, wer die auf ihn einstürzende Finsternis gelassen, furchtlos, ohne zu winseln empfängt — der ist ein Mann. Ich ziehe Männlichkeit vor, Euripides. Und ich habe sie — die richtige Auffassung von Männlichkeit — von dir als Geschenk erhalten.

Dafür danke ich dir. Sage mir: würdest du es vorziehen, geliebt statt geachtet zu werden?«

»Bis jetzt wurde ich weder das eine noch das andere, mein Sohn. Aber lassen wir das. Ich lebe nun schon eine geraume Zeit und habe zusehen müssen, wie alle, die ich liebte, mir enteilten. Mein Vater, der Kaufmann Mnesarchides aus Phyle – mögen die Götter gütig mit seinem Schatten verfahren! –, meine liebe gute Mutter Kleito – muß ich betonen, daß sie *keine* Gemüsehändlerin war?«

»Nein«, lachte Ariston. »Aber trotzdem bist du selbst irgendwie an der Entstehung dieses Gerüchtes schuld.«

»Ich?« staunte Euripides. »Bei Hera, wie das?«

»Erinnerst du dich an diesen Vers in deiner *Melanippe?* ›Nicht mein Wort ist's, das meiner Mutter . . .?‹ Bedenke, daß Melanippe, und mehr noch ihre Mutter, für ihre Kenntnis stark wirkender Kräuter bekannt waren, und du siehst, wie es zu dieser gemeinen Verdrehung gekommen ist. Und ähnlich steht es im Fall deiner . . .« Ariston brach jäh ab, und sein frisches, junges Gesicht errötete sichtbar.

». . . meiner Frau, Korile«, seufzte der Dichter. »Wenn sie sich auch hin und wieder an Xanthippe ein Beispiel nimmt und mir meine Sünden gehörig vorhält, ist sie mir doch eine gute Gefährtin und eine liebende Gattin, der man die Verse in den Mund legt, die ich meine verruchtesten Heldinnen sprechen lasse, und deren gemeinste Handlungen zuschreibt. Das wolltest du doch sagen, nicht wahr? Ich weiß das, mein Sohn. Was ich nicht weiß und nicht verstehe, ist, warum die Menschen das tun.«

Ariston lächelte. Er hatte den gleichen Zug schon an Sophokles und, was noch überraschender war, sogar an Aristophanes wahrgenommen – jene sonderbaren blinden Flecken in den Augen genialer Männer. Euripides, der unzweifelhaft tiefer in menschliche Motive hineinsah als jeder andere Schriftsteller, blieb das alltäglichste und seichteste dieser Motive verborgen, das den Durchschnittsmenschen kennzeichnete: das Fehlen jeder schöpferischen Vorstellungskraft.

Und nachdem er diesen Gedankengang in Worte gefaßt hatte, fuhr er fort: »Nicht genug, daß sie dem Durchschnittsmenschen fehlt, glaubt er gar nicht, daß es so etwas gibt. Du rüttelst ihn auf, indem du Frauen aus Fleisch und Blut auf die Bühne bringst; und mag er es sich auch verheimlichen, mag er seine eigenen Erfahrungen mit Frauen, die sich zuviel herausnehmen und sich nicht bändigen lassen, nicht wahrhaben wollen, so geben ihm doch die auf seiner Stirn sprossenden Hörner und die Schmarren, die eine derbe weibliche Zunge hinterlassen hat, eindringlich zu verstehen, daß deine Analyse des weiblichen Charakters ebenso scharfsinnig wie richtig ist. Natürlich fragt er sich jetzt: ›Wieso weiß dieser Euripides soviel von den Frauen?‹ Und gibt sich, da er keine Ahnung von der Denkweise eines Genies hat, auch gleich die Antwort: ›Aus seiner eigenen Erfahrung, natürlich!‹ Du zeichnest einen Theseus; also mußt du ein Hahnrei sein. Du zeichnest eine Medea; also . . .«

»Aber meine Söhne leben! Das können sie meiner armen Korile nun wirklich nicht anhängen!« lachte Euripides. »Doch weil wir gerade Parallelen zum Leben gezogen haben: in Wirklichkeit entstammte meine arme Mutter einem adeligen Geschlecht. Ich nehme an, sie wußte gar nicht, was Kerbel ist. Und was die Bitterkeit betrifft, mit der ich angeblich dem Leben gegenüberstehe, habe ich dafür keinerlei Erklärung. Ich bin in Phyle, im Herzen Attikas, geboren; in ganz Hellas gibt es kein hübscheres Plätzchen. Zwar ist das Land ringsum von einer gnadenlosen Sonne ausgebrannt und trocken, Phyle selbst aber ist ein Ort mit vielen Quellen und Bächen von grünen, duftenden Bäumen bedeckt. Selbst die Götter, dachten die Bewohner, wollten ihre irdische Wohnstätte bei uns aufschlagen. Ich war Mundschenk der Tänzer, die sich vor dem Altar des delischen Apolls feierlich im Takte drehten — und wenn du die attische Gesellschaft kennst, wirst du wissen, wie gering die Aussichten des Sohnes einer Gemüsehändlerin gewesen wären, einer solchen Ehre teilhaftig zu werden! Noch geringer als zum Feuerträger des Apoll von Kap Zoster gewählt zu werden, denn auch das war ich. Weißt du, was das bedeutet? Ich führte die Gruppe nackter Fackelträger an, die den delischen Apoll beim Kap erwarteten und ihm auf dem Weg nach Athen leuchteten.«

»Und warst du glücklich?« fragte Ariston.

»Nein. Ich glaube nicht. Ich wurde mit einem Geist geboren, der alles in Frage stellt; da kann man nicht wahrhaft glücklich sein, selbst wenn man in gesicherten Verhältnissen lebt. Und ich habe einige schwere Schläge erlitten! Ich war vier, als die Perser über uns herfielen und wir die Heimat verlassen mußten. Ich erinnere mich noch, wie der Rauch aus den Städten und Dörfern Attikas und am Ende sogar von der Akropolis aufstieg. Wie meine arme Mutter weinte! Als ich acht war, wurden die Mauern Athens neu aufgebaut, und wir konnten heimkehren. Mein Vater führte mich ins Theater; ich sah meine erste große Tragödie — von Phrynichos, für den der edle Themistokles den Choregen machte. Ich weiß heute nicht mehr, wie das Stück hieß — so wenig Eindruck machte es auf mich. Weit mehr begeisterten mich die Bilder des Polygnotos, die Themistokles sowohl in Athen als auch in unseren Tempeln in Phyle aufstellen ließ. Wie sehnte ich mich danach, Maler zu werwerden! Aber das Leben und dieser verdammte Beruf eines Federfuchsers hatten von mir schon Besitz ergriffen, obwohl ich mir dessen noch gar nicht bewußt war. Ich war zehn, als ich den feierlichen Zug sah, der die Gebeine des großen Theseus von der Insel Skyros heim nach Athen brachte, und zum ersten Mal rührten Verse mein Blut auf. Ich schrieb sie nieder, doch als ich sie nach einer Weile durchlas, glättete ich traurig das Wachs auf dem Täfelchen, auf dem ich sie mit meinem kindlichen Griffel mühsam eingeritzt hatte, und überließ sie der wohlverdienten Vergessenheit.«

»Wohlverdient? Das bezweifle ich«, sagte Ariston.

»Doch, doch. Es waren Knittelverse ärgster Sorte. Mit zwölf sah ich Aischylos' *Die Perser*, und mein Schicksal hatte mich ereilt — obgleich ich mich ihm widersetzte. Mit siebzehn sah ich *Sieben gegen Theben* — Perikles war der Chorege —, und nun war es endgültig um mich geschehen. Besser gesagt, es wäre um mich geschehen gewesen, hätte ich nicht ein Jahr darauf als Ephebe Speer und Schild ergreifen und gegen die Thrazier ins Feld ziehen müssen. Auch ich war damals gesund und kräftig — wie du es jetzt bist, mein Sohn. Ich gewann den Dauerlauf in Athen und das Pankration in Eleusis. Aber ich wollte immer noch unbedingt Maler werden; unglücklicherweise hatte ich dabei Erfolg.«

»Unglücklicherweise? Wieso unglücklicherweise, Meister?«

»Sehr einfach. Hätte ich gleich zu Anfang einen gewaltigen Mißerfolg erlitten, ich wäre gezwungen gewesen, mich schon früher meinem wahren Beruf zuzuwenden. In den Tempeln von Megara hängen immer noch — recht anständige — Bilder von mir. Man bestellte sie bei mir, weil ich in jenen Tagen als großer Maler galt. Das war ich nicht. Ich war ein *braver* Maler, der seine Arbeit nach allen Regeln der Kunst verrichtete, nichts weiter. Meinen Bildern fehlte nur eines, das Wichtigste.«

»Genie«, sagte Ariston.

»Ja. Aber damals hatte ich kaum eine Entschuldigung für meinen Trübsinn, außer vielleicht meine ausgeprägte Empfindlichkeit für den Unterschied zwischen Worten und Taten, zwischen dem, was die Menschen predigen, und dem, was sie üben. Ja sogar zwischen dem, was die Götter ...«

»... von den Menschen fordern, und dem, was sie ihnen geben«, ergänzte Ariston.

»Und das ist herzlich wenig – oder nichts«, sagte Euripides. »Aber Athen selbst, oder besser sein lärmender Pöbel, immer bereit, für eine Frömmigkeit einzutreten, die das Gesindel nicht einmal buchstabieren, geschweige denn definieren kann, machte mir nur zu bald großen Kummer. Mein alter Lehrer, Anaxagoras aus Klazomenai, wurde aus der Stadt verjagt und mußte, trotz allem, was Perikles tat, um ihn zu retten, ums liebe Leben fliehen. Und Protagoras, der hier in dieser Höhlenwohnung sein großes Werk *Über die Götter* las ...«

»›Von den Göttern kann ich nicht wissen, ob sie sind, noch daß sie nicht sind, noch wie sie etwa an Gestalt sind; denn vieles hindert mich, solches Wissen zu erlangen: die Nichtwahrnehmbarkeit und daß das Leben des Menschen kurz ist‹«, zitierte Ariston.

»Du behältst alles, was du liest, nicht wahr?« fragte der Dichter.

»Was ich lese und was ich höre. Es ist ein kostbares Geschenk, für das ich Protagoras' fragwürdigen Göttern Dank schulde. Ich brauche etwas nur einmal zu lesen oder aufmerksam anzuhören, und ich merke mir das meiste, oft Wort für Wort.«

»Das ist ein weiterer Grund, warum du ein großer Schauspieler hättest werden sollen, statt ein Erzeuger von Mordwerkzeugen.«

»Von Mordwerkzeugen? Ich nenne mich einen Verteidiger der Kultur, deren Mutter Athen ist.«

»Wie sich bei Melos gezeigt hat?« spöttelte Euripides.

»Ich verstehe, was du meinst. Du hast recht. Dafür gibt es wirklich keine Entschuldigung. Aber ich habe keine Waffen gemacht, um Unschuldige zu metzeln. Du kannst mir nicht die Schuld dafür geben, daß meine Waffen mißbraucht werden. Ich war Spartaner. Ich habe in meiner Heimat sehen müssen, wie der Geist blutig unterdrückt und Kunst und Musik und Schönheit geschändet und vergewaltigt wurden. Darum verteidige ich Athen. Mit all seinen Fehlern ist es doch die freieste Stadt der ganzen Welt.«

»Ja, das ist richtig. Sieh mir mein schroffes Wesen nach, Ariston – wo du doch gekommen bist, um mein Stück zu retten. Aber ich warne dich: wir dürfen uns keine Hoffnungen machen, mit den

Troerinnen zu gewinnen. Es könnte sogar sein, daß du dir als Chorege die Ungnade der Öffentlichkeit zuziehst.«

»Das würde ich als Auszeichnung betrachten«, entgegnete Ariston. »Es muß ein bedeutendes Werk sein, wenn es vermag, die Leidenschaften so zu entzünden!«

»Es ist zumindest ein starkes Werk. Diese schrecklichen Ereignisse auf Melos haben mich angeregt, es zu schreiben. Auf dem Sklavenmarkt in Athen sah ich nämlich im Sommer einen Knaben, einen von den Gefangenen. Er war schön wie ein junger Gott. Sein Haar war blond, fast silbern. Seine Augen aber waren schwarz wie die Nacht. Er hatte eine Schwertwunde an der Schulter, die schlecht geheilt und wieder aufgebrochen war. Blut und Eiter tröpfelten aus der Wunde, die von Fliegen bedeckt war. Er versuchte gar nicht, sie zu verjagen, saß nur da und starrte mit diesen unergründlichen schwarzen Augen vor sich hin. Ich trat an ihn heran und fragte ihn nach seinem Namen. ›Phaidon‹, antwortete er. Ich eilte nach Hause, um Geld zu holen; ich wollte ihn kaufen. Doch als ich wiederkam, war er schon fort. Als Pornos in eines der Badehäuser verschachert, wie mir der Händler sagte. Und er war kaum zwölf Jahre alt ...«

»Entsetzlich!« brach es aus Ariston heraus.

»Ich kam hierher zurück, und schon erbebte meine Seele von den ersten Worten der Tragödie — das Thema hatte mich schon seit einiger Zeit beschäftigt. Ich setzte mich hin und schrieb, mühelos, in einem Zug, ohne daß ich nur einen Buchstaben hätte ausbessern müssen, den mein Griffel ins Wachs schnitt:

›Ein Tor der Mensch,
Der Städt' und Tempel niederreißt
Und Gräber, heilge Stätten
Hingefahrener.
Denn wer zerstört,
Schafft spät'ren Untergang
Sich selbst ...‹«

»Meister«, flüsterte Ariston, »darf ich es lesen? Darf ich es gleich jetzt lesen?«

»Gewiß«, erwiderte Euripides.

So geschah es, daß Ariston die Höhlenwohnung auf Salamis verließ, ohne von seinen Problemen gesprochen zu haben. Er hatte vergessen, daß es sie gab, und daß in Athen ein Mädchen lebte, das Chryseis hieß. Der dunkelhäutige Kephisophon mußte ihn beim Arm nehmen und ihn zum Boot führen, so sehr verschleierten die Tränen seine Augen, so ungeheuer waren das Erbarmen, die Scham und das Entsetzen, die diese Tragödie, die bedeutendste, die je von einem Menschen geschrieben worden war, in ihm erweckt hatte.

Zwei Wochen später, am Vorabend des Tages, da die so oft verschobene Expedition endlich ihren Anfang nehmen und die Flotte auslaufen sollte, saß Ariston mit Danaus und Sokrates im Freilufttheater und wartete auf den Beginn der Vorstellung. Keiner seiner Freunde wußte, daß er der Chorege der *Troerinnen* war, denn er hatte sie davon nicht in Kenntnis gesetzt.

Eines jedoch stand für alle drei außer Zweifel: daß Euripides nicht die geringste Aussicht hatte, den Preis zu erringen. Es war ausgemachte Sache, daß sein Mitbewerber Xenokles mit einer seiner drei Tragödien *Ödipus, Lykaon, Bakchai* oder seinem Satyrspiel *Athamas* gewinnen würde. Ariston hatte den Ödipus gesehen. Danaus alle drei Tragödien, jedoch, von der unflätigen Sprache angewidert, nur den halben ersten Akt des Satyrspiels; dann war er verärgert nach Hause gegangen. Sokrates hatte keines von Xenokles' Stücken gesehen, denn er ging nur ins Theater, wenn ein Werk von Euripides aufgeführt wurde. Er machte keine Ausnahmen, nicht einmal für Sophokles, der sein Freund war.

Alle drei kannten sie *Alexander* und *Palamedes*, die zwei Tragödien des Euripides, die bereits gezeigt worden waren. Heute also würden sie die *Troerinnen* erleben. Es war ein Zeichen der Wertschätzung, die sie für ihren guten Freund empfanden, daß sie auch seinen *Sisyphos* über sich ergehen lassen wollten. Es war ein Satyrspiel, eine jener zotigen Possen, die alle Dichter zuzüglich zu ihren anderen Stücken aufführen lassen mußten, wenn sie an den Festspielen teilnehmen wollten. Auf diese Weise sollte der unstillbare Hunger das athenischen Pöbels nach Unflat befriedigt werden.

»Ich habe alles von diesem Phrasendrescher Xenokles gesehen«, murrte Danaus. »Er kann Euripides nicht das Wasser reichen! Und trotzdem ...«

»... wird er gewinnen«, sagte Ariston traurig. »Der Grund liegt klar auf der Hand. Euripides ist nicht bereit, der Masse zu Gefallen zu sein. Das Stück, das wir jetzt sehen, wird ihn den Preis kosten. Ich weiß es. Ich habe es gelesen.«

»Du hast's schon gelesen!« rief Danaus aus.

»Ja. In Euripides' Haus — besser gesagt, in seiner Höhle auf der Insel Salamis. Ich bin selbst hinübergerudert, weil Perikles mir sagte, die Arbeit an diesem Werk habe ihn krank gemacht, ihn an den Rand des Wahnsinns getrieben. Und weißt du, warum er es geschrieben hat? Das Gemetzel auf Melos hat ihn dazu inspiriert. Er wollte den Athenern vor Augen führen, daß es — nicht gerade ehrenhaft ist, die ganze Bevölkerung einer wehrlosen Insel niederzumachen. Daß wir mit dieser Tat über die Barbarei hinaus in einen wilden Urzustand versunken sind. Eine Ansicht, die kaum geeignet sein dürfte, ihm zu großer Beliebtheit zu verhelfen, meinst du nicht auch? Er stellt sich auf die Seite der Trojaner, verstehst du? Als ich ihn verließ, waren meine Augen so von Tränen verschleiert, daß ein Sklave mich bei der Hand nehmen und zum Boot führen mußte.«

»Wie ist es denn geschrieben?« fragte Sokrates. »Hast du etwas davon behalten?«

»Etwas? Zuviel. Immer noch brennt der Schmerz in mir. Aber warte ein Weilchen und du wirst es selber hören.«

Er hörte ein Stöhnen hinter sich und wandte sich um. Aber die Frau, die hinter ihm auf der Steinbank saß, war zu tief verschleiert, als daß er hätte sehen können, wer sie war. Dann nahm die Tragödie ihren Anfang, und er vergaß sie wieder.

Doch während der Aufführung stöhnte sie noch einmal ganz laut. Es war an der Stelle, wo Andromache sagt:

»Wohl heißt's, es wandle sich in einer einz'gen Nacht
Der Ekel einer Frau vor eines Mannes Bett;
Ich spei' vor einem Weib, das den Verlorenen
Im neuen Bett verstößt und einen andern liebt.«

Wieder drehte er sich um und sah sie an. Sie trug das Gewand einer Dame der athenischen Gesellschaft. Eine Witwe, dachte er, wenn diese Worte ihr so ans Herz gehen. Wahrscheinlich eine, die diesem Maß von Frömmigkeit schon abtrünnig geworden war. Sie scheint jung — doch nein. Eine junge Frau würde sich niemals so sehr verschleiern. Ihre weibliche Eitelkeit würde es nie zulassen.

Er wandte sich wieder dem gewaltigen Geschehen zu, das vor ihm abrollte. Er vergaß die Frau hinter sich, den geliebten Freund zu seiner Linken, die Verkörperung der Weisheit zu seiner Rechten.

Als das Stück seinen Höhepunkt erreichte, jene Szene, in der die siegreichen Hellenen der Mutter den Säugling Astyanax aus den Armen reißen, um ihn zu töten, weil sie fürchten, die Tapferkeit des großen Hektor könnte in ihm wieder aufleben, ließ er den Kopf sinken und weinte. Im Innersten seiner Seele gedachte er seiner eigenen Mutter und Phrynes, der Mutter der Söhne, die sie ihm nicht hatte schenken können. Wie Peitschenhiebe zerfetzten die furchtbaren Worte die Luft:

»Doch nehmt's uns fort und schleudert's,
Wenn's zu schleudern euch
Beliebt, und sättigt euch an seinem Fleisch! Wir gehn
Zu Grunde durch die Götter,
Ohne Macht, vorm Tod
Dies Knäblein zu bewahren.
Verhüllt mein Haupt!
Berget auch meinen Leib,
In eure Schiffe werft des Jammers Bild! Schön wird,
Nun sie das Kind mir nehmen,
Meine Hochzeit sein.«

Dann spürte er ihre Hand auf der Schulter. Er hörte ihre Stimme. Sie klang vom vielen Weinen heiser, feucht und undeutlich von den Tränen, so daß er nicht erkennen konnte, ob er sie schon früher einmal vernommen hatte oder nicht. Es schien ihm, als habe er sie schon einmal gehört. Aber wo?

»Dies macht dich weinen?« forschte sie. »Dich? Einen Mann?«

»Ja«, erwiderte er. »Dies – und der Gedanke an die Mutter, die für meinen Vater und mich ihr Leben hingab. Die sich von einer Klinge durchbohren ließ, um uns zu retten. Ich weine um das einzige Mädchen, das ich je liebte. Die wie Polyxena über den Gräbern mordlustiger Bestien hingeschlachtet wurde. Dieses Stück birgt zuviel von meinem eigenen Leben in sich, meine Dame. Ich schäme mich nicht, zu weinen.«

»Die – Götter segnen – dich – Fremder!« flüsterte die Frau.

Noch ganz von den Gefühlen beherrscht, die *Die Troerinnen* in ihm geweckt hatten, begab er sich ein paar Stunden später zum Grab seines Adoptivvaters, um ihm ein Opfer darzubringen. Als er mit dieser lobenswerten Handlung zu Ende war, wandte er sich um und sah eine verschleierte Frau, von einem Sklavenmädchen begleitet, ein wenig abseits stehen. Er dachte, es wäre dieselbe, die im Theater hinter ihm gesessen war. Aber er konnte sich keine Gewißheit verschaffen, denn als er auf sie zutrat, drehte sie sich um und entfernte sich in so überaus würdevoller Haltung, daß es ihm frevelhaft erschien, ihr folgen zu wollen. So wandte auch er sich um und machte sich auf den Heimweg.

XVIII

Am Morgen, nachdem die Flotte ausgelaufen war, weckte ihn ein großes Geschrei. Es schien von überall zugleich zu kommen: es schwang vom Kolonos Agoraios herab, fegte durch die Säulen aller Stoae auf der Ágora, hallte von der Akropolis, kreischte vom Areopag, vom Hügel des Ares, erhob sich aus dem Hafen von Piräus und lief in heulendem Rhythmus die langen Stadtmauern entlang, als entspringe es Wolfskehlen und nicht menschlichen Hälsen.

Ariston sprang aus dem Bett, warf sich einen Chiton über und lief auf die Straße. Weinend, jammernd, Hände ringend, standen überall die Menschen vor ihren Türen. Als er sich umsah und den Grund entdeckte, konnte auch er nur schwer seine Tränen zurückhalten. Denn alle die schutzverheißenden Hermes Bifontes, die Doppel-Hermen, die vor jedem athenischen Haus aufgestellt waren – jene Jahrhunderte alten Pfeiler mit zwei verschiedenen, nach entgegengesetzten Seiten gerichteten Köpfen des bärtigen Hermes, die alles Unheil fernhalten sollten –, waren von unheiliger Hand zerschlagen worden.

Zwar glaubte Ariston nicht, daß ein Steinbild ihn vor irgend etwas beschützen konnte, aber er hatte dennoch eine Herme vor seine eigene Tür gestellt, weil es zu seinen Grundsätzen gehörte, die religiöse Überzeugung anderer Menschen zu achten und keinen Anstoß zu erregen, indem er sich darüber lustig machte.

Denn nur auf Aristons Wunsch hatte der Philosoph vorübergehend seinen alten Beruf, den eines Bildhauers, ausgeübt, hatte ihm doch der wohlhabende Kriton seine ersparten siebzig Minen so gut angelegt, daß Sokrates sich der Notwendigkeit enthoben sah, sein tägliches Brot damit zu verdienen, daß er Figuren aus Stein meißelte. Jetzt machte er Statuen zu seinem Vergnügen oder aus Pietät, wie zum Beispiel den Hermes und die Drei Grazien, die er dem

Parthenon gestiftet hatte, oder um seine Lieblingsschüler und Freunde zu beschenken.

Und während er jetzt auf die zerstörte Doppelherme starrte, konnte Ariston die Schreie und Rufe hören:

»Wer hat das getan?«

»Dieses gottlose Schwein Alkibiades, wer sonst? Oder seine Handlanger. Ich sage euch, ein Mann, der sich in seinem eigenen Haus das Kleid einer Hierophantin, einer Priesterin, anzieht und die Mysterien lästert, ist zu allem fähig!«

»Was sollen wir tun?«

»Eine Versammlung einberufen! Dem Lumpen eine Triere nachschicken! Ihn zurückholen! Schierling soll er saufen statt Wein! Und so einen Kerl haben wir zum General gemacht!«

In diesem Augenblick entsann sich Ariston der Worte, die Alkibiades vor wenigen Wochen an ihn gerichtet hatte: »Welche Beschuldigung auch immer gegen mich erhoben werden sollte, sie wird falsch sein.«

Langsam ging Ariston ins Haus zurück und schloß die Tür hinter sich. Als wollte er den Wahnsinn aussperren, seinen Schmerz erstikken.

An jenem Nachmittag sollte er an einem Bankett teilnehmen, das von einer Gruppe gegeben wurde, der Athens reichste Männer angehörten. Jetzt fragte er sich, ob es unter diesen Umständen sinnvoll war, hinzugehen. Schließlich entschloß er sich doch dazu. Gab es eine bessere Gelegenheit, die Stimmung in der Stadt zu erkunden?

Charmides wandte sich Ariston zu.

»Und du, mein Freund«, sagte er, »gewiß hast auch du dir eine Meinung gebildet. Verrate uns doch bitte, wie du über diese Dinge denkst!«

Ariston ließ seine Blicke im Speisesaal umherschweifen. Wie seltsam ist es doch, daß ich hier bin! dachte er. Das Bankett wurde von Charmides, dem Sohn des Glaukon, gegeben, und, Sokrates und er ausgenommen, gehörten alle Anwesenden den ältesten und angesehensten Familien Athens an. In die Kissen zurückgelehnt, saßen rings um den Tisch: Nikeratos, der Sohn des Strategos Nikias, des seinerzeitigen Besitzers von Orchomenus, der zusammen mit Alkibiades die Expeditionsflotte befehligte, die gestern ausgelaufen war, um Syrakus anzugreifen; Ariston guter Freund und Ringkampfgegner Autolykos, der Sohn des Politikers Lykon; Antisthenes, der Philosoph, der von den Lehren des Sophisten Georgias abgekommen war und sich nun zur dialektischen Methode des Sokrates bekannte; der reiche Kriton und sein Sohn Kritobulos; der noch reichere Kallias, dessen Ruf eines zügellosen Lotterbuben dem des Alkibiades den Rang streitig machte, und schließlich Alkibiades' Vetter Kleinias, einer jener Jünglinge, dessen makellose Schönheit die in Athen übliche Verwirrung der Geschlechter einigermaßen verständlich erscheinen ließ.

»Sprich, Ariston!« drängte Charmides, als sein Gast zauderte. »Du kannst offen reden! Sogar Kleinias weiß, daß Alkibiades ein niederträchtiger Schurke ist. Sag offen, was du denkst!«

Ariston lächelte. »Ich denke, du vergißt, daß ich kein Bürger bin und kein Verlangen danach trage, mich der Gnade von Spitzeln auszusetzen, indem ich etwas sage, was man mir als Ehrabschneidung auslegen könnte.«

»Das ist doch Unsinn, Ariston«, protestierte Kleinias. »Hier sind keine Erpresser anwesend« — er machte eine Pause und ließ seinen Blick langsam rund um den Tisch schweifen, bevor er weitersprach: »möchte ich zumindest annehmen.« Worauf die ganze Gesellschaft in schallendes Gelächter ausbrach. »Zwar habe ich gehört, daß Kallias auf Grund seiner zahlreichen und mannigfaltigen Liebeshändel in Schulden geraten ist, aber . . .«

»Ich werde den schönen Ariston nicht erpressen«, entgegnete Kallias. »Ganz davon abgesehen, daß ich mit diesen gemeinen Spitzeln, die ständig hinter mir her sind, nichts zu tun haben will: wer könnte einen Mann erpressen, der ein so vorbildliches Leben führt? Jetzt, wo der blonde Danaus unter Segel gegangen ist, um mitzuhelfen, den Stolz der Syrakuser zu brechen, hat er nicht einmal einen Geliebten. Du magst also offen sprechen, schöner Ariston. Übrigens: hat man auch der Herme vor *deiner* Tür Nase und Ohren abgeschlagen?«

»Ja«, gab Ariston zu.

»Und wie denkst du darüber?«

»Daß ich es dem, der es getan hat, niemals verzeihen werde. Diese Herme war mein größter Schatz.«

»Aber!« wunderte sich Nikeratos. »Ein häßliches Steinbild war dein größter Schatz? Das sagst du, der du mehr Geld hast als mein Vater und Kriton und Kallias zusammen?«

»Ja«, erwiderte Ariston ruhig, »denn Sokrates hat es für mich gemeißelt.«

»Sage uns: glaubst du, daß Alkibiades die Verstümmelung der Hermen, die die Schwellen aller Häuser in Athen schützen, angestiftet hat?«

»Ich glaube es nicht«, antwortete Ariston. »Oder richtiger: ich weiß, daß er es nicht getan hat.«

»Und wie willst du das *wissen*, junger Freund?« fragte Kriton.

»*Wissen* ist vielleicht zuviel gesagt«, erwiderte Ariston. »Aber ich bin sicher, daß er es nicht getan hat. Wir sind uns wohl, denke ich, einig, daß Alkibiades' sittliche Grundsätze verwerflich sind, aber wer von euch würde sich erkühnen, ihn einen Narren zu heißen?«

»Ein bestechendes Argument, mein Junge«, meinte Kriton. »Erinnert ihr euch noch, wie er Hyperbolos los wurde?«

»Gewiß, Vater!« lachte sein Sohn Kritobulus. »Hyperbolos – dieser zum Quadrat erhobene Kleon! – wollte ihn ächten lassen. Aber als die Tonscherben gezählt wurden, hatten es Alkibiades und dein Vater, Nikeratos, so geschickt eingerichtet, daß zweimal so viel Scherben Hyperbolos' Namen trugen wie die, in die Alkibiades' und Nikias' Namen eingeritzt waren. Und so wurde der gute Lampenmacher geächtet und verbannt. Ariston hat recht: Alkibiades ist kein Narr!«

»Ich frage euch dies«, setzte Ariston fort, »was hätte Alkibiades durch eine so törichte Aktion zu gewinnen? Zusammen mit Nikias hat er schon den Oberbefehl über die Flotte. Welchen Vorteil sollte er daraus ziehen, Handlanger zu beauftragen, das Volk Athens durch diese Schändung der Hausgötter gegen sich aufzubringen? Jetzt wollt ihr ihm also eine prunkvolle Staatstriere nachschicken, ihn zurückholen und vor Gericht stellen. Damit geht ihr in die Falle, die euch die wahren Schuldigen gestellt haben, und arbeitet eben jenen Leuten in die Hände, die als einzige von der scheinbar mutwilligen Verstümmelung der Hermensäulen profitieren.«

»Und wer sind diese Leute?« wollte Autolykos wissen.

»Die Agenten, denen die Syrakuser gutes Silber gezahlt haben, damit sie Alkibiades' Sturz herbeiführen«, antwortete Ariston.

»Aber welches Interesse hätten sie daran?« fragte Sokrates.

Ariston ließ seine Blicke in die Runde schweifen, bis sie auf Nikeratos haften blieben.

»Nikeratos«, sagte er, »wirst du mir verzeihen, wenn ich offen spreche? Als Menschen bewundere und achte ich deinen Vater, aber als General . . .«

».. . ist er ein furchtsamer alter Umstandskrämer mit zu vielen abergläubischen Vorstellungen und ohne jede Phantasie«, gab Nikeratos zu. »Ich weiß das besser als du, Ariston. Mehr als zweimal wurde mir das Mißgeschick zuteil, unter ihm dienen zu müssen. Mit Alkibiades' Schwung und Unternehmungsgeist wäre es ein leichtes gewesen, die Syrakuser zu schlagen; so aber . . .«

».. . steht es in den Sternen geschrieben«, sagte Ariston. »Sokrates, wirst du mir eine zweite Herme für mein Haus meißeln?«

»Gern!« lachte der Philosoph. »Aber ich warne dich: mein Honorar wird hoch sein!«

»Nenne es«, erwiderte Ariston lächelnd.

»Ein Duplikat des Geschenkes, das du vor kurzem dem Dichter Sophokles machtest«, sagte Sokrates. »Nur noch hübscher!«

Das brüllende Gelächter, das sich nun erhob, brachte das Silbergeschirr auf dem Tisch zum Klirren. Die Geschichte, wonach Ariston dem großen Dichter die kleine Hetäre Theoris geschenkt haben sollte, hatte sich mit Windeseile in ganz Athen verbreitet und wurde auch, wie er jetzt erstaunt feststellte, für bare Münze genommen. Unter Charmides' Gästen entspann sich jetzt ein angeregtes Gespräch, das von Theoris' Reizen und dem Ausgang des Prozesses handelte, den Iophon, der Sohn des Dichters, angestrengt hatte, um den Beweis zu führen, daß sein Vater schwachsinnig geworden sein müsse, wenn er in seinem Alter noch mit Hetären Umgang habe und Kinder zeuge. Sophokles, hieß es, hatte sich recht geschickt verteidigt, indem er den Richtern einige für den Chor bestimmte Verse aus einem neuen, noch nicht aufgeführten Stück vorlas. Ariston merkte sich den Namen des Stückes, um sich, wenn er dem Dichter wieder begegnete, eine Abschrift zu erbitten. Es hieß *Ödipus auf Kolonos*.

Ein Sklave betrat den Saal. In der Hand hielt er einen kleinen Silberteller, auf dem ein Brief lag. Er verneigte sich vor seinem Herrn und flüsterte ihm etwas zu, wobei er mit dem Kopf auf Ariston deutete. Charmides nahm den Brief vom Teller und betrachtete das Siegel. Aber es sagte ihm nichts, denn statt des Zeichens irgendeiner athenischen Familie stellte es nur eine winzige Taube dar. Er hob den Brief an die Nase und schnupperte laut daran.

»Ha!« machte er. »Du hast zu früh gesprochen, Kallias, als du meintest, Ariston stünde jetzt allein da, seitdem Danaus in den

Krieg gezogen ist. Es gibt jemanden, will mir scheinen – noch dazu eine Dame von edlem Geblüt, nach der Zierlichkeit der Schrift und dem erregenden Duft zu urteilen! Und damit, liebe Freunde, ist auch das Rätsel um sein grausames Betragen gegenüber der armen kleinen Theoris gelöst: er mußte sie loswerden! Dieser Brief prophezeit eine Hochzeit in naher Zukunft und eine Braut, die weder Hetären noch Auletriden noch Dirnen dulden wird – ja nicht einmal Knaben! Stimmt's, Ariston?«

»Wie sollte ich das wissen«, entgegnete Ariston, »da ich den Brief noch nicht gelesen und keine Ahnung habe, von wem er kommt?«

»Dem ist leicht abzuhelfen«, lachte Charmides. »Gib ihm den Brief, Nibo – damit er ihn zu unserem Vergnügen laut vorliest!«

»Danke ergebenst«, gab Ariston zurück, »aber ich bin noch nicht genug Athener, um so unverschämt zu sein. Sag, guter Nibo, wie kam der Bote darauf, mir diesen Brief hierherzubringen? Ich meine, woher wußte er, daß er mich hier finden würde?«

»Deine Diener sagten es ihm, Herr«, antwortete der Sklave. »Er hatte Auftrag, das Schreiben in keine anderen Hände als die deinen gelangen zulassen, und nach langem Hin und Her – es scheint, daß sie heftig in ihn drangen, ihnen den Brief zu überlassen ...«

»Um eine erhitzte Messerklinge unter das Siegel zu schieben«, raunte Sokrates ihm zu. »Du mußt der Dame zu größerer Vorsicht raten.«

»Sprich weiter, Nibo«, sagte Ariston.

»Schließlich ließen sie ihn wissen, wo du zu finden seist. Er wartet draußen auf Antwort.«

»Gib ihm diese Drachme«, wies Ariston ihn an, »und behalte diese für dich. Er möge dem Absender ausrichten, daß ich heute abend antworten werde. Er ...«

»Ha!« meckerte Charmides.

»... oder sie wird verstehen, warum ich es im Augenblick nicht kann. Danke, Nibo. Du kannst jetzt gehen.«

»Danke *dir*, Herr«, sagte Nibo.

Mit den schelmischen Augen von Schuljungen sahen ihn alle an. Gelassen, ohne den Brief auch nur eines flüchtigen Blickes zu würdigen, steckte Ariston ihn in den Ausschnitt seines Chitons und wandte sich der Gesellschaft zu.

»Wo waren wir stehengeblieben, meine Freunde?« fragte er.

Als Athener, die sie nun einmal waren, verbrachten sie die nächste halbe Stunde damit, Mutmaßungen über die Person der Dame anzustellen, die Ariston den Brief geschickt hatte, und zu versuchen, ihm das Geheimnis zu entlocken. Kallias ging sogar so weit, die Vermutung auszusprechen, es könnte Nikeratos' Gemahlin sein. Das konnte er ruhig tun, denn die innige Zuneigung, die diese Frau für ihren Gatten empfand, war in ganz Athen Stadtgespräch und gab sonderbarerweise zu mehr Gerede Anlaß als der letzte Gesellschaftsskandal: »Nikeratos und seine Frau sind so fortschrittlich, daß sie einander sogar treu sein können – etwas ganz Neues, wie? Und das in Athen!«

»Ich werde sie prügeln, wenn ich heimkomme«, erklärte Nikeratos feierlich, und wieder brüllte alles vor Lachen.

»Sokrates«, wandte sich Charmides an den Philosophen, »willst du mir eine kleine Freude machen? Mein Neffe ist hier und möchte dich gern kennenlernen. Er ist erst zwölf Jahre alt, aber ungewöhnlich verständig. Ich habe schon versucht, meinen Schwager zu überreden, daß er dich bittet, ihn als Schüler anzunehmen.«

»Wenn er älter ist, viel älter. Ich möchte nicht gern als Päderast verschrien werden«, entgegnete Sokrates. »Aber laß ihn hereinkommen, Charmides, laß ihn nur kommen!«

Charmides schickte einen Sklaven nach dem Knaben. Als der Diener dann mit ihm den Saal betrat, starrten alle den kleinen Kerl neugierig an. Er war, für einen Zwölfjährigen, übermäßig breitschultrig und stämmig und sehr muskulös. Und alle erkannten, daß er nie schön sein würde. Aber Ariston war sicher, daß er in seinem ganzen Leben noch kein Kind gesehen hatte, in dessen Augen größere Klugheit geleuchtet hätte.

»Das ist mein Neffe Aristokles«, stellte Charmides ihn vor. »Aber wir nennen ihn Platon, weil er so breit gebaut ist. Ich lasse ihn von Ariston schulen – von Ariston, dem Ringkämpfer, natürlich; nicht von unserem Freund hier. Außer dem Namen haben die beiden nichts gemeinsam. Er ist schon ein richtiger kleiner Kämpfer! Komm, Platon, mein Sohn, begrüße den großen Sokrates!«

Der Knabe trat auf Sokrates zu, verneigte sich und küßte seine Hände. Sokrates aber richtete ihn auf und küßte ihn auf die Stirn.

»Möchtest du mein Schüler sein, Platon?« fragte er ihn.

Aber es war Ariston nicht bestimmt, die Antwort auf diese Frage und auch das weitere Gespräch zwischen Sokrates und dem Knaben mitanzuhören, der in späteren Jahren mit seinem Lehrer an Ruhm wetteifern sollte. In diesem Augenblick nämlich betrat Nibo abermals den Saal. Nachdem er seinem Herrn etwas zugeflüstert hatte, kam er geradewegs auf Ariston zu.

»Der Metöke Orchomenus«, meldete er ein wenig geringschätzig, und Ariston sah seine Ansicht neuerlich bestätigt, daß Haussklaven ärgere Wichtigtuer als ihre Herren waren. »Er erwartet dich draußen, Herr. Er sagt, es sei dringend. Er macht einen verwirrten Eindruck.«

»Ist er betrunken?« fragte Ariston schroff. Das war Orchomenus nämlich in letzter Zeit häufig. Seit dem Tod der armen Thargelia war er, für alle Welt sichtbar, sehr heruntergekommen.

»Nein, Herr«, erwiderte Nibo. »Nur eben – erregt, Herr. Er läuft auf und ab und . . .«

»Schon gut, ich komme«, sagte Ariston.

Nibo hatte es richtig erkannt. Orchomenus war merklich erregt. Die lange Narbe nach dem Brandmal eines entsprungenen Sklaven, das man von seiner Stirn entfernt hatte, hob sich fahl von seinem geröteten Gesicht ab. Aber er war sauber gewaschen und ordentlich angezogen. Sein Haar war geschnitten, sein Bart gepflegt und gestutzt. Er roch nach einem wohltuenden Duftöl. Und er war allein. Von keinem hübschen, weibischen Knaben begleitet. Was mehr als ungewöhnlich war.

»Du mußt mir helfen!« bestürmte er Ariston, ohne auf eine Begrüßung zu warten. »Du mußt!«

»Muß ich?«

»Ja, bei Zeus, dem Hochdonnernden! Ich gebe zu, ich habe mich wie ein Schwein benommen, aber damit ist es aus, sage ich dir! Aus!«

»So?«

»Ja, bei Aphrodite! Siehst du, ich habe mich zum ersten Mal in meinem Leben verliebt! Richtig verliebt! Bis über die Ohren!«

»Wie heißt er denn?«

»Er? Nein, diesmal irrst du dich! *Sie*, mein Freund! Meine Frau – meine kleine Braut!«

»Du hast wieder geheiratet?«

»Ja, ja! Um sie nicht zu verlieren, verstehst du? Ich konnte sie nicht aufgeben! Ich konnte nicht, Ariston! Aber das genügt jetzt nicht mehr, weil . . .« Er brach ab, seine kräftige Stimme wurde von einem Laut zerrissen, der wie ein Schluchzen klang.

»Beruhige dich, Orchomenus«, sagte Ariston. Mit plötzlich aufwallendem Mitleid erkannte er, daß Orchomenus ein wenig verrückt war. Nein, mehr als ein wenig. Das Leid verändert einen Menschen manchmal auf diese Weise, wenn er nicht die seelische Kraft besitzt, es zu ertragen. »Wie heißt deine Braut?« erkundigte er sich.

»Chlodovechia, oder Cassevelauna, oder vielleicht beides. Ich weiß das nicht so genau.«

»Chlodovechia? Cassevelauna? Eine Barbarin also? Denn, bei Athene, das sind keine hellenischen Namen!«

»Nein, natürlich nicht. Und sie *ist* eine Barbarin – die entzückendste Barbarin, die du je gesehen hast! Sie ist eine Gallierin, weißt du, aus dem Land, in dem unser Massilia liegt. Es ist sehr schwer, sie zu verstehen. Sie ist nicht lange genug in Massilia gewesen, um richtig Hellenisch zu lernen. Sie wurde an einem Ort geboren, der Lutetia heißt – eine Stadt auf einer Insel in einem Fluß –, und ihr Volk nennt man Parisii.«

»Das klingt hellenisch«, meinte Ariston.

»Ja, aber es klingt nur so. Es ist nur ein zufälliges sprachliches Zusammentreffen. Sie wußte nicht einmal, wer Paris ist. Und von Helena hat sie nie gehört. Von Homer auch nicht.«

»Athene möge ihr Wissen bescheren!« sagte Ariston.

»So sei es. Aber sie ist so schön! Ihr Haar ist ganz blond, fast weiß!«

»Ha!« machte Ariston. »Bleiche bekommt man bei jedem Farbenhändler.«

»Genug davon! Komm! Ich möchte sie dir vorstellen.«

»Ich würde mich nicht wundern«, bemerkte Ariston trocken, während sie weitergingen, »wenn du sie in Jahresfrist auch totgeschlagen oder totgetreten hättest wie die arme Thargelia.«

Orchomenus blieb wie erstarrt stehen. Ein Zittern lief durch seinen mächtigen Körper.

»Ich habe einen – Dämon in mir!« flüsterte er. »Ich habe einen Hang zur Grausamkeit, ein Verlangen, Menschen weh zu tun. Er regt sich, wenn ich betrunken bin. Darum habe ich auch keinen Tropfen mehr angerührt, seitdem ich sie kenne. Sogar damit mußt du mir helfen, mein Freund. Sollte ich je wieder schwach werden, darf ich zu dir kommen und mich ausnüchtern, bevor ich wieder heimgehe?«

»Selbstverständlich.«

»Ich werde sterben, wenn ich Chlodovechia — Cassevelauna je Schmerz zufügte. Bei Eros, ich liebe sie!«

»Dann tu ihr eben nicht weh!«

»Es könnte sein, daß ich — daß ich mich nicht beherrschen kann«, entgegnete Orchomenus. »Alkibiades sagt, es gibt nur zwei Arten von Menschen: die, denen es Vergnügen macht, anderen Schmerz zuzufügen, und die, denen es Vergnügen macht, ihn zu erdulden. Du gehörst wohl zu den Letzteren. Wie du es doch liebst, zu leiden!«

Ariston sah ihn groß an. Plötzlich spürte er, wie der Brief, den er unter seinem Chiton trug, auf seiner bloßen Brust kratzte. Aber jetzt war nicht die passende Zeit, ihn herauszunehmen und zu lesen. Und wer immer ihn auch geschickt hatte — gewiß nicht Chryseis, die eher sterben würde! — konnte ruhig bis zum Abend auf Antwort warten.

»Wir müssen diese scheußlichen barbarischen Namen durch andere ersetzen«, wandte er sich an Orchomenus. »Wie heißt sie doch gleich?«

»Chlodovechia-Cassevelauna.«

»Das einzige, was im Hellenischen ungefähr ähnlich klingt, wäre Chloris. Chloris — grünlich. Nein das taugt nicht. Wie war der zweite?«

»Cassevelauna.«

»Wie wär's mit Kassandra?«

»Zeus soll mich schützen, nein! Der Name bringt Unglück! Erstens bedeutet es ›Sie, die die Männer verwirrt‹, und zweitens — weißt du nicht mehr, wie es der ursprünglichen Trägerin dieses Namens ergangen ist, ihr und Agamemnon?«

»Da hast du recht«, sagte Ariston. »Vielleicht sollte ich mit der Namensgebung warten, bis ich sie gesehen habe. Möchtest du bis dahin nicht aufhören, wie ein wilder Bock herumzuhüpfen und mir endlich verraten, was dich bedrückt?«

»Ich — ich habe sie von einem Schiffskapitän namens Aletes gekauft. Er ist ein Zechbruder von mir und kennt meinen Geschmack. Als ich noch Geld hatte, brachte er *mir* die hübschesten Knaben und Mädchen, bevor er sie den Sklavenhändlern überließ. Jetzt war er lange fort und wußte daher nicht, daß du mich hinausgeworfen hast und ich meinen letzten Obolus verludert habe — mit Knaben hauptsächlich. Sie bringen diese grausame Saite in mir zum Klingen, mehr noch als Frauen. Als ich sie sah, wurde ich verrückt. Ich gab ihm einen Wechsel, schwor ihm bei allen Göttern, daß ich nächste Woche zahlen würde, und nahm sie gleich mit. Er verbürgte sich für ihre Jungfernschaft – und das war nicht gelogen. Wie sie blutete, das arme kleine Ding! Ich mußte den Iatros kommen lassen. Aber sie verzieh mir, als sie sah, wie zerknirscht und besorgt ich war. Ich glaube, sie fängt jetzt an, sich an mich zu gewöhnen. Wenn mir die Zeit bleibt, werde ich sie auch noch lehren, mich zu lieben. Und das hängt von dir ab, Ariston! Hochdonnernder Zeus! Wer hätte je gedacht ...«

»Was hängt von mir ab?« unterbrach Ariston seinen Redeschwall.

»Ob mir die Zeit dazu bleibt. Aletes, weißt du, versucht, wieder Besitz von ihr zu ergreifen. Darum habe ich sie geheiratet. Wenn sie meine Frau ist, kann er sie ohne Gerichtsbeschluß nicht zurückholen. Ich hatte gehofft, er würde abfahren müssen, bevor er noch vor den Richtern Klage erheben kann, oder daß ich ihr mittlerweile den Bauch genügend vollgepumpt haben würde, um mir die Rührseligkeit dieser alten Böcke zu Nutzen zu machen. Aber ich hatte mich in jeder Hinscht verrechnet. Morgen gehen wir vor das Dikasterium, sofern ...«

»Sofern ich nicht das Geld für deinen Piratenfreund ausspucke.«

»Das ist es. Sage mir nur nicht, daß du mir das abschlagen wirst! Hestia und Hera, sag mir das nicht!«

»Nein«, antwortete Ariston langsam, »ich schlage es dir nicht ab, aber ich werde mein Darlehen von einer Reihe strenger Bedingungen abhängig machen.«

Orchomenus blieb stehen und sah ihn an.

»Und zwar?« flüsterte er.

»Erstens: du arbeitest wieder bei mir, in meiner größten Ergasteria, als Verwalter; das verstehst du ganz ausgezeichnet, wie du schon bewiesen hast. Du *sollst* energisch mit den Arbeitern sein, die in letzter Zeit ziemlich träge geworden sind. Aber sowie du einen schlägst, und sei es nur mit der offenen Hand, bist du draußen. Einverstanden?«

»Einverstanden«, sagte Orchomenus. »Zweitens?«

»Daß du mir den Preis, den ich für deine Frau hinlegen soll, von deinem Gehalt bezahlst. Geschenke mache ich dir keine mehr. Ich werde dich nicht drängen, aber zurückgezahlt muß werden. Einverstanden?«

»Einverstanden«, brummte Orchomenus. »Drittens?«

»Daß wir in der nächsten Schreibstube haltmachen und dort ein

Dokument in dreifacher Ausführung unterfertigen, eine für sie, eine für mich, und eine für den Polizeirichter deines Bezirks, in dem du das feierliche Versprechen abgibst und Athene beschwörst, ihr unverzüglich die Freiheit und die Scheidung zu geben, wenn du sie jemals schlägst, trittst oder sonstwie brutal behandelst. Einverstanden?«

Orchomenus blieb stehen und starrte ihn aus funkelnden Augen an.

»Du traust mir nicht, wie?« knurrte er.

»Sagen wir, ich kenne dich«, erwiderte Ariston gelassen.

»Was auf das gleiche herauskommt«, seufzte Orchomenus. »Und du hast recht. Einverstanden. Los, komm! Laß uns dieses verflixte Dokument abfassen!«

Das Mädchen – dieses strahlende Mädchenkind von noch nicht fünfzehn Jahren – kam scheu und ganz langsam auf sie zu, und Ariston stockte der Atem. Der Verstand blieb ihm stehen. Und sein Herz. Es gab weder in attischer noch in dorischer noch in ionischer Sprache ein Wort für Engel. Das beste, was ihm einfiel, war ›Nymphe der oberen Lüfte‹. Oder Göttin. Eos, die rosenfingerige Morgenröte. Aphrodite, die Schaumgeborene. Helena. So mußte Helena ausgesehen haben – sonst gab es keine Erklärung für das, was vor Troja geschehen war.

Tödliche Trauer stieg in ihm auf. Die Worte ›Zu spät, zu spät, zu spät!‹ schallten wie monotone Kehrreime durch seinen schmerzenden Kopf. Diese köstliche, traumhafte, quälende Schönheit sollte einem brutalen Unhold wie Orchomenus angehören! Nein! Bei Eros, bei Aphrodite, bei der Liebe selbst, nein! Aber daran war nichts mehr zu ändern. Er drehte den Kopf zur Seite, um seiner Gefühle Herr zu werden, um das heiße, salzige Brennen in seinen Augen zu verbergen. Es gab keine Chryseis. Er hatte nie eine gekannt. Nichts wog der Brief an seiner Brust; er spürte ihn nicht mehr.

Er versuchte, das Zittern in seiner Stimme zu unterdrücken, als er jetzt das Wort an Orchomenus richtete: »Ich weiß jetzt, welcher Name zu ihr paßt, Orchomenus.«

»Welcher? Ich habe an Kalliope gedacht, aber . . .«

»Nein. Das ist nicht gut genug. Kalliope – die Schönstimmige – mag stimmen, aber es genügt nicht.«

»Was also?«

»Kleothera«, flüsterte Ariston.

»Kleothera ...« Orchomenus ließ das Wort über die Zunge rollen. »Kleo – thera ... Hmmmm ...« Dann brüllte er los wie ein Stier: »Kleothera – edle Schönheit! Beim Zeus, das ist das Richtige! Du hast's erraten! Aber ich wußte ja, daß dir was einfallen würde! Komm her, Kleo, und lerne deinen Wohltäter kennen! Das ist ...«

Dann geschah es. Mit einem leicht glucksenden Laut, halb Lachen, halb Schluchzen, hüpfte die frisch getaufte Kleothera auf Ariston zu, warf sich ihm ungestüm entgegen und schlang ihre Arme um seinen Hals.

Orchomenus' Gesicht wurde so finster wie die Wolken, die Zeus um die Erde schickt. Er streckte seine Hand nach dem Mädchen aus – Mädchen? wirbelte es Ariston durch den Kopf; diese Göttin aus Mondsilber und Mittagssonnenstrahlen? –, um sie zurückzureißen. Ihr aus barbarischen Kehllauten bestehendes Geplapper hätte aus anderem Mund entsetzlich geklungen; von ihren Lippen jedoch war es Musik, eine tiefe Altstimme, warm wie eine Sommernacht.

»Tut mir leid, meine Liebe«, sagte Ariston, »aber ich verstehe nur die hellenischen Sprachen.«

»Oh!« jammerte sie. Dann gab sie ihn frei und wich ein paar Schritte zurück. Sie blieb stehen und musterte ihn, während glitzernde Tränen in ihre blauen Augen traten. »Verzeih mir, Herr«, flüsterte sie in dem schlechten Hellenisch, wie es in den Kolonien gesprochen wurde, »es tut mir leid. Ich dachte, du – du seist einer von uns. Deine Augen, dein Haar, dein Bart ...«

Orchomenus lachte erleichtert.

»Ha!« machte er. »Sie hat geglaubt, du gehörtest zu ihrem barbarischen Stamm. Sieh, Kleo – auch bei uns gibt es Blondschädel. Nicht viele, aber doch einige Achilles, unser größter Held in grauer Vorzeit, war blond. Odyssseus hatte rote Haare. In Mazedonien und Thrazien gibt es heute noch – aber du verstehst ja kein Wort, das ich rede, nicht wahr?«

»Nein, mein ehrenwerter Gemahl«, antwortete Kleothera.

»Athene, steh uns bei! Wie in aller Welt soll ich ihr je beibringen, wie ein menschliches Wesen zu reden?«

»Wie eine Hellenin, meinst du. Ich werde Sophokles bitten, uns Theoris zu leihen. Sie kann ihr Stunden geben. Ich kenne keine, die so schön spricht wie sie. Nicht einmal Parthenope.«

»Gut – solange sie sie nicht lehrt, sich irgendwelchen Lastern hinzugeben. Bei diesen Hetären weiß man ja nie. Sie tun so, als ob sie die Männer liebten, aber ... Und höre, wegen des Darlehens: Pünktlich um die zehnte Stunde wird Aletes morgen hier sein.«

»Schick ihn zu mir«, sagte Ariston.

Er ging nicht heim. Er konnte nicht. Er war wie besessen. Er irrte durch die Straßen. Das wütende Gerede über Alkibiades' Schuld oder Nichtschuld an dem Sakrileg hörte er nicht. Die Seele von quälender Glut verzehrt, blieb er endlich stehen. Sein Herz war in der Hand des teuflischsten Folterknechts, der je Menschen auf sein Rad geflochten hat: in der Hand schwarzer, bitterer Eifersucht.

»Ich gehe zu Parthenope!« wütete er im stillen. »Ich lasse mich vollaufen wie eine athenische Eule! Und dann ins Bett mit ...«

Er schwankte weiter, als ob er schon trunken wäre. Er war es. Aber vom erdigen Wein der Schmerzen.

Langsam löste die kleine Hetäre Psylla ihre Lippen von Aristons Mund. Natürlich war Psylla nicht ihr richtiger Name, denn er bedeutete ›Floh‹; ihre Gefährtinnen hatten sie so benannt, weil sie so zierlich war und wie ein Floh hopste.

»Was hast du, Schatz?« flüsterte sie. »Sonst vermögen meine Küsse Tote zu erwecken.«

»Weiß nicht«, antwortete Ariston. »Zuviel Wein, vielleicht. Nein, zuviel Traurigkeit.«

»Davon werd' ich dich kurieren!« sagte Psylla und machte sich an die Arbeit. Aber wie sie's auch anstellte, sie konnte ihn nicht erregen.

Sie setzte sich auf und schaute ihn an. Sie war sehr klein und sehr hübsch. Die Warzen ihrer Brüste waren rot geschminkt. Der Duft, der sie umgab, war schwer und widerlich. Er empfand Übelkeit.

»Höre, Psylla ...«, setzte er an. Aber was er hatte sagen wollen, erstickte in seiner Kehle.

Chryseis stand vor dem Bett und blickte auf sie nieder. Sie weinte nicht – noch nicht. Was ihr geschah, war schwerer deutbar und schrecklicher. Sie brach in ihrem Innersten auseinander. Er konnte diesen entsetzlichen Verfall in ihren Augen verfolgen.

Plötzlich bückte sie sich, hob etwas auf und hielt es ihm mit fahrig zitternder Hand hin. Es war der Brief. Der, den er den ganzen Tag bei sich getragen hatte, ohne daran zu denken, ihn zu lesen.

Er hatte ihn vergessen und nicht beachtet, daß er zu Boden gefallen war, als er sich den Chiton vom Leib gerissen hatte.

»Lies ihn, wenn du Zeit hast, Ariston, mein Gebieter«, sagte sie, ihre Stimme war hart, spröde wie Schiefer. »Er wird dich lachen machen, denke ich. Ich bot dir meinen Körper an. Dir, dem auf seinen leistesten Wink ein Übermaß von Körpern zur Verfügung steht, von prachtvollen Körpern wie dieser kleinen Puppe hier. Aber was du sonst von mir besaßest – und immer noch besitzest –, kann sie dir nicht geben, weil sie keine hat, mein schöner, schöner Ariston. Meine Seele! Und – anderes. Die Jungfräulichkeit, von der sie vergessen hat, daß sie sie jemals besaß. Liebe – eine Ware, die man nicht kaufen kann. Treue – ein Wort, das du nicht einmal kennst!«

Sie wirbelte herum, tat einen Schritt, blieb stehen und warf einen Blick über die Schulter.

»Ich bin froh, daß sie – kein Knabe ist!« stieß sie hervor und stürzte aus dem Raum.

»Ach, laß sie doch laufen, diese dürre Hekate!« sagte Psylla. Aber Ariston stieß sie grob zur Seite und stand auf.

Er zog sich den Chiton über den Kopf, als er Parthenope schreien hörte.

»Ich wollte sie daran hindern!« jammerte Parthenope. »Ich hab's versucht, Ariston! Oh, Hera, Mutter der Götter! Was sollen wir tun?«

Chryseis öffnete die Augen.

»Du hast nur erreicht«, flüsterte sie, »daß ich – ach, wie das weh tut! – daß ich das Herz verfehlt habe. Jetzt wird es . . .«

»Chryseis!« stöhnte Ariston. »Chryseis!«

». . . lange dauern, bis ich tot bin. Und ich bin nicht tapfer. Ich glaubte, es zu sein – es tut weh! Zieh ihn heraus, Ariston! Damit das Blut . . .«

Dann verlor sie das Bewußtsein.

»Ariston«, wimmerte Parthenope, »sie werden mir das Haus sperren! Mich vielleicht sogar ins Gefängnis werfen! Ich – ich werde verhungern! Schaff mir doch die Leiche dieser kleinen Hexe vom Hals! Hochdonnernder Zeus, warum mußte sie sich auch gerade in meinem Haus umbringen?«

Der eisige Strahl von Verachtung, der ihn durchströmte, hatte seltsamerweise zur Folge, daß er jetzt klar denken und fühlen konnte. Er war völlig ruhig. Daß es der Schock war, dem er diese Ruhe verdankte, wußte er nicht. Aber es spielte auch keine Rolle.

»Halt's Maul, du verwelkte alte Hure!« fuhr er sie an. »Sie ist nicht tot. Und was an mir liegt, werde ich tun, damit sie nicht stirbt. Ich habe schon genug Tote auf dem Gewissen. Jetzt hole mir Tuch zum Verbinden. Heißes Wasser. Zupflinnen, damit das Blut klumpen kann. Nadel und Zwirn. *Leinenzwirn*. Und koch die Nadel aus. Ich habe gesehen, daß es die Feldscherer so machen. Es hilft. Ich weiß nicht warum, aber es hilft. Hast du nicht gehört, du elende alte Porna? Los!«

»Du – du willst sie zusammennähen? Wie einen zerrissenen Sack?«

»Ja, so beeile dich doch, Parthenope!«

Der Dolch stak schräg in Chryseis' linker Brust, so daß die eine Seite der Klinge fast bis zur Spitze zu sehen war. Er war, wie Ariston jetzt feststellen konnte, nicht in den Brustkorb eingedrungen. Wenn es ihm gelang, sie vor dem Verbluten zu bewahren, war sie gerettet.

»Asklepios, hilf mir!« betete er. »Und du, göttlicher Apollo. Und du, Paian. Athene, Chiron – ihr alle, heilende Götter, führt meine unwissende Hand, laßt sie nicht zittern! Ich flehe zu euch, ihr Göttlichen!«

Er zog den Dolch heraus. Das ausfließende Blut war schrecklich anzusehen, schrecklicher als alles, was er bisher auf dem Schlachtfeld erlebt hatte; er wäre beinahe in Ohnmacht gefallen. Denn dieses war das Blut Chryseis' – dieser armen, teuren, zarten Närrin. Dieser zerbrechlichen, kleinen, mageren, ungestümen Waldelfe, die ihn so sehr liebte, daß sie seinetwegen sterben wollte – wie Phryne gestorben war. Nein! Nein, beim großen Zeus! Hera, Hestia, Artemis, die ihr die Keuschen, die Unschuldigen, die Reinen liebt . . .

Er nahm die Nadel auf. Parthenope stand hinter ihm, und er hörte, wie sie sich erbrach.

Psylla kniete neben ihm und reichte ihm, was er brauchte. Riesengroß leuchteten die Augen in ihrem kleinen Gesicht. Aber weder fiel sie in Ohnmacht, wie Parthenope dies mittlerweilen getan hatte, noch erbrach sie sich. Sie kniete neben ihm und half ihm. Als er fertig war, sah sie ihn an und senkte dann den Blick auf die stille, grünlichweiße, blutbefleckte Gestalt auf dem Bett. Dann stürzten ihr die Tränen aus den Augen.

»Sie ist tot, nicht wahr?« flüsterte sie. »Jedes Jahr an diesem Tag will ich fortan an ihrem Grab ein Opfer bringen. Zu Ehren einer, die wußte, was Liebe ist, und daß die Liebe wert ist, daß man für sie stirbt. Denn das ist sie, o ja!«

Aber Chryseis war nicht tot. Weder die Nornen noch die Furien waren so grausam.

Oder so gütig.

XIX

In ein Himation gehüllt trug er sie auf seinen Armen durch die nächtlichen Straßen zu seinem Haus. Er hatte Glück. Er begegnete keinem der skythischen Söldner, die der Stadt als Polizeitruppe dienten. Selbst wenn er einem begegnet wäre, es hätte keine großen Schwierigkeiten gegeben, denn er hatte Geld genug in seiner Börse, um sich Stillschweigen zu erkaufen. Aber eine Verzögerung wäre nicht zu vermeiden gewesen, und diese hätte schwerwiegende Folgen haben können.

In seiner Hast rüttelte er sie; dann stöhnte sie. Der schwache, kaum wahrnehmbare Laut drückte ihm fast das Herz ab. Er flehte zu allen Göttern, an die er eigentlich nicht glaubte, sie nicht sterben zu lassen.

In seiner Schlafkammer legte er sie nieder und betätigte wiederholt den Glockenzug, bis er alle Dienerinnen geweckt hatte. Als sie kamen, las er in ihren Gesichtern Schock und Argwohn, jenes schlaffmäulige, keuchende Gieren nach Skandal, das der Frauen einzige wahre Lust ist; aber er scherte sich nicht darum.

»Kümmert euch um sie«, wies er sie an, »aber sanft und behutsam, ihr Närrinnen. Sie ist schwer verwundet. Und laßt mir Podargos kommen!«

»Die arme Kleine«, säuselten sie. »So winzig, so mager! Man hat sie verhungern lassen, die liebe Seele. Und diese Wunde! Wie schrecklich! Jemand wollte sie töten! Brrr! Das Blut! Ich frage mich nur ...«

»Frage dich nichts«, unterbrach sie Ariston. »Holt warmes Wasser und Tücher – saubere Tücher! Zieht ihr das Gewand aus. Badet sie und bettet sie bequem. Vergeßt Unterhemd und Unterleibchen nicht. Zieht ihr eines von euren Nachthemden an – ein frisch gewaschenes und ohne Löcher, wenn ihr so etwas habt, ihr Ziegen!«

Mittlerweile war Podargos gekommen.

»Podargos«, sagte Ariston ernst, »kannst du noch laufen?«

»Habe ich bei den Bewerben, an denen du mich teilnehmen ließest, je ein Rennen verloren, Herr?« fragte Podargos leicht beleidigt.

»Mein Freund«, erwiderte Ariston, »jetzt mußt du ein anderes Rennen laufen. Das härteste, das du je gelaufen bist. Es geht um ein Leben. Nein, um zwei. Denn wenn sie stirbt, kann ich nicht weiterleben.«

»Herr!« protestierte Podargos.

»Laufe zu Ophion, dem Iatros. Sage ihm, daß ich dich geschickt habe, und daß er trotz der späten Stunde sogleich kommen muß. Wenn er sich weigert, wende Gewalt an. Ich werde ihm genug bezahlen, daß er den ihm angetanen Schimpf vergißt.«

»Ich eile, Herr.«

Ariston wandte sich wieder dem Bett zu. Die Dienerinnen hatten Chryseis entkleidet. Ihr armer kleiner Körper war entsetzlich abgezehrt. Er konnte jeden einzelnen Knochen zählen. Ich muß mir etwas einfallen lassen, dachte er, daß sie wieder zu Kräften kommt — wenn sie am Leben bleibt.

Der Arzt Ophion sah zu ihm auf. »Wer hat diese Wunde verbunden?« fragte er. »Wer hat sie so zusammengenäht?«

»Ich.«

Der Iatros lächelte. »Dann heiße ich dich unter den Chirurgen willkommen«, sagte er. »Das ist gute Arbeit. Besser als die so mancher Hilfsärzte nach drei Jahren Studium.«

Ariston tat dieses matte, etwas spöttische Lob mit einer Handbewegung ab — wenn es überhaupt Lob war, denn schließlich wußte man ja, was für Schlächter diese Hilfsärzte waren.

»Wird sie leben?« fragte er.

»Ich denke schon. Bei einer gesunden Frau ist so eine Wunde an sich nicht tödlich. Wenn ihr Blut rein ist und kein Brand dazukommt, sollte sie genesen. Das ist auch nicht das Schlimmste.«

»Was ist das Schlimmste?«

»Unterernährung. Hast du sie denn nicht ordentlich gefüttert, alter Freund? Die Frauenzimmer, die ich hier sehe, sind doch alle recht wohlgenährt.«

»Sie war nicht in meiner Obhut«, gab Ariston vorsichtig zur Antwort. »Bis jetzt. Aber wenn sie am Leben bleibt, werde ich alles tun, damit sie Fleisch ansetzt.«

»Tu das. Besser gesagt, das mußt du tun. Suppen, Brühen, Wein. Keine feste Nahrung in den nächsten Tagen. Und, Ariston ...«

»Ja, Ophion?«

»Ich werde keine Anzeige erstatten. Es wäre ohnehin zwecklos; mit deinem Geld würdest du dich sofort wieder freikaufen. Und ich bin auch nicht einer von diesen Erpressern ...«

»Sprich weiter.«

»Aber ich bin nun einmal ein neugieriger Mensch. Warum hast du das getan, mein Freund?«

»Stell mir eine andere Frage, Ophion. Eine vernünftigere. Zum Beispiel, wie und wo ich gelernt habe, Wunden zu vernähen.«

»Schön. Also: wie und wo hast du's gelernt? Im Ernst, es ist wirklich recht ordentlich gemacht.«

»Im spartanischen Heer. Ich war Hoplit.«

»Ja — daran hatte ich nicht gedacht! Ich wußte, daß du einer von den Lakedämoniern bist, die auf Sphakteria gefangengenommen wurden, aber ... Natürlich. Ganz recht. Kein Mann, der mit einem Dolch umzugehen weiß, hätte sie *so* zugerichtet. Aber wer hat dann — Aphrodite und Eros, natürlich! Sie hat es selbst getan!«

»Das habe ich nicht gesagt.«

»Das brauchst du auch gar nicht. Der Verlauf der Wunde läßt erkennen, daß du von hinten um sie hättest herumlangen müssen, um sie so zu verletzen. Du hast ihren Arm beiseite gestoßen, so daß die Waffe nicht tiefer eindrang und nicht das Herz erreichte, was sie wohl beabsichtigt hatte. Und jetzt weiß ich auch schon alles. Du hast sie verschmäht — schließlich ist sie ja dürr wie eine Bohnenstange und häßlicher als Hekates Tochter —, und darum wollte sie sich umbringen.«

»Ich habe sie nicht verschmäht. Ich liebe sie. Ich werde sie heiraten, wenn es möglich sein sollte.«

»Apollo, steh mir bei! Heiraten willst du dieses, dieses ...«

»... dieses, arme, gequälte, in den Schmutz gezogene Geschöpf, dem die Götter eine wunderbare Seele geschenkt haben.«

Mit eigenen Händen verabreichte er ihr die Brühen, die die Dienerinnen brachten. Zu Anfang erstickte sie fast daran. Dann erbrach sie sie wieder. Aber er blieb dabei, bis er ihr eine ganze Schale eingeflößt hatte. Dann zwei Becher Wein. Er hob sie zärtlich aus dem Bett, während ihre Laken gewechselt wurden. Es schien ihm, als entdeckte er eine erste zarte Röte auf ihren Wangen. Das gab ihm Mut.

Er verbrachte den ganzen Tag an ihrer Seite und auch die folgende Nacht. Gegen Morgen war ihr Atem friedlich und regelmäßig. Sie schien zu schlafen.

Und erst jetzt fiel ihm endlich ein, daß er immer noch nicht ihren Brief gelesen hatte. So zog er ihn denn aus der Tunika seines Chitons, erbrach das Siegel und schob die Öllampe näher heran.

»Mein Einziger, mein Geliebter!« hatte Chryseis geschrieben. »Ich weiß, daß Dich diese Worte erschrecken werden. Aber wie anders soll ich beginnen? Denn Du *bist* das – und mehr noch: mein Einziger, mein Geliebter und, von dieser Stunde an, mein Leben. Wenn Du es willst, mein Gebieter, bin ich sogar Deine unterwürfigste Sklavin. Ein hassenswertes Schicksal, gewiß – aber mein blindes, verräterisches Herz hat mein wildes, rebellisches Blut besiegt.

Du sollst wissen, Du edelster und bester aller Männer, daß ich schamlos lauschte, als Du mit meinem Bruder sprachst. Ich war wütend, versuchte Dich zu hassen und mir einzureden, daß Du Dich über mich lustig machtest. Aber Deine Stimme, Deine ernste, tiefe Stimme – welche Wonne, ihr zu lauschen! – klang über alle Zweifel hinaus aufrichtig. Ich weinte den ganzen Tag und die ganze Nacht, aber es waren Freudentränen. Am nächsten Tag folgte ich Dir ins Theater und sah, wie das Leid einer Frau Dich zu Tränen rührte. Ich erfuhr dabei einiges – ganz wenig nur – von Deinem eigenen Leid. Du wirst mir ausführlich davon erzählen, nicht wahr? Ich sehne mich so danach, Dich zu trösten! Dann beobachtete ich Dich am Grab Deines Vaters, und meine Seele schwang sich auf göttlichen Flügeln himmelwärts. Wohin Du auch in den folgenden Tagen gingest, ich heftete mich an Deine Fersen. Ich sprach mit halb Athen über Dich – sprach zu allen, die anzugehen ich wagte: zu Metöken, Handelsleuten, Sklaven. Sie alle beten Dich an; niemand in Athen wird so geliebt, nicht einmal Sokrates. Ich erfuhr, daß Du keine Sklaven in Deinen Diensten behalten willst – wer für Dich arbeitet, soll durch Deine edle Hand befreit werden ...

Ich komme zu zu Dir, Ariston. Heute nacht, im Hause Parthenopes. Und Du mußt mich in Deine Arme nehmen und das Geschenk meiner Jungfräulichkeit von mir annehmen. Verzeih mir! Ich sagte Dir, daß ich nie Verlangen empfunden habe; auch jetzt empfinde ich es nicht, außer vielleicht auf ganz undeutliche Weise. Aber die beharrliche Paragraphenreiterei unserer Behörden erfordert dieses Opfer. Ich habe mit einem der Archonten, einem Freund meines Vaters gesprochen. Unter unserem Himmel, sagte er, gebe es heutzutage keine Möglichkeit für einen Metöken, möge er noch so vornehm, noch so gebildet, noch so reich sein, das athenische Bürgerrecht zu erwerben. ›Wenn nur eine Athenerin‹, fragte ich, ›einen solchen Mann liebt?‹ Er durchschaute mich sofort. ›Mein armes Kind‹, erwiderte er, ›vergiß ihn‹.

›Das kann ich nicht‹, sagte ich. ›Ohne ihn würde ich sterben.‹

›Dann geh zu ihm. Werde in aller Öffentlichkeit seine Geliebte. Wenn du deine Brüder daran hindern kannst, ihn zu töten – was nicht schwer sein dürfte, da der einzige Mann unter ihnen die Stadt verlassen hat – ist dein Status legal und allgemein anerkannt. Du bist mehr als eine Konkubine; eine Art Halbgemahlin, wie es die Hetäre Aspasia des Perikles war. Wenn er an dir festhält und du an ihm, wenn ihr euch gegenseitig nicht durch ehebrecherische Beziehungen – soweit sie bekannt werden – herabsetzt, ist deine Stellung nicht unehrenhaft. Es gibt heute viele solcher Verbindungen.‹

O Ariston – willst Du mich haben? Oder willst Du mich zum Tod durch meine eigene Hand verurteilen? Denn wenn Du, nachdem Du dies gelesen hast, mich zurückweist, kann ich mit meiner Schande nicht eine einzige Stunde mehr leben. Beantworte diesen Brief, wenn Du willst oder kannst. Wenn Du nicht kannst, so wisse, daß ich von Mitternacht an dort auf Dich warten werde. Ich werde einen Dolch bei mir tragen. An Dir wird es liegen, über mein Leben oder meinen Tod zu entscheiden. So oder so, ob Du mich nun verdammst oder mir zu leben erlaubst, wisse, daß

ich dich liebe.
Chryseis.«

Er saß da und starrte auf diese Worte, bis die anmutig geformten Buchstaben vor seinen Augen verschwammen. Von Mitleid und Scham zerrissen, ließ er den Kopf sinken und weinte.

Ganz plötzlich fühlte er, daß etwas über seine Wange glitt. Es war eine federleichte Berührung und brannte dennoch wie Feuer. Er öffnete die Augen und sah sie da liegen und ihre knochigen Finger betrachten. Im Licht der Lampe funkelten und glitzerten seine Tränen an diesen Fingern, die sie nun langsam, in ehrfürchtiger Scheu an ihre Lippen führte.

»Wie süß. Wie unaussprechlich süß«, flüsterte sie.

Aber eine Stunde später erwachte sie von neuem, und diesmal glänzte Fieber in ihren Augen – Fieber und etwas anderes, ein Teil vielleicht der unheilbaren Krankheit des Lebens, das giftige Nebenprodukt der Selbstachtung, ohne das eine geistig gesunde Existenz unmöglich ist, und das nun, von Zurückweisung, Mißachtung und Hohn gepfählt, tot und schwärend ihre Seele vergiftete.

»Ariston«, flüsterte sie, »wegen dieses Mädchens . . .«

»Welches Mädchen?« entgegnete er, wohl wissend, wen sie meinte, aber bemüht, diesem heiklen Thema auszuweichen. »Es gibt jetzt kein anderes Mädchen – nur dich.«

»Lüg mich nicht an!« Ihre Stimme wurde laut und schrill. Ihr Gesicht, das eben noch eines gewissen barbarischen Reizes nicht ermangelt hatte, wurde häßlich und abstoßend, ein Bild Hekates, die Maske einer Mänade. »Die Kleine dort! Dieses Geschöpf, mit dem du im Bett lagst! Und beide splitternackt wie am Tag, da eure Mütter euch gebaren!«

Ariston lächelte.

»In solchen Augenblicken sind Kleider eher hinderlich«, meinte er, »und ich habe nie behauptet, ein glühender Verehrer der Artemis zu sein. Verzeih mir, meine Liebste – aber du mußt verstehen: ich hatte keine Ahnung, daß du zu mir kommen wolltest.«

»Natürlich nicht!« brach es schrill aus ihr hervor. »Du hast ja meinen Brief nicht gelesen! Du warfst ihn weg, als du dir das Gewand vom Leib rissest, um mit dieser Schlampe das Tier mit zwei Rücken zu machen! Geh doch zu ihr, Ariston! Geh zu ihr! Ich will dich nicht sehen! Ich will sterben! Sterben!«

Er beugte sich vor und fand ihren Mund. Ihr Atem roch faul und widerlich nach Blut und Erbrochenem. Aber obgleich ihm beinahe übel wurde, küßte er sie weiter, hielt ihr Gesichtchen zwischen seinen kräftigen und zärtlichen Händen gefangen, bis ihre verzweifelten Anstrengungen, ihren Mund von dem seinen zu lösen, nachließen, und ihre Lippen erschlafften, um auf den seinen wie eine exotische Blume aufzublühen.

Langsam richtete er sich wieder auf und spähte in ihre großen, freundlichen, wunderbar braunen Augen. Aber er konnte sie jetzt nicht sehen. Er sah nur ein Glitzern, ein zitterndes Ausfließen, ein funkelndes Tropfen, das sich im Schein der Lampe spiegelte.

»Ja, Chryseis?«

»Liebst du mich?«

»Von ganzem Herzen«, antwortete er – und wenn Erbarmen für Liebe stehen kann, sagte er beinahe die Wahrheit.

»Warum hast du dann meinen Brief nicht gelesen?« jammerte sie.

»Weil ich, als er kam, gerade mit einigen Angehörigen der ›goldenen Jugend‹ Athens bei einem Bankett saß. Sie wollten mich zwingen, ihn laut zu lesen. Darum steckte ich ihn in mein Gewand ...«

»... und vergaßest ihn!« schluchzte sie.

»Ja. Oder besser gesagt, die Umstände nötigten mich, ihn zu vergessen. Ein Freund von mir befand sich in einer mißlichen Lage. Ich mußte ihm zu Hilfe kommen.«

Er erzählte ihr von Orchomenus. Er beschrieb ihr sogar das gallische Sklavenmädchen. Sie hörte ihm ganz ruhig zu. Dann aber, ihre Stimme rauh und grell von Entsetzen, kreischte sie:

»Du – du bist in sie verliebt! In diese Kleothera! In die Frau deines besten Freundes! Ihr unsterblichen Götter, was habe ich getan! O göttliche Artemis, laß mich sterben!«

Da sah er ein, daß es zwecklos war, begriff in seinem Hirn und in seinem Herzen das Ausmaß der schleichenden Pein, die er sich selbst gesucht und an seine Brust gezogen hatte. Glück an Chryseis' Seite zu finden, war nicht möglich; das Leben mit ihr würde eine neue und selten qualvolle Folter sein.

Als sie schließlich erschöpft in die Kissen zurücksank, waren ihre Augen von der schrecklichen Glut, die einen Menschen anfällt, der seinen Vorrat an Tränen aufgebraucht hat, rot geädert und angeschwollen. Er erhob sich und ging in den Garten. Und im Takt mit seinen langsamen, schleppenden Schritten gingen ihm viele Gedanken durch den Kopf:

Was ist Sünde? Was ist Sühne? Gibt es das überhaupt? Oder sind beide Begriffe nur Teil der maßlosen Einbildung des Menschen? Diese Ameise, die im Mondlicht über die Steine krabbelte: ich zertrat sie, und sie ist nicht mehr. Wie auch ich nicht mehr bin. Ich hätte Phryne retten können, und ich habe sie im Stich gelassen. Schoß mir nicht der Gedanke durch den Kopf, daß sie mir nachher unerträglich sein würde – einäugig, von Narben bedeckt? Ich war schuld am Tod meiner Mutter und meines Vaters. Beide starben – wie durch meine Hand. Arisbe. Mein Pflegevater Telamos. Vielleicht auch Simoeis und Lysander. Ich mordete Lykotheia. Erstach Pankratis. Wen habe ich nicht schon alles getötet oder im Stich gelassen? Wer hat mich nicht schon im Stich gelassen?

Ich lasse Sklaven frei, bringe Opfer dar, tue gute Werke – und wozu das alles? Die Legion der Schatten, die nicht aufhören, an meiner Seite zu faseln und zu schwatzen, lachen aus fleischlosen Mäulern! Hat auch die Ameise geglaubt, eine große Sünderin zu sein? Hat sie, als mein Fuß sie zerquetschte, zum Pantheon der Ameisengötter um Vergebung ihrer Ameisensünden gebetet?

Was habe ich getan, was hätte ich tun können, das das große Schema der Dinge auch nur im geringsten beeinflußt haben würde? Was liegt ihnen daran, den unzüchtigen, großmäuligen, ehebrecherischen Göttern, dic wir nach unserem eigenen, alles andere als liebenswerten Abbild geschaffen haben? Was bin ich, was ist der Mensch, daß wir die Aufmerksamkeit eines Gottes oder gar der Götter erwecken könnten? Bedeckt die Erde mit Leichen, häuft sie auf, höher und höher, bis sie den Olymp überragen, und die Geier sich, übersättigt und angeekelt, zum Himmel emporschwingen – Tartarus bleibt nur ein leeres Nichts. Die Narzissenfelder, ein Blendwerk! Das Elysium, hohle Einbildung!

Und nun also Chryseis. Wie kann ich es ihr erklären, mir selbst erklären? Ich wußte, was sie war, dieses arme, wunde, kraftlose, verlorene, kleine Ding. War es Mitleid, das mich bewog, sie zu begehren, ihr ein verzerrtes Trugbild von Liebe vorzugaukeln – oder weil ich danach strebe zu leiden, und leiden will? Weil ich in meiner eigenen Qual schwelge?

Er blieb am Ufer des Teiches stehen und blickte auf das schattenhaft verformte Abbild hinab, das das Mondlicht auf die Wasseroberfläche malte.

Er verzog den Mund zu einem Grinsen.

Ich sollte Orchomenus seine Kleothera stehlen, dachte er. Man kann den Frieden weder durch Güte noch durch Sühne finden. Man muß herausbekommen, was man ist, und aufhören, das eigene Ich zu vergewaltigen. Wenn diese Beziehung zu Chryseis eine Vergewaltigung ist, wenn –

Am nächsten Morgen brachte er die Sache mit Chlodovechia-Cassevelauna-Kleothera in knapp zehn Minuten in Ordnung, indem er dem Seeräuber Aletes ohne zu handeln den unverschämten Preis zahlte, den er für das Sklavenmädchen forderte. Aber damit war der Friede seines Hauses noch nicht wiederhergestellt. Denn vier Tage später erschienen Chryseis' Vater und ihre zwei älteren Brüder.

Sie kamen ohne Waffen, gesonnen, sich aufzuplustern und den größtmöglichen Gewinn aus dieser ebenso unerwarteten wie unversiegbaren Quelle herauszuholen, aus der sich reines Silber ergoß.

Ariston ließ seinen Blick von Pandoros mit seinem gezierten Getue und seinem kunstvoll gelockten, parfümierten Bart zu Brimos schweifen, dessen grobmuskeliger, schwerer Körper sich in Fett aufzulösen schien; und schließlich zu Chalkodon, der bis zu der Spur von Rot auf den Lippen, den schlaffen Gesten, den verwischten Merkmalen der Geschlechter, bis zur letzten Vergewaltigung von Leben und Natur und der endgültigen Zerstörung seiner Persönlichkeit und Männlichkeit, offensichtlich der Sohn seines Vaters war.

Danaus, der arme Danaus, der jetzt im Hafen und vor den Mauern von Syrakus dem Tod ins Auge sah, liebte seine Schwester. Diese Geschöpfe jedoch, das ungeschlachte Stück Vieh und die beiden Puppenjungen, waren gekommen – um sie zu verkaufen. Sie staken bis über die Ohren in Schulden, und ihre Genußsucht kannte keine Grenzen. Chryseis war für sie immer nur eine Last gewesen, denn die drei hatten weder die Hoffnung noch den Wunsch noch auch eine wirkliche Möglichkeit, eine Mitgift zusammenzubekommen, die ausreichend gewesen wäre, einen Freier übersehen zu lassen, was ihr an Schönheit und Anmut ermangelte. Diese arme magere, häßliche Chryseis hatte ihnen nun dieses unerwartete Glück beschert! Dieser stinkreiche Metökenbastard! Aus allen Poren wollten sie ihn Gold schwitzen lassen!

Brimos erhob sich, massig und drohend.

»Diese Verletzung unserer Familienehre durch einen Hund von Metöken . . .«, begann er, aber Ariston schnitt ihm das Wort ab.

»Wir wollen keinen Unsinn reden, Brimos! Und vor allem keine Zeit damit verlieren, einen Begriff zu erörtern, den du nicht einmal verstehst. Danaus konnte von Ehre sprechen; aber er ist fort, nachdem er den ganzen Pontos durchquert hat, um sie zu verteidigen. Schenken wir uns also die Einleitung und kommen wir zur Sache. Wieviel?«

»Metökenhund!« brüllte Brimos.

Ariston lächelte.

»Das ist nun das zweite Mal, daß du diesen Ausdruck gebraucht hast, Brimos. Aus deinem Mund kommend, beleidigt er mich nicht einmal. Denn ein Hund ist ein edles Tier und unendlich besser als ein Schwein. Sogar besser noch als drei Schweine. Ich weiß, daß du, der du ja zumindest noch zum größten Teil Mann bist, auch für diese zwei wohlriechenden Weiber sprechen mußt, die sich damit vergnügen, alle Arten von Unzucht zu praktizieren. Aber ich habe keine Zeit zu verschwenden. Du bist gekommen, um deine Schwester, die ich als Dame und als meine Gattin ehren würde, zur Konkubine, zur Hure herabzusetzen — zu einer verkäuflichen Ware. Denke daran, daß ihr es seid, die sie so beleidigen, nicht ich. Und jetzt heraus mit der Sprache, du schwachsinniger Tölpel! Wieviel?«

»Mein lieber Ariston!« flötete Pandoros.

»Ich bin nicht dein lieber Ariston, Pandoros. Wäre ich Tyrannos von Athen, ich würde Geschöpfe wie dich kastrieren lassen, damit du keinen Schaden mehr anrichten kannst. In deinem Fall müßte ich dir wohl auch den Kopf abschlagen, dienen doch beide Enden deines Leibes deiner Lust, nicht wahr? Und jetzt halt den Mund! Und du, Brimos: ich sehe, daß du dumm genug bist, zu glauben, du könntest mir drohen — also streck deinen Arm aus! Nein, ich bin nicht zornig, aber mir scheint, du willst deine Angriffslust nicht aufgeben, und da muß ich dir wohl vor Augen führen, wie leer deine Drohungen sind. Streck deinen Arm aus!«

Brimos streckte seinen mächtigen rechten Arm aus. Lächelnd ergriff Ariston ihn am Handgelenk. Im nächsten Augenblick lag Brimos flach auf dem Rücken. Brüllend kam er wieder hoch und das war ein schwerer Fehler. Seit dem Tag, da er aus Polyxenus' Badehaus befreit worden war, hatte Ariston jahrein, jahraus, Tag für Tag die öffentliche Palästra besucht. Er befand sich in ausgezeichneter körperlicher Verfassung; und er war sowohl von seinem Namensvetter, dem Meisterringer Ariston, als auch von Autolykos, dem mehrfachen Gewinner der Panathenischen, Ismenischen und Olympischen Spiele, im Pankratiaion, jenem mörderischen Box- und Ringkampf geschult worden. Es wäre ihm ein leichtes gewesen, Brimos mit ein paar Geheimgriffen zu töten. Statt dessen tänzelte er nur zur Seite, stieß seine linke Faust bis zum Handgelenk in Brimos' Schmalzfaß von Bauch, richtete ihn, als er sich krümmte, mit einem Knieschlag unters Kinn wieder auf und versetzte ihm schließlich mit der Kante seiner Hand, die so hart war wie die stumpfe Klinge einer Axt, einen fürchterlichen Hieb in seinen bulligen Nakken.

Ariston stand da und blickte auf seinen gefallenen Gegner hinab. Dann betätigte er den Glockenzug und wartete, während er lächelnd Pandoros und Chalkodon betrachtete, die einander weinend vor Angst umschlungen hielten.

»Herr?« meldete sich der Diener.

»Gieß etwas Waser auf – das da«, antwortete Ariston verächtlich. »Ist der Gerichtsbeamte gekommen?«

»Ja, Herr.«

»Laß ihn eintreten; er soll bei der Abwicklung des Geschäftes Zeuge sein. Nein, erst sollen Eurysakes und Paktolos die Waage hereinbringen. Dann mögen die Dienerinnen der jungen Dame behilflich sein. Zum Schluß den Gerichtsbeamten.«

Später wurde diese Transaktion Stadtgespräch in Athen; man konnte ja schließlich nicht erwarten, daß der Astunomos und die Diener den Mund halten würden. Zwei Sklaven erschienen mit einer riesigen Waage von der Art, wie sie in Aristons Werkstätten verwendet wurden, um einerseits das Rohmetall, andererseits die fertiggestellten Schwerter, Speerspitzen, Dolche, Harnische, Beinschienen und Schilde abzuwiegen. Nach ihnen kamen vier weitere Diener, die unter der Last schwerer Säcke stöhnten. Und schließlich noch zwei, die Chryseis auf einer Bahre trugen. Als letzter betrat der aufgeblasene und wichtigtuerische Astunomos, der Gerichtsbeamte des Bezirks, den Saal und nahm Platz.

Beim Anblick ihres Vaters und ihrer Brüder zuckte Chryseis angstvoll zusammen. Chalkodon und Pandoros warfen ihr finstere Blicke zu, die die gleiche wilde Wut verrieten, wie sie Frauen empfinden, die sich von einer Rivalin ausgestochen sehen. Und Chalkodon und Pandoros empfanden nicht anders. Verwirrung zeichnete sich auf Brimos' schwammigem Gesicht; er saß da und schüttelte den Kopf, während das Wasser von seinem Chiton heruntertropfte und sich auf dem Marmorboden zwischen seinen Sandalen zu einer Pfütze sammelte.

»Herr«, wandte sich Ariston an den Gerichtsbeamten, »du bist hier, um einer geschäftlichen Transaktion beizuwohnen. Diese Herren sind in mein Haus gekommen, um mir ihre Tochter beziehungsweise Schwester zu verkaufen.«

Chryseis stieß einen erstickten Schrei aus.

»In Unkenntnis der Tatsachen – die ich hier nicht zu erörtern gedenke – hätten sie mit einiger Berechtigung annehmen können, daß ich die Ehre dieser jungen Dame und somit ihrer Familie befleckt habe; sie hätten, um mein Verbrechen zu sühnen, meinen Kopf fordern können. Das wäre zumindest vorstellbar gewesen. Sie haben es vorgezogen, einen anderen Weg zu gehen. Sie sind, wie du siehst, ohne Waffen gekommen, entschlossen, über etwas zu schachern und zu feilschen, was weder gekauft noch verkauft werden kann und für mich unbezahlbar ist: die Liebe dieser Dame und der Besitz ihrer Person – worüber nur sie ganz allein verfügen kann. Und so soll es sein!

Vorerst aber muß ich die edle Chryseis darauf hinweisen, daß sie mit diesem widerwärtigen Geschäft nichts zu tun hat und keinerlei Verpflichtung eingeht. Ich zahle nur, um diese drei Erpresser ein für allemal los zu sein, nicht aber, um mir damit ihre Gunst, ihren Körper oder ihre Liebe zu erkaufen. Wenn sie, sobald sie wieder kräftig genug ist, mein Haus zu verlassen wünscht, steht ihr dies frei. Natürlich werde ich um sie trauern, aber sie ist nicht an mich gebunden.«

Er wandte sich ihr zu.

»Chryseis, Liebste ...«, sagte er sanft. »Bist du kräftig genug, um auf die Waage zu steigen?«

Stumm schüttelte sie den Kopf.

»Dann legt sie mitsamt der Bahre drauf«, wies Ariston zwei Sklaven an. Dann richtete er das Wort an Pandoros und seine Söhne:

»Ich biete euch das Gewicht meiner Dame in Silber für euer Versprechen, mein Haus nie wieder zu betreten, keine weiteren Forderungen an mich zu stellen, solange ihr lebt, und feierlich zu geloben, daß ihr euch einer ehelichen Verbindung der ehrenwerten Chryseis mit mir, sobald ich einen Weg gefunden habe, das Bürgerrecht dieser Stadt zu erwerben, nicht widersetzen werdet. Einverstanden?«

Sie saßen nur da und starrten ihn an. Ariston gab den Sklaven ein Zeichen. Sie öffneten die Säcke und begannen, Minen auf die Waagschale zu schütten. Nicht Drachmen sondern Minen, von denen jede hundert Drachmen wert war. Brimos' Augen wollten schier platzen, so sehr quollen sie ihm aus dem Kopf. Chalkodon sprang auf und tat einige Tanzschritte.

»Einverstanden!« kreischte er, und seine Sopranstimme überschlug sich fast vor Aufregung. »Einverstanden! Einverstanden!«

»Und du, Pandoros?« fragte Ariston. »Denk doch einmal, wie viele Schändlichkeiten du damit an wehrlosen, weinenden Sklavenjungen begehen kannst! Und Brimos – du kannst dir alle Bordelle von Piräus kaufen, die du so häufig besuchst! Was sagt ihr dazu, meine Herren? Ihr braucht nur ja zu sagen und dieses Dokument zu unterschreiben, in dem ihr euch verpflichtet, euer Wort zu halten – ein Wort, das gewiß ebensoviel oder ebensowenig wert ist wie eure Ehre. Nun, Edelleute, Lüstlinge, Zuhälter – wie gefällt euch mein Angebot?«

Chryseis weinte jetzt laut und heftig.

»Vater!« schluchzte sie. »Brimos! Chalkodon! Tut es nicht! Beschämt mich nicht so! Ich bitte euch!«

Doch die Augen Pandoros' und seiner Söhne wandten sich ab von ihrem gequälten Gesicht und hin zu dem Strom von Silber, der sich klirrend und glitzernd auf die Waagschale ergoß.

»Einverstanden . . .«, flüsterten sie. Und erhoben dann ihre Stimmen in brüllendem Unisono: »Ja! Bei Zeus, dem Hochdonnernden, einverstanden!«

Einen Monat später trat Chryseis eines Abends an Aristons Lager. Sie setzte sich auf den Bettrand und starrte ihn an; ihre Augen loderten in der düsteren Totenmaske ihres Gesichts.

»Was du gekauft hast«, flüsterte sie, »wirst du denn nie dafür Verwendung finden? Dieses Gebilde aus Fleisch, an dem die Männer, wie man mir sagte, so große Freude finden? Hier bin ich. Ich gehöre dir. Du hast mich gekauft und für mich bezahlt. Und ich bin nicht so ehrlos, daß ich dich um die Wonnen prellen wollte, die du erworben hast. Nimm deine Sklavin, deine Konkubine, Ariston! Reiß ihr die Kleider vom Leib! Verkralle dich in ihr Fleisch! Stürze dich auf sie! Brülle vor Lust!«

Ein mattes Lächeln zuckte um seine Lippen.

»Chryseis«, sagte er, »du hast das alles mißverstanden.«

»*Was* habe ich mißverstanden?«

»Dies: eine Frau kann man nicht kaufen. Nicht einmal die schmutzigste Dirne. Männer, die zu Huren gehen, betrügen sich selbst. Alles, was sie bekommen, ist jämmerliche Verstellung – ein Zerrbild der Liebe. Das will ich nicht von dir. Ich will auch das Vergnügen nicht, von dem du sprachst – soweit es nur mich allein angeht. Denn die Liebe beruht auf Gegenseitigkeit – oder es ist keine Liebe. Ich bin bereit zu warten, jahrelang oder ewig, wenn es sein muß, bis du, das Herz in deinen ausgestreckten Händen, zu mir kommst. Mit Zärtlichkeit in deinen Augen. Mit Verlangen, das dem meinen gleich oder noch stärker ist. Ich sehne mich nach dem Geschenk deines Körpers, aber nicht ohne deine Seele. Und ich will mich dir schenken – mit Leib und Seele. Du sollst dich nie von unserem Lager erheben, ohne Freuden genossen zu haben, die weit größer waren als meine.«

Ihre großen Rehaugen öffneten sich weit.

»Aber das ist ja gar nicht möglich!« sagte sie. »Frauen können nicht . . .«

»Was du schon davon weißt«, lächelte Ariston. »Willst du's versuchen?«

Sie sah ihn an. Er sah den Pulsschlag ihres Blutes an ihrer zarten Kehle.

»Ja, ja!« rief sie.

Als er am Morgen erwachte, war sie fort. Eisiger Schrecken schnürte ihm die Kehle zu. Hatte sie am Ende abermals versucht . . .

Dann hörte er ihre Stimme. Sie schwang sich wie Sonnenlicht empor, so warm, so golden, so voller Freude. Sie sang ein Liebeslied, einen Kehrreim aus Sophokles' *Antigone:*

»Eros, unbezwungen im Kampf,
Eros, dein ist, was du anfällst!
Auf zarten Wangen
Des Mädchens nächtigst du,
Über die Meere schweifst du,
Über Gehöfte der Flur.
Keiner der Götter entrinnt dir
Noch Eintagsmenschen,
Wen es erfaßt, die rasen.«

Dann stieß sie die Tür auf, blieb auf der Schwelle stehen und hielt ihm eine kleine Schale entgegen.

»Was bringst du da?« fragte Ariston.

»Ein bißchen Ziegenmilch, ein wenig zerkrümeltes Brot — und mein ganzes Herz«, antwortete sie.

XX

Der Iatros Ophion hielt Chryseis den Becher hin.

»Hier, trink das«, sagte er verdrießlich. »Es wird dir helfen, einzuschlafen.«

Chryseis nahm den Becher in ihre Hände, die den Klauen eines Raubvogels glichen. Ihre Stimme war vom vielen Weinen rauh und heiser.

»Jedes Jahr!« schluchzte sie. »Sag mir doch, guter Iatros, gibt es denn gar keine Möglichkeit . . .«

». . . ein lebendes Kind zur Welt zu bringen?« Er wandte den Kopf nach Ariston, der am Fenster stand und in den Hof hinaussah. Seine müde vorgebeugte Haltung rührte den Arzt. Er entschloß sich, ihm die Wahrheit zu sagen. Nur – war es die Wahrheit? Er wußte so wenig.

»Ich fürchte, nein, edle Chryseis«, antwortete er langsam. »Bis jetzt waren dir die Götter gewogen. Damit beziehe ich mich auf den Umstand, daß du immer innerhalb der ersten drei Monate abortiert hast; das hat dir vermutlich das Leben gerettet. So wie du gebaut bist, mit deinen schmalen Hüften und Lenden – nun, ich bin ganz sicher, daß es dein Tod wäre, wolltest du ein ausgewachsenes Kind zur Welt bringen.«

Ariston wandte sich dem Arzt zu.

»Weißt du das bestimmt, Ophion?« fragte er.

Ophion seufzte. »Wärest du nur der Gatte einer Patientin und nicht mein Freund, ich würde ›Ja‹ sagen. Doch die Zuneigung, die ich für dich empfinde, zwingt mich zur Wahrheit. Ich weiß es nicht bestimmt. In der Heilkunst weiß nie jemand etwas ganz bestimmt. Ein Arzt, der das Gegenteil behauptet, lügt.«

»Dann – dann wäre es also möglich«, flüsterte Chryseis, »das Kind auszutragen.«

»Eins nach dem andern, meine Dame«, entgegnete der Arzt. »Auszutragen – gewiß. Sobald du sicher bist, schwanger zu sein, brauchst du weiter nichts zu tun, als ins Bett zu gehen und dort neun Monate zu bleiben; du darfst nicht gehen und nichts tun, was Erschütterungen oder Spannungen hervorrufen könnte.«

»Aischylos segne dich!« sagte Chryseis.

»Warte. Ich muß hinzufügen, daß ich nicht dazu rate. Bei einer Frau von so zartem Körperbau können die Wehen zu einer grausamen Prüfung werden. Ich fürchte, das Kind könnte sterben, bevor es noch geboren ist; und ich fürchte, daß die Anstrengung auch dich töten würde.«

»Du fürchtest es«, hielt Chryseis ihm entgegen, »aber du *weißt* es nicht.«

»Das ist richtig. Du hast Hoffnung. Eine schwache Chance. So schwach, daß es so gut wie Mord wäre, wollte ich dir erlauben, dich an sie zu klammern. Mein wohlüberlegter Rat ist daher, daß du eine Schwangerschaft unter allen Umständen vermeiden solltest. Willst du mir das versprechen?«

»Nein«, antwortete Chryseis kalt.

»Und warum nicht?«

»Mein Bruder ist gestorben, ohne Nachkommen zu hinterlassen. Es ist kein Sohn da, der die Totengebete sprechen könnte. Es liegt daher an mir, ihm einen Neffen zu schenken, der für ihn Opfer darbringen kann. Andernfalls muß seine Seele für immer einsam und verloren zwischen den Welten wandern.«

»Hades, Beherrscher des Tartarus!« stürmte Ophion. »Verschone mich doch mit diesem Unsinn! Ariston, armer Freund, auf ein Wort ...«

Die beiden Männer gingen in den Innenhof hinaus.

»Sie ist davon besessen, wie?« meinte der Arzt.

»Ja«, erwiderte Ariston, »seitdem Danaus bei Syrakus gefallen ist ...«

»*Wenn* er gefallen ist«, unterbrach ihn der Arzt. »Du weißt es nicht.«

»Die anderen Gefangenen kamen zurück. Die meisten von ihnen innerhalb von sieben Monaten nach der Niederlage. Ich befand mich gerade in Euripides' Höhlenwohnung, als einige von ihnen kamen, um ihm zu danken.«

»Wofür zu danken?«

»Für ihre Freilassung. Anders als ihr Athener, achten die Syrakuser wahre Größe. Sie ließen jeden Mann frei, der ein paar Verse des Euripides auswendig wußte. Darum bin ich so sicher, daß der arme Danaus tot ist. Ich habe ihn ganze Chorpartien aus *Hekabe, Hippolytus, Andromache, Elektra und Medea* gelehrt – wenn ein Mann freigelassen werden sollte, weil er Euripides' Verse kannte, dann Danaus!«

»Nun gut«, sagte Ophion. »Hast du eine Konkubine, Ariston? Eine Hetäre hinter der Agora? Ein Flötenmädchen? Oder auch nur eine Dirne?«

»Nein.«

»Dann rate ich dir, dich nach einer umzusehen. Natürlich befindet sich deine – deine Frau solange nicht in ernstlicher Gefahr, als sie ein Kind nicht austrägt. Ich könnte mich ohrfeigen, daß ich ihr sagte, wie sie das anstellen soll! Aber eine ausgereifte Leibesfrucht wäre gefährlich für sie. Sehr gefährlich.«

Ariston lächelte matt.

»Ich bin nicht einer von diesen Satyren, die ihr Verlangen nicht beherrschen können«, sagte er. »Und die arme Chryseis — warum sollte ich dir etwas vorlügen, mein Freund? — reizt mich nicht eben sehr. Ich muß dazu bemerken, daß sie nicht zu jener seltenen Gattung lustbesessener Frauen gehört; sie ist normal. Damit will ich andeuten, daß sie, wie jedes andere weibliche Wesen, durch Streicheln und Zärtlichkeiten erregt werden muß. Zumindest war es so, bevor sie diese verrückte Idee . . .«

»Das macht die Sache schwierig. Sehr schwierig. Eine Frau, die auf Mutterschaft erpicht ist, macht einem mehr zu schaffen als alle Furien zusammen. Ich kann dir nur raten, Ihr Lager nach Möglichkeit zu meiden. Wo das nicht geht, ergreife die üblichen Vorsichtsmaßnahmen. Für den Fall, daß sie trotz allem wieder schwanger werden sollte, werde ich dir eine Medizin geben, die du ihr in den Wein mischst und die eine Fehlgeburt zur Folge hat. Unter keinen Umständen darf sie ein Kind austragen. Hast du mich verstanden?«

»Ja, ich habe verstanden.«

»Dann lebe wohl, alter Freund!« sagte Ophion und verabschiedete sich.

Der Arzt war fort, und Ariston ging in Chryseis' Schlafstube zurück. Sie ruhte friedlich unter dem Einfluß des Schlafmittels, das Ophion ihr gegeben hatte. Mit einem Gefühl der Erleichterung nahm er seinen Stock und verließ das Haus.

Er hatte kein bestimmtes Ziel. Er wollte eigentlich nur der Grabesstimmung entfliehen, die auf seinem Hause lastete, seitdem Danaus aus der sizilianischen Katastrophe nicht mehr zurückgekehrt war. Diese Katastrophe war zweifellos die Folge jener törichten Entscheidung, Alkibiades des Kommandos zu entheben. Alkibiades war nach Sparta geflüchtet, weil er nicht wegen einer Gotteslästerung zum Tode verurteilt werden wollte — es handelte sich um die dumme Geschichte mit den verstümmelten Hermessäulen —, an der er keine Schuld hatte. Eigentlich gab es keine Befreiung von dieser alles durchdringenden Trauer; trotzdem suchte sie Ariston jetzt — Befreiung und Erholung von einer Stimmung völliger Niedergeschlagenheit, die wie ein Pesthauch sein Leben vergällte.

Fünf Jahre waren nun schon vergangen, seit Danaus vor Syrakus gefallen war — *wenn* er gefallen war. Fünf Jahre, seit Danaus im Getümmel der Schlacht verschwunden war, ohne je wieder ein Lebenszeichen von sich zu geben. Fünf weitere Jahre des erbitterten

Bruderkrieges zwischen Hellenen, der begonnen hatte, als Ariston zwölf war, und nun, einundzwanzig Jahre später, immer noch kein Ende absehen ließ oder auch nur an Heftigkeit abnehmen wollte. Das allein war schon Anlaß genug für Aristons Niedergeschlagenheit. Zu wiederholten Malen hatte er seinen sehnigen, gestählten Körper mit der Rüstung eines Hopliten beschwert und war ausgezogen, um an dem schmutzigen, furchtbaren, seelenlosen, stumpfsinnigen Geschäft des Tötens teilzunehmen. Dies geschah immer dann, wenn es ihm nicht gelang, sich vom Waffendienst freizukaufen, oder er – bewegt von einem dunklen, selbstmörderischen Drang – es bewußt ablehnte, sich durch Bestechung seiner Pflicht zu entziehen.

Außerdem – und mehr als alles andere hatte *das* sein Herz mit lähmender Trauer erfüllt – waren die trennenden Streitfragen keineswegs mehr klar umrissen. Ausgezehrt vom Krieg, wurde Athen seinen hohlen Idealen abtrünnig; in zunehmendem Maß machten sich die Feinde der menschlichen Freiheit in seinen Reihen breit. Ja, die Mutter der menschlichen Freiheit hatte einen so tiefen Sturz getan, daß sie einige Monate lang vor einer oligarchischen Regierung – die Vierhundert genannt – auf dem Bauch gelegen war. Damals – der bloße Gedanke daran ließ Ariston erschauern – waren Gewalt und Betrug und politischer Mord in einem Ausmaß an der Tagesordnung gewesen, das eine persische Satrapie beschämt hätte.

Im Augenblick aber genossen die Athener ihre auf unsicheren Füßen stehende Errettung. Alkibiades hatte sie von seinem Exil aus geschickt in Szene gesetzt, die wackeren Demokraten der Flotte waren zur Tat übergegangen. Auf Samos hatten die Seeleute revoltiert, ihre oligarchischen Offiziere abgesetzt, zwei tüchtigen Männern, Thrasybulos und Thrasyllos, das Kommando übertragen, Alkibiades aus der Verbannung zurückberufen, ihn zum Strategos Autokrator ernannt und sich angeschickt, nach Athen unter Segel zu gehen, um die Dinge dort ins Lot zu bringen.

Woraufhin der gemäßigste unter den Oligarchen, ein gewisser Theramenes, sich gegen seine eigenen Leute, die ›Vierhundert‹, wandte, sie stürzte und wieder die Demokratie errichtete – wenn auch mit gewissen Einschränkungen; auf diese Weise gab er der Flotte Gelegenheit, ihre vordringlichste Aufgabe zu bewältigen: Sparta zu schlagen. Im Volksmund hieß Theramenes ›Kothornos‹ – ›Schnürstiefel‹ – mit Bezug auf die Schnelligkeit, mit der er es verstand, die Seiten zu wechseln, um seine eigene kostbare Haut zu retten; der Witz dieser Bezeichnung lag darin, daß die athenischen Militärstiefel an beiden Füßen getragen werden konnten.

Tatsächlich erfocht die Flotte überwältigende Siege bei Kynossema und Abados. Und erst in diesem letzten Frühling hatte Alkibiades sein großes militärisches Genie bewiesen, als es ihm gelungen war, die lakedämonische Flotte bei Kyzikos zu vernichten. Ariston selbst hatte mit den Landstreitkräften an dieser Schlacht teilgenommen.

Er stand auf der Akropolis und beobachtete die Arbeiter, die die anmutigen Mädchenstatuen einpaßten, die nun statt der herkömmlichen Säulen das Dach des neuen Erechtheions, des Tempels des Erechtheus, stützen sollten. Man nannte sie Karyatiden, und sie verliehen dem neuen Bau einen seltsamen, eindrucksvollen Liebreiz. Der amtierende Demagoge Kleophon, von Beruf Leiermacher, hatte dazu den Auftrag gegeben, und auch für den Bau des neuen Tempels der Athene, der links vom Parthenon errichtet wurde. Kleophon wollte die vielen arbeitslosen Theten beschäftigen und so ihre Diobelia aufbessern, die zwei Oboloi Erwerbslosenunterstützung, die täglich an alle jene Arbeiter ausgezahlt wurden, die durch den Krieg ihren Lebensunterhalt verloren hatten.

Man kann, was Demagogen betrifft, geteilter Meinung sein, dachte Ariston, den Oligarchen sind sie bei weitem vorzuziehen. Und er schickte sich an, den Hügel hinunterzusteigen und in die Stadt zurückzukehren.

Wie er nun seine Schritte heimwärts lenkte, unfähig, das quälende Gefühl loszuwerden, daß Athen sich immer noch in großer Gefahr befand und daß Kleophon ein Narr gewesen war, das spartanische Friedensangebot nach Kyzikos auszuschlagen, und sich eben fragte, ob Alkibiades' Feldzug, um das verlorene Byzanz zurückzuerobern, von Erfolg begleitet sein würde, sah er Theoris auf sich zukommen.

Er blieb stehen und wartete, denn es bereitete ihm Vergnügen, die nun schon etwas rundliche und mütterliche Theoris zu betrachten, in deren Augen sich der Glanz einer großen und vollkommenen Liebe spiegelte. Die Klatschtanten behaupteten, er hätte sie Sophokles zum Geschenk gemacht; das entsprach nicht der Wahrheit. Aber wäre es so gewesen, er hätte darauf stolz sein können.

»Ariston«, begrüßte sie ihn freundlich, und ihre Stimme war

Musik, alles Grelle und Kreischende geschwunden. »Ich suche dich seit Wochen!«

»Das freut mich«, erwiderte Ariston. »Ich fürchtete, du könntest mich hassen.«

»Sei nicht dumm, Ariston. Ich könnte dich niemals hassen. Ich – sehne mich nicht mehr nach dir; das Gefühl, daß ich für dich empfinde, mag sich verändert haben, aber es bleibt doch – Liebe. Schwesterlicher Natur vielleicht, aber eben doch – Liebe.«

Ariston betrachtete sie lächelnd. Wie schön sie doch sprach! Mit welch rhythmischem Schwung, wie vollkommen tönte das Attische aus ihrem Mund!

»Du hast mich gesucht?« fragte er.

»Ja«, erwiderte sie. »Wegen Kleothera.«

Ariston runzelte die Stirn. »Ist etwas geschehen? Hat Orchomenus . . .«

». . . angefangen, sie zu quälen, wie er die arme Thargelia gequält hat? Nein. Er versucht es – seelisch –, indem er seine Huren und Lustknaben vor ihr paradieren läßt; körperlich – das wagt er nicht, nachdem du ihm so geschickt die Hände gebunden hast. Aber auch seine seelischen Grausamkeiten verfehlen ihre Wirkung bei ihr, denn es gibt nur eines, was ihr unsäglichen Kummer bereitet.«

»Und das ist?« fragte Ariston mit trockener Kehle.

»Deine Abwesenheit. Daß du sie nicht mehr besuchst.«

»Theoris . . .«, ächzte Ariston.

»Ich weiß. Du traust dich nicht. Dein berühmtes Ehrgefühl! Aber ich verehre Aphrodite, nicht Artemis. Ich finde, du benimmst dich gemein. Du lebst in wilder Ehe mit einer Frau, die du nicht einmal liebst, und läßt die arme Kleothera in den Händen eines Rohlings, der sie mit Abscheu erfüllt. Ich – ich träumte von dir, und darum wollte ich dich sprechen. Ich träumte, du gingest nach Delphi und ich, durch Aphrodites Gnade unsichtbar gemacht, begleitete dich.«

»Und?«

»Du fragtest die Priesterin, ob du je glücklich sein würdest. Sie antwortete: ›Ja. Sobald du gelernt hast, in das Gelächter der Götter einzustimmen.‹«

»Und was soll das bedeuten, du große Sibylle?«

»Daß du lernen mußt, den Vorurteilen der Menschen ebensowenig Bedeutung zuzumessen, wie es die Götter tun; dann wirst du glücklich sein. Du und Kleothera, ihr seid füreinander geschaffen! Ihr seid beide so schön und .. .«

»Theoris, bitte!«

»Ich gehe jetzt zu ihr. Warum kommst du nicht mit? Auf eine kleine Weile – gerade nur so lange, um ihre Augen wieder zum Leuchten, ihre Wangen zum Glühen zu bringen?«

»Du redest Unsinn, Theoris, Kleothera war immer sehr liebenswürdig zu mir. Aber mit keinem Wort, mit keiner Geste hat sie jemals . . .«

»Das Mädchen hat Anstand! Was hätte sie tun sollen? Sich den Peplos vom Leib reißen und sich nackt in deine Arme werfen?«

Ariston grinste. »Das nenne ich eine Idee von wahrhaft philosophischer Schönheit! Warum hast du ihr nicht schon längst diesen Rat erteilt?«

»Ihr Männer! Sie würde mir eine Ohrfeige geben, wenn ich das täte. Und dir auch, wenn du so unverblümt versuchen würdest, sie zu verführen. Aber das mußt du ja eben nicht. Du brauchst nichts anderes zu tun, als lieb und freundlich zu ihr zu sein, bis sie es nicht mehr ertragen kann und von selbst weinend in deine Arme fällt.«

»Und *das* empfiehlst du mir?« fragte Ariston. »Ich sollte sie auf sanfte Weise zum Ehebruch verleiten, Verrat üben an . . .«

Theoris sah ihn an.

»Jetzt übst du Verrat an ihr, an ihrem Recht auf Liebe. Und an dir selbst, an deinem eigenen Recht auf Glück und Frieden. Und du beleidigst Aphrodite, die kein Erbarmen kennt, wenn man sie erzürnt. Also tu, was ich dir sage, und komm!«

Kleothera erhob sich langsam, als er mit Theoris den Raum betrat. Sie war jetzt knapp neunzehn, und jede Beschreibung, die er von ihr hätte geben können, wäre einer Lüge gleichgekommen. Ihr Körper hatte durch keine Niederkunft gelitten – wohl deshalb, weil Orchomenus' Exzesse ihn seiner Zeugungsfähigkeit beraubt hatten, glaubte Ariston zu ahnen –, und wer ihre Formen unter dem weichen Wurf und Fall ihres knöchellangen Frauengewandes als vollendet bezeichnete, verlieh diesem Wort neues Maß und Bedeutung.

Ihre großen blauen Augen öffneten sich wie der morgendliche Himmel, an dem noch die nächtlichen Sterne leuchten. Tastend wie die Finger eines Blinden glitt ihr Blick über sein Gesicht.

»Ariston, Herr«, flüsterte sie und streckte ihm scheu die Hand entgegen.

Er ergriff sie sanft und führte sie an die Lippen. Er fühlte sie unter seinem Mund erbeben, fühlte die süßen, wilden Schwingungen ihren schlanken Arm hinaufrasen. Er gab ihre Hand frei und lächelte ihr zu.

»Nun, Kleothera?« sagte er.

»Herr, ich – ich ... –« hauchte sie, denn erst jetzt bemerkte sie Theoris, die hinter ihm stand. »O Theoris!« lachte sie, und jetzt färbte Erleichterung ihre Stimme. »Ich bin *so* froh, daß du gekommen bist!«

Jede Spur ihres drolligen, kindlichen Hellenisch war geschwunden. Ihr Attisch war ebenso rein, ebenso süß flötend wie das ihrer Lehrerin Theoris.

»Und nicht, daß *ich* sie begleite?« scherzte Ariston in gespielt vorwurfsvollem Ton.

»Natürlich bin ich froh, daß du da bist, Herr!« erwiderte Kleothera. »Ich wollte nur sagen, daß meine Freude noch größer ist, weil Theoris mit dir gekommen ist. Oh! Das klingt dumm! Ich meinte nur ...«

»Was meintest du, Kind?« fragte Ariston.

»Ich weiß nicht, was ich meinte!« jammerte sie. »Aber nun setzt euch doch. Ich hole Reiskuchen und Wein. Die Reiskuchen habe ich selber gemacht.«

»Dann werden sie süßer sein als der Nektar der Götter«, bemerkte Ariston mit seiner tiefen, melodischen Stimme.

»Sag mir doch nicht solche Dinge, Herr!« protestierte Kleothera und floh, den Vorhang zur Seite stoßend, in die Küche.

»Ich werde dir helfen, Kleothera!« rief Theoris ihr nach, schob ebenfalls den Vorhang zur Seite und blieb, ihn offen haltend, stehen, so daß Ariston in die Küche sehen konnte.

Wie eine delphische Priesterin, die in die blauen Flammen bläst, die sie in mystische Verbindung mit ihrem Gott bringen, starrte Kleothera auf den Rücken ihrer Hand, auf die Stelle, die Ariston geküßt hatte. Wie in Trance führte sie sie dann langsam, unendlich zärtlich, an den Mund.

Theoris ließ den Vorhang fallen und lächelte triumphierend.

»Bist du mir böse, wenn ich jetzt gehe?« rief sie hinein. »Das Kind ist allein, und ich ...«

»O Theoris, geh nicht!« Fast wäre Kleothera in Weinen ausgebrochen. »Ich . . .«

». . . möchte mit diesem bösen alten Satyr nicht allein bleiben«, vollendete Ariston den Satz, »mit diesem Sohn des Pan, der gewiß . . .«

Sie kam wieder durch den Vorhang.

»Es ist nicht wegen dir, Herr. Es ist – Orchomenus. Er würde bestimmt etwas Schlechtes denken.«

»Wenn jemand ihm etwas erzählte – aber das wird niemand tun«, sagte Theoris. »Kleothera, Liebste, ich muß gehen. Und schließlich kenne ich Ariston seit vielen Jahren. Er hat die Selbstbeherrschung erfunden und ist ein so vollendeter Edelmann, daß man wahnsinnig werden könnte. Also laß ihn doch ruhig ein wenig mit dier plaudern. Es wird euch beiden guttun. Und nun lebt wohl, ihr schönen Menschen!«

Sie ging und Ariston blieb, aß die kleinen Kuchen und trank den Wein. Die Worte, die sie wechselten, waren zu großen Steinen geworden, die nur mit großer Mühe aufgehoben und in die unermeßlichen Tiefen des Schweigens versenkt werden konnten.

Es war unerträglich. Ariston erhob sich.

»Lebe wohl, Kleothera«, sagte er.

»Du gehst? Schon?« klagte sie.

Ariston lächelte. »Du scheinst an meiner Gesellschaft nicht viel Gefallen zu finden.«

»O doch! Es ist nur, daß ich . . .«

». . . daß du Angst vor mir hast.«

»Vor *dir* habe ich keine Angst, Herr«, flüsterte sie und schüttelte heftig den Kopf.

»Vor Orchomenus also?«

»Auch vor ihm nicht.« Ihre Stimme klang ganz leise.

»Vor wem dann?«

»Vor mir selbst!« stammelte sie, wirbelte herum und stürzte auf den verhangenen Türbogen zu.

Aber so schnell sie sich auch bewegte, Ariston war schneller. Er faßte sie an den Schultern und drehte sie sehr sanft herum. So hielt er sie fest und sah ihr ins Gesicht. Alle Farbe war daraus geschwunden. Sie öffnete den Mund – gewiß, um ihn von sich zu weisen –, aber er formte nur seinen Namen. Es klang wie eine Glocke im Wind, wie silbern perlende Töne in ziehenden Lüften.

»O Ariston, Ariston . . .«

Da beugte er sich vor und fand ihren Mund; küßte ihn ohne Leidenschaft, aber mit einer Zärtlichkeit, die durchdringender, quälender, zerfleischender war als bloßer Schmerz. Er genoß ihre warmen, weichen, vom Salz ihrer Tränen gewürzten Lippen, als wären es die Blütenblätter einer seltenen, unendlich holden, unsagbar kostbaren Blume. Dann ließ er die Arme sinken und gab sie frei. Aber sie blieb stehen, und ihr Mund haftete so leicht, so zart an seinem, daß er ihn kaum zu berühren schien. Die Zeit versank, entglitt auf seinem Odem, sie atemlos, bis er sie an der Schulter faßte und in Wirklichkeit, in ihr Leid zurückrief.

Sie stand vor ihm, und heiße Tränen stürzten aus ihren Augen und hingen wie Perlen an ihren golden-weißen Wimpern.

»Kleothera«, stöhnte er.

»O Ariston, mein Herr, mein Leben – ich liebe dich so sehr!«

Wäre ihre heimliche Liebe bekannt geworden, niemand in Athen würde geglaubt haben, daß sie frei von aller Fleischeslust war. Nicht einmal Theoris glaubte es, obwohl sie davon wußte und ihre Zusammenkünfte förderte und unterstützte. Und doch war ihre Liebe fast so unschuldig wie die Spiele ihrer Kindheit.

In diesem Athen, wo einem Mann, gleich zu welcher Tages- oder Nachtzeit, je nach Laune jede erdenkliche Art von geschlechtlicher Liebe geboten wurde, war Enthaltung das einzige, womit er ihr seine Hochachtung bezeigen konnte. Mag sein, daß er, der nun zum ersten Mal seit Phrynes Tod Liebe fühlte, dazu neigte, diese Liebe als Heiligtum zu verwahren und anzubeten und Kleothera zur Göttin zu erheben. Sie aber freute sich über Aristons Zurückhaltung und begrüßte sie – anfangs –, denn alles, was sie von körperlicher Liebe erfahren hatte, war, daß Orchomenus sie hin und wieder nahm, derb und brutal, ohne jede Einleitung, kaum je einen Kuß oder eine Zärtlichkeit an sie verschwendete, sich ihr aufdrängte, so daß der Geschlechtsakt ihr eine Vergewaltigung bedeutete; eine Vergewaltigung nicht nur ihres unvorbereiteten, schmerzenden, geschundenen und daher noch viehischer vergewaltigten Körpers, sondern auch ihrer feinsten und zartesten Gefühle, ihres innersten Wesens, ihrer Persönlichkeit und ihrer Seele.

Später aber wurde ihr, einer liebenden Frau, die zum ersten Mal einen sanften, unvergleichlich zärtlichen Anbeter kennenlernte, allmählich bewußt, daß sie ein Geschöpf aus Fleisch und Blut war, aus schmelzendem Fleisch und hämmerndem Blut, und aus Nerven, die nächtelang in bitterer Qual aufschreien konnten.

Er merkte bald genug, daß sie zu grundlosen Tränen und kindischen Gefühlsausbrüchen imstande war; doch weil er sie so von Herzen liebte, entzückten ihn sogar diese negativen Seiten ihres Wesens.

Bis zu dem Abend, da sie ihn mit gesenkten Blicken, verdrießlich und mit schmollend aufgeworfenen Lippen empfing und ihm zum ersten Mal, seit sie ihn kannte, eine faustdicke Lüge auftischte. Sie tat dies, weil sie von dem Drang beherrscht war, ihm weh zu tun, wie ihr weh getan wurde, um so mehr, als sie den Grund für ihre trübe Stimmung nicht kannte – so sehr hatte das Zusammenleben mit Orchomenus bewirkt, daß für sie Liebe und körperliches Verlangen zwei grundverschiedene Begriffe waren.

»Ich bekomme ein Kind«, sagte sie und genoß die grausame Genugtuung, zu sehen, wie seine Lippen sich weiß färbten.

»Von – ihm?« flüsterte er.

»Von wem sonst?« gab sie gleichgültig zurück.

Er wandte sich um und verließ das Haus. Sie lief ihm schreiend nach, rief ihn beim Namen, aber er drehte sich nicht einmal nach ihr um. Hoch aufgerichtet und stolz, mit steifem Rücken, ging er weiter, ihrer Rufe nicht achtend. Und er betrank sich an diesem Abend zum ersten Mal seit vielen Jahren. Er verlor jedes Zeitgefühl und erinnerte sich auch später nicht mehr, wo er überall gewesen war ...

Oder wie er nach Hause gekommen war. Aber er erwachte in seinem eigenen Bett, von der zu völliger Gewißheit gesteigerten Angst gepackt, sein Kopf würde, wollte er ihn bewegen, abfallen und über den Boden rollen. Er lag lange Zeit so da, bis er es endlich fertigbrachte, seine Augen an das Licht zu gewöhnen und Chryseis neben sich liegen sah, die ihm triumphierend zulächelte.

»Was war denn das für ein Wein, mit dem du dich heute nacht betrunken hast?« schnurrte sie.

»Weiß ich nicht«, stöhnte er.

»Damit ich ein Faß davon kaufen kann! O Ariston, Ariston! O mein Liebster, heute nacht ...«

»Was war heute nacht?« murmelte er.

»Du liebtest mich – wie ein Gott! Wie Dionysos! Oder Apoll! Oder Eros selbst! O du mein Lieber, ich ...«

Er drehte den Kopf zur Seite und erbrach sich auf den Boden des Schlafzimmers.

XXI

Diesmal blieb Chryseis, sobald sie ihrer Sache sicher war, im Bett. Von panischer Angst getrieben, stürzte Ariston zu Ophion, um den Arzneitrank zu besorgen, von dem der Arzt gesprochen hatte, und der bewirken sollte, daß sie das Kind verlor, dessen Geburt sie das Leben kosten würde. Vier Monate lang mischte er ihr den Trank täglich in den Wein.

Aber der Trank hatte keine Wirkung.

Rundlich und rosig und zufrieden lag Chryseis da, fast hübsch, im warmen, weichen Licht ihrer Mütterlichkeit, während Ariston auf und ab rannte, seine Geschäfte vergaß, den Krieg vergaß, und, um die Wahrheit zu sagen, beinahe verrückt wurde. Bis zu dem Tag — da Kleothera kam.

Sie kam durch die Tür seines Hauses; ihr helles Haar goß winterliches Sonnenlicht über ihre Schultern. Eines ihrer Augen war blaugeschlagen und zugeschwollen, im anderen spiegelten sich noch alle Schrecken des Tartarus. Ihre Lippen waren aufgerissen, getrocknetes Blut umriß die Konturen ihres Kinns, und purpurfarbene Peitschenspuren ringelten sich um ihre Schultern. Zitternd stand sie da und blickte ihn an, daß es ihm gleichzeitig das Herz zerriß und ihn heilte, bis er endlich die Worte, die er nicht finden konnte, die Ausdruck seines Entsetzens gewesen wären, durch eine einfache Geste ersetzte: er öffnete ihr weit seine Arme.

Und ohne einen Augenblick zu zögern, kam Kleothera mit einem erstickten Schluchzen, nach kindlicher Art hüpfend, zu ihm.

Er hielt sie fest. Die ungeheure Wut, die ihn überkam, ließ ihn erbeben. Orchomenus hatte sie einer erbarmungslosen Züchtigung unterworfen; davon zeugten die zahlreichen blutenden Striemen, an denen ihr Gewand klebte. Sie klammerte sich an ihn und benetzte seinen Chiton mit ihren Tränen.

»Kleothera«, stöhnte er.

Sie hob ihr böse zugerichtetes Gesicht zu ihm auf, und was immer er sagen wollte, war dahin, für immer vergessen und verloren, als das weiche, rosige, zuckende Flattern nur wenige Zoll unterhalb seines Mundes seinen Blick, seinen Atem, sein Leben bannte und in völlige Reglosigkeit versetzte, so ganz und gar lähmte, daß sie, als sie seinen Zustand sah und erkannte, das Erbarmen und das Zartgefühl hatte, ihn davon zu erlösen.

Sie stellte sich auf die Zehenspitzen und drückte ihren Mund auf den seinen, bis Leben, Kraft und Wille in ihn zurückströmten.

»Kleo«, begann er, »was . . .«

»Was wir jetzt tun sollen?« Sie betonte das ›wir‹ nicht einmal. Ihr Glaube an das, was sie verband und schon immer verbunden hatte, schwankte nicht. Dazu bedurfte sie weder der Weihe noch der Entweihung durch Worte.

Er aber, diese gepeinigte Seele, geplagt von dem, was Sokrates als Selbstquälerei bezeichnete, empfand anders. Er konnte, was vollkommene Erfüllung war, nicht auf sich beruhen lassen. Er mußte mit melancholischen Fragen und logisch klingenden Einwänden ihre hilflosen Sinne bedrängen.

»Willst du still sein«, sagte sie endlich, »und mich weiter küssen? Das brauche ich jetzt, kein Gerede.«

»Aber Kleo!« stöhnte er. »Das Kind . . . dein Kind . . .«

»Mein Kind hat es nie gegeben«, entgegnete sie. »Ich habe dich angelogen, Ariston, mein Gebieter! Ich wollte dir weh tun, weil . . .«

»Weil?«

»Ach, ich weiß es nicht! Nein, das ist wieder gelogen. Ich weiß es schon, aber ich kann es dir nicht sagen.«

»Warum nicht?«

»Weil ich mich zu sehr schämen müßte. Also willst du mich jetzt küssen, Liebster? Bitte!«

Er beugte sich vor und suchte ihren Mund. Er küßte sie, wie er sie nie zuvor geküßt hatte. Als Frau, nicht als zerbrechliche Puppe. An seiner Brust spürte er ihre Hände, die ihn fortzuschieben versuchten. Sogleich gab er sie frei.

»Jetzt ist's genug«, sagte sie, und ihre Stimme klang rauh und atemlos. »Es ist sogar zu viel. Dazu bin ich nicht hergekommen, auch wenn ich – Athene weiß es – der Zärtlichkeit bedarf. Ich bin nur gekommen, um deine Hilfe zu erbitten, denn von allen Männern, die ich kenne, bist du der einzige Gütige. Es tut mir leid, daß ich dich angelogen habe. Aphrodite und Eros sind meine Zeugen, daß ich dafür bestraft worden bin. Ich meine, da du mich nicht mehr besuchtest. Das, Herr meines Lebens, war eine Folter. An jedem Tag, da du nicht kamst, starb ein kleines Stückchen von mir.«

»Kleo . . .«, flüsterte er.

»Kleo!« machte sie ihm nach. »Wie beredsam du doch bist, mein Liebster! Was für hübsche Reden du mir hältst! Aber ich kann jetzt nicht einmal ein wenig mit dir schäkern. Ich — mir tut alles weh. Orchomenus . . .«

»Diese Bestie!«

»Nein, Ariston, das ist er nicht, und das weißt du auch. Er ist ein guter Mensch, auf seine derbe Art sogar gütig, wenn seine Dämonen nicht von ihm Besitz ergreifen.«

Ariston sah sie an. Mit neunzehn Jahren war sie schon eine ganze Frau, großgewachsen, stattlich, wie eine Königin. Er wußte nicht, daß ihre gallischen Stammesgenossen sie beinahe als Zwergin, jedenfalls aber als zu mager angesehen hätten, denn bei ihnen waren die Frauen oft größer und stärker als die Männer.

»Wieso du, Kleo?« fragte er.

»Er hat mich ertappt, wie ich deinen Namen auf ein Stück Pergament schrieb. Nur deinen Namen — sonst nichts. Theoris hat mich schreiben gelehrt. Und das war das erste Wort, das ich gelernt hatte: dein Name. Ich saß oft stundenlang da und starrte es an. Mir gefallen sogar die Buchstaben, aus denen es besteht. Alpha, Rho, Iota, Sigma, Tau, Omega, Ny: Ariston. ›Der Beste‹. Ein schöner Name für einen schönen Mann. Für meinen Liebsten.«

»Kleo, das sollst du nicht!«

»Ich weiß, ich sollte nicht. Aber ich tu's eben.« Plötzlich lachte sie. Das Lachen klang ein wenig zittrig, schien ihm. »Weißt du, ich verstehe mich darauf, hübsche Reden zu halten — zumindest für dich. Ich bin ja keine lakonische Lakonierin — Theoris sagt, daß das Wort so entstanden ist, weil ihr Lakedämonier alle maulfaul und schüchtern seid. Ist das wahr?«

»Ja«, bestätigte Ariston. »Die meisten Spartaner würden eher sterben als eine Rede halten.«

»Dann brauchst du's auch nicht zu tun. Küß mich lieber.« Dann brach ganz plötzlich und ohne Übergang der Kummer wieder hervor.

»Was sollen wir nur tun, Ariston?« jammerte sie.

»Dich aus seinen Klauen befreien«, antwortete Ariston grimmig. »Kannst du überhaupt gehen?«

»Ich bin zu Fuß hierher gekommen. Ich lief sogar. Warum fragst du?«

»Wir gehen zum Gerichtsbeamten.«

»Was soll uns das schon nützen?« meinte Kleothera verzagt. »Nach dem Gesetz hat jeder Mann das Recht, seine Frau zu schlagen — wenn sie es verdient hat. Und wenn ich mit dir zum Gerichtsbeamten gehe, wird das der Beweis sein, daß ich es verdient habe. Sofern noch ein Beweis vonnöten sein sollte, was nicht der Fall ist. Ich *habe* es verdient.«

»Sei nicht dumm«, sagte Ariston. »Du brauchst nur das Dokument vorzulegen, das ich ihn unterschreiben ließ.«

Sie sah ihn fragend an.

»Welches Dokument?«

Ariston lächelte.

»Das habe ich mir gedacht. Daß er dir keine Abschrift geben würde. Darum habe ich eine beim Gerichtsbeamten hinterlegt und mir selbst eine behalten. Und jetzt komm!«

Aber sie rührte sich nicht. Er blieb stehen, sah sie an und meinte ein wenig verlegen:

»Natürlich nur, wenn du von Orchomenus frei sein willst. Willst du das, Kleothera?«

Sie hob den Kopf und blickte ihn an. Ihre hellen blauen Augen leuchteten.

»Ja, das will ich«, antwortete sie, »mehr als irgend etwas anderes – außer einem.«

Er blickte sie an. Der Atem stockte ihm, das Herz klopfte ihm bis zum Hals.

»Und was ist das eine?« fragte er flüsternd.

»Dir gehören. Ganz dir«, erwiderte Kleothera.

»Hmmmm ...«, machte der Astunomos. »Und was hast du angestellt, junge Frau, daß dein Gatte dich so geschlagen hat? Auf der Straße herumspaziert? Dir einen Liebhaber mitgenommen? Diesen Herrn, zum Beispiel?«

Kleothera schob ihren Peplos wieder über ihre mit blutigen Striemen bedeckten Schultern.

»O Ariston!« jammerte sie.

»Nichts von alledem«, erwiderte Ariston und versuchte, sich seinen Zorn nicht anmerken zu lassen. »Ihr Mann trinkt. Und wenn er betrunken ist, dann ...«

»Eine glaubhafte Geschichte!« spöttelte der Gerichtsbeamte. »Bei diesem hübschen, blonden Kind würde doch jeder Mann versucht sein ...«

Ariston reichte ihm das Pergament, das Orchomenus vor dem früheren Astunomos, der leider nicht mehr im Amt war, unterschrieben, und in dem der halb wahnsinnige Spartaner sich verpflichtet hatte, seine Braut weder zu schlagen noch zu treten, noch sonstwie zu quälen.

»Wie erklärst du dir dann das?« fragte Ariston.

Der Gerichtsbeamte las das Dokument durch.

»Ich kann es mir nicht erklären«, antwortete er. »Wie kann ein Mann, der bei vollem Verstand ist, so etwas unterschreiben?«

»Vielleicht gerade, weil er *nicht* bei vollem Verstand ist«, gab Ariston zu bedenken. »Du mußt wissen, guter Astunomos, daß ich Orchomenus schon von Jugend auf kenne. Als er mir mitteilte, er wolle sich – zum zweiten Mal – verehelichen, und mich um Geld bat, um dieses Mädchen freizukaufen, zwang ich ihn, das zu unterschreiben, weil ich ihn kannte. Mehr noch: ich ließ ihn das Dokument unterfertigen, bevor ich noch seine Braut gesehen hatte. Über meine Uneigennützigkeit sollte Klarheit bestehen.«

»Was mir *nicht* klar ist«, brummte der Gerichtsbeamte, »ist, warum du ihn überhaupt erst gezwungen hast, zu unterschreiben.«

»Er war schon einmal verheiratet. Seine erste Frau starb an den unmenschlichen Verletzungen, die er ihr zufügte, wenn er betrunken war. Ich kann zwanzig Zeugen beibringen, die bestätigen werden, daß kaum eine Woche verging, ohne daß er sie halb tot geprügelt, sie mit glühenden Eisen gebrannt und mit Messern angegriffen hätte – Nachbarn, Bewohner des Viertels, wo sie wohnten. Und der Astunomos Philokotes, der dieses Amt hier vor dir versah, wird sich gewiß noch erinnern, daß Orchomenus das Dokument aus freiem Willen unterschrieb. Nun, Astunomos?«

»Ich werde den Fall an das Gericht der Archonten weiterleiten«, sagte der Beamte langsam. »Es tritt in zwei Wochen zusammen. Bis dahin kannst du deine Zeugen zusammentrommeln.«

»Ariston!« Kleothera war dem Weinen nahe. »Zwei Wochen! Wo soll ich hingehen? Was soll ich tun? Ich kann nicht mehr nach Hause zurück! Er – er bringt mich um!«

Ariston überlegte. Er konnte ohne weiteres ein kleines Haus für Kleothera mieten, sie mit Dienern, Verpflegung und Kleidung versorgen – ihr sogar einen bewaffneten Leibwächter zur Verfügung stellen, der sie beschützen würde, falls Orchomenus erscheinen und versuchen sollte, sie mit Gewalt zu entführen.

Aber – er kannte die Denkweise der Athener nur zu gut. Täte er das, er würde womöglich den Prozeß verlieren. In Athen beschränkten sich die Juristen darauf, die einzelnen Rechtsgrundsätze herauszusuchen und sie zu Reden zu verarbeiten. Die Prozeßgegner mußten diese auswendig lernen und sie dem Dikasterium zu Gehör bringen. Gewiß würden Orchomenus' Redenschreiber — wie diese Leute nicht zu Unrecht hießen — die Umstände zu nützen wissen und alle ins Auge springenden Folgerungen mit Nachdruck unterstreichen: ein Reicher stiehlt einem Armen die Frau, bringt sie in einem gemütlichen Nest unter, stellt ihr Dienerschaft und Wachpersonal zur Verfügung — »Ich frage euch, ihr Herren . . .«

Aber er konnte sie auch nicht zu Orchomenus zurückschicken. Er konnte nicht. Und dann hatte er den erlösenden Einfall. Er würde sie zu sich nach Hause bringen. Zwar legte Chryseis oft ein gereiztes Wesen an den Tag, aber sie war eine gute Seele. Er würde ihr die Wahrheit sagen — oder zumindest jenen Teil der Wahrheit, der ihr nicht weh tun konnte — und ihr Kleotheras so schändlich zugerichteten Rücken zeigen. Das war die beste Lösung. Niemals würde Chryseis annehmen, er brächte seine Geliebte unter das eheliche Dach; und auch die Dikasten — alles brave, verheiratete Männer — würden ihr Lebtag nicht auf den Gedanken kommen, daß ein Athener so etwas tun konnte —, man wußte ja, daß die meisten athenischen Frauen Xanthippes Schwestern im Geist waren. Die bloße Kühnheit seines Planes würde ihn unverdächtig erscheinen lassen und einen glückhaften Ausgang der Verhandlung gegen Orchomenus garantieren.

Er hatte völlig recht. Nur mit einem hatte er nicht gerechnet.

Während er Kleothera zurück in sein Haus führte, hatten die Dienerinnen ihre schwangere Herrin bereits mit genießerischer Bosheit vom plötzlichen Fortgehen des Herrn mit einem wunderschönen Mädchen unterrichtet und sich auf diese Weise für das tägliche Quantum Beschimpfungen und die Prügel, die ihnen Chryseis nicht eben selten verabreichte, gerächt. Und so erhob sich Chryseis, kaum, daß sie eingetreten waren, von ihrem Bett und schleppte sich mit ihrem mächtig angeschwollenen Leib in die Halle. Eine der rachedurstigen Sklavinnen hatte ihr die Ankunft der beiden gemeldet; unter dem Druck der Umstände vergaß sie Ophions Ratschlag.

»Chryseis!« Ariston schüttelte tadelnd den Kopf. »Du hättest nicht aufstehen sollen! Ophion hat dir doch gesagt . . .«

Chryseis richtete sich hoch auf. Doch bei ihrem Trachten nach Würde ließ sie es an Originalität fehlen, und plötzlich fiel ihr keine der verletzenden Bemerkungen mehr ein, die sie in der letzten halben Stunde so eifrig geprobt hatte. Statt dessen griff sie auf jene abgedroschenen Worte zurück, die wohl jede Frau irgendeinmal Gelegenheit hat, auszusprechen:

»Würdest du die Güte haben, mir zu sagen, wer diese Frau ist?«

Ariston lächelte.

»Orchomenus' Frau«, erwiderte er ruhig. »Es sind traurige Umstände, die sie bewogen haben, zu uns zu kommen. Sie war ihres Lebens nicht mehr sicher. Zeig Chryseis deinen Rücken, Kleothera.«

Erst jetzt sah er Kleotheras Gesicht. Sie starrte auf Chryseis' angeschwollenen Leib. Dann hefteten sich ihre großen blauen Augen auf ihn. Sie sagte nichts. Sie stand nur da und blickte ihn aus brennenden Augen an, verschloß ihre grenzenlose Qual hinter dem saphirblauen Glitzern, das Ausdruck war einer leidgeprüften Seele, die alle Hoffnung fahren ließ. Dann wandte sie ihnen langsam den Rücken zu und ließ ihren Peplos von den Schultern gleiten.

»Oh!« stöhnte Chryseis auf. »Hera steh uns bei! Was ist das doch für ein Ungeheuer!«

Kleothera hatte den Kopf sinken lassen, und bittere Tränen rollten über ihre Wangen. Doch der Schmerz, der ihre Tränen zum Fließen brachte, hatte nichts mit den blutigen Striemen auf ihrem Rücken zu tun. Dieser Schmerz zählte jetzt nicht.

Chryseis sah, wie ihre Schultern bebten. Schwerfällig tat sie einen Schritt auf sie zu und dann einen zweiten; betrachtete diese lebende Statue der Niobe, die die ganze Welt mit ihren Tränen überflutete. Und die Frage, die Ariston gefürchtet hatte – er log sehr schlecht, wie alle Männer, die das Lügen nicht gewohnt sind –, wurde von ihrem Erbarmen bezwungen und war vergessen. Sie fragte nicht: ›Hat er sie deinetwegen ausgepeitscht, Ariston?‹ Statt dessen nahm sie plötzlich Kleothera spontan in die Arme und küßte sie auf beide Wangen.

»Du armes, armes Kind« flüsterte sie, und nun stürzten auch aus ihren warmen braunen Augen die Tränen. Die beiden Frauen hielten sich umschlungen und weinten.

Drei Tage später erschien Orchomenus bis an die Zähne bewaffnet vor Aristons Haus und brüllte wie ein wütender Stier. Natürlich war er betrunken. Er verlangte, Ariston solle herauskommen, und gab sodann mit lautem Geschrei seine Absicht bekannt, dem Verführer seiner Gattin den Kopf vor die Füße zu legen.

Ariston wartete, bis sein Gezeter eine gaffende Menge angelockt hatte. Dann trat er mit leeren Händen aus dem Haus.

»Geh heim, Orchomenus«, sagte er ruhig. »Ja, deine Frau ist hier. Sie hat vor deiner Roheit hier Schutz gesucht. Sie teilt das Frauengemach mit meiner Gattin, die die Wunden behandelt, die du ihr beigebracht hast. Und hier bleibt sie auch, bis sie wiederhergestellt ist und bis das Dikasterium die Scheidung ausgesprochen hat. Du wirst sie nicht mehr quälen. Und wenn du weißt, was dir frommt, gehst du jetzt heim.«

»Ich bring dich um!« brüllte Orchomenus. »Ich reiß dir den Kopf von den Schultern!«

»Sei nicht lästig, Orchomenus!« gab Ariston zurück.

Woraufhin Orchomenus sich wie ein Löwe auf ihn stürzte. Nur hatte der große Mann vergessen, daß er zehn Jahre älter als Ariston war und niemals seinen Körper übte.

Ariston duckte sich vor dem kräftigen Schwertstoß, ergriff den Schwertarm am Handgelenk und schleuderte Orchomenus, indem er den Arm als Hebel und seinen eigenen breiten Rücken als Drehpunkt gebrauchte, unter dem begeisterten Beifall der Zuschauer wirbelnd in die Luft.

Orchomenus landete so hart auf den Pflastersteinen, daß ihm das Schwert aus der Hand flog und der Atem ausging. Er griff an den Gürtel, um seinen Dolch zu ziehen, aber in diesem Augenblick traf ihn ein Tritt an die Kinnspitze, und schon wurden seine Augen glasig.

Als er wieder zu sich kam, war er seiner Waffen ledig. Ariston hatte sie säuberlich auf seine Türschwelle gelegt.

»Geh heim, Orchomenus«, sagte er.

Aber Orchomenus erhob sich brüllend – und Ariston trat ihm mit solcher Gewalt in den Bauch, daß der große Spartaner den Göttern der Unterwelt alles zum Opfer brachte, was er an jenem Tag gegessen und getrunken hatte. Dann schlug ihm Ariston mit der Handkante über den Nasenrücken und zerschmetterte ihm den Knorpel. Blut quoll dem Riesen aus der Nase. Schließlich packte er Orchomenus am Hals und schleuderte ihn, den Hammergriff anwendend, mit solcher Gewalt zu Boden, daß die Erde erzitterte. Dann wandte er sich an die heulenden, johlenden Zuschauer:

»Athener! Hera ist meine Zeugin, daß meine Sache gerecht ist. Ich überlasse es euch: soll ich diesen Mann töten?«

»Töte ihn!« brüllte der Pöbel. »Töte das häßliche Schwein!«

Ariston lächelte.

»Nein«, sagte er. »Im Gedenken an die Freundschaft, die uns einst verband, und da er mir einmal das Leben rettete, schenke ich ihm das seine. Aber ich will es ihm schwer machen, sich noch einmal hierher zu verirren.«

Damit hob er Orchomenus' schweres, haariges Bein, legte es über sein aufgestelltes Knie und brach es.

»Nun wirst du wohl mich und die meinen in Frieden lassen«, sagte er, drehte sich um und ging ins Haus zurück.

So kam es, daß Orchomenus, das linke Bein eingeschient, auf Krükken vor Gericht erschien. Seine Rede war überraschend gut: er beschuldigte Ariston, ihm seine Frau gestohlen zu haben, zieh beide des Ehebruchs und begehrte von den Richtern, man möge ihm zehn volle Talente aus Aristons Vermögen als Entschädigung für das an ihm begangene Unrecht zuerkennen, sowie die Rückkehr seines sündigen Weibes verfügen.

Aristons Rede jedoch war viel besser, denn er hatte sie selbst geschrieben. Er wies auf das von Orchomenus unterzeichnete Dokument hin und legte es als Beweismittel vor. Er ließ Zeugen auf Zeugen antreten, die allesamt bestätigten, daß Orchomenus seine erste Frau, Thargelia, immer wieder so brutal gezüchtigt hatte, daß die Vermutung, sie sei an den Folgen ihrer Verletzungen gestorben, nahe lag. Er berichtete, daß er Kleothera auf Orchomenus' Ersuchen freigekauft hatte, nachdem sie die Braut des Spartaners geworden war. Er vergaß auch nicht, zu erwähnen, daß ein Großteil der Schuld noch nicht zurückgezahlt worden war.

»So war es ganz natürlich, ihr Herren«, faßte Ariston zusammen, »daß das arme Kind Zuflucht in meinem Hause suchte. Der Astunomos Philip, Sohn des Thetos, kann bezeugen, in welchem Zustand sich ihr Rücken an jenem Tag befand! Er sah, wie zerfetzt und blutverkrustet er war! Und was diese lächerliche Beschuldigung des Ehebruchs betrifft, stelle ich euch die Frage: wann, wo und in wie vielen Fällen soll dieser Ehebruch stattgefunden haben? Welche Beweise hat er vorgelegt, die euch zu der Annahme verleiten könnten, ich hätte mit dieser Frau jemals intime Beziehungen unterhalten? Ihr seid allesamt verheiratete Männer und habt daher eine gewisse Kenntnis der wohltuenden Fügsamkeit unserer athenischen Frauen. Und so darf ich wohl die Frage an euch richten: wer von euch würde es wagen, eine Geliebte in seinem eigenen Haus aufzunehmen? Wie vielen von euch ist es heutzutage noch gestattet, auch nur ein Sklavenmädchen nach Hause zu bringen, das nicht gerade abstoßend häßlich ist?«

Das brüllende Gelächter der Zuhörer übertönte seine Worte, und selbst die Dikasten stimmten herzlich darin ein. Nachdem sich die allgemeine Heiterkeit wieder gelegt hattte, fuhr Ariston fort:

»Meine Frau erwartet ein Kind, sonst wäre auch sie hier erschienen, um für die arme Kleothera auszusagen. In ihrem Zustand halte ich mich natürlich von ihr fern. Sie hätte euch berichtet, daß dieses arme, so schwer mißhandelte Kind sein Lager an ihrer Seite in ihrem Raum hat! Soviel zur Beschuldigung des Ehebruchs!

Ich bitte euch, Dikastoi, dieses unschuldige Mädchen Kleothera von diesem Unhold zu befreien! Ich bitte euch, ihn unter Aufsicht zu stellen, damit er ihr nie wieder ein Leid zufügen kann. Ich bitte euch, Athens Ehre zu wahren und Gerechtigkeit walten zu lassen! Möge unsere Schutzpatronin, die weise Athene, euer Denken und eure Herzen erleuchten! Ich habe gesprochen, edle Herren des Dikasteriums, erhabene Archonten, und ich danke euch!«

Er gewann den Fall spielend. Einstimmig gewährte der Gerichtshof Kleothera die Scheidung. Ferner stellte er Orchomenus unter Aufsicht und verbot ihm, seine ehemalige Gattin, die freie Metökin Kleothera, zu bedrängen oder zu belästigen, falls er nicht den Rest seines Lebens angekettet an die Ruderbank einer Galeere verbringen wollte.

Orchomenus vernahm das Urteil mit gesenktem Haupt. Dann erhob er sich und stelzte fluchend auf seinen Krücken aus dem Gerichtssaal.

Draußen im Sonnenlicht stand Kleothera und sah Ariston auf eine Weise an, die er kaum ertragen konnte; als ob sie, so schien es ihm, zum Tode verurteilt worden wäre, und nicht einem von Hoffnung und Freude erfüllten Leben wiedergegeben.

»Was nun, mein Gebieter?« flüsterte sie. »Ich kann nicht in dein Haus zurückkehren. Ich kann Chryseis nicht in die Augen schauen. Zuviel Sünde lastet auf meiner Seele!«

»Sünde?«

»Ja. Die Sünde, dich zu begehren. Und weil ich mich schuldig fühle, in Gedanken und in meinem Herzen das begangen zu haben, wessen Orchomenus uns bezichtigt hat. Daß ich nicht auch körperlich zur Sünderin geworden bin, hatte ich nur deinem Erbarmen und den Göttern zu danken! Bei dir ist es anders: du hast eine Frau, die dich liebt, die dein Kind erwartet! *Dein* Kind, Ariston!«

Sie ließ das Haupt sinken und begann laut zu weinen; wildes, stürmisches Schluchzen entrang sich ihrer Kehle.

»Kleo . . . —«, stöhnte er.

»Ich fürchte, ich werde daran sterben, mein Gebieter! Weil ich nicht vergessen kann! Daß du sie berührt, an dich gedrückt, geküßt hast — in sie, in ihr Leben eingedrungen bist. O Ariston, Ariston — daran werde ich zugrunde gehen, die Götter verfluchen und sterben! Nur daran!«

Er nahm sie beim Arm und schob sie schnell weiter, die bevölkerte Straße hinunter. Das Ärgste war, daß er sie dort vor dem Gerichtssaal, unter den Augen einer grinsenden Menge, weder küssen noch trösten konnte.

Eine Stunde später standen sie in der Halle des Häuschens, das er für sie gemietet hatte. Sie war sehr blaß, hatte aber ihre Fassung wiedergewonnen. Langsam streckte sie ihm die Hand entgegen.

»Versprich mir, Herr«, sagte sie in ruhigem Ton, »daß du nicht wieder hierherkommen wirst. Ich meinerseits will dir versprechen, nicht Hand an mich zu legen. Denn nur so können wir in Ehren halten, was zwischen uns gewesen ist und nicht mehr sein darf. Indem wir es rein erhalten und nicht beschmutzen. Ich werde ausharren. Ich will deine Priesterin, du sollst mein Gott sein, den anzubeten meine Lebensaufgabe sein wird. Über deine lieblichen Mysterien will ich wachen! Dies wird mir, glaube ich, Ehre bringen! Gibst du mir dieses Versprechen?«

»Du verlangst mehr, als das sündige Fleisch ertragen kann!« ächzte er.

»Versuch es. Du kannst es. Ich bin es, die es nicht vermag. Darum flehe ich dich an, mich zu verschonen! Erweise mir diese Gnade, ich bitte dich!«

»Wenn ich kann«- flüsterte er. »Beim gefesselten Prometheus, beim Felsblock des Sisyphos, bei allen Qualen des Tantalus schwöre ich, daß ich dir fernbleiben werde — wenn ich kann. Ich schwöre es dir bei der Liebe, die ich für dich empfinde!«

Aber er konnte nicht. Es gab nichts, womit er sein Herz, seine Sinne hätte ablenken können. Chryseis war hochschwanger und in den wahnsinnigen Traum versponnen, daß ihr Kind diesmal leben würde — trotz aller Gegenbeweise, die sie bereits durchlebt hatte. Aber auch wenn sie nicht in diese Gedanken verloren gewesen wäre, hätten ihre kärglichen Reize doch nicht ausgereicht, ihn zu halten. Er versuchte das nächstliegende Heilmittel: er suchte Parthenopes

Haus wohlriechender Sünde auf. Nur um festzustellen, daß das, was in ihm brannte, nicht einfach Lust war; daß er an wahrhafter Liebe litt; daß er blind war für jedes andere Gesicht, wie liebreizend auch immer, taub gegenüber jeder anderen süßen Stimme, reglos verblieb vor jeder anderen anmutigen Gestalt.

Nächtelang saß er an seinem Fenster, ohne des lärmenden Geschreis lustiger Zechbrüder zu achten. Endlich waren Nachrichten von Alkibiades eingetroffen, der ausgezogen war, um zu beweisen ...

Daß man einen Menschen weder nach seinem Benehmen noch nach seiner Erscheinung beurteilen darf, dachte Ariston bitter, selbst wenn dieser Mann ein Genie ist. Wie Alkibiades. Das größte militärische Genie, das Athen je hervorgebracht hat. Dieser der Knabenliebe ergebene, gezierte, lispelnde Stutzer. Dieser respektlose Gotteslästerer. Der immer nur Huren im Sinn hat. Dieser stets betrunkene Schurke, der Thasos und Selymbria zurückerobert hat; Chrysopolis genommen und dort eine Zollstation eingerichtet hat, wo jedes Schiff, das aus dem Schwarzen Meer kommt, Abgaben zahlen muß; Chalkedon belagert und uns tributpflichtig gemacht hat; und nun auch das mächtige Byzanz, die Königin der Städte, ausgehungert und in die Knie gezwungen hat, so daß jetzt die athenische Eule wieder ihren Triumphschrei über dem ganzen Bosporus erschallen läßt.

Und so, sehr wahrscheinlich, den Frieden gesichert hat. Und mir den einzigen Ausweg verschlossen, den ich erhobenen Hauptes hätte gehen können – fremden Boden mit meinem Blut zu tränken und ihn zu attischer Erde zu machen.

So sei es denn! Artemis und Hestia mögen mir verzeihen! Dem finsteren Hades meine Ehre! Tartarus meinen Schatten!

Dann stand er auf und trat in die Nacht hinaus.

Er kam zu dem kleinen Haus. Klopfte leise, zögernd an die Tür.

Kleothera öffnete. Sie stand da und sprach kein Wort. Sie trug eine Lampe in der Hand. Bei ihrem Schein sah er, daß ihre Augen vom Weinen gerötet und geschwollen waren.

»Kleo ...«, sagte er.

Sie sah ihn an. »Du würdest nicht bereit sein«, sagte sie dann, »wieder zu gehen, ohne eine Ehebrecherin aus mir zu machen, nicht wahr, Ariston?«

»Nein«, antwortete er, »ich würde dazu nicht bereit sein.«

»Du bedenkst auch nicht, daß du mich nötigst, mich für den Rest meines Lebens zu verachten? Daß du mich zwingst, das Vertrauen einer Frau zu mißachten, die gut zu mir war? Der einzigen Frau, die gut zu mir war? Die mich küßte und wie eine Schwester über meinen Wunden weinte? Und die — ihr Götter, laßt es mich aussprechen! Laßt die Worte, die mich töten, meinem Munde entfliehen! — und die . . .«

». . . mein Kind trägt? Nein«, entgegnete er kalt, »auch das ändert nichts. Du hast nur eine einzige Möglichkeit, mich loszuwerden, Kleo.«

»Und die ist . . .?« flüsterte sie.

»Sage mir — aufrichtig! — daß du mich nicht liebst.«

Sie sah ihn lange an, sehr lange. Dann seufzte sie. Es klang, als ob ein Schwert langsam ihr schlagendes Herz durchbohrte.

»Komm herein, Ariston«, sagte sie.

Er betrachtete ihr Gesicht. Es war weiß wie phrygischer Marmor. Sogar ihre Lippen waren weiß. Sie atmete nicht. Ihre Augen waren eingefallen wie die einer Toten. Er öffnete den Mund, schrie.

»Kleo! Unsterbliche Götter, Kleo!«

Aber sie antwortete ihm nicht, konnte ihm nicht antworten.

Er preßte sie an sich, schüttelte wie rasend ihren reglosen, schlaffen, nachgebenden, nackten Körper, Tränen stürzten ihm aus den Augen und blendeten ihn so, daß er ihr Gesicht nicht mehr erkennen konnte.

»Kleo! Hestia, Artemis, verzeiht mir! Oh, meine Kleo!«

Zuckend öffneten sich ihre Augen. Ihr Mund. Ihr Atem war ein jäh aufgekommener Sturmwind, der gegen seine Kehle schlug. Wild flatterten ihre Lippen, versuchten Laute in Worte zu fassen, etwas zu sagen . . .

Er beugte sich vor und küßte sie in verzehrender Seligkeit, bis ihr Puls, ihr Atem sich beruhigten. Dann gab er sie frei, und die Tränen glitzerten wie Diamanten auf ihrem Antlitz.

»Wie schön. Wie herrlich schön«, sagte sie.

»Oh Kleo, Kleo! Wie hast du mir Angst gemacht!« klagte er.

Sie lächelte mit großer, ernster Zärtlichkeit.

»Ich starb«, flüsterte sie. »Ich starb und befand mich im Elysium. Ich wanderte unter den altberühmten Frauen umher. Antigone war da, Andromache und Penelope und Hekabe selbst; alle Frauen, die in ihrem Leben wahre Liebe kannten. Oh, wie sie mich alle beneideten!«

»Kind«, murmelte er zärtlich, »süßes, dummes Kind.«

»Ich war nicht vorbereitet — auf das«, sagte sie. »Alles, was mir die Liebe bis jetzt bedeutet hat, war — Schmerz. Und Schweiß und tierisches Gebrüll und — der Gestank haarigen Männerfleisches — und — laß mich los, Ariston!«

»Dich loslassen? Niemals.«

»Bitte. Nur eine kleine Weile. Ich möchte vor dir niederknien, deine Hände küssen, deine Füße . . .«

»Kleo!«

»Um dir zu danken — daß du mir gezeigt hast, daß das, was ein Mann und eine Frau zusammen tun, heilig ist. Geheiligt und geweiht. Unsere Körper sind lebende Tempel, nicht wahr, Herr meines Lebens? Und die Liebe ist die göttliche Flamme, die darin brennt. O Ariston, Ariston — wie könnt ihr Männer nur in öffentliche Häuser gehen? Einen Gegenstand des Spottes macht ihr aus diesem, diesem . . .«

». . . Suchen und Finden«, spann seine tiefe, melodiöse Stimme ihren Gedanken weiter, wandelte ihn zu einem Gebet, »diesem einzigen Augenblick zwischen Geburt und Tod, wo wir nicht allein sind? Ich weiß es nicht, Kleo. Ich werde es nie wieder tun, nie wieder tun können. Du hast dein Siegel auf meine Augen gedrückt und sie für jedes andere Gesicht blind gemacht. Und so wird es bleiben, solange ich Atem und Blut und Sehnsucht in mir habe. Oh Kleo, meine Kleo, ich . . .«

»Sprich nicht. Nicht jetzt. Nicht mehr. Halt mich nur fest. Laß, meine Kleo, ich . . .«

Aber es konnte nicht von Dauer sein. Immer gibt es Menschen, die es nach Bösem gelüstet, denen es Vergnügen bereitet, anderen weh zu tun. Gewiß folgte ihm jemand einmal zu dem Häuschen. Vielleicht eine Frau, die Chryseis haßte oder beneidete; oder einer der vielen Männer, deren Aufmerksamkeiten er schroff zurückgewiesen hatte. Er wußte nicht, wer es war, und sollte es nie erfahren. Es war auch nicht wichtig. Wichtig war der ungeheure Preis, der bezahlt werden mußte.

Denn ein Tag kam, da Ariston, leichenblaß und zitternd, an Chryseis' Lager stand und ihr Schreien, das Schreien einer Wahnsinnigen hörte:

»Du hast mich verstanden, Iatros! Reiß mir den Leib auf! Nimm mir das lebende Kind! Was liegt mir dran, ob ich sterbe? Es wird eine Mutter haben! Seine strohhaarige Schlampe wird sich seiner zärtlich annehmen! Seine blondschädlige Hure! Sie wird alles schätzen, was seinen angebeteten Lenden entsprungen ist, selbst wenn er den Samen an mich Arme verschwendet hat! So nimm es doch! Rette mein Kind! Siehst du nicht, daß ich sterben will? Wofür sollte ich denn noch leben wollen?«

Ophion wandte sich Ariston zu, blickte in sein Gesicht und las in seinen Augen.

»Fort mit dir jetzt, Ariston«, sagte er.

Zutiefst getroffen, den Kopf auf der Brust, torkelte Ariston, der Metöke, aus dem Raum – wie ein Bedienter, wie ein Sklave.

Zwölf Stunden später hörte Kleothera an der Tür klopfen. Ihre blauen Augen leuchten auf. Freudig eilte sie, um zu öffnen. Und erstarrte, während eine eiskalte Klinge tastend nach ihrem Herzen suchte.

Die Frau, die vor ihr stand, hatte nichts Menschliches an sich. Ihr skelettartiges Gesicht war eine über spröde Knochen gespannte Maske aus gelblichem Pergament. Ihre blauen, zerbissenen, geschundenen Lippen umrahmten die glitzernden Zähne in der grauenhaften Verfälschung eines Lächelns. Ihr Atem roch faul wie Fieber, ihr ganzer Leib stank – nach Blut. Ihr Peplos war damit getränkt. Es lief unter ihrem Gewand an den Beinen hinunter, sammelte sich auf der Stufe zu einer Lache.

Sie hielt etwas im Arm. Sie schwenkte ihre Hand wie eine Geierkralle und schob das Tuch zurück, das es bedeckte.

Kleothera öffnete den Mund. Ein Schrei wollte sich ihrer Kehle entringen. Aber mit einer königlichen Geste gebot Chryseis ihr Einhalt.

»Hier«, sagte sie. »Nimm es. Jetzt kannst du es haben. Es gehört dir. Es ist dein Werk, Kleothera. Es wäre *sein* Sohn geworden, wenn nicht der Schmerz, den du mir angetan hast, ihn getötet hätte.«

Dann legte sie das mißgestaltete, blaue, widerliche kleine Etwas in Kleotheras Arm, wandte sich um und wankte die Straße hinauf – ein Geist, ein Schatten.

Doch gleich einer Königin aus alter Zeit, entsetzlich in ihrem Stolz – eine Medea.

Kleothera wußte nicht, wie lange sie durch die Straßen geirrt war. Tage und Nächte waren ihr nur noch ein flackernder Wechsel von Licht und Dunkel. Sie hatte nichts mehr gegessen seit – auch das wußte sie nicht mehr, und es war auch gleichgültig, denn der bloße Gedanke an Speisen ließ grüne Galle in ihrer Kehle hochsteigen.

Sie hatte das Kind begraben. Mit ihren eigenen Händen hatte sie es begraben. Sie hoffte, das kleine Grab im Garten tief genug geschaufelt zu haben. Aber auch das war nicht wichtig, denn sie würde nie wieder in jenes Haus zurückkehren.

Sie konnte die langen Mauern sehen, die sich bis zum Hafen von Piräus hin erstreckten. Ihnen wollte sie folgen. Bei Munychia, ganz in der Nähe des Hafens, stand ein Tempel der Artemis. Der Artemis, der Göttin der Keuschheit, gegen die sie sich schwer vergangen, deren heilige Lehren sie so schrecklich mißachtet hatte. Dort wollte sie hin. Und vor dem Altar der Göttin ihr Leben opfern. Sie besaß keine Waffe, aber die Gürtelschnur ihres Gewandes war fest genug. Zweimal um den nackten Hals geschlungen und ...

Torkelnd, zu Tode ermattet und durstig, machte sie sich auf den Weg. Die seelenwunde, halb verrückte Frau dachte nicht daran, daß sie, um nach Munychia zu gelangen, Piräus durchqueren mußte, wo sich der Abschaum der Meere, die wie Treibgut aus ganz Hellas an die attische Küste geschwemmten Unmenschen, versammelten, die sich rühmten:

»Hier kommt keine ungeschoren davon – nicht einmal eine achtfüßige Ziege!«

Und auf ihre Schenken, ihre elenden Löcher und stinkenden Hütten hielt Kleothera jetzt zu.

So lange sie konnte, wehrte sie sich mit wilder, aus Verzweiflung und Entsetzen geborener Kraft. Dieser Körper, der sein gewesen war – sein Instrument, das er berührt, gestreichelt und liebkost hatte, bis es den Saiten einer Leiter glich, vor Entzücken schwang und tönte –, durfte jetzt nicht von anderen entweiht werden! Durfte jetzt nicht von diesen Böcken und Affen, der Welt übelstem Gesindel, mißbraucht werden. Nein! Eher wollte sie sterben!

Plötzlich hörte sie einen Schrei, einen hohen schrillen Weiberschrei, und sah, wie der größte unter ihren Angreifern sich stöhnend auf den Steinen krümmte, sein Stiernacken von einem einzigen Hieb gebrochen. Ein anderer sank in die Knie; krampfhaft umklammerte er seine Kehle, denn eine Handkante, hart wie die Klinge einer Axt, hatte ihm den Kehlkopf zertrümmert. Ein dritter faßte sich brüllend zwischen die Beine; nie wieder würde er eine Frau befriedigen können.

Kläffend wie Straßenköter verlief sich der Rest. Und er stand da, schön wie ein Gott, wie Ares hochaufgerichtet in seinem Zorn, mit den Muskeln eines Herakles.

»O mein Gebieter, mein Liebster!« schluchzte sie — und hielt inne, als sie in ein Gesicht spähte, das sie nie zuvor gesehen hatte. Es war edel wie das Aristons, aber es war nicht seines.

Der Mann lächelte ein wenig bitter.

»Ich bin nicht dein Gebieter, den die Götter wahrlich gesegnet haben! Auch nicht dein Liebster — leider! Doch wenn du, Eos, Göttin der Morgenröte, strahlende Nymphe der oberen Lüfte, dich zu einem armen Sterblichen herablassen könntest . . .«

»Wer bist du?« flüsterte Kleothera.

»Autolykos, der Sohn des Lykon — und dein Sklave«, antwortete er.

XXII

Drei Jahre waren vergangen. Alkibiades hatte seine triumphalen Feldzüge in der Propontis, im Hellespontos und am Bosporus beendet und wurde nun in Athen zurückerwartet, wo er für seine Ruhmestaten geehrt, aber auch von den seinerzeit gegen ihn erhobenen und noch aufrechten Beschuldigungen freigesprochen werden sollte: die Hermen verstümmelt und die eleusinischen Mysterien öffentlich gelästert zu haben. Die Nachricht verbreitete sich mit Windeseile; es gab kein Haus in Athen, in dem sie nicht das Hauptgesprächsthema bildete.

Das Haus des reichen Schildmachers, des Metöken Ariston, war keine Ausnahme.

»Jetzt lassen sie ihn also endlich heimkommen«, sagte Chryseis. »Du kanntest ihn doch, Ariston. Erzähle mir von ihm. Was ist er wirklich für ein Mensch? Man erzählt sich so viele Geschichten von ihm . . .«

»Alkibiades? Deine Frage ist schwer zu beantworten«, sagte Ariston. »Man könnte behaupten, Alkibiades habe den Widerspruch erfunden. Du kanntest Orchomenus. Du hast gesehen, wie sich Klugheit und Dummheit, Gut und Böse in ihm abwechseln — ohne daß ein Mittelgrund vorhanden wäre, wo die miteinander in Fehde stehenden Elemente seiner Persönlichkeit sich treffen und aussöhnen könnten.«

»Du hast nicht gerade dazu beigetragen, als du ihm seine Frau stahlst«, entgegnete Chryseis bissig.

»Und du auch nicht, als du sie wie einen herrenlosen Hund auf die Straße jagtest«, gab Ariston zurück.

Chryseis wandte sich vom Webstuhl ab, auf dem sie ein leuchtendes, vielfarbenes Tuch wob, und legte besänftigend die Hand auf seinen Arm.

»Es tut mir heute noch leid«, sagte sie freundlich. »Aber ich mußte mein Leben retten. Und ohne dich kann ich nicht leben, das weißt du.«

Ariston sah sie an. Was hatte diese Veränderung in ihr bewirkt? Ein ganzes Jahr war sie nun schon sehr liebenswürdig, sehr sanft. Natürlich geriet sie hin und wieder in Wut, beherrschte sich aber wieder überraschend schnell und entschuldigte sich demütig. Er vermutete, daß sie als Folge dieser neugefundenen Ruhe jetzt auch besser aussah. Sie würde nie auch nur annähernd das sein, was man als Schönheit bezeichnete, aber sie hatte Fett angesetzt und war eine interessante Frau geworden; ihr Gesicht war eines von jenen, an die man sich noch erinnert, wenn bloße Schönheit schon vergessen ist. Und sie war nicht wieder schwanger geworden. Nach Ophions Meinung würde sie es nie wieder sein. Zu groß war der Schaden, den die letzte schreckliche Zangengeburt in ihrem Unterleib angerichtet hatte. Der Arzt hatte ihr offen erklärt, daß sie nicht erwarten konnte, jemals wieder ein Kind zu empfangen, geschweige denn zu gebären. Sie hatte sein Urteil ruhig aufgenommen und schien sich damit abgefunden zu haben.

»Was ist eigentlich mit dir geschehen?« fragte Ariston. »Was hat dich so verändert?«

»Beklagst du dich?« entgegnete sie spöttelnd.

»Nein! Hera ist meine Zeugin, nein!«

»Das ist Sokrates' Lieblingsschwur.«

»Woher weißt du das?« forschte er. »Ich habe es dir nie gesagt.«

»Natürlich nicht. Ich habe ihn von ihm selbst gehört. Nach — nach dieser Geschichte — mit dir und Kleothera. Ich glaubte verrückt zu werden. Ich verließ das Haus und irrte durch die Straßen — allein. Wäre ich hübsch gewesen, gewiß hätte mich einer vergewaltigt. Eines Tages stieß ich zufällig auf Sokrates. Auch er war allein, in Gedanken versunken. Ich war so keck, so verstört, so verrückt, daß ich ihn unterbrach. Er nahm mich nach Hause mit, stellte mich seinen Frauen vor — er hat zwei! Das wußte ich gar nicht!«

»Ja, Xanthippe und Myrto. Sprich weiter.«

»Er unterhielt sich mit mir. Besser gesagt, er stellte mir Fragen.

Und nachdem er mich ausgehorcht hatte, brachte er es irgendwie fertig – er ist ein Zauberer! –, daß ich einsah, was für eine boshafte, selbstsüchtige Närrin ich gewesen war. Daß ich selbst dich in Kleotheras Arme getrieben hatte. Ich versprach ihm auf den Knien, daß ich von nun an ein guter Mensch sein wollte. Ich schwor es ihm bei Hera, und das schien ihn zu freuen. Und ich habe doch mein Wort gehalten, nicht wahr?«

»Ja«, sagte Ariston und küßte sie.

»Ich danke dir, mein Gebieter!« lachte sie ein wenig nervös. »Ich fürchtete schon, du würdest das nie wieder tun – gar nicht zu reden von . . .«

»Chryseis«, unterbrach er sie vorwurfsvoll, »du weißt, warum.«

»Es besteht keine Gefahr, Ariston. Ich kann nicht empfangen – wie ich dir heute nacht beweisen werde. Aber jetzt will ich mit dir plaudern. Du hast Sokrates schon lange nicht mehr gesehen, nicht wahr?«

»Jedenfalls nicht allein. In Gesellschaft seiner Schüler, ja. Phaidon hält mich nämlich von ihm fern. Nein, nicht daß er etwas täte oder sagte, aber er betrachtet mich mit so unverhohlenem Entsetzen, daß es mir kalt über den Rücken läuft.«

»Aber warum nur?«

»Zu Anfang war er sehr freundlich. Dann erzählte ihm jemand, daß auch ich einmal Badehaussklave war. Du kennst doch seine Geschichte? Kriton kaufte ihn auf Sokrates' Ersuchen aus Gurgos' Badehaus heraus. Vielleicht erinnere ich ihn zu sehr an – das Grauen, das er dort erlebt hat. Ich weiß, daß er *mich* daran erinnert. Er sieht sogar so aus wie ich, als ich noch jung war.«

»Mit sechsunddreißig ist man noch nicht alt«, meinte Chryseis liebevoll.

»Aber auch nicht mehr jung. Phaidon ist ja noch ein Kind. Er fiel bei Melos in Gefangenschaft. Er wurde nicht getötet, weil er noch nicht volljährig war. Er heftete seine großen schwarzen Augen auf mich, daß es mir geradezu peinlich ist, und lenkt mich so ab, daß ich Sokrates' Ausführungen nicht folgen kann.«

»Befreunde dich mit ihm«, riet Chryseis. »Bring ihn zu der Einsicht, daß dieses schändliche Sklavendasein nicht seine Schuld war – wie auch nicht die deine. Übrigens scheint es dir ja keinen bleibenden Schaden zurückgelassen zu haben.«

»O doch«, sagte Ariston.

Sie sah ihn fragend an.

»Die gleiche Art von Schaden, wie sie dir deine ängstliche Sorge um das, was du beharrlicherweise deine Häßlichkeit nennst, zugefügt hat. Ich kann mich selbst nicht — lieben. Oder auch nur achten. Ich weiß, daß ich mir eher das Leben hätte nehmen müssen als so schmachvolle Dienste zu erweisen. Das war der Preis, den ich für all die Jahre nachher gezahlt habe. Es war ein zu hoher Preis.«

»Den Göttern sei Dank, daß du ihn gezahlt hast!« entgegnete Chryseis. »Ich hätte dich sonst nie gekannt.«

»Ich bezweifle, daß du mich kennst«, sagte Ariston. »Sprechen wir über etwas anderes, wenn es dir recht ist.«

»Gut. Zum Beispiel über Alkibiades. Was für ein Mann!«

Ariston lächelte.

»Versuchst du etwa, mich eifersüchtig zu machen?«

»Ich wollte, ich könnte es. Aber das ist leider unmöglich. Du liebst mich nicht mehr — wenn du mich überhaupt je geliebt hast. Keine Einwände, bitte! Du bist gut zu mir, und das genügt. Und du bist da. Von solchen Brosamen kann ich leben. Aber erzähl mir von Alkibiades. Wenn nur die Hälfte von dem wahr ist, was die Leute reden . . .«

Ariston zauderte. »Ich fürchte, es *ist* wahr«, sagte er dann. »Aber was könnte ich dir über ihn erzählen, was du nicht schon weißt? Außerdem wirst du ihn morgen sehen. Ich nehme dich zu den Feierlichkeiten mit.«

Chryseis ließ das Weberschiffchen fallen und klatschte wie ein Kind in die Hände.

»Wirklich, Ariston? Wie lieb von dir!«

Alkibiades kehrte im Triumphzug nach Athen zurück, um öffentlich von den Anschuldigungen freigesprochen zu werden, die vor acht langen Jahren, kurz vor der katastrophalen Niederlage der athenischen Waffen bei Syrakus gegen ihn erhoben worden waren. Es war dies eine der seltenen festlichen Gelegenheiten, zu denen die Athener sich befugt fühlten, ihre Gemahlinnen mitzubringen.

Chryseis ging, wie alle Damen, völlig ungebunden ins Theater; sie besuchte alle wichtigeren religiösen Veranstaltungen, einschließlich jener, die allein den Frauen vorbehalten waren und zu denen weder Ariston noch sonst ein Athener Zutritt hatte. Sie konnte ihre Freundinnen und, wenn sie es wünschte, auch ihre Brüder besuchen. Pandoros, ihr Vater, war genau so gestorben, wie man es ihm hätte prophezeien können: in Polyxenus' Badehaus, die Arme um einen zu Tode erschrockenen nackten Knaben geschlungen. Brimos oder Chalkodon zu besuchen, verspürte sie wenig Lust, was man ihr angesichts der empörenden Art, wie sie von ihnen verkauft worden war, nicht übelnehmen durfte. Sie konnte tagsüber ausgehen, wann immer ihr danach zu Mute war, sofern sie die gesellschaftlichen Konventionen wahrte, indem sie sich von einem Sklavenmädchen begleiten ließ und ihr Gesicht verschleierte. Letzteres kam sie keineswegs schwer an; ihre ständige Angst, durch Häßlichkeit aufzufallen, bewog sie, des Guten eher noch zu viel zu tun. Die meisten athenischen Damen von Rang trugen nur ein durchsichtiges Nichts von Schleier oder gar keinen, Chryseis aber bedeckte ihr Gesicht zur Gänze — was an jenem besonderen Tag grauenhafte Folgen zeitigte.

Denn kaum hatten sie die Akropolis erreicht, wo die Zeremonie der Reinigung stattfinden sollte, als sich eine herzhafte Baßstimme vernehmen ließ:

»Ariston! Sei gegrüßt, alter Freund! Gesell dich doch mit deiner Dame zu uns! Bei Zeus, dem Hochdonnernden, ich habe dich schon seit Jahren nicht mehr gesehen!«

Im nächsten Augenblick fand sich Ariston von Autolykos' bärenstarken Armen umschlungen.

Er weiß nichts! fuhr es ihm durch den Kopf, als die schweren, schwieligen Fäuste ihm auf den Rücken klopften. Er weiß tatsächlich nichts!

»Was habe ich dir denn angetan«, fragte der Athlet, »daß du mein Haus meidest wie die Pest? Unsere Frauen hätten Freundinnen werden können, und unsere Kinder — hast du keine Kinder?«

»Nein«, erwiderte Ariston und betete zu allen Göttern, an die er nicht glaubte, daß er nicht schwanken, stürzen, zu Boden fallen würde. Und gar Kleothera! Ihr Gesicht war weißer als der Schnee auf den Gipfeln des Taygetos. Alle Farbe war aus ihren Lippen geschwunden. Nur die Augen lebten — zwei leuchtende Saphire, in denen sich sein Gesicht widerspiegelte.

Chryseis brach das unerträglich peinliche Schweigen. Sie ließ den Schleier fallen und küßte Kleothera überraschend auf die Wange.

»Sei gegrüßt, Kleothera!« sagte sie. »Sind das deine Kinder?«

»Ja«, hauchte Kleothera.

»Ihr kennt euch also!« rief Autolykos erstaunt. »Wunder über Wunder! Aber wie . . .«

Chryseis warf Kleothera einen Blick zu.

»Hast du ihm nichts erzählt?« fragte sie.

»Von Orchomenus, ja«, lautete die geflüsterte Antwort. »Das andere – konnte ich nicht. Bitte, Chryseis!«

Chryseis legte zärtlich den Arm um sie.

»Du brauchst von mir nichts zu befürchten«, beruhigte sie sie.

Autolykos, offen und geradlinig wie Athleten sind, war alles andere als ein Narr. Sein Gesicht verdüsterte sich. Er maß Ariston mit einem finsteren Blick.

»Du warst es also!« sagte er.

»Nein, edler Autolykos«, entgegnete Chryseis mit ruhiger Gelassenheit. »Ich kenne Kleothera, weil sie in unserem Haus Zuflucht suchte, nachdem dieser Rohling von einem Mann sie fast zu Tode geprügelt hatte. Ich pflegte sie selbst, obwohl ich damals ein Kind erwartete – ein Kind, das ich später verlor. Und es geschah auf *mein* Drängen, daß mein Gatte ihr behilflich war, die Scheidung und den Schutz des Gerichts zu erlangen. Nachher sahen wir sie nicht wieder – wir beide nicht. Wir hörten später von eurer Heirat.«

Sie wandte sich an Kleothera.

»Wohin bist du denn dann entschwunden, Liebste – nach der Verhandlung? Der arme Ariston! Er machte so ein enttäuschtes Gesicht, als er heimkam und mir erzählte, wie du in der Menge untergetaucht warst! Ich hatte immer den Verdacht, er wollte Sokrates nachahmen: du solltest die Myrto zu meiner Xanthippe spielen.«

»Später ...«, stammelte Kleothera gequält. »Chryseis – die Kinder!«

Autolykos drehte sich um und klatschte in seine großen Hände. Eine Sklavin kam herbeigeeilt.

»Nimm die Kinder«, befahl er. »Unser Gespräch ist nichts für ihre zarten Ohren.«

Chryseis kniff Ariston so fest, daß er zusammenzuckte.

»Wenn du nicht aufhörst, den Jungen so anzustarren, wird er es merken«, zischte sie, »obwohl er der größte Narr ist, wenn er bis jetzt noch nicht dahintergekommen ist! Wie Dionysos den Lenden des Zeus entsprang, ist dieses Kind den deinen entsprungen!«

Autolykos hatte sich mittlerweilen wieder ihnen zugekehrt.

»Jetzt kannst du reden, Kleothera«, sagte er, und seine Stimme klang ernst und traurig. »Ich würde diese Geschichte gern hören.«

»Ich auch«, sagte Ariston mit qualvoll gekünstelter Ruhe.

»Also gut!« Kleothera war dem Weinen nahe. »Ich sehe, daß ihr mich alle beschämen wollt. Autolykos, mein lieber Gemahl, ich weiß, daß dich das schmerzen wird, aber ich muß die Wahrheit sagen. Ich lief Ariston davon, weil ich mich in ihn verliebt hatte und das Vertrauen einer Frau, die — so gut zu mir gewesen war, nicht mißbrauchen konnte.«

»Nein, das konntest du nicht, nicht wahr, Liebste?« warf Chryseis ein.

»Chryseis, um Hestias willen!« rief Ariston.

»Und was jetzt kommt, wird *dir* weh tun, Ariston!« fuhr Kleothera eigenwillig fort. »Ich wäre beinahe verhungert. Darum nahm ich mir schließlich einen Liebhaber. Einen reichen Mann. Ich liebte ihn nicht, aber ich konnte ihn ertragen, weil er dir ähnlich sah.«

»Wie schlau!« sagte Chryseis, während sie ihren Blick auf dem kleinen Jungen ruhen ließ, der im Arm der Sklavin lag.

»Aber er mußte zurückkehren nach . . . nach Mazedonien. Er kam von dort. Er wollte mich mitnehmen, aber der bloße Gedanke erschreckte mich. Ich hatte soviel gehört, wie barbarisch dieses Land ist . . .«

»Noch barbarischer als Gallien?« entfuhr es Chryseis.

»Das weiß ich nicht, weil ich nie dort war und mich an meine Heimatstadt Lutetia auch kaum mehr erinnern kann. Ich war ein kleines Mädchen, als ich nach Massilia gebracht wurde. Und Massilia liegt zwar in Gallien, ist aber eine hellenische Stadt, ein kleines Athen sozusagen. Und außerdem — ihr wollt ja die Wahrheit hören — war ich immer noch in deinen Mann verliebt. Was mich wirklich erschreckte, war, so weit fortgehen zu müssen, daß ich ihn nie wiedersehen würde.«

»Kleothera«, mahnte Ariston in ernstem Ton, »möchtest du Autolykos nicht ein wenig Achtung erweisen, wenn du sie mir schon nicht erweisen willst — oder kannst?«

»Oh, ich achte ihn!« Jetzt konnte Kleothera die Tränen nicht mehr zurückhalten. »Ich liebe und achte ihn! Er ist der beste aller Männer — und weit edler als du es bist, Ariston!«

»Kleo!« mahnte Autolykos.

»Hör mich zu Ende, mein Gatte! Ich lief wieder davon. Das war, als du mich fandest, wie ich mich verzweifelt gegen das stinkende Ungeheuer wehrte, das mich —«

»— zweifellos vergewaltigen wollte«, beendete Chryseis in eisigem Ton den Satz. »Aber sag mir doch, Liebste: warum wehrtest du dich denn so verzweifelt? Damals hattest du doch schon recht wenig zu verlieren!«

»Chryseis!« brüllte Ariston.

Kleothera zeigte auf den kleinen Jungen.

»Vielleicht doch – ihn!« flüsterte sie. »Du hattest mir schon gezeigt, daß eine Frau auch ein ungeborenes Kind verlieren kann. Und ich hoffte, ich wußte, daß es schön sein würde.«

»Hera, steh uns bei!« rief Autolykos.

»Und Hestia!« fügte Ariston hinzu. Dann wandte er sich lächelnd an Autolykos. »Willst du mich nicht zu einem Kampf fordern – etwa mit eisenbeschlagenen Handschuhen?«

»Nein«, erwiderte Autolykos ruhig. »Wir sind zu lange Freunde gewesen, um uns wegen etwas zu entzweien, was in der Vergangenheit liegt – wie schmerzlich es auch gewesen sein mag. Selbst wenn du Kleos Geliebter warst, wie ich vermute, was bedeutet das heute noch? Ich weiß, daß du ihr nicht mehr nahegekommen bist, seitdem sie mein Haus betreten hat. Sie hat mir viel Freude geschenkt, mein Freund. Ich liebe meinen Sohn, wer immer sein Vater gewesen sein mag, denn sein Dasein ist weder mit Täuschung noch mit Betrug verbunden. Kleo sagte mir gleich zu Beginn, daß sie ein Kind erwarte. Sie hat mir die reizendste Tochter der Welt geschenkt, eine Nymphe aus Meeresschaum und Sonnenlicht. Wir sind also quitt – wenn du je gegen mich gesündigt hast, was ich bezweifle. Aber selbst wenn du es getan hättest, verzeihe ich dir. Hast du es getan?«

»Nein«, erwiderte Ariston. »Ich habe Kleo, seit dem Tag, da sie dein Haus betreten hat, nicht mehr gesehen – bis heute. Und noch eins, Autolykos.«

»Ja, Ariston?«

»Sie hat recht. Ich verbeuge mich vor dir. Du bist edler, als ich es je sein könnte.«

»Chryseis!« flüsterte Kleothera.

»Ja, Kleo?«

»Könnten wir nicht auch – edel sein – du und ich? Könnten wir nicht dem Beispiel unserer Männer folgen und uns küssen und verzeihen? Ich fürchte, ich werde nie Frieden finden, wenn du mir sie nicht gewährst!«

Chryseis stand da wie eine jener Statuen, die das Dach des Vorbaus des Erechtheions stützen; so still, daß es Ariston schien, als hielte sie den Atem an.

»So sei es denn!« seufzte sie dann und küßte Kleothera.

Dann verschleierte sie sich wieder. Und es war diese nichtige Handbewegung, mit der sie ihr Gesicht bedeckte, die so großen Kummer zur Folge hatte.

Strahlend in der Rüstung eines Hippeus ritt Alkibiades an der Spitze seiner Männer auf einem prächtigen Braunen. Es war schwer zu sagen, wer mehr Aufmerksamkeit erregte, der Reiter oder sein Pferd, denn nach so vielen grausamen Kriegsjahren bekam man in Athen so edle Tiere nur selten zu sehen. Hinter ihm trabte, im Schmuck der Waffen, ein Trupp von Rittern. Aber Ariston bemerkte sie gar nicht. Er war zu sehr damit beschäftigt, festzustellen, wie dreiundvierzig Jahre zügellosen Lebens Alkibiades' Gesicht gezeichnet hatten.

So kam es, daß die plötzliche Bewegung des Ritters, der sich unmittelbar hinter Alkibiades befand, sein heftiges Anziehen der Zügel, womit er die ganze Parade aus dem Takt brachte, Ariston beinahe entgangen wäre. Aber er mußte ihn sehr schnell zur Kenntnis nehmen, denn der Mann, etwas jünger als sein Befehlshaber, schwang sich vom Pferd, während er wie ein Wahnsinniger »Ariston! Ariston!« rief. Im nächsten Augenblick schon fand sich Ariston gegen seinen Brustharnisch gepreßt, war sein Gesicht mit Küssen bedeckt und von Tränen benetzt.

»Danaus . . .«, brachte er gerade noch heraus. »Beim Zeus! Danaus!«

Zu tief bewegt, um der Sprache mächtig zu sein, standen sie da und hielten sich umschlungen. Dann hörte Ariston das mißtönende Schnauben eines Menschen, dessen Atem durch geschlossene Zähne pfeift, und als er den Kopf zur Seite drehte, sah er Chryseis Augen oberhalb der dichten Hülle ihres Schleiers. Sie funkelten und glitzerten vor Freude. Und veränderten sich im unmeßbar kurzen Bruchteil eines Augenblicks. Entsetzen flackerte in ihnen auf. Ihr warmes, hellgoldenes Braun nahm einen grünlichen, rauchfarbenen Ton an. Und bevor er noch den Mund öffnen konnte, um ihr zu sagen . . .

Was? Welche Worte gebot ein solcher Anlaß? ›Danaus, gib deiner Schwester einen Kuß. Sie lebt jetzt mit mir, als meine Geliebte, meine Konkubine. Du hast ja wohl nichts dagegen, mein Freund . . .‹ Welcher Worte sollte man sich bedienen, mit welchen Worten sich entschuldigen, sich rechtfertigen?

Wie eine Rehgeiß, wenn das Horn des Jägers ertönt, war Chryseis davongestoben und in der Menge untergetaucht.

Danaus' Blick flatterte ihr nach.

»Wer ist das kleine Ding?« fragte er und ließ seine Stimme zu einem vertraulichen Flüstern sinken, so daß weder Autolykos noch Kleothera ihn hören konnten. »Sicher eine verheiratete Frau, daß sie's plötzlich so eilig hatte. Wem setzt du da Hörner auf, mein Freund?«

Ganz langsam ließ Ariston seinen Arm entweichen. Das war doch nicht möglich! Konnte man sein Leben an der Seite einer Frau verbringen, an der Seite seiner eigenen Schwester, und sie nicht...? Aber auf Danaus' hübschem, offenem Gesicht war keine Spur von Zorn oder Spott zu entdecken. Er hatte Chryseis nicht wiedererkannt. Freilich, er hatte sie acht Jahre nicht gesehen, aber...

Das war die Erklärung: acht Jahre. Vor allem das letzte Jahr. Nach ihrem Besuch bei Sokrates hatte sich Chryseis mit dem Leben, wie es gelebt werden mußte, abgefunden; sie war häuslich geworden, zahm. Und diese Resignation, Zufriedenheit oder wie man es sonst nennen mochte, hatte auch körperliche Folgen gehabt. Die Nerven kehrten ihr nicht mehr den Magen um, sie hatte einen gesunden Appetit entwickelt und aß, für eine Frau ihrer Größe, recht herzhaft. In diesem einen Jahr hatte sie ein volles Vierteltalent zugenommen. Wer sich ihrer als eines ausgehungerten, abgezehrten Mädchens entsann, konnte sie in ihrer jetzigen Gestalt, ihrer sehr reizvollen, leicht rundlichen Schlankheit unmöglich wiedererkennen.

Und Danaus – der Gedanke traf ihn wie ein Hammerschlag –, Danaus hatte ja nicht einmal das Gesicht seiner Schwester gesehen! Nach diesem Kuß der Versöhnung für Kleothera – war er das gewesen? – hatte Chryseis ihr Antlitz neuerlich verhüllt. Gewiß, hätte Danaus sie genauer angesehen, er würde sie auch so wiedererkannt haben. Aber er war zu sehr mit dem Freund beschäftigt gewesen, um noch auf einen andern Menschen zu achten.

»Später«, wich Ariston aus; voll Unbehagen, weil er wußte, daß das Problem nur aufgeschoben, aber nicht aufgehoben war. Denn Danaus war ein athenischer Ritter, der sich, im Gegensatz zu seinen Brüdern, nie eines Verstoßes gegen den strengen Ehrenkodex seines hohen Standes schuldig gemacht hatte. Nach diesem Ehrenkodex verdiente diese Verführung der Schwester eines Ritters den Tod. Meinen Tod, dachte Ariston, von bitteren Zweifeln geplagt.

Dann tat Danaus zwei Schritte zurück und riß sich den Helm vom Kopf. Ariston sah das kleine sich aufbäumende Pferd – das Wappen von Syrakus –, das in seine Stirn eingebrannt war.

»Zeus!« rief er aus.

Danaus deutete spöttisch auf das Brandmal. »Das Zeichen des Sklaven«, sagte er, »aber auch meines Pechs. Als ich erfuhr, daß man Leute freiließ, wenn sie die Verse auswendig kannten, zitierte ich meinem neuen Herrn stundenlang Euripides. Er befahl mir, den Mund zu halten, er könne Verse nicht ausstehen. ›Das Zeug hat weder Hand noch Fuß‹, meinte er, ›und ich bekomme Kopfweh davon.‹«

»Ganz meine Meinung!« ließ Autolykos sich vernehmen.

»Autolykos!« rief Danaus und umarmte den Athleten. »Ist das die Erwählte deines Herzens?«

»Jawohl«, erwiderte Autolykos, »und das sind meine Kinder«.

»Wie hübsch sie sind!« begeisterte sich Danaus. »Ich könnte wirklich in Versuchung kommen zu heiraten — ganz besonders, wenn ich so eine Göttin fände wie deine Frau.«

»Ich bin nicht seine Frau«, unterbrach ihn Kleothera. »Ich hoffe, du wirst dafür Verständnis haben, edler Danaus. Ich — ich bin Metökin. Mein Herr kann mich nicht heiraten. Trotzdem ist unser Bund ehrenhaft. Wir lieben uns, ehren zusammen die Hausgötter, erziehen unsere Kinder zur Frömmigkeit . . . Es gibt jetzt viele solche Verbindungen. Duldsame, kluge Menschen finden nichts dabei. Ich hoffe nur, daß auch du . . .«

Jetzt begriff Ariston. Jetzt erst verstand er, warum sie ihren Ruf aufs Spiel setzte, indem sie Danaus über etwas aufklärte, was ihn nichts anging. Sie tat dies um seinetwillen. Vielleicht sogar um Chryseis' willen . . .

»Du brauchst Danaus nichts zu erklären, mein Mädchen«, sagte Autolykos. »Bei Eros, er ist kein Anhänger der Artemis. Erzähle uns doch, Danaus, wie es dir gelang, den Syrakusern zu entfliehen.«

»Mein neuer Herr stellte fest — und völlig zu recht — daß ich zu nichts taugte.« Danaus lachte. »Er verkaufte mich als Ruderskiaven. Bei Kyzikos wurde die Triere, mit der ich, will mir scheinen, zweimal die halbe Welt umsegelte, von Alkibiades höchstpersönlich genommen. Im allgemeinen Gemetzel nach der Enterung schrie ich laut: ›Ich bin Athener! Helft mir!‹«

»Und konntest es mit deiner Aussprache beweisen«, vermutete Ariston.

»Richtig!« erwiderte Danaus. »Sag mir, Ariston, wie ging es diesem mageren Äffchen, meiner Schwester, als du sie das letzte Mal sahst?«

»Chryseis?« platzte Autolykos ahnungslos heraus. »Sie war doch eben . . . au! Kleo! Du hast mir meine Zehen zerquetscht!«

»Und ich zerquetsche sie dir gleich noch einmal, mein schöner, dummer Gemahl, wenn du nicht den Mund hältst!« zischte Kleothera. »Er weiß doch von nichts!«

»Meine Dame«, sagte Danaus und runzelte die Stirn, als ob er es ernst meinte, »einem Ehemann auf den Fuß zu treten, kommt einer Zensur gleich, wie sie in einer Demokratie unstatthaft ist. Mich will bedünken, du hast Aristophanes gelesen – oder gesehen.«

»Das kann man wohl sagen!« dröhnte Autolykos. »Besonders die *Lysistrata!*«

»*Lysistrata?*« wiederholte Danaus. »Die kenne ich nicht. Ich habe *Die Acharner* gesehen, *Die Ritter, Die Wolken, Die Wespen* und den *Frieden;* aber ...«

»Dann hast du drei versäumt? *Die Vögel, Die Weiber beim Feste der Demeter Thesmophoros* und *Lysistrata*«, sagte Ariston. »*Lysistrata* ist die beste von allen.« Dann erzählte er Danaus in groben Zügen die ziemlich schamlose Handlung der Komödie.

»Dann muß ich deine Worte als Übertreibung werten, Autolykos«, meinte Danaus, »denn gewiß sind diese zwei prächtigen Kinder nicht in voller Wehr deinem Haupte entsprungen, wie Athene dem des Zeus! Aber erzählt mir doch mehr ...«

»Morgen, Danaus«, unterbrach ihn Ariston rasch. »Dein Trupp ist schon weit voraus. Und am Ehrentag deines Kommandanten aus der Reihe zu tanzen, entspricht nicht gerade der Dienstvorschrift ...«

»Du hast recht«, sagte Danaus. »Ich komme morgen zu dir, nachdem ich Brimos, Chalkodon und Chryseis meine brüderliche Aufwartung gemacht und meinen Vater gesehen habe.«

»Danaus«, sagte Ariston schroff, »dein Vater ist gestorben«.

Danaus ließ den Kopf sinken. Dann hob er wieder den Blick. »Dann werde ich an seinem Grab ein Opfer darbringen, obwohl ich ihn nie geliebt habe. Sei gegrüßt, edle Kleothera! Seid gegrüßt, meine Freunde!«

»O Ariston, Ariston!« hauchte Kleothera, als er davonritt. »Du mußt fort! Er wird es nie hinnehmen, daß du, daß sie ...«

»Mach dir keine Sorgen, Kleothera«, antwortete Ariston.

Chryseis war nicht daheim. Besorgt machte sich Ariston auf die Suche nach ihr. Er ging überall hin, wo er glaubte, sie finden zu können, auch zu Sokrates. Aber dort war sie auch nicht. Ebensowenig Sokrates selber.

»Wer weiß, wo sich dieser nichtsnutzige Müßiggänger herumtreibt«, rief Xanthippe.

Während er sich vom Hause entfernte, kam es Ariston wieder einmal zu Bewußtsein, daß es für Xanthippes zänkisches Wesen mancherlei Erklärung und Rechtfertigung gab. Es mußte einer gewöhnlichen Frau aus dem Volk sehr hart ankommen, mit einem Genie und Heiligen zusammenzuleben, was Sokrates unbestreitbar war. Da war zunächst der Umstand, daß Xanthippe die hübsche Myrto und deren Kinder um sich dulden mußte. Dann mußte sie zusehen, wie ihr Gatte immerzu von den jungen Herren der guten Gesellschaft umgeben war – von Aristokles zum Beispiel, den man seiner breiten Schultern wegen Platon nannte, und der bei den großen Spielen schon einen Preis im Pankratieion gewonnen hatte; von vornehmen berühmten Männern wie Xenophon, dem Heerführer; von Schönheiten wie dem blonden, schwarzäugigen Jüngling Phaidon, der durch Sokrates' Vermittlung aus einem übel beleumdeten Haus gerettet worden war – was ihre Eifersucht geweckt haben mußte, hatte doch in Athen das Geschlecht eines wirklich schönen Menschen keinerlei Bedeutung. Eifersüchtig war sie wohl auch auf Theodote, die in jenen Tagen gefeiertste Hetäre in ganz Athen, die dem häßlichen alten Philosophen sehr zugetan, ihn ständig um Rat anging und sich dafür auch erkenntlich zeigte – wenn auch nicht gerade in klingender Münze. Am meisten aber ärgerte es Xanthippe und beleidigte ihren praktischen Hausfrauensinn, daß Sokrates auch von reichen Leuten, wie etwa Ariston, keinen bronzenen Obolus annehmen wollte.

Natürlich hatte Kriton die Ersparnisse des Philosophen, ganze siebzig Minen, so gut angelegt, daß sich Sokrates und seine Doppelfamilie nicht eben nur das Allernötigste leisten konnten, gleich, ob er nun in seinem Beruf als Bildhauer tätig war oder nicht. Damit war der stets heitere, weise alte Mann, der sich selbst einen »Gedankenzuhälter«, ja sogar eine »Weisheitshebamme« nannte, wohl zufrieden. Xanthippe jedoch, die davon wußte, daß Sophisten wie Georgias bis zu tausend Drachmen für die Ausbildung eines einzigen reichen jungen Mannes erhielten, weigerte sich, ihre Armut ergeben hinzunehmen, und ärgerte sich maßlos darüber, daß ihr Mann materiellen Dingen keinerlei Bedeutung beimaß.

Wenn er ihr doch nur ein wenig Entgegenkommen zeigen würde, dachte Ariston, wußte aber genau, daß Sokrates, der alle Kompromisse verabscheute, das nie tun würde. Dann verbannte er die Sache aus seinen Gedanken und machte sich noch eifriger auf die Suche nach Chryseis.

Aber er konnte sie nicht finden. Völlig erschöpft, von Sorge und Angst gequält, kehrte er bei Einbruch der Dunkelheit zu seinem Haus zurück. Er wußte, wie innig Chryseis ihren Bruder liebte, kannte aber auch ihre krankhaften Neigungen. Fand er sie nicht bald, Zeus allein wußte, was sie tun ...

Seine Gedanken brachen jäh ab. Danaus stand vor der Tür. Der junge Offizier hatte Zivilkleidung angelegt; er trug einen schlichten Chiton und eine Chlamys. Drei hochgewachsene junge Männer begleiteten ihn, Ritter, nach ihrem Auftreten zu urteilen. Danaus weinte offen, ohne sich zu schämen. Und er hatte zwei Dolche in der Hand.

»Wähle, Ariston!« schluchzte er. »Mir bleibt nichts anderes übrig, ich muß dich töten. Meine Schwester zu verführen, kaum daß ich der Stadt den Rücken gekehrt hatte!«

»Danaus«, entgegnete Ariston müde, »sei doch kein Narr!«

»Das war ich«, sagte Danaus, »aber ich bin's nicht mehr! Hier, nimm einen Dolch! Ich gebe dir Gelegenheit, dein Leben zu verteidigen.«

»Nein, das tust du nicht«, erwiderte Ariston, »denn ich könnte dich niemals töten – nicht einmal in Notwehr.«

Danaus blieb stehen. Dann warf er einen der Dolche wirbelnd hoch, so daß sich die Spitze zwischen Aristons Füßen in den Boden bohrte.

»Nimm ihn auf!« sagte er.

Ariston schüttelte den Kopf.

»Nein, Danaus! Bei allem, was ich für dich empfinde, nein!«

Danaus wandte sich an seine drei Begleiter.

»Ihr seid meine Zeugen, daß ich ritterlich an ihm gehandelt habe! Und ihr sollt mir bei Athene schwören, euch nicht einzumischen, was immer auch geschehen mag! Schwört ihr das?«

»Bei Athene!«

»Nimm den Dolch auf, Ariston!« rief Danaus.

»Nein, Danaus.«

Danaus sprang auf ihn los; der Dolch funkelte in seiner Hand. Doch sein Angriff war falsch berechnet. Mit Ausnahme des unvergleichlichen Autolykos gab es in ganz Athen niemanden, der Ariston im Ringkampf hätte schlagen können – obwohl er schon sechsunddreißig war. Die Hand mit dem Dolch fand sich in einem eisernen Schraubstock gefangen, nach hinten gebogen, nach oben gezwungen und gedreht, bis sie sich öffnen mußte, sollten die Knochen nicht brechen. Danaus löste die Finger vom Griff und ließ die Waffe fallen. Sofort gab Ariston ihn wieder frei.

»Geh heim, Danaus«, sagte er gelassen. »Noch unbewaffnet bin ich dir überlegen. Ich bitte dich – geh.«

»Ariston«, flüsterte Chryseis' Bruder, »sag mir, daß es schmutzige Lügen sind, was man mir erzählt hat. Sag mir, daß es nicht wahr ist, daß du dir meine Schwester als Konkubine hältst.«

»Ich halte sie als meine Frau«, erwiderte Ariston, »oder besser, ich *würde* sie so halten, wenn mir die Stadt das Bürgerrecht verliehe, das ich schon tausendmal und auf jede erdenkliche Weise zu erlangen versucht habe. Die Schuld liegt weder an ihr noch an mir. Hestia ist meine Zeugin, daß ich sie schon längst geheiratet hätte, wenn . . .«

»Aber du *kannst* sie nicht heiraten«, flüsterte Danaus, »und das wußtest du. Du wußtest es die ganze Zeit«!

Er bückte sich mit überraschender Behendigkeit, und so schnell Ariston auch reagierte, er war nicht schnell genug. Danaus' Klinge öffnete seinen linken Arm vom Handgelenk bis zum Ellbogen. Der Schnitt war nicht tief, blutete aber abscheulich.

Da tat Ariston, was er tun mußte. Er wußte, daß er Danaus bezwingen mußte, bevor die Kraft aus ihm ausfloß. Ein schneller Tritt in den Bauch, und Danaus fiel zusammen; ein Kniestoß ans Kinn richtete ihn wieder auf. Die Hand mit dem Dolch packend, wirbelte Ariston herum, bückte sich und schleuderte Danaus mit solcher Gewalt über seinen breiten Rücken, daß er radschlagend durch die Luft flog und erst fünf Ruten weiter auf dem Boden landete, wo er wie betäubt liegen blieb. Er blickte um sich, sah den Dolch, streckte die Hand danach aus – aber Aristons Fuß preßte sein Handgelenk gegen den Boden, und mit einem Tritt beförderte Ariston den Dolch in den Rinnstein.

»Gibst du auf, Danaus?« fragte er.

»Nein!« Danaus rappelte sich hoch. Wie ein östlicher Gott, dem hundert Fäuste zu Gebote stehen, fiel Ariston über ihn her. Das widerlich nasse, klatschende Geräusch der aufschlagenden Fäuste war entsetzlich anzuhören. Danaus war nicht als Spartaner geboren; seine körperliche Ausbildung war zwar gut, aber um kein Iota besser oder gründlicher als die, wie sie jeder hochgeborene Athener genoß. Es gelang ihm nicht, auch nur einen einzigen wirkungsvollen Gegenschlag anzubringen.

Als Ariston merkte, daß sich Danaus' Augen verschleierten, trat er zurück und ließ ihn zusammensinken, fing ihn aber in seinen Armen auf, bevor er noch den Boden berührte.

»Hier, ihr Herren«, sagte er. »Bringt ihn heim.«

Schwankend vor Mattigkeit und infolge des Blutverlustes trat Ariston ins Haus. Auch Chryseis war mittlerweile zurückgekehrt. Sie starrte auf seinen aufgeschlitzten Arm, und ihre Lippen wurden weiß.

»War das – Danaus?« fragte sie.

»Ja«, flüsterte Ariston. »Rufe die Mägde . . .«

Drei Stunden später klopfte einer der jungen Ritter, die Danaus begleitet hatten, an die Tür. Er kam, um mitzuteilen, daß Danaus tot war.

Chryseis fuhr herum. Wahnsinn flammte in ihren Augen auf.

»Tier!« schrie sie Ariston an. »Mörderische Bestie! Du hast ihn umgebracht! Du hast meinen Bruder getötet! Hera, steh mir bei!«

Mit gefletschten Zähnen fiel sie über ihn her, suchte mit spitzen Nägeln nach seinen Augen.

»Meine Dame!« sagte der Ritter. »Er . . .«

»Bestie! Untier! Mörder!«

»Chryseis!« ächzte Ariston; aber sie zog blutige Furchen durch sein Gesicht, erreichte beinahe die Augen. So tat er wieder, was er tun mußte in einer verrückten Welt, in der Gewalt Vernunft überschattete – er versetzte ihr einen heftigen Schlag ins Gesicht. Sie taumelte zurück, starrte ihn an. Dann lief sie zur Tür.

»Meine Dame!« rief der Ritter ihr nach. »Hör mich an! Er . . .«

Aber sie war fort, von der Nacht verschlungen.

»Laß sie gehen«, seufzte Ariston. »Wenn sie einmal erschöpft ist, wird es leichter sein, vernünftig mit ihr zu reden. Wer hat ihn getötet? Ich habe doch nicht etwa kräftiger zugeschlagen, als ich es mir vorgenommen hatte?«

»Nein, edler Ariston«, antwortete der Ritter. »Du hast dich ehrenhaft verhalten. Wäre das dein Wunsch gewesen, bei Ares, du hättest ihn zehnmal töten können. Du weigertest dich, eine Waffe zu gebrauchen und verteidigtest dich mit bloßen Händen gegen seine Klinge. Wir haben über den Hergang dieses Kampfes bereits vor unserm Feldherrn Alkibiades Zeugnis abgelegt und auf seine Empfehlung hin auch vor dem Archon Basileus. Nein . . . der arme Danaus wurde erstochen, von hinten, von seinem Bruder Brimos.«

»Zeus steh uns bei!« flüsterte Ariston.

»Danaus war übelgelaunt«, fuhr der Ritter fort, »als er nach dem Kampf mit dir in sein Haus zurückkehrte. Brimos war betrunken. Sie stritten, und Brimos höhnte: ›Wegen der kleinen Dirne habt ihr gekämpft? Sie ist aus freien Stücken zu ihm gegangen – dafür hab ich dann den reichen Metöken bluten lassen, hab dem dreckigen Hund ihr Gewicht in Silber abgenommen!‹«

»Und dann?«

»Nach und nach entlockte ihm Danaus die ganze Geschichte: wie deine Dame dir in Parthenopes Haus gefolgt war und versucht hatte, sich vor deinen Augen zu entleiben. Wie du sie nach Hause brachtest und ihr das Leben rettetest, und wie er nachher mit seinem Vater und seinem Bruder von dir ihr Gewicht in Silberminen forderte.«

»Ich bot es ihnen an. Sie forderten nicht. Sie hätten sich auch mit viel weniger begnügt – aber das spielt jetzt keine Rolle. Was geschah dann?«

»Danaus schlug ihn nieder, beging aber den Fehler, sich umzudrehen, um sich zu entfernen. Brimos sprang auf und stieß Danaus den Dolch in den Rücken. Wir drei – Akastos, Kerkyon und ich, Laonomos –, wir töteten Brimos. Ich nehme an, du willst das wissen. Dann zerrten wir diesen Chalkodon, der auch anwesend war und alles mitangesehen hatte, vor unseren Feldherrn, obzwar er sich erbötig machte, uns an seinem Körper, wie er sich ausdrückte, köstlich unzüchtige Handlungen vornehmen zu lassen, wenn wir ihm diesen Gang ersparten, und zwangen ihn, die Wahrheit zu sagen. Das ist alles. Ich bin hier, um dir in meinem und meiner Kameraden Namen jede Genugtuung für die Rolle anzubieten, die wir . . .«

»Genugtuung? Wofür? Ihr habt euch alle ehrenhaft betragen. Ich danke euch – insbesondere dafür, daß ihr es mir erspart habt, Brimos zu bestrafen. Jetzt will ich . . .«

Plötzlich, und zu seiner eigenen Überraschung, ließ Ariston den Kopf sinken und weinte.

Der Ritter sah ihn aus großen Augen an.

»Du weinst um ihn?« fragte er. »Der dich töten wollte?«

»Ich liebte ihn«, antwortete Ariston. »Er war einer der wenigen Menschen auf dieser Welt, den ich liebte. Darum haben die Erinnyen auch ihm den Tod bestimmt.«

»Darum?«

»Ja. Weil ich ihn liebte. Weil er mich liebte. Es kommt immer so. Jetzt muß ich gehen.«

»Wohin?«

»Um ein Opfer darzubringen. Für seine Seele. Auf daß sie Ruhe finde. Wenn es so etwas überhaupt gibt.«

»So etwas?«

»Seelen. Und die Götter, denen wir Opfer bringen. Und Ruhe«, antwortete Ariston, verneigte sich und ließ den Ritter allein.

Am frühen Morgen kam Chryseis in seine Schlafkammer. Ihr Gesicht war grau vor Müdigkeit. Ihre Lippen waren blau verfärbt und geschwollen. Auf ihren Schultern hatten Nägel, an ihrer Kehle Zähne Spuren hinterlassen. Sie stank. Nach Schweiß – nach männlichem Schweiß, mit dem ihren vermischt. Nach verschiedenen anderen fleischigen Gerüchen. Sie hielt die Hände hinter dem Rücken. In den Händen lag ein Gegenstand. Ein Messer, vermutlich. Ariston rührte sich nicht. Es lag ihm nichts mehr daran, sich zu verteidigen.

Stumm sah er sie an. Es gab nichts zu sagen. Es gab keine Worte, die auszusprechen sich noch gelohnt hätte. Jetzt nicht. Nie wieder.

»Alkibiades?« fragte er schließlich.

Sie nickte.

Er sah sie an, bis ein Zittern über sie kam, ein wildes, krampfhaftes Zucken.

»Über deines Bruders Leiche«, sagte er.

Plötzlich kniete sie vor ihm. Sie hielt eine Geißel in Händen. Die Geißel hatte viele Schnüre, jede einzelne mit einer Bleispitze versehen. Sie war von der Art, wie sie die Demokoinoi benützten, um Sklaven zu Tode zu peitschen, wenn sie sich eines Verbrechens schuldig gemacht hatten – etwa der Schändung einer athenischen Bürgerin oder eines Knaben der Ritterklasse.

»Nimm sie«, forderte sie ihn auf. »Schlag mich tot. Sterben werde ich ohnehin, aber ich will keinen leichten Tod. Ich verspreche dir, ich werde nicht *mehr* schreien, als ich unbedingt muß. Bitte . . .«

»Nein.«

»Soll ich den Sklaven meiner Brüder befehlen, es zu tun? Oder soll ich die Mysterien entweihen und mich selbst den Demokoinoi, den öffentlichen Folterknechten, ausliefern? Denn das Sterben allein ist jetzt nicht mehr genug. Ich weiß noch von früher, wie einfach und leicht das geht. Ich – ich brauche diesen Tod, Ariston. Ich muß zu einem Bild blutigen Grauens werden. Unter Schmerzensschreien sterben. Dann werde ich mir vielleicht vergeben können. Die Götter . . .«

»Es gibt keine Götter«, unterbrach sie Ariston. »Es gibt nur Furien.«

»Ich ging zu seinem Haus«, sprach sie weiter, als ob sie ihn nicht gehört hätte. »Ich bestach einen Sklaven, und er ließ mich ein. Er führte mich in seine Schlafkammer. Ich legte mein Gewand ab . . .«

»Genug!« sagte Ariston.

»Ich legte mich in sein Bett. Er war nicht da. Er kam erst nach Stunden. Er war betrunken. ›Wer bist du, kleine Maus?‹ fragte er. Ich gab keine Antwort. Ich . . . wir . . .«

»Genug, sage ich!«

»Dann gestand ich ihm, daß ich – deine Frau bin. Er sah mich entsetzt an. ›Warum?‹ fragte er. Ich erklärte es ihm. Das Warum, meine ich. ›Du Närrin‹ sagte er, ›du hast mich beschmutzt. Hast meine Zukunft zerstört!‹ Dann erzählte er mir, wie und durch wessen Hand Danaus gestorben ist. Wieviel Edelmut du gezeigt hattest. Wie du dein eigenes Leben aufs Spiel setztest, um Danaus nicht töten zu müssen. Ich wußte, daß er die Wahrheit sprach. Ich ergriff seinen Dolch und legte die Spitze an meine Kehle. Er versuchte gar nicht, mich zu hindern. Er sagte nur: ›Nicht hier. Besudle meine Laken nicht mit deiner Schlechtigkeit. Sonst müßte ich sie verbrennen lassen. Draußen in der Gosse, dort sollte ein tollwütiges Luder wie du krepieren.‹ Bitte, Ariston, töte mich. Bitte erschlage mich. Bitte!«

Ein Gefühl war in ihm, das er unmöglich beim Namen nennen konnte. Aber Form und Gestalt waren die der Finsternis. Es war vielköpfig wie die Lernäische Schlange. Es rollte sich in ihm zusammen und erregte Übelkeit. Und diese Übelkeit war eine Art Lust. Nicht die saubere, rasche, aufrichtige Lust, wie er sie für viele sinnenfreudige Frauen und, vor der qualvollen Zeit in Polyxenus' Badehaus, sogar für schöne Knaben, wie der tote Lysander einer gewesen und der hübsche Phaidon es war, empfunden hatte, sondern ein eiskaltes, langsam erstarkendes Verlangen, das zu tun, was sie von ihm verlangte: das Fleisch von ihren zarten Knochen zu fetzen, die Wände mit ihrem Blut zu bespritzen. Diese Hydra vor Augen, erkannte er, daß dies etwas Krankhaftes, Widernatürliches war, unergründlich und ekelerregend wie ein Geschlechtsakt; vielleicht die einzige wirkliche Perversion, denn welchem Spiel immer ein Paar sich hingibt, hatte Parthenope ihn gelehrt, es wird durch die einander ergänzenden Naturen der Partner geläutert, so daß nichts, was zwischen Mann und Frau geschieht, ganz schlecht sein kann. Außer diesem Verlangen, zu zerreißen, zu zerfleischen, durch das Zufügen von Schmerz sogar einen Orgasmus zu erreichen.

Oder durch das Erleiden von Schmerz! Denn eben diese hintergründige, verkehrte Begierde war es, die er in ihren Zügen entdeckte — erkannte und wiedererkannte: im Funkeln ihrer Augen, im schlaffen, feuchten Glitzern ihres halb geöffneten Mundes. Dies war nun ein anderer Kopf der Hydra. Und für ihn der schrecklichste, weil er, wie ihm jetzt zu Bewußtsein kam, sein Leben beherrscht hatte. Dieses häßliche, schmutzige, krankhafte Bedürfnis zu leiden, vernichtete sie nun in ihm, trieb es ihm aus — wenngleich er es in diesem Augenblick nicht begriff und noch lange nicht begreifen sollte —, indem sie ihm das Grauen und die wahre Natur dieses Bedürfnisses offenbarte.

Und dann richtete sich wieder ein anderer Schlangenkopf vor ihm auf, neu, von den anderen verschieden: das wilde, stürmische Verlangen, endlich von ihr frei zu sein, anderswo sein Glück zu suchen, eine Möglichkeit zu finden, um — Kleo wiederzuerlangen. Auf diese Weise Autolykos zu kränken, seinen Freund, der ihm nie auch nur das geringste Unrecht zugefügt hatte, ihm stets nur mit höchstem Seelenadel begegnet war, der . . .

Plötzlich wurde es hell vor seinen Augen. Die hin und her schwankenden, schuppigen Köpfe sanken nieder, schwanden dahin im Dunkel der Zeit und waren vergessen.

»Nein, Chryseis«, sagte er ruhig. »Du mußt dir deinen Richter, deinen Henker anderswo suchen. Auch deinen Folterknecht. Ich will etwas so Schmutziges nicht mit dir gemein haben. Ich kann dir nur zwei Dinge geben, die du nicht brauchst.«

»Was sind das für Dinge?« flüsterte sie.

»Meine Verzeihung und mein Erbarmen. Und jetzt steh auf. Nimm ein Bad. Wasch dir wenigstens seinen Schweiß ab. Er beleidigt meine Nase.«

»Ariston«, sagte sie. »Du bist grausamer, als ich dachte. Grausamer vielleicht, als selbst *du* ahnst. Du verurteilst mich — zum Leben. Mitsamt dem Grauen, das ich in mir trage. Kannst du — wagst du, das zu tun?«

»Ja, Chryseis. Ich wage es — und ich kann es.«

Sie erhob sich, blieb vor ihm stehen und sah ihn an.

»Dann trägst du die Verantwortung«, sagte sie langsam und sehr ruhig, »für all das unaussprechlich Böse, das ich von heute an tun werde. Weil du mich nicht von meiner Schuld befreien willst. Und noch eines ...«

Den Blick auf sie gerichtet, wartete er in tödlicher Ermattung.

»Wisse, daß ich dich hassen werde, solange ich lebe!« schrie sie und warf ihm die Geißel vor die Füße. Dann stürzte sie aus dem Raum.

Er ging und badete seinen Körper und rieb ihn mit duftenden Ölen ein, als ob er so das Gefühl der Unreinheit loswerden könnte, das immer noch an ihm haftete. Dann zog er ein frisches Gewand an und begab sich in seine Schreibstube.

XXIII

Langsam stieg Ariston den steilen, felsigen Weg hinauf, der zur Akropolis führte. Er trug einen Korb unter dem Arm. Der Korb enthielt zwei Tauben, die er der Athene zu opfern gedachte.

Was tue ich hier? fragte er sich im stillen. Ich bin nicht gläubig. Und die Götter, wenn es sie gibt, haben mir oft übel mitgespielt. Oder ich ihnen. Was ist denn mein Leben anderes gewesen als eine einzige, lange, übelriechende Beleidigung olympischer Nasen? Nun ja ...

Mühsam quälte er sich die alten Ziegenpfade hinauf, den marmornen Häusern der Götter entgegen. Er wußte nicht, warum, aber er fand dort meistens Frieden, oder wenn nicht Frieden, so doch eine gewisse Minderung seiner Unruhe. Ganz besonders im Tempel der Athene, den die Menschen Parthenon, »Jungfrauengemach«, nannten, da die Priesterinnen der weisen Göttin zu immerwährender Keuschheit verpflichtet waren. Und schon ein vorübergehendes Nachlassen der Seelenpein, die ihn quälte, war, so meinte er, den Aufstieg wohl wert.

Er sah die einzigartige Schönheit des Tempels vor sich, die wundervolle Symmetrie, die die massigen Steine gewichtlos erscheinen ließ. Er beschleunigte seine Schritte, und der zermürbende, nie ganz zu stillende Schmerz begann sich zu lösen, als er der Vollendung ansichtig wurde. Denn das war der Parthenon. Nie wieder, dachte er, würden Menschenhände Gleichartiges hervorbringen.

Er betrat das kühle, schattenspendende Hauptschiff, um ein Gebet zu sprechen und die weißen Tauben zu opfern, die er mitgebracht hatte – und blieb regungslos, wie angewurzelt, stehen. Und starrte fassungslos auf das hohe Gerüst, das die Arbeiter rund um die Statue der Athene, das riesige Meisterwerk aus Gold und Elfenbein, errichtet hatten, um – sie zu berauben! Um eine empörende Gotteslästerung an ihr zu begehen! Sein trotz allen Unglaubens von wildem Abscheu erfülltes Hirn formte Worte, die die Schwelle tönender Laute nicht zu überschreiten vermochten.

Denn die Arbeiter waren emsig damit beschäftigt, die elfenbeinernen Verzierungen am goldenen Leib der Göttin zu entfernen.

Seine Wut fand Stimme, brach sich Bahn in brausendem Donner, der von Säulen, vom Schiff und vom Dach widerhallte.

»Bei Ihr, die ihr schändet, was treibt ihr hier?« brüllte er.

Die Arbeiter blickten beklommen auf ihn hinunter. Ihnen gefiel die Arbeit, die zu verrichten man ihnen befohlen hatte, ebensowenig wie es ihm gefiel, sie dabei zu sehen. Wer konnte sagen, ob die von ihnen so schändlich geplünderte Göttin nicht . . .

»Antwortet mir!« donnerte Ariston.

Der Aufseher der Arbeiter kam hinter dem Gerüst hervor auf ihn zu. Er hatte eine Schriftrolle in der Hand. Er wußte nicht, wer Ariston war; aber ein Mann von so glänzender Erscheinung – und so makelloser Schönheit – mußte gewiß eine bedeutende Persönlichkeit sein. Zögernd reichte er ihm die Schriftrolle.

»Dies sind meine Befehle, Herr!« sagte er.

Ariston nahm die Rolle. Ein Blick genügte. Der Mann war befugt, die Arbeit durchführen zu lassen, die die Männer auf dem Gerüst verrichteten. Der Befehl war von der gesamten Volksversammlung unterzeichnet. Der Name des Archon Basileus stand als erster da.

»Du hast die Wahrheit gesprochen«, bestätigte Ariston. »Aber warum, ihr guten Leute?«

»Schlechte Nachrichten, Herr«, antwortete der Aufseher traurig. »Ich kenne natürlich nicht alle Einzelheiten, aber ich glaube, es verhält sich so: Wir sind ihr Volk, wir sind die Bürger ihrer Stadt, nicht wahr? Nun scheint es so, als ob wir jetzt das Gold, das wir ihr dargebracht haben, dringender benötigen als sie. Wir brauchen es, um nicht dem Tod zur Beute zu fallen, oder, was noch ärger wäre, versklavt zu werden. Wir wollen ja die Göttin nicht berauben. Wir wollen uns das Gold nur ausleihen, damit das große Unheil nicht über uns hereinbricht. Ich könnte mir vorstellen, daß sie gutheißt, was wir tun, da sie nicht wollen wird, daß spartanische Barbaren uns die Kehle durchschneiden und sich über unsere Frauen und Knaben hermachen; meinst du nicht auch, Herr?«

»Ich denke schon«, gab Ariston flüsternd zu. »Aber sag mir doch, guter Werkmeister, was ist denn geschehen?«

»Nun, Herr, es ist dir sicherlich bekannt, daß Alkibiades, nachdem wir ihm wegen der Lästerung der Demeter und Kores Verzeihung gewährt hatten, die Stadt verließ . . .«

». . . nach Notium segelte und dort den spartanischen Nauarchen Lysander mit einer Flotte von neunzig Trieren im Hafen von Ephesus einschloß. Selbstverständlich. Und ich weiß auch, daß Alkibiades des endlosen Auf- und Abruderns müde wurde und auf seinem Flaggschiff nach Phokaia hinübersegelte, um zuzusehen, wie der Strategos Thrasybulos die Stadt belagerte. Dabei ließ er . . .«

». . . diesen jungen Tölpel Antiochos zurück, der Lysander den Ausgang aus dem Hafen versperren sollte. Das war entweder ein grober Fehler oder . . .«

». . . Verrat? Das bezweifle ich«, sagte Ariston. »Alkibiades hat kaum Grund, Sparta zu lieben, und noch weniger Anlaß, dorthin zurückzukehren.«

»Da hast du wohl recht!« wieherte der Aufseher. »Den alten König Agis muß es nur so jucken, ihm die Eier abzuschneiden — wenn nicht mehr! Schließlich hat er seiner Königin Timaia ein Kind gemacht.«

»Dies ist kaum der Ort für häßlichen Klatsch, guter Meister.« Ariston lächelte freundlich. »Aber sprich weiter. Und erzähl mir nichts von Antiochos. Ich kenne auch diese traurige Geschichte.«

»Du meinst, daß er sich auf Lysander stürzte, bevor Alkibiades noch außer Sichtweite war?«

»Ja. Das kam mir damals so vor, wie wenn ein Hündchen es mit einem Löwen aufnimmt. Und verschone mich mit dem unsinnigen Gerede unserer Kneipenstrategen, wonach Alkibiades ihm den Befehl dazu gegeben hätte. Das war nicht der Fall. Ein junger Mensch, der nach Ruhm dürstete, weiter nichts. Statt den Befehlen seines Kommandanten zu gehorchen, mißachtete er sie. Er griff Lysander an — den größten Admiral, die Lakedämonier je hervorgebracht haben, der den Kampf zur See so ausgezeichnet beherrscht, daß ich mich frage, ob er überhaupt Spartaner ist.«

»Ein wahres Wort!« knurrte der Aufseher. »Der Kerl lehrt einen das Fürchten, was?«

»Es gibt keinen besseren. Wie er ja an jenem Tag ausreichend bewiesen hat. Indem er Antiochos tötete. Und die Flotte kampfunfähig machte. Und ihr Athener . . .«

Der Aufseher sah ihn forschend an. Da war so ein winziges Etwas im Tonfall dieses Herrn, daß man fast glauben konnte . . .

»*Wir* Athener meinst du wohl, nicht wahr?«

»Ganz recht. Wir Athener. Ich bin Athener, wenn auch nicht hier geboren. Aber ich lehne es ab, an dieser Lage mitschuldig zu sein. Es war ein verbrecherischer Wahnsinn, auf den gemeinen Pöbel zu hören, der nichts Besseres zu tun hatte, als Verrat zu schreien und zu behaupten, Alkibiades habe persisches Gold genommen!«

»Lakedämonisches Gold kann er wirklich nicht genommen haben, nicht wahr, Herr? Athene kann bezeugen, daß sie keines haben! Was ja auch der Hauptgrund war, daß sie . . .«

». . . jenes hellenische Heldentum verschacherten, das bei Marathon, bei Salamis und bei den Thermopylen erworben wurde«, ergänzte Ariston langsam. Seine Stimme blieb ruhig, aber ein Ton schwang in ihr, der dem Aufseher einen Schauer über den Rücken jagte. »Sie haben die ionischen Hellenen ins eiserne Joch der Perser gespannt. Um Gold. Um blutiges, schmutziges Gold haben sie diesen Brudermord zugelassen. Diesen Selbstmord Hellas'. Sie haben mitgeholfen, die reine Flamme der Zivilisation auszulöschen.«

Der Aufseher starrte ihn an.

»Was du da redest, ist mir zu hoch, Herr«, sagte er. »So große Worte verstehe ich nicht. Man bekommt förmlich eine Gänsehaut, wenn man sie hört. Besonders, wie *du* sie aussprichst!«

»Tut mir leid«, erwiderte Ariston. »Aber ich glaube nicht, daß Alkibiades bestochen wurde. Dazu kenne ich ihn zu gut. Geld lockt ihn nicht. Da hätten sie ihm schon fünfzig Jungfrauen anbieten müssen —«

»— und ebenso viele ungepflügte Knaben!« dröhnte der Aufseher.

»Keine Knaben. Daran hat er wirklich keinen Geschmack. Aber das ist unwichtig. Wichtig ist, das sagte ich schon, daß es verbrecherischer Wahnsinn war, ihn neuerlich abzusetzen und auf seine Besitzungen an der thrakischen Küste zu verbannen. Dort sitzt er nun und schmollt. Dabei ist er der einzige Strategos, den wir haben, der es zur See mit Lysander aufnehmen kann. Hätten die Spartaner nicht eine ebensolche Wahnsinnstat vollbracht, indem sie Lysander durch diesen Kallikratidas ersetzten, wahrscheinlich würden wir jetzt schon eine spartanische Garnison auf der Akropolis haben.«

»Wenn wir uns jetzt nicht sputen«, meinte der Aufseher mit düsterer Miene, »wird's bald so kommen. Darum hat man mir auch diesen Befehl gegeben. Willst du etwa sagen, du hast noch nichts gehört?«

Jetzt war es an Ariston, große Augen zu machen.

»*Was* gehört?«

»Die schlechten Nachrichten. Wie es scheint, versteht der neue Nauarch sein Geschäft noch besser als Lysander. Gestern abend ist ein Patrouillenboot eingelaufen. Wie ein neuer Besen hat dieser Kallikratidas die Meere leergefegt. Vor zwei Wochen nahm er Delphinon auf Chios und Methymna auf Lesbos. Und das ist noch nicht alles. Vor Mytilene hat er Konon erwischt und dreißig von unseren Trieren versenkt. Den Rest hat er jetzt im Hafen von Mytilene eingeschlossen, und wir stehen ohne Flotte da. Wir sitzen im Dreck, außer ...«

»Außer was?« fragte Ariston tonlos.

»Außer die neuen Maßnahmen führen zum Erfolg. Zum Beispiel, daß wir die Tempel abräumen, um die nötigen Mittel zu beschaffen, eine neue Flotte zu bauen. Daß wir den Metöken das Bürgerrecht, den Sklaven die Freiheit versprechen ...«

Ariston war wie betäubt. »Unsterbliche Götter!« flüsterte er so leise, daß der Aufseher ihn gar nicht hörte.

»... wenn sie sich tüchtig ins Zeug legen und mitkämpfen. Die Lage ist verzweifelt, Herr. Es sieht ganz so aus ...«

Aber Ariston war schon fort. Lange Zeit stand er in der Nachmittagssonne vor dem Parthenon. Dann öffnete er den Korb und ließ die Tauben frei. Wie Pfeile schossen sie mit weißen Schwingen empor, dem Himmel zu, über – seinem Athen.

Er blickte auf die Stadt hinab, auf die weißen, grauen und gelben Häuser mit den roten Ziegeldächern – dazwischen die schwarzgrünen Lanzen der Zypressen, das schimmernde Silber der Olivenbäume, das verästelte Gezweig der Pinien, und hier und dort der Zuckerguß der Mandelbäume in ihrer Frühlingspracht. Die Anmut des Bildes versetzte ihm den Atem.

Seine Stadt! Der einzige Ort in ganz Hellas, wo sein Geist und sein Herz wirklich daheim waren. Diese der See zugewandte, breit hingelagerte Herrlichkeit von pastellfarbigen Würfeln, Ecken und Winkeln, gekrönt vom unvergleichlichen, hoch aufragenden Marmor der Tempel – sein! So der Aufseher nicht gelogen hatte, in einem Irrtum befangen war. Was kaum anzunehmen war. Der Mann hatte auf ihn den Eindruck eines besseren Theten gemacht: nüchtern, fleißig, intelligent, wenn auch unbelesen – keiner, der die Wahrheit verfälschen würde. Außerdem brauchte er ja nur zur Agora hinabzusteigen, um sich Bestätigung zu verschaffen. Die neuen Verfügungen würden gewiß dort angeschlagen sein. Und aller Welt Gesprächsstoff liefern. Er konnte die Oligarchen schon murren hören:

»Bürgerrecht für Metöken! Freiheit für Sklaven! Unsterbliche Götter! Weit ist es mit Athen gekommen!«

Vielleicht ist es zu Verstand gekommen, ging es Ariston ein wenig bitter durch den Sinn. Aber wie auch immer, es ist jetzt mein. Allerdings — zugleich mit dieser ruhmreichen Polis muß ich jetzt auch Chryseis nehmen; als gesetzlich angetrautes, unfruchtbares, verbittertes, zänkisches — Weib.

Er ließ den Kopf sinken; blickte wieder auf.

»Ich habe es Danaus versprochen«, murmelte er vor sich hin, »und er ist tot. Wenn etwas heilig ist, so dieses Versprechen. Aber was ist ein Manneswort? Was ist ein Versprechen? Was ist dieses Ding, das man Ehre nennt? Ein Windstoß. Nichts.«

Er lenkte seine Schritte heimwärts.

Doch als er ihr die gute Neuigkeit brachte, zuckte Chryseis nur die Achseln.

»Warum solltest du? Was macht das jetzt schon aus?«

»Was das ausmacht? Sokrates behauptet, die Seele, der Schatten des Menschen sei unsterblich. Ich weiß nicht, ob er recht hat. Aber wenn, dann soll Danaus wissen, daß ich mein Wort gehalten habe.

Daß ich, getreu meinem Versprechen, das Bürgerrecht erworben und dich geheiratet habe.«

Sie wandte sich ihm zu, und ihre großen Augen leuchteten.

»Ariston . . .«, flüsterte sie.

»Ja, Chryseis?«

»Du bist der edelste Mensch auf dieser Erde.«

Noch am gleichen Tag erstand Ariston den Rumpf einer Triere und rüstete sie auf seine Kosten aus. Er ließ Ausrufer in Piräus herumgehen, die jenen, die mit ihm segeln wollten, sechs Oboloi am Tag, das Doppelte des üblichen Soldes, anboten. Zum ersten Offizier machte er denselben alten Piraten Aletes, der Kleothera an Orchomenus verkauft hatte. Die Stellung des dritten Offiziers bot er Orchomenus an, der jedoch ablehnte.

»Nachdem du mich lahm geschlagen hast, wie könnte ich kämpfen? Und außerdem: sobald das alles vorbei ist, und ein spartanischer Harmost mit einer Garnison auf der Akropolis sitzt, könnte das Klima für einen lakedämonischen Überläufer recht ungesund werden! Warum tust du das eigentlich, Ariston?«

»Ich habe meine Gründe.«

»Ha! Damit du sie endlich heiraten kannst! Diese häßliche, zänkische kleine Hexe, die du fliehen solltest wie die Pest! Ehrensache? O du mein edler, ehrenhafter Ariston! Lern einmal etwas von mir, mein Freund. Zugegeben, ich mißhandle meine Weiber; aber wenigstens lasse ich mich nicht von *ihnen* mißhandeln! Oder bist du so in deinen Sokrates vernarrt, daß du ihm alles nachmachen mußt und dir auch noch eine Xanthippe zulegst? Mir ist seine lieber; wenigstens hat sie ihm Söhne geboren!«

»Trägst du mir die Vergangenheit immer noch nach, Orchomenus?«

»Nein. Wer kann einem Narren etwas nachtragen? Hättest du mir Kleo, von einem so natürlichen Gefühl wie etwa Lust getrieben, gestohlen, um sie selbst zu besitzen, ich würde dich vielleicht gehaßt haben. Weil dich aber leere, philosophische Vorstellungen dazu bewogen, sie mir wegzunehmen und du sie schließlich an einen dritten weitergabst, kann ich dich nur verachten. Und bemitleiden. Alles, was deine Philosophie dich gelehrt hat, ist die Kunst, auf immer neue Art ein Narr zu sein!«

»Wie du meinst«, erwiderte Ariston.

Er verließ die Werkstatt. Während er die Straße nach Piräus einschlug, kam ihm die Ironie seines Daseins deutlich zu Bewußtsein. Die wohlhabendsten Männer Athens waren durch diesen Krieg in drückende Armut geraten, sein Vermögen jedoch dreimal so hoch als das, das Timosthenes ihm hinterlassen hatte. Weil, dachte er, seiner selbst spottend, ich meine wahre Berufung gefunden habe. War ich nicht mein Leben lang ein Kaufmann des Todes? Warum also sollte ich nicht mein Vermögen mit Mordwerkzeugen verdienen? Ich rede mir ein, ich verteidigte die menschliche Freiheit, des Menschen Würde; ich rede mir ein, diese erhabenen und geheiligten Ziele zu verfolgen, wenn ich Athen die Sehnen des Krieges stärke.

So ist es in Wahrheit – zum Teil. Sollte meine Geburtsstadt den Krieg gewinnen, wird sie überall Oligarchien errichten, wie sie es immer getan hat. Verteidige ich aber Athen, verteidige ich damit nicht auch das Gemetzel von Melos? Unterstütze ich damit nicht auch den Machthunger, die Listen und Rechtsverdrehungen der Händler, organisierten Raub und Plünderung?

Auf diese Fragen kann ich wohl nur antworten, daß Kriege zwischen Menschen ausgefochten werden, nicht zwischen Engeln auf der einen und Teufeln auf der andern Seite. Wohlan denn: wenn es Götter gibt, und wenn sie gütig sind, vielleicht werden sie mich befreien — von allem, einschließlich dieser Sklaverei, die die Menschen Leben nennen ...

Im Hafen angelangt, begab er sich auf seine neue Triere. Das Vermögen, über das er verfügte, hatte es ihm ermöglicht, sie in weniger als einer Woche auszurüsten. Er hatte dafür bezahlt, daß nicht nur tagsüber, sondern auch die ganzen Nächte durch bei Fackellicht gearbeitet wurde. Er hatte auf einer Neuerung bestanden: der Rammsporn war aus Eisen, statt wie bisher aus Bronze. Er war in seiner eigenen Gießerei hergestellt und so scharf zugeschliffen worden, daß man sich damit rasieren konnte — wie einer seiner Männer einem zweifelnden Kameraden von einem andern Schiff bewies, indem er sein Kinn daran rieb und dabei seines halben Bartes ledig wurde.

Aber Aristons Eile war nicht durch seine Kriegslust zu erklären. Ihm lag daran, das Bürgerrecht zu erringen; doch dazu war es nötig, sich in der Schlacht auszuzeichnen. Und er wußte nur zu gut, daß er vom Seekrieg so gut wie gar nichts verstand. Neunzehn Jahre war es her, daß er von der Küste aus die Belagerung von Sphakteria miterlebt hatte; nie aber hatte er an einer Seeschlacht teilgenommen. Und um sein neues Handwerk zu erlernen, blieb ihm nur noch ein Monat Zeit.

In diesem Monat kehrte seine Triere nur nach Piräus zurück, wenn ihr Proviant restlos aufgebraucht war. Sie schleppte morsche, unnütze Schiffstrümmer aufs offene Meer hinaus und übte die Kunst des Rammens an ihnen. Die Männer, die die Katapulte bedienten, verbrauchten beim Übungsschießen täglich eine Tonne Steine. Die Rudergänger lernten, auf der Stelle zu wenden. Die Bogenschützen, Peltasten und Speerwerfer im Takelwerk durchbohrten mannsgroße Strohpuppen, die rundherum im Meer schwammen, während die Schleuderer schon bei diesen Übungen statt Steinen die teuren, gegossenen Bleikugeln verwendeten.

Die Ruderer lernten nicht nur, im Augenblick auf den Takt einzugehen, den der Keleustes angab, indem er mit einem Holzhammer auf einen Block schlug, sondern auch, auf Kommando die Riemen zu heben und sie so weit wie möglich einzuziehen, so daß die Triere die

Wellen neben einem spartanischen oder syrakusischen Kriegsschiff pflügen und dabei die feindlichen Ruder wie Späne abscheren konnte; ihre eigenen blieben unversehrt und erlaubten es ihr, schnell zu manövrieren und den gelähmten Feind vollends zu vernichten.

Natürlich murrte die Mannschaft und verfluchte ihn hinter seinem Rücken; was sie aber wirklich für ihren Trierarchen empfanden, zeigte sich, als es sich die Mannschaft eines anderen Schiffes einfallen ließ, ihn zur Zielscheibe ihres Spottes zu machen, indem sie ihn als einen alten Leuteschinder bezeichneten. Bei der darauf folgenden Schlägerei ging die Einrichtung von drei Schenken in die Brüche, und ein Dutzend Mann wurde mit gebrochenen Kinnladen, Armen und Beinen in die Spitäler eingeliefert. Aristons Besatzung hatte es der strengen Ausbildung zu verdanken, daß sie fast unversehrt aus der Prügelei hervorging, und er glaubte annehmen zu können, daß die Männer ihn im Grunde ihres Herzens achteten und schätzten.

Es lag nicht nur am doppelten Sold. Es gab auch noch andere Anreize. So waren zum Beispiel die Rationen besser und reichlicher als auf jedem andern Schiff der Flotte. Der Honigwein, den sie allabendlich nach den Übungen in sich hineinsaufen durften, war der berühmte Daprias – ein aus edelfaulen Trauben gewonnener, bei allen Seeleuten hochbeliebter Saft. Kein Ruderer war an seine Bank angekettet. Sie waren alle Sklaven, aber jeder einzelne trug ein wasserdichtes, ölgetränktes Ledersäckchen um den Hals, in dem sich ein von Ariston gezeichneter Schein befand, der dem Eigentümer den Preis der Freilassung für den Fall zusicherte, daß die Stadt ihr Versprechen, ihm die Freiheit zu schenken, nicht einhalten sollte. Schon jetzt erhielten die Frauen und Kinder aller Angehörigen der Besatzung, gleich ob Bürger, Metöke oder Sklave, von Aristons Bankier eine Rente ausgezahlt – die in den meisten Fällen den Betrag, den ihre Gatten und Väter je imstande gewesen waren zu verdienen, weit überstieg. Sollte der Ernährer in der Schlacht den Tod finden, würde die Rente den Kindern bis zu deren Großjährigkeit, der Witwe auf Lebzeiten angewiesen werden.

So war es denn nicht zu verwundern, daß der Trierarch Ariston das tüchtigste Schiff der ganzen athenischen Flotte befehligte. Er selbst hatte in diesem Monat so viel gelernt, daß Aletes widerwillig zugeben mußte: »Du brauchst mich nicht. Du könntest auch ohne mich mit dem Schiff fertig werden.«

»Nein, Aletes«, entgegnete Ariston. »So sicher wie Zeus auf dem

Olymp thront, wird sich eine Lage ergeben, auf die du mich nicht vorbereitet hast, eine Lage, wie sie alle zwanzig Jahre einmal . . .«

»Du würdest sie trotzdem beherrschen«, meinte Aletes.

Womit er, ohne es zu wissen, eine Art Gotteslästerung aussprach. Denn welcher Mensch kann sich zum Beherrscher der Parzen, der Furien oder der Götter aufschwingen?

Aristons Triere, die *Phryne*, lenzte durch einen langen Graben grünlich-grauen Wassers, das hier und dort schon mit den gefletschten weißen Zähnen des Sturmes gesprenkelt war. Ein Wetter zog sich zusammen, der heftig aufkommende Wind versprach nichts Gutes.

»Wir sollten umkehren, Trierarch«, meinte Aletes. »Bei Zeus, dem Hochdonnernden, du hast mehr als genug getan, um dir dein Bürgerrecht zu erwerben.«

Ariston gönnte seinem Ersten nicht einmal einen Blick.

»Dort drüben, luvwärts«, sagte er, »wie viele von unseren Schiffen sind dort gescheitert?«

»Über zwanzig«, antwortete der Erste.

»Und wenn wir nicht rechtzeitig bei ihnen eintreffen?«

Aletes zuckte die Schultern.

»Die Leute werden ersaufen«, antwortete er. »Aber mit deiner gütigen Erlaubnis, Trierarch, ich möchte dir eine Frage stellen: wieviel Mann Besatzung kommen auf zwanzig gescheiterte Trieren?«

Jetzt sah Ariston seinen Ersten an, denn er merkte schon, wo Aletes hinauswollte.

»Etwa — zweitausend Mann«, erwiderte er ruhig.

»Und wieviel könnten wir an Bord nehmen, *wenn* wir rechtzeitig einträfen?«

»Das weiß ich nicht. Vielleicht . . . hundert?«

»Hundert — von zweitausend. Wir haben gewonnen. Wir haben mehr als siebzig lakedämonische Trieren zum Hades geschickt. Sechs davon hattest *du* die Ehre zu erledigen, und das vor den Augen der Strategoi Thrasyllos und Perikles. Aber auch der Trierarch Theramenes hatte Gelegenheit zu beobachten, in welchem Ausmaß wir zum Sieg beigetragen haben — und in Athen wiegt sein Wort schwer!«

»Wenn er es in die Waagschale wirft«, entgegnete Ariston trocken. »Ich traue dem Schnürstiefel nicht über den Weg. Aber wie dem auch sei, Aletes: wenn wir auch nur *einen* Mann retten, so ist das ein menschliches Wesen mit Träumen und Hoffnungen, das noch ein ganzes Leben vor sich hat. Gib Befehl an den Keleustes, den Takt zu beschleunigen!«

»Wenn wir aber, statt den einen zu retten, dabei selbst untergehen?« brummte Aletes. »Sieh doch einmal nach Lee, Trierarch!«

Ariston blickte zu den Arginusen hinüber, zu jenen Inseln, die der größte Sieg, den die Athener je gegen eine gegnerische Flotte erfochten, an jenem Tag unsterblich gemacht hatte. Er sah ein Geschwader syrakusischer Trieren, das, Backstagswind im Rücken, auf sie zuhielt. Sie liefen natürlich nicht unter vollem Segel – wenn sie ins Gefecht zogen, ließen die Trieren Maste und Segel stets an Land zurück, um sich nicht der Gefahr von Brandpfeilen und Behinderungen durch das Takelwerk auszusetzen – kamen aber dank des Windes von achtern doch schneller voran.

Dann lächelte Ariston und wies nun seinerseits Aletes auf etwas hin.

Ein weit größeres, von Theramenes' Triere angeführtes Geschwader schob sich in einer langen Diagonale dazwischen, um die Syrakuser abzufangen. Nun hatte Ariston Zeit genug, um einige der Männer zu bergen, die, an Balken und Bretter geklammert, im Wasser trieben, Zeit auch, um jenen Hoffnung einzuflößen, die er nicht retten konnte. Sie sollten bis zum Eintreffen des Geschwaders aushalten; gewiß arbeiteten sich schon die Truppenschiffe vom Süden her heran, um ihnen Hilfe zu bringen.

Erst jetzt wurde er gewahr, daß drei megarische Schiffe zwischen ihm und den gescheiterten athenischen Trieren lagen. Ihre Peltasten, Bogenschützen und Schleuderer vergnügten sich damit, die im Wasser schwimmenden hilflosen Athener abzuschießen.

»Trierarch!« brüllte Aletes, »Poseidon steh uns bei!«

»Mit voller Kraft voraus«, sagte Ariston. »Die Enomotarchen sollen sich bereit halten, das Signal weiterzugeben!«

»Beim Zeus, Trierarch! Welches Signal? Den Rudergast anzuweisen, das Steuer herumzuwerfen?«

»Nein. Siehst du, wie nahe die zwei Megarer beisammen liegen? Mit voller Kraft voraus, Aletes!«

»Oh, meine arme Witwe!« stöhnte Aletes, »oh, meine verwaisten Söhne!«

»Halt den Mund und gib die Befehle weiter!«

Leuchtender Schaum tröpfelte von den Riemen, die rhythmisch die Wellen zerteilten. Mit jedem Schlag der Ruderer nahmen die zwei megarischen Schiffe an Größe zu. Mit solchem Eifer betrieben diese

Verbündeten Spartas ihr mörderisches Spiel, daß sie nicht einmal eine Bordwache auf dem Achterdeck zurückgelassen hatten.

»Jetzt!« rief Ariston.

»Ruder einziehen!« brüllte Aletes, und unter Deck wiederholten die Enomotarchen einstimmig den Befehl. In einer einzigen fließenden Bewegung hoben Aristons ausgezeichnet geschulte Ruderer die Riemen himmelwärts und beließen sie in dieser Stellung. Obwohl die wendige Triere auf diese Weise ihrer Triebkraft beraubt wurde, verlangsamte sie kaum ihre Fahrt. Sie zog ihren Weg zwischen den zwei feindlichen Schiffen und mähte dabei alle drei Ruderbänke auf der Backbordseite des einen und dem Steuerbord des anderen ab. Wie Donner hallte das Geräusch des splitternden Holzes über die See; aber die Schreie der megarischen Ruderer übertönten selbst diesen Donner.

Ariston verschloß ihnen sein Ohr. Er konnte sich jetzt kein Mitgefühl leisten. Die megarischen Ruderer, Sklaven allesamt, waren an ihre Bänke angekettet und konnten nicht entkommen. Ariston wußte, daß die *Phryne* unter Deck der megarischen Schiffe ein entsetzliches Blutbad anrichtete, aber darüber nachzudenken hatte er jetzt keine Zeit — und was konnte sein Erbarmen diesen armen Teufeln noch frommen? Nachdem sie die zwei Megarer hinter sich gelassen hatten, nahmen seine eigenen Ruderer den Takt wieder auf.

»Laß das Steuer herumwerfen«, sagte er zu Aletes. »Hart Backbord!«

»Gut!« grinste Aletes und sah der dritten megarischen Triere nach, die davonsegelte, als ob der schwarze Hades und die Furien hinter ihr her wären. »Wir werden sie umschiffen?«

»Ja«, erwiderte Ariston.

Seine Besatzung führte auch dieses Manöver mit einmaligem Geschick durch. Die *Phryne* beschrieb einen Halbkreis, um sogleich wie ein mit aller Kraft geschleuderter Speer vorzuschnellen. Wie ein heißes Messer Butter zerteilt, schnitt ihr eiserner Rammsporn in das Holz des feindlichen Schiffes, um der hochschwelligen Flut Eingang zu verschaffen.

»Zurück!« rief Ariston.

Die Ruderer folgten dem Befehl. Der Rammsporn löste sich von dem Megarer und ließ einen gewaltigen Riß zurück, durch den Ariston sehen konnte, wie die Männer verzweifelt versuchten, sich von ihren Ketten zu befreien. Auf Deck entledigten sich Offiziere und

Mannschaften ihrer Rüstungen und stürzten sich in die hochgehende See.

Dann ergoß sich die Flut in das gespaltene Schiff, das wenige Sekunden später mit der gesamten Besatzung Kurs auf Poseidons Reich nahm.

»Sollten wir die beiden andern nicht ins Schlepptau nehmen?« fragte Aletes. »Wir haben da einen guten Fang gemacht! Für die Offiziere können wir Lösegeld verlangen!«

Ariston blickte zum finster drohenden Himmel empor und lauschte dem Heulen des Windes. Die *Phryne* stampfte jetzt schon recht kräftig.

»Versenke sie«, lautete sein Befehl. »Zum Abschleppen ist das Wetter zu schlecht.«

Die beiden megarischen Trieren, einseitig aller Ruder beraubt, waren völlig wehrlos, aber ihre Besatzungen wußten, daß sie keine Gnade zu erwarten hatten. So setzten sie also ihre Katapulte in Gang und stellten ihre Bogenschützen, Schleuderer und Peltasten auf jener Seite auf, von der die *Phryne* drohend auf sie zusteuerte. Aber der Wellengang wurde immer stärker, und das Stampfen und Schlingern ihrer manövrierunfähigen Schiffe hatte zur Folge, daß sie allesamt ihre Ziele verfehlten. Ariston rammte sie mit vernichtender Gewalt, eines nach dem andern, ließ rückwärts rudern, und beobachtete ihren Untergang.

Plötzlich vernahm er den verzweifelten Ruf der Bordwache.

Was er sah, als er sich umdrehte, erfüllte ihn mit ohnmächtiger Wut.

Den angreifenden Syrakusern ausweichend, hatte Theramenes sein Geschwader leewärts gedreht und damit die athenische Kampflinie zwischen diesem und dem des Thrasybulos gespalten. Durch die so entstandene Lücke drängten sich die Syrakuser in wilder Hast, und es blieb einzig der *Phryne* überlassen, ihnen den Zugang zum offenen Meer zu versperren.

Allein gegen eine vielfache Übermacht kämpfte Ariston wie ein zweiter Ares. Doch Mut und Tapferkeit fielen in dieser Lage kaum ins Gewicht; nur Theramenes hätte die *Phryne* retten können, wenn er ihr mit seinem Geschwader zu Hilfe geeilt wäre. Und das zu tun, fehlte ›Schnürstiefel‹ Theramenes jede Lust. Daß er, militärisch und strategisch gesehen, richtig handelte, daß es unklug gewesen wäre, nach gewonnener Schlacht und angesichts eines losbrechenden Sturmes sein ganzes Geschwader aufs Spiel zu setzen, um ein einziges Schiff zu retten, solche Überlegungen konnten Aristons Zorn und Verbitterung nicht mildern. Zum Kuckuck mit der ganzen Strategie! Theramenes hätte sein Geschwader in die Bresche werfen, die Syrakuser binden und zumindest den Versuch unternehmen sollen, das Leben athenischer Kämpfer zu retten.

Vier Syrakuser rammten die *Phryne* gleichzeitig, so daß das Schiff sich auf die Seite legte. Aber es sank nicht gleich. Ariston wartete, bis alle seine Leute die Triere verlassen und sich mit Seilen an den Rudern oder anderem Holzwerk festgebunden hatten. Dann warf auch er seine Rüstung ab, sprang in die graue See und schwamm hinüber, wo Aletes und zwölf seiner kräftigsten Männer sich an eine floßartige Holzplatte klammerten, die der Rammsporn der *Phryne* aus dem Rumpf eines der Megarer gerissen hatte. An dieser Holzscheibe hingen sie und warteten darauf, daß Theramenes mit seinem Geschwader kommen und sie aufnehmen würde. Doch als sie die Köpfe hoben, sahen sie, daß die ganze athenische Flotte leewärts, den Inseln zu, lenzte und sie ihrem Schicksal überließ.

Die ganze Nacht hindurch tat Ariston, was in seiner Macht stand, um keine Mutlosigkeit unter den überlebenden Mitgliedern seiner Besatzung aufkommen zu lassen. Viermal stieß er sich von der Holzplatte ab, um Kameraden zu retten, die sich nicht hatten festhalten können und abgetrieben worden waren. So gelang es ihm, alle seine Männer lebend an Land zu bringen. Doch als er sich umsah, wurde ihm bewußt, daß es nicht leicht sein würde, sie auch am Leben zu erhalten.

Es war ein öder, verlassener Ort, an dem sie sich jetzt befanden, und er nahm an, daß sie die Küste Phrygiens, eine der Besitzungen des Perserkönigs Darius des Großen, erreicht hatten. Ursprünglich war diese Küste ionisch und alle Städte waren hellenisch gewesen. Nachdem nun aber Sparta die Freiheit der asiatischen Hellenen um den Preis persischer Unterstützung und persischen Goldes verschachert hatte, wagte es Ariston nicht, seine nackten, vor Kälte zitternden, von Hunger und Durst geplagten Männer nach Antandros oder Roeten oder Sestos oder Abydos zu führen. Er rechnete mit tödlicher Sicherheit damit, daß sie Soldaten des Statthalters in die Hände fallen würden, schon allein deshalb, weil die früheren Satrapen, Tissaphernes und Pharnabazus durch Prinz Kyros, Darius' Sohn, ersetzt worden waren, von dem es hieß, er habe sich sterblich in den spartanischen Nauarchen Lysander verliebt.

Aber Ariston tat, was er konnte. Tote Athener und Lakedämonier, die das Meer an den Strand gespült hatte, lieferten ihm Waffen und Rüstungen für seine Männer. Dann marschierte er mit ihnen geschlossen landeinwärts und nahm im Handstreich ein kleines Dorf, dessen Einwohner er zwang, ihnen Speise und Trank vorzusetzen. Schon eine Woche später saßen die Vierzehn auf gestohlenen Pferden, und als das Jahr zu Ende ging, waren die Briganten bereits in so üblen Ruf gekommen, daß eine ganze Abteilung persischer Reiterei aufgeboten wurde, um ihrer habhaft zu werden.

Was jedoch nichts nützte. Den ganzen Winter hindurch stieg ihre Zahl. Heimlich stahlen sich wagemutige ionische Hellenen aus den Städten, um sich diesem verwegenen Haufen anzuschließen, der ohne zu zögern Maultierzüge ausraubte und dem großen König auf so manche Weise einen Privatkrieg lieferte. Im Frühling des folgenden Jahres befehligte Ariston zweihundert Berittene.

Aber Aletes und Ariston wußten, daß es nicht ewig so weitergehen konnte, denn König Darius lag im Sterben, und Prinz Kyros war zu ihm gerufen worden. Weil er über die Bestechlichkeit seiner Landsleute, die Dehnbarkeit ihrer Ehrbegriffe Bescheid wußte, ernannte Kyros den Spartaner Lysander zu seinem Satrapen und übertrug ihm die Herrschaft über die gesamte ionische Küste. Aristons und Aletes' Plan, zumindest *einen* Fünfzigruderer zu kaufen oder zu stehlen und mit dem größtmöglichen Teil ihres Gefolges die Ägäis zu durchsegeln, um nach Attika zu gelangen, mußte nun in aller Eile und ohne die Vorsichtsmaßnahmen, die sie sonst getroffen hätten, in die Tat umgesetzt werden. Ausdauernder zu kämpfen und schneller zu reiten als die Perser – dazu gehörte nicht viel; mit spartanischen Reitertruppen als Gegner sah die Sache anders aus. Mit ihnen anzubinden wäre reiner Selbstmord gewesen – das wußten sie.

»Höre, Kommandant«, sagte Aletes, »ich habe einen viel besseren Plan, und wenn du mir gestattest . . .«

»Selbstverständlich, Aletes«, erwiderte Ariston. »Bis jetzt waren deine Pläne meistens gut. Sprich!«

Aletes kniete nieder und begann mit der Spitze seines Schwertes auf dem Boden zu zeichnen. Wie die meisten Kapitäne, besaß er ausgezeichnete geographische Kenntnisse. Unter Aristons Blicken entstand eine Landkarte dieses Teiles der phrygischen Provinzen.

»Wir sind hier«, erklärte Aletes, »und hier ist die Küste. Du kennst sie ja jetzt schon. Überall gibt es Städte und Dörfer – und dazwischen noch vereinzelte Fischerhütten. Unsere Aussichten, unbemerkt das Meer zu erreichen, sind, offen gesagt, null. Und dann noch ein Schiff stehlen? Auch nur einen schäbigen Dreißigruderer?«

»Ich verstehe«, sagte Ariston und runzelte die Stirn. »Was schlägst du also vor?«

»Wir reiten in nordöstlicher Richtung weiter landeinwärts, bis wir irgendwo zwischen Kyzikos und Kios die Küste der Propontis erreichen. Das ist unwegsames Gebiet – der Häuser gibt es nur wenig. Fast keine Siedler . . .«

»Und daher fast keine Schiffe«, sagte Ariston trocken.

»Daran hatte ich nicht gedacht!« rief Aletes.

»Es ist trotzdem ein guter Plan«, tröstete ihn Ariston. »Wir werden ihn nur ein wenig ändern. Wir halten weiter westlich auf die Küste der Propontis zu – zwischen Lampsakos und Kyzikos. Es ist gefährlicher, aber wir haben ungleich bessere Aussichten, ein passendes Schiff zu erbeuten. Ein Dreißigruderer genügt nicht. Ich würde gern zumindest einen Fünfzigruderer kapern.«

»Vielleicht bekommen wir dort sogar ein Getreideschiff«, meinte Aletes. »Und wenn's nicht klappt, können wir immer noch nach Byzanz reiten. Das sind doch immer noch unsere Verbündeten – oder?«

»Wer kann das jetzt noch sagen?« erwiderte Ariston.

Der Plan gelang ihnen vortrefflich – bis auf den letzten Teil. Als sie mit ihrem gestohlenen Pentekonter – denn sie hatten sich mit einem Fünfzigruderer zufriedengeben müssen – in das östliche Ende des Hellesponts einfuhren, trafen sie auf die gesamte spartanische Flotte, die, über hundert Trieren stark, von Westen her, aus der Ägäis kam.

Sie suchten ihr Heil in der Flucht und hielten quer über die Meerenge auf den thrakischen Chersones zu; aber die spartanischen Trieren waren von Wachbooten begleitet, die es an Schnelligkeit leicht mit ihnen aufnehmen konnten. Mit den Spartanern auf den Fersen erreichten sie die Küste in der unmittelbaren Nähe eines großen Palastes. An Land taten sie, was sie konnten, indem sie den ihnen zahlenmäßig weit überlegenen Verfolgern ein erbittertes Rückzugsgefecht lieferten. Ohne großen Erfolg. Ihre Schar war schon auf zwanzig Mann zusammengeschmolzen, als sich die Tore des Palastes öffneten und ein Reitertrupp, an der Spitze ein stattlicher Mann auf einem prächtigen Braunen, herausgesprengt kam und die spartanischen Peltasten und Marinesoldaten nötigte, sich Hals über Kopf auf ihre Schiffe zu flüchten. Nachdem dies getan war, kehrte der Anführer im Galopp zu ihnen zurück und rief mit lauter Stimme, die nun gar nicht mehr lispelte:

»Athener – oder die ihr mit meiner Polis verbündet seid! Ich biete euch Zuflucht in meinem Palast! Kommt!«

Ariston stand reglos. Manchmal treiben die Götter ihre Späße zu weit, dachte er. Dann seufzte er.

»Ich danke dir, Alkibiades«, sagte er.

Beim Abendessen streckte Alkibiades Ariston plötzlich seinen gewaltigen Arm entgegen.

»Hasse mich nicht, Ariston!« sagte er ruhig.

»Warum sollte ich dich hassen, dich, der du mir heute das Leben gerettet hast?«

»Weil ich die Frauen kenne. Sie hat es dir erzählt. Von dem brennenden Wunsch verzehrt, sich an dir für etwas zu rächen, an dem du keine Schuld hattest, kam sie zu mir. Hätte ich gewußt, daß sie deine Frau ist, ich würde sie mit einem Tritt aus meinem Bett befördert haben!«

»Wie du es mit Königin Timaea gemacht hast?« scherzte Ariston.

Alkibiades lächelte.

»Du bist nicht König Agis. Dich habe ich nie gehaßt. Außerdem ...«

»... ist Chryseis nicht Timaea, von der es heißt, sie sei sehr schön. Dennoch schuldest du mir eine Entschädigung. Ich fordere von dir genau soviel, wie mir die Sache wert ist.«

Alkibiades sah ihn fragend an. »Und das wäre?«

»Ein Obolos.«

Alkibiades ließ seinen Blick auf ihm haften; dann warf er den Kopf zurück und brach in schallendes Gelächter aus.

Die zwei Männer standen auf dem Kai vor der Stadt Sestos und beobachteten die Einfahrt der athenischen Flotte in den Hellespont.

»Prachtvoll!« seufzte Alkibiades.

Ariston drehte den Kopf zur Seite und sah ihn an. So viel – Sehnsucht – ja, das war es! –, so viel hoffnungslose Sehnsucht lag in der Stimme des Mannes, der einst das Amt eines Strategos Autokrator bekleidet hatte. Denn trotz des Zickzackkurses, den Alkibiades sein Leben lang gehalten hatte, liebte er Athen. Wäre er nur imstande gewesen, genug Selbstdisziplin aufzubringen, um seiner Polis so zu dienen, wie seine Mitbürger es ihm zugebilligt haben würden; oder wäre, umgekehrt, das athenische Volk weise genug gewesen, ihm sein zuweilen aufreizend ungehöriges Betragen zu verzeihen, diese Facette eines Genies, das er zweifellos besaß, und von eben diesem Genie Gebrauch zu machen — die Geschichte der letzten Jahre würde eine andere Wendung genommen haben. Eine ruhmreiche Wendung. So viel durfte man von den Göttern nicht erwarten. Und jetzt — zu spät. Die traurigsten Worte, ging es Ariston durch den Sinn, die es in einer menschlichen Sprache geben kann.

Er wandte sich wieder der Flotte zu. Es war ein herrlicher Anblick: fächerförmig breiteten sich die kleinen, schnellen Boote vor den mächtigen Trieren aus, die jetzt, hundertachtzig an der Zahl, einfuhren, um diesen Seewolf, Lysander, zu fangen. Sie waren mit bunten Wimpeln geschmückt, ihre Segel vom günstigen Wind prall wie Weinschläuche gefüllt, und die Schutzschilde ihrer Schanzkleider blendeten das Auge.

»Lysander hat Lampsakos auf der anderen Seite genommen«, bemerkte Alkibiades sorgenvoll. »Der Hafen ist ebensogut wie dieser. Nein, noch besser. Ich kann nur hoffen, daß sie das wissen und sich . . .«

»Wir werden es ihnen sagen, sobald sie hier angelegt haben«, meinte Ariston.

Aber die athenische Flotte lief nicht in Sestos ein. Majestätisch segelten die großen Trieren an dem einzigen Ort an dieser Küste des Hellespont vorbei, wo sie einigermaßen sicher gewesen wären; wo vor Anker zu gehen die primitivsten Regeln der Logistik zwingend gefordert hätten: in einem Hafen mit Frischwasser und Lebensmittelvorräten, um ihren Bedarf zu decken, mit Ärzten, um ihre Verwundeten zu versorgen, und Rekruten, um ihre Toten zu ersetzen.

»Weißt du, wohin sie fahren?« brüllte Alkibiades.

»Nein.«

»Denk einmal nach! Welches ist der in jeder Beziehung ungünstigste Ort, den sie anlaufen könnten? Wo gibt es an dieser Küste eine Stelle, die nicht einmal gegen angreifende Frauen und Kinder gehalten werden kann? Nun, ich frage dich: welche Stellung ist das?«

»Aigospotamoi«, erwiderte Ariston. »Aber das kann doch nicht sein! Um Heras willen, du wirst mir doch nicht einreden wollen, daß sie vor den Ziegenflüssen ankern wollen! Ich kann nicht glauben ...«

»Du brauchst nichts zu glauben«, sagte Alkibiades. »Steig auf dein Pferd – komm mit und sieh selbst!»

Er behielt recht. Auf ganz entsetzliche Weise recht. Als sie ankamen, waren die Athener emsig damit beschäftigt, ein Lager auf diesem ungeschützten Strand aufzuschlagen, das die Natur zum Schlachthaus für Toren bestimmt hatte. Ariston saß auf seinem Pferd und sah zu. Ihm war zum Weinen zumute – diese zum Untergang verurteilte, irregeführte Armee stellte seine einzige, schwache Hoffnung dar, nach Athen zurückzugelangen; es blieb ihm nichts anderes übrig, als sich ihr anzuschließen.

Alkibiades aber brüllte wie ein verwundeter Löwe:

»Narren! Dummköpfe! Habt ihr keine Augen im Kopf? Was seht ihr ringsum? Ich will es euch sagen: Sand, um ihn mit eurem Blut zu tränken! Felsen, auf denen ihr euch die Beine brechen werdet, wenn ihr zu fliehen versucht! Und wie steht's mit frischem Wasser? Ha! Lebensmittel? Ha! Ärzte? Krankenpflegerinnen? Frische Rekruten? ... Athene, sieh auf deine Söhne herab! O Göttliche, der alle Weisheit zu eigen ist, warum hast du den Athenern kein Hirn geschenkt?«

Tydeus und Menandos, zwei Strategoi, die als Lagerkommandanten eingesetzt waren, traten an Alkibiades heran. Eine Abteilung von dreißig Mann folgte ihnen – und jeder einzelne hatte sein Schwert gezogen oder einen Speer in der Hand.

»Fort mit dir« fuhr Tydeus ihn an. »Gotteslästerer! Du hast Athen verraten! Persisches Gold genommen! Verlasse dieses Lager, wenn du hier nicht begraben werden willst! Du hast die Wahl, Alkibiades!«

Alkibiades wollte sich auf ihn stürzen, doch Ariston hielt seinen Arm mit eisernem Griff umklammert.

»Nein, mein Freund«, sagte er, »sie sind es nicht wert, daß du ihnen dein Leben opferst.«

»Sie nicht, aber Athen!« wütete Alkibiades.

»Ja«, gab Ariston zu, schränkte aber sogleich ein: »Athen ist es wert, wenn du der Polis mit deinem Tod dienen würdest, dienen *könntest*. Aber so? Glaubst du, es würde etwas ändern, wenn du dich von diesen Dummköpfen töten ließest?«

Alkibiades blieb auf seinem Pferd sitzen. Langsam entspannten sich seine Muskeln.

Er gestand seine Niederlage ein.

»Du hast recht, Ariston«, sagte er. »Komm!«

Am gleichen Abend noch setzte Ariston seinen großen, unberechenbaren Freund davon in Kenntnis, daß er ihn verlassen und nach Aigospotamoi zurückkehren werde.

»Ich gebe zu, es sind Narren«, führte er erklärend ins Feld, »aber wie sonst soll ich jemals nach Athen gelangen? Ich habe dort Interessen — und eine sogenannte Gemahlin, so untreu sie auch sein mag. Und ich *kann* zurückkehren. Ich bin nicht des Landes verwiesen.«

»Wenn du dich ihnen anschließt, setzt du dein Leben aufs Spiel«, erwiderte Alkibiades schroff, »aber du hast die Wahl. Ich kann dich nicht einmal tadeln. Versuche jedenfalls, in Konons Geschwader unterzukommen. Er ist der einzige, der noch etwas Hirn im Kopf hat.«

Von der Bordwache gerufen, blickte der Strategos Konon auf die bewaffneten Männer hinunter, die bis zur Brust im Wasser standen. Sie waren so weit hinausgewatet, um sich bei ihm zu melden.

»Ihr wart bei den Arginusen?« brummte er.

»Bei unseren Wunden schwören wir es!« brüllte Ariston hinauf.

»Wie kommt ihr dann hierher?« wollte der Strategos wissen.

»Wir sind marschiert und haben uns durchgekämpft!« dröhnte Aletes, »nachdem Poseidon die Trümmer verschonte, an die wir uns klammerten. Von euch aus, ihr feigen athenischen Hunde, hätten wir krepieren können!«

Konons Blick umwölkte sich. Er kannte diese traurigen Umstände nur zu gut, und wenn diese Männer die Wahrheit sprachen, hatte er es nicht zum kleinsten Teil ihnen zu danken, daß er noch am Leben war.

Er wandte sich an den Ersten Offizier.

»Wirf ihnen Seile zu«, wies er ihn an.

Die ganze folgende Woche hindurch war Ariston ständig an der Seite des Strategos zu finden. Nachdem sein unfreiwilliges Exil schon zwei Jahre gedauert hatte, hungerte er nach Neuigkeiten von seinen Lieben in Athen, von Kleothera, Chryseis und seinen vielen Freunden. Schon am ersten Tag fragte er Konon aus, sooft er nur konnte, verlangte Auskünfte von ihm, um sein Herz zu beruhigen.

Manches, was er erfuhr, stimmte ihn traurig. Euripides und

Sophokles waren tot — Euripides in der Verbannung in Mazedonien gestorben, Sophokles in Athen — an Kummer über den Verlust seines großen Freundes, wie es hieß. Aristophanes hingegen lebte und befand sich bei guter Gesundheit, ebenso Sokrates. Natürlich konnte Ariston nicht einfach nach Kleothera fragen; in Athen vollzog sich das Leben einer Frau in solcher Abgeschlossenheit, daß der Strategos sie nicht einmal gekannt haben würde — so sie nicht zur Schwesternschaft der Gefallenen gezählt hätte. Und da Autolykos' Verhältnis zu ihr das gleiche war wie das seine zu Chryseis — eine Art halb legaler Verbindung —, konnte Ariston kaum annehmen, daß Konon jemals von ihr auch nur gehört hatte. So begnügte er sich also damit, nach Autolykos zu fragen und erfuhr, daß es ihm gut ging. Nun tröstete er sich mit der Gewißheit, daß, solange Autolykos lebte, Kleothera kein Leid erfahren würde — vom Leid ihrer Trennung abgesehen, das nichts anderes war als eine Art langsamen, schleichenden Todes.

Er bemerkte jetzt, daß der Strategos ihn mit forschenden Blicken musterte.

»Was bedrückt dich, großer Strategos?« fragte er.

»Du gibst mir Rätsel auf, Trierarch«, erwiderte Konon. »Ich kenne alle, die du kennst. Trotzdem weiß ich nicht, wo ich dich unterbringen soll. Wie kommt das?«

»Weil ich kein Bürger bin«, antwortete Ariston, »sondern nur ein einfacher Metöke, der zufällig über genug Geld verfügte, um eine Triere auf seine Kosten ausrüsten zu lassen, als die Stadt in ihrer Bedrängnis es ihm endlich gestattete. Ich tat es, um das athenische Bürgerrecht zu erlangen — etwas, was man nicht genug hoch einschätzen kann. Wenn ich zurückkehre, werde ich unverzüglich darum ansuchen. Schließlich hat die Polis versprochen, alle Metöken, die sich bereit erklärten, in ihre Dienste zu treten, damit zu belohnen. Es gibt überdies zwei angesehene Männer, die meine Waffentaten bezeugen können: Perikles, der Sohn des Perikles, und Thrasyllos — beide Strategoi, so daß man ihren Worten wohl Glauben schenken dürfte!«

Konon senkte den Blick auf die Deckplanken; dann sah er wieder auf.

»Du irrst«, sagte er. »Sie sind beide tot. Hast du noch andere Zeugen?«

»Gewiß. Den Trierarchen Theramenes und, möglicherweise, Thrasybulos. Theramenes war keine fünfzig Ruten von meinem

Backbord entfernt, als die Syrakuser mein Schiff rammten und uns in Poseidons nasse Arme warfen. Er kann gewiß . . .«

Aber Konon schüttelte den Kopf, langsam und mit düsterer Miene. »Bei Athene!« sagte er. »Du hast wirklich Pech!«

Ariston starrte ihn verständnislos an.

»Sind Theramenes und Thrasybulos etwa . . .«

». . . auch tot? Nein. Sie sind beide quicklebendig, diese Schweine!

Ariston sah den Strategos an und wartete. Er wartete ziemlich lange, denn Konon schien mit seinen eigenen Gedanken beschäftigt zu sein.

»Du warst ein — Opfer dieser Unternehmung«, fuhr der General schließlich fort, »und darum will ich offen zu dir sein. Was empfandest du damals, als man dich und deine Leute eurem Schicksal überließ? Sprich frei von der Leber weg.«

»Nun«, erwiderte Ariston bedächtig, »als Mensch aus Fleisch und Blut war ich sehr aufgebracht. Ich bin es noch immer. Aber als Soldat hatte ich Verständnis. Der einzelne muß eben zurückstehen, wenn es um etwas Großes geht, nicht wahr? Bei den Arginusen ging es darum, Spartas erstarkende Seemacht zu brechen und seine Flotte zu zerstören. Es war unser Ziel, von neuem die Vormachtstellung auf dem einzigen Gebiet einzunehmen, wo wir ernstlich gefährdet sind, wo wir sogar vernichtet werden können: zur See. In allen Schlachten sterben Menschen. Um uns zu retten, hätte man unseren Sieg aufs Spiel setzen müssen. Das durften wir nicht wagen. Diese Entscheidung hat mich viele tapfere Männer, Kameraden und Freunde gekostet, aber . . .«

»Du sprichst wie ein wahrer Seemann!« rief Konon aus und ließ seine Hand wuchtig auf Aristons Schulter fallen. »Deine Darstellung ist richtig und, was noch mehr zählt, fachmännisch. Aber in Wirklichkeit waren es keine strategischen Überlegungen, die dazu führten, daß man euch im Stich ließ. Meine guten Freunde, die acht Strategoi, die bei den Arginusen den Oberbefehl innehatten, waren nicht nur Athener von echtem Schrot und Korn, sondern auch erfahrene Seeleute. Es war nicht ihre Absicht, die Besatzungen von fünfundzwanzig Trieren, über zweitausend Mann, ertrinken zu lassen . . .«

»So viele?«

»So viele. Und sie mußten wegen dieser zwei Schweine, wegen Theramenes und Thrasybulos, sterben. Thrasybulos' Schuld war geringer — er ließ es nur geschehen, daß sechs tapfere Männer statt seiner in den Tod gehen mußten, während Theramenes unverfroren Klage gegen sie vorbrachte ...«

Ariston sah den Strategos verständnislos an.

»Ich fürchte, ich kann dir nicht folgen«, sagte er.

»Ich weiß. Wie könntest du auch? Thrasybulos bekleidete bei den Arginusen nur den Rang eines Trierarchen; diese Dummköpfe in Athen hatten ihn wegen seiner Verbindung mit Alkibiades degradiert. Nun, er und Theramenes erhielten den Befehl, mit den zehn Truppenschiffen, die unter dem Kommando von Unterfeldherren statt richtiger Seeleute segelten, und siebenunddreißig weiteren Trieren den Ertrinkenden zu Hilfe zu eilen.«

»Was sie jedoch nicht taten«, warf Ariston grimmig ein. »Das kann ich beeiden.«

»Auch das weiß ich. Als aber dann daheim in Athen der blutrünstige Pöbel die Köpfe jener forderte, die für diese Verluste an Menschenleben verantwortlich waren, klagte Theramenes die acht Befehlshaber der Feigheit an, der er sich selbst schuldig gemacht hatte. Und Thrasybulos muckste nicht und ließ sechs Männer sterben — Protomachos und Aristogenes waren nicht mehr zurückgekehrt. Es war der schändlichste, unehrenhafteste, gesetzwidrigste Prozeß in der Geschichte Athens! Du weißt, daß acht Prozesse hätten geführt werden müssen, nicht wahr? Oder zumindest sechs, da ja nur sechs Strategoi anwesend waren. Jedem von ihnen hätte das Recht eingeräumt werden müssen, sich gesondert und ausführlich und unter Berücksichtigung der wesentlichen Gesichtspunkte jedes einzelnen Falles zu verteidigen!«

»Das ist richtig«, bestätigte Ariston. »Das ist der Schutz, den das athenische Gesetz jedem Beschuldigten gewährt.«

»Das Gericht erklärte diese Bestimmung für ungültig. Thrasyllos, Perikles, Aristokrates, Diomedon, Erasmides und Lysias wurden alle zusammen vor Gericht gestellt und verurteilt. Ein glatter Justizmord. Das Verfahren war so gesetzwidrig, daß Sokrates, der an jenem Tag zufällig die Geschäfte seines Ratszehntels besorgte, sich weigerte, über den Antrag, die Todesstrafen zu verhängen, abstimmen zu lassen. Du hättest ihn sehen sollen, Trierarch! Wie ein Fels in der Brandung stand er da und lächelte, während der Pöbel unten wütete und kreischend auch *seinen* Kopf forderte.«

»Ich wette, er ließ nie darüber abstimmen«, sagte Ariston. »Wie ich meinen Mentor kenne, wäre er eher gestorben.«

»Es fehlte nicht viel und er *wäre* gestorben«, sagte Konon. »Was ihn rettete, war der Umstand, daß schon zu viele Männer zu seinen Füßen gesessen sind und den Wein der Philosophie von ihm aufgenommen haben. Das, und die Tatsache, daß seine Amtszeit als Vertreter des Ratszehntels zwei Tage später ablief. Also wartete man. Der Vorsitzende des nächsten Ratszehntels war nicht so mutig. Und sechs von Athens Tapfersten und Besten starben.«

»Einschließlich der beiden, die als einzige in der Lage waren, meine bescheidenen Heldentaten zur Verteidigung der Polis aus der Nähe zu beobachten«, flüsterte Ariston. »Jetzt bleiben ...«

»... nur diese beiden feigen Schweine, die allen Grund haben, *nicht* zu deinen Gunsten auszusagen, und für die du jetzt eine ernste Bedrohung darstellst. Du hast also nur dein eigenes, durch nichts bekräftigtes Wort und das der überlebenden Mitglieder deiner Besatzung, worauf du dein Ansuchen um Verleihung der Bürgerrechte stützen könntest. Ich würde deine Aussichten nicht sehr hoch einschätzen. Ich werde natürlich tun, was ich kann, aber ...«

»Danke ...«

Ariston bemerkte, daß Konon ihn abermals aufmerksam musterte.

»Merkwürdig, daß ich dich nicht kenne«, sagte der Strategos. »Du warst Metöke, reich genug, um eine Triere auszurüsten, und doch .. «

»Ich bin der Adoptivsohn des edlen Timosthenes.«

»Natürlich! Kein Wunder, daß du in so hohen Kreisen verkehrt hast!« Plötzlich veränderte sich Konons Gesicht, wurde ernst. Eine senkrechte Falte stand auf seiner Stirn. »Höre, Ariston«, sagte er, »ich verachte Menschen, die Vergnügen daran finden, schlechte Nachrichten zu überbringen und, bei Hera, du hast schon genug mitgemacht. Also will ich dir nicht auch noch das Herz schwer machen. Aber du bist doch Ariston, der Schildmacher, nicht wahr? Jetzt weiß ich doch endlich, wo ich dich hintun soll.«

»Ganz recht«, antwortete Ariston. »Warum fragst du?«

»Nur so. Aber – wenn du heimkommst, ein guter Rat ...«

»Und zwar?«

»Paß auf deine Frau auf!«

In den nun folgenden Tagen unnützen Herummanövrierens der beiden feindlichen Flotten faßte Konon tiefe Zuneigung zu Ariston. Er begann zu bedauern, daß die Götter ihm nicht einen solchen Sohn geschenkt hatten.

»General«, wandte sich Ariston am fünften Tag, während einer

Kampfpause, an ihn, »wirst du mir verzeihen, wenn ich dir etwas sage?«

Konon sah ihn an. »Natürlich«, antwortete er. »Sprich.«

»Dieser Strand ist nicht zu halten. Lysanders Scheinangriffe und Täuschungsmanöver zielen einzig und allein darauf ab ...«

»... uns zu ermüden, uns zu verführen, an Land zu gehen, um uns auszuruhen, und uns dann abzuschlachten. Glaubst du, ich wüßte das nicht, mein Sohn?«

»Und?«

»Wir bleiben auf See. Die Leute mögen murren, soviel sie wollen. Wir bleiben auf See – und wenn ich eine Meuterei niederschlagen müßte!«

So geschah es, daß sich Konons acht Trieren und das Prunkschiff *Paralos* im Morgengrauen, während die ganze athenische Flotte an Strand gesetzt lag, ein oder zwei Stadien von der Küste absetzten. Und als Ariston an Deck kam, vernahm er den verzweifelten Ruf der Bordwache: »Die Spartaner! Hera steh uns bei! Die ganze verdammte, dreckige lakedämonische Flotte! Auf Steuerbord! Dort! Sie kommt auf uns zu!«

Ariston wandte sich um und sah seinem Strategos in die Augen.

»Nun, mein Freund, was sollen wir tun?« fragte Konon mit müdem Spott. »Wie Helden sterben – oder wie einfache Menschen fliehen?«

Ariston überlegte. Neun Trieren fielen überhaupt nicht ins Gewicht. Lysander konnte jederzeit ein Geschwader von zwanzig der seinen einsetzen, um sie zu erledigen, und hatte dann immer noch mehr als hundert Rammsporne, um die hilflose athenische Flotte zu vernichten. Als Tote konnten Konon und seine Männer Athen nicht mehr nützen. Sie mußten alles daransetzen, sich der drohenden Umklammerung durch den Feind zu entziehen; so mochte es wenigstens einigen von ihnen gelingen, durchzukommen und die Stadt zu warnen.

»Ich würde den Rückzug empfehlen, großer Strategos«, antwortete er.

Konon warf ihm einen durchdringenden Blick zu.

»Warum?« fragte er.

»Um lange genug am Leben zu bleiben, um die Stadt zu warnen. Um sie bis zum letzten zu verteidigen.«

»Gut!« rief Konon und wandte sich an den Ersten Offizier. Das Gesicht des Nauarchen war grau vor Angst.

»Laß den Keleustes den Schnelltakt schlagen«, befahl Konon. »Der Steuermann soll das Ruder backbord nehmen. Laß die Signale aufziehen; die anderen sollen uns folgen.«

»Backbord?« Es klang wie ein Schrei. »Aber das ist doch die falsche Richtung! Athen liegt ...«

»Im Westen. Ich weiß. Wir fahren nach Lampsakos. Geh und gib die Befehle!«

Ariston beobachtete den Kommandanten. Dann lächelte er. In diesem Augenblick empfand er grenzenlose Bewunderung für ihn.

»Lysanders Segel?« fragte er.

»Du hast es erraten. Die Segel, die immer an Land zurückbleiben, sobald ein Kampf auf See im Anzuge ist. Wie auch die unseren dort am Strand liegen. Also müssen wir uns Lysanders Segel ausleihen. Sie werden uns gute Dienste leisten — werden unsere Kiele beflügeln, uns so schnell vorantreiben, daß kein Ruderer auf dieser Welt uns einholen kann.«

»Athene hat dich mit ihrer Weisheit gesegnet«, sagte Ariston.

So geschah es. Konons Geschwader lenzte leewärts an der spartanischen Flotte vorbei und stieß wie ein Falke auf das wehrlose Lampsakos nieder. Lysander hatte nicht einmal eine Garnison zurückgelassen. Sie bemächtigten sich der Segel, zogen die neuen auf, die sie brauchten, und verbrannten den Rest. Die Segel blähten sich, schwollen an; das weinfarbene Wasser schäumte unter den Bugen. Sie stachen in See, hielten jedoch den halben Hellespont Abstand zwischen sich und der lakedämonischen Flotte.

Trotzdem konnten sie den von düsteren Feuerzungen durchschossenen Rauch sehen, der dort, wo die athenische Flotte brannte, den Himmel schwarz färbte. Als sich der Wind drehte, wehte er den Geruch verkohlenden Menschenfleisches herüber, verbreitete Entsetzen unter den Fliehenden und beleidigte die Nasen der Götter.

Und noch eines geschah: Bevor sie dem ätzenden Rauch, dem widerlichen Geruch entkommen konnten, wurden sie angerufen, hörten sie die Schreie athenischer Stimmen:

»Hilfe! Um Zeus' willen, rettet uns!«

Es war ein kleines Wachboot, das, schon halb unter Wasser, in einiger Entfernung trieb. Ariston sah die Bresche, die ein lakedämonischer Schiffsschnabel aufgerissen hatte, und wußte, daß die Mannschaft zum Untergang verurteilt war, wenn nicht ...

Er wandte sich um und sah Konon an.

»Halt! Zurück!« befahl der Kommandant.

Sie zogen sie an Bord, diese leichenfarbenen, zitternden, blutenden Geschöpfe, die einmal Männer gewesen waren. Konon selbst verhörte sie.

»Wir – ergaben uns. Die Strategoi sahen ein, daß es hoffnungslos war.«

»Vertrauten sie sich spartanischer Gnade an?«

»Jawohl, großer Strategos! Nur . . .«

»Nur was?« flüsterte Konon. Flüsterte, weil er die Antwort schon wußte, wie auch Ariston sie wußte. »Was, um Heras willen?«

»Die Lakonier können das Wort Gnade nicht einmal buchstabieren«, antwortete der Mann, »wenn es das in der dorischen Sprache überhaupt gibt, was ich bezweifle.«

»Nein!« rief Konon. »Du willst mir doch nicht sagen . . .«

». . . daß sie alle Gefangenen niedermachten? Doch, Herr. Auf Lysanders Befehl. Dreitausend Mann. Die Leichen wurden mit den Schiffen verbrannt. So konnten wir entkommen. Es braucht seine Zeit, dreitausend Menschen zu töten. Eine höllisch lange Zeit.«

»Selbst bei berufsmäßigen Schlächtern, wie es die Spartaner sind«, fügte Konon hinzu. Dann ließ er sein Haupt sinken und weinte.

Wie erstarrt stand Ariston vor ihm. Die Wut, die ihn packte, der Ekel, der ihn erfüllte, die abgrundtiefe Scham, die er für seine Landsleute empfand – sie brannten zu sehr in seinen Eingeweiden, als daß Tränen sie hätten löschen können.

Drei Nächte später stand er auf dem Vorderdeck und blickte zu den Sternen empor. Die Überzeugung wuchs in ihm, daß die Sterne nicht dort waren, wo sie hätten sein sollen. Selbst seine bescheidenen Kenntnisse der Navigation genügten ihm, um das festzustellen. Überdies hätten sie jetzt schon die Lichter Athens sehen müssen. Aber da waren keine Lichter – nur schwarz-blaue, leise wispernde See. Wieder blickte er zum Himmel, zu den Sternen auf. Und wußte. Wußte ganz genau, was vorging.

Er suchte Konon auf.

»Hast du schon vergessen, was ich dir erzählt habe?« fragte der Strategos. »Wie es den sechs nach der Seeschlacht bei den Argenusen ergangen ist? Den Sohn des Perikles nicht ausgenommen?«

»Nein, ich habe es nicht vergessen«, antwortete Ariston.

»Muß ich dir da noch lange erklären, wie der Pöbel einen geschlagenen Strategos empfangen würde, der eine solche Botschaft zu überbringen hat?«

»Nein.«

»Ich möchte noch nicht sterben«, sagte Konon. »Schierling war nie mein Geschmack, mein Junge.«

»Und?«

»Wir halten Kurs auf Zypern. Eine hübsche Insel. Und König Euagoras ist mein Freund. Dort kann ich einen friedlichen Lebensabend verbringen.«

»Aber – Athen! Man muß sie warnen!« mahnte Ariston.

»Ich schicke die *Paralos* nach Piräus, um die Polis zu warnen. Was wird es ihnen schon nützen? Keine Flotte, kein Geld, um eine neue zu bauen, kein ...«

»Großer Konon ...«, unterbrach ihn Ariston. »Laß mich mit ihr segeln! Ich muß heim! Es sind jetzt zwei Jahre her ...«

Konon warf ihm einen mitleidigen Blick zu.

»Sei kein Narr, Ariston!« sagte er.

»Ich bin schon immer ein Narr gewesen«, entgegnete Ariston. »Bitte, Herr!«

Der Strategos saß da und sah ihn an.

»Gut«, meinte er schließlich. »Ich hatte gehofft, du würdest bei mir bleiben, aber ich lese in deinen Augen, daß dein Entschluß gefaßt ist. Nur eines, mein Sohn: Bevor du an Land gehst, schicke einen Boten in dein Haus, damit er deine Ankunft meldet.«

»Warum sollte ich das tun?« fragte Ariston.

»Warum? Große Athene! Um dir Kummer zu ersparen. Unnötigen Kummer, Ariston. Du verstehst mich doch hoffentlich?«

»Ja«, antwortete Ariston leise.

»Dann mach, daß du fortkommst, und laß mich in Frieden!« verabschiedete ihn der große Konon.

XXIV

Ariston und Autolykos kehrten vom Marktplatz zurück. Hinter ihnen trabten, wie es Brauch war in Athen, ihre beiden Diener mit den Einkäufen, denn es oblag hier, wie in nahezu ganz Hellas, dem Mann und nicht der Gattin, den Haushalt mit Lebensmitteln zu versorgen. Da es bei den Hellenen als unziemlich galt, daß eine anständige Frau die Sicherheit ihres Hauses verließ – außer bei festlichen Gelegenheiten oder plötzlich eintretenden Notlagen wie Erkrankungen von Verwandten oder Freunden — mußten die Herren der Schöpfung vielerlei kleine Pflichten auf sich nehmen, die in anderen Teilen der Welt den Damen zufielen.

Wäre dieser Brauch nicht gewesen, sie hätten an jenem Tage ihre Einkäufe selber tragen können — noch dazu in einer Hand.

Die Belagerung war zu Ende, Athen vernichtend geschlagen, die langen Mauern geschleift und die Akropolis von einer spartanischen Garnison besetzt. Die verbannten Oligarchen waren — mit Kritias an der Spitze — zurückgekehrt und übten ein Schreckensregiment aus. Es kamen genug Lebensmittel in die Stadt, um die Bevölkerung vor dem Ärgsten zu bewahren, aber kein Athener wurde dabei fett. Athen war eine besiegte Stadt, und die Eroberer taten alles, um die Bewohner diese grausame Tatsache nicht vergessen zu lassen.

»Ich habe um ihn geweint«, sagte Ariston. »Ich habe Alkibiades lange Zeit nicht gemocht, ja sogar gehaßt, aber am Ende hat er mir das Leben gerettet und mich edel und gerecht behandelt. Er war ein zügelloser Freigeist, ein Spötter und Gesetzesverächter. Er hatte viele Laster, aber auch viele Tugenden. Wenn du mich fragst, Autolykos, er war einer der größten Männer, die Athen hervorgebracht hat.«

»Ich weiß nicht«, entgegnete Autolykos. »So groß nun wieder auch nicht. Sittlichkeit und Größe, sagt Sokrates, lassen sich nicht voneinander trennen. Ein Mensch, der nicht gut ist, kann auch nicht groß sein.«

Ariston lächelte.

»In gewisser Hinsicht ist mein alter Lehrer naiv«, meinte er. »Größe hat nicht — oder nur sehr wenig — mit Tugend zu tun. Ich würde sogar so weit gehen, zu sagen, daß einem Menschen, dessen Charakter Züge wahrer Tugend aufweist, der Weg zur Größe versperrt ist. Alkibiades, zum Beispiel, ist nicht gestorben, weil er Athen verraten, sondern weil er diesen Verrat bereut hat. Als wir ihn verbannten, und er nach Sparta ging und unser Feind wurde, brauchte er nicht um sein Leben zu fürchten. Als wir ihn dann, obwohl ihm keine Schuld nachgewiesen werden konnte, auf Grund des unverschämten Vorgehens seines Unterfeldherrn, der seine Befehle mißachtet hatte, abermals seines Kommandos enthoben, schien er allen Grund zu haben, sich ein zweites Mal gegen uns zu stellen. Aber er tat es nicht. Er setzte sein Leben aufs Spiel, um unsere Befehlshaber auf die große Gefahr hinzuweisen, in der sich unsere Flotte befand. Und er hatte recht. Ich war dabei und war Zeuge ihrer Unvernunft.

Hätten sie auf ihn gehört, wir wären heute nicht die Sklaven Spartas –«

»– und der Dreißig«, warf Autolykos grimmig ein.

»Und der Dreißig. So ist Alkibiades nicht an seinen Lastern, sondern an seinen Tugenden gestorben. Lysander ließ ihn töten – widerwillig und zögernd, wie es heißt. Kritias – das verkörperte Böse, und sieh nur, wie sicher er sich fühlt! – warnte Lysander: solange die Demokraten auf Alkibiades' Rückkehr hofften, bestünde die Gefahr eines Aufstands. Das war der Grund, warum Lysander seine Ermordung befahl.«

»Lysander wurde aber auch von König Agis gedrängt. Sooft der seinen Sohn Leontychides sieht, muß er daran denken, wie Alkibiades seine Frau durchgezogen hat!«

Ariston fühlte ein wildes, bitteres Gelächter in sich aufsteigen. Und ich, daß er die meine durchgezogen hat, schoß es ihm durch den Kopf. Obwohl er mir den gerechten Preis dafür bezahlt hat. Einen Obolos. Aber das kannst du nicht verstehen, Autolykos. Du lebst in einer herrlichen Welt, in der es nur schwarz gibt und weiß und keine Zwischentöne.

»Auch das«, gab er zu. »Jedenfalls war es ein ehrloser und feiger Mord. Nachdem Lysanders Flotte die unsere geschlagen hatte, mußte Alkibiades seinen Palast verlassen. Er konnte nicht hoffen, den Besatzungen von einhundertvierzig Trieren Widerstand leisten zu können. Er flüchtete und lebte mit Timandra, seiner Geliebten, friedlich in einem phrygischen Dörfchen . . .«

»Immer die Frauen!« meinte Autolykos.

»Er war ein Mann«, gab Ariston zu bedenken. »Wäre es dir lieber gewesen, wenn er die Knaben geliebt hätte wie unser Kritias? Erinnerst du dich noch, wie die Volksversammlung das edle Haupt der Dreißig verbannte, weil er dieses empörend gotteslästerliche Stück geschrieben hatte? Wie Sokrates, der Duldsamsten einer, was menschliche Torheiten und Lüste betrifft, sich genötigt sah, ihn vor aller Welt zu tadeln, weil er sich an Euthydemos gerieben hatte wie ein Schwein an einem Holzklotz? Ich glaube, Kritias würde weniger Schlechtigkeit in seinem Busen verschließen, wenn er die Frauen liebte.«

»Ich erinnere mich auch noch, wie du ihn zu Boden warfst, als er versuchte, mit dir zu kosen«, sagte Autolykos. »Eigentlich erstaunlich, daß er dich noch nicht verhaften hat lassen. Bei Athene, dieser Mann verzeiht keinem, der ihn einmal beleidigt hat.«

»Wahrscheinlich wartet er nur darauf, daß ich einen Fehler mache. Oder vielleicht bin ich ihm jetzt auch nicht wichtig genug. Doch ich wollte dir ja von Alkibiades' Ende erzählen. Das ging so zu: Lysander sandte eine Botschaft an den Satrapen Pharnabakos. Dieser wußte, daß der Spartaner großen Einfluß bei Kyros hat, und beeilte sich, ihm gefällig zu sein. Er betraute seinen Bruder Magakos und seinen Onkel Susamithre mit der Durchführung. Die beiden erschienen eines Nachts mit einem Haufen Bogenschützen, Speerwerfern und Schleuderern und legten Feuer an Alkibiades' Haus. Als er nackt, nur mit einem Schwert bewaffnet, herauskam, schossen sie ihn aus der Entfernung nieder, denn keiner hatte den Mut, sich ihm zu einem Kampf Mann gegen Mann zu stellen. Timandra bestattete seinen Leib mit liebender Trauer, mit Achtung und Frömmigkeit. Ich bin froh, daß ihm wenigstens das gegönnt war. Die Liebe einer guten Frau entschädigt für vieles.«

»Das ist wahr«, sagte Autolykos. Ein Schatten lag auf seinem offenen, ehrlichen Gesicht. »Es ist wahr, wenn er diese Liebe auch wirklich besitzt, und wenn diese Frau auch wirklich gut ist. Ariston, ich . . .«

Ariston hielt den Schritt an und legte die Hand auf die Schulter seines Freundes.

»Willst du mir erzählen, was während meiner Abwesenheit geschah?« fragte er. »Nein. Tu das bitte nicht. Ich hatte das Glück, zu einer Stunde zurückzukehren, da der, der aus meinem vermeintlichen Tod Nutzen zog, sich weder in meinem Bett noch in meinem Haus befand. Nachher, so denke ich mir — denn schließlich *weiß* ich ja nichts — hat Chryseis ihn vermutlich benachrichtigen lassen. Woraufhin er, dieser Feigling, der sie gewiß nicht geliebt hat und dem es wahrscheinlich mehr um ihr Vermögen als um ihre Person gegangen war, nichts mehr von sich hören ließ. Das sind natürlich alles nur Vermutungen. Denk nicht schlecht von mir, mein Freund, wenn ich solche Vermutungen der Gewißheit vorziehe. Dir ist großes Glück zuteil geworden; mir nur ein geringes, armseliges Abbild davon. Aber es ist besser als gar nichts. Ich war tot. Der Kummer meiner Witwe war leider nur von kurzer Dauer. Nun bin ich wieder auferstanden, und jetzt ist die Vergangenheit tot. Tot und begraben.«

»Gut« brummte Autolykos. »Wenn du's so haben willst . . .«

»So will ich's haben.«

Dann hörten sie die Flötenspieler. Es war eine langsame, feierliche, traurige Weise. Und nun sahen sie den Leichenzug auf sich zukommen, sahen die Sklaven, die zwei Bahren trugen, nicht eine, und darauf zwei verhüllte Gestalten mit aus Myrten- und Olivenzweigen gewundenen Kränzen auf der Brust.

»Ariston!« rief Autolykos. »Diese Sklaven! Sie gehören Nikeratos! Ich habe sie oft in seinem Haus gesehen!«

Schon war er fort und stürzte dem feierlichen Zug wie ein Wahnsinniger entgegen. Ariston folgte ihm langsam. Nikeratos, der Sohn des Nikias, der General, der jetzt seine stümperhafte Zaghaftigkeit von damals, vor Syrakus, mit dem Leben bezahlt hatte, war nie ein vertrauter Freund gewesen. Für Aristons Geschmack waren seine Neigungen viel zu oligarchisch gewesen. Wohl aber hatte er ihn immer um die weithin bekannte innige Zuneigung seiner Gattin beneidet, um sein häusliches Glück, das in so krassem Gegensatz zum ewigen Wechsel von Liebe und Haß stand, den er mit Chryseis erdulden mußte. Autolykos jedoch, diese reine, edle Seele, war durchaus imstande, auch Menschen zu lieben, deren Ansichten den seinen entgegengesetzt waren — wie Nikeratos.

Als Ariston ihn wieder eingeholt hatte, stürzten bereits Tränen aus Autolykos' Augen, er raufte sein Haar, zerriß seine Kleider, streute Staub auf sein Haupt und schlug sich auf die Brust.

»Sie haben ihn umgebracht!« schluchzte er. »Vor den Augen seiner armen Frau haben sie ihn gezwungen, den Giftbecher zu leeren! Und sie — welche Lektion hat sie ihnen doch erteilt! Als ihm die Glieder schwer wurden — weißt du, wie das Gift wirkt? Man geht und geht, bis einem die Beine schwer werden und kalt, dann legt man sich nieder, um zu sterben — sie entriß einem der Elf oder ihren Wachen einen Dolch und stieß ihn sich mitten ins Herz! Die Götter hatten ihm ein Weib geschenkt, wie es ihresgleichen nicht gibt.«

»Außer dem deinen«, bemerkte Ariston.

Autolykos sah ihn traurig an.

»Nein, Ariston«, erwiderte er leise. »Kleo würde sterben — für dich! Für dich, den sie immer noch liebt, gewiß. Für mich nicht. Ich weiß, in welcher Hölle du mit Chryseis lebst, obwohl du viel zu anständig bist, darüber zu reden. Aber ich frage mich, ob sie schlimmer ist als die Hölle, die ich tagtäglich ertragen muß, indem ich so tue, als durchschaute ich Kleos Verstellung nicht. Das geht so seit Alkibiades' Rückkunft, seit Danaus' todbringender Heimkehr. Wollten die Götter, ich *wäre* der Narr, der ich zu sein scheine.«

»Ich kann dir nicht in Worten ausdrücken, wie leid mir das tut«, bedauerte Ariston.

»Schon gut«, sagte Autolykos. »Es ist nicht zu ändern.«

Zwar führte sie ihr Weg nicht in diese Richtung, aber sie lenkten ihre Schritte zur Akropolis hinauf, um von diesem kühlen, lieblichen Aussichtspunkt den Blick auf die Stadt genießen zu können. In ihrer Bestürzung über den Tod Nikeratos' und seiner Gemahlin hatten sie die spartanische Garnison vergessen, die oben einquartiert war.

Es war zwar schon spät im Herbst, aber immer noch heiß, und Kallibos, der spartanische Harmost oder ›Ordner‹, wie der Garnisonskommandant einer besetzten Stadt genannt wurde, befand sich in höchst übler Laune. Daran waren nicht so sehr die heißen Tage als vielmehr die Athener schuld. Ein Spartaner außerhalb Spartas war nicht einfach ein Fisch auf dem Trockenen, sondern etwas ganz anderes. Es war, als ob Kirke ihn verzaubert hätte wie einst die Gefährten des Odysseus, denn sobald er eine andere Stadt betrat, verwandelte er sich sogleich in ein Schwein.

Wie alle Hellenen, hatten auch die Athener vor dem Krieg spartanischer Tapferkeit, Würde und Disziplin Bewunderung gezollt — eine Bewunderung, die nur so lange andauerte, bis sie sich gezwungen sahen, unter dem spartanischen Joch zu leben. Gewiß: an die unzähligen Regeln und Vorschriften gebunden, die sein Verhalten in allen Dingen bestimmten, war der Spartaner daheim ein bewundernswürdiger Mensch; in der Fremde jedoch, unter veränderten Umständen, wurde der Schaden offenbar, den ihm diese strengen Vorschriften zugefügt hatten, indem sie ihn der Anpassungsfähigkeit, der Kunst zu improvisieren, und der geistigen Kraft, selbständig zu denken, beraubten. Auf das flegelhafte Wesen der Spartaner, ihre unflätige Sprache und ihre gedankenlose Brutalität hatten die Athener zunächst mit lähmender Bestürzung reagiert. Als sie dann aber erkannten, was für ein lümmelhafter Dummkopf und ausgemachter Bauerntölpel der Durchschnittsspartaner war, gingen die Athener dazu über, ihre Besatzer mit soviel Witz und Schlauheit auf den Arm zu nehmen, daß die Spartaner wohl merkten, daß man sie verspottete, aber niemals begriffen, *wie* das geschah. Im Spätherbst jenes Jahres war der Haß zwischen Athenern und Spartanern bitterer als während des Krieges — vielleicht allein schon darum, weil man nun beiden Seiten die Erleichterung des Tötens genommen hatte.

Der Harmost Kallibos war, nachdem er sogar die Gesellschaft seiner Offiziere als unerträglich empfunden hatte, allein und voll übler Laune. Eben noch hatte er auf diese aufreizend schöne Stadt hinabgeblickt, die ihm die karge Armseligkeit seiner eigenen schmerzlich vor Augen führte, diese mit aufreizend schönen Menschen angefüllte Stadt, die allesamt, Männer wie Frauen, seine plumpen Annäherungsversuche beharrlich zurückwiesen, als sein Blick auf die zwei Athener fiel, beide großgewachsen, besonders gut aussehend und noch keine Vierzig. Die Geringschätzung, die Verachtung, die er, der sich allen Athenern unterlegen fühlte, auf ihren Mienen zu lesen vermeinte, brachte den Harmost in Wut.

»Athenische Hunde!« brüllte er. »Was treibt ihr da?«

Autolykos wurde zornig. Aber er beherrschte sich.

»Wir betrachten unsere Hundezwinger«, erwiderte er eisig. »Habt ihr solche in Sparta, Harmost? Ich fürchte, nein. Man hat mir erzählt, daß die Schweine dort oft eure Häuser mit ihren Ställen verwechseln.«

Kallibos hob seinen Stock und schlug Autolykos mitten ins Gesicht. Im nächsten Augenblick flog der Spartaner radschlagend durch die Luft, um mit Geklirr und Getöse ein kleines Stück hügelabwärts wieder auf der Erde zu landen.

Er rappelte sich auf, zog sein Schwert und machte sich bereit, ihnen hügelan entgegenzustürmen, blieb aber plötzlich stehen, hob die Waffe an seinen Helm und führte den spartanischen Gruß aus.

Ariston wandte sich um. Ein staatlicher Mann, der die Insignien eines spartanischen Nauarchen an der Rüstung trug und sich nur mit Mühe ein Lächeln verbeißen konnte, stand unmittelbar hinter ihnen. »Hast du meinen Harmost den Hang hinuntergeworfen?« fragte er Autolykos.

»Jawohl, großer Lysander«, antwortete Autolykos.

»Und wenn ich nicht hier gewesen wäre und er dich mit diesem Schwert angegriffen hätte, was würdest du getan haben?« forschte Lysander.

»Ich hätte es ihm weggenommen und ihm das Maul damit gestopft.«

Lysander musterte ihn. Es gab in der ganzen spartanischen Armee keinen Mann, dessen körperliche Entwicklung der dieser beiden Athener auch nur annähernd gleichkam. Er hatte in seinem ganzen Leben noch kein so vollendetes Ebenmaß vor Augen gehabt, und er zweifelte keinen Augenblick daran, daß Autolykos nicht geprahlt hatte und in aller Wahrscheinlichkeit seine Absicht ausgeführt hätte.

»Ich verstehe«, sagte der Nauarch mit ernster Miene. »Nun laß doch einmal hören, wie die ganze Sache begann.«

Der wortgewandtere Ariston erzählte Lysander die Geschichte.

»Dein Harmost«, begann er ganz ruhig, »scheint der Meinung zu sein, athenische Bürger hätten kein Recht auf die Akropolis, die unsere Väter erbaut haben. Er schlug meinem Freund mit dem Stock ins Gesicht, weil dieser – wie auch ich, großer Nauarch! – uns daran stießen, als Hunde bezeichnet zu werden. Nach seinem Betragen zu urteilen, scheint er uns tatsächlich für solche zu halten. Was mich einigermaßen verwundert. Sind es in Sparta die Hunde, die Tempel wie diese zu erbauen verstehen?«

»Ich fürchte, das verstehen in meiner Heimat nicht einmal die Menschen«, erwiderte Lysander. »Es sind – herrliche Bauten. Sie sind einer der vielen Gründe, warum ich mich von unseren Verbündeten nicht dazu überreden ließ, diese Stadt zu zerstören. Seid gegrüßt, ihr Herren! Ihr werdet nicht mehr belästigt werden.«

»Aber er hat mich angegriffen!« stammelte Kallibos. »Er hat mich niedergeschlagen! Er . . .«

»Ach, halt den Mund, Kallibos! Du weißt nicht, wie man mit Freigeborenen umgeht«, sagte Lysander.

»Wohin gehst du jetzt?« fragte Autolykos, während sie den Hügel der Akropolis hinabstiegen.

»Nach Hause«, antwortete Ariston.

»Und dann?«

»Ich habe jetzt nichts zu tun. Aber übermorgen gehe ich vor die Ratsversammlung!«

Autolykos blieb stehen und runzelte ärgerlich die Stirn.

»Du willst wieder um dein Bürgerrecht ansuchen, das man dir schon zweimal verweigert hat«, stieß er hervor. »Damit du *sie* heiraten kannst. Damit du diese schmutzige Dirne heiraten kannst!«

»Autolykos!«

»Entschuldige. Es ist meine Zuneigung zu dir, die aus mir spricht. Wem willst du denn jetzt dein Gesuch unterbreiten, mein armer Freund?«

»Kritias. Oder Theramenes. Oder beiden. Sie sind meine letzte Hoffnung.«

»Dann bleibt dir *keine* Hoffnung«, sagte Autolykos. »Kritias, edler Sohn aus edelstem Geschlecht. Urenkel des Dropides . . .«

»Knabenschänder. Frauenhasser. Verächter aller Frömmigkeit.

Vielfacher Mörder. Führer der Dreißig. Weißt du, wie man sie jetzt nennt?«

»Ja. Die Dreißig Tyrannen. Aber wie kannst du glauben, Kritias würde dich auch nur anhören? Und wenn *er* nicht, Schnürstiefel Theramenes?«

»Ich glaube selber nicht, daß sie mich anhören werden, obwohl Kritias mir einmal sehr – zugetan war. Aber ich muß es versuchen.«

»Hera steh uns bei! Bist du so tief gesunken? Du würdest sogar ins Bett gehen mit diesem . . . diesem . . .«

»Nein. Aber du vergißt eines, Autolykos – oder besser, zwei Dinge.«

»Und zwar?«

»Ich bin bald vierzig – ein Alter, das bei Knabenschändern keinen Anklang mehr findet. Und ich bin einmal mit Kritias so umgegangen wie du heute mit dem Harmost.«

»Ja, ich erinnere mich. Und dieses mörderische Schwein – wie viele hat er eigentlich schon zum Tode verurteilt?«

»Über dreihundert«, antwortete Ariston.

»Und er vergißt keinen, der je seine Gefühle verletzt hat. Wo du doch das alles weißt, warum gibst du nicht auf?«

»Ich kann nicht. Ich habe Danaus mein Wort gegeben.«

»Ich verstehe. Es tut mir leid. Du weißt nicht, wie leid es mir tut«, sagte Autokylos.

An jenem Tag, als Ariston vor dem Buleuterion anlangte, kam Sokrates eben aus der Tür. In der wunderbar komischen Karikatur eines Verschwörers legte der alte Philosoph einen Finger an die Lippen.

»Gestehe, Ariston«, flüsterte er, »bist du schon über dreißig?«

»Neun Jahre darüber. Warum fragst du?«

»Ich darf mit niemandem reden, der unter dreißig ist. Ich könnte ihn verderben. Kritias hat es mir verboten. Und Charikles auch. Sag mir: hab ich dich verdorben, als du jung warst?«

»Ganz entsetzlich verdorben!« antwortete Ariston. »Du hast mich gelehrt zu denken. Es gibt nichts Schlimmeres.«

»Ich fürchte, du hast recht«, seufzte Sokrates. »Denn unter denen, die ich denken lehrte, waren auch Alkibiades – und Kritias. Jetzt sieh dir die Bescherung an! Ich muß gehen, Ariston. Phaidon erwartet mich mit einigen Freunden. Warum kommt du nicht mit?«

»Heute kann ich nicht. Vielleicht ein andermal. Aber willst du Phaidon eine Botschaft von mir überbringen, Meister?«

»Wie lautet sie?«

»Daß ich nicht weniger verantwortlich für das bin, woran ich ihn erinnere, als er es für das ist, woran er mich erinnert. Er wird das verstehen. Und daß ich gerne sein Freund sein würde. Das ist alles. Sei gegrüßt, Sokrates!«

Während er die Stufen des Buleuterions hinaufstieg, überlegte er, wie es kam, daß Sokrates nie genau erkannt hatte, wo seine Lehre, wenn man so wollte, fehlgegangen war. Nämlich auf dem Gebiet der Politik. Denn für die Grundidee der Demokratie hatte der Philosoph immer nur Spott übrig gehabt: daß es eine Herrschaft der Laien war und sein mußte. Wie oft hatte er ihn sagen hören: ›Würdest du einen Flötenspieler beauftragen, dir eine Statue zu meißeln? Warum also berufst du, je nachdem, wie viele Nasen du gezählt hast, Männer an die Regierung, die nichts davon verstehen, wie man andere Männer regiert?‹

Weil, o Sokrates, die Männer, die etwas davon verstehen, zu gefährlich sind! Weil eben dieser Verstand, der dazu taugt, zu regieren und Menschen zu führen, fast immer mit einem Ehrgeiz verquickt ist, der an Gier den Heißhunger eines Wolfes übertrifft. Für *einen* Solon, *einen* Perikles, findet man Tausende vom Schnitt eines Kritias. Und wer hat der Polis mehr Schaden zugefügt – Alkibiades oder Kleon? Denn was immer du, Meister, und der heitere Spötter Aristophanes gepredigt haben möget, vom Gerber, vom Lampenmacher und den anderen ihres Schlages wurden wir besser regiert als von deinen »Fachleuten«. Dein Vergleich mit dem zum Bildhauer gewordenen Flötenspieler hält einer näheren Prüfung nicht stand, weil er auf einer logischen Prämisse beruht. Was aber hat Logik mit Menschen und ihren Geschäften zu tun? Wir werden von Leidenschaft und Aberglauben, von Zorn und Angst und sinnlicher Begierde beherrscht, Meister – von der Habgier gar nicht zu reden. Du hast dich vom Adel deiner Seele, vom Flug deiner erhabenen Gedanken betören lassen und dabei vergessen, daß du es mit – Schweinen zu tun hast!

»Ja«, sagte Theramenes zu Kritias, »die Taten, deren er sich rühmt, hat er vollbracht. Ich war Zeuge. So auch Thrasybulos aus Steiria, der allerdings – und das ist *dein* Verdienst! – nicht anwesend ist und daher leider nicht zugunsten Aristons aussagen kann. Die Triere, die Ariston ausrüstete . . .«

». . . und befehligte«, warf Ariston in gereiztem Ton ein.

»Nun, Ariston, du hattest doch diesen alten Piraten Aletes als Ersten!« entgegnete Theramenes.

Ariston ließ seinen Blick auf Theramenes, dem ehemaligen Trierarchen, ruhen. Er hatte mit seiner Hilfe gerechnet; man wußte doch, daß er gekommen war, um Kritias' hemmungsloser — und mörderischer — Machtvollkommenheit entgegenzuwirken. Er hatte die winzige Hoffnung gehabt, daß Theramenes sein Ansuchen befürworten werde, um sich seine Unterstützung für den unausbleiblichen Zeitpunkt zu sichern, da das Pack, das sich jetzt noch vertrug, anfangen würde, sich zu schlagen. Aber jetzt erkannte Ariston, daß er sich verrechnet hatte. Der »Schnürstiefel« war wieder einmal von einem Fuß auf den andern gewechselt.

»Das ist wahr«, antwortete er gelassen. »Aber ich *habe* die Triere ausgerüstet und ich *habe* sie, auch wenn du das zu bezweifeln scheinst, im Einsatz befehligt. Aletes war entsetzt über die Gefahren, die ich einging. Weil er mehr von dem Geschäft versteht, riet er mir zur Mäßigung.«

Kritias lächelte.

»Du bist ein — für einen Metöken — außerordentlich gewandter Redner«, entgegnete er. »Man möchte fast glauben, daß du in deiner Jugend Umgang mit Sokrates gepflogen hast.«

»Ich pflege ihn immer noch — im Gegensatz zu dir, Kritias.«

»Ein gefährlich starrköpfiger Greis, Ariston«, sagte Kritias. »Du solltest ihm raten, sich zu bessern, sonst . . .«

»Sonst?«

»Sonst könnte ich mich veranlaßt sehen, ihm gewisse Beschränkungen aufzuerlegen.«

»Du tätest besser daran«, entgegnete Ariston, der nun schon alle Hoffnung aufgegeben hatte, »dir selbst zumindest jenes Maß von Beschränkung aufzuerlegen, das er vor langer, langer Zeit versuchte, dich zu lehren. Hast du wirklich geglaubt, du könntest ihn zwingen, an der Ermordung des Leon aus Salamis teilzuhaben? Als du ihm befahlst, diesen untadeligen Mann in Haft zu nehmen, wußtest du da nicht, daß er sich weigern würde — was immer der Preis? Glaubtest du, seinen Einfluß auf die Weisen und Gerechten so leicht brechen zu können? Zumindest du, Theramenes, hättest es besser wissen sollen! Du hast schon erfahren müssen, daß Sokrates zu jeder

Stunde bereit ist, für seine Ehre zu sterben, als er dir in dem Prozeß der sechs Strategoi – einer davon dein leiblicher Vetter Perikles, dessen Blut an deinen Händen klebt – Trotz bot. Aber ich sehe schon, daß ich meine Zeit verschwende – meine und die eure. Ich gehe.«

»Warte, Ariston!« rief Kritias. »Nicht so hastig! Das Bürgerrecht hat dir eine Regierung zugesagt, die gestürzt wurde. Es steht nicht in unserer Macht, Versprechungen zu erfüllen, die dir dieses Gesindel gemacht hat. Wolltest du uns aber Beweise dafür liefern, daß du treu zu uns zu stehen gewillt bist . . .«

Er ließ den Satz in der Luft hängen.

»Was für Beweise?«

»Draußen stehen Wachen. Du könntest dir zum Beispiel vier Mann mitnehmen – du brauchst ihnen nur zu sagen, daß du in meinem Auftrag handelst – und den Athleten Autolykos verhaften, der vor zwei Tagen den spartanischen Harmost schwer beleidigt hat. Wie mir berichtet wurde, hat er den lakedämonischen Kommandanten in den Schmutz geworfen – ein rohes Benehmen, findest du nicht? Ich glaube mich allerdings zu entsinnen, daß auch du einmal über solche Streiche nicht erhaben warst . . . Aber das ist schon lange, lange her. Damals warst du jung und schön und – sagen wir: töricht. Wie ich höre, hast du diese leidige Geschichte mitangesehen. Stimmt das?«

»Ja, das habe ich – und mit mir der spartanische Oberbefehlshaber Lysander.«

»Oh, wie dumm! Lysander hat Athen inzwischen verlassen! Wußtest du das nicht? Er ist nach Sparta zurückgerufen worden – zur Berichterstattung, heißt es. Du würdest also gut daran tun, so du athenischer Bürger zu werden wünschst . . .«

Sehr langsam und wohl wissend, daß er damit sein eigenes Todesurteil unterzeichnete, schüttelte Ariston den Kopf.

»Ich habe es mir anders überlegt, Kritias«, sagte er, »denn das Athen, dessen Bürger ich werden wollte, gibt es nicht mehr. Ich setze Bürgerrecht mit Freiheit gleich, nicht mit Sklaverei.«

Kritias warf Theramenes einen Blick zu. Dann wandte er sich abermals an Ariston.

»Die Gabe der Beredsamkeit, die du besitzt, ist sehr gefährlich, besonders für einen Metöken«, sagte er. »Und darum möchte ich gern wissen: bist auch du bereit zu sterben – für deine Ehre?«

Ariston musterte ihn von Kopf bis Fuß.

»Ja, Kritias«, antwortete er, »aber nicht als Opferlamm.«

»Wie dann«, spöttelte Kritias, »bist du bereit zu sterben, schöner Ariston? Denn ein schöner Mann bist du ja immer noch.«

»Als Löwe«, lautete die Antwort, »der sein Leben teuer verkauft. Seid gegrüßt, ehrenwerte Herren, erhabene Staatsmänner! Ich gehe!«

Weil er zu wissen glaubte, daß sie eben das von ihm erwarteten, begab er sich nicht gleich zu Autolykos, um ihn zu warnen. Er ging zuerst nach Hause, um sich zu bewaffnen. Er wagte es auch nicht, seinem Freund durch irgend jemanden eine Botschaft zukommen zu lassen, denn er fürchtete, jeden, an den er heute das Wort richtete, allein damit zum Tode zu verurteilen.

Trotz der drückenden Hitze legte er einen Brustharnisch an und zog, um diesen zu verbergen, ein Himation darüber. Bis jetzt waren die Metöken vor den politischen Mordanschlägen der Dreißig sicher gewesen. Wer aber konnte wissen, wie weit sie noch gehen würden, da Theramenes jetzt eine so schwankende Stellung eingenommen hatte?

Er schnallte sich Schwert und Dolch um und nahm ein Bündel Speere und einen Schild, ohne zu versuchen, sie zu verbergen, denn abgesehen vom schützenden Brustharnisch sollten die feigen Hunde, die Kritias gedungen hatte, wissen, daß er bewaffnet war. Während er noch damit beschäftigt war, hörte er das langgezogene Ausatmen eines Menschen. Er wandte sich um und erblickte Chryseis.

»Du weißt es also schon?« flüsterte sie.

Ariston starrte sie an.

»Ich weiß *was* schon?«

»Daß sie auch hinter dir her sind. Heute morgen, als du fort warst, kam eine Botschaft von Lysias, dem Redner, der dir rät, zu fliehen. Er hat die Stadt schon gestern abend verlassen. Anscheinend verhaften sie jetzt auch schon Metöken. Nicht aus politischen Gründen, sondern um sie ihres Vermögens zu berauben. Lysias' Bruder Polemarchos ist tot – du kanntest ihn ja, er hatte die kleine Schildwerkstatt nicht weit von der deinen. Heute morgen habe ich in ganz Athen Diener herumgeschickt, um dich zu finden, und sie kamen alle mit entsetzlichen Nachrichten zurück.«

»Nämlich?«

»Vorgestern wurde Nikeratos gezwungen, sich zu töten. Seine Frau – entleibte sich kurz darauf. Autolykos . . .«

»Unsterbliche Götter!« rief Ariston aus.

». . . wurde vor einer Stunde getötet, als er seinen Häschern Widerstand leistete. Aber du brauchst dir wegen deiner geliebten Kleo keine Sorgen zu machen: sie wird dem Beispiel von Nikeratos Gattin folgen, sobald sie erfährt, daß die Dreißig auch dich ermordet haben, mein innig geliebter Gemahl! Wenn du das nicht auf deinem Gewissen haben willst, wirst du gut daran tun, schleunigst die Flucht zu ergreifen. Lysias war ganz sicher, daß . . .«

»Und wenn sie mich stellen, Chryseis«, fragte Ariston, »wenn sie mich zwingen, jenen milden Becher zu leeren, wie lange wirst du *dieses* Mal warten, bevor du dir einen andern suchst, um mein Bett zu wärmen?«

Sie sah ihn an, und ihr Blick war kalt.

»Keine Stunde«, antwortete sie entschieden. »Jetzt weißt du's. Fliehe, Ariston. Was immer zwischen uns ist – oder war –, ich will dich nicht tot sehen.«

»Chryseis«, sagte Ariston, »pack ein paar Sachen zusammen. Ich nehme dich mit.«

Sie schüttelte den Kopf.

»Sei kein Narr!« sagte sie mit einem trockenen, bitteren Lachen. »Ich bin hier in Sicherheit. Schon allein darum, weil dein grimmigster Feind, Kritias, keine Frauen mag. Ich müßte ein Knabe sein, um vor seinen Augen Gnade zu finden. Und häßlich wie ich bin, wer würde sich schon die Mühe nehmen, mich zu vergewaltigen? Ich wäre dir auf der Flucht nur eine Last. Weniger Last allerdings, als es Kleothera, dein Sohn und Autolykos' Tochter sein werden. Aber auch schon einer weniger macht die Sache leichter, findest du nicht?«

Ariston blieb stumm. Er fühlte sich versucht, ihr zu widersprechen, abzustreiten, daß sie seine Gedanken richtig gelesen hatte. Aber Leugnen wäre jetzt nicht nur unehrenhaft, es wäre sinnlos gewesen.

»Also gut, Chryseis«, sagte er.

Sie stand ruhig da, aber plötzlich rollten ihr Tränen über die Wangen.

»Da wir uns dieseits des Tartarus wohl nicht mehr sehen werden«, flüsterte sie, »würde sich mein Gebieter herablassen, sein sündiges Weib noch einmal zu küssen? Zum Abschied? Zum Gedenken an die Liebe, die ich einst für dich empfand und – heilige Götter! – immer noch empfinde? Die Parzen waren eben gegen uns, wir konnten das Schicksal nicht zwingen. Und ich . . .«

Ariston nahm sie in die Arme und küßte sie. Eine lange Weile. Eine sehr lange Weile. Voll Mitleid, voll Zärtlichkeit. Im Geist einer längst erstorbenen Liebe. Mit Kummer und Schmerz.

Schluchzend riß sie sich von ihm los und stürzte aus dem Raum.

Er sah die Wachen vor Autolykos' Haus. Es waren nur zwei. Kritias hätte sich nicht träumen lassen, daß jemand in Athen kühn genug, verwegen genug sein könnte, zu tun, was Ariston sich vorgenommen hatte.

Er schlug seinen Umhang zurück. Legte das Bündel Speere zu seinen Füßen nieder. Nahm einen zur Hand. Er lag nicht richtig. Der Schaft war ein wenig krumm, so wenig nur, daß ein anderer es gar nicht gemerkt hätte. Außerdem war er zu schwer. Er wußte, daß er nur *einmal* werfen konnte – und treffen mußte.

Er wählte einen anderen aus, und dann noch einen. Der dritte war richtig. Er lag nahezu gewichtslos in der Hand. Er stand da und wartete. Er schwitzte ein wenig, obwohl es nicht mehr heiß war. Die Wachen, Ritter beide, plauderten miteinander. Dann wandte sich der eine zur Seite und Ariston ließ sein Geschoß fliegen.

Der Speer wirbelte durch die Luft, dem Auge kaum sichtbar; die blaue Stahlspitze spannte einen glitzernden Bogen. Ariston hörte, wie er sein Ziel erreichte, dumpf auf Fleisch prallte und in die Kehle des Opfers eindrang. Der Mann stand wie angewurzelt da, den tödlichen Stab im Hals, während ein Staunen sich auf seinen Zügen malte, das unter anderen Umständen erheiternd gewirkt hätte. Dann sank er langsam zu Boden.

Der andere schrie auf, seine Stimme wimmerte weibisch schrill. Dem Klang nach zu urteilen, waren die beiden ein Liebespaar, schoß es Ariston durch den Kopf. Dieser eine gellende Schrei war alles, wofür ihm noch Zeit blieb, denn schon hatte sich Ariston auf ihn gestürzt.

Der Hoplit kämpfte mit verzeifelter Wut, aber er war zu entnervt, um sich erfolgreich zur Wehr setzen zu können. Dröhnend schlug Ariston seinen Schild auf den des jungen Ritters, drängte ihn damit eine halbe Rute zurück, und schlitzte ihm den bloßen Schenkel oberhalb der Beinschienen bis auf den Knochen auf. Schmerz und Schock veranlaßten den Hopliten, den Bruchteil eines Augenblicks in seiner Achtsamkeit nachzulassen.

Das genügte Ariston. Mit einem nach der Seite geführten Hieb trennte er ihm fast den Kopf vom Rumpf.

Dann beugte er sich nieder und zeichnete mit einem Zweig, den er in ihr Blut getaucht hatte, einen winzigen Löwen auf die Stirn seiner gefallenen Gegner. Es war dies, wie er wohl wußte, eine theatralische, ja sogar kindische Geste; aber Kritias sollte nicht im

Zweifel darüber bleiben, wer diesen herausfordernden Schlag geführt hatte.

Er betrat das Haus; Kleothera und die Kinder beteten an Autolykos' Bahre. Bei diesem Anblick stockte ihm der Atem in der Kehle. Er war Kleothera zum ersten Mal begegnet, kurz nachdem sich Danaus mit der unseligen Sizilianischen Expedition nach Syrakus eingeschifft hatte. Sie war damals knapp vierzehn gewesen. Jetzt, elf Jahre später, war sie in der frühen Blüte ihrer Fraulichkeit und von unvergleichlicher Schönheit.

Nein. Mehr als schön – göttlich! Denn die Jahre, ihre Leiden, die Ruhe und Zufriedenheit, in der ihr Leben an Autolykos' Seite verlaufen war, hatten ihren nordischen Liebreiz auf fast unirdische Weise verfeinert und vergeistigt. Er fragte sich, ob die Achtung und Verehrung, die er ihr jetzt entgegenbrachte, nicht sein Verlangen nach ihr für immer töten würde.

Doch die Zeit drängte. Er konnte ihr, ihrer Tochter und seinem Sohn – wie schön doch der Junge war! – nicht einmal den erquickenden Trost des Gebetes gewähren. Es widerstrebte ihm, diese Szene tiefster Frömmigkeit zu unterbrechen, aber er mußte es tun.

»Kleothera«, flüsterte er.

Noch kniend wandte sie den Kopf nach ihm. Er streckte ihr seinen Arm entgegen, half ihr auf. Sie war totenbleich. Im Schein der Lampe glitzerten die Tränen auf ihren Wangen wie Edelsteine.

»Ariston!« hauchte sie. »Du mußt fort! Du warst mit ihm zusammen, als er ... Jetzt sind sie sicher auch schon hinter *dir* her!«

»Du hast recht«, bestätigte er. »Aber so leicht werden sie mich nicht kriegen. Ich bin gekommen, um dich und die Kinder zu holen. Komm, wie du bist; wir haben keine Zeit.«

Aber sie schüttelte den Kopf.

»Ich kann ihn nicht unbestattet zurücklassen«, sagte sie. »Ich – und der Sohn, den du ihm schenktest, wir müssen seinem Schatten Frieden spenden. Fliehe, mein Geliebter! Uns wird nichts zustoßen. Nicht einmal die Dreißig wagen es, die Witwen ihrer Opfer anzutasten. Darum geh jetzt, Ariston, ich flehe dich an! Rette mein Leben, indem du das deine rettest!«

Sie tat einen Schritt vorwärts, stellte sich auf die Zehenspitzen und preßte ihren Mund auf den seinen.

»Mutter!« mahnte der Knabe. Seine Stimme zitterte vor Empörung.

»Ich habe das Recht, deinen Vater zu küssen, Aristides«, beschwichtigte sie ihn. »Du weißt, daß du nicht der Sohn unseres armen, teuren Autolykos bist. Jetzt küsse auch du ihn – ihn, den das Schicksal und nicht sein Wille von uns getrennt hat!«

Verdrießlich erhob sich der Junge und ließ sich von Ariston in die Arme schließen. Sein Vater drückte ihn an die Brust und weinte.

»Jetzt du, Phryne«, flüsterte Kleothera.

»Phryne! Bei allen Göttern! Weshalb . . . ?«

»Orchomenus hat mir deine Lebensgeschichte erzählt. Hätte ich ihr einen schöneren Namen geben können? Ich – versagte ihr die Ehre, dein Kind zu sein. Darum wollte ich sie, so gut ich konnte, auf diese Weise mit dir verbinden.«

Ariston schloß das kleine Elfenwesen in die Arme. »Du gehörst mir«, sagte er. »Für immer, Phryne. Er wird es verstehen, Kleo! Komm, nimm die Kinder.«

»Nein, Ariston. Zu sehr stehe ich in seiner Schuld, zu groß war der Edelmut, mit dem er hingenommen hat, daß ich ihm die Liebe nicht schenken konnte, die immer nur dein war – und ist. Und dann ist auch noch Chryseis da, der ich schon zuviel Kummer gemacht habe. Geh! Geh, solange ich es noch ertragen kann! Geh ohne uns, die wir dir zur Last fallen und deine Flucht verzögern würden – es könnte dein Tod sein! Geh, ich bitte dich!«

Er machte kehrt und stürzte aus dem Haus.

Aber er hatte die Straße kaum erreicht, als er schreien und rufen hörte:

»Zum Buleuterion! Kritias erhebt Anklage gegen Theramenes! Er fordert des Schnürstiefels Kopf!«

Ariston blieb stehen. Ein Licht kam in seine Augen, loderte auf.

Ich habe für den Schnürstiefel nichts übrig, dachte er. Soll Kritias ihn doch den Giftbecher auf das Wohl der Polis leeren lassen! Und dann? Wenn jemand in diesem unwiederbringlichen Augenblick Kritias selbst erdolchte? Ohne ihn, was würde aus den Dreißig werden? Läge er in seinem Blut, so sicher wie Zeus auf dem Olymp thront, würde das Volk aufstehen und sie in Stücke reißen! Wohlan denn, ich will mein Quentchen dazu beitragen, Verwirrung zu schaffen!

Er erhob seine gewaltige Stimme: »Zum Buleuterion!«

Er verzichtete auf die kindische List einer Verkleidung und ließ sogar die Vorsichtsmaßnahme außer acht, das Gesicht in der Kapuze seines Umhangs zu verbergen. Die Welt war aus den Fugen geraten, und in einer verrückten Welt zählte nur Kühnheit. Er war sicher, daß die Dreißig in den nächsten Stunden zu beschäftigt sein würden, um sich um die zwei toten Ritter zu kümmern – wenn es überhaupt jemand wagen sollte, darüber Meldung zu machen. Er sah eine kleine Gruppe von Theten, die um die zwei Hopliten herumstanden und sich mit schreckverzerrten Gesichtern leise unterhielten.

»Laßt diese stinkenden Aasklumpen liegen, Bürger!« brüllte er sie an. »Folgt mir!«

An der Spitze des Haufens drang er frech in das Buleuterion ein und ließ sich unter den Theten nieder. Er wußte, daß ihm die Menge den bestmöglichen Schutz bot. Wer konnte ein einzelnes Gesicht aus der gaffenden, schwitzenden, nach Knoblauch stinkenden Masse herausfinden?

Theramenes war mitten in seiner Verteidigungsrede, als Ariston ankam. Und nachdem er zwei Minuten gelauscht hatte, mußte er zugeben, daß der Schnürstiefel seine Sache meisterhaft verfocht.

»Der gute Kritias beschuldigt mich«, höhnte Theramenes, »ich hätte, nach der Schlacht bei den Arginusen, den Prozeß gegen die Strategoi in Szene gesetzt. Ich, Freunde? Ich? Ich sollte lachen, wäre die Beschuldigung nicht ebenso traurig wie lächerlich. *Ich* habe keine Anklage gegen sie erhoben! Sie haben *mich* angeklagt! Sie schworen hoch und heilig, mir wäre der Auftrag erteilt worden, die Schiffbrüchigen zu bergen. Das ist richtig! Der Auftrag *wurde* mir erteilt! Ihr seht, ich leugne nichts! Aber ich erhob dagegen den Einwand, den diese erhabene Versammlung auch anerkannte, daß der Sturm, der sich vor Lesbos erhob, zu gewaltig war, um diese Männer noch retten zu können. Wenn die sechs großen Strategoi die ehrliche Überzeugung hatten, daß eine Bergung möglich war, warum unternahmen sie dann nicht selbst den Versuch? Warum ließen sie zweitausend Athener ertrinken? Vielleicht *waren* die Winde in ihrem Abschnitt weniger widrig! Ich sage euch, Bürger, ihre eigenen Worte haben sie verurteilt!

Kritias hatte von dieser Lage natürlich keine unmittelbare Kenntnis. Denn wo war er zu jener Zeit? Ich sehe ihn zungenlahm, darum will ich an seiner Statt antworten. Der gute Kritias war in Thessalien, wo er eine Demokratie errichtete – ja, ihr habt richtig gehört! – eine Demokratie, meine Freunde! Zusammen mit Prometheus bewaffnete er die Sklaven gegen ihre Herren! Er behauptete, *ich* drehte den Mantel nach dem Wind. In Wahrheit ist *er* es, der heute dieser und morgen jener Sache dient!

Ich verdiene den Tod, sagt er – weil ich Mäßigung predige. Was verdient dann *er* dafür, daß er die ganze Welt gegen uns aufbringt? Ich unterstützte ihn, als er die Todesstrafe für Erpresser und Spitzel forderte; aber ist unser Ansehen gestiegen, als Leon aus Salamis auf seinen Befehl schuldlos ermordet wurde? Was hat uns das eingebracht? Die Welt hat uns verurteilt, der große Sokrates die Tat unter Gefahr seines eigenen Lebens öffentlich getadelt! Warum mußte Nikeratos sterben? Warum wurde dieser Sohn eines Mannes unserer Klasse gezwungen, den Tod zu suchen? Was hatten wir davon, als diese edle Frau, seine Gemahlin, sich aus Gram entleibte? Was sagten unsere Feinde dazu, als Antiphon, der unserer geliebten Polis nicht eine, sondern zwei auf eigene Kosten ausgerüstete Trieren zur Verfügung gestellt hatte, ermordet wurde? Was haben wir dadurch erreicht, daß wir den herrlichen Athleten Autolykos, den Liebling des Volkes, verurteilten?

Und welche Lorbeeren ernten wir, wenn wir uns dazu erniedrigen, sogar die hier ansässigen Fremdlinge, die Metöken, die keinerlei politischen Einfluß besitzen und nicht die geringste Gefahr für unsere Sache darstellen, ihrer Habe zu berauben und zu ermorden? Wer ist vor der Hand dieses Wahnsinnigen noch sicher? Wer, frage ich, wer?

Ihr seid es, meint ihr? Sicher vor dem Zugriff dieses Ungeheuers, das Thrasybulos, Anytos und Alkibiades verbannte und unseren Gegnern damit drei unvergleichliche Heerführer lieferte – nein, zwei nur, denn auf seine Veranlassung hin ist auch der große Alkibiades ermordet worden!

Ich sage euch . . .«

Der donnernde Beifall der Menge übertönte Theramenes' Worte.

Und besiegelte damit sein Schicksal.

Kritias gab ein Zeichen. Und sogleich brachen fünfzig junge Männer aus der Menge und nahmen mit gezückten Dolchen auf der Estrada Aufstellung.

Ariston ließ den Kopf sinken. Tränen der Wut brannten in seinen Augen.

Ich Narr! schalt er sich. Zu glauben, ich könnte mich an ihn heranschleichen! Seine Schläue so zu unterschätzen! Mußte ich nicht voraussehen, daß ihm ein halbes Hundert Mörder zur Seite stehen würde? Habe ich nicht so weit gedacht?

Mittlerweile hatte Kritias das Wort ergriffen.

»Ratsherren!« rief er. »Als euer Führer ist es meine heilige Pflicht, allen Versuchen, euch zu täuschen, energisch entgegenzutreten. Und meine Freunde hier – sie alle wackere Oligarchen – sind jung und – sagen wir: leicht erregbar. Ihr könnt mir glauben, sie werden nicht zulassen, daß diese Verhöhnung der Justiz straflos bleibt! Ich weiß! Ich weiß, ihr werdet jetzt sagen, daß Theramenes' Name auf der Liste der Dreitausend Auserwählten steht und er daher ohne eure Zustimmung nicht getötet werden darf. Dem ist leicht abzuhelfen!«

Wie ein Tänzer wirbelte Kritias herum, schritt zum Pult, tauchte eine Feder ein, breitete die Schriftrolle vor sich aus, auf der die Namen aller bestätigten Oligarchen angeführt waren, und strich den des Theramenes durch.

»Hiemit«, erklärte er feierlich, »tilge ich den Namen des Theramenes von der Liste und verurteile ihn im Namen der Dreißig – zum Tode!«

Theramenes sprang vor.

»Ihr Herren!« rief er, dem Weinen nahe. »Ich fordere Gerechtigkeit! Seit wann liegt es in Kritias' Macht, einen Namen aus der Liste zu streichen? Ich stehe hier auf geheiligtem Boden, aber ich weiß, daß sie darauf keine Rücksicht nehmen werden. Fürchtet denn dieses ruchlose Ungeheuer die Götter, dieser Ungläubige, der verbannt wurde, weil er sie gehöhnt hatte? Und was habt ihr Edelleute von ihm zu erwarten? Sind eure Namen nicht ebenso leicht wie der meine mit Blut aus der Liste zu streichen?«

Das war ein wirkungsvolles Argument, aber Kritias war auch darauf vorbereitet. Er klatschte in die Hände, und, angeführt von ihrem Hauptmann, dem elenden, schändlichen Satyrus, betraten die gefürchteten Elf, die öffentlichen Henker, mit ihren Knechten den Saal.

Kritias reckte sich hoch auf und lächelte auf die zitternden Ratsherren hinunter. Dann sagte er mit theatralischer Feierlichkeit:

»Wir übergeben euch diesen Mann Theramenes, der nach dem Gesetz verurteilt wurde. Bringt ihn, ihr Elf, an den vorgesehenen Ort, und tut eure Pflicht.«

Ariston stand auf. Er wußte, daß ihm in den nächsten Stunden, ja sogar in den kommenden Tagen, keinerlei Gefahr drohte. Kritias war klug genug, um das Volk nun für eine Weile nicht mit weiteren Verhaftungen und Hinrichtungen zu reizen. Nein, er würde dem Pöbel Gelegenheit geben, sich zu beruhigen, zu vergessen.

Und ich, dachte Ariston, kann Athen heute abend ohne Schwierigkeiten verlassen. Nachdem ich den ›Schnürstiefel‹ im Gefängnis besucht habe. Um ihm zum letzten Mal meine Achtung zu erweisen, die sich dieser Spiegelfechter, Feigling, Verräter, Scharlatan verdient hat. Mit seinem Auftreten heute hat er seine Rechnung beglichen ...

Ariston wurde sogleich in das Gefängnis eingelassen. Schließlich erfreute er sich allgemeiner Wertschätzung, ja sogar Beliebtheit; zudem war er noch nicht zur Verhaftung ausgeschrieben. Die Tötung der zwei Wachen war noch nicht einmal gemeldet worden, ja im allgemeinen Durcheinander fast unbemerkt geblieben.

Als er die Zelle betrat, saß Theramenes, den tödlichen Becher in den zitternden Händen, leichenblaß auf seinem Lager.

»Theramenes ...«, sagte Ariston.

Theramenes sah auf. Seine Augen weiteten sich.

»Du!« flüsterte er.

»Ja, ich«, sagte Ariston. »Ich bin gekommen, um dir die Achtung zu bezeigen, die dir gebührt. Du hast heute einen Streich für die Freiheit geführt, mein Freund!«

»Freund? Du nennst mich Freund? Mich, der ich dich bei den Arginusen im Stich ließ? Der Kritias unterstützte, als er dir das Bürgerrecht, das dir zustand, verweigerte?«

»Ja, so nenne ich dich«, bekräftigte Ariston, beugte sich nieder und küßte ihn.

Theramenes erhob sich. Die graue Farbe war aus seinem Gesicht verschwunden. Seine dunklen Augen funkelten.

»Nimm dieses Becken auf, Ariston!« sagte er.

»Das Becken?«

»Ja. Hiermit ernenne ich dich zum Symposiarchen. Weißt du nicht, wie man Kottabos spielt?«

Ariston warf fragende Blicke auf die anderen: die Wachen, die Angehörigen der Elf, die Neugierigen, die immer dabei waren, wenn einer bekannten Persönlichkeit die letzte Stunde schlug. Dann fiel es ihm ein – Kottabos, das Spiel, das an jenem Abend in Alkibiades' Haus gespielt worden war, als dieser ungestüme, geniale Mann die Mysterien verhöhnt und die Götter gelästert hatte. Damals war Orchomenus der Symposiarch gewesen, hatte das silberne Becken auf den Knien gehalten – um den Tropfen aufzufangen, mit dem der Spieler sich dem ihm liebsten Menschen angelobte.

Er beugte sich nieder und hob das schmutzige kleine Waschbecken auf.

Theramenes lächelte ihm zu. Er war jetzt völlig Herr seiner selbst.

Die Umstehenden wichen in ehrfürchtiger Scheu zurück. Dann hob er den Schierlingsbecher an die Lippen. Ariston sah, wie seine Kehle sich bewegte, als er den bitteren Trank hinunterstürzte.

Er setzte den Becher ab, lächelte wieder.

»Bist du bereit, Ariston, mein Freund?« sagte er.

»Ja«, erwiderte Ariston flüsternd und hielt das Becken hoch.

Dann schleuderte Theramenes mit einer meisterhaft schnellenden Bewegung des Handgelenks den Bodensatz des Bechers durch die ganze Länge der Zelle, so daß er klatschend in das Becken fiel.

»Für meinen geliebten Kritias!« rief er.

So erhob sich Theramenes, der ›Schnürstiefel, der sich jedem Fuß anpaßt‹, am Ende zu wahrer Würde.

Und als Ariston in jener Nacht unter einem leuchtenden Sternenhimmel auf Theben zuritt, schwor er einen feierlichen Eid:

»Meine Hand soll es sein, die Kritias den letzten Tropfen in den Schlund gießt!«

Dies war der eine der beiden Eide, die er in seinem Leben brach. Den anderen hatte er dem verstorbenen Danaus geleistet.

XXV

Ariston saß in der kleinen Herberge vor dem Feuer, eine Schale heißen Honigweins in den Händen, um sie ein wenig zu erwärmen. Die Herberge stand in Böotien, zwischen der Grenze und Platäa. Natürlich war es hier kälter als im südlichen Attika.

Er betrachtete die Menschen, die die Herberge bis auf den letzten Platz füllten. Daß sie fast ausnahmslos Athener waren, stand außer Zweifel, aber noch nie hatte er Menschen seiner Adoptivheimat so schweigsam, so staubbedeckt, so ermattet, so entmutigt gesehen.

Er rief den Wirt und fragte ihn.

»Wer die sind?« sagte der Böotier. »Flüchtlinge sind es, Herr – die sich vor den Dreißig Tyrannen davongemacht haben. Anscheinend gibt es jetzt bei den Athenern ein neues Gesetz: jeder arme Hund, dessen Name nicht auf der Liste der Dreitausend erscheint – Oligarchen allesamt und feine Herrschaften – kann, mir nichts dir nichts, ins Loch gesteckt werden, wo man ihm dann mit einem würzigen Schluck Schierling die Kehle anfeuchtet. Und mit so überflüssigem Aufputz wie etwa öffentlichen Verhandlungen will man dem Publikum nicht die Zeit stehlen.«

»Und diese . . . wurden *alle* diese Leute so verurteilt?« fragte Ariston.

»Nein, Herr. Sonst wären sie jetzt nicht hier. Sie hatten ihre guten Gründe anzunehmen, daß man sie auch bald zum Schierlingsaufen einladen könnte. Dazu braucht es heutzutage in Athen nicht mehr viel: es genügt schon, wenn man gesehen wird, wie man einem Bettler eine Münze schenkt, oder wenn man noch nie Sklaven totgeprügelt oder noch nie einen Theten vom Gehsteig in den Straßengraben gestoßen hat.«

»Oder es sonstwie unterlassen hat, seine aristokratische Gesinnung zu bekunden?«

»Ganz recht. Und du, Herr — wenn ich mich erkühnen darf, dich zu fragen —, wie steht es mir dir?«

»Wie mit den andern auch. Nur daß ich schon ein wenig früher weg bin, noch bevor dieses neue Gesetz erlassen wurde. Aber nach deinen Worten zu urteilen, liebst du die Freiheit — trotz deines Körperumfangs und deines runden Bauches. Ein seltener Fall. Nun, vielleicht kannst du mir helfen. Nimm einmal an, ich möchte etwas unternehmen, um — diesen Zustand zu ändern.«

Von Argwohn erfüllt, kniff der Wirt die Augen zusammen.

»Ein elegant gekleideter Edelmann wie du?« meinte er.

»Danke für die Schmeichelei. Aber ich bin weder Ritter noch Edelmann. Ich bin Metöke. Ein reicher Metöke, wenn du willst — oder war es zumindest, bis sie meine Werkstätten beschlagnahmten und dazu noch meinen besten Freund ermordeten.«

»Wer war dein bester Freund, Herr?«

»Hast du jemals die Spiele besucht?« fragte Ariston. »Die Ismanischen oder die Olympischen?«

»Beide!« brüstete sich der Wirt.

»Dann kennst du Autolykos — oder hast ihn zumindest gesehen.«

»Den! Den großen Ringkämpfer? Der Promethian den Arm brach, als ob's ein Stecken wäre, und ihn dann in die Ecke schleuderte? Du meinst doch nicht, daß sie . . .«

». . . ihn ermordet haben? Doch.«

Ein Feuer entzündete sich in den Augen des Wirts, entflammte und loderte. Wie viele einfache Leute bewunderte er Hochleistungen an Kraft und Geschicklichkeit und die starken, schönen Menschen, die sie vollbrachten.

»Wenn ich du wäre, Herr«, raunte er ihm zu, »ich würde nach

Theben gehen. Thrasybulos aus Steiria ist dort. Wie ich höre, hat er eine auserlesene Schar von Kämpfern um sich versammelt.«

Stumm und regungslos vor Staunen starrte Ariston den Wirt an. Thrasybulos, des Theramenes schweigsamer Spießgeselle beim Verbrechen des Justizmordes an den sechs Strategoi! Woher nahm dieser Mann den Mut ... ?

Aber er gebot seinen Gedanken Einhalt und sandte sie weit in die Vergangenheit zurück. Sechs Jahre war es her, daß er zusammen mit Alkibiades in dem Seegefecht gegen Kyzikos großen Ruhm erworben hatte. Mit einem Geschwader von dreißig Trieren war es ihm drei Jahre später gelungen, alle jene Städte in Thrakien zurückzuerobern, die sich gegen Athen erhoben hatten. Selbst noch bei den Arginusen hatte er eine beachtliche Leistung vollbracht, obwohl es ihn geschmerzt haben mußte, daß er von den Athenern willkürlich – vermutlich auf Grund seiner Verbindung mit Alkibiades – zum Trierarchen degradiert worden war. Durfte man einen Menschen feige nennen, weil er einmal die Nerven verloren hatte? In der Schlacht, in der Hitze des Gefechtes dem Tod ins Auge zu sehen, war eines; ihn in einer feuchten, schmutzigen Gefängniszelle in der Form von Gift zu erwarten, etwas ganz anderes. Ohne Zweifel viel schwerer. Und jetzt ...

Jetzt galt es, den Erpresser zu spielen! spöttelte Ariston in Gedanken. Von ihm, der ein tapferer Befehlshaber war, und sich seiner Schwäche gewiß noch schämt, von ihm werde ich einen höheren Dienstgrad in seinen Reihen fordern – um den Preis meines Schweigens. Er kennt seine Schuld nur zu gut, aber ich will darüber hinwegsehen. Auf nach Theben.

»Ich danke dir, guter Wirt«, sagte er. Er ließ eine Münze auf den Tisch fallen, um für Speise und Trank zu bezahlen, und ging in den Hof hinaus, um nach seinem Pferd zu sehen.

»Du willst ein Kommando übernehmen?« fragte Thrasybulos. »Du, ein Metöke?«

»Hat Athen nicht schon genug durch die Trennungen von Menschen und Klassen gelitten?« erwiderte Ariston. »Ich könnte meine Herkunft nennen – und sie ist nicht gering, Thrasybulos! – und dir erklären, wie es kam, daß ich Metöke in Athen bin und nicht die Stellung bekleide, die mir in meiner Heimat zustehen würde. Aber ich werde es nicht tun. Ich schulde dir keine Erklärungen. Es ist eher umgekehrt. Wo warst du, edler Thrasybulos, als die Triere, die ich auf eigene Kosten ausgerüstet hatte, vor den Arginusen von vier syrakusischen Schiffen gerammt und versenkt wurde? Vorher hatte sie Heldentaten vollbracht, auf die näher einzugehen mir meine Bescheidenheit verbietet – du könntest sonst glauben, ich wollte prahlen. Wo warst du, als ich mich die ganze Nacht an Wrackteilen festhalten und den verzweifelten Hilferufen meiner ertrinkenden Männer lauschen mußte?«

»Du warst bei den Arginusen dabei? Du hast eine Triere befehligt?«

»Frage Theramenes!«

»Dazu müßte ich in den Tartarus hinabsteigen. Du weißt, daß Theramenes tot ist. Aber ich glaube mich jetzt zu erinnern, daß er mir von der Tapferkeit eines gewissen Metöken sprach. Aristides – Aristokles – Aris –«

»Ariston – das bin ich. Der einzige metökische Trierarch in der Flotte. Willst du mich in deine Reihen aufnehmen, Thrasybulos? Du wirst bald feststellen, daß ich zu kämpfen verstehe.«

Der General musterte den großgewachsenen Mann, der vor ihm stand. Er sah das Silber an Aristons Schläfen und die weißen Strähnen in seinem honigfarbenen Bart; aber er sah auch, daß dieser nicht mehr junge Mann keine Unze Fleisch zuviel hatte, und daß die Muskeln seiner Brust, seiner Arme und Beine denen des Herakles gleichkamen.

»Du warst von Beruf Athlet, nicht wahr? Mir scheint, ich habe dich irgendwo gesehen ... Ich habs! Beim Ringkampf mit Autolykos!«

»Der auch tot ist, gemordet von den Dreißig, weil er spartanische Überheblichkeit vergalt, indem er den Harmost Kallibos züchtigte. Und darum bin ich hier – um ihn zu rächen. Aber ich bin kein Berufsringer. Ich folge nur Sokrates' Lehre, wonach der Körper der Tempel der Seele ist und sich ihrer nicht unwürdig erweisen sollte ... Nun, Thrasybulos?«

»Ich habe nur siebzig Mann. Anytos ist der stellvertretende Oberbefehlshaber. Willst du unter ihm das Kommando führen?«

»Sehr gern. Ich bin für jede Gelegenheit dankbar, an Kritias heranzukommen.«

Nachdem sie in der Nacht die Grenze überschritten hatten, waren sie wieder in Attika. Als ob das etwas ausmachte, dachte Ariston, dem die eisigen Winde die Haut seiner bloßen Arme und Schenkel aufrauhten. Thrasybulos und Anytos, die vor ihm marschierten, blieben plötzlich stehen. Thrasybulos hob den Arm und deutete.

»Was hältst du davon, Anytos?« fragte er.

»Nicht zu gebrauchen«, antwortete dieser. »In diesen Felstrümmern würden wir nur erfrieren, ganz abgesehen davon, daß solche Mauern sich nicht verteidigen lassen. Kritias' Männer könnten sie mit Weidengerten einreißen.«

Ariston blickte auf die zerstörte Grenzfeste Phyle hinab. Er hat recht, dachte er. Anytos hat recht. Bei Hera, wir haben wirklich kein Glück.

Dann aber fiel ihm etwas auf. Die Steine der eingestürzten Mauerteile waren ganz. Wahrscheinlich hatte sie das Hochwasser im Frühling mit sanfter Gewalt umgeworfen. Vier Tage schwerer Arbeit würden die zerstörte Festung in einen Zustand versetzen, der es den Siebzig ermöglichen sollte, einem feindlichen Heer standhalten zu können – vorausgesetzt, daß dieses Heer von einem Mann geführt wurde, der so unbesonnen war, einen Frontalangriff vorzutragen, statt ihre primitive Zitadelle einfach einzuschließen und auszuhungern.

Ist Kritias so unbesonnen? dachte er, als Thrasybulos' rauhe Stimme ihn aus seinen Gedanken riß.

»Und was meinst du, Ariston?«

»Ich weiß es nicht«, antwortete er freimütig, »aber wenn ich dir einen Vorschlag machen darf ...«

»Und der wäre?«

»Daß du mir die Hälfte deiner Männer gibst. Die andern sollen als Beobachtungsposten zurückbleiben und dann die erste Gruppe, sobald diese erschöpft ist, ablösen. Ich will sehen, was ich mit dieser Mauer anfangen kann.«

»Unmöglich!« rief Anytos. »Nie im Leben können wir ...«

»Kennst du irgendeinen andern Zufluchtsort hier in der Gegend, wo wir einen Angriff der Dreißig abwehren können?« fragte Ariston.

»Nein«, erwiderte Anytos, »aber ...«

»Kein aber«, fuhr Thrasybulos dazwischen. »Mach dich an die Arbeit, Ariston!«

In vier Tagen hatte er die Mauer wieder aufgebaut und sich dabei eines einfachen Mittels bedient. Indem er eigenhändig beide Schichten durcharbeitete und dabei selbst die kräftigsten Männer übertraf, brachte er seine Leute durch Beschämung dazu, übermenschliche Leistungen zu vollbringen. Die siebzig attischen Hopliten betrachteten ihn mit ehrfürchtiger Scheu.

»Gewiß ist er ein Sohn des gewaltigen Herakles!« flüsterten sie untereinander. »Kein Sterblicher könnte allein solche Steine heben!«

Ariston sah gar nicht auf den Ziegenpfad hinunter, über den sich Kritias' dreitausend Mann den zerklüfteten Berghang herauf mühten. Er war zu sehr damit beschäftigt, die Gesichter seiner Gefährten zu studieren. Sie boten nicht gerade einen ermutigenden Anblick. Thrasybulos machte eine besorgte Miene. In Anytos Zügen zeichnete sich zitternde Angst, die er kaum zu verbergen vermochte. Bei den Hopliten sah es nicht viel besser aus. Bei einigen noch schlechter.

Er blickte auf die herankommenden Truppen des Kritias hinab. Das zerklüftete Gelände hatte sich vernichtend auf ihre Verbände ausgewirkt. Er lächelte grimmig und wandte sich an den Hopliten an seiner Seite:

»Speere«, sagte er. »Zwei Bündel. Du, Simonides, und du, Gaonikos, ihr bleibt hier und reicht sie mir hinauf.«

Und mit einem gewaltigen Satz sprang er auf die Mauer.

»Bei Ares!« brüllte Thrasybulos. »Bist du wahnsinnig geworden? Bleib in der Deckung! Sie werden ...«

»... etwas Neues erfahren«, sagte Ariston, »insbesondere, wie schnell man tot ist!«

In voller Sicht seiner Gegner stand er da und wartete. Als sie ihn erblickten, gingen die jüngeren, gelenkigeren unter ihnen in einen schwerfälligen Laufschritt über und stolperten mit jetzt schon hörbar klirrender Rüstung auf ihn zu. Das war eines von zwei Dingen, mit denen er gerechnet hatte: mit dem ganzen Gewicht im Laufschritt den Berg hinaufzustürmen, mußte sie bald erschöpfen.

Das andere war: er stand hoch über ihnen, so daß jeder Speer, den sie auf ihn schleuderten, die hemmende Anziehungskraft der Erde zu überwinden hatte; dieselbe Kraft aber würde den seinen nützen und ihre Geschwindigkeit noch erhöhen. Die Erfahrung hatte ihn gelehrt, daß in weitem Bogen abwärts gerichtete Geschosse eine um vieles größere Reichweite als aufwärts geschleuderte hatten, selbst wenn die gegnerischen Speerwerfer einander an Kraft und Geschicklichkeit gleich waren.

Was sie nun in diesem Fall keineswegs waren. Es gab unter den Streitern der Dreißig keinen, der einen Speer mit auch nur annähernd der Kraft und Zielsicherheit schleudern konnte, wie sie ihm, einem früheren spartanischen Hopliten, in Fleisch und Blut übergegangen waren.

Einer der jungen Ritter befand sich jetzt im Wurfbereich. An der äußersten Grenze zwar, wie es Ariston schien, aber doch eben im Wurfbereich – was seine Leistung nur noch eindrucksvoller erscheinen lassen mußte.

Gut! dachte er. Ich muß etwas tun, um den Kampfgeist unserer Leute zu stärken.

Es schien, als zielte er gar nicht. Eine leuchtend helle, gelbe Spur am taufrischen Morgenhimmel hinterlassend, beschrieb der Speer einen weiten, weiten, schwirrenden Bogen und sauste dann, sich stetig beschleunigend, pfeifend abwärts.

Der Ritter blieb stehen, als wäre er gegen eine unsichtbare Mauer geprallt. Er riß die Hände hoch und krallte sie in seine Kehle. Dann erst sahen sie es: den Schaft des Speers, der aus seinem Hals herausragte.

Die Siebzig standen sprachlos da, ihren Augen nicht trauend. Aber schon im nächsten Augenblick erdröhnte der Himmel von ihren Beifallsrufen.

»Gib mir den nächsten Speer, Gaonikos«, sagte Ariston.

Er schleuderte zwanzig Speere in nicht ganz ebensovielen Minuten. Acht Oligarchen fanden den Tod und zwölf erlitten schwere Verletzungen. Das war zuviel. Des Kritias schneidige junge Aristokraten machten kehrt und flohen.

Das Schwert in der Hand, sprang Ariston ganz allein von der Mauer, um ihre Verfolgung aufzunehmen. Thrasybulos brauchte volle fünf Sekunden, bis er seine Stimme fand:

»Ihm nach, ihr Hunde!« donnerte er. »Wenn dem einzigen richtigen Mann, den ich habe, etwas zustößt, ich . . .!«

Zehn attische Hopliten schwangen sich über die Mauer und jagten wie wütende, eiserne Käfer hinter ihm her. Der Metöke und seine Zehn schlachteten zweimal soviel Oligarchen, als sie selbst an der Zahl waren. Als Ariston zurückkam und sich Blut und Schweiß aus dem Gesicht wischte, erbebte die Erde von dem begeisterten Gebrüll seiner Mitstreiter:

»Nein, er ist nicht Herakles' Sohn! Donner und Blitz, Ares, der Kriegsgott selbst, hat ihn gezeugt!«

Thrasybulos umarmte ihn vor allen.

»Allmächtiger Zeus, wo hast du so kämpfen gelernt?« fragte er. Ariston lächelte. »An den Ufern des Eurotas«, antwortete er.

»Dann – dann bist du ja Spartaner!«

»Sagen wir, ich war es. Bis zu meinem achtzehnten Lebensjahr. Auf Sphakteria geriet ich in Gefangenschaft. Und es gab Gründe, warum ich nicht nach Lakonien zurückkehren konnte, als die Gefangenen freigekauft wurden. Seitdem habe ich versucht, Athener zu werden. Ich habe eine Triere ausgerüstet, um auf diese Weise das athenische Bürgerrecht zu erlangen, aber . . .«

»Du sollst es haben, sobald wir in Athen sind!« versprach Thrasybulos.

Wenn wir soweit kommen, dachte Ariston. Er stand auf dem Festungswall und blickte auf Kritias' Heerscharen hinab, die unten an den Hängen lagerten. Der Wind blies pfeifend von den Gipfeln herunter, und ihn fröstelte. Es war jetzt spät im Monat Poseidon, und hier oben in den Bergen herrschte schon schneidende Kälte. Wie eine weiße Rauchfahne stieg sein Atem in die eisige Luft. Er wickelte sich fester in seinen Himaton, aber das half nicht viel. Die Kälte stahl sich in seine Rüstung und drang ihm bis auf die Knochen. Er hörte ein metallisches Klirren hinter sich und wandte sich um. Thrasybulos kam auf ihn zu.

»Glaubst du, daß sie uns noch einmal angreifen werden?« fragte der Kommandant.

»Nein«, erwiderte Ariston. »Dazu besteht keine Notwendigkeit, und das wissen sie ganz genau. Kritias ist kein Dummkopf.«

»Sie haben ganz Attika im Rücken und damit ihre Verpflegung sichergestellt. Du meinst also, sie werden ganz einfach da unten sitzen bleiben und warten, bis wir verhungert sind?«

»So ist es«, antwortete Ariston. »Es gäbe allerdings eine schwache Hoffnung. Wenn du gestattest, edler Thrasybulos . . .«

»Sprich, Ariston.«

»Ich und noch einer müßten uns heute nacht in ihr Lager schleichen und Kritias seine böse Gurgel durchschneiden. Glaube mir, damit würden wir sie vollständig entmutigen. Ich würde es allein schaffen, aber Kritias' Geliebter teilt mit ihm das Lager, der schöne Nikostratos. Er hat etwas Weibisches an sich, ist aber sehr tapfer. Ich könnte beide erledigen, aber nicht schnell genug, um ein allgemeines Geschrei zu verhindern. Mit einem zweiten Mann an meiner Seite könnte ich . . .«

»Nein«, sagte Thrasybulos.

»Warum nicht?«

»Weil du dabei umkommen würdest und ich dich brauche. Du bist ein belebender Einfluß für die Männer.«

Ariston blickte zu den Berggipfeln hinauf. Er konnte sie nicht mehr sehen, denn die Wolken hatten sie eingehüllt. Seine Lippen bewegten sich und formten Worte.

»Was sagtest du?« fragte Thrasybulos.

»Ich richtete ein Gebet an Euripides' Schatten.«

»Euripides, der Dichter?«

»Ja. Ich habe ihn gebeten, er möge einen Gott aus der Machina herunterlassen, wie er es immer in seinen Stücken gemacht hat. Mit anderen Worten: ein Wunder zu wirken. Denn das brauchen wir jetzt, Thrasybulos.«

Er hatte noch nicht ausgesprochen, als die ersten großen weißen Flocken zu fallen begannen.

Es schneite die ganze Nacht ohne Unterbrechung. Und als es am Morgen wieder aufgehört hatte, und sie über die Brustwehren hinabsahen, waren die Hänge menschenleer. Nordwind und Schnee waren Kritias zuviel gewesen. Er und sein Stab weibischer Ritter hatten vor dem Sturm Reißaus genommen.

»Ich danke dir, unsterblicher Euripides«, murmelte Ariston.

Nun hatten sie die Berge hinter sich. Auf ihren Bäuchen liegend, umschlossen sie das Lager der Oligarchen. Ariston musterte die Gesichter, die Augen derer, die in seiner Nähe warteten – er führte jetzt schon das Kommando über mehr als dreihundert Mann. Auf der andern Seite des Lagers war Anytos mit ebensovielen Männern postiert.

Ein wahres Wunder. Ein leicht zu erklärendes allerdings. Die geschlagenen Ritter hatten geplaudert. Und weil sie Männer waren, konnten sie ihre Niederlage, ihre wilde Flucht, nicht gut einem einzigen tapferen Speerwerfer und den weniger als hundert Mann zuschreiben, über die Thrasybulos vor Phyle verfügt hatte. Der unbekannte Speerwerfer wurde zu einem Riesen, dessen Kopf in die Wolken ragte. Und dieser Übermensch, dieser Kolossos, hatte seine Speere gleichzeitig mit beiden Händen geschleudert. Und als sie am Ende doch schon dabei waren, ihn zu ergreifen, ihn zusammenzuhauen, hatte er in die Hände geklatscht, und gleich darauf hatte es schrecklich zu donnern angefangen, und die Welt war in Schnee und Eis versunken ...

Diese schändlichen Lügen hatten unmittelbar zur Folge, daß Thrasybulos nun über mehr als siebenhundertfünfzig Mann verfügte. Denn viele überzeugte Demokraten, die bisher geschwankt hatten, wußten jetzt, wo sie hingehörten. Selbst vorsichtige Männer schlugen angesichts so überzeugender Gunstbeweise der Götter alle Besonnenheit in den Wind. Einzeln und in Scharen kamen sie nach Phyle, und mit ihnen hielt auch die Hoffnung Einzug; wenn Ariston jetzt die Gesichter seiner Leute sah, schwellte unbändiger Stolz seine Brust.

Er konnte jetzt mit ihnen rechnen, dessen war er ganz sicher. Und auch auf seine beiden Adjutanten, Simonides und Gaonikos, konnte er sich verlassen. Wie junge Löwen kämpften sie an seiner Seite. Er hatte Mühe, sie im Zaum zu halten.

»Legt eure Schwertscheiden ab«, flüsterte er ihnen zu. »Laßt sie hier zurück. Die Schilde auch. Seid ihr bereit?«

Sie nickten mit grimmiger Entschlossenheit. Sie hatten sofort verstanden, warum ihnen dieser merkwürdige Befehl erteilt worden war. Schwertscheiden hatten die üble Gewohnheit, klirrend an den Schenkelharnisch zu stoßen. Schilde knallten dröhnend aneinander und raschelten, wenn man durch das Unterholz kroch. Ihre Aufgabe war einfach genug: sie hatten die zwei Posten vor dem Lager der Oligarchen so schnell und lautlos zu töten, daß kein Schrei, kein Todesröcheln die schlafenden Ritter in ihren Zelten weckte.

Denn wenn sie erwachten und Zeit fanden, ihre Pferde zu satteln, war es um Thrasybulos' Schar geschehen. Auch siebenhundertfünfzig Mann waren machtlos gegen zwei ganze Abteilungen Reiterei, die Kritias in seiner panischen Angst ihnen entgegengeworfen hatte.

Es ging leichter, als sie gehofft hatten. Die Posten schliefen halb. Gaonikos verschloß dem ersten mit der Hand den Mund, während Simonides ihm mit einem schnellen Stoß das Leben nahm. Mit dem Schlag eines erfahrenen Pankrationkämpfers brach Ariston dem zweiten das Genick. Dann sah er auf sein Opfer hinunter. Plötzlich trübten heiße Tränen seinen Blick. Der tote Wachposten war kaum dem Knabenalter entwachsen — sehr jung und sehr schön.

Von zehn Männern gefolgt, die nur mit Dolchen bewaffnet waren, schlichen sie sich ins Lager. Alle zehn trugen mit Pech bestrichene, noch nicht angezündete Fackeln in der Hand, Simonides ein eisernes Becken mit glühenden Kohlen.

Ariston gab ein Zeichen, und die zehn Brandleger hielten ihre Fackeln an das Kohlenbecken. Feuer hinter sich nachziehend, zerstreuten sie sich dann durch das Lager. Einige erreichten die aus Kieferästen und Reisigholz gezimmerten Stallungen, die die Ritter errichtet hatten, um ihre Pferde vor der Kälte zu schützen, und steckten sie in Brand. Andere legten Feuer an die Zelte der Ritter und der Hopliten, die sie begleiteten.

Die Flammen züngelten, lohten, loderten zum Himmel. Dann strömten Anytos' und Aristons Scharen in jenes Lager vor Acharnä.

Man brachte Ariston seinen Helm, Brustharnisch, Schwertscheide, Beinschienen und Schild und half ihm, der nur mit einem Chiton bekleidet, aber einen Dolch in der Hand, ins Lager gekommen war, sich zu bewaffnen. Und gerade, als er das Schwert zog, um das Signal zum Angriff zu geben, hörte er das verzweifelte, schrille Schreien der Pferde, die mit flammenden Mähnen und Schwänzen, wie von Furien gehetzt, durch das Lager rasten.

Noch halb verschlafen und unbewaffnet stolperten Ritter und Hopliten aus ihren brennenden Zelten. Thrasybulos' Männer metzelten sie gnadenlos nieder.

Ariston sah sich einem jungen Ritter gegenüber, der schön war wie ein Gott. Auf den Schultern eines Herakles, über der Kehle eines Ares saß das Antlitz eines Apolls. Seine erste Regung war, den Jüngling zu schonen, ihn zu entwaffnen, ihm das Leben zu schenken. Aber das war unmöglich. Der junge athenische Aristokrat war ein hervorragender Kämpfer, besser als so mancher Gegner, mit dem Ariston sich schon gemessen hatte.

So blieb ihm nichts anderes übrig, als ihn kaltblütig niederzumachen. Er gebrauchte die alten spartanischen Kniffe: der Schild wurde mit solcher Wucht gegen den des Widersachers geschlagen, daß dieser das Gleichgewicht verlor, dann kam das lähmende Aufschlitzen des Oberschenkels und dann der gezielte, lange Stoß nach oben, mit dem das Schwert in die Kehle des schönen jungen Ritters eindrang.

Er stand vor seinem Opfer und blickte hinab.

»Dein Name, tapferer Feind?«

»Nik – Nikostra . . .«, stieß der Jüngling hervor, bevor ein Blutstrom seinem Leben ein Ende setzte.

Nikostratos. Kritias' Geliebter. Ariston seufzte. Der Junge war tot. Und wenn man von seiner Leiche Gebrauch machte, um Kritias noch mehr zu entsetzen, mochte das die Verluste an Menschenleben bedeutend herabmindern.

Den Dolch in der Hand, beugte er sich über den toten Jüngling.

So geschah es, daß Kritias, als er an der Spitze der athenischen Garnison erschien, um die Leichen von einhundertzwanzig spartanischen Hopliten und mehr als sechzig oligarchischen Rittern zu bergen, die nicht nur über das Lager bei Acharnä, sondern sieben Stadien darüber hinaus verstreut lagen – so weit hatte sich die Verfolgung und Vernichtung der Oligarchen und ihrer spartanischen Verbündeten erstreckt –, einen blutigen Löwen in der Stirn seines Geliebten eingeritzt fand. Sein Aufschrei, erzählten die Leute später, habe den Himmel erbeben lassen.

Dies mochte der Anlaß für die Schreckenstat gewesen sein, die er kurz darauf beging. Athenische Flüchtlinge brachten die Nachricht in Thrasybulos' Lager. Der Rang eines großen Teils dieser Männer ließ an der Wahrheit ihres Berichtes nicht zweifeln. Denn nicht ganz die Hälfte der Neuankömmlinge in Phyle waren selbst Oligarchen, die die Empörung ins feindliche Lager getrieben hatte.

Kritias hatte Eleusis genommen, wo die berühmten Mysterienspiele abgehalten wurden, um, sollte Athen fallen, über einen Zufluchtsort für sich und seine Mörderbande zu verfügen. Eleusis war allen Hellenen heilig und bis jetzt stets von allen kriegführenden Parteien verschont worden. Und als die Priester und Bürger der heiligen Stadt gegen die Besetzung protestierten, ließ der eiskalte Kritias, der weder Götter noch Gesetze achtete, dreihundert von ihnen niedermachen.

Thrasybulos befehligte jetzt eintausend Mann. Er rief seine zwei Unterführer zu sich. Er sagte nur ein Wort zu ihnen, aber das Wort klang wie eine Frage: »Piräus?«

»Piräus!« antworteten Anytos und Ariston wie aus einem Munde.

Noch in der gleichen Nacht marschierten sie nach Süden und besetzten den Hafen von Athen. Niemand leistete Widerstand. Dann warteten sie in Piräus, denn sie wußten, daß die Oligarchen angreifen mußten. Den dreißig Tyrannen blieb nichts anderes übrig.

An jenem Morgen sah Ariston Thrasybulos' Wahrsager verzagt und abseits von den anderen sitzen. Und da er immer noch skeptisch war und die geheimen Kräfte des Mannes prüfen wollte, ging er auf den Seher zu.

»Was steht uns bevor, guter Freund?« fragte er. »Werden wir den Kampf gewinnen?«

»Ja«, antwortete der Wahrsager, »das werden wir.«

»Warum dann so verzagt?«

»Weil mein Leben morgen zu Ende geht«, erwiderte der Seher. »In der kommenden Schlacht muß ich sterben. Die Götter haben so entschieden, und darum gibt es für mich keine Rettung mehr. Unser Strategos leiht dir ein williges Ohr, edler Ariston. Sage ihm, er solle keinen einzigen Mann vorrücken lassen, bis nicht einer der unsrigen den Tod gefunden hat. Dann soll er mit allem, was er hat, losschlagen — und der Sieg wird unser sein!«

Ariston war von der Aufrichtigkeit, die aus diesen Worten sprach, tief beeindruckt. Ob sie nun wahr waren oder nicht, ob es so etwas wie eine Gabe der Prophezeiung gab oder nicht, dieser Mann glaubte offenbar fest an das, was er sagte. Ariston blickte ihn forschend an. Und weil er letztlich ein Kind seiner Zeit war, legte er dem Seher die Hand auf die Schulter.

»Und ich — werde auch ich morgen sterben?«

Ohne zu zögern, ohne den üblichen Hokuspokus zur Täuschung der Leichtgläubigen, antwortete der Wahrsager sogleich:

»Nein, edler Ariston. Dein Leben wird lange währen. Du wirst doppelt so viele Jahre erleben, als du jetzt zählst. Schneeweiß wird das Alter dein Haar färben. In Frieden und der Ehren voll wirst du sterben, von den Söhnen deiner Söhne umgeben. Und dir wird großes Glück beschieden sein — aber nur, wenn du abstehst von dem, wonach du jetzt trachtest. Wenn du nicht abläßt, wirst du erreichen, was du erstrebst, und gleichzeitig das Glück der kommenden Jahre zerstören. Verzichtest du darauf, wird nichts dein Glück trüben — ausgenommen ein großer, unvermeidlicher Schmerz, den du mit vielen teilen mußt. Und noch eines, mein Sohn . . .«

Der Seher zauderte.

»Hast du gelernt, zu verzeihen? Davon hängt viel ab!«

»Verzeihen? Wem?« fragte Ariston.

»Jenen, die dir weh getan haben. Vor allem aber — dir selbst!«

Am folgenden Morgen stand Ariston mit seinen Männern auf dem Hügel von Munychia vor dem Tempel der Artemis und dem der thrakischen Göttin Bendis und beobachtete, wie die Dreißig höchstpersönlich herangerückt kamen. Woran das Ausmaß ihrer Verzweiflung zu erkennen war. Weder er noch sonst einer in seinen

Reihen bewegte sich, hob den abgesetzten Schild oder hielt auch nur den Speer wurfbereit. Den Befehlen gehorchend, die Thrasybulos ihnen auf Anraten des Sehers gegeben hatte, standen sie regungslos wie Statuen und erwarteten ihre Gegner.

Als dann die Oligarchen schon sehr nahe waren, schrie der Seher plötzlich gellend auf und stürzte allein den Abhang hinunter. Ein Dutzend feindlicher Speere nahm sein Leben, und Thrasybulos' Männer hoben ihre Waffen auf. Der Strategos hatte seine Peltasten, Speerwerfer, Schleuderer und Bogenschützen so postiert, daß sie über die Köpfe ihrer schwer bewaffneten Kameraden hinweg schießen konnten. Und als Kritias ihnen nun aufbrüllend entgegenstürmte, verwandelten sie ihn in etwas, das einem Stachelschwein nicht unähnlich war. Ariston hob seinen schweren Speer, um ihn zu werfen, um die wilde, schreckliche Freude zu kosten, den sterbenden Kritias am Boden festzunageln. Aber dann dachte er an die Worte des Wahrsagers und ließ den Arm wieder sinken.

»Ich verzeihe dir, Kritias!« rief er laut. »Ihr seid meine Zeugen, unsterbliche Götter!«

Mit Kritias' Tod war die Schlacht schon entschieden, auch wenn sie noch eine Stunde andauerte. Hippomachos, seit der Ermordung des Theramenes stellvertretender Oberbefehlshaber, fiel bald nach seinem Führer. Kritias' Neffe Charmides, der Sohn des Glaukon, starb nach tapferem Kampf für die oligarchischen Grundsätze, an die er glaubte. Er war seinerseits der Onkel des Knaben Aristokles, wegen seiner breiten Schultern Platon genannt, der später zu einer Zierde der hellenischen Philosophie werden sollte.

An jenem Tag fanden siebzig Oligarchen den Tod. Dann gerieten die Truppen der Dreißig in Verwirrung und stoben in wilder Flucht auseinander.

Ariston stand vor Charmides' Leiche und weinte.

Ariston lag auf seiner Bahre und preßte die Zähne zusammen, um nicht aufzuschreien. Er hatte eine Schwertwunde im Unterleib, etwas oberhalb der Leiste. Sie war nicht sehr tief, denn er hatte sie von einem bereits zu Tode getroffenen spartanischen Hopliten erhalten, aber groß und häßlich und verursachte ihm teuflische Schmerzen.

Aber es waren nicht die Schmerzen, die ihm mit den Tränen kämpfen ließen, sondern etwas viel Grausameres. Und dieses Etwas war – Verzweiflung.

Wo wir doch schon alles gewonnen hatten! klagte er in seinem

Innersten. Die Dreißig waren aus dem Weg geräumt, die Zehn gewählt – auch sie noch Oligarchen, aber gemäßigte, vernünftige und ehrenhafte Männer. Wer hätte gedacht, daß sie sich so erniedrigen und Lysander aus Sparta zu Hilfe rufen würden!

Ein bitteres Lächeln umspielte seine Lippen. Die Nähte, mit denen der Arzt die häßliche, klaffende Wunde geschlossen hatte, brannten wie Feuer in seinem Fleisch.

Und ich glaubte wirklich, die Götter wären der guten Sache günstig gesinnt, dachte er – besser gesagt, ich fing an, es zu glauben, fing an, es für möglich zu halten, daß es tatsächlich Götter geben könnte. Daß nicht blinde Unvernunft das Universum regiert. Ha! Die Götter, so sie existierten, standen auf der Seite der lakedämonischen Phalangen! Sie hatten Lysanders vierzig Trieren günstige Winde und eine ruhige See geschenkt! Und jetzt ...

Jetzt lag er da mit dieser schmerzhaften, gefährlichen Wunde, er, der in diesem ganzen Feldzug gegen die Dreißig nicht einmal eine Schramme abbekommen hatte. Allerdings hatte er diesmal keine athenischen Aristokraten vor sich gehabt, sondern ganze Phalangen spartanischer Hopliten, ausgebildet, wie auch er ausgebildet worden war, und viel, viel jünger als er.

Trotzdem war er ihnen dank seiner größeren Erfahrung, seiner ungewöhnlichen Flinkheit ebenbürtig gewesen, hatte sie überwältigt und geschlagen. Seine Männer aber waren nicht in Sparta geschult worden. Gaonikos und Simonides waren beide gefallen. Anytos war verwundet, wenn auch nur leicht. Alles, was den Lakedämoniern – und ihren athenischen Verbündeten, die praktisch nicht zählten – zu tun übrig blieb, war ein zweiter Angriff auf Piräus und ...

Er weinte. Um die verlorene Freiheit. Um die entschwundene Hoffnung. Um Kleothera, die er nie wiedersehen, um den Sohn, den er nun niemals lehren würde, ihn zu lieben, um die Stieftochter und um Chryseis, der er nun nicht einmal mehr verzeihen konnte – denn was er von seinen ehemaligen Landsleuten wußte, gab ihm keinen Anlaß zu glauben, sie hätten ihre Gewohnheit, Gefangene über die Klinge springen zu lassen, mittlerweile abgestreift.

Wenn ich nur aufstehen, wenn ich nur kämpfen könnte, dachte er, aufrecht sterben wie ein Mann!

Anytos kam durch die Tür. Er trug den Arm in der Schlinge. Seine Augen waren groß vor Staunen.

»Ariston«, flüsterte er, »es war nicht Lysander!«

»Wer sonst?« krächzte Ariston.

»Pausanias! König Pausanias! Die Lakonier haben Lysander abgesetzt!«

»Sie mißtrauen ihm«, meinte Ariston. »Haben ihm immer schon mißtraut. Und mit gutem Grund. Lysander ist zu tapfer – und zu ehrgeizig. Wie ich es sehe, sind das Eigenschaften, die zusammen genommen, Böses fürchten lassen. Er würde einen Tyrannos abgeben, vor dem Sparta – ja ganz Hellas – erzittern müßte. Aber – willst du etwa damit sagen, sie hätten ihn doch vor . . .«

». . . der Schlacht abgesetzt? Ja! Unmittelbar vorher! Lysander hatte seine Truppen schon formiert und wollte eben angreifen, als Pausanias eintraf. Beim Hades, Ariston! Du glaubst doch nicht, daß wir noch am Leben wären, wenn Lysander seine Hopliten in Marsch gesetzt hätte!«

»Nein«, mußte Ariston zustimmen, »das wären wir wohl nicht mehr.«

»Aber du weißt noch nicht alles«, frohlockte Anytos. »Daß Pausanias die Ansichten seines Amtskollegen König Agis niemals teilte, wird dir bekannt sein. Im Gegensatz zu Agis hatte er ja auch keine Gründe, alles Athenische zu hassen.«

»Demnach hat Alkibiades nie sein wählerisches Auge auf seine Frau geworfen.«

»Das weiß ich nicht. Aber Thrasybulos sagt, König Pausanias sei demokratischen Prinzipien zugeneigt, bewundere Sokrates, sei ein Freund der Philosophie und liebe sogar Athen!«

»Hm!« machte Ariston.

»Doch, doch, das ist so! Das *muß* so sein! Er hat die Besatzungstruppen zurückgezogen. Er hat uns volle Vergebung gewährt! Und das Recht auf schiedsrichterliche Verfahren! Er hat feierlich versprochen, persönlich dafür zu sorgen, daß eine von den Athenern frei gewählte demokratische Regierung ihr Amt ausüben kann. Oligarchien, soll er öffentlich erklärt haben, richten zuviel Schaden an!«

Ariston lag auf seiner Bahre und sah seinen Weggenossen an. Dann begann er langsam und leise zu lachen.

»Was gibts da zu lachen, du Dummkopf?« empörte sich Anytos.

»Ich lache«, flüsterte Ariston, »weil die Götter einen so kümmerlichen Sinn für Humor haben und so entsetzlich schlechte Stückeschreiber sind. Euripides, alter Freund, du hast recht gehabt! Keiner darf sich mehr über deine Götter aus der Machina lustig machen, da doch die Geschichte selbst . . .«

»Wovon redest du eigentlich?« fragte Anytos und machte ein sorgenvolles Gesicht.

»... die Geschichte selbst sich dieses schäbigen Kunstgriffs bedient, den du so oft – vielleicht zu oft – angewendet hast, wenn sie den Gott an so deutlich sichtbaren, unüberhörbar knarrenden Strikken auf die Szene hinunterläßt! Wir waren besiegt und warteten nur darauf, daß uns Lysander mit seiner schwieligen Faust zusammenschlägt, und da ...«

»Es war ein Wunder!« erklärte Anytos in feierlichem Ton. »Die Götter ...«

»Ach, laß mich doch zufrieden, Anytos!« sagte Ariston.

König Pausanias von Sparta – der einzige von Spartas zwei Königen, auf den es jetzt ankam, so lange König Agis in seinem heimatlichen Palast saß und mit hilfloser Wut den königlichen Bastard Leontychides anstarrte, dessen Ähnlichkeit mit dem verblichenen Alkibiades mit jedem Tag zunahm – hielt sein Wort. Er regierte Athen zwei volle Monate lang mit Verstand und Gerechtigkeit und königlicher Ruhe, und als dann Wahlen abgehalten wurden, achtete und anerkannte er die von den Bürgern getroffene Entscheidung. Die Dreißig hatten Athen eine harte, aber gute Lehre erteilt. Die Oligarchen wurden verbannt; die neue Regierung war demokratisch.

Und Ariston, dem Metöken, stand es frei, heimzukehren.

Müde und matt, vom Wundfieber geschüttelt, begab sich Ariston, kaum daß er die Stadt betreten hatte, zu den Gräbern des Autolykos, des Danaus und des Timosthenes, um Opfer darzubringen.

Als nächstes machte er der Witwe des Athleten einen Besuch. Das Gespräch begann für beide Teile unendlich schmerzlich. Denn Kleothera blieb zwei Ruten entfernt von ihm stehen und weinte und wollte sich von ihm nicht in die Arme schließen lassen.

»Nein, Ariston«, sagte sie. »Man wird dir jetzt das Bürgerrecht verleihen. Schon morgen abend wirst du nicht nur athenischer Bürger, sondern auch Angehöriger der Ritterklasse sein. Zumindest erzählen das die Leute. Oder ist es nicht wahr?«

»Ja«, murmelte Ariston, »es ist wahr. Aber ...«

»Hör mir zu, Ariston! Zwölf Jahre sind es nun, daß Chryseis als Konkubine in deinem Hause lebt und darauf wartet, daß du – daß du sie zu deiner Frau machst. Ich habe kein Recht ...«

»Gibt unser Sohn dir kein Recht?«

»Nein. Nicht einmal ihn will ich als deinen ehelichen Sohn anerkannt wissen, wenn diese Anerkennung auf einer Täuschung beruht. Du hast ein heiliges Versprechen abgegeben, und er würde der lebende Beweis dafür sein, daß du es gebrochen hast. Ich habe Angst, Liebster. Es kann nichts Gutes werden aus dir und mir — aus uns. Ich kann nicht.«

Ariston hielt seinen Blick auf sie gerichtet.

»Weil du mich nicht liebst«, sagte er.

»Ich — dich nicht lieben?« Und im gleichen Augenblick noch, ohne daß auch nur für einen Schlag seines Herzens Zeit geblieben wäre, lag sie in seinen Armen. Heiß brannte ihr Mund auf dem seinen; er schmeckte nach salzigen Tränen; zart und versengend saugte und haftete er an seinem, murmelte wilde, stimmlose, schmerzliche Dinge, für die sie keine Worte fand, die sie nicht auszudrücken vermochte. So prägte sie sie ihm mit quälendem, selbstzerstörerischem Kosen unauslöslich ins Fleisch.

Er schob sie von sich fort, tat einen Schritt zurück. Der Kopf schmerzte ihn unerträglich. Das war das Wundfieber. Er konnte nicht einmal ihre Züge klar erkennen.

»Es muß einen Ausweg geben!« stöhnte er. »Es muß einen geben!«

Ihre Stimme klang wie ein Flötenton; wildes Gelächter brach durch ihre Tränen.

»Es ist ganz einfach«, sagte sie. »Sie wird dich mit mir teilen müssen. Denn ich will, ich kann dich nicht mehr fortlassen, Liebster. Es ist schändlich. Aber es ist so. Komm . . .«

Langsam schüttelte er den Kopf. Ein bitteres Gefühl, zum Gespött seiner selbst zu werden, bemächtigte sich seiner. Wie oft, dachte er, wird edle Entsagung aus der Schwäche des Fleisches geboren — wenn nicht immer! Sänke ich jetzt neben dieser herrlichen Frau auf ein Lager, im Nu würde mich der Schlaf übermannen. Vielleicht würde mich ein Schüttelfrost packen. Mag sein, ich würde zu rasen anfangen — ich weiß es nicht. Aber ich kann ihr das nicht sagen. Was *kann* ich sagen? Welche Worte soll ich wählen? Welche leeren, bedeutungslosen, aufgeblähten Worte, um zu verschleiern, daß mein alternder, gebrochener Körper in dieser Nacht nicht zu lieben fähig ist? Was könnte ich ihr sagen, das . . .

»Ich werde mein Leben nicht zwischen dir und Chryseis teilen. Sie ist es nicht wert, und ich werde nicht zulassen, daß du eine untergeordnete Rolle spielst. Ich muß irgendeinen Weg finden. Ich werde nach Delphi reiten und das Orakel befragen. Bist du bereit, seinem heiligen Mahnspruch Folge zu leisten?«

Sie lächelte unter Tränen und nickte.

»Ich bin bereit«, sagte sie. »Aber wie steht es mit dir?«

»Was meinst du mit dieser Frage?«

»Das Orakel erteilt keinen unehrenhaften Rat, gibt keine unsittlichen Empfehlungen – wie du eine erwartest. Und da ich dir nicht mehr sein kann als eine Konkubine, wirst du eins von zwei Dingen tun müssen: mich verlassen oder eines Gottes Mahnspruch mißachten. Darum halte ich es für besser, daß du nicht gehst, und daß wir – daß wir jetzt sündigen, solange es nur Sünde und nicht Frevel ist. Komm zu mir, mein Geliebter! So groß ist mein Verlangen nach dir!«

»Auch ich sehne mich nach dir«, flüsterte er und wußte, daß er log. Denn er begehrte sie nicht. Nicht jetzt. Nicht in diesem herrlich-entsetzlichen Augenblick, da ihm himmlische Wonnen geboten wurden und er nur fähig war, zu – schlafen. Er war vierzig Jahre alt und hatte eine Hölle hinter sich. Selbst sein sehniger, herkuleshafter Körper hatte die Grenzen seiner Kraft und Ausdauer überschritten. Er liebte Kleothera von ganzer Seele, von ganzem Herzen; aber sein Körper war ein einziges zuckendes Schrillen äußerster Erschöpfung, und seine gequälten Nerven kreischten und schrien und flehten um Ruhe. Dazu kam noch, daß er weit kränker war, als er dachte, denn die Wunde im Unterleib, von einem Feldscher unter freiem Himmel stümperhaft genäht, war schlecht verheilt.

»Kleo . . .«, begann er. Aber dann spürte er mit einemmal, wie die eisige Kälte, eines der Symptome seines anhaltenden Wundfiebers, von seinen Gliedern Besitz ergriff, Er zitterte am ganzen Körper.

Aus weiter Ferne drang Kleotheras erschrockene Stimme an sein Ohr: »Ariston! Ariston!«

Aber er sah sie nicht. Konnte sie nicht sehen. Sie war nicht mehr da. Was zurückblieb, ging über menschliches Verstehen hinaus, war eines jener Zeichen und Omen und Gewalten, die vielleicht von jenem gespenstischen Etwas heraufbeschworen werden, das Sokrates seinen Daimonion, seinen lenkenden oder zurückweisenden Geist nannte – oder auch, wenn man so will, Einfluß und Ausdruck von Mattigkeit, Wundfieber, Krankheit, überanstrengten Nerven, verwirrter und widersprüchlicher Willenskräfte, in flüchtigem Aufflakkern einer zurückkehrenden Erinnerung zu Fleisch geworden, dem Leben wiedergegeben in der Gestalt . . .

»Ariston!« schluchzte Kleothera. »Dein Gesicht! Dein Gesicht!« Er drehte sich um, hastete davon. Kleothera sah ihm lange nach.

Dann sank sie in einen Stuhl, verbarg ihr Gesicht in beiden Händen und weinte. Sie weinte lange Zeit, bis ihre Augen geschwollen waren, bis sie keine Tränen mehr hatte. Erschöpft schlief sie endlich ein, nicht zuletzt, weil sie seit Monaten nicht mehr ausreichend gegessen hatte. Gute Mutter, die sie war, hatte sie den Großteil der Nahrung, die sie ergattern konnte, ihren Kindern gegeben.

Sie wußte nicht, wie lange sie geschlafen hatte, aber schließlich erwachte sie, ihr ganzer Körper ein einziges Gefäß von Schmerzen. Sie hatte geträumt, sie hätte seine Stimme ihren Namen rufen hören, und als sie aufblickte, stand er vor ihr. Sie sah sofort, daß, was immer in ihm gewesen sein mochte — Schwäche, Krankheit, Wahnsinn oder ein Dämon — verschwunden war. Im Schein der Lampe waren seine Augen kühl und ruhig wie zuvor, und von einer stillen Freude erfüllt.

»Komm mit mir, Kleo«, sagte er. »Ich möchte dir etwas zeigen, was du selbst sehen mußt. Du würdest es sonst nicht glauben. Komm!«

Verwundert folgte sie ihm. Im Halbdunkel dieser verblühenden Stunde vor Tagesanbruch hob er ihre schlanke Gestalt auf sein Pferd und ritt mit ihr durch die stillen Straßen. Er hielt vor einem gewissen Hause an, stieg langsam und vorsichtig ab — die kaum verheilte Wunde schmerzte immer noch — und streckte ihr die Arme entgegen.

»Aber Ariston«, sagte sie, »das ist doch *dein* Haus! Um Heras willen, was . . .«

»Komm!« fiel er ihr ins Wort und hob sie herunter. Er öffnete die Tür, durchquerte auf Zehenspitzen den Innenhof, öffnete wieder eine Tür und trat zur Seite, so daß sie in das Schlafgemach blicken konnte, wo die Lampe noch unruhig flackerte.

»Unsterbliche Götter!« stieß Kleothera hervor. »Du hast sie getötet!

Lächelnd schüttelte Ariston den Kopf.

»Wegen einer so belanglosen Sache? Nein, Kleo. Das sind Wein-, nicht Blutflecken. Ist das nicht ein reizender Anblick? Orchomenus, dieser Hephäst, den ich zum Krüppel gemacht habe — dieser rohe, dickwanstige, haarige, schweißklebrige Tölpel. Und dieses spindeldürre Luderchen, dieses geile Gestell aus Haut und Knochen, das mir drohte, mein Bett würde schon eine Stunde nach meiner Abreise einen neuen Bewohner haben. Offenbar hat sie ihr Wort gehalten. Der Seher hat die Wahrheit gesprochen, nur verstand ich ihn nicht. Was ich so lange erstrebte, nämlich mein Bürgerrecht . . .«

»Ariston!« flüsterte Kleothera. »Sie werden uns hören!«

»Nach allen ihren bacchantischen Genüssen könnte sie jetzt nicht einmal Zeus der Hochdonnernde wecken. Mag Eros ihnen Freude aneinander schenken! Jetzt wirst du mir wohl zugeben, daß Täuschung und Betrug nicht *mir* zur Last gelegt werden können, daß nicht *ich* mich in Sünde verstrickt habe! Auf denn zum Tempel der Hestia und eine Priesterin geweckt! Wir wollen heiraten, bevor man mir noch mit gezogenem Schwert das Bürgerrecht aufzwingt – solange wir noch beide metökische Vagabunden sind.«

»Ariston«, stammelte Kleothera, »Geliebter – bist du – bist du auch ganz sicher?«

Er warf den Kopf zurück und brach in schallendes Gelächter aus.

»Aber Ariston, du und sie . . .«

»Vergiß nicht, daß wir nie verheiratet waren! Sie war eine hochgeborene Athenerin, ich ein einfacher Fremdling. Wofür wir jetzt Hera und Hestia preisen wollen!«

In diesem Augenblick vernahm sie ein unheimliches Echo, das aus all den leeren Räumen widerhallte, und fühlte plötzlich einen kalten Schauer im Rücken.

»Ariston«, flüsterte sie, »was ist das für ein schreckliches Geräusch?«

»Das Lachen der Götter – und meines dazu«, antwortete er.

Nur *eine* Prophezeiung war noch nicht erfüllt: die des großen Schmerzes, den Ariston mit vielen teilen würde. Und vier Jahre später stürzte er, der sich immer seiner Gelassenheit, seiner eisernen Selbstbeherrschung rühmte, wie ein Wahnsinniger in Anytos' Haus. Er fand seinen früheren Waffengefährten mit Meletos und dem greisen Lykon, dem Vater seines geliebten und zum Märtyrer gemachten Freundes Autolykos, zurückgelehnt an der Tafel sitzen.

Aber sie aßen nicht. Mit leeren Blicken, die Köpfe gesenkt, starrten sie auf die leckeren Speisen.

Aristons Augen funkelten zornig, und die Wut würgte seine Stimme, verschnürte ihm schier die Kehle, und brach schließlich mit entfesselter Gewalt aus ihm hervor.

»Ihr!« brüllte er. »Ihr drei! Bei Charon und Kerberos, ihr feiert noch, was ihr angerichtet habt! Sokrates anzuklagen! Unsterbliche Götter! Ihm sein Leben abzufordern! Ihm! Ein Leben, wie es in der Geschichte nicht seinesgleichen hat!«

Sie schwiegen. Ihre Gesichter waren ernst und traurig.

»Dich, Meletos, kenne ich nicht. Darum bleibt mir verborgen, was dich bewogen hat, diese Niederträchtigkeit zu begehen. Aber du, verehrungswürdiger Lykon! Muß ich dich an die innige Freundschaft erinnern, die mich mit Autolykos verband? Wagst du zu leugnen, daß dein toter Sohn Sokrates verehrte, den Meister anbetete?«

»Nein«, erwiderte Lykon bitter. »Hätte er diesen alten Schaumschläger weniger verehrt und sich in besserer Gesellschaft bewegt als in der deinen, Metöke, er würde heute noch am Leben sein.«

Ariston zitterte vor Empörung. Er litt an seiner Wut wie an einer Krankheit. Er ließ den Kopf sinken, seine gewaltigen Fäuste ballten und öffneten sich, und die Adern an seiner Kehle und an den Schläfen flatterten und schlugen, bis er sich ein wenig gefaßt hatte.

»Dein weißes Haar schützt dich, Lykon«, sagte er matt. Aber sogleich erhob er wieder seine dröhnende Stimme: »Und du, Anytos! Mein Waffengefährte! Ich, der an deiner Seite kämpfte und blutete ...«

»Das leugne ich nicht«, unterbrach ihn Anytos. »Außerdem gibt es darüber wohl kaum einen Streit. Sokrates hat meinen Sohn zu Schlechtem verleitet ...«

»Sokrates hat nie jemanden zum Schlechten verleitet! Und schon gar nicht deinen stets betrunkenen Sohn, der nicht einmal fähig ist, dein Handwerk als Gerber auszuüben! Welchen Grund hattest du, konntest du nur haben, den bedeutendsten Mann zu ermorden, den Hellas je hervorgebracht hat?«

Da erhob sich Anytos und nahm Ariston beim Arm.

»Komm hinaus in den Hof, mein Freund«, sagte er sehr ruhig und gelassen, »und ich werde es dir erklären. Nur hör bitte auf zu schreien!«

Sie standen einander im Hof gegenüber. »Ich habe für die Demokratie gefochten und geblutet, mein Freund«, sagte Anytos. »So wie du. Mein Sohn? Bah! Du hast völlig recht. Er ist es nicht wert, daß wir über ihn viele Worte verlieren. Doch die Demokratie – die ist es wert. Das Recht der Menschen, wie arm, wie ungebildet, wie einfach sie auch sein mögen, sich selbst zu regieren. Sich schlecht zu regieren, wenn's nicht anders geht. Und wer waren die größten, die unversöhnlichsten Feinde der Demokratie? Ich will sie dir nennen: Alkibiades, der sie ›organisierten Wahnsinn‹ nannte; Kritias, der sie fast zerstört hätte; Charmides, der Sohn des Glaukon, der Kritias bei seinen Verbrechen Vorschub leistete. Sie alle waren Schüler deines Meisters!«

»Das hat er sie nicht gelehrt!« entgegnete Ariston hitzig.

»Nein? Wer sonst ist der Autor des Gleichnisses vom Flötenspieler, der bestellt wird, eine Statue zu meißeln? Vom Steinmetz, der ein Schiff steuern soll? Wer hat, als noch die Dreißig herrschten, nicht *einmal* seine Stimme erhoben, um . . .«

»Wie im Falle des Leon aus Salamis?« warf Ariston ein.

»Schön. Das gebe ich zu – wie ich auch zugebe, daß er sich während der Demokratie furchtlos dem heulenden Pöbel entgegenstellte, um die sechs Strategoi zu verteidigen. Ich stelle weder seinen Mut noch seine Ehrenhaftigkeit in Frage. Was ich ihm abspreche, ist Klugheit – zumindest politische Klugheit.«

Ariston lauschte betroffen. In diesem Punkt hatte sein Freund unzweifelhaft recht.

»Aber höre weiter«, fuhr Anytos fort. »Du gehst zu weit, wenn du uns vorwirfst, wir wollen ihn ermorden. Es lag nie in unserer Absicht, ihn – sterben zu lassen. Wir forderten die Todesstrafe in der Hoffnung – nein, im festen Glauben, daß die Dikasten sich veranlaßt fühlen würden, eine leichtere Strafe zu verhängen, nämlich die Verbannung. Ariston! Diese Polis, die wir, du und ich, mit unserem Schweiß, unserem Blut, unter Einsatz unseres Lebens errichtet haben, ist noch zu schwach, um seinen gnadenlosen Angriffen auf ihre Leitsätze auf die Dauer widerstehen zu können! Sein Witz ist zu beißend, seine Zunge zu spitz. Bei Hera, ich wollte ihn ja nur zum Schweigen bringen! Wollte ihn weg von Athen haben, nach irgendeiner fernen Polis verbannt, ihm die Möglichkeit nehmen, zu untergraben und zu schwächen, wofür wir beide fast unser Leben gelassen hätten!«

»Und doch . . .«, wollte Ariston einwenden.

»Er hat sich selbst verurteilt! Mit seinem Spott und seinem Dünkel. Hätte er in seiner Verteidigungsrede die Verbannung vorgeschlagen, ich bin ganz sicher, daß die Dikasten nur zu gern dieses mildere Urteil ausgesprochen haben würden. Er aber – nun, was hat er vorgeschlagen, Ariston?«

»Man solle ihn wie einen Sieger in Olympia krönen und ihm die Prytanenwürde zuerkennen«, erwiderte Ariston langsam. Erst jetzt erkannte er, wie treffend dei Argumente waren, die Anytos vorbrachte. »Aber er scherzte doch nur. Es war bestimmt nicht seine Absicht . . .«

»Dann hat er wie ein Narr gehandelt! Du weißt, daß sich in der zweiten Abstimmung eine größere Mehrheit für die Todesstrafe fand als in der ersten?«

»Ja.«

»Und dann dieser lächerliche Vorschlag, eine Geldstrafe von dreihundert Minen zahlen zu wollen! Hätte er ein Talent angeboten, oder fünf, oder zehn . . .«

»Die ich mit Freuden für ihn gezahlt haben würde«, sagte Ariston.

»Gewiß. Und jetzt höre mir zu. Der Grund, warum ich dich hier in den Hof gebeten habe, ist der: ich möchte etwas anregen, was Meletos und Lykon bestimmt nicht billigen würden. Kriton sammelt Geld. Er hat selbst sein ganzes Vermögen zur Verfügung gestellt. Simmias ist heute mit vollen Geldsäcken aus Theben eingetroffen. Kebes und noch ein paar andere bereiten alles vor, um — muß ich es aussprechen, Ariston?«

»Um die Wachen zu bestechen, Spitzeln das Maul zu stopfen, seine Flucht vorzubereiten?«

»So ist es. Ich brauche nur die Hand zu heben, um diese Tat zu vereiteln. Du siehst, ich hebe sie nicht. Heute morgen hat Kriton von — einem unbekannten Spender — fünfhundert Minen erhalten. Und wie steht es mit dir, alter Freund?«

»Meinen letzten Obolus. Das Brot, das ich mir vom Mund absparen kann. Jede Drachme, die ich mir ausleihe, die ich erbetteln oder stehlen kann. Dafür zumindest danke ich dir, Anytos! Ich eile.«

Kriton betrachtete den Wechsel, den Ariston ihm gegeben hatte. Er war auf ein athenisches Bankhaus ausgestellt. Seine müden alten Augen wurden feucht.

»Hundert Talente. Dein ganzes Vermögen, mein Sohn?« fragte er.

»Ja«, erwiderte Ariston.

»Ich danke dir«, sagte der Greis. »Wir werden wohl nicht mehr als den zehnten Teil davon brauchen. Jedenfalls vielen Dank. Die Spitzel, die seine Flucht ganz sicher verraten würden, habe ich schon gekauft. Die Wachen sind bestochen. Ich habe Pferde bereitstellen lassen, aber mit deinem Geld könnte man ein Schiff . . .«

»Kaufe es!«

»Wir haben Zeit. Denn das Schwerste steht mir noch bevor: sein Einverständnis zu erlangen.«

Ariston sah den ehrwürdigen Aristokraten zweifelnd an.

»Du meinst, er könnte sich weigern, zu fliehen?« flüsterte er.

»Er fürchtete den Tod nicht, und er ist sehr alt. So alt wie ich. Und du kennst ihn ja, kennst seine Grundsätze.«

»Ich werde zu ihm gehen! Ich werde mit ihm sprechen, ihn überzeugen.«

»Das kannst du nicht. Bis zum letzten Tag haben nur seine Familienangehörigen zu ihm Zutritt – und ich, als sein Rechtsberater. Am letzten Tag erst dürfen, wie es Brauch ist, alle seine Freunde ihn besuchen. Warte hier, Ariston, mein Sohn. Schlaf, wenn du kannst. Ich werde dir von den Dienern eine Kammer herrichten lassen. Am frühen Morgen will ich zu ihm gehen. Ich werde dir seine Antwort bringen.«

Wie diese Antwort lautete, erfuhr die Welt aus Platons göttlicher Feder. Sokrates lehnte es ab, sich retten zu lassen, lehnte es ab, die Gesetze seiner geliebten Polis zu verletzen – auch nicht um den Preis seines eigenen Lebens.

»Schon als Verdammte werden wir geboren«, sagte er an jenem letzten Tag zu Ariston. »Gibt es ein Land, das der Tod nicht kennt? Nach Thessalien sollte ich gehen? Sterben die Menschen dort nicht? Ich bitte dich, hör auf zu weinen. Du verletzt damit deine Menschenwürde. Phaidon weint weniger als du und ist noch kaum dem Knabenalter entwachsen. Ich habe ihm verboten, sich als Zeichen der Trauer seine goldenen Locken abschneiden zu lassen. Und dasselbe gilt für dich, wenn auch die deinen schon mehr grau als golden sind. Und jetzt hör auf, wie ein Schoßhund zu flennen, tu mir den Gefallen!«

Aber so sehr er sich auch bemühte, Ariston kämpfte vergebens mit den Tränen. Stumm saß er da und ließ sie über seine Wangen rollen, während Sokrates im Nebenraum ein Bad nahm, um es den Frauen zu ersparen, nach seinem Tod die Leiche waschen zu müssen. Dann kamen Xanthippe und Myrto und seine drei Söhne, wurden vom Meister geküßt, gesegnet und fortgeschickt.

Außer Kriton weinten jetzt alle. Phaidon saß neben Ariston, hielt seinen Arm um des älteren Mannes Schulter gelegt und versuchte ihn zu trösten. Neben ihnen saßen Kritoboulos, Kritons Sohn, und Apollodoros, der seiner Trauer am lautesten Luft machte. Es waren viele Leute gekommen, die Ariston zum Teil gar nicht kannte. Männer aus anderen Städten, wie Simmias aus Theben. Platon aber, der bedeutendste unter Sokrates' Schülern, fehlte – wahrscheinlich, weil er den Anblick nicht ertragen konnte. Auch Xenophon war abwesend; er führte damals den unvergeßlichen Rückzug durch feindliche Länder Asiens nach Trapezunt durch.

Kriton fragte Sokrates, ob sie irgend etwas für seine Frauen und Kinder tun könnten, und der Meister antwortete:

»Nein. Paßt nur auf euch selber auf. Das ist ein Dienst, den ihr mir erweisen könnt, solange ihr lebt, ob ihr es mir nun versprecht oder nicht, denn seid ihr nicht die Erben meiner Gedanken?«

»Gewiß, Sokrates«, flüsterte Kriton. »Aber wie — ich meine, auf welche Weise sollen wir dich begraben?«

»Dazu müßt ihr mich erst einmal erwischen«, witzelte Sokrates, »denn ich werde nicht mehr hier sein. Nur mein häßlicher, abgenützter Kadaver wird zurückbleiben. Und was ihr damit anfangt, ist völlig gleichgültig.«

Weinend wie ein Kind kam in diesem Augenblick der Büttel, den todbringenden Becher in den Händen.

Als alles vorüber war — Apollodoros in seinem Schmerz aufgeheult hatte, so daß die anderen betroffen schwiegen; als Sokrates noch einmal aufgeblickt und zu Kriton gesagt hatte »Ich schulde Asklepios noch einen Hahn. Willst du die Schuld für mich begleichen?« und dann von ihnen gegangen war, aber in den Herzen und Gedanken und Erinnerungen jener fortlebte, die ihn als kostbares Erbe an noch ungeborene Menschen und Völker weitergeben würden — brachte Phaidon Ariston nach Hause, denn dieser wäre nicht imstande gewesen, den Weg allein zu finden. Dort angekommen, verbarg Ariston das Gesicht in seinem Umhang, legte sich auf sein Bett und weinte ohne Unterbrechung vier Tage und vier Nächte. Acht volle Tage lang nahm er weder Speise noch Trank zu sich, bis Kleothera, die mit ihrem vierten und Aristons dritten Kind schwanger ging, zu fürchten begann, er könnte an seinem schrecklichen, durch nichts zu betäubenden Kummer um den großen Mann, der sein Leben geformt hatte, sterben. Am neunten Tag aber stand er auf, beherrscht und bei gesundem Verstand, und nahm ein wenig Brot und Käse und Wein zu sich. Kleothera staunte über seine Ruhe und sein heiteres Wesen.

»Er erschien mir im Traum«, sagte Ariston, »und gebot mir, weiterzuleben. Also muß ich leben, denn ich war ihm nie ungehorsam. Nur eines, Kleothera: Wir werden von hier fortgehen. Ich will nicht in einer Stadt leben, die Männer wie Sokrates zum Tode verurteilt.

Auch unsere Kinder sollen hier nicht aufwachsen. Pack unsere Sachen zusammen!«

Und nichts konnte ihn umstimmen. Er veräußerte seine Werkstätten — bis auf eine, die er, zusammen mit seinem früheren Haus, Orchomenus und Chryseis als Aussteuer gegeben hatte. Er hatte sie gezwungen, ihren Zustand zu legalisieren und sogar seinen Einfluß auf Thrasybulos geltend gemacht, um für Orchomenus das Bürgerrecht zu erlangen, das er selbst zurückgewiesen hatte. Dann kaufte er einen prächtigen Hof in Böotien, in der Nähe von Theben. Dort lebte er mit seiner Frau und seinen Kindern in gegenseitiger Achtung und Liebe, bis er sehr alt war.

An einem Tag, da er schon mehr Jahre zählte als Sokrates bei seinem Tode gezählt hatte, sein Haar weißer war als der Schnee auf dem Taygetos, und selbst seine Enkelkinder schon ans Heiraten dachten, kam Kleothera in den Garten und sah, wie er langsam und sehr mühselig etwas auf Pergament schrieb.

»Was schreibst du da, Liebster?« fragte sie.

»Die Geschichte vom Leben und Tod des Sokrates«, antwortete er.

»Aber die hat doch schon Xenophon geschrieben, und auch Platon«, meinte Kleothera.

Der Greis strich sich seinen schneeweißen Bart und lächelte.

»Sie haben's nicht richtig gemacht«, sagte er. »Sie kannten ihn beide nicht so gut wie ich.«

Dann machte er sich wieder an die Arbeit.

ENDE